Hazte el muerto

IVAN FLIX

Hazte el muerto

www.ivanflix.com

© Ivan Flix Villegas, 2016

ISBN-13: 978-84-608-9112-3

ISBN-10: 84-608-9112-7

1ª edición: julio 2016

Fotografia de portada: "Memoirs of a Geisha" de The Narratographer, 2012 (con modificaciones).

Fotografía del autor: Judith García (con modificaciones)

Impreso por Creative Space

Para Judith

Los franceses denominan *La petite mort* al pequeño lapso de tiempo que se produce después del orgasmo y que se caracteriza por una pérdida de la conciencia seguida de un instante de trascendencia o melancolía.

Prólogo

La mayoría de los que me rodean nunca habrían escogido un modo tan repulsivo y abominable de morir, pero es difícil resistirse a una buena campaña de *marketing*. Con los medios adecuados y un buen estudio de mercado resulta fácil convencer a alguien para que se convierta en un cadáver andante. Si además contamos con un buen gabinete de comunicación y un producto exclusivo, podemos obtener unos beneficios desorbitados por cubrir a nuestros clientes de llagas, pústulas y eczemas. En pleno auge de la cirugía estética y de exaltación de la juventud, la muerte y la deformidad son un activo por explotar. Por una buena cifra podemos hacer un viaje de ida y vuelta al último día de nuestra vida y reírnos de la muerte a la cara. El problema es que a veces la compañía tiene *overbooking* en el vuelo de regreso.

No sé exactamente cuánto habrán pagado mis compañeros de cautiverio por terminar convertidos en un despojo humano, pero imagino que mucho. A mí me ha salido gratis, aunque es probable que yo sea la única a la que hayan convertido en contra de su voluntad. No hay mejor prisión que el propio cuerpo, cuando éste se resiste a obedecerte y tan sólo te deja realizar movimientos toscos e imprecisos. Si no fuera tan caro mantener con vida un cuerpo en coma, las cárceles modernas no existirían, los carceleros serían enfermeros y se limitarían a mantener sedados a los reclusos, reponerles el suero y cambiarles los pañales de vez en cuando. Algo parecido a lo que hacen con nosotros.

Mis compañeros y yo no estamos paralizados, aunque a duras penas podemos ya caminar. Nos es tan difícil recuperar la verticalidad, que una vez caemos al suelo, optamos por arrastrarnos como soldados por las trincheras. Algunos se resisten a hacerlo y se mantienen semanas enteras en pie, a sabiendas de que cuando caigan no volverán a levantarse.

Resisten día y noche sin sentarse, sin descansar, porque el dolor físico nos es ajeno —no todo son molestias—. Tenemos los sentidos tan aletargados que notamos los calambres y las punzadas musculares como un rumor lejano. Si no fuera así nos sería imposible soportar cómo las llagas y las pústulas nos rozan contra la ropa, no podríamos tolerar el martirio de nuestra dentadura al pudrirse, de nuestras encías sangrantes, de nuestro estómago digiriéndose a sí mismo con sus reflujos de ácido y bilis.

Miro la cara de los otros y cada vez comprendo más porqué empezaron los primeros neandertales a enterrar a sus fallecidos. Nuestros antepasados iniciaron los primeros ritos fúnebres para no tener que ser testigos de la degradación y la descomposición que sufrían los cuerpos de sus congéneres a la intemperie. Es muy duro ver los rostros de mis compañeros e imaginar que el mío no debe ser muy diferente. Tengo suerte de no tener espejos ni superficies pulidas a mi alcance. A nuestro alrededor no hay más que mugre y pus seca. El suelo mugriento no es más que una prolongación de nuestra epidermis —el mismo tono, la misma textura—, lo único que los diferencia es que uno de ellos palpita con el ritmo acompasado de un metabolismo ralentizado.

A pesar de toda esta degradación, lo peor de nuestro cautiverio no es el simple hecho de estar atrapados en cuerpos macilentos, sino el aislamiento. No podemos hablar. Tan sólo llegamos a emitir profundos gemidos guturales. No podemos escribir en el lodo o en las paredes. Nuestras manos han perdido el tacto y la precisión. Ni siquiera nuestros rostros son capaces de gesticular un sí o un no. La máscara de la muerte oculta cualquier vestigio de humanidad. Miro a mis compañeros y juego a adivinar si en su otra vida eran ingenieros, informáticos o ejecutivos, aunque, en realidad, a duras penas puedo distinguir sin son hombres o mujeres. He inventado historias rocambolescas para cada uno de ellos, aunque la mayoría es gente que no sabe en qué gastar ya su dinero.

El del sarpullido y los ojos hundidos es un programador asocial enriquecido con el auge de las redes sociales que admira la capacidad de los no muertos para crear manadas sin tener que hablar. La flaca de los codos en carne viva es una bulímica con tendencias autodestructivas que ha encontrado en esta experiencia una forma de catarsis. El de los ojos inyectados en sangre y los músculos flácidos llenos de tatuajes es el propietario de un gimnasio de *kick boxing* en busca de un lugar donde su tendencia a la violencia gratuita sea bien vista y compartida. Siempre de forma hipotética, claro.

Me gustaría pensar que no todos ellos son ricos caprichosos. Quizás alguno sea un periodista que ha conseguido infiltrarse en el complejo con una identidad secreta con la intención de sacarlo todo a la luz y, por el camino, ganarse algo de fama. Un aspirante al Premio Nacional de Periodismo cazado con las manos en la masa y recluido en este agujero sombrío junto al resto de renegados. Sonrío, aunque mi *rictus mortis* continúa imperturbable. Hace más de ochenta años otro periodista de investigación encendió la llama del fenómeno zombi moderno, quizás si no hubiera sido por él no habría acabado en este agujero. Lo sé porque me documenté a fondo antes de aceptar el trabajo. No podía entender como alguien podía someterse de forma voluntaria a algo parecido.

Todavía no lo entiendo.

Fue *La Noche de los Muertos Vivientes* la que los puso de moda tal y como ahora los conocemos: muertos putrefactos devoradores de cerebros. Antes, los zombis habían sido negros haitianos con los ojos en blanco y faltos de voluntad. La zombificación era un rito casi legendario de un culto africano lleno de ramificaciones religiosas que se dispersaba por todo el Caribe. Un ritual de magia negra por el que un maestro vudú resucitaba a los muertos para hacerlos trabajar en su provecho. El culpable de que este rito minoritario se diera a conocer al gran público fue William Seabrook, un escritor y viajero estadounidense que se puede considerar como un precursor temprano del periodismo bonzo de investigación. No conocería su historia de no ser por el elaborado dossier de presentación que me hizo llegar la organización cuando todavía no era un incordio para ellos. Me lo enviaron a través de una empresa especializada en mensajería confidencial, impreso con tinta roja sobre papel negro para que no cayera en la tentación de fotocopiarlo. Allí aparecía la historia de este peculiar escritor que viajó en los años veinte alrededor de todo el mundo en busca de ritos extraños, civilizaciones perdidas y fenómenos sobrenaturales —junto a un batiburrillo de referencias de películas, cómics y series de moda—.

Seabrook era un joven de éxito, socio de una agencia de publicidad en Atlanta y casado con la hija de un alto ejecutivo de Coca-Cola. Lo tenía todo, pero decidió cambiar el golf y los clubs de campo por las trincheras de la Primera Guerra Mundial. Se alistó en el ejército francés, sufrió en sus propias carnes los efectos del gas mostaza. Se ganó una Cruz de Guerra y volvió a casa con sus prioridades cambiadas. Se mudó con su mujer al ambiente bohemio de Nueva York con la intención de labrarse una carrera como escritor. Allí fue donde comenzó a interesarse por el ocultismo y los rituales extraños, hasta el punto de entablar amistad con el famoso Aleister Crowley, el Mago Negro. Bajo su influencia y la de otros, Seabrook decidió viajar a Arabia en busca de una tribu de adoradores del diablo perdida en el desierto. El relato de este viaje fue todo un éxito, la novela consiguió despertar el morbo y la curiosidad de los inocentes estadounidenses de los años veinte —la gente de entonces se dejaba cautivar por el morbo igual que la de ahora—. El favor del público le sirvió a Seabrook para financiar una larga estancia en Haití, cuna del Vudú y la magia negra. Allí conoció a una vieja sacerdotisa que le introdujo en los antiguos rituales que los esclavos habían traído consigo desde el África Negra y que, combinados con la Santería y los ritos autóctonos, habían dado lugar a la compleja religión del Vudú y, con ella, el rito de la resurrección. Aunque nunca fue testigo de este ritual, William Seabrook describió en su siguiente libro, *La Isla Mágica*, los detalles de cómo un hechicero era capaz de devolver a la vida a un fallecido para convertirlo en un esclavo privado de voluntad. La novela se convirtió en un clásico que todavía hoy sigue reeditándose de forma regular, se adaptó para el cine en la película de Bela Lugosi *La Legión de los Hombres sin Alma* y la figura del zombi penetró, para siempre, en nuestro imaginario colectivo.

Si este periodista no hubiese renunciado a sus comodidades para convertirse en escritor, yo no estaría ahora en este lugar convertida en lo que él imaginó. Pero no puedo culparle, porque si yo no hubiera arriesgado también mi carrera para ayudar a un amigo, nunca habría terminado en este estado.

1. Juan

—Parece que está abandonado.
—Sí, parece abandonado.
—La pregunta es ¿por qué?

La noche del cometa.
Dir. Thom Eberhardt, 1984

La furgoneta serpenteaba por un puerto de montaña a toda velocidad. La carretera cada vez se estrechaba más y uno de sus ocupantes se estremecía cada vez que alguna rama arañaba su ventanilla. Tenía la cabeza encapuchada. No se habían cruzado con nadie en kilómetros y el terreno era cada vez más escarpado.

—Cómo no lleguemos pronto voy a vomitar —les avisó Juan conteniendo una náusea.

—¡No en mi furgoneta! Si te sale algo te lo vuelves a tragar —dijo el conductor antes de tomar una curva cerrada. El vehículo se inclinó de forma temeraria sobre la carretera, las ruedas chirriaron contra el asfalto y Juan se llevó las manos a la boca sobre la tela que le cubría el rostro.

—Tranquilo, si echa algo no saldrá de la bolsa —dijo el copiloto con socarronería.

—Lo siento, pero ya no aguanto más —les dijo Juan quitándose la bolsa de la cabeza y abriendo su ventanilla.

—¡Ya ha jodido la sorpresa!

—Tranquilo —le respondió Gorka pisando a fondo el acelerador— mi hermano no tiene ni puta idea de a dónde vamos.

—La verdad es que me da igual mientras no haya ninguna stripper, ni

15

me obliguéis a ponerme ningún tanga, consolador o media de rejilla. Y os lo digo en serio, voy a vomitar con tanta curva.

—¡No seas cansino! —le replicó Richy desde el asiento del acompañante—. Ya estamos a punto de llegar, además, que tú no quieras ver tetas no quiere decir que nosotros no lo queramos…

—Ya casi hemos llegado. Confía en mí, te va a gustar.

El temor de Juan estaba justificado. Su hermano era temido por las despedidas de soltero que organizaba. En menos de dos años se habían casado cinco amigos y las fiestas eran cada vez más extremas. En la última, la de su socio Richy, habían terminado desnudos haciendo puenting acompañados por varias prostitutas de lujo. Gorka no escatimaba en los gastos, su empresa funcionaba bien. Su eslogan «Descubra la libertad del buceo sin artificios» atraía de vez en cuando a algún nuevo *hippie* con ganas de comulgar con las ninfas del océano —naturistas que incluso rehusaban las gafas y terminaban con una conjuntivitis galopante—. Los clientes de verdad eran los aficionados a la pesca submarina. La normativa prohíbe pescar con equipos de buceo autónomo en las competiciones, tan sólo es legal hacerlo a pulmón libre, así que la capacidad pulmonar es esencial para obtener buenas piezas. Gorka era capaz de nadar más de 230 metros sin respirar y era campeón nacional de apnea estática con un registro de 7 minutos 7 segundos. En definitiva, era el instructor de pesca submarina ideal y cuando el mar estaba demasiado frío o agitado, Gorka diversificaba su negocio. Organizaba todo tipo de actos fuera de temporada: desde rutas nocturnas de esquí fuera de pista a carreras de zombis contra *runners*, así se aseguraba de seguir facturando y de poder invertir sus beneficios en sus juergas. Sus amigos le temían por sus despedidas de soltero, siempre organizaba algo a la medida de cada uno de ellos y para su hermano, al que hacía más de un año que no veía, había encontrado algo que le venía como anillo al dedo.

Juan era un adicto a los videojuegos online y a las películas de serie B, hasta el punto de que su boda iba a ambientarse en la Tierra Media. Gorka pensó en organizar una maratón de cine fantástico en un burdel o en peregrinar al festival alemán *Games Convention* a bordo de un autobús de lujo. Pero buscando por la red encontró algo todavía mejor. Se trataba de un pueblo abandonado de los pirineos que se había reconvertido en un peculiar parque temático para adictos a las películas de terror. Según su página web se había «llevado un paso más allá el concepto de los restaurantes del terror o las posadas malditas». La típica cena se había

16

convertido en todo un fin de semana «lleno de actividades y horror». Era una buena idea. Si con un par de actores maquillados podían llenar un restaurante ¿por qué no llenar un hotel con la misma premisa? Se alargaba la estancia, se potenciaba el consumo y aumentaban los ingresos.

Lo tramitó todo del único modo que permitían: a través de internet, sin ningún teléfono de contacto, oficina física o trato directo, tan sólo un extenso formulario que solicitaba demasiada información personal, seguido de un generoso pago por visa y unas cuantas entradas impresas. Nada más: ni instrucciones, ni fotos, ni garantías. Tan sólo una dirección, una fecha de llegada y un sinfín de comentarios positivos en centenares de foros, tweets y blogs que tampoco desvelaban demasiado. El parque era un gran spoiler que ningún visitante quería desvelar a los primerizos.

Juan era un *freaky* de las películas de género, en especial de aquellas donde aparecieran hobbits o zombis. Se sabía de memoria los diálogos de *Brain dead* y había arrastrado a sus amigos a innumerables festivales de cine de terror. Así que aquello estaba hecho a su medida. Además, Juan no quería una despedida de soltero tradicional, tan sólo quería pasar el fin de semana con el hermano del que hacía tiempo que no tenía noticias.

—Algo tranquilo. Tú y yo, unos filetes y unas cervezas, y nos ponemos al día —le había prometido su hermano antes de salir.

Gorka no le comentó que los filetes se los tomarían en un remoto pueblo de montaña infestado de zombis, ni que había invitado a su socio y mejor amigo a la cita.

—Si el GPS no se ha vuelto loco estamos a punto de llegar —les avisó Gorka.

El camino había sido largo, casi cuatro horas de carretera con un último tramo de más de veinte kilómetros en el que tuvieron suerte de no cruzarse con nadie de frente. Por suerte, la generosa provisión de cerveza de la nevera portátil les había mantenido entretenidos. Gorka no se paró a pensar en cómo era posible que el acceso a un lugar como aquel estuviera tan poco transitado, ni se le pasó por la cabeza que pudiera haberse equivocado. Tan sólo siguió las indicaciones del navegador hasta el lugar indicado. Una alambrada de metal cruzaba el valle de punta a punta y el camino terminaba junto a una vieja casa rural que parecía recién reformada. Aparcaron la furgoneta en una explanada de gravilla junto a un par de vehículos y se dirigieron hacia el viejo caserón en busca de una recepción o de alguien que les atendiera.

No encontraron ni lo uno ni lo otro, tan sólo unas enormes puertas correderas de metal que les cortaron el paso. Siguieron las instrucciones de un gran cartel indicativo y pasaron las entradas impresas por un lector de códigos de barras. Las puertas se abrieron con un leve zumbido y accedieron, uno a uno, a una gran sala con las paredes de cal viva. El mobiliario se reducía a una gran mesa de acero inoxidable y un monitor con más pulgadas de las que habrían podido imaginar. Allí estaban los cuatro, plantados con sus bolsas de mano a los pies e intentando hacer notar su presencia al personal del recinto, cuando las luces se apagaron y la pantalla se puso en marcha para mostrarles lo que parecía ser el video de presentación del complejo.

—Prepárense para experimentar el final de la raza humana, conviértanse en supervivientes de un mundo apocalíptico —comenzó a recitar una voz en off de tono grave y grandilocuente—. En un marco natural incomparable, al margen de la civilización, se encuentra un pintoresco pueblo de montaña, abandonado de la noche a la mañana por sus habitantes y conservado intacto para ustedes. —Una cámara aérea sobrevuela una montaña majestuosa hasta que un gran valle se abre a sus pies—.

»Cuenta con más de 100 hectáreas acotadas por las agrestes montañas que nos rodean y por siete kilómetros de cercado con videovigilancia, para que una vez que estén dentro ya nada más pueda entrar o salir. Durante los próximos días, el pueblo entero estará a su servicio: podrán saquear las tiendas, robar vehículos, colarse en cualquier edificio a pasar la noche o emboscarse en el bosque. Cualquier cosa que garantice su supervivencia estará permitida… pero tengan en cuenta una cosa: no estarán solos.

Llegados a este punto, Gorka se giró hacia su hermano y vio su cara de felicidad iluminada por el resplandor del monitor.

»Antes de comenzar deberán dejar en esta sala sus maletas, documentación y teléfonos móviles. Todo el área está equipada con inhibidores de señal, así que no les serán de utilidad. Sus pertenencias les serán devueltas al finalizar la experiencia. Están prohibidas las videocámaras y las fotografías: la violación de esta regla supone la expulsión inmediata.

—Joder, esto es peor que Guantánamo —ironizó Richy.

El video cesó y un potente foco cenital iluminó la mesa que hasta entonces había estado vacía. Ahora había cinco collares de caucho del grosor de un meñique sobre ella.

—Sólo una cosa más... —añadió el narrador por los altavoces— una vez se pongan estos collares su experiencia dará comienzo, si se los quitan o alguien se los arranca estarán muertos y serán expulsados. Bienvenidos al fin del mundo tal y como lo conocen, esperamos que disfruten de su visita.

Gorka, Juan y Richy empezaron a aplaudir de forma espontánea. Notaban la adrenalina corriendo por las venas. Se pusieron los collares y cuando el último cierre hizo clic una puerta se abrió dejando a la vista una espectacular panorámica del valle y del pueblo abandonado. Salieron a la carrera como unos energúmenos dejando tras de sí todas sus pertenencias.

2. Anna

En lugar de términos tales como «virus
no convencional o agente inusualmente
lento que se asemeja a un virus» se sugiere
la utilización del término prion [...]. Los
priones son pequeñas partículas infecciosas
proteínicas que son resistentes a su inacti-
vación por la mayoría de procedimientos
que modifican los ácidos nucleídos.

Prusiner SB. *Novel proteinaceous infectious
particles cause scrapie.* Science 1982; 216:
136-144

Privada de instrumental y mobiliario, la sala se veía muy pequeña. Parecía
imposible que cuatro personas hubieran trabajado codo con codo en
aquel laboratorio durante más de tres años. Pero esa misma sala había
sido, tan sólo unos meses atrás, una de las puntas de lanza en la lucha
contra la enfermedad de Creutzfeldt-Jakob a nivel internacional. Cuando
el «mal de las vacas locas» inundaba los titulares de los medios y el sector
ganadero estaba en pie de guerra, el laboratorio del profesor Marc Ribera
había sido uno de los pocos en plantear soluciones viables al problema.
El Ministerio de Sanidad reconoció su esfuerzo y las subvenciones le
permitieron equipar el laboratorio con la última tecnología y el mejor
equipo.

—Estábamos a punto de conseguirlo y de pronto... —le explicó
Anna a la rata blanca que tenía en las manos, antes que ésta dejara de
respirar.

El éxito del laboratorio fue efímero. La escasa mortandad de la enfermedad hizo que los medios perdieran el interés de forma paulatina y cada vez se hablara menos de «vacas locas». Por consiguiente, el Ministerio centró su foco de atención en otras enfermedades más problemáticas.

El equipo del profesor Ribera continuó trabajando con la tranquilidad del que se siente ajeno del interés mediático pero con un presupuesto más ajustado. Lograron algunos adelantos sustanciales y sentían que estaban cerca de dar con algún avance importante. Uno de sus principios activos parecía funcionar con los cultivos, así que empezaron los ensayos con roedores. Pero entonces algo pasó. El humor del profesor, que siempre había sido muy amable y sincero, empezó a agriarse de forma paulatina. Su trato con el equipo continuó siendo correcto, pero dejó de ser la persona simpática y dinámica a la que les había acostumbrado y comenzó a encerrarse en sí mismo cada vez más. Hasta que un lunes el profesor no se presentó en el laboratorio.

—Intenté localizarlo durante tres días. ¡Tres días! Nadie sabía nada, ni en la facultad ni en su casa. El profesor no estaba casado, su madre había muerto hacía años y su padre estaba ingresado en una residencia —le comentó Anna al cuerpo inerte del roedor antes de dejarlo con delicadeza en un recipiente para residuos biológicos—. El único familiar cercano que podía saber de él era su hermano Diego y la policía nos dijo que no podían localizarle. Así que al final, tuvimos que ser nosotros los que denunciamos su desaparición

Según les había comentado el profesor en alguna ocasión, su hermano se dedicaba a hacer de guía en rutas de alto riesgo. Diego Ribera tanto podía estar perdido en el desierto del Nihuil, esquiando sobre las dunas, como en la Gran Barrera de Coral, nadando entre tiburones. El único familiar que podía ayudarles estaba tan perdido como él, así que el equipo del laboratorio —las últimas tres personas que lo integraban— decidieron continuar adelante con el trabajo sin él.

Mientras la investigación seguía su curso, se organizaron para atender las necesidades lo mejor que pudieron. Los cultivos no podían esperar y los ratones inoculados morirían en vano si no los estudiaban: un solo día de inactividad y el programa entero podía retrasarse semanas o incluso meses. Así que Anna cogió la sartén por el mango y reestructuró las rutinas del equipo: ella asumió las tareas administrativas del profesor, su compañera Eva se encargó de tomar las notas y actualizar los registros y Walter debía encargarse del cuidado exclusivo de los cultivos. El trabajo que tenían por delante era exagerado, con el profesor allí ya iban desbordados, sin él, completar los turnos era casi imposible. Además, tan pronto como la desaparición del profesor se hizo pública, un laboratorio de la competencia puso una suculenta oferta encima de la mesa. Incluso Anna había estado tentada de aceptarla, pero no quiso traicionar la confianza que el profesor había depositado en ellos. Eva, la segunda auxiliar, hizo lo mismo, pero Walter aceptó —o eso fue lo que dedujeron cuando un día no se presentó—. En menos de una semana el personal se había reducido a la mitad. Anna y Eva se quedaron solas para achicar el agua de un navío que zozobraba, a la espera de que el capitán volviera algún día, mientras las ratas empezaban a abandonar el barco.

El profesor Ribera no volvió y el barco se hundió. El trabajo las desbordó y sus superiores empezaron a dudar de la viabilidad del proyecto. Intentaron encontrar un sustituto capacitado para afrontar la investigación, pero los mejores ya estaban ocupados. Así que cuando el Ministerio decidió no renovar su subvención, la junta de la universidad clausuló el laboratorio. Sólo contaron con Anna para supervisar el desmantelamiento de las instalaciones.

—No queremos que los equipos sufran ningún desperfecto o que los de Sanidad se nos echen encima por extraviar ratones inoculados. Confiamos en usted para desalojar el laboratorio en las mejores condiciones. —Esos fueron los únicos elogios que Anna escuchó de sus superiores y con ellos casi consiguieron que ella misma destrozara el calibrador de pipetas o que soltara a los ratones en el vestíbulo del hospital.

Pese a su desánimo, la neurocientífica cumplió con los planes de desalojo con celeridad. Un día antes de cumplir el plazo la sala ya estaba vacía: exceptuando las jaulas de los ratones. Anna se resistía a llevarlos al horno de incineración hasta que no fuera inevitable. Los priones del mal de Creutzfeldt-Jakob tan sólo se habían mostrado activos con los bóvidos, los ratones estaban en perfecto estado y Anna dudaba que la cadena alimentaria fuera tan caprichosa como para que la neurona de un ratón de laboratorio terminara en el estómago de un ser humano —por muchos rumores que corrieran sobre la carne de conejo de los restaurantes chinos—.

La neurocientífica quería imaginar el futuro de aquellos ratones lejos de la caja metálica llena de serrín en la que se encontraban. Quería imaginarlos rodando en columpios de plástico dentro de jaula de colores, pero su mirada científica se lo impedía.

«Las han criado y alimentado para ser carnaza de ensayos clínicos y pruebas médicas. Nadie querría a una rata albina de veinte centímetros como mascota para sus hijos. Han nacido para morir así, sin la ciencia no existirían».

A veces Anna también pensaba que la habían educado para ser científica y que, como tal, no tenía derecho a una vida al margen de la investigación. En los últimos tres años no había tenido tiempo para relacionarse con nadie fuera del laboratorio y mucho menos desde que el profesor había desaparecido. Había vivido aislada del mundo exterior y, al perder el trabajo, había perdido el rumbo de su vida. Las circunstancias la apremiaban a tomar una decisión sobre su futuro —y sobre el de aquellos ratones—.

Abrió las jaulas y uno a uno empezó a inyectarles una solución de embutramida. Lo único que podía hacer por aquellos roedores era facilitarles un final rápido e indoloro. Los mató uno a uno y los acunó en sus manos hasta que dejaron de respirar.

—Estábamos tan cerca de conseguir algo efectivo. Después de tanto trabajo el profesor nunca nos habría dejado por su propia voluntad —le explicó a un pequeño cadáver de ojos rojos.

Había perdido la cuenta de las inyecciones que llevaba administradas cuando descubrió a un extraño visitante en una de las jaulas. Todos los especímenes eran blancos y de pelo corto pero en la esquina de una de las cajas había algo parecido a un murciélago sin alas. No sabía cómo había podido colarse en aquel lugar, pero se alegraba de tener uno menos que matar. Era imposible que formara parte del experimento, así que podía soltarlo cuando saliera del edificio sin recibir una reprimenda de sus superiores. Antes de guardárselo en el bolsillo descubrió que su epidermis estaba llena de llagas y tumores. La piel blanca de aquel ratón había adquirido un color grisáceo, tenía el pelo ralo y a clapas, y la piel parecía invadida por algún extraño hongo o herpes. Los ojos rojos se le habían tornado de un blanquecino enfermizo con velos amarillentos y sus movimientos eran lentos y extraños —Anna se alegró de llevar puestos los guantes estériles—. Le pareció imposible, pero identificó en su piel retales del código numérico con que las identificaban. Aquella rata era, sin duda alguna, de su laboratorio. Anna quiso saber si aquella alteración se debía a los priones enfermos que le habían inyectado o a algún efecto secundario de los sueros con los que experimentaban. Pero nunca lo sabría, aquello ya no importaba, el estudio había terminado y el laboratorio estaba clausurado. No había forma de saberlo.

Le inyectó el suero eutanásico como al resto de sus compañeros y esperó a que le hiciera efecto mientras le masajeaba el lomo. Unos segundos después, notó como el corazón dejaba de latir. Antes de devolverlo a la jaula, se lo acercó a la cara para verlo de cerca. Sus extraños ojos blanquecinos todavía parecían mirarla y Anna habría jurado que aquella criatura todavía movía los pocos bigotes que le quedaban. Entonces la investigadora escuchó una voz a su espalda.

—Hola, tú debes ser Anna.

La neurocientífica se giró sorprendida y, mientras lo hacía, notó un mordisco en la mano. Lanzó un chasquido de dolor y la extraña rata cayó al suelo. Anna quiso imaginar que al dar el respingo había apretado el cadáver de la criaturilla con demasiada fuerza y ella misma se había clavado sus afilados dientes —aunque no había sido así—.

—Perdona que te haya asustado, me dijeron que te encontraría aquí… —le dijo el tipo que estaba en el umbral de la puerta. Debía tener unos cuarenta años aunque su tez morena y su forma de vestir le hacían parecer más joven. Anna encontró sus facciones extrañamente familiares—. Lo que no me dijeron era lo atractiva que eras.

—¿Quién es usted? —le preguntó entre ofendida y alabada mientras recuperaba la compostura.

—No tengo modales, siempre me lo dicen. Soy Diego Ribera, el hermano de Marc.

3. Gorka

Si no hago algo terminaré en este bar
por el resto de mi vida,
como esos tristes viejos idiotas,
preguntándome qué demonios ocurrió.

Zombies party (Shaun of the Dead).
Dir. Edgar Wright, 2004

Llegaron a las afueras del pueblo casi sin resuello. Se trataba de un es-
print de poco más de trescientos metros, suficiente para agotar a unos
tipos medio bebidos y que llevaban cuatro horas enclaustrados en una
furgoneta. A las afueras de la villa —que no debía haber acogido a más
de un centenar de habitantes cuando aún estaba habitada— se elevaba el
esqueleto a medio construir de varios edificios que tanto podrían haber
sido hospitales, escuelas u hoteles. No encajaban con el estilo pirenaico
del resto de edificaciones pero le otorgaban al conjunto un toque apocalíptico ideal para la ocasión. Más adelante descubrieron que aquellas
construcciones paralizadas eran los restos de un complejo hotelero que
se tenía que levantar a los pies de unas pistas de esquí que nunca se
construyeron. Aquel pueblo fantasma había sido una víctima más del
pinchazo de la burbuja inmobiliaria, como tantas otras urbanizaciones y
nuevos barrios del país.

Gorka, Juan y Richy dejaron atrás aquellos edificios a medio construir, sin prestarles demasiada atención, y se adentraron, todavía al trote,
en el casco antiguo de una típica villa de montaña. Antes de perder las
fuerzas por completo, llegaron a lo que parecía ser la plaza del pueblo y
allí realizaron su primera parada obligatoria: el bar.

Aunque la puerta estaba cerrada desde dentro con un rústico cerrojo, no les costó demasiado pasar una mano a través de los cristales medio rotos para abrirla. Dentro, el local estaba muy desordenado, pero no abandonado. Quedaban algunas botellas a medio vaciar en las estanterías, aunque las que merecían la pena ya estaban secas o rotas.

—¡Eh tíos! Aquí todavía queda algo que exprimir —dijo Richy agitando uno de los barriles de cerveza. Mientras Juan buscaba una jarra limpia, o algo que se le pareciera, Gorka saltó sobre la barra y puso la boca bajo el surtidor. Nunca había sido muy escrupuloso.

—Está caliente —dijo el submarinista con la boca llena de espuma—. Pero dale caña…

Juan empujó a Gorka hasta hacerse hueco bajo el surtidor. Después Richy tiró a los dos al suelo y empezó a rociarlos como un crío en una fuente. En poco tiempo estaban los tres en el suelo, lanzándose puñetazos blandos y empapados de cerveza caliente. No era la primera vez que Gorka y Richy se encontraban en esa situación. Los dos socios se conocían desde el instituto y siempre habían sabido cómo divertirse. Juan había tardado un poco más en encajar en el grupo. El hermano pequeño siempre había sido un poco más retraído, pero después de pagarles la fianza un par de veces se había convertido en uno más. Gorka pensaba que le hacía un favor a su hermano *freaky* integrándolo en su grupo de amigos y Juan no se fiaba de dejar a su hermano solo, un sábado por la noche.

—Un momento, para... ¡Me estoy cagando! —dijo Richy zafándose de un intento de estrangulación de su socio.

—Joder, no quiero pensar en cómo estarán los wáteres —se burló su hermano.

—Ves al de las mujeres, que siempre está más limpio —le gritó Gorka a su espalda con una sonrisa.

Richy se bajó los pantalones justo antes de perderse camino de los baños. Mientras, Juan descubrió en un armario lleno de escobas y trapos un pequeño alijo de patatas fritas bajas en calorías y chocolatinas sin azúcar que se habían salvado del último saqueo. Antes de que pudieran probarlas escucharon un grito de Richy seguido por varios chillidos que no podían provenir de una sola garganta. Corrieron en su auxilio. Temían que un grupo de zombis les hubieran cogido desprevenidos nada más empezar su aventura y que Richy hubiera sido su primera baja, pero no fue así. Al entrar al baño descubrieron que no estaban solos: había tres figuras femeninas delante de él. No eran muertos vivientes y si lo eran estaban muy mal caracterizadas. Tenían las caras pálidas y los párpados saturados de sombra de ojos, pero nada más. Eran tres chicas góticas pasando el fin de semana.

—¡Joder Lidia! Ves como les ha dado igual que este baño fuera el de chicas… —le dijo la más bajita a la más alta—. Seguro que el suyo está que da pena.

—Yo no tengo la culpa de que los tíos sean unos cerdos… —le respondió ésta.

—Míralos, además también han encontrado nuestras provisiones —intervino una tercera.

—Quién iba a pensar que un grupo de tíos fueran a abrir el armario de la limpieza… —dijo Lidia, que había tenido la idea de guardar allí sus provisiones.

—Perdonad, pero esto es nuestro —añadió Olga, la bajita, antes de arrancarle a Juan de las manos una bolsa de caramelos dietéticos—. Supongo que estáis aquí por lo mismo que nosotras…

—No sé vosotras pero yo estoy aquí para cagar —respondió Richy.

—Y por lo visto has llegado un poco tarde —le dijo Lidia señalándole el bajo de los pantalones.

Richy no se había dado cuenta hasta entonces. Con el sobresalto los esfínteres se le habían relajado más de la cuenta y el alcohol que llevaba ingerido no le había ayudado demasiado a la hora de contenerlos. Los cinco empezaron a reírse de él, al unísono. Unos minutos después, estaban todos en el salón del bar bebiendo y comiendo. Todos menos Richy, que se pasó un buen rato en el baño intentando limpiar la humillación que se le había escurrido por los pantalones.

—Están arrasando con nuestras provisiones —se quejaba Olga a sus amigas una y otra vez—. Yo no pienso volver a por más.

—No seas aguafiestas… si precisamente las incursiones a por comida son lo más divertido de este sitio —le respondió Lidia sin quitarles el ojo de encima—. Además, creo que estos amables caballeros no tendrán problema en acompañarnos.

—No somos precisamente unos caballeros, pero seguiremos vuestros culitos a donde nos lleven —dijo Gorka con su mejor sonrisa.

—Habló el macho ibérico —intervino Olga con hastío.

—Tú me puedes llamar Gorka, aunque las que me conocen bien me llaman «Gorkasmo».

27

—Pues tú me puedes llamar «Multi-Olgá-smica» —le contestó la gótica divertida—, aunque no creo que sepas ni lo que significa.

—Bueno, perdonad que os interrumpa —intervino Juan poniendo paz—. ¿Pero nos vais a enseñar dónde está la comida?

Las chicas les explicaron que al otro lado del pueblo, a las afueras, había un gran supermercado —quizá la única infraestructura del gran proyecto urbanístico de la zona que se llegó a terminar—. Su estructura metálica prefabricada era fácil de identificar entre las viejas casas de piedra y los tejados de pizarra del lugar. El moderno supermercado había substituido a la vieja tienda de ultramarinos a la espera de un turismo que nunca terminó de llegar —por lo menos en la forma en que se esperaba—.

—Tampoco os penséis que hay de todo… —les explicaron las chicas antes de llegar— hay comida tirada por todos lados, pan mohoso y fruta podrida. Que se pueda aprovechar sólo hay latas y sobres de comida al vacío de vete tú a saber cuándo…

—Todo muy grasiento. Lo único que se podía comer sin saturarnos de calorías era lo que hemos traído —apuntó la bajita.

—No creo que a los chicos les importe comer una lata de judías con tomate o un plato de albóndigas —respondió Lidia.

—A mí lo que me interesa es saber si hay alcohol en condiciones y algo de hielo —dijo Richy mientras entraba al salón. Todavía llevaba los pantalones manchados.

—¡Apestas! —le increpó Gorka— ¿Cómo coño te has limpiado? ¿A lametazos?

—No hay jabón, el agua del grifo casi no tenía presión y se me han quedado los otros pantalones en la maleta —contestó Richy resignado—. ¿Hay ropa en ese supermercado?

4. Anna

Olvídate de tus obligaciones,
abandona todo rastro de humanidad.
Aquí no hay hambre, sed, dolor, ni sueño...
Supera tus miedos y conviértete en tu pro-
pia pesadilla. Forma parte del Apocalipsis.
Muere para volver a renacer.

Plan de marketing de Zombis Resort

La neurocientífica se sentía un poco abrumada ante el atractivo que desprendía el hermano de su jefe. Diego la había invitado a un café en la sala
de personal y aquello era lo más parecido a una cita que había tenido la
investigadora en meses. El trabajo que había asumido desde la desaparición del profesor Ribera no le había dejado tiempo para nada que fuera
más allá de las exigencias del laboratorio y en aquel momento se sentía
como una colegiala por San Valentín. No es que hubiera sido una esclava
del trabajo, ni que lo hubiera supeditado todo a su carrera —había tenido
algún que otro flirteo e incluso alguna dosis de sexo espontáneo— pero
ninguna relación estable. Lo justo para ir cubriendo el expediente emocional sin sentirse una fracasada en esa faceta de su vida. Pero después
de cuatro meses de inactividad sexual, aquel hombre maduro que tenía
delante, de ojos verdes y piel tostada, la estaba alterando cada vez más.
Se había sonrojado como una adolescente cuando la había sorprendido
en el laboratorio, después había tartamudeado —de forma casi imperceptible, pero lo había hecho— cuando él la había invitado a tomar un
simple café. Ahora que lo tenía a menos de un metro, sólo podía pensar
en si el brillo de aquella piel bronceada se debía a la hidratación natural

o a algún tipo de aceite corporal. Sin embargo, la conversación no se estaba prestando al romanticismo: estaba girando exclusivamente entorno a su hermano desaparecido. Diego había insistido en buscar un lugar discreto y en lugar de ir a la cafetería del centro, habían juntado unas cajas y él le había servido el café de un termo caliente que llevaba encima.

—Usted debe ser una de las últimas personas que vio a mi hermano y una de las que mantenía una relación más cercana con él... —le comentó Diego con un deje de preocupación.

—¿Qué es lo que está insinuando? —respondió ella ofendida.

—No me interprete mal. Me refería a que mi hermano no suele relacionarse con mucha gente fuera del trabajo. Aunque hay que reconocer que usted es una mujer muy bella, tenerla al lado día tras día debe de haber sido una dura prueba para Marc.

—¡Cómo? —saltó la investigadora todavía más ofendida pero completamente ruborizada.

—Estaba bromeando... —se excusó Diego justo antes de hipnotizarla con una sonrisa maliciosa— No dudo de su profesionalidad y conozco demasiado bien a mi hermano como para saber que nunca haría algo así. Aunque hablaba en serio cuando he dicho que es usted muy hermosa... —De nuevo, una intencionada sonrisa—. No me haga caso, mi hermano está perdido y yo aquí coqueteando como un jovencillo. Verá, el caso es que necesito su ayuda.

Diego le explicó que había llegado hacía poco más de dos días de una larga ruta por la Tierra de Fuego. Casi dos meses sin cobertura de móvil, comida fresca o agua corriente. Había vuelto a España en cuanto le habían comunicado la desaparición de su hermano. Sabía que Marc no era uno de esos tipos que lo dejan todo de un día para el otro —un tipo como él—, así que estaba preocupado.

—Registré a fondo su apartamento. La policía asegura que no hay indicios de forcejeo, ni de violencia. No descartan el secuestro, pero creo que llegaron a un callejón sin salida hace ya tiempo.

—A mi me dijeron hace poco que el caso seguía abierto —puntualizó.

—Claro que sigue abierto, pero puede seguir así durante años. Están a la espera de que aparezca por su propio pie o de que les llegue alguna prueba nueva para seguir avanzando y yo soy incapaz de quedarme quieto esperando que las cosas se arreglen por si solas. Va en contra de mi naturaleza.

Anna intuía que aquello era cierto. El profesor Ribera solía referirse a su hermano como el Holandés Errante. Le había explicado que mientras él se formaba en la facultad, su hermano se dedicó a viajar por medio mundo como mochilero. Dilapidó buena parte del generoso patrimonio familiar en dos o tres años y volvió a casa con los bolsillos vacíos y la intención de fundar una agencia de viajes. Su padre, un acaudalado empresario con aversión al despilfarro, financió a regañadientes el arriesgado proyecto de su hijo, pero le hizo prometer que no volvería a pisar su casa hasta que no devolviera hasta el último céntimo. Diego cumplió su palabra y no volvió a ver a su padre, pese a los continuos esfuerzos de su madre y su hermano para que lo hiciera. Fue él quien empezó a llamarle con ese mote, porque como el capitán holandés de la leyenda su hermano parecía incapaz de poner un pie en tierra: encadenaba un viaje con otro y no se establecía más de unas semanas en ningún lugar.

Marc creía que Diego acabaría por despilfarrar lo poco que le quedaba y después asentaría la cabeza, pero el peculiar pacto con el diablo del Holandés hizo que la agencia de Diego fuera todo un éxito. Anna no supo cuánto hasta que un día se topó por casualidad con un artículo en una revista de viajes. Su jefe le había contado que su hermano se ganaba la vida como guía de viajes extremos, pero lo cierto era que poseía una de las empresas con más renombre en el sector de los deportes de aventura. Según explicaba en el artículo, Diego Ribera se había convertido en una especie de gurú de la aventura: «cuando a un multimillonario excéntrico se le antojaba subir el Everest, él no sólo lo acompañaba hasta la cima sino que aprovechaba el viaje para convertirlo en un auténtico sherpa y, de paso, en un inversor más de su empresa». En uno de los fragmentos del artículo, Marc relataba una anécdota muy significativa: «Un gran modisto, del que no revelaré su nombre, tuvo el antojo de recorrer la ruta de la seda en las mismas condiciones de hace mil años. Yo no sólo le conseguí una caravana de camellos, sino que al volver de China le propuse utilizar las telas para elaborar una de las colecciones más exclusivas de su firma. Los vestidos se vendieron por un precio desorbitado y, a modo de agradecimiento, el modisto me cedió un amplio porcentaje de las ganancias. Él se hizo budista y yo su accionista».

Marc no le contó a Anna como terminó la historia con su padre, aunque luego supo por otras vías que el Holandés recuperó la inversión inicial en unos años y cuando volvió a casa con el cheque en las manos su padre no le reconoció: el mal de Creutzfeldt-Jakob le privó de su perdón.

El diablo se cobró su deuda, y Diego continuó errando de las Islas Fitji al corazón de Mongolia.

No volvió a casa hasta que su hermano desapareció.

—La policía no le dio importancia a esto —le dijo Diego mientras ponía un sobre encima de la mesa—, pero yo estoy seguro de que aquí hay algo. Yo no termino de verlo, por eso necesito tu ayuda. —Anna lo cogió y sopesó su peso. Estaba lleno de documentación—. No lo abras todavía, hazlo luego, cuando estés más tranquila. Ahora disfrutemos de este café, yo mismo lo he recolectado en El Salvador.

Dos horas después, en el salón de su casa y vestida con un viejo pijama, la investigadora todavía podía sentir el regusto intenso de aquel café en el paladar. El sobre que Diego le había dado todavía mantenía un cierto olor a su loción o lo que fuera que utilizara para mantener su piel brillante. Algo con un ligero olor a coco mezclado con sándalo y que Anna estaba segura de que sería más caro que cualquiera de sus cremas cosméticas —aunque lo cierto es que ella no invertía demasiado en ese aspecto—. Por su trabajo sabía que en realidad había muy pocas diferencias entre una simple crema hidratante y un cosmético con polvo de perlas y extracto de algas del mar rojo.

Anna abrió el sobre. Esperaba encontrar la carta de una amante secreta o una última voluntad, pero dentro sólo había facturas, albaranes y pedidos. Tras la primera decepción empezó a examinar con atención los documentos. Le extrañaba que el profesor Ribera guardara aquellos papeles en su casa, sin clasificar y mezclados de cualquier manera. En el laboratorio, Marc era una persona muy ordenada y que exigía la misma organización a sus empleados. Los informes tenían que estar siempre al día y hasta el recibo más insignificante se tenía que guardar y clasificar. La transparencia en las cuentas del laboratorio debía ser exquisita, ya que las subvenciones dependían de ella. El profesor contaba con una gestoría externa para todas estas tareas, pero a la práctica, ésta tan sólo se encargaba de almacenar el papeleo y era él mismo quien llevaba la contabilidad desde su ordenador, sin tocar ni un papel. Por eso, Anna se extrañó tanto al ver todas aquellas facturas fuera de lugar.

Por un momento, a la neurocientífica le pasó por la cabeza que su jefe hubiera podido llevar a cabo algún tipo de desfalco, que hubiese desaparecido en algún país sin extradición con un buen pellizco en el bolsillo a cuenta del Ministerio de Sanidad. Quizá su hermano Diego también había pensado en algo parecido al ver los papeles y había acudido a ella antes que a la policía —aunque Marc fuera un estafador continuaba siendo su hermano—. Pero a Anna aquello no le cuadraba: la investigadora había pasado varias semanas intentando sacar a flote a la empresa y sin duda habría detectado un agujero en las cuentas tan grande como para que mereciera la pena abandonar una próspera carrera y a un padre moribundo por una vida acomodada en las Bahamas. Así que volvió a examinar los albaranes con un enfoque diferente y cayó en la cuenta de que en ninguno de aquellos documentos se hacía referencia al nombre fiscal del laboratorio. Todos se remitían a la persona de Marc Ribera, tanto el número de cuenta como las tarjetas de crédito o la dirección de entrega de los albaranes. En ninguno de ellos aparecía la dirección del laboratorio, sino el domicilio del profesor. Su jefe había costeado todo aquel material y maquinaria de su propio bolsillo, no había estafado nada a la empresa.

—Con todo lo que ha comprado podría montar un laboratorio por su cuenta —se dijo a sí misma, y no un laboratorio cualquiera, sino una copia casi exacta del que ya tenía, aunque a una escala mucho menor.

El profesor no había robado dinero, pero quizás se trataba de un caso de espionaje industrial. Anna se resistía a creerlo, pero las pruebas no dejaban demasiado margen a la duda. ¿Para qué si no se iba a utilizar un láser para estimular axones o una sala para cultivos neuronales?

Una lágrima de incredulidad le cayó del rostro mientras revisaba de nuevo los documentos en busca de otra explicación plausible, pero no encontró ninguna. Todos los albaranes coincidían con el equipamiento que ella misma se había encargado de inventariar y empaquetar pocos días antes. Todos, excepto las cámaras de compresión, los depósitos de oxígeno, el sistema de agua osmotizada y los generadores eléctricos.

—Esto sólo es necesario si el laboratorio se encuentra en un lugar aislado, sin suministros y a un mínimo de 1.500 metros por encima del nivel del mar.

5. Gorka

—Entramos. ¿Pero cómo mierda vamos a volver?
—¡Qué importa! Vayamos de compras.

Zombi (Dawn of the Dead)
Dir. George A. Romero, 1978

En apariencia estaba desvalijado y abandonado, pero había de todo o, cuanto menos, lo necesario para sobrevivir un fin de semana sin demasiados apuros. La organización había cuidado al máximo los detalles para recrear una atmósfera apocalíptica: los pasillos estaban desordenados, la comida fresca estaba florecida y por la noche había que entrar con linterna. Aún así, el suministro de bebida y comida envasada estaba asegurado. Se notaba que había una mano oculta encargada de reponer constantemente el género, aunque lo hiciera esparciéndolo por el suelo y cubriéndolo de una delicada capa de polvo. Juan estaba entusiasmado.

—Mira que bien han recreado este expositor. Fíjate en las latas… esta marca no se vende desde hace años. Casi juraría que es una de las que aparecen en *El amanecer de los muertos…* —le comentó el novio a Sara, la más callada de las tres góticas—. Me refiero a la original, la de los zombis azules, no al remake…

A unos metros de distancia, Gorka observaba divertido la pasión con la que su hermano le relataba a la chica su teoría del zombi como consumidor descerebrado. Sin duda había acertado llevándole a aquel lugar, no recordaba haber visto nunca a Juan charlar tan animadamente con una chica a la que acabara de conocer —aunque fuera más un monólogo que una conversación—.

—Romero convirtió la segunda película de la saga en una gran crítica al consumismo. Cuando la rodó, a finales de los 70, se empezaban a construir en Estados Unidos los primeros centros comerciales... son un invento más reciente de lo que nos parece. No sé si has visto la película... salen zombis arrastrando tostadoras, robando equipos de música... Un descojone —afirmó Juan divertido. Sara sonrió por compromiso.

»La clave es que todo era una gran metáfora... los muertos vivientes era gente arrastrada al consumo de masas. El mensaje les había calado tan hondo que incluso después de muertos continuaban peleándose por una falda en oferta. Comprar es como comer cerebros, nunca tienes bastante. ¿Y sabes que es lo mejor de todo? Que la película se proyectó en los mismos centros comerciales que criticaba. La gente iba a verla en masa, cargados con sus palomitas y sus refrescos y no se daban cuenta de que se estaban descojonando de ellos en su cara...

Lidia, la gótica de las piernas más largas, se acercó a la pareja con la intención de rescatar a su amiga de la larga exhortación de Juan, pero antes de que lo hiciera, Gorka la cogió del brazo y se la llevó hacia otro pasillo.

—Parece que tu amiga se lo está pasando bien —le dijo el submarinista a Lidia con cinismo—. Dejémoslos a solas. Ahora viene la parte más interesante de la historia.

La gótica no estaba muy convencida, pero se dejó llevar. Gorka había escuchado las teorías de Juan mil veces, sabía lo que disfrutaba relatándolas y, ahora que estaba lanzado, no quería pararle. Además, la artimaña le había servido para quedarse a solas con Lidia.

—Este sitio no está nada mal pero no deja de ser una gran atracción de feria. Es como montarse en una montaña rusa, tiene algunos momentos excitantes pero en el fondo sabes que no te va a pasar nada —le dijo Gorka sin soltarla del brazo para hacerse el interesante mientras paseaban por un pasillo lleno de latas y envases al vacío—. Es como esta bolsa de patatas... Mira la etiqueta ¿si el mundo se terminó hace unos años como es que esto está envasado de hace dos meses? Si ni siquiera hay riesgo de indigestión, ¿qué nos van a poder hacer los zombis cuando aparezcan?

—Tú no los has visto todavía —le respondió ella con indiferencia—. Las heridas les supuran de verdad, algunos no tienen orejas... incluso hemos visto a una con un pecho arrancado.

—Es todo maquillaje. No te imaginas lo que se puede hacer con un poco de látex y pintura corporal. Yo he visto auténticas obras de arte...

—Cuando los veas me lo vuelves a decir.

35

Lidia terminó la frase con una caída de ojos llena de aburrimiento y no volvió a abrir la boca hasta que todos se reunieron en la salida. Richy había encontrado unos pantalones nuevos y se había podido limpiar con toallitas para bebés. Olga había llenado varias mochilas con bebida y suministros y Juan seguía atormentando a su interlocutora con todo su repertorio.

—No son sólo pelis de zombis… cada una de las películas de Romero se puede leer en clave de crítica social. No quiero decir que no sean divertidas, sino que puedes hacer segundas y terceras lecturas. Las puedes ver una y otra vez, y cada vez encuentras algo nuevo. Por ejemplo, en la primera, hay un claro guiño al racismo…

Gorka sabía de memoria como continuaba el discurso de Juan. Su hermano consideraba a George A. Romero un director a la altura de Cóppola o Scorsese. Para él, cada una de las películas de la saga de los muertos vivientes era una crítica a la sociedad en la que se había filmado. La primera, se rodó el mismo año en que Martin Luther King fue asesinado, en plena lucha por los derechos civiles de los afroamericanos y, según Juan, no era casual que el protagonista que lidera la resistencia contra los zombis fuera un actor de color. Además, el personaje negro, después de sobrevivir a toda una noche de asedio zombi como único superviviente, muere abatido por una patrulla de blancos al final de la película.

—*La noche de los muertos vivientes* es una crítica al racismo de los 60; *El amanecer de los muertos*, una apología al consumismo de los 70; y *El día de los muertos*, con los protagonistas atrapados en un búnker por temor al exterior, no era más que una sátira de la política de Ronald Reagan en los 80 —recitó Juan de carrerilla una vez más.

Iba a continuar exponiendo su teoría mientras salían del supermercado pero algo captó la atención de su interlocutora: una horda de muertos vivientes les había salido al paso. Era la primera vez que se encontraban cara a cara con ellos y Lidia no había exagerado: sus heridas chorreaban pus y estaban llenas de moscas; sus ojos estaban muertos, parecía que las retinas se les hubieran desprendido; sus movimientos eran lentos y desacompasados, como si sus articulaciones estuvieran dislocadas y sus tendones hubieran perdido flexibilidad; algunos no tenían nariz, a otros les faltaba una oreja… y, poco a poco, les empezaron a rodear.

Juan estaba en éxtasis, ni en sus mejores pesadillas había pasado por una experiencia tan vívida como aquella. Estaba visionando en tres dimensiones y en pantalla de alta definición la película de sus sueños. Richy, por su parte, observaba la escena con las pupilas dilatadas y la boca abierta de un borracho, como un curioso que observara un accidente desde su coche, paralizado e indiferente a la retención que está generando tras él. Para Gorka, aquel momento fue casi una revelación: aquellos tipos que tenía delante no eran actores, eso saltaba a la vista, y el poco sentido común que le quedaba le decía que tampoco eran muertos vivientes reales, pero casi. Fueran lo que fueran aquellos tipos que tenía delante, quería ser uno de ellos.

Las tres góticas rompieron la magia del primer encuentro y arrastraron al grupo de nuevo al interior del supermercado. Bloquearon la entrada con un expendedor de tabaco y salieron corriendo por la puerta de atrás del edificio.

—¿No os parece que estáis exagerando un poco? —les preguntó Gorka con una sonrisa.

Antes de que les respondieran, uno de los muertos vivientes rompió uno de los cristales con el brazo a menos de un metro del submarinista. Gorka pudo observar como el cristal había abierto una herida de varios centímetros de profundidad en su antebrazo y en lugar de retirarlo por el dolor, éste intentaba aferrársele al cuello.

—¿Te lo crees ahora? —le preguntó Lidia.

Gorka no contestó, se limitó a correr hacia la puerta trasera con el resto del grupo. Allí también les estaban esperando, aunque en menor cantidad, y pudieron esquivarlos sin problemas. Cuando recuperaron el aliento, todavía con las palpitaciones de la adrenalina en la garganta, Gorka se acercó a Lidia de nuevo.

—Tenías razón, no son actores… —le dijo a la gótica y ella le miró con un «Ya te lo dije» en los ojos y una media sonrisa en sus labios negro murciélago—. ¿Qué coño son?

—No lo sé, pero zombis de verdad no son. Si no yo ya me habría convertido —le respondió enseñándole un arañazo reciente en el antebrazo.

Aquella era la segunda vez que las chicas se encontraban cara a cara con los inquilinos del parque. Habían llegado unas horas antes que ellos y lo primero que habían hecho había sido rastrear el lugar en busca de unos aseos limpios. Una cosa era tener el dormitorio lleno de telarañas de nylon y las estanterías llenas de polvo de talco gris y otra muy distinta orinar en un baño salido del peor delirio de David Cronenberg. Todo tenía un límite. Después se habían preocupado de acumular provisiones para todo el fin de semana y habían dado con el supermercado. Durante el camino de vuelta con un botín de productos de limpieza y comida light en su poder, se habían cruzado con una pequeña horda de muertos vivientes. Estaban acostumbradas a enrollarse con tipos de ojos blancos disfrazados de vampiro, así que no los trataron con el suficiente respeto: fueron ellas las que se abalanzaron sobre ellos. Era lo que habían ido a buscar a aquel lugar y quien hubiera presenciado aquel primer contacto en la distancia no habría podido distinguir quien atacaba a quien. Las chicas esperaban poder observar de cerca lo bien caracterizados que estaban aquellos tipos, tocar sus heridas y, quien sabe, aprender algún truco de maquillaje que hiciera furor en los conciertos de *dark metal*. En el ambiente por el que se movían corrían muchos rumores sobre aquel lugar, por ejemplo, que allí trabajaban los mejores maquilladores y expertos en efectos especiales. Bryan Yuzna, productor de la saga de *Re-Animator*, se había pasado una larga temporada en nuestro país dirigiendo algunos títulos de género y se dice que, entre rodaje y rodaje, desaparecía meses enteros en las montañas en lo que él llamaba «su proyecto especial». Unos decían que se había dedicado a entrenar un selecto y secreto equipo de dobles y maquilladores para llevar a cabo un reality del estilo de *La Bruja de Blair* en el corazón del Pirineo y otros aseguraban que había ayudado a crear un extraño parque temático. Lo cierto es que cuando las chicas tuvieron delante a los zombis del complejo, dieron por auténtico el rumor: lo que veían era tan real que no les hubiera extrañado que el mismísimo Rick Baker hubiera estado detrás de aquel trabajo. Sin embargo, no pudieron apreciar aquellas obras de arte andantes con tanto detalle como ellas hubieran querido.

—Se nos echaron encima como pitbulls. Nos buscaban el cuello con los dientes. A mí me agarraron el brazo con tanta fuerza que noté cómo me clavaban las uñas en el hueso. Mi primer instinto fue pegarle un rodillazo en la entrepierna. Le di con todas mis fuerzas... ¡y el tío se quedó tan ancho! —les explicó Olga indignada durante el camino de vuelta.

—Llevaría protección... —supuso Gorka.

—Noté como se chafaban los huevos contra mi rótula... No es la primera vez que me tengo que quitar a alguien de encima de esta manera y ese tipo ni se inmutó. Por suerte, se movía muy despacio, pude revolverme y soltarme. He estado en muchos Pasajes del Terror y Posadas malditas para saber que esos tipos no son actores y que lo que llevan encima no es un maquillaje normal. Hay una norma básica en esos lugares: el respeto mutuo.

—No toques a nada ni nadie y nada ni nadie te tocará —recitó el submarinista con un deje de misterio. Él también solía cumplir esa regla en las inmersiones.

—Sí, esa es la norma y puedo asegurarte que esos tipos se la pasan por donde no suena —afirmó Olga—. A Lidia todavía la agarraron con más fuerza, tuvimos que arrancarle uno de encima entre las dos. Mira cómo le dejaron el brazo.

—Se exponen a una demanda por agresión. Te puedo asegurar que cualquier médico te firmaría un parte de lesiones si te viera eso —dijo Gorka al ver la herida de Lidia—. Están bordeando lo ilegal…

—Y eso es lo que me gusta de este lugar —respondió ella sonriendo. Era la primera vez que lo hacía.

6. Anna

La enfermedad de Parkinson, que ataca los movimientos de Muhammad Ali y Michael J. Fox
—entre otros seis millones de personas en el
mundo—, es cerebral. Pero cada vez parece más
cierto que en ciertos casos su origen puede estar
en el estómago o el intestino, o incluso en la nariz,
y de ahí ir saltando de neurona en neurona hasta
llegar a los centros cerebrales del movimiento.

Priones que saltan del intestino al cerebro,
última explicación del Parkinson.
Libertad Digital. Martes 5 de Agosto 2014

Basándose en el equipamiento que el profesor Ribera había comprado, Anna se había hecho una idea bastante aproximada del entorno en el que éste debía estar llevando a cabo sus investigaciones. A pesar de ello, era consciente de que la información era demasiado ambigua como para acotar la búsqueda a una zona concreta. Esperaba que Diego pudiera aportarle algunas respuestas.

—¿Me estás diciendo que mi hermano está en un lugar sin agua corriente, ni electricidad y a un mínimo de 1.500 metros por encima del nivel del mar? —preguntó el apodado como el Holandés con una sonrisa socarrona. La investigadora lo había citado con urgencia en un pequeño restaurante turco en el que solía cenar—. ¿Sabes que esos detalles servirían para describir la mayoría de zonas montañosas del planeta? Yo mismo paso la mayoría de mis viajes en zonas similares —apuntilló divertido devorando un pedazo de *falafel.*

—Sé que no es algo demasiado concluyente, pero pensaba que tú…
—le respondió Anna avergonzada. Se empezaba a arrepentir de haber
quedado con Diego en aquel lugar.

—¿No me habrás llamado sólo para cenar conmigo? —le preguntó
él y casi consiguió que ella se atragantara con la ensalada de espinacas—.
Tranquila, estaba bromeando. Lo cierto es que ahora mismo tengo una
idea bastante aproximada de dónde puede estar mi hermano.

La investigadora respiró aliviada. Diego no quiso decirle nada más
durante la cena, insistió en terminar de comer con tranquilidad. Después
de los postres y mientras degustaban un espeso té negro, el hermano del
profesor le prometió que al día siguiente la pasaría a buscar a la salida
del sol. Anna lo encontró muy romántico, pero Diego fue un poco más
pragmático:

—Es la mejor hora para viajar, con el cuerpo descansado y antes de
que el calor apriete.

Al día siguiente, todavía con la opípara cena a medio digerir, Diego
Rivera pasó a recoger a Anna por su casa con un Porsche Cayenne con
todo el equipamiento deportivo y todo el frontal lleno de barro. Cuatro
horas después la investigadora se encontraba vomitando en el arcén de
una sinuosa carretera de montaña.

—Perdóname pero ya estoy harta de tanta intriga… ¿se puede saber a
dónde vamos? —le preguntó a Diego mientras se limpiaba el vómito de
la comisura de los labios.

—Perdóname tú a mí, creo que es deformación profesional. Quería
que fuera una sorpresa, pero entiendo que esto no es uno de mis viajes
guiados… —El Holandés le acercó una botella de agua y continuó—. Mi
familia tenía una masía por estas montañas. Veníamos aquí a pasar el verano, yo me pasaba el día entero haciendo el salvaje por el valle… cazaba
serpientes, construía refugios. Una vez me quedé dormido en una cabaña
de troncos y tuvieron que hacer una batida para encontrarme.

—¿Y falta mucho para llegar? —preguntó Anna cortando la regresión
infantil de Diego.

—No, no. Lo cierto es que ya casi hemos llegado. Si pudiésemos atravesar esa pineda en línea recta llegaríamos en unos veinte minutos. En
coche, la pista forestal da bastante más vuelta. Nos quedará todavía cerca
de media hora de camino…

El estómago de la investigadora se contrajo en una náusea al pensar
en treinta minutos más de baches y curvas cerradas.

—¿No podríamos dejar el coche aquí y seguir a pie? —preguntó Anna a sabiendas de que el arcén era demasiado estrecho para dejar un automóvil de casi dos metros de ancho. Los pocos vehículos que se habían cruzado con ellos en dirección contraria lo habían tenido complicado para pasar.

—Aquí no puedo dejarlo, pero si tú quieres, puedes ir caminando. Un poco más adelante hay una senda de cazadores que te lleva directamente hasta la casa. Yo continuaré con el coche y nos vemos allí.

Antes de separarse, Diego le dio a la investigadora una pequeña mochila con el logotipo de su empresa. Se trataba de un pequeño kit de supervivencia, con una brújula de plástico, un pedernal, cerillas sumergibles, pastillas potabilizadoras y un botellín de agua mineral Evian. Anna no creía necesitar nada de todo aquello, pero Diego insistió

—Nunca se sabe cuando te puede hacer falta. Además, te meto un *walkie talkie*… en esta zona no hay cobertura de móvil. Canal 17.

Anna asintió y se encaminó hacia el sendero con su mochila y sus pantalones cortos convertida en toda una *boyscout*. El estómago se le empezó a asentar con el aire de la montaña y el tiempo era perfecto para dar un paseo. Anna podía imaginar al Diego de once años correteando por aquellos caminos, asaltando a sus familiares con su espada de palo y con la misma sonrisa de bandolero que aún utilizaba. Se preguntó también que haría su hermano Marc mientras el otro corría por los bosques:

«Quizás leer bajo su encina favorita u observar como los renacuajos se convertían en ranas».

Poco a poco el follaje se hizo más compacto y el camino se estrechó. El agradable sol de principios de otoño se ocultó bajo las copas de los pinos y una brisa gélida hizo que se le crispara el vello de las pantorrillas. Entonces escuchó algo correr sobre las hojas secas. Se giró hacia el origen del crepitar pero no vio nada. Continuó caminando con el paso un poco más rápido a la espera de que el pinar se abriera por fin al valle de la masía. Volvió a escuchar el ruido, ahora con más claridad. Era algo que se movía entre la maleza, que avanzaba hacia ella. Empezó a correr, mirando en todas direcciones. Su mente recreaba a su agresor detrás de cada rama y no supo por qué le vino a la mente el extraño ratón que se había resistido a morir en el laboratorio dos días atrás. Entonces, un jabalí de unos cuarenta kilos se cruzó en su trayectoria a toda velocidad y la hizo caer. El animal parecía estar huyendo de algo y no le prestó la menor atención a la investigadora, continuó con su carrera a toda velocidad. Anna se limpió las rodillas del barro y recordó cómo se había referido Diego a aquel camino: «senda de cazadores». Era normal cruzarse con algún animal en un sitio como aquel. Se encontraba en una zona poco poblada, de mala accesibilidad y la fauna salvaje se reproducía a sus anchas.

Llegó al valle sin cruzarse con ningún otro animal. La masía se encontraba completamente aislada en medio del bosque. La naturaleza había reclamado como suyo lo que en otro tiempo habrían sido campos de cereal y huerta. Ahora lo único que evitaba que la masía desapareciera en medio de la espesura era una pista rural en malas condiciones y un par de hectáreas de terreno yermo cercado por un antiguo muro de piedra. A pesar de la dejadez, la construcción todavía conservaba cierta majestuosidad. No dejaba de ser una casa de campo, pero sus dimensiones superaban con creces la envergadura media de la zona. Sobre un primer piso que había servido de establo durante años se levantaban dos plantas con muros de piedra y vigas de madera. En uno de los laterales, una especie de cobertizo protegía la madera acumulada durante el verano de la humedad y a medida que Anna se acercó pudo distinguir entre la leña multitud de cajas y embalajes que sin duda habían contenido todo el material de laboratorio que figuraba en los albaranes. La investigadora se detuvo ante el gran portal de madera carcomida y lo martilleó con el picaporte en forma de puño. No obtuvo respuesta. Llamó al profesor Ribera por su nombre varias veces, primero a media voz y después casi gritando. De nuevo nadie le respondió, así que empujó el portón con la cadera y este cedió con un ronroneo metálico.

Lo que durante siglos había servido de hogar a vacas, ovejas y demás animales de granja, ahora se presentaba como un gran laboratorio de última generación. La disposición de la maquinaria y las áreas de trabajo eran muy similares a las del espacio que se había visto obligada a clausurar unos días atrás. Las paredes de adobe y el suelo lleno de heno contrastaban con los espectrómetros y los bancos de muestras, pero sin duda aquel laboratorio llevaba el sello del profesor Ribera. Sin embargo, cuando Anna se fijó un poco más en que lo que se estaba «cociendo» en aquel momento en él, empezó a observar una dejadez que no era propia del gran investigador que había tenido como jefe durante varios años. Había placas de Petri y pipetas rotas esparcidas sobre las mesas, la centrifugadora se había utilizado sin cerrar los tubos y había esparcido las muestras por las paredes, las incubadoras de cultivos rebosaban algo parecido a baba de caracol y las ratas de laboratorio estaban en muy mal estado. Parecía que un grupo de niños hubiera estado jugando con el instrumental y lo hubiera dejado todo por recoger.

Anna no quiso seguir mirando y corrió a lo que debía ser la despensa en busca de algo de agua para hidratar a aquellos roedores moribundos. La distribución de los equipos era tan similar que la investigadora encontró la cámara frigorífica de forma instintiva. Abrió la puerta de acero inoxidable y se encontró con una escena digna del ritual de santería más macabro: decenas de cabezas de cerdos, ciervos, conejos, jabalíes y otros animales que no supo —ni quiso— identificar con el cráneo cercenado y la masa encefálica a la vista. Pese a su mentalidad empírica, Anna se sintió mareada y salió a que le diera el aire: lo que acababa de ver tenía muy poco de científico.

—¿Qué es lo que le ha pasado al profesor? —se preguntó Anna a sí misma con angustia mientras intentaba recuperar la compostura.

Después inspiró profundamente y se sentó a esperar la llegada de Diego.

7. Lidia

Preguntaré a los Ghuls cuál es el camino,
y para atraerlos los invitaré a que se den
un banquete con esos cuerpos frescos.

William Beckford. *Vathek*. 1786

La gótica se sentó en la terraza del bar a observar el atardecer, pero no porque fuera una romántica sino por la sensación apocalíptica que le transmitía el ocaso. Desde el rústico banco de troncos de la terraza del bar tenía una perspectiva excepcional de la calle principal que atravesaba el pueblo y de cómo el sol desaparecía, poco a poco, a través de las montañas que cerraban el valle.

Gorka se sentó a su lado con los dos últimos cafés autocalentables que quedaban en el supermercado. Tenía la esperanza de que la pequeña sonrisa que le había dedicado en el camino de vuelta fuera una señal de algo más. La puesta de sol no le conmovía en exceso pero sabía por experiencia que era un momento ideal para lanzarse a por todas. Así que no dejó escapar la ocasión.

—Unas vistas cojonudas, buena compañía y un café calentito... ¿qué más se le puede pedir a este momento?

—¿Lo de buena compañía lo dices por ti? —le respondió la chica del pintalabios negro.

—Si quieres te dejo sola, pero el café se va conmigo.

Lidia le dedicó una sonrisa sombría y le hizo un hueco a su lado en el banco. Gorka rompió el seguro del envase, lo agitó y se lo pasó como si fuera un perfecto caballero. Ella lo aceptó sin dejar de mirar al horizonte.

—Me gustaría creerme toda esta farsa y pensar que tiene algo de verdadero —dijo la gótica antes de dar el primer sorbo de su café—. A estas alturas ya me habría transformado en una de ellos, sería completamente libre… no tendría que trabajar, ni comer, ni respirar, ni preocuparme de nadie más que de mí misma…

—Sólo tendrías que preocuparte de comer cerebros —añadió el submarinista con la mirada perdida en la base de su pálido cuello.

—Eso no es del todo cierto… no fue hasta *El Regreso de los Muertos Vivientes,* en el 84, cuando los muertos empezaron a comer cerebros. En la primera parte, la de Romero, los zombis eran simples caníbales, no tenían ninguna predilección a la hora de hincar el diente. Y si habláramos del zombi original, ni siquiera eso, ni siquiera necesitaban comer —le respondió Lidia como si aleccionara a un neófito en el tema. Imaginaba que aquel tipo musculado y lleno de tatuajes tendría unas aficiones completamente opuestas a las suyas. No podía adivinar que Gorka había escuchado tantas peroratas de su hermano que también era un experto en el tema.

—Si fueras un zombi de verdad, probablemente serias una campesina haitiana que murió dejando dinero a deber y que su familia vendió una vez muerta para pagarlas —dijo él—. Te convertirías en un muerto viviente sí, pero no serías libre. Serías una esclava a las órdenes de quien pagó para resucitarte. Según como lo veas es una metáfora del capitalismo más radical, aunque creo que todos los zombis del Caribe eran hombres. Así que lo tienes complicado para ser uno de ellos. Es un poco machista, pero era lo que se llevaba a principios del siglo pasado.

Lidia no dijo nada, tan sólo cogió el café caliente con las dos manos y se arrimó un poco al submarinista en busca de calor. Para Gorka fue una señal inequívoca. Aunque la gótica se había mostrado esquiva toda la tarde, aquello no dejaba lugar a dudas, su actitud era una parte más del ritual. Todavía no se habían enfriado las tazas de plástico cuando empezó a juguetear con su cuello. Llevaba un bonito colgante con una calavera de plata además del collar de caucho que les habían dado al entrar. No se había fijado en él antes pero la zona más gruesa parecía emitir una extraña luz parpadeante. Gorka no le dio importancia y se centró en lo que tenía entre manos. Había conocido a algunas chicas como Lidia y a todas les encantaba que les mordisquearan la yugular. Así que se acercó a su cuello con la intención de ir un paso más allá en su particular cortejo, cuando unos gritos en la lejanía les distrajeron.

—¿Qué es eso? —preguntó ella quitándoselo de encima.

—Debe ser otro grupo de visitantes que se ha cruzado con ellos —dijo él intentando quitarle importancia.

—Imagina lo que debe ser provocar un terror así en la gente —le respondió Lidia entusiasmada, parecía haber perdido todo el interés en Gorka—. Joder, me encantaría arrancarle a la gente un grito como ese.

—No debe de estar nada mal —le respondió él con resignación.

—Hemos pagado para ser los conejillos asustados, pero aquí lo divertido es ser el zorro.

Gorka no lo había pensado nunca de aquel modo. Para él todo aquello era un simple divertimento de fin de semana. Para ella, en cambio, era algo más. El submarinista comprendió que Lidia quería ser uno de ellos y, fue en ese momento, cuando el gusanillo de convertirse en un zombi empezó rondarle por la cabeza. Aquella experiencia podía convertirse en el viaje definitivo que andaba buscando: una mezcla de modificación corporal extrema y aventura espiritual. La última batalla antes de rendirse a la vida sedentaria.

Gorka era un adicto a la adrenalina. Aunque se ganaba la vida como submarinista profesional, era capaz de capitanear cualquier actividad complementaria que demandara un cliente: caída libre, espeleología, parapente, barranquismo… Su cuerpo era un portento físico, pero también un escaparate de tatuajes, *piercings*, escarificaciones y otras modificaciones corporales. Había llegado a pensar en ponerse una lengua bífida o unos pequeños cuernos subcutáneos, pero lo había tenido que descartar por las exigencias de su trabajo. Era difícil ajustarse bien la máscara de buceo con unos bultos en la frente y temía que con la lengua partida no pudiera maniobrar de forma correcta la boquilla del regulador de aire. Sin embargo en lo que a deportes de aventura se refería, para él no había límites. Su objetivo era llegar siempre más lejos, más rápido y más profundo que los demás. La adrenalina era su droga y como todo yonqui, Gorka a veces no sabía dónde estaba su límite. Era consciente de que no podría aguantar aquel ritmo toda la vida, pero pensaba que la gran ola estaba todavía por llegar. Gorka aguardaba el viaje definitivo, el último reto, la experiencia extrema que sirviera de colofón a la primera etapa de su vida. Como se habían cansado de pregonar algunos gurús del *New Age*, Gorka necesitaba sentir que lo había probado todo antes de empezar una nueva etapa en su vida. Convertirse en un zombi quizá fuera lo que estaba buscando.

Con las mujeres era igual: buscaba algo rápido e intenso. Cuando la relación pasaba de las dos semanas y superaba la cresta de la pasión, buscaba una nueva ola —aunque no siempre había sido así— y en ese momento su objetivo pasaba por acostarse con aquella chica de piel pálida y piernas interminables. Después ya pensaría en lo demás.

—Tienes toda la razón —le dijo—. Aunque hay algo que no vas a poder hacer si te conviertes en uno de ellos.

—¿Te refieres a esto? —le respondió ella mientras se desabrochaba el escote de su camisa negra de encaje con languidez y dejaba al aire uno de sus senos blanquecinos.

Gorka se abalanzó sobre ella como si él mismo fuera un caníbal hambriento de carne fresca, no le importaba que alguien del grupo se presentara de improviso, ni siquiera pensó en lo expuestos que estaban a un posible ataque en aquella terraza. Tan sólo tenía ojos para aquella chica gótica que se le había entregado por fin. Le faltaban manos para abarcar todo su cuerpo, con una sostenía su pecho mientras con la otra intentaba arrancarle la ropa. Ella hacía lo mismo, le arañaba los brazos tatuados, el cuello, le arrancaba los pantalones y mordía su hombro. Estaban en pleno frenesí pero Gorka notó que algo no le cuadraba. Se sentía como en una orgía, con varias chicas acariciando su cuerpo, pero allí sólo estaba Lidia… ¿o no?

El submarinista abrió los ojos y vio que una de las manos que le asían del pecho era fría y putrefacta. Uno de aquellos zombis había aprovechado la ocasión para acercárseles por la espalda e intentaba morderle. Gorka empujó a Lidia a un lado y ella calló con las nalgas desnudas sobre la grava del suelo —al día siguiente tendría un buen moratón—. La chica se incorporó indignada y no se dio cuenta de lo que estaba pasando hasta que vio como Gorka inmovilizaba al supuesto muerto viviente con una llave de Krav Magá. Los dos terminaron rodando por el suelo, él encima y el zombi debajo. Aunque le había ganado la posición, el atacante continuaba removiéndose. No se daba por vencido. El submarinista nunca había tenido que mantener tanto tiempo aquella llave sin que su adversario se rindiera y sus brazos estaban empezando a cansarse.

—Si aprieto un poco más te puedo romper el cuello y a eso sólo se sobrevive en las películas —le susurró al oído en tono amenazador.

El zombi no sólo no contestó sino que se contrajo todavía con más fuerza. Gorka aumentó la presión en el cuello para que se quedara sin aire pero no consiguió nada.

—Vamos a hacer una cosa… si me cuentas de que va esta movida… si me cuentas qué tiene que hacer uno para convertirse en uno de vosotros te soltaré.

El zombi tampoco contestó, pero se quedó inmóvil. A Gorka, los músculos del brazo le empezaron a arder y tuvo miedo de haberse extralimitado, así que aflojó la llave. Tan pronto como notó que le soltaba, el zombi le mordió el antebrazo y aprovechó su desconcierto para arrancarle el collar de cuajo. Del mismo dolor, el submarinista le propinó una patada en el abdomen con toda su rabia, pero él zombi pareció no inmutarse. Se levantó con parsimonia con el collar en las manos y le dio la espalda. Había perdido todo el interés por él.

—¡Oye! Todavía no he terminado contigo —le gritó Gorka mientras se incorporaba—. Habíamos llegado a un trato…

El muerto viviente hizo oídos sordos a sus comentarios y empezó a alejarse de la pareja. Gorka corrió tras él, lo agarró por el hombro y le hizo girar. Hasta ese momento no se había dado cuenta de que era una mujer, una mujer horrible, pero una mujer. Era la zombi del pecho amputado de la que Lidia le había hablado y de no ser por lo deforme de su rostro habría jurado que sonreía.

—¡Cuéntanos qué sois! —le exigió la gótica mientras se vestía.

La zombi continuó sin romper su silencio, les dio la espalda de nuevo y emprendió su lenta marcha otra vez. Todavía cegado por el agudo dolor del mordisco y ofuscado por su indiferencia Gorka la empujó y la hizo caer. Ella volvió a levantarse una vez más, con una dificultad extrema pero sin soltar en ningún momento el collar que le había arrancado. Se alejó de los dos a paso lento.

Lidia se puso las botas, se ajustó la camisa y salió tras los pasos de la muerta de un solo pecho.

—¿Qué haces? —le preguntó Gorka.

—Voy a ver de dónde coño salen estos bichos —le contestó Lidia divertida—. ¿Te apuntas?

8. Anna

Cuán terrible es lo que los científicos guar-
dan en sus portafolios. Los médicos cortan,
queman, torturan. Y haciendo a los enfermos un bien, que más parece mal, exigen
una recompensa que casi no merecen.

Heráclito de Efeso

Si Anna hubiera tenido cigarrillos a mano se habría terminado un paquete entero y eso que no era fumadora. Llevaba cerca de una hora esperando y Diego continuaba sin aparecer. Todavía estaba perturbada por lo que había encontrado en el laboratorio: el material y la tecnología eran los habituales del profesor Ribera, pero el desorden y el maltrato animal no iban con él. Durante los tres años en que había trabajado a sus órdenes había llegado a considerarlo como un científico de excepción con unos valores humanos todavía más excepcionales y lo que había encontrado en aquel laboratorio de campaña no era digno de él. La única razón que se le ocurría por la que Marc hubiera llevado a cabo algo así, era la coacción y aquella idea la perturbaba —si su jefe había estado trabajando allí bajo algún tipo de amenaza su presencia no iba a ser muy bien recibida—. De pronto la investigadora se sintió muy vulnerable... sola, sin cobertura en el teléfono móvil, sin ningún medio de transporte y a varias horas de camino del pueblo más cercano.

Empezó a indagar por los alrededores en busca de un lugar donde esconderse cuando un grito resonó en las montañas. Temió por los dos hermanos pero no tardó en identificar los chillidos como procedentes de un cerdo. Su mente compuso en segundos el resto de la escena: un cazador estaba persiguiendo al animal con el que se había cruzado de camino a la masía. No había escuchado ningún disparo porque éste debía cazar con un arco de poleas. Si se trataba de un visitante que hubiera llegado allí por casualidad, sería una buena compañía hasta la llegada de Diego. Por la intensidad de los gritos el desconocido no debía estar muy lejos, se acercaría hasta él con sigilo y le echaría un vistazo a una distancia prudencial para ver si le merecía confianza.

No debía de haber recorrido ni la mitad del trayecto que le separaba del jabalí agonizante, cuando la idea empezó a parecerle una locura. ¿No había visto cabezas de jabalí en la cámara frigorífica del laboratorio? Nadie le aseguraba que el cazador no fuera la misma persona que estaba coaccionando al profesor, sin embargo acercarse a investigar le parecía mejor que quedarse quieta. Si era alguien a quien temer era mejor tenerlo localizado, por lo menos así no la cogerían desprevenida. Su mente de científica se basaba en el racionamiento empírico, sin el ensayo y el error era imposible avanzar. Por tanto, siempre era mejor moverse que quedarse quieto o, por lo menos, aquello fue lo que le pareció más lógico en aquel momento.

Los gritos menguaron por momentos hasta cesar por completo y fueron sustituidos por un extraño sonido de succión, similar al que emite un desagüe justo antes de vaciarse. Anna notaba que estaba ya muy cerca pero era incapaz de identificar el lugar exacto de donde provenían los sonidos. Avanzaba con mucha cautela, sin hacer ruido y poco a poco una silueta empezó a tomar forma a través de los matorrales. Pudo ver las pezuñas del jabalí y una persona de rodillas sobre ella. No identificó ningún arma, ni escopeta ni arco, pero el vestuario del tipo tampoco era el habitual de un cazador. Ni pantalones de camuflaje, ni chaleco, ni botas camperas. Sólo una bata que unos meses atrás debía haber sido blanca y ahora estaba teñida de barro, sangre seca y otros fluidos sin identificar. La investigadora se acercó un poco más e identificó el uniforme de laboratorio. Lo tenía de espaldas pero su cogote era inconfundible, había perdido peso y tenía el pelo más largo pero sin duda era el profesor Rivera. Por fin había dado con él y, por su aspecto, éste necesitaba ayuda. Se acercó a él con una sonrisa en los labios que se convirtió en una mueca cuando vio lo que producía aquel sonido. Sin duda era el profesor, pero ahora mismo Marc se encontraba succionando la masa encefálica aún caliente del jabalí como quien se come un flan de un sorbo. Al notar la presencia de la investigadora, el profesor Rivera se giró hacia ella sorprendido. La masa gris le chorreaba por la comisura de unos labios negros. Su piel estaba agrietada y llena de fístulas. Sus pupilas blanquecinas, rodeadas de unas ojeras amoratadas, conservaban la justa humanidad para expresar la sorpresa de quien es cogido in fraganti. Marc levantó un brazo hacia Anna e intentó pronunciar unas palabras, pero el sonido que produjeron sus cuerdas vocales estaba más cercano a los chillidos del animal que acababa de matar que a la voz de un ser humano.

Anna no quiso —ni pudo— ver nada más, salió corriendo del lugar sin prestar atención a las ramas que le arañaban el rostro ni a los zarzales que se le enganchaban en los muslos. No le importaba llamar la atención de un posible secuestrador, las cabezas del frigorífico ahora le parecían una nimiedad y su operación de rescate se había convertido en una evasión a toda costa. Llegó a la masía exhausta y ni siquiera prestó atención al Cayenne que había aparcado en uno de los laterales. Se dirigió a uno de los viejos abrevaderos por donde se canalizaba el deshielo de la montaña y sumergió la cara en el agua sin miramientos. Más que limpiarse el sudor, quería eliminar de su mente la imagen que acababa de presenciar. Necesitaba aclararse un poco las ideas antes de tomar cualquier decisión. Estaba empezando a sosegarse cuando notó una mano en el hombro. Se la quitó de encima de una sacudida y se giró de golpe con el temor de encontrarse de nuevo junto a ella al extraño ser que debía haber confundido con su antiguo jefe.

—Imagino que ya lo has visto —le dijo Diego en un tono apaciguador.

—¿Qué es lo que se supone que tendría que haber visto? —respondió la investigadora con suspicacia. Diego no respondió—. Tú ya lo sabías. Las facturas, tu papel de hermano afligido... no eran más que mentiras.

—Toda la documentación era auténtica, aunque reconozco que te debo una disculpa. Pensé que si te lo hubiese explicado todo desde un principio no me hubieras creído.

—Podías haberlo intentado —respondió la investigadora resentida.

—Posiblemente, pero soy de la opinión de que las personas a veces necesitan averiguar las cosas por sí mismas. Ahora estás aquí y continuamos necesitando tu ayuda. ¿Todavía quieres echarnos una mano? —le preguntó Diego tendiéndole la suya con un gesto digno de un cortesano renacentista—. Tengo algo que enseñarte.

Anna no pudo decirle que no: cogió su mano fuerte y áspera, y le siguió. Diego no había previsto que la investigadora llegara allí por su propio pie. Había sido un modo un tanto radical de averiguar lo que le había pasado a Marc, pero quizás había sido lo mejor. Lo cierto es que si hubieran llegado juntos a la masía, no habría sabido por dónde empezar. Ahora el hielo ya estaba roto.

Diego hizo una parada en su todoterreno, rebuscó por las cajas del maletero hasta que dio con lo que buscaba: una tableta electrónica. Anna la miró con incredulidad. Era lo último que esperaba ver aparecer en aquel momento.

—Creo que nos puede ser de utilidad —le dijo él al ver la extrañeza en su rostro— o eso espero.

La neurocientífica siguió al Holandés de vuelta al lugar donde había caído el jabalí. Unos minutos antes habría jurado que sería incapaz de volver tras sus pasos, pero allí estaba, manteniendo el tipo. Sin duda la presencia de Diego le daba tranquilidad, pero Anna no pudo evitar volver a temblar cuando estuvieron a unos metros de Marc —si es que aquel individuo era él—. El extraño ser de la bata de laboratorio estaba tal y como lo había dejado: continuaba de rodillas y les observaba en silencio mientras se acercaban. Anna habría jurado que la expresión de su rostro era de pena absoluta, aunque era difícil interpretar la gestualidad en un rostro tan deteriorado como aquel; un rostro que había perdido todo indicio de humanidad. Cuando estuvieron a un par de metros, Diego le indicó a Anna que se detuviera, saludó a su hermano y le ayudó a levantarse.

—Ya sé que te prometí que no recurriría a ella, pero no me ha quedado más remedio… mira tu estado —le dijo Diego a lo que quedaba de su hermano—. He pensado que esto podría ayudarnos.

El hermano viajero le acercó la tableta al doctor. Éste levanto el brazo hacia él con la lentitud de un enfermo terminal y empezó a manipular la pantalla táctil con torpeza. Sus extremidades no le respondían como él habría deseado y al final tuvo que recurrir a los nudillos del puño cerrado para pulsar. Cuando terminó, Diego tendió el terminal pringoso hacía Anna. La investigadora reconoció en la pantalla una aplicación que utilizaban algunos zoólogos para intentar comunicarse con los primates. Se trataba de un teclado alfanumérico de caracteres enormes en el que el doctor había escrito:

—«M AVERGUENZA Q M VEAS ASI».

9. Gorka

—Cariño, ¿no viste los zombis
que andan dando vueltas?
—Sí, uno me atacó.
—Bueno, tuviste suerte.

La noche del cometa.
Dir. Thom Eberhardt, 1984

La zombi del pecho mutilado caminaba a paso lento pero constante. Ya era bien entrada la noche cuando Gorka y Lidia abandonaron el pueblo para adentrarse en un camino que serpenteaba ladera arriba. Pensaban que aquellos actores —o lo que fueran en realidad— tendrían sus camerinos u oficinas en alguno de los edificios del pueblo: un espacio cerrado a los visitantes, quizás un anexo a la recepción del parque donde éstos aparcarían sus vehículos al llegar a trabajar; con unas taquillas donde guardar su ropa de calle antes de cambiarse y duchas donde quitarse la mugre después de la jornada laboral; quizás incluso con un espacio común donde comer, pasar el rato o simplemente colgar su calendario laboral. Pero no. Aquella mujer los había arrastrado hacía lo más profundo de la montaña, al lugar donde el valle se cerraba en dos abruptas paredes y no parecía haber otra cosa que un frío riachuelo proveniente de lo más alto.

—Si no nos quieres hablar, no hace falta que lo hagas —le dijo Gorka a la zombi mutilada cansado de dirigirse a ella sin obtener respuesta—. Pero deja ya de simular la cojera que al final te vas a hacer un esguince de verdad.

—A mí también me está poniendo nerviosa —le dijo Lidia en voz baja—. ¿Tú crees que va a algún lugar en concreto o simplemente nos está intentando despistar?

—Yo también lo he pensado, pero si recuerdas por dónde nos ha traído, verás que no hemos dado ningún rodeo. Camina en línea recta, va hacia algún lugar.

—O eso le parece a ella.

—¿Qué quieres decir? —le preguntó él curioso. Hablaban en susurros para que ella no les escuchara, aunque no había dado signos de hacerlo desde que le arrancara el collar a Gorka. Parecía completamente ajena a sus perseguidores.

—¿No te da la impresión de que se comporta un poco raro? ¿Un actor disfrazado de zombi llevaría a su personaje hasta tal extremo? La cojera, la pelea, el autismo... no parece tener muy bien asentada la cabeza. Es como si todos ellos fueran deficientes mentales.

El submarinista sopesó las palabras de Lidia. Aquellos individuos podían ser perfectamente disminuidos psíquicos de los que alguien se estuviera aprovechando. Podrían ser actores con deformaciones reales que con un poco de maquillaje podían hacerse pasar por efectos especiales. No era algo raro. El cine recurría a menudo a gente con amputaciones o defectos congénitos para conseguir efectos que nadie más podría llevar a cabo. Un buen ejemplo es el de Michael Bilon, un actor de 86 centímetros de altura y tan solo 20 kilos de peso que se metió en la piel del extraterrestre de *E.T. La película* sigue siendo la más taquillera de la historia pero Bilon murió de una infección sanguínea a los 35 años como un perfecto desconocido. El personaje que interpretó no habría parecido tan adorable si se hubiera sabido lo que le costaba a este tipo arrastrar un traje que pesaba casi lo mismo que él y que apenas le dejaba respirar. Así que a Gorka no le parecía tan descabellado imaginar que alguien hubiera recurrido a gente con problemas congénitos para llenar aquel lugar de zombis. Si aquello era cierto, lo mejor era pensar que todos ellos estaban allí de mutuo acuerdo, incluso cobrando por su trabajo. Es bien sabido que las personas con problemas psíquicos son unos trabajadores modélicos, que aprovechan cualquier oportunidad para demostrar su valía y se entregan al cien por cien a sus obligaciones. Sin embargo, sólo con pensar en la posibilidad de que aquella gente estuviera allí en contra de su voluntad, que los hubieran convertido en esclavos deformes para el disfrute de unos cuantos, ponía al submarinista de muy mal humor.

—No sé por qué, pero la idea de convertirme en uno de ellos ya no me parece tan atractiva —le dijo a Lidia.

—A mi tampoco. Empieza a hacer frío y estoy muerta de sed.

—Yo también. Podemos mojarnos un poco los labios en el arroyo, pero nada más. Si no mañana estaremos con diarrea.

Llevaban cerca de una hora persiguiendo a aquella chica deforme. Así que imaginaban que sus compañeros debían haberlos echado ya en falta —a no ser que les hubieran visto enrollándose en la terraza y les hubieran dejado un poco de intimidad—.

La luna menguante que se colaba por las copas de los pinos iluminaba lo justo el sendero para poder avanzar. Por suerte, su guía involuntaria no caminaba muy deprisa y podían seguirla sin demasiados problemas. De vez en cuando se levantaba una ligera brisa que los dejaba helados, más a ella que a él, ya que Lidia tan sólo llevaba una fina blusa negra y unos shorts. Eso sí, las botas de cuero le llegaban hasta las rodillas y tenía los pies calientes. El de ella era un calzado mucho más indicado para caminar por la montaña que las playeras del submarinista. Aunque sólo llevaba un pantalón corto y una camiseta, él no pasaba frío. Estaba acostumbrado a nadar en invierno, pero ella no, así que cuando el camino se lo permitía Gorka la abrazaba para darle calor, en algunos momentos más de lo necesario —algo justificado si se tenía en cuenta el momento de intimidad que la zombi les había echado a perder—.

Debían estar a punto de alcanzar la cresta de la montaña cuando el camino se volvió casi vertical. Se vieron obligados a apoyarse con las manos en el suelo de vez en cuando para no perder el equilibrio, tanto ellos como su extraña guía. Aunque la zombi se vio obligada a avanzar a cuatro patas en algunos tramos, no soltó el collar que le había arrancado a Gorka en ningún momento. Parecía que en lugar de un colgante de caucho se hubiera apoderado de un abalorio de oro macizo.

Poco a poco empezaron a aparecer unos toscos escalones tallados en la misma piedra, primero amplios y a intervalos irregulares y después cada vez más ordenados, hasta que se toparon de bruces con una pared completamente vertical. Parecía que el camino terminaba allí, casi en la cima de una montaña en medio de ninguna parte. ¿Pero quién se iba a molestar en tallar unas escaleras que no llevaran a ningún sitio? A la luz de la luna no vislumbraban ninguna salida, ninguna vía *ferrata* que les sacara de aquel lugar. Su guía se había limitado a detenerse frente a la pared, como si quisiera jugar a un siniestro juego del escondite y estuviera dándoles ventaja antes de girarse y empezar a perseguirlos ahora, ella a ellos.

A aquellas alturas, desprotegidos ya del abrigo de los árboles, el viento les estaba castigando la piel. Se acurrucaron el uno contra el otro, sentados en los escalones a escasos tres metros de la muerta viviente y se dejaron llevar por un ligero duermevela. Lidia fue la primera en caer pero él tardó en un poco más en dormirse. No quería que su nueva amiga se les escapara después de haberla seguido tan lejos. El cansancio empezó a pasarle factura y Gorka pensó que la zombi del pecho mutilado no podría escapar de aquel lugar sin pasar por encima de ellos, lo que parecía casi imposible después de haberla visto arrastrar un pie a lo largo de varios kilómetros. El lugar no era el más cómodo y el frío era muy intenso, pero la pareja consiguió dormir varias horas seguidas.

Lidia fue la primera en despertar.

—¡Gorka! No está, se ha ido —le dijo la gótica despertándole de golpe.

—Ya lo veo, no hace falta que chilles.

Debían de ser cerca de las seis de la mañana. Una niebla uniforme cubría el valle a sus pies. El paisaje que no habían podido disfrutar por la noche se presentaba ahora espectacular, desde allí se tenía una perspectiva única de todo el valle. Gorka tenía los músculos agarrotados y la boca reseca, así que empezó a hacer estiramientos y buscó algo de rocío condensado en la hierba para beber. Hasta que no consiguió engañar a la sed, el submarinista no prestó atención a lo que Lidia estaba haciendo.

—Aquí delante hay una puerta, la hemos tenido al lado toda la noche y no la hemos visto —le dijo palpando los juntas.

Gorka se acercó a la gótica con curiosidad y descubrió que tenía razón. La roca había sido cortada con alguna herramienta de alta precisión para formar una puerta casi invisible.

—Es normal que no lo viéramos, está muy bien integrada en la pared, además era de noche y teníamos a la zombi delante —dijo Gorka para justificarse.

—Sí, pero lo que no sé es cómo lo ha hecho para entrar. No hay picaporte, ni tirador, ni nada —me dijo Lidia señalándole lo obvio.

—Lo que es seguro es que ella ha tenido que entrar por ahí. No me creo que haya pasado por encima nuestro sin que nos enteráramos.

—Vamos a comprobarlo —dijo ella antes de llamar a la puerta con los nudillos.

Al no obtener respuesta Gorka la golpeó con los puños. Después intentó forzarla cargando contra ella, pero se magulló el hombro. Lo intentaron lanzándole piedras, pero tampoco obtuvieron ningún resultado. Al final, se sentaron exhaustos a los pies de la puerta mientras la observaban con resignación.

—¿Y ahora qué? —preguntó Lidia—. Algo tiene que haber ahí dentro…

—Algo no, alguien. Fíjate —le dijo él señalando una extraña roca que les había pasado inadvertida hasta el momento.

—¿Eso es una videocámara?

—Sí, está muy bien camuflada pero la he visto moverse hace un momento. Ese orificio parece disimular la lente.

Gorka se levantó de golpe con una idea. Cogió una de las rocas con las que habían intentado forzar la puerta y se plantó con ella delante del objetivo. Intentó ser lo más expresivo que pudo y acompañó sus palabras con mímica —no sabía si la cámara captaría también el sonido—.

—Si no abrís la puerta… me cargo el objetivo.

La puerta de abrió de pronto con suavidad.

10. Anna

El kuru se manifestó en Nueva Guinea entre
aquellos que practicaban una forma de cani-
balismo que consistía en comerse los cerebros
de los muertos como parte del ritual funerario.

Biblioteca Nacional de Medicina de EE.UU

El profesor Rivera no escribió nada más en su nueva tableta, tan sólo
se alejó cabizbajo de Diego y Anna, arrastrando los pies, hasta llegar a
una pequeña loma desde donde se podían ver los campos de cultivo de
la masía, un terreno que ahora estaba tan baldío y abandonado como él.
Si hubiera podido sentarse lo habría hecho, pero sabía que si lo hacía
después necesitaría ayuda para levantarse. Después de devorar el cerebro
del jabalí su hermano había tenido incorporarle.

—Él no quería que lo vieras así. Pensaba que podría solucionarlo por
sí mismo, pero la cosa se complicó —le explicó Diego a la investigadora
mientras observaban a Marc desde el patio del caserón.

—¿Qué es exactamente lo que tenía que solucionar? —preguntó
Anna recelosa. Diego y su hermano tenían que aclararle muchas cosas.

—Te lo explicaré todo, desde el principio hasta el final. Pero déjame
que empiece diciéndote que Marc ha hecho todo esto por mi culpa. Por
su hermano. No puedo ni imaginarme lo que te habrá pasado por la
cabeza durante estos días y más después de ver el tinglado que hemos
montado aquí. Más que un laboratorio esto parece un escondrijo donde
cocinar metanfetaminas… aquí aislado en medio de la montaña.

—¡Puedes jurarlo! —le respondió Anna indignada.

—Esto no es más que una clínica con un único doctor y un sólo paciente.

Diego le explicó que le habían detectado los primeros síntomas del mal de Creutzfeldt-Jakob por casualidad. Al enterarse de la extraña enfermedad de su padre, un cliente y compañero de expedición le había hablado de una clínica donde, a través de un estudio genético, detectaban las enfermedades hereditarias más propensas a desarrollar en cada persona para así poder empezar a tratarlas antes incluso de que se manifestaran. «Lo último en medicina preventiva», según le habían dicho. Lo cierto es que el estudio delató una predisposición hereditaria al mal de las vacas locas y Diego quiso recurrir al mayor experto del país en ese área: su hermano. Marc le detectó una primera fase del mal de Creutzfeldt-Jakob, la misma enfermedad que estaba matando a su padre y para la que ya estaba buscando una cura. Una enfermedad que en aquel momento era irreversible.

—Mi hermano me dijo que había encontrado algo pero que tendría que esperar años antes de poder administrármela.

—Es cierto, estuvimos muy cerca —dijo Anna—. El profesor sintetizó una proteína que conseguía paralizar la multiplicación de los priones y, en algunos casos, incluso revertirla. Pero cuando empezamos a experimentar con animales la cosa no funcionó como esperábamos y Sanidad no nos dejó pasar a la fase de ensayos clínicos.

—Sí, estoy al día de vuestra investigación. Puedo asegurarte que soy vuestro fan número uno —la cortó Diego arrancándole una sonrisa—. Marc me puso al día de todo lo que tenía que saber sobre esos dichosos priones.

Los ingleses, tan dados a las palabras cortas, fueron los que bautizaron a estas extrañas proteínas con el nombre de «prión», un acrónimo de proteína infecciosa. Su particularidad reside en que, pese a no ser seres vivos, esas proteínas infectan el sistema nervioso como lo haría un virus o un parásito: primero penetran en él, después se reproducen y en última instancia provocan la muerte de su huésped. Una vez ingeridos, los priones infecciosos provocan que las proteínas normales, las que están presentes en el organismo de forma natural, empiecen a comportarse de forma extraña. Por un mecanismo todavía desconocido para la ciencia, las priones convierten a sus hermanas naturales en proteínas priónicas cuando entran en contacto con ellas. Esta transformación pasaría inadvertida para nuestro organismo si no fuera porque las nuevas moléculas se adhieren a la membranas que recubren las neuronas e impiden su correcto funcionamiento. Los científicos lo llaman la enfermedad de

Creutzfeldt-Jakob, aunque los medios la bautizaron como «el mal de las vacas locas».

—Como ves soy todo un experto en el tema —dijo Diego—. No soy un científico, pero seguí muy de cerca el estudio de mi hermano. Sé que había tenido éxito utilizando un sustancia con los tejidos infectados en el laboratorio pero que no se le habían dado tan bien los primeros ensayos clínicos con animales.

Anna sabía muy bien que los roedores no habían reaccionado como se esperaba y la investigación llegó a un punto muerto del que no supieron cómo salir. Sabía que Marc había recibido presiones tanto de los inversores privados como del Ministerio pero lo que desconocía era que un día se presentó en su casa Diego con la cara macilenta, desorientado y con una biopsia de su masa encefálica conservada en nitrógeno líquido.

—No imaginaba que la enfermedad estuviera tan avanzada. Lo habitual hasta entonces había sido que el Creutzfeldt-Jakob empezara a partir de los 65 años, en algunos casos a los 50, pero nunca antes.

—¿Qué edad tienes tú Diego? —le preguntó Anna sorprendida.

—¿Cuántos me echas?

—Desde luego no más de 50.

—Gracias por el cumplido, pero tengo bastante menos —respondió entre ofendido y divertido—. Aunque no creo que llegue a cumplirlos.

El Holandés le explicó que después de analizar la muestra de su cerebro, Marc no sé podía explicar como la enfermedad podía haber avanzado tanto en tan poco tiempo. Era el peor de todos los casos que había tratado, el diagnóstico era crítico y que fuera precisamente su hermano quien lo sufriera, le afectó profundamente. Si había una opción de salvarle, ésta pasaba por saltarse todos los protocolos sanitarios y acelerar el proceso.

—Marc no había llegado a tiempo para salvar a nuestro padre y pensó que conmigo todavía tenía una oportunidad. Por eso montamos este chiringuito. No fue barato, pero a mí me iba bien con mi empresa y te puedo asegurar que fue el dinero mejor invertido de mi vida. Por lo menos lo fue hasta que Marc…

Anna se resistió a preguntarle cómo se había infectado el profesor, pero sabía que existían muy pocas posibilidades de que hubiera sido algo accidental. La enfermedad se podía adquirir por varias vías: ingiriendo carne de bovino infectada, algo casi imposible en la actualidad debido a los estrictos controles que impusieron las autoridades sobre el sector ganadero tras los primeros brotes; por herencia genética, con una probabilidad de uno entre veinte millones —que lo heredara un hijo era posible, dos no—; o recibiendo injertos de duramadre u hormonas de crecimiento procedentes de una persona infectada, dos procedimientos médicos que quedaron obsoletos hace años. Por tanto, era casi imposible que Marc se hubiera infectado de forma accidental. La investigadora estaba segura que él mismo se había inoculado el prión infeccioso. No era la primera vez que un científico recurría a su propio cuerpo para acelerar una investigación, aunque Anna no habría esperado nunca algo así del profesor Ribera.

Las consecuencias de este acto eran ahora bien visibles en el demacrado cuerpo que los observaba desde la distancia. Anna ya había detectado en él algunos síntomas inequívocos de los enfermos de Creutzfeldt-Jakob. Se los conocía muy bien: alteraciones en las funciones cognitivas, trastornos de coordinación y de equilibrio, fallos en la visión, alteración en el lenguaje y un principio de demencia que en breve sería irreversible. Eran los síntomas habituales, sin embargo Anna no había visto nunca un desarrollo tan fulminante de la enfermedad: en los tres meses que llevaba desaparecido, el doctor había pasado de ser una persona sana y en muy buena forma a un espectro escuálido y lleno de llagas que se arrastraba por el laboratorio como un muerto en vida. Un proceso que se alargaba a lo largo de varios años, incluso décadas, había llegado a su última etapa en menos de un mes.

—El remedio ha sido peor que la enfermedad. Mi hermano ha arruinado su vida y su carrera para salvarme y ahora es él quien necesita mi ayuda. Nuestra ayuda.

—No sé si él la aceptará —le respondió Anna mirando al profesor inmóvil sobre la loma.

—Tendrás que convencerle de que la necesita. No sé si te habrás dado cuenta, pero se le está terminando el tiempo.

—Soy muy consciente, puedes creerme —le dijo Anna con preocupación—. Pero si quieres que me quede, antes vas a tener que explicarme una cosa… ¿qué demonios hacía Marc devorando el cerebro de aquel jabalí?

11. Olga

Una extraña sensación comenzó a apoderar-
se lentamente tanto de su cuerpo como de
su espíritu. No podía asegurar qué sentido,
de ser alguno, era el afectado; era como una
intuición, como una extraña certeza de que
algo abrumador, malvado y sobrenatural, distinto de las criaturas que le rondaban y superior a ellas en poder, estaba presente.

Ambrose Bierce. *La muerte de Halpin Frayser*. 1891

El bar del pueblo tenía uno de los típicos techos abuhardillados de las
casas de montaña. Se accedía por una escalera retráctil que una vez ple-
gada quedaba perfectamente disimulada en el acabado del techo. Quizás
por ello, la última planta había permanecido ajena al falso caos apocalíptico de las zonas más accesibles. Olga lo encontró por casualidad, cuando
nadie miraba, mientras buscaba un buen escondite para las chocolatinas
que había encontrado en el supermercado. Cuando asomó la cabeza se
encontró con un pequeño *loft* con sala de estar, sofá cama y barra americana. Todo recién remodelado.

—Imagino que el dueño del bar lo habilitó para vivir justo encima del
trabajo —les dijo al resto del grupo mientras se lo enseñaba.

—Pues fue una buena idea —respondió Richy estirándose en el sofá
y poniendo los pies encima de la mesita—. Este rincón tiene mi nombre.

Con unas cuantas velas y unas pocas mantas, el resto del grupo se
acomodó en el lugar: no era una sala muy amplia pero era la más limpia
y protegida que habían encontrado. Todos, excepto Gorka y Lidia que

disfrutaban para ellos solos de la intimidad de la terraza —o eso es lo que ellos creían—. El submarinista había dejado muy claro a sus amigos que no le molestaran y ella también había hecho lo propio con sus dos compañeras —aunque de un modo más sutil—. Así que el grupo no se preocupó por ellos hasta el día siguiente.

—Oye, ¿no creéis que habría que guardarles un poco a aquellos dos tortolitos? —preguntó Juan a los demás mientras terminaban de desayunar.

—Que se hubieran preocupado por venir a buscarlo —intervino Richy con la boca llena—. Que yo sepa en este sitio no hay servicio de habitaciones. ¿O sí?

—No seas así —le respondió Sara—. Voy a ver si los veo.

Pero no los vio. Ni para desayunar, ni para comer. En aquel lugar no había cobertura, ni recepcionista, ni gente a la que preguntar. Así que dieron por hecho que los dos habían decidido seguir la aventura por su cuenta, o bien, que la experiencia había terminado para ellos.

—¿Queréis saber qué es lo que yo creo? —comentó Juan mientras todos cenaban.

—Pues no. La verdad es que no me interesa —le respondió Richy, aunque Juan siguió como si no lo hubiera escuchado.

—Yo pienso que se quedaron los dos dormidos después de... y los zombis les pillaron in fraganti. Les arrancaron los collares y ahora están pasando el resto del fin de semana en una *suite* fuera del parque.

—Eso no es muy del estilo de Lidia —apuntilló Olga—. Aunque todo puede pasar.

Ese sábado habían rastreado el pueblo y los alrededores de arriba abajo. Se habían encontrado con otros visitantes, no demasiados, y también tuvieron que salir corriendo varias veces cuando los zombis intentaron acorralarlos. Además, tuvieron tiempo para utilizar algunas instalaciones que complementaban la oferta lúdica del parque: un minigolf abandonado, una sala de juegos conectada a un oportuno generador, un paseo con unos *quads* que encontraron bajo un cobertizo... Todo escondido a la vista de cualquiera, con el claro objetivo de que fuera encontrado y disfrutado. A Juan no le resultó demasiado creíble que en el minigolf todavía quedaran palos y pelotas, o que el depósito de combustible del generador estuviera al máximo. Pero disfrutó como el que más echando unas partidas. Terminaron el día yendo a buscar provisiones y la noche del sábado al domingo la volvieron a pasar en el desván del bar.

El domingo después de comer, decidieron que ya habían tenido suficiente y se dirigieron a la recepción del parque. Todavía les quedaba un largo camino en furgoneta hasta sus casas y al día siguiente tenían que madrugar. Esperaban reencontrase con Gorka y Lidia al salir o, por lo menos, encontrar a algún responsable del parque a quién preguntar. No fue así, la salida fue tan fría como la entrada. Sólo encontraron unos paneles de información que les indicaban que depositaran sus collares en una bandeja metálica similar a las de las cajas nocturnas de las gasolineras —pero sin un cristal para ver a dónde iban a parar—. A medida que cada collar era verificado se abría un torno que daba acceso al interior del edificio. Accedieron a un largo pasillo lleno de puertas pero sólo había una abierta y tras ella, la misma sala blanca en la que habían dejado sus pertenencias. Sus maletas, móviles, documentación y el resto de sus cosas se encontraban en la misma disposición en la que las habían dejado dos días atrás. Mientras lo recogían todo, la puerta por la que habían entrado se cerró y se abrió la que daba acceso al aparcamiento.

—Todo muy moderno y muy sofisticado pero ¿no va a haber ni un baño en condiciones en todo este sitio? —comentó Richy mientras salían—. Estoy deseando pegarme una ducha con agua caliente y sentarme en una taza de váter limpia.

Ninguno de los demás se molestó en contestarle, estaban más pendientes de encontrar a Gorka y Lidia. Esperaban verlos al salir del parque pero allí no había nadie. Ni siquiera había otros vehículos en el aparcamiento, aparte de la furgoneta del submarinista y el coche de Olga. Eran los últimos en irse y cuando lo hicieran el aparcamiento quedaría vacío. Allí no parecía haber nadie más.

—A lo mejor se han ido en taxi. Si salieron el viernes, no iban a estar esperándonos dos días en el aparcamiento. Aquí no hay ningún hotelito romántico a mano ni nadie a quien acudir —comentó Richy rompiendo el silencio.

—¿Y cómo lo llamaron? ¿A gritos? —le replicó Sara con el móvil en la mano—. Aquí no hay nada de cobertura.

—Supongo que pudieron coger la furgoneta para llegar al pueblo más cercano y allí buscar un transporte…

—¿Y después volvieron aquí a dejar la furgoneta? —comentó la gótica bajita con incredulidad.

—¿Y por qué no? No nos iban a dejar a nosotros aquí colgados.

—Ahora que lo dices. La furgoneta está, pero las llaves… —intervino

Juan mientras se acercaba al vehículo de Gorka. Las puertas estaban abiertas y las llaves puestas.

—Creo que esto me da la razón —afirmo Richy satisfecho—. Además, ¿a que no habéis visto las cosas de ninguno de los dos cuando hemos recogido las nuestras?

Aquello pareció dejar a los demás sin derecho a réplica. Aunque a ninguno le parecía muy normal todo aquello, decidieron aceptarlo sin más. Allí no había nadie a quien preguntar, a no ser que volvieran dentro y consiguieran arrancarle alguna palabra a los actores zombi. Olga era la más escéptica, se resistía a creer que su amiga hubiera desaparecido de aquella manera: dejándolas tiradas sin avisar. Lidia no era de ese tipo de chicas, su gran aventura había sido viajar hasta la ciudad natal de Michael Jackson cuando este murió para bailar la coreografía de *Thriller* junto a miles de fans como homenaje. Lidia siempre les decía que aquellos muertos vivientes bailando habían marcado su infancia y cuando, tras volver de su viaje, les había relatado lo que había vivido allí, no podía contener las lágrimas. Después, la iniciativa se había repetido durante meses a lo largo de todo el planeta, pero participar en aquella primera coreografía espontánea en Gary, Indiana, tuvo para ella una gran carga emocional. Lidia era una romántica. Por eso mismo, a su amiga Olga le extrañaba tanto que hubiera podido desaparecer de aquella manera con un desconocido con el que no parecía tener nada en común. Sin embargo, se tuvo que rendir a la evidencia: su amiga no estaba allí. Quizá había sido un flechazo y los chicos tenían razón. Aceptó su versión —aunque a regañadientes— y antes de subirse a su New Bettle negro para volver a casa les sugirió:

—¿Qué tal si intercambiamos los teléfonos? Por lo que pudiera pasar...

De camino a casa, Olga no dejaba de mirar la pantalla de su móvil. Quería llamar a Lidia tan pronto como recuperara la cobertura. Imaginaba que en cuanto tuviera más de dos rayitas empezaría a recibir los mensajes acumulados uno detrás de otro. Y así fue, aunque ninguno de ellos era de su amiga desaparecida. La llamó mil veces, pero su teléfono estaba apagado.

—No te preocupes. Se habrá quedado sin batería —le dijo Sara para tranquilizarla—. Cuando lleguemos nos pasamos por su casa a ver cómo le ha ido.

Pero Lidia tampoco estaba en su casa.

12. Walter

—¿Quién sabrá la palabra mágica?
—*Neryo Mantie*
—El mensaje para traer de vuelta de la muerte a la vida.

El Golem (Der Golem, wie er in die Welt kam).
Carl Boese y Paul Wegener 1920

Tenía un máster en biotecnología, además de una ingeniería informática y una licenciatura en medicina, pero trabajaba cuidando ratones. Walter se encargaba del seguimiento de los cultivos y de un sinfín de pequeñas tareas en el laboratorio del doctor Rivera. Un cargo muy inferior a su calificación pero del que disfrutaba, en gran parte, porque pasaba sólo la mayoría del tiempo.

Dentro del mundo académico Walter se desenvolvía con cierto éxito. Compensaba sus limitaciones comunicativas con unos trabajos excelentes y unos exámenes casi perfectos aunque las asignaturas prácticas no eran su fuerte. Había sido incapaz de terminar los dos años como interno en todos los hospitales donde le habían aceptado, así que no podía ejercer como médico aunque se había licenciado de la parte teórica con una nota que rozaba la matrícula de honor. El profesor Ribera había quedado fascinado con el currículum del estudiante alemán. El suyo era el perfil ideal para el puesto que faltaba en su laboratorio, aunque después de realizar la primera entrevista había tenido sus dudas al respecto. Cuando el resto de los candidatos rechazaron los horarios y las condiciones económicas, el alemán se hizo con el puesto. El cargo exigía trabajar todas las noches de la semana sin descanso, una condición que lo convertía en un trabajo incompatible con una vida social normal. Para Walter aquello no suponía ningún tipo de problema.

Vivía sólo en un pequeño piso de un solo espacio y escasos metros cuadrados. No se relacionaba demasiado —pasaba la mayor parte del día durmiendo— y sus amistades se circunscribían a las redes sociales. Había salido de Alemania por la insistencia de su madre, que estaba harta de ver cómo su hijo desperdiciaba sus títulos y su inteligencia encerrado entre las cuatro paredes de su habitación. La madre de Walter había lanzado un ultimátum a su hijo para que éste aceptara una beca Erasmus para estudiar en el extranjero y él había aceptado sólo para hacerla callar. Ella pensaba que fuera de Alemania, forzado a hablar un nuevo idioma y en un ambiente más cálido y abierto, su hijo cambiaria su forma de ser. Walter substituyó el frío y el cemento de Munich, por el sol y la costa mediterránea, aprendió un nuevo idioma y cambió su amplia habitación por un pequeño apartamento, pero sus costumbres no cambiaron. La principal ventaja de su nuevo entorno era mantener a su madre alejada. Así que fijó su residencia en España.

Walter trabajaba lo justo para cubrir sus gastos, no necesitaba demasiado para pagar el alquiler y la conexión a internet. Se costeaba sus necesidades programando pequeños sistemas a medida y realizando tareas sencillas en laboratorios de todo tipo. Su trabajo con el profesor Ribera fue su primer cargo de responsabilidad. El alemán era un tipo austero en palabras pero realizaba sus tareas de forma metódica y eficiente. Se encargaba del seguimiento de los cultivos durante la noche, del cuidado de los ratones —que hacían vida nocturna como él— y del mantenimiento de los equipos técnicos y los sistemas informáticos. Disfrutaba con su trabajo y lo realizaba con diligencia. Se sentía cómodo, más que en ninguno de sus puestos anteriores, en parte porque se pasaba la mayor parte del tiempo solo en el laboratorio. La relación con sus compañeros se limitaba a lo profesional, solían ponerse al día mediante correos electrónicos y tan sólo se veían unos minutos durante los cambios de turno.

Anna y Eva realizaban la parte teórica de la investigación junto al profesor y se encargaban de extraer los resultados de la experimentación con las muestras. No es que minusvaloraran el trabajo de Walter, tan sólo lo consideraban como una rutina necesaria. Sin embargo, el alemán llegaba a las mismas conclusiones que el resto de sus compañeros incluso antes que ellos. Sus conocimientos de biotecnología le habrían permitido al laboratorio adelantar varios años en su investigación, pero él prefería guardarse sus apuntes para él. Le divertía ver como sus compañeros llegaban a conclusiones que él ya había establecido meses antes. Obtenía una peculiar sensación de superioridad.

El alemán fue el primero en observar que las ratas de laboratorio que habían sido inoculadas con el suero destinado a curar el mal Creutzfeldt-Jakob se comportaban de un modo especial: sus ritmos vitales se ralentizaban, comían menos, orinaban y defecaban muy poco, casi no dormían y se movían a menos velocidad. Walter lo cuantificó todo al milímetro y obtuvo unos resultados bastante llamativos. Esperó varias semanas a que sus compañeros llegaran a la misma conclusión, pero no fue así. En otras circunstancias lo habría pasado por alto. Se habría guardado sus hallazgos para sí mismo, pero como él era el único que observaba el comportamiento de los roedores con suficiente atención como para apreciar cambios tan sutiles, decidió informar al resto del equipo.

Cuando entró en el despacho del profesor Rivera, éste se sobresaltó al verlo allí plantado. No estaba acostumbrado a tenerlo en su despacho y Walter tampoco se sentía cómodo. No había entrado allí desde el día de su entrevista.

—Es posible que algunos sean reactivos a los priones de la vacuna —le dijo el profesor tras darle una rápida ojeada a su informe—. Yo no le daría mayor importancia. ¿Quieres una gominola?

El profesor era un adicto a las golosinas, el azúcar le ayudaba a pensar y siempre llevaba un paquete en el bolsillo. Walter cogió una por pura inercia, aunque aquello le sentó como un insulto a su inteligencia. Se guardó el oso de goma en el bolsillo y salió sin decir una palabra.

El alemán no volvió a compartir ninguna de sus observaciones con el equipo. Desde ese día, empezó a investigar de forma paralela. Se encargaba de sus tareas con diligencia y dedicaba el resto del tiempo a trabajar por su cuenta. Lo primero que hizo fue separar a un ratón inoculado del resto de muestras y privarle de comida y sueño. Más que una hipótesis tenía un pálpito. Lo introdujo en una pequeña jaula, con una lámpara de gran potencia y una radio; y lo instaló dentro de un baúl hermético en el rincón más perdido del laboratorio.

Walter lo dejó allí durante semanas, casi se olvidó por completo de él. Hasta que un día, cuando ya hacía más de un mes del experimento, se acordó del desdichado roedor. No tenía ninguna esperanza de que todavía estuviera vivo, ni siquiera esperaba que la bombilla continuara en marcha. Así que un día, cuando el resto del equipo había plegado, se dirigió al almacén con la intención de deshacerse de los restos del roedor antes de que alguien diese con aquella macabra jaula.

Pero el ratón estaba vivo.

No era más que un revoltijo huesos y pellejo ennegrecido. Había perdido casi todo el pelo y los labios se le habían retraído dejando a la vista unos exagerados incisivos amarillentos. Los ojos estaban velados, quemados por el exceso de luz y apenas le quedaban unos jirones de cartílago en las orejas. Tenía los oídos llenos de costras, como si se hubiera estado arañando las orejas a sí mismo para dejar de oír la molesta frecuencia que emitían los altavoces. El cuerpo se había alimentado de sus propios tejidos para poder sobrevivir y su volumen se había reducido a más de la mitad. Pero lo que más le sorprendió a Walter fue que hubiera conseguido respirar con el poco oxígeno que había en aquel baúl hermético. El alemán pensó que aquello no era más que un cadáver chamuscado por la lámpara, hasta que agitó la jaula y la criatura se giró hacia él. De alguna manera, con sus ojos quemados y sus oídos medio arrancados, aquel animal consiguió percibir su presencia. Fue un movimiento lento y pausado pero sin duda, se lo quedó mirando. Walter le devolvió la mirada, curioso, durante un buen rato, hasta que metió las manos en los bolsillos y dio, por casualidad, con el caramelo que el profesor le había ofrecido semanas atrás. Estaba blando, caliente y lleno de polvo. Walter se lo tiró y el ratón lo devoró en segundos. Durante un instante salió de su apatía y se le pudo ver un extraño fulgor en sus ojos. Sus dientes amarillentos destrozaron la goma en un santiamén y, después, volvió de nuevo a su letargo como si nada hubiera pasado.

El alemán cerró el baúl de golpe y no volvió a abrirlo hasta mucho después. Esperaba que para entonces hubiera muerto por fin. Pero no fue así.

13. Anna

Nos hemos retirado a una pequeña cabaña en la soledad de estas montañas. Aquí continué mi investigación sin ser perturbado por las innumerables distracciones de la civilización moderna y lejos de la sombra de la academia.

Posesión Infernal (The Evil Dead).
Dir. Sam Raimi, 1981.

Lo que antes había sido un gran científico, admirado y respetado por todo su equipo —y en especial por Anna—, ahora parecía un vagabundo malnutrido, alcoholizado, con el rostro quemado por el sol y la ropa llena de mugre. Al llegar del bosque se había retirado a la soledad de la colina y había dejado a Anna y Diego en plena discusión. Desde la loma se tenía una vista excepcional de los viejos campos de cultivo de la familia. Ahora estaban llenos de malas hierbas y arbustos. Anna no podía creer que aquella lejana figura, pequeña y encorvada, fuera el profesor Marc Ribera.

—Parece que hayan pasado años —le dijo al Holandés.

—No le queda mucho tiempo —respondió él.

—Sabes que arriesgo mi carrera si me quedo.

—Lo sé. También sé que Marc se alegra de haber probado el suero con él mismo y no tener que cargar con mi muerte sobre su consciencia. También, que todavía podré vivir unos pocos años más antes de que la enfermedad llegue a su fase terminal, pero lo que no sé es cómo voy a poder cargar yo con la suya —le confesó el Holandés.

El profesor había asumido las consecuencias de sus errores. Ella también tendría que asumirlas. No se inocularía el suero experimental, por supuesto, pero arriesgaría su futuro profesional en un laboratorio improvisado en medio de la nada.

—Sé que ha llegado a un callejón sin salida. Hace unas semanas que apenas entra en el laboratorio, tan sólo lo hace cuando estoy yo por aquí, para que me piense que no se ha rendido —le dijo Diego—. Cuando yo no estoy se pasa el tiempo ahí parado. La enfermedad se lo está comiendo por dentro. Por eso fui a buscarte. Aunque él me había hecho prometer que no lo hiciera bajo ningún concepto.

—Voy a hablar con él —dijo la investigadora.

Anna se acercó al profesor como un domador lo haría con un caballo huidizo —poco a poco y por la espalda— pero no por miedo a que éste escapara cuando la viera, ya que en su estado Marc era incapaz de salir corriendo, sino para no perder el coraje que había conseguido reunir. Anna no quería que el profesor viera pena en sus ojos. Pensaba afrontar el encuentro con profesionalidad, como la científica que era. Si su antiguo jefe tenía una posibilidad de mejora, ésta pasaba porque pudieran trabajar mano a mano de nuevo, ajenos a lo que les había llevado a aquella situación. Así que respiró hondo y subió al pequeño cerro con paso decidido.

—Hola doctor. Sé que no me quiere aquí, pero me alegro de volver a verle. —Notó que él también sentía lo mismo, aunque la expresión de su cara apenas lo manifestó—. Diego me ha explicado los motivos que le han llevado a este estado… los entiendo. Quizás no los comparta, pero los entiendo. Nada de eso importa ya, tan sólo encontrar una salida. Me quedaré aquí hasta que la encontremos.

La investigadora hizo una pausa. Había ensayado su discurso mentalmente varias veces mientras ascendía a la loma, quería transmitir seguridad y determinación pero no estaba segura de haberlo conseguido. Con el doctor de espaldas le había resultado muy fácil encontrar las palabras, pero con él delante le estaba resultando casi imposible articular sus motivos y, todavía menos, aguantarle la mirada. Además, aquel despojo humano en el que se había convertido Marc, no emitía ningún signo de aprobación. Ni siquiera parecía comprenderla. Pese a todo, Anna continuó insistiendo.

—No sé si no puede o no quiere contestarme, pero déjeme decirle algo. Con o sin usted voy a entrar en esa pesadilla de laboratorio y no pienso salir hasta que encuentre una cura.

Marc la miraba inmóvil. Anna hablaba cada vez más rápido y sus argumentos le parecían cada vez más inconexos. Cuando estaba a punto de rendirse, apareció Diego con la tableta en las manos y se la acercó al doctor. Con movimientos lentos y pesados escribió:

—«GRACIAS PERO NO HAY SALIDA».

—Déjeme que lo decida por mí misma —le respondió Anna haciendo de tripas corazón. Le cogió por el brazo y le acompañó hasta el laboratorio como quien pasea a un anciano senil.

Al día siguiente, Anna les ayudó a poner orden en el laboratorio y empezó a comunicarse con más fluidez con su antiguo jefe. Marc llevaba colgada al cuello la tableta como si se tratara de una pizarra con una tiza, aunque la mayoría de las veces se limitaba a señalar o a llamar la atención de la investigadora con gritos ahogados —lo único que podía articular—. Habían trabajado juntos tanto tiempo que Anna no necesitaba más. Sabía que el profesor habría registrado hasta el último detalle de su investigación hasta que sus dedos se hubieran negado a teclear. Además, tenía a Diego para ayudarlq a ponerse al día.

—Todo empezó con un ligero temblor en las manos y algún que otro tartamudeo –le explicó él mientras barría– y antes de darme cuenta era incapaz de maniobrar con el instrumental o de vocalizar una palabra. Por suerte lo anotó todo en su ordenador. Yo le he echado un vistazo, pero claro, es como leer mandarín para mí. Imagino que tú le sacarás más provecho.

Así lo hizo. Anna se pasó la mañana estudiando el dietario mientras Diego limpiaba y Marc hacía lo que podía. Las notas le corroboraron lo que ella ya había deducido: que el prometedor principio activo que habían sintetizado en su laboratorio conseguía eliminar con eficacia los priones causantes del mal de Creutzfeldt-Jakob pero presentaba unos efectos secundarios devastadores. Las proteínas que impedían a las neuronas funcionar con normalidad —los malditos priones— desaparecían, pero en su lugar se instalaban las proteínas sintetizadas que el profesor Rivera había bautizado como Lambda-3. El tratamiento no dejaba limpias las terminaciones de las neuronas, sino que las recubría con una nueva capa todavía más perjudicial: «*Es como eliminar una plaga de ratas con una plaga de serpientes. Los roedores desaparecen pero los sustituye un animal todavía más peligroso*», había escrito el doctor Ribera.

Aquel era el mismo problema con el que se habían encontrado en su fase de experimentación con animales. Los roedores eran incapaces de metabolizar las proteínas sintetizadas, una vez que éstas eliminaban a los priones de la enfermedad original, y morían a las pocas semanas.

Tampoco conseguían sobrevivir a ningún agente externo que forzara la eliminación de las nuevas proteínas infecciosas. Algunos detergentes eran muy eficaces a la hora de disolverlas pero los ratones no conseguían sobrevivir a sus efectos secundarios. El doctor siempre había pensado que el cuerpo humano, a diferencia del de los pequeños mamíferos, sí que sería capaz de metabolizar el Lambda-3 por eso se aventuró a inocularse el suero a sí mismo. Se equivocaba. Marc documentó minuciosamente cómo la proteína sintetizada había alterado su propio cuerpo. Al principio describía, casi en tercera persona, cómo la molécula había degradado, en poco tiempo, el organismo de su anfitrión y había provocado estragos en su sistema nervioso, que repercutían en el correcto funcionamiento del resto de los órganos. Después, las entradas del diario fueron derivando en algo más personal.

«*Día 2 tras la infección, 3.A.M.*

No consigo dormir. Creo que mi ciclo de sueño se ha alterado de tal modo que estoy perdiendo mi equilibrio interno. Si sigo así, en unos días perderé la capacidad de hablar y de moverme de forma coordinada. Espero encontrar una solución antes de que no pueda pensar por mí mismo».

Unos días después, sus temores se hicieron realidad: Marc relató la progresiva pérdida del control de su cuerpo: sus sentidos se abotargaban, los miembros no le respondían, la piel se le escamaba, pero él continuaba pensando con lucidez, por lo menos en las primeras etapas. Lo único positivo era que no sentía dolor, el mismo abotargamiento que le impedía moverse con agilidad también le insensibilizaba a los estímulos dolorosos. Era consciente de que su cuerpo se estaba degradando, pero era ajeno al sufrimiento que le provocaban la piel infectada, los músculos agarrotados o los riñones necróticos. Pese a lo que relataba, Anna se sorprendió de lo detallado y constante que era el diario: una entrada cada seis horas durante más de cinco días. Pero pasada la primera semana, se empezaron a producir vacíos y largos periodos de inactividad en el dietario. A las dos semanas las anotaciones se volvieron casi desesperadas.

«*Día 14 tras la infección, 9.00 A.M.*

Mi metabolismo empieza a estar saturado, no consigo siquiera hidratarme y me cuesta escribir cada palabra de este diario, si sigo así, en poco tiempo todo habrá terminado, hay algo que me ronda por la cabeza desde hace días, parece más un remedio de alquimista que algo científico, es sólo una corazonada y mi intuición no anda muy acertada últimamente. Quizá le hable a Diego de ello».

Anna imaginó en que se basaba ese «remedio de alquimista». Ahora tomaba sentido la escena del jabalí que había presenciado nada más aterrizar en la masía. La científica se había horrorizado al ver a Marc devorando los sesos aún calientes de aquel animal moribundo. No había querido sacar el tema hasta entonces, pero ahora que intuía que existía una base científica, había llegado el momento de pedirle explicaciones a Diego.

—Un día mi hermano me pidió que comprara todos los sesos que encontrara en la carnicería. Tuve que hacer un gran pedido de vísceras y pies de cerdo e inventarme una gran comida familiar para no llamar la atención en el pueblo. Cuando llegué a la masía, Marc los devoró en crudo. A mí también me asqueó, la verdad, pero esa noche mejoró. Incluso pudo volver a hablar por unas horas —le había explicado Diego.

«Día 20 tras la infección, 5.00 P.M.
Parece una locura pero la ingesta masiva de masa encefálica mitiga significativamente los efectos de la proteína. Imagino que algunas capas superficiales de las neuronas se desprenden para adherirse al nuevo tejido. Sé que esto no es más que un remedio temporal, que sólo mitiga los efectos durante unas horas, pero me va a dar un tiempo extra muy valioso para seguir avanzando. Me vuelvo a sentir optimista, mi instinto científico no está tan atrofiado como pensaba».

Pese a la mejora, en los días consecutivos Marc continuó dando palos de ciego y el nuevo remedio era cada vez menos efectivo. Probaron con diferentes especies animales, Diego tuvo que pedir muchos favores e inventar muchas explicaciones para conseguir las diferentes muestras. En sus expediciones, el Holandés siempre había evitado los safaris, odiaba el placer de matar por matar y ahora se sentía como un verdadero cazador furtivo. Pero era algo que le debía a su hermano y si Marc se había tragado sus principios por ayudarle, él también podía hacerlo. Después de devorar cerebros de caballo, cabra, avestruz e incluso de mono, descubrieron que cuanto más cercanos al hombre y más frescos fueran los tejidos más efectivos eran: los de mono, los más eficaces

75

—pero también los más difíciles de encontrar—, le seguían los de cerdo o, en su defecto, los de jabalí. Diego recurrió a todos los cazadores de los alrededores y también llenó su finca de trampas: no había otro modo de conseguir unos tejidos más frescos. Pese a todo, los efectos eran cada vez más nimios.

«*Día 30 tras la infección, 4.00 P.M.*

Las proteínas que invaden mi sistema nervioso se han hecho resistentes a las neuronas de cerdo, como lo hacen las bacterias que se inmunizan frente a los antibióticos. De todos modos, el tiempo que le he ganado a la enfermedad no me ha servido para mucho. Aunque pudiera aguantar en este estado durante años, no creo que pudiera llegar a conseguir nada yo sólo. Espero que mis colegas puedan haber continuado sin mí. ¡Perdonadme y suerte!»

Aquella no era la última entrada del diario, pero el resto eran ya casi ilegibles. Al perder la precisión de sus manos, Marc supo que no podía continuar, a pesar de ello había seguido tecleando y simulando que trabajaba para que su hermano no lo viera rendirse. Anna se hizo una idea aproximada de cómo habrían sido de duras aquellas últimas semanas para Marc. No necesitaba un diario para saberlo. Ahora entendía el estado de dejadez del laboratorio, los cráneos de chimpancé de las cámaras, la apatía del profesor y su estado lamentable. Entendió que si quería encontrar una cura, necesitaba que Marc recuperara la fe en su trabajo. Le necesitaba a su lado en las mejores condiciones posibles y se le ocurrió una forma de conseguirlo. Sabía que lo que se proponía no iba a ser más que un remedio paliativo, pero esperaba que fuera suficiente para poder alargar la investigación unos meses más. Su idea se basaba en un principio médico básico: los medicamentos intravenosos son más efectivos que los orales. Anna aisló las neuronas de la masa encefálica y las diluyó en un suero concentrado. Marc no se resistió al experimento, a aquellas alturas consideraba su cuerpo como un banco de pruebas. Anna le conectó en la vena un gotero de suero de neurona directo a su sistema nervioso.

La neurocientífica cruzó los dedos. Sabía que aunque funcionara, este nuevo tratamiento tan sólo le ayudaría a ganar unas semanas más a su progresiva degradación. Esperaba que fueran suficientes para encontrar una cura definitiva.

14. Gorka

Lo primero que vieron al abrirse la puerta fue la luz. Habían pasado la noche entera caminando casi a oscuras y, aunque ya había amanecido, todavía tenían las pupilas demasiado dilatadas. La primera bruma de la mañana tapaba el poco sol que despuntaba por encima de las montañas y cuando aquella extraña puerta incrustada en la pared de roca se abrió, no esperaban que dentro ya fuera de día. Entraron con cautela y se encontraron con una gran estancia ovalada, sin ángulos rectos y ganada a la roca palmo a palmo. A su izquierda había un gran ventanal, largo y estrecho, con unas preciosas vistas de todo el valle, un mirador que de algún modo estaba tan bien camuflado, que era invisible desde el exterior. Desde él podían ver una gran cuenca fluvial, rodeada por una gran formación montañosa en forma de «U» desde la que se escurrían pequeños afluentes, fruto del deshielo, que formaban cascadas y confluían en un río que cruzaba el pueblo. Al final de su curso, sobre el único acceso natural del valle, se alzaba la masía de recepción y a su derecha e izquierda, una la larga verja que los mantenía incomunicados —casi inapreciable desde aquella distancia—. Más allá, tan sólo el aparcamiento y la carretera de acceso que se perdía serpenteando junto al río hasta el siguiente valle.

Detrás del ventanal invisible, había un centro de control lleno de monitores y consolas pero sin ningún operador que las supervisase. En una de las pantallas se apreciaba una imagen congelada de Gorka y Lidia amenazando con una piedra a la cámara de seguridad. La pareja se acercó con curiosidad a las pantallas y descubrieron que el complejo estaba controlado con detalle: cientos de cámaras cubrían hasta el último metro cuadrado.

—¡Tienen cámaras hasta en el bar! —dijo Gorka al ver el lugar donde habían cenado la noche anterior.

—Tenemos unas doscientas. Doscientas diecisiete, para ser exactos —le contestó una voz a sus espaldas—. Ocho de ellas en el bar. Es curioso que todos los visitantes terminen utilizando esa área, cuando hay edificios con muchas más comodidades.

La voz provenía de una mujer joven, aunque de una edad difícil de acotar, con el pelo recogido en un moño funcional y embutida en un ceñidísimo traje chaqueta que parecía sacado de una revista de moda. El portapapeles que llevaba en las manos iba a juego con el estampado de sus medias, igual que la montura de sus gafas conjuntaba con sus zapatos de tacón.

—Bienvenidos a la estación Cíclope —les dijo en una voz sacada de una cuña de radio—. Déjenme que me presente, soy Eva la relaciones públicas del complejo.

—Encantado, yo soy Gorka —le dijo él con su mejor sonrisa.

—Lo sé. Gorka Saltor y Lidia Conella. Hasta hoy mismo no se conocían. Usted es un reconocido submarinista, gran aficionado a los deportes de riesgo y al *skateboard*. Es conocido como el Caballero negro en los clubs de *swingers* y propietario de una empresa de turismo que le está generando cuantiosos beneficios. —Gorka quiso añadir algo, pero Eva no le dio turno a réplica, se giró hacia Lidia y siguió leyendo sus notas—. Usted es una reconocida seguidora de la cultura gótica, aunque más cercana a la espiritualidad del *New Age* que al neopaganismo. Regenta junto a una amiga uno de los establecimientos de más prestigio entre los miembros de su subcultura y déjeme que le felicite por sus artículos en la revista *Necrópolis*. Son un referente en nuestra empresa.

—Gracias —le contestó Lidia alagada pero sorprendida por el derroche de información—. Está muy bien documentada…

—Es parte de mi trabajo… entre otras cosas. Me ocupo de seleccionar a los candidatos y con ustedes he tenido que emplearme a fondo. No me han dado mucho tiempo para realizar mi trabajo con su repentina actuación. Tengo que decirles que son los primeros que llegan hasta aquí. Esta es una estación de supervisión, no es la ruta habitual por la que los candidatos acceden al programa… pero digamos que con ustedes hemos hecho una excepción.

—Es todo un detalle —dijo Gorka un poco cansado de la soberbia de aquella sofisticada secretaria que parecía conocerlos mejor que ellos mismos—, pero podríamos saber ¿a qué coño somos candidatos?

—A convertirse en zombis, muertos vivientes, caminantes, «come sesos» o como ustedes quieran llamarlo. Nosotros nos referimos a ellos como nuestros residentes y daba por hecho que si habían llegado hasta aquí era porque querían convertirse en uno de ellos. Por lo menos eso es lo que susurraron al oído de unas de nuestras huéspedes ayer por la noche…

Aquello los dejó sin palabras. La relaciones públicas se dio por satisfecha con el silencio que se produjo y con su mejor sonrisa publicitaria les invitó a seguirla.

—Bien. Ahora, si me acompañan, iremos a un lugar más cómodo para que les explique todo lo que quieran saber sobre nuestros servicios y tarifas.

Eva se giró sobre sus talones en un gesto ensayado, digno de la mejor azafata, y se dirigió a un largo túnel que se perdía en el interior de la montaña. Anduvieron cerca de media hora detrás de la relaciones públicas, mientras ella les iba describiendo el complejo con un discurso ensayado.

—La estación Cíclope es una de las muchas zonas de control del parque. La construimos aprovechando un antiguo búnker que establecieron los republicanos durante la guerra civil para protegerse de posibles incursiones del bando nacionalista a través de los pirineos. Por suerte, al no estar catalogado por la Administración, pudimos reformarlo a nuestro antojo y darle un nuevo uso… los de conservación del patrimonio habrían puesto el grito en el cielo. Estas montañas están llenas de túneles y galerías que se utilizaban para almacenar munición y comunicar unas zonas con otras. Son muy útiles, pero difíciles de acondicionar. ¿Hace un poco de frío verdad? Cuando lleguemos a la estación Fénix les prestaremos una muda y un calzado más adecuados —dijo Eva mirando las sandalias del submarinista.

—¿La estación Fénix? —preguntó Lidia con curiosidad.

—Sí, es la zona por la que acostumbran a llegar nuestros huéspedes. Pero prefiero que la vean con sus propios ojos antes que describírsela. Estamos a punto de llegar.

Todavía tuvieron que caminar cerca de un cuarto de hora más a través de aquella extraña red de túneles antes de poder verla. Aunque el camino estaba bien iluminado y señalizado, las múltiples bifurcaciones y los cambios de nivel la convertían en un auténtico laberinto. El último tramo del túnel ascendía ligeramente hasta llegar a una de las salidas al exterior. Allí se encontraron con una elegante pérgola rodeada de rosales y el sol de la mañana, que brillaba ya en todo su esplendor. Atravesaron un gran prado de césped y flores silvestres, un jardín que recreaba con exquisitez y artificio un idílico paisaje campestre pero que resultaba demasiado perfecto para ser natural. Siguieron el camino de pizarra que moteaba la hierba hasta llegar a un conjunto de edificios de varias plantas y grandes cristaleras dispuestos alrededor de un helipuerto. Un complejo que pese a su modernidad se integraba con elegancia en el paisaje de alta montaña.

—La estación Félix —les dijo Eva al llegar—. Creo que son los primeros en llegar aquí por tierra. Un *spa* de lujo alpino que utilizamos para aclimatar a nuestros huéspedes a su nuevo metabolismo. Les hemos preparado sus habitaciones en el ala este. Espero que sean de su agrado. Una vez se duchen y se cambien podrán encontrarme en la sala de conferencias. Les esperaré allí, al fondo de este pasillo, no tiene perdida —apuntó la relaciones públicas con una sonrisa arrancada del catálogo de un odontólogo.

Gorka y Lidia obedecieron sin rechistar. Aquel lujo quedaba muy alejado de la austeridad que habían vivido unas horas antes en la parte baja del complejo. No era algo que les resultara ajeno, los dos tenían negocios rentables y disfrutaban gastando sus beneficios. Al llegar al edificio que Eva les había indicado, una auxiliar les acompañó hasta sus habitaciones y se puso a su disposición para cualquier cosa que necesitaran. Las dos *suites* eran muy similares: amplias, luminosas, con acabados en madera natural, ducha con hidromasaje, jacuzzi, incluso una pequeña sauna. Sobre la cama tamaño *King Size* les habían dejado dos mudas de ropa que parecían hechas a su medida y acordes a su estilo —Lidia incluso llegó a pensar que aquel vestido había salido de su propio armario—. Una vez aseados y mudados la auxiliar les acompañó al lugar donde Eva les estaba esperando con un pequeño bufet para desayunar.

—He imaginado que tendrían hambre —les dijo invitándoles a sentarse—. Si les parece, hablaremos mientras comemos. Antes de nada he de advertirles que esto no va a ser barato, aunque no será un capricho que no se puedan permitir. Pueden estar seguros de que si no fuera así, no estaríamos aquí sentados.

—Yo también quiero aclarar algo antes de empezar —puntualizó Lidia antes de probar bocado—. Me gustaría tener una garantía de que toda la gente que utilizan como actores en el parque no están allí en contra de su voluntad…

—Sí, no se estarán aprovechando de gente con minusvalías para montar este tinglado, ¿verdad? —añadió Gorka en un tono amenazador.

—Creo que todavía no han entendido la filosofía de este lugar. No trabajamos con actores, ni figurantes, ni nada por el estilo. Todos los zombis con los que se han cruzado son residentes. Les puedo asegurar que ninguno de ellos ha entrado en el complejo en contra de su voluntad —les respondió Eva conteniendo una sonrisa—. Es más, alguno ha tenido que realizar un esfuerzo más que considerable para que lo incluyéramos en el programa.

—Eso espero —dijo Gorka con una rotundidad exagerada que buscaba la complicidad de Lidia.

—Bien, si eso es todo, vayamos al grano. Lo que les estoy ofreciendo no es sólo un juego de roles, no les vamos a disfrazar de muertos vivientes para que asusten a cuatro adolescentes. Lo que aquí les proponemos es transformar su organismo física y mentalmente en lo más parecido a un zombi que la última tecnología médica puede ofrecer. No van a poder hablar, no van a poder moverse con normalidad, ni siquiera van a poder pensar con claridad. Su metabolismo va a cambiar de tal modo que no van a necesitar maquillaje, prótesis o efecto especial alguno —Eva les puso delante dos contratos con una interminable lista de cláusulas—. Si firman estos documentos, sabrán lo que se siente siendo un muerto viviente y sobreviviendo como tal.

15. Marc

Triste amor es aquel en que los amantes
se acuestan por primera vez en la tumba.

Georg Christoph Lichtenberg,
científico y escritor alemán del s. XVIII

Diego y Marc tenían el laboratorio como un piso de solteros. Al principio Anna no había tenido tiempo para poner orden, la urgencia que le había exigido el estado crítico de Marc se lo había impedido, pero ahora que había encontrado un modo de ralentizar el proceso, la investigadora no pensaba seguir adelante sin adecentar un poco su espacio de trabajo. Empezó por darle una ducha a su antiguo profesor y ponerle una muda nueva, aunque no fue un trabajo fácil: primero, porque él no se mostró demasiado colaborador y segundo, porque su estado de salud era todavía muy precario. Marc todavía apelaba a la poca dignidad que le quedaba y prefería seguir mugriento antes que verse lavado como un anciano octogenario —las neuronas animales inyectadas le habían devuelto la lucidez, pero no la destreza—. Anna consiguió convencerlo de que se duchara, con la condición de no estar presente: Diego se encargó de arrastrarlo al exterior, lo desnudó como pudo y lo lavó con una manguera y una esponja.

—¿Ve como así está mucho mejor? —le dijo Anna cuando vio aparecer al profesor Ribera por el laboratorio con la piel limpia y la bata planchada—. Antes, lleno de mugre y con la ropa tan sucia, parecía más muerto que vivo.

—Las mujeres sabéis cómo conseguir lo que os proponéis, de eso no hay duda —respondió Diego indignado—. Pero el trabajo sucio nos toca siempre a nosotros.

—Si tuviera un poco de maquillaje lo dejaría como nuevo —dijo ella para apostillar su comentario machista.

Marc cogió la tableta de encima de la mesa y escribió: «No me quites la poca dignidad que me queda».

—¡Ese es mi hermano... casi en el otro barrio pero todo un Rivera! —exclamó Diego antes de echarse a reír.

Anna contuvo una carcajada y Marc empezó a emitir unos extraños sonidos guturales que interpretaron como risas. Pero la explosión de alegría fue corta y efímera, lo justo para aliviar la tensión. Le habían ganado un tiempo precioso a la enfermedad pero las proteínas sintéticas continuaban embozando inexorablemente el sistema nervioso del profesor. Era cuestión de tiempo que volviera a retraerse a su estado anterior y todavía tenían mucho que hacer.

Al día siguiente, por encargo de la investigadora, Diego salió a buscar un equipo de conexión a internet vía satélite para poder documentarse y romper un poco con el aislamiento del lugar. El doctor Rivera aprovechó su renovada lucidez para practicar con su tableta y ganar en fluidez a la hora de comunicarse con los demás. Anna, por su parte, se arremangó la ropa de montaña y pasó el día entero terminando de limpiar y ordenar el laboratorio. El trabajo, además de necesario, le ayudó a mantener la mente despejada y a empezar a vislumbrar alguna salida a la situación.

La investigadora durmió aquella noche de un tirón, el cansancio y las ideas claras le ayudaron a descansar. Se despertó antes de que saliera el sol, se vistió con su bata de laboratorio recién lavada y entró en la cuadra rehabilitada con el mismo ánimo con el que entraría en el Instituto Pasteur. Antes de encender la luz vio la pantalla de un ordenador reluciendo en el fondo de la sala: por lo visto Diego, ya le había instalado el equipo que le iba a permitir acceder a las diferentes bases de datos de investigación. Al encender los fluorescentes no sólo vio dos monitores de 27 pulgadas, también se encontró al profesor trabajando en un microscopio retroiluminado. Tal como estaba ahora, de espaldas y con la ropa limpia, podría haber pasado por una persona normal. Por un momento le pareció que nada hubiera cambiado en estas semanas. Tuvo que hacer un gran esfuerzo para volver rápidamente a la realidad. Anna no podía permitirse ni un ápice de nostalgia, tenía mucho trabajo por delante y sabía que cuando Marc se girara no vería a su antiguo jefe sino el rostro de un hombre moribundo, y así fue, en parte. El profesor se giró al notar la presencia de Anna y esta no vio el rostro cadavérico que esperaba: Marc se había puesto un gorro de cirujano, una mascarilla de tela y unas gafas Ray Ban… parecía un famoso de incógnito. Aunque no había recurrido al maquillaje, ahora ambos se sentían un poco más cómodos. Anna intuyó una sonrisa debajo de la mascarilla y cuando él levantó la pequeña pantalla táctil hacia ella pudo leer un «Buenos días».

—Buenos días —le contestó la investigadora—. Veo que usted también ha madrugado hoy…

—«No puedo dormir» —escribió él con relativa agilidad, después presionó un icono y apareció un nuevo texto de forma instantánea—. «Estoy listo para empezar a trabajar».

El doctor había pasado buena parte de la noche introduciendo frases y conceptos que le podían ser de utilidad en la memoria de la tableta. Tenía un buen surtido de oraciones predeterminadas para sorprender a su nueva ayudante y antes de que ella contestara pulsó un nuevo icono.

—«Concede a tu espíritu el hábito de la duda…»

—…y a tu corazón, el de la tolerancia —dijo Anna para completar la frase. Marc siempre utilizaba aquella cita para animar a sus ayudantes. Nunca recordaba el nombre del científico alemán que la había formulado por primera vez. Él pareció leer la duda en su cara e hizo aparecer el nombre en su pantalla: «Georg Christoph Lichtenberg». Por un momento, Anna pudo ver bajo las gafas y la mascarilla al profesor que admiraba.

—¡Manos a la obra! —dijo la investigadora con un nudo en la garganta.

Anna estableció unas rutinas de trabajo adaptadas a las capacidades de cada uno. Diego se encargaba de la logística: se encargaba de conseguir todas las sustancias e instrumental que fueran necesarios. A la neurocientífica le sorprendió la facilidad con la que el hermano de Marc conseguía materiales que no estaban a la venta para el gran público, incluso algunas sustancias que sólo se podían obtener bajo un control muy estricto. No le preguntó cómo lo hacía, prefería no saberlo, pero imaginó que el Holandés estaba recurriendo a su red de contactos, pidiendo muchos favores y invirtiendo mucho capital. Marc empezó a llamar a su hermano Fénix, en honor al personaje del *Equipo A* que era capaz de conseguir una hélice de repuesto para un helicóptero en medio de la selva.

La investigadora dedicaba sus largas jornadas de trabajo a preparar los cultivos y a buscar en la red principios activos o moléculas que pudieran ser de utilidad contra el Lambda-3. Los tejidos infectados de los que disponían no eran los más idóneos, provenían del cerebro de un jabalí que el doctor había infectado al principio de su investigación y que había conservado por secciones en nitrógeno líquido. No disponían de más priones modificados, las muestras eran limitadas y no tenían margen para el error. Cuando el cerebro del jabalí se acabara tan sólo podrían acceder al cerebro enfermo del profesor y no era buena idea lobotomizar al individuo al que querían salvar. Si hubieran dispuesto de más tiempo podrían haber extraído las moléculas del tejido infectado, reproducirlas en la incubadora e infectar a un nuevo individuo. El proceso era fácil, era como separar un poco de grano de una cosecha para cultivar la siguiente, el problema es que no podían esperar a que se completara el ciclo de una nueva vendimia, sin temer por la vida del profesor. Cada análisis, cada ensayo era a vida o muerte.

Marc era quien más tiempo pasaba trabajando. La enfermedad le había ido privando de horas de sueño de forma progresiva y ahora ya era incapaz de dormir. Empalmaba un día con el siguiente sin descanso, siempre de pie, frente a los microscopios, observando y anotando en su tableta hasta el más mínimo cambio. Anna se encargaba de manipular las muestras y montarlas bajo las lentes, de modo que el doctor sólo tuviera que inclinarse sobre el visor y observar. Marc era incapaz de realizar un movimiento con precisión, pero era un observador incansable y eficiente. La misma enfermedad que lo tenía postrado en un cuerpo mortecino, la que le había inhabilitado para realizar la mayoría de las tareas que requería su trabajo, lo había convertido en un ayudante inagotable, capaz de controlar durante las veinticuatro horas del día hasta el más mínimo cambio en los cultivos. Noche y día, las muestras de tejido cerebral reaccionaban ante sus ojos a las diferentes sustancias que conseguía Diego. La mayoría no producían ningún efecto, otras terminaban con las proteínas sintéticas infecciosas pero también con los tejidos, y unas pocas prometían unos resultados que al final nunca se cumplían. Si no fuera porque el profesor Ribera ya había perdido la esperanza hacía mucho, aquel fracaso continuo habría terminado con él. Marc tan sólo hacía aquel esfuerzo por Anna: era lo mínimo que podía hacer para agradecerle su empeño en encontrarle una cura. Sabía que su objetivo era una quimera pero le gustaba el ambiente que se había creado en aquel laboratorio perdido en medio de los Pirineos —le recordaba a su época de reconocimiento y prestigio— y se conformaba con estar acompañado por su hermano y su fiel ayudante cuando le llegara la hora.

16. Lidia

El mismo día en que fueron enterrados
se presentaron por la tarde, mientras el sol
todavía brillaba, llevando sobre sus hombros
los ataúdes de madera en los que habían
sido enterrados.

Abbot of Burton. *England Under the Nor-
man and Angevin Kings*, pg. 613. 1090

La relaciones públicas insistió en que no firmaran el contrato en el acto.
Les recomendó que leyeran con tranquilidad las cláusulas, que aprovecha-
ran el resto del día para disfrutar de las instalaciones y que después de
cenar, con el estómago lleno, tomaran la decisión. El complejo disponía
de piscina climatizada, solárium, baños termales, gimnasio y un pequeño
restaurante a la carta con servicio las veinticuatro horas del día. Sin embargo, ni Gorka ni Lidia siguieron el consejo de Eva.

—Si me lo pienso demasiado no me decidiré y no quiero perderme
algo así —dijo la gótica justo antes de firmar el contrato.

—¡Bien dicho! A estas cosas no hay que darles demasiadas vueltas
—le contestó Gorka imitándola.

—Como ustedes deseen —dijo Eva recogiendo los documentos—,
pero háganme un favor. Léanse su copia antes de cenar, yo guardaré
los documentos en mi despacho hasta entonces. Si se lo piensan mejor,
simplemente los destruiré, pero a partir de mañana no habrá vuelta atrás.

Después de pronunciar estas palabras se levantó con una gran sonrisa y se alejó contoneándose con los contratos bajo el brazo. Gorka no
supo si tomárselo como una broma o como una amenaza. Intercambió

una mirada de complicidad con Lidia y vio que ella tampoco había sabido cómo interpretarlo. El submarinista pasó el resto del día quemando adrenalina en el gimnasio y pensando en si Lidia le dejaría entrar en su habitación esa noche. Al final de la tarde se dio un agradable baño en la piscina, que había estado desierta hasta entonces, y justo antes de cenar hizo una rápida lectura en transversal del contrato. No encontró nada que pareciera fuera de lugar, él mismo hacía firmar contratos similares a algunos de sus clientes antes de realizar alguna actividad de riesgo.

Lidia, por su parte, no pisó ni el gimnasio ni la piscina. Esquivó todas las áreas de las instalaciones que se exponían al punzante sol de alta montaña y pasó gran parte de la mañana en su habitación. Pidió varios zumos naturales al servicio de habitaciones y leyó con calma el contrato. No se especificaba el tipo de procedimiento médico ni las posibles secuelas que se pudieran derivar de él, tan sólo se eximía a la parte contratada de toda responsabilidad y se exigía al contratante total discreción una vez finalizado el proceso. Lo que habían firmado era casi como una carta blanca para que aquellos desconocidos hicieran con ellos lo que quisieran. Lo único que la tranquilizaba era la exagerada cifra que pedían por sus servicios, una cuantía mucho más elevada de la que podrían conseguir robándoles un órgano o traficando con su cuerpo. Sin embargo, Lidia tenía dudas. Decidió dar un paseo por las instalaciones para pensar con un poco más de claridad y casi por casualidad dio con lo que parecía la biblioteca del centro. Las estanterías se combinaban con vitrinas donde se exponían auténticas joyas del mundo zombi: el pañuelo blanco que Bela Lugosi utilizaba para poseer a la protagonista de *La Legión de los Hombres Sin Alma*; el frasco de veneno que aparecía en *La Serpiente y el Arcoíris*, además de un pez globo disecado; una réplica del Necronomicón aparecido en *Posesión Infernal* y la sierra eléctrica que utilizó Bruce Campbell para despedazar decenas de poseídos; y un largo etcétera que incluía material de rodaje original, primeras ediciones de libros y bobinas de películas, además de reconstrucciones a tamaño real de las cabezas de multitud de muertos vivientes. Lidia había visitado en su viaje a Estados Unidos el que se preciaba de ser el único museo del mundo dedicado a la temática zombi del mundo: el *Monroeville Zombies* de Pittsburg —ubicado en el mismo centro comercial donde se rodó *Zombi*—. Pero comparado con lo que había en aquella sala, aquel museo no pasaba de tienda para coleccionistas.

Además, Lidia descubrió que la biblioteca también estaba muy bien surtida: con casi todos los libros que ella había leído sobre el tema —y muchos otros que no conocía—, centenares de novelas de género, textos esotéricos y colecciones completas de revistas y cómics, algunas de ellas eran fanzines de muy poco tiraje en los que ella misma solía colaborar. La gótica cogió los más interesantes y se acomodó en unos sofás de piel ubicados frente a un gran ventanal de vidrio laminado —que ofrecía unas vistas excelentes de la cordillera con una total protección a los rayos del sol—. Se pasó el resto del día ojeando los últimos ejemplares de las revistas y curioseando entre libros de los que nunca había oído hablar. La luz artificial se activó de forma automática cuando el cielo empezó a adquirir un tono violáceo. Lidia no fue consciente hasta entonces de lo tarde de que era y del hambre que tenía. Todavía tenía ciertas dudas, pero la lectura le había recordado por qué quería hacerlo.

Lidia y Gorka fueron los únicos comensales del restaurante aquella noche. Lo cierto es que no se habían cruzado con ningún otro huésped en todo el complejo a lo largo del día, tan sólo con personal uniformado. Aunque ambos tenían dudas sobre el viaje en el que se iban a aventurar, no se las confesaron mútuamente. Gorka no estaba dispuesto a reconocer sus temores delante de ella y Lidia confió en la falsa seguridad de él —aunque presentía que albergaba la misma incertidumbre—. La cena fue agradable, los ingredientes eran frescos y muy diversos, demasiado si se tenía en cuenta lo inaccesible del lugar. Terminaron la primera botella de vino entre risas y anécdotas. El buceador tenía una interminable lista de historias en la recámara que había ido depurando de fiesta en fiesta hasta el punto que algunas incluían ya más mito que realidad. Lidia era consciente de ello, pero le divertía la forma en que Gorka exageraba algunos pasajes para enfatizar el relato. Cuando estaban a punto de terminar la segunda botella apareció Eva con su portafolios.

—Veo que han disfrutado de su cena ¿les importa si me uno ustedes? —les dijo acercando una silla a su mesa—. Y bien... ¿han tomado ya una decisión?

Lo habían hecho. El buceador se había decidido en el mismo momento en que entendió que aquellos zombis que les acechaban no eran simples actores maquillados, sino que sus cuerpos se habían convertido realmente en algo cercano a la muerte. Lo entendía como una fase extrema de modificación corporal, el último nivel de un aficionado a los tatuajes, *piercings* e incluso escarificaciones. Quería sentir lo que era vivir en un cuerpo maciliento, tener la mente alterada, incluso sentir el anhelo de comerse a alguien vivo —y después volver para contarlo—.

Lidia también se había convencido a sí misma de que no podía dejar pasar aquella oportunidad. Para ella no era algo corpóreo, sino un viaje espiritual. Aquella experiencia era algo parecido al viaje astral de un chamán que, tras un ritual narcotizante, se introducía en un tigre o un cóndor para poder ver el mundo con otros ojos. En este caso no iba a ser el punto de vista de un animal totémico, sino de algo más siniestro, casi los ojos de la muerte misma: lo más cercano al nirvana que todo gótico soñaría con alcanzar.

—Si esa es su respuesta definitiva, me alegra informarles de que a partir de este momento empieza su degradación —les dijo Eva después de archivar de forma definitiva los contratos firmados—. Imagino que tendrán muchas preguntas que hacerme, estaré encantada de contestar cualquier duda.

—Podríamos empezar por saber en qué consiste esa «degradación» —se apresuró a preguntar Lidia.

—Así es como nos referimos al procedimiento que provoca la metamorfosis de lo vivo en no muerto. Nuestro objetivo es rebajarles varios grados en la escala evolutiva.

Eva les explico que para conseguirlo utilizaban un cóctel de agentes biológicos combinado con cirugía estética y lo último en deformación corporal. El resultado final era único para cada persona: el cliente podía escoger desde el color de los ojos —del blanco catarata al inyectado en sangre— hasta la forma de las llagas o amputaciones. La relaciones públicas les comentó que algunos de los huéspedes llegaban a hacerse seccionar partes de la nariz o pabellones auriculares para ofrecer un aspecto más fiero. El miembro amputado se injertaba temporalmente en el lomo de una rata estéril que mantenía los tejidos irrigados y, una vez finalizada la experiencia, éste se devolvía al paciente. Como si nada hubiera pasado.

—Las posibilidades de *customización* son tan amplias que disponemos de una aplicación específica para que podáis ver las diferentes opciones a tiempo real. Encontrareis una tableta en vuestras habitaciones para que os decidáis y mañana a primera hora tendríais que entregarnos un modelo aproximado de en qué queréis que os convirtamos para que nuestros técnicos puedan empezar a trabajar.

Gorka estaba ansioso por ver el tipo de amputaciones que estaban dispuestos a practicar en aquel lugar. Él mismo había intentado dividirse la lengua en dos o injertarse cuernos de silicona bajo la piel, pero era muy difícil encontrar clínicas dispuestas a llevarlas a cabo con un mínimo de garantías sanitarias. Lidia, por su parte, estaba pensando en algo menos radical como las llagas de silicona, los tumores de látex o las lentillas de color de las que también les había hablado Eva.

—Todo depende del nivel de autenticidad al que quieran llegar —les explicó la relaciones públicas—. Los puristas se inoculan bacterias en las córneas para obtener niveles de conjuntivitis espectaculares, mientras que los menos arriesgados se conformaban con unas lentillas de color rojo sangre. Todo es cuestión de gustos y cada extra tiene su precio, el programa os dará una tarifa aproximada en función de lo que queráis. Pero todo esto no sería más que algo ornamental sin dos principios activos que son los que realmente obran la magia.

—Y que seguramente son los más caros… —puntualizó el buceador.

—Sí, seguramente lo sean. Podríamos decir que son los ingredientes secretos de nuestra receta para convertiros en residentes y son los que le dan veracidad a esta experiencia. Sin ellos todo esto no sería más que una fiesta de Halloween.

—La mandrágora y el polvo de unicornio —comentó Lidia rompiendo el misterio que su anfitriona estaba intentando crear.

—Más o menos —le replicó Eva con una falsa sonrisa—. Antes de seguir, debo recordaros que habéis firmado una cláusula de confidencialidad muy restrictiva. Nada de lo que hacemos aquí puede salir del recinto. No tendremos reparos en emprender demandas millonarias si incumplen lo acordado.

—Sí, está claro —replicó Gorka ofendido por la amenaza—. Estoy seguro que con lo que cobran pueden fichar a un buen bufete de hijos de puta.

—Discúlpenme por mi franqueza, tan solo quería dejar las cosas claras —se excusó Eva—. Estamos muy orgullosos de nuestro sistema, es una exclusiva a nivel mundial y somos muy precavidos con el espionaje industrial.

—Entiendo, puede darse por perdonada. ¿Cuáles son esos ingredientes? —puntualizó Lidia para zanjar el tema.

—Los hongos y los priones.

Eva les explicó que los primeros eran los responsables de la apariencia, los que te convertían en un auténtico zombi a los ojos de los demás sin necesidad de maquillajes ni postizos. Se trataba de un tipo de hongo muy raro, que causaba una infección completa de la epidermis y llenaba el cuerpo de llagas y eccemas. Eva les pasó unas cuantas fotografías que ilustraban lo que acababa de contarles.

—Pero podéis estar completamente tranquilos. Hemos modificado genéticamente la *Tinea Corporis* para que las lesiones sean superficiales y tras el tratamiento con antifúngicos los efectos desaparecen completamente. Es casi como un *peeling* químico —les dijo Eva entregándoles las fotografías de los mismos individuos una vez recuperados.

—¿Y los priones? —preguntó el campeón de apnea.

—Le gusta ir al grano, señor Saltor —le contestó la relaciones públicas—. Los priones son como el rayo que dio vida a Frankenstein. Sin ellos todo quedaría en un disfraz biológico, pero con ellos, ustedes no sólo parecerán un muerto viviente, sino que se sentirán como si lo fueran. No podrán hablar, no pensaran con claridad, ni siquiera podrán moverse de forma coordinada. Serán lentos y torpes y sus sentidos estarán alterados... su percepción del dolor, la noción del tiempo, los gustos, los olores... Serán zombis por dentro y por fuera.

17. Diego

El enriquecimiento de bebidas claras plantea
el reto de mantener las propiedades sensoriales, tales como la transparencia y evitar la
turbidez. Estas propiedades pueden ser me-
joradas por el uso de nanopartículas.

Functional Food Info. Julio de 2010

Parecía la moraleja de alguna leyenda hindú, ya que la curación a la enfermedad del profesor —una rara variante del mal de las vacas locas—
había llegado de la mano de la industria láctea. Anna había leído un artículo sobre las nanopartículas que habían desarrollado en un laboratorio
israelí para poder añadir proteínas de la leche a los refrescos sin que éstos
perdieran su aspecto cristalino.

—Es uno de los grandes retos de la industria láctea desde siempre,
—le explicó Anna a Diego llena de euforia— han conseguido disolver la
leche en el agua.

—Y además de conseguir que los niños beban leche, ¿eso de qué nos
va servir en nuestra investigación? —preguntó él con incredulidad.

—Las proteínas lácteas no se diferencian demasiado de nuestros priones. Las nanopartículas disuelven las proteínas de la leche en el agua y,
según ese mismo principio, deberían ser capaces de disolver los priones
infecciosos en el líquido cefalorraquídeo.

—¿Eso salvaría a mi hermano?

—Quizás sí. Es una posibilidad… pero no te va a ser fácil conseguir
una muestra.

—La duda me ofende —respondió el Holandés con falsa indignación.

Anna no mentía. Aquella sustancia era casi un secreto de alquimista en la industria de los refrescos. Las plantas de procesado de leches y yogures siempre habían generado un gran excedente de proteínas séricas, un producto secundario difícil de aprovechar pese a su notable interés nutricional. Era económico y era saludable pero tenía un gran problema: enturbiaba la bebida. Así que su uso se rescindía a batidos y, más recientemente, a los combinados de zumos y lácteos. Siempre en bebidas turbias, si se añadía proteína sérica a un refresco, éste perdía su claridad y, por tanto, su identidad y vistosidad. Las nanopartículas israelitas habían solucionado ese problema.

El laboratorio de Tel Aviv había conseguido desarrollar un método económico de enriquecer las bebidas —con proteínas séricas pero también con otros elementos como el Omega3— sin alterar sus características y, a su vez, preservando los añadidos nutricionales de la oxidación. Se trataba de la piedra filosofal de la industria alimentaria y Diego no accedió a ella con facilidad, pero lo hizo. Dos días después de su charla con Anna, se presentó en el laboratorio de campaña con una muestra de nanopartículas.

—No puedo creer que lo hayas conseguido... ¡y en sólo 48 horas! ¿Se puede saber cómo lo has hecho? —Anna interrumpió a Diego antes de que este pudiera responderle—. No, no me lo digas. No sé por qué, pero creo que es mejor no saberlo.

El Holandés sonrió y respetó los deseos de la neurocientífica. A veces, Anna tenía serias dudas sobre la ética profesional de Diego y, por ende, de la suya propia. Se mentía a sí misma pensando que todo estaba justificado si al final salvaba al profesor, pero en realidad sabía que se estaba saltando todos los códigos deontológicos. Su profesionalidad pendía de un hilo y prefería no añadir más trapos sucios a su conciencia científica.

Diego tampoco le habría respondido con la verdad, había muchas cosas que prefería que ella no supiera. Le habría dicho, simplemente, que había pagado su precio, aunque lo que había hecho para conseguirlo era mucho más complejo. El Holandés sabía que el laboratorio nunca vendería una pequeña dosis de la sustancia por miedo al espionaje industrial: tan sólo la patente estaba en venta y el precio era astronómico, tanto que ninguna compañía había puesto todavía una oferta encima de la mesa. La compañía a la que pertenecía el laboratorio operaba en bolsa y sus accionistas estaban expectantes a la espera del desenlace de la operación. Diego conocía a un alto ejecutivo de un grupo empresarial propietario de una reconocida compañía de refrescos. Le convenció para que lanzara una oferta a modo de globo sonda y se encargó de que el rumor corriera por los grupos de inversores. En unas horas las acciones del laboratorio habían subido varios enteros y el Holandés estaba muy cerca de cometer un delito de información privilegiada. En ese momento, amenazó al laboratorio con hacer pública que la oferta era sólo un castillo en el aire y les pidió una pequeña muestra de su producto a cambio de guardar su silencio y no hacer que sus acciones se desplomaran. Después de firmar un contrato de confidencialidad, las nanopartículas fueron suyas. Dos horas después estaba bordo en un vuelo de vuelta de Tel Aviv con las muestras camufladas en inyectores de insulina. El Holandés no había obtenido ningún beneficio económico con su jugada, así que su operación era invisible para la comisión del mercado de valores.

Anna no necesitaba conocer sus malas artes, tan sólo debía concentrarse en la efectividad de aquella extraña sustancia para eliminar el mal que aquejaba a su hermano. Se concentró en aprovechar bien aquella muestra y realizar los primeros ensayos con el tejido infectado. En apenas unas horas la neurocientífica obtuvo los primeros resultados.

—Las nanopartículas consiguen que las proteínas sean solubles —les dijo Anna con seriedad—. Los priones se disuelven en el líquido cefalorraquídeo tal como esperábamos, pero el problema es que también se disuelven otras proteínas que son necesarias para el organismo.

—Y eso quiere decir que… —preguntó Diego a la espera de que la investigadora tradujera sus resultados a un lenguaje menos técnico.

—Quiere decir que puede ser peligroso.

—¿Cómo de peligroso? —respondió el Holandés con su última carga de paciencia.

—No es algo fácil de cuantificar, ni tampoco de explicar.

Anna intentó exponer el problema de un modo que Diego pudiera entender. Las nanopartículas no habían sido desarrolladas con un objetivo médico: eran inocuas para el organismo si se ingerían una vez procesadas, pero eran impredecibles si entraban en el torrente sanguíneo con su carga activa.

—Las proteínas constituyen la estructura básica de todas las células vivas, así que cualquier tejido, cualquier órgano con el que entraran en contacto podría resultar seriamente dañado. No sólo las proteínas infecciosas.

La opción más segura para proceder suponía reformular el principio diseñado por el laboratorio israelí con un marcador específico, para que las nanopartículas tan sólo afectaran a las proteínas dañinas.

—¿Me estás pidiendo pleno acceso a la patente y al laboratorio? —respondió Diego con una sonrisa de incredulidad.

—No te estoy pidiendo nada. Tan sólo te digo que incluso así, tardaríamos varios años en dar con el marcador adecuado.

—No tenemos tanto tiempo —respondió Diego mirando a su hermano, que asistía impasible a la discusión—. ¿No hay otro modo?

Anna no contestó. Era muy consciente de que administrar aquel principio al profesor sin ningún tipo de control —aunque éste hubiera funcionado con las muestras de tejido infectado— era como matar moscas a cañonazos. Los efectos secundarios eran impredecibles.

Los tres se sumieron en un largo e incómodo silencio, hasta que Marc tomó su tableta y escribió, no sin dificultad, cuatro palabras:

—*Hay un plan B.*

Anna miró con incredulidad el inexpresivo y demacrado rostro de su antiguo jefe en busca de explicaciones. Él se las arregló para exponer su idea combinando el teclado con extraños gestos y sonidos guturales que tan sólo la investigadora parecía comprender. Cuando terminó, Anna no parecía muy convencida pero asintió. Diego, que había permanecido callado hasta entonces, exigió una explicación.

—Tu hermano se lo quiere jugar todo a doble o nada. Su idea consiste, básicamente, en aplicar las nanopartículas de forma selectiva tan sólo en aquellos tejidos que estén infectados.

—Parece algo muy simple, ¿cómo es que no se te había ocurrido antes?

—¡Vaya! Qué fácil parece todo desde la ignorancia —le respondió ella ofendida—. Quizá no lo había planteado porque para poder hacer algo así hay que abrirle el cráneo. No veo ningún neurocirujano por aquí, ni ningún anestesista y aunque puedas conseguir a alguno tan loco como para jugarse la licencia en algo así, no creo que puedas traer hasta este lugar perdido en las montañas un quirófano estéril con todo su equipamiento.

—Tienes razón, no puedo —le dijo Diego en tono de disculpa—. Tendremos que llevar a Mahoma a la montaña.

18. Gorka

Llevan consigo la imagen inmortal e inmemo-
rial del miedo al cadáver, del miedo a nosotros
mismos después de muertos. ¡Son los ghoules
del siglo XX! Y, seguramente, del XXI.

Jesús Palacios. *Zombimania*. Midons Edit., 1996

La relaciones públicas estuvo respondiendo las preguntas de Gorka y
Lidia hasta bien entrada la madrugada. Ninguno de los dos pudo dormir
aquella noche. A la mañana siguiente la organización les hizo llegar el
software de *customización*, junto a un potente laxante. Habían realizado
unos modelos en tres dimensiones de sus dos invitados con un sor-
prendente grado de exactitud, desde los rasgos faciales a la constitución
física, y sobre ese lienzo en blanco podían aplicar a su antojo una interminable paleta de pústulas, amputaciones o heridas abiertas. El submarinista y la gótica se pasaron gran parte del domingo sin salir de su
habitación, debían vaciar el sistema digestivo para la intervención y los
efectos de la medicación no les permitían alejarse demasiado del baño,
así que aprovecharon el tiempo creando una simulación bastante aproximada del muerto viviente en el que se querían convertir. Mientras sus
amigos disfrutaban del encanto de un falso mundo apocalíptico, ellos
planificaban cómo iban a convertirse en zombis reales. Olga, Juan, Sara
y Richy imaginaban que la pareja estaba disfrutando de un fin de semana
romántico cuando en realidad se encontraban en habitaciones separadas,
sentados en la taza del váter con una tableta en las rodillas. Nada más
alejado del romanticismo y, sin embargo, los dos sentían mariposas en el
estómago —en todos los sentidos—.

Uno de los pasos previos a la degradación era el ayuno completo, los intestinos debían estar totalmente vacíos. Eva les explicó que una vez convertidos no necesitarían comer ni beber, podrían vagar días enteros, incluso semanas, sin desnutrirse. Del mismo modo que lo haría un zombi verdadero. El secreto era un procedimiento desarrollado por las Afrika Korps durante la Segunda Guerra Mundial para evitar que sus soldados murieran en el desierto. Durante su campaña en el Norte de África, el Mariscal Erwin Rommel, conocido como el *Zorro del Desierto*, entró en contacto con un grupo de tuaregs de los que aprendió un viejo truco que utilizaban antes de entrar en combate. Cuando preveían que el agua y la comida iban a escasear, los beréberes del Sahara se introducían en el ano pulpa de una planta especialmente acuosa mezclada con grasas, sales y especias. Una mezcla rica en agua, sales minerales y otros nutrientes con la que se llenaban todo el intestino grueso y que les permitía sobrevivir durante días a las exigencias del desierto. Rommel no sólo fomentó el uso entre sus tropas, sino que lo mejoró. Sus médicos sabían que el intestino grueso era capaz de absorber agua no potable y hacerla apta para la hidratación, pero era un procedimiento que solía utilizase en alta mar como último recurso. Al observar el ritual tuareg, desarrollaron una sustancia gelatinosa, mucho más rica en agua y nutrientes, que desprendía la dosis mínima diaria de agua y nutrientes para sobrevivir en entornos extremos. No fue un procedimiento muy popular entre los soldados de Rommel —no sólo por su aplicación, sino por la obligación de contener las ganas de defecar de forma continua— pero salvó muchas vidas. Eva utilizó varios eufemismos para explicarles el proceso.

—El principio es el mismo que el de las bolas de gelatina que utilizamos durante las vacaciones para mantener vivas las plantas de casa —les había dicho—. El preparado se inyecta en forma de gel y se solidifica en el intestino grueso, por lo que su aplicación es similar a la de un enema.

—Sí, pero un enema gigantesco —replicó Gorka.

—Sí, la cantidad es mayor. Pero si lo desea le podemos aplicar un pequeño sedante antes de introducirlo, aunque no suele hacer falta —le contestó Eva con un atisbo de ironía. Sabía que el amor propio del submarinista le obligaría a no replicar—. Por experiencia les digo que suele ser más molesto el laxante que la aplicación.

Lo que la relaciones públicas no les explicó es que aunque no fuera necesario comer ni beber, la sed y el hambre no desaparecían. La gelatina enriquecida no se introducía hasta que los priones hubieran alterado el sistema nervioso, de ese modo, las contracciones involuntarias del colón para extraer el cuerpo extraño desaparecían y el hambre y la sed se transformaban en algo parecido al ansía del zombi por la carne humana. Tras la degradación, los sentidos se alteraban de tal modo que los convertidos no eran conscientes de su grado de desnutrición. Sentían un ardor interior que les urgía a actuar pero no lo identificaban con un estómago vacío o una boca reseca: su mente no les pedía que satisficieran sus necesidades básicas, pero su cuerpo necesitaba unos nutrientes y una cantidad de agua mínima. La gelatina de su colon los mantenía hidratados como una enfermera alimentaría a un enfermo terminal por vía intravenosa. El principio era el mismo, hasta el punto que el equipo médico del complejo consideraba la degradación como una demencia inducida —aunque reversible—. Para ellos los muertos vivientes no dejaban de ser enfermos de Alzheimer arrojados a un entorno controlado con un kit de supervivencia incrustado en su colon. Pero aquello era algo que Gorka y Lidia no tenían por qué saber.

Después de decidir el aspecto del zombi en el que se querían convertir y de evacuar completamente el contenido de sus intestinos, la gótica y el submarinista se reunieron en el ala médica para realizar una revisión médica completa. Un procedimiento obligatorio para poder adecuar los niveles de hongos y priones que iban a necesitar para convertirse en lo que habían diseñado. Durante toda la tarde del domingo, compartieron análisis de sangre, cardiogramas y resonancias mientras bebían agua con sales y debatían sobre el tipo de zombi en el que se convertirían.

—Yo me he decidido por una mezcla de *La Novia Cadáver* de Tim Burton con el toque siniestro de la zombi que no dejaba de reír en *Posesión Infernal*—le explicó Lidia al submarinista—. La melena cubriéndome la cara, los ojos negros como dos pozos de petróleo y un vestido de boda casi victoriano roto y desgastado por el paso de los años.

—¿Y no te has planteado ponerte alguna herida abierta o alguna amputación? —le preguntó él interesado.

—No, no creo que sea necesario. Con las pústulas y las llagas que nos producirán los hongos lo veo más que suficiente —Lidia quería convertirse en una doncella resucitada de un relato de Poe. No tenía ningún interés en producir asco, sino terror.

—Pues yo estoy pensando en quitarme las dos orejas. Me tira un poco para atrás que luego no me las vuelvan a dejar igual… Pero imagina la sensación que tiene que provocar. Toda la cabeza afeitada, la piel blanca, llena de llagas... ¡y sin orejas!

—Ya puestos, ¿por qué no te cortas también la nariz? ¡Eso sí que debe de ser espectacular!

—Todo tiene un límite. Lo que sí que tengo claro es que no quiero ser el típico zombi lento y bobo. Quiero ser de los que corren, cómo en aquella película inglesa...

—*28 días después* —añadió Lidia.

—Sí esa. Los zombis lentos sólo sirven para que los maten. Les hincán un cuchillo y listo. Los que corren, esos sí que acojonan de verdad.

La gótica escuchaba el entusiasmo de Gorka con apatía. Estaba harta de discutir ese tema: para ella los zombis que corrían no eran muertos vivientes, eran infectados. Una condición *sine qua non* de todo zombi es que para resucitar antes se tiene que haber muerto. Desde el Lázaro de la Biblia hasta los primeros muertos vivientes del cine contemporáneo, los zombis han tenido que pasar a la otra vida antes de resucitar. Infectarse por un virus contagioso, estar diez minutos en muerte cerebral y convertirse en un mero vehículo propagador de una plaga no tenía nada que ver con la acepción tradicional del término. Lidia no discutía sobre los motivos de la transformación: ya fuese la radiación, un arma biológica, un demonio, un cometa o un satélite de investigación en Venus —aunque ella se decantaba por la posesión demoníaca—. Tan sólo defendía que estos debían morir antes de resucitar y que su peligro no residía en su inteligencia ni en su velocidad, sino en su número y en su voracidad. En cambio, estaba claro que Gorka los prefería listos y rápidos.

—Dime una cosa... si quieres ser calvo, sin orejas, inteligente y escurridizo ¿por qué no te disfrazas de Voldemort en carnaval?

—Te crees muy graciosa —le respondió el submarinista ofendido—. ¿Te he dicho yo a ti algo de tu vestido?

—No quería ofenderte, pero creo que todavía no entiendes lo que aquí nos ofrecen. La apariencia es lo de menos, con un buen maquillaje se conseguiría algo parecido, lo realmente interesante es el cambio fisiológico. No vamos a poder correr porque no podremos controlar bien nuestros movimientos y no podremos pensar con claridad porque tendremos las neuronas a medio gas. Vamos a saber lo que se siente siendo un zombi de verdad, actuando en manada, acechando día y noche, vagando sin rumbo.

—Lentos y tontos —le respondió él decepcionado—. No sé si quiero que me conviertan en algo así.

—El zombi es el último monstruo clásico del siglo XX —empezó a explicarle Lidia con entusiasmo. Había utilizado aquellas palabras mil veces, en festivales, conferencias, artículos y blogs. Se las sabía casi de memoria—. Todos los demás: vampiros, momias, hombres lobo y otras criaturas, pertenecían a la literatura clásica del siglo XIX. El zombi haitiano mutó a mediados de los 60 en una nueva forma de terror universal. No es casual que en plena Guerra Fría el muerto viviente pasara de ser un resucitado al servicio de un mago negro para convertirse en una plaga universal capaz de terminar con toda la humanidad. Lo que nos provoca el terror no es su deformidad, su carne pútrida, sino su capacidad de terminar con toda esperanza de vida. El zombi contemporáneo es una alegoría de los miedos del siglo XX: la bomba atómica, la guerra bacteriológica, incluso la pérdida de la identidad. Sus caras descompuestas son un reflejo de las nuestras propias que nos miran desde el otro lado. El zombi es el único monstruo que queda en nuestra época que aún nos da miedo —sentenció la gótica citando la frase de uno de los escritores que más habían investigado sobre el género.

Lidia terminó su largo monólogo y esperó escuchar alguna ocurrencia del submarinista que rompiera el momento mágico que se había creado. Gorka permaneció unos instantes en silencio, después habló.

—Cuando era pequeño, no tendría más de siete u ocho años, mi padre me dejó ver una película que había alquilado en el videoclub. Era para mayores de 18 años, pero aún así, hizo la vista gorda ante mi insistencia. Era de zombis, por supuesto, una película italiana de serie B. El tema es que en una de las escenas, una de las protagonistas buceaba, en *topless*, por un océano azul, perfecto.

»Aparecía un tiburón y ella se escondía detrás de una roca del fondo arenoso, entonces un zombi, lleno de algas, casi con percebes detrás de las orejas, se abalanzaba contra ella. No me pude quitar aquella imagen de encima, cada vez que iba a la playa, incluso a la piscina, me pasaba el rato con la cabeza debajo del agua… buscando al zombi. Aguantaba minutos y minutos por puro pánico… Hace un par de años, poco después de ganar el campeonato de apnea, volví a dar con aquella película de casualidad, zapeando de madrugada, se llamaba algo así como *Nueva York bajo el terror zombie* —Lidia escuchaba el relato de Gorka con atención, hasta entonces no le había mirado a los ojos, pero en ese momento lo hizo—. Quizás piensas que un tipo como yo, un submarinista, un viva la vida, no entiende toda esa filosofía zombi que me has vendido…Pero te digo una cosa, todo esto tiene más sentido para mí de lo que imaginas.

Gorka no le explicó que desde hacía unos meses no dejaba de soñar con esa película. Empezaba buceando por un mar tranquilo, por unas aguas bajas azuladas del Caribe, y de pronto aparecía un zombi detrás de una roca y forcejeaba con él hasta que el aire se le escapaba de los pulmones. Se despertaba siempre mojado y con la sensación de tener todavía una mechón de pelo enmarañado entre los dedos.

19. Walter

¿Hace mucho que no entras en un salón recreativo? Pues ya es hora de volver #sitiosincreibles #notelopierdas #yaestastardando

@clairviusnarcse

Walter observaba la larga cola que esperaba a las puertas del viejo y destartalado salón recreativo. No sabía si aquello era bueno o malo, pero era evidente que había escapado de su control. Hacía tan solo unas semanas que había colgado aquel extraño video en la red y ahora más de cincuenta personas esperaban su turno para visitar el pequeño zoológico que había creado.

Después de que aquel extraño ratón contagiado con el prión sintético devorara la golosina reseca que le había dado el profesor, Walter volvió a encerrarlo en la caja e intentó olvidarse de él. Pero no lo consiguió. A menudo se sorprendía pensando en aquel desdichado animal, privado de agua y alimento, encerrado en la oscuridad durante días y respirando aire saturado de dióxido de carbono. El alemán no sentía pena por el ratón, pero le incomodaba no saber a qué se debía su larga agonía. Aquel ratón era su gato de Schrödinger particular, una paradoja que no estaba muerta ni viva. Al alemán le irritaba su mera existencia: era una incógnita que no sabía resolver. El resto de roedores que habían sido inoculados junto a él ya habían muerto, pese a estar bien tratados y alimentados, en cambio aquel espécimen llevaba cerca de dos meses encerrado y presentía que seguía vivo. No lo había vuelto a comprobar pero estaba seguro de que cuando abriera el baúl estaría consumido pero conservaría el mismo brillo en los ojos. No quería volver a verle hasta que no tuviera una explicación coherente para su estado. Si encontraba una respuesta podría sacarlo de su jaula y plantarlo delante del profesor como la prueba definitiva que confirmara su hipótesis. Sin ella, aquel ratón macilento no era más que una muestra de tortura gratuita. Algo que no sólo estaba vetado por la normativa ética de la universidad, sino que habría impedido la publicación de sus resultados en cualquier revista.

Tras varias semanas elucubrando teorías sin fundamentar, Walter se decidió a abrir el baúl. El ratón estaba igual, más delgado si cabe, pero con la misma mirada desafiante. Plantó una cámara y un foco delante de él y volvió a cerrar su habitáculo. Nada de agua, nada de comida, tan sólo una *webcam* para atestiguar lo imposible. El alemán observó al ratón durante semanas. Lo único que se movía en la imagen era el contador de tiempo: la fecha y la hora cambiaban pero el roedor seguía en la misma postura. Respirando de forma casi imperceptible y menguando día tras día de una forma casi inapreciable. Cuando la grabación superó las dos semanas su disco duro se quedó sin espacio para seguir capturando vídeo. Walter decidió acelerar las cerca de quinientas horas y concentrarlas en un vídeo de menos de un minuto para ganar espacio. El resultado fue algo parecido a los montajes de la gente que decide fotografiarse cada día para ver el paso del tiempo en su cara, pero más siniestro. Al acelerar las imágenes se podía apreciar como el pequeño animal se consumía a sí mismo. En unos segundos perdía los últimos jirones de pelo que le quedaban, la piel se le contraía de tal modo contra el hueso y los cartílagos que los orificios de los ojos y la boca aumentaban casi el doble de su tamaño. Las uñas de sus patas parecían crecer de forma desproporcionada y la cola se retorcía sobre sí misma como un pelo al arder. Todo en unos segundos y en alta definición y durante todo ese tiempo el roedor permanecía inmóvil erguido sobre sus patas traseras y respirando, aunque con lentitud, su pecho seguía hinchándose y contrayéndose.

La imagen resultaba tan perturbadora que Walter no se pudo resistir a colgarla en la red. Tuvo la precaución de crear una nueva cuenta vinculada a un correo anónimo y publicó el vídeo en un popular portal de internet. En unas horas llegó al millar de visitas, unos días después rozaba el millón. Los comentarios sobre el vídeo se multiplicaban, la mayoría no creía en su veracidad pero expresaban su admiración por la originalidad y la eficacia de sus efectos especiales. Algunos eran tan ofensivos que Walter deseó poder restregarles por la cara aquel ratón moribundo. Le habría gustado demostrarles a todos que se trataba de algo real, pero no veía el modo de hacerlo sin que le pudieran relacionar con aquel pequeño monstruo. Si aquello se hacía público perdería su trabajo y se vería expuesto a alguna demanda de la universidad o de alguna asociación de defensa de los animales.

El alemán no podía explicar todavía a qué se debía aquel fenómeno, pero sí podía demostrar que su video era verídico. Ideó el modo de mostrar su pequeña criatura a la sociedad de forma anónima. Tenía en casa una vieja máquina recreativa conectada a un emulador de videojuegos clásicos —le gustaba el tacto de las viejas palancas y los botones en las manos—. Pensó que aquella caja sería una jaula perfecta. Así que una noche sacó al ratón del almacén del laboratorio y se lo llevó a casa. La seguridad no era demasiado estricta, por no decir inexistente, así que no le resultó difícil. Para un ingeniero informático tampoco fue muy complicado idear un sistema que iluminaba la jaula desde dentro al introducir una moneda, dejando a la vista al ratón moribundo a través de la pantalla original de la recreativa. Cuando la luz se apagaba, pasados sesenta segundos, era imposible diferenciar aquella máquina de otra que estuviera apagada. Walter incluso añadió una pequeña pantalla de LED en el interior que reproducía su popular video. Una vez acabó, Walter observó satisfecho su creación, casi como lo habría hecho Jigsaw en la saga de *Saw* al ver como sus artefactos se ponían en funcionamiento. Sin duda aquello callaría muchas bocas.

Buscó un salón recreativo que no estuviera demasiado cerca de su estudio y pactó con el viejo propietario la inclusión de una nueva máquina. Las recreativas ya no eran un negocio y poniendo un billete de cien encima de la mesa el tipo aceptó dar cobijo al nuevo aparato sin hacer preguntas. Walter pagó a unos desconocidos para que transportaran su máquina hasta el salón y publicó la dirección del local en los comentarios del video. En unos días aquella máquina se convirtió en un lugar de peregrinaje para centenares de internautas. Los visitantes observaban durante horas aquel extraño espécimen sin poder creer que estuviera vivo. Su nivel de detalle era asombroso, respiraba pausadamente a escasos centímetros de sus caras y era demasiado pequeño para ser un *animatronic*. Sin embargo era demasiado aberrante para ser cierto.

Walter se sentía orgulloso de su creación. Hasta el punto de empezar a experimentar con el prión modificado del que había salido aquel espécimen con otros animales. En poco tiempo el viejo salón recreativo se llenó de nuevas adquisiciones: periquitos agónicos, tortugas casi disecadas, conejos enanos malnutridos y decenas de aberraciones más. Unos meses más tarde aquel viejo negocio en bancarrota se convirtió en el garito más *cool* de la subcultura urbana. No había ningún cartel en la entrada, ningún anuncio en prensa o internet, tan sólo el boca a boca y las redes sociales adelantaban al público lo que iban a poder ver en su interior. Nadie le habría dicho a su viejo propietario que antes de cerrar por jubilación, volvería a ver su negocio tan lleno de gente. Todo se lo debía al extraño alemán que se había presentado en su local unos meses atrás con una extraña propuesta. No había vuelto a verle, tan sólo recibía las nuevas máquinas y entregaba sacos llenos de monedas en los lugares más insospechados.

No había nada que vinculara a Walter con aquella sórdida parada de monstruos —o eso es lo que él pensaba—.

20. Anna

Es curioso que esta proteína lleve como
nombre el mismo símbolo que identificaba los escudos de los hoplitas espartanos,
ya que puede llegar a ser tan peligrosa
como un soldado de infantería pesada.

Marc Ribera. *Aplicaciones del Lambda-3.*
No publicado.

La neurocientífica nunca habría imaginado que fuera tan fácil conseguir
una clínica y un equipo médico dispuestos a realizar una operación tan
arriesgada como la del profesor. No sólo era una intervención que nunca
se había llevado a cabo, también existían muchas probabilidades de que
se produjeran complicaciones durante la recuperación y a todo ello se le
unía el ya de por si precario estado de salud del paciente. Sin embargo,
allí estaban, vestidos con ropa estéril y a punto de entrar en el quirófano.

—Parece mentira, pero ha sido más difícil traer a Marc hasta aquí que
todo lo demás —le dijo la investigadora al Holandés susurrando bajo la
mascarilla.

—Ya puedes jurarlo.

El profesor Rivera no había puesto reparos a la operación, siempre
que se llevara a cabo en la masía. Entendía los riesgos a la perfección y
sabía que su situación era ya tan precaria que no dejaba lugar para más
opciones, pero quería que lo que tuvieran que hacerle tuviera lugar en
el anonimato de las montañas. El profesor se había convertido en una
figura pública bastante conocida en los círculos académicos y prefería la
muerte al descrédito que le acarrearía que se diera a conocer la última

etapa de su investigación: el abandono de su laboratorio, su exilio a los Pirineos, su experimentación consigo mismo, la infracción de centenares de normativas médicas y, en última instancia, su fracaso. Lo había arriesgado todo para salvar a su hermano pero, si podía, pensaba conservar su prestigio —y el de su ayudante— intactos.

Frente a la insistencia de su hermano, Diego había valorado la opción de alquilar un quirófano móvil y llevarlo hasta la masía. Se trataba de unos camiones similares a ambulancias que solían alquilarse en algunas corridas de toros y otros eventos para dar una asistencia inmediata a los heridos en caso de accidente. Pero todos los neurocirujanos con los que había contactado se negaban a trabajar en esas circunstancias: una cosa era suturar una arteria y otra muy distinta una operación a cráneo abierto. El Holandés también había valorado la opción de convertir una de las salas del caserón en un quirófano improvisado, pero la esterilización del lugar y la instalación de todo el instrumental exigían un tiempo del que no disponían.

—No podemos hacerlo aquí. Además, ¿crees que el personal que traeremos no hablará? ¿No sería más fácil limitarnos a ocultar la causa de tu enfermedad que traer a la gente hasta aquí? Existe una cosa que se llama privacidad entre médico y paciente.

Ninguno de los argumentos de Diego parecía convencer a su hermano, así que después de mucho discutir y de que Marc incluso partiera en dos la pantalla táctil de su tableta, decidieron utilizar el Plan M. A. Barracus. Tal como hacían los miembros de *El Equipo A* con su robusto conductor de peinado mohicano cuando este se negaba a subir a un avión, Anna sedó al profesor durante una de sus dosis diarias de neurona de mono intravenosa.

Marc cayó en redondo a los pocos segundos, como un tronco a los pies de un leñador. Su precario estado de salud hizo que el sedante actuara muy rápido y a aquellas alturas de la enfermedad los reflejos de Marc eran similares a los de un perezoso. Anna se acercó preocupada al cuerpo rígido y agarrotado que acababa de desplomarse y le buscó las constantes en la muñeca y la carótida sin resultados. Alarmada, llamó a Diego.

—Tengo el coche en marcha en la puerta. ¿Ha ido todo bien? —preguntó el Holandés preocupado por el rostro de preocupación de la investigadora.

—No del todo, hazme el favor de pasarme el tensiómetro digital.

Las pulsaciones, ya de por si bajas a raíz de la enfermedad, habían bajado hasta un nivel alarmante. El ritmo de sus pulsaciones solía rondar las 55 ppm, pero ahora estaban por debajo de las 40. Anna había calculado la dosis mínima para que el profesor aguantara las cuatro horas de viaje sin despertar, pero ahora temía haberse excedido con la cantidad.

—En este estado no va a soportar el viaje —dijo Anna circunspecta.

—¿Le ha hecho reacción el anestésico?

—Podría ser cualquier cosa. Ahora mismo Marc es un cóctel de difícil digestión. Le corren por el torrente sanguíneo tantos medicamentos y sustancias extrañas que los barbitúricos podrían haber interactuado con cualquier cosa. Sinceramente, no sé qué hacer —confesó abatida.

—Tranquila, quédate con él mientras vuelvo.

Anna no sabía en qué estaba pensando, pero sus palabras le transmitieron seguridad. Diego salió al exterior en busca de cobertura para su móvil y media hora después la investigadora escuchó el rotor de un helicóptero acercándose desde la lejanía. Diego le sonrió y entre los dos empezaron a acarrear la camilla en la que habían inmovilizado el cuerpo inerte y demacrado del profesor. El helicóptero les esperaba posado en uno de los campos de cultivo abandonados. Conociendo su trabajo, Anna pensó que era lógico que Diego recurriera de forma habitual a este tipo de transporte y que conociera a más de un piloto. Sin embargo, aquel tipo debía de ser algo más que un conocido para presentarse allí en menos de media hora y sin preaviso. El piloto saludó a Diego con efusividad y éste le devolvió el saludo con un corto pero intenso abrazo. Anna dedujo que ambos se conocían desde hacía tiempo, imaginó que debían haber compartido más de una expedición.

Subieron el cuerpo del profesor Rivera al helicóptero y en menos de tres cuartos de hora se encontraban en un aeropuerto privado cercano a la clínica. A Anna no dejaban de sorprenderle los innumerables recursos de los que hacía gala el hermano de su jefe.

«Si Marc es M.A. Barracus y Diego es Fénix —pensó para sí la investigadora siguiendo con su analogía—, espero que yo termine siendo Hannibal y no el loco de Murdoch».

Tenía miedo de fallarles a los dos: el profesor había puesto su vida en sus manos y su hermano se había mostrado diligente al conseguir todo lo que le pedía de un modo difícil de creer. No sólo había dado con el modo de conseguir las nanopartículas, sino que tenía un quirófano, un neurocirujano y un equipo médico esperando su llegada y, además, había conseguido transporte aéreo en minutos. Diego parecía un general con un ejército a su disposición, a veces incluso le asustaba, pero lo que más temía es que después de tantos esfuerzos y esperanzas su plan no funcionara.

Una ambulancia les recogió a pie de pista y en pocos minutos estaban en la clínica. Las constantes de Marc continuaban bajas pero estables. El neurocirujano les salió a recibir a la entrada y después de presentarse les explicó el procedimiento que pensaban llevar a cabo.

—El anestesiólogo evaluará inmediatamente el estado del paciente e intentará recuperarle —necesitaban que estuviera consciente durante la intervención para poder evaluar en tiempo real la efectividad de las nanopartículas zona a zona—, mientras nosotros nos prepararemos para la intervención y una vez pasemos a quirófano le presentaré al resto del equipo.

Anna no conocía a aquel tipo, pero por su forma de hablar le pareció un profesional muy cualificado, sin embargo, había notado algo raro en su tono de voz cuando se había referido al «resto del equipo». Esperaba no tener ningún problema con ellos. Era habitual en operaciones de alto riesgo que el equipo médico se conociera de antemano y que estuviera acostumbrado a trabajar mano a mano. En aquel caso, todos iban a ser unos perfectos desconocidos llevando a cabo un procedimiento que nunca se había realizado. Sólo con pensar en ello le temblaban las piernas.

Después de lavarse y vestirse con ropa estéril, Anna y Diego —que quería estar presente en la operación— entraron en el quirófano. Allí estaba el profesor Ribera, que parecía ya medio despierto, el anestesiólogo, el cirujano y dos personas más que Anna reconoció al instante: sus dos antiguos compañeros de laboratorio.

—¿Cómo los has convencido? —le preguntó al Holandés entre sorprendida e ilusionada.

—Igual que te convencí a ti.

21. Lidia

Vengan a papá.
Eso es, sigan viniendo,
sigan viniendo.

Zombi (Dawn of the Dead).
Dir. George A. Romero, 1978

—Tal como esperábamos todos los análisis han sido correctos —les
dijo Eva a sus invitados con su habitual sonrisa—. Tengo que decirles
que a partir de este momento son candidatos viables para la degradación.
Hasta ahora no han hecho nada que no fuera reversible, a partir de este
punto ya no hay marcha atrás. Se lo pregunto por última vez... ¿todavía
quieren seguir adelante?

—Por supuesto —contestó Lidia decidida. El submarinista se sumó a
ella con un gesto de afirmación.

—Les felicito por su decisión. Llegados a este punto, me gusta recitar
a mis huéspedes una frase de John Berryman, uno de los grandes poe-
tas del siglo pasado. Dijo que todos debemos viajar en la dirección de
nuestro miedo. Creo que no se puede sintetizar mejor lo que aquí van a
experimentar. Van a convertirse en la peor versión de sí mismos y van a
poder volver para contarlo.

Con estas palabras la relaciones públicas puso delante de cada uno de
ellos una pequeña pipeta de plástico y un vaso de agua.

—Tómenselo esta noche antes de dormir y saboreen bien el agua,
porque va a ser el último líquido que ingieran en mucho tiempo. En
unas cuatro o cinco horas empezaran a sentir los primeros síntomas. Es
posible que sientan náuseas, vértigos, vómitos o incluso que pierdan el

control de sus esfínteres. No se preocupen, todo forma parte del proceso. No va a ser una buena noche, quizás no duerman mucho, pero no van a correr ningún riesgo. Les tendremos monitorizados en todo momento y nuestro equipo médico estará de guardia. Ahora, si no tienen ninguna pregunta, les dejaré descansar.

Tenían muchas, pero no manifestaron ninguna. Gorka por no parecer un cobarde y Lidia porque prefería descubrir las respuestas por sí misma. Quería disfrutar rasgando el papel de su regalo poco a poco, sin que nadie le rebelara que había en su interior. A Gorka le habría gustado saber, por lo menos, qué era exactamente lo que se iban a tomar, aunque, como Lidia había permanecido en silencio, él no podía ser menos.

Eva les dejó a solas en una amplia sala del ala médica. De no ser por las dos camas articuladas que contenía, aquella estancia habría podido pasar por la suite presidencial de cualquier hotel de cinco estrellas. Dos baños completos individuales, bonitas vistas al valle y un escueto pero elegante mobiliario. El equipo médico se refería a aquella sala con el sobrenombre de Narciso, Anna dedujo que se trababa de un tributo a Clairvius Narcisse el primer zombi real documentado.

«Me encantan estos detalles».

Lo único que parecía desentonar con el lujo de la estancia eran los diversos monitores y goteros que les rodeaban. Además, les habían colocado varios electrodos y sensores para controlarles las constantes y les habían cambiado su ropa de calle por una pequeña bata de hospital. Gorka no podía dejar de mirarle las piernas y a ella no le molestaba, estaba orgullosa de su pálido cuerpo. Además, le hacía gracia como él intentaba disimular sus erecciones bajo la fina tela de algodón.

—Bien, pues parece que ha llegado el momento —dijo Lidia abriendo un extremo de la pipeta. Gorka la imitó y ambos las hicieron chocar en un peculiar brindis.

Tragaron hasta la última gota, exprimieron el envase y empezaron a beber agua a pequeños sorbos. Lo cierto es que aquel líquido no tenía ningún sabor, quizás algunas notas del dulzor insulso de la papaya, pero nada más. Tampoco notaron nada especial en el momento de tragarlo. Cuando terminaron el pequeño vaso de agua ambos se quedaron mirando la pared con una expresión de vacío en la mirada. Esperaban algo más.

—Buenas noches —dijo Lidia antes de acostarse.

—Buenas noches. ¿Qué te parece si…?

—No es buena idea —le cortó ella adelantándose a la proposición—. Es mejor que durmamos.

Aunque ninguno de los dos pudo dormir demasiado aquella noche. Gorka concilió el sueño al cabo de un rato, pero despertó poco después cuando el último reducto que contenía su intestino grueso se vertió sin control entre las sábanas. Aunque Eva ya les había avisado al respecto, el submarinista se sentía avergonzado y prefirió hacerse el dormido y disimular hasta que Lidia durmiera profundamente para poder asearse sin ponerse en evidencia. Pero la gótica no podía dormir: cambiaba de postura continuamente, jugaba con las alturas de la cama mecánica, hacía chasquear las articulaciones de manos y pies. Estaba demasiado nerviosa para descansar, estaba pendiente del más mínimo cambio de su fisiología. A veces creía notar un ligero hormigueo en un pie o cómo perdía la sensibilidad de la cara. Otras, pensaba que estaba perdiendo el sentido del olfato o que el ritmo de su corazón se ralentizaba. Estaba atenta a cualquier indicio que pudiera indicar que la metamorfosis había comenzado. Tan concentrada estaba en sí misma que no percibía el desagradable olor que le llegaba desde la cama de al lado. Varias horas después, Gorka se levantó resignado, corrió la cortina para que no le viera y entró en el baño para asearse. Cuando salió, alguien le había cambiado las sábanas y Lidia seguía pendiente de su propio cuerpo. Cansado y humillado, el submarinista finalmente se quedó dormido.

La gótica continuó despierta durante varias horas. En su cabeza se repetía una y otra vez uno de los principios que había defendido frente a Gorka: «Un zombi de verdad debe morir para poder resucitar». Si los organizadores del complejo querían llevar al extremo el principio de verosimilitud, aquella era una regla básica que no podían saltarse. No era una simple constante del cine de género, también era una parte esencial del proceso vudú de zombificación. Lidia conocía muy bien aquel fragmento de la historia. A mediados de los ochenta, el etnobotánico canadiense Wade Davis describió este proceso en su libro *La Serpiente y el Arcoíris*. Gracias a su inmersión en la cultura haitiana, identificó una de las sustancias del polvo vudú que convertía a los seres humanos en esclavos no muertos: la tetrodotoxina, un veneno letal que segrega el pez globo y que administrado en la dosis correcta es capaz de crear un estado de muerte aparente durante varios días. Durante ese largo periodo quien lo sufre no llega a perder la conciencia: son testigos de su funeral y de su propio entierro, para renacer días después como muertos vivientes. Lidia temía —y a la vez deseaba— la posibilidad de que la degradación a la que se habían expuesto consistiera en un proceso similar. Los documentos que habían firmado y las explicaciones que habían recibido habían sido muy precisos en ciertos aspectos —como en el económico y el de la discreción— pero también había detectado en ellos ciertas lagunas y ambigüedades en todo lo referente al proceso médico al que se exponían. La sustancia que habían ingerido bien podría contener una dosis de tetrodotoxina y podría hacer efecto de un momento a otro. Poco antes de amanecer, entre relajada y decepcionada, la gótica se dejó abrazar por el sueño.

Despertó con náuseas poco después. Corrió al baño a vomitar pero no llegó a devolver nada. Después de lavarse la cara, se miró al espejo largo rato y luego corrió junto a Gorka.

—¿No me ves la piel un poco más pálida? —le preguntó tan pronto lo despertó—. Y mira, creo que me están saliendo las primeras pupas.

El submarinista la miró y afirmó. Acto seguido se palpó su propia cara. Los efectos de lo que le habían administrado la noche anterior no se habían hecho esperar. Gorka corrió hacia el espejo del baño y Lidia lo acompañó.

—Esto empieza a tomar forma —dijo mientras ensayaba su expresión más maléfica frente al cristal—. Son unas llagas espectaculares, pero espero que no me dejen marca.

—No creo, Eva nos dijo que no era más que una especie de *peeling*.

—¿No te escuecen un poco? —preguntó él hurgando con los dedos en las úlceras.

—No os preocupéis. A final del día el dolor desaparecerá, vuestro sistema nervioso estará tan alterado que podríais atravesaros la mano con una navaja sin inmutaros —les dijo Eva a sus espaldas. Llevaba una bandeja en sus manos—. Y no, no os va a dejar ningún tipo de marca. La primera pastilla que os administramos anoche contenía una cepa modificada de un hongo que se extenderá por toda vuestra epidermis. Ahora os traigo la segunda dosis del tratamiento, pero os recomiendo que antes de tomarla hagáis vuestra última llamada. Vais a estar un tiempo ilocalizables e irreconocibles, en unas horas perderéis la capacidad de hablar. No queremos que nadie se preocupe por vuestra ausencia, ¿verdad?

113

22. Olga

Quieren dar a entender que estoy loco, o que soy
un asesino; probablemente es que estoy loco.
Pero podría no ser así, si esas condenadas le-
giones de las tumbas no estuviesen tan calladas.

H. P. Lovecraft. *Herbert West: Reanimador*. 1922

Durante todo el viaje de vuelta, Olga no dejó de llamar al móvil de Lidia
sin éxito. Cuando su amiga mirara el teléfono se iba a encontrar más
veinte llamadas perdidas, pero a ella le daba igual que la tomara por una
histérica. Olga tenía un mal pálpito: habían salido de fin de semana tres
amigas y habían vuelto sólo dos. Así que la gótica insistió en pasar por
el piso de Lidia nada más llegar a la ciudad, le daban igual las horas que
llevara Sara conduciendo o el cansancio acumulado del fin de semana. A
las dos de la madrugada del domingo llegaron al apartamento de Lidia y
Olga empezó a aporrear la puerta.

—Vas a despertar a todos los vecinos —le dijo Sara a media voz.

—Me da igual, que salgan a decirme algo si les molesto —le respondió Olga indiferente al escándalo que estaba formando en el rellano
de la escalera—. Si sale alguien mejor, así le podremos preguntar si la han
visto llegar.

Así sucedió. Un vecino en pijama les dijo que no la había visto y que
tampoco quería volver a verlas a ellas. Bajo la amenaza de llamar a la
policía abandonaron el edificio.

—Quizás eso es precisamente lo que tendríamos que hacer —dijo
Olga cada vez más nerviosa—. Llamar a la policía.

—Mira, quizás esté en el piso de Gorka o en un hotelito romántico.

—Voy a llamar a los otros a ver si saben algo… —dijo marcando el número en el móvil.

—No, no vas a llamar a nadie. —Sara le quitó el teléfono de las manos—. No son horas. Ahora vamos a darnos una ducha, a dormir en una cama como Dios manda y mañana por la mañana, con la cabeza despejada, ya veremos que hacemos. Lo más seguro es que para entonces ya sepamos algo de ella. Digo yo que nos dirá algo si no aparece por la tienda.

Las tres amigas regentaban *La Luna Negra*, el punto de compra obligado para todo gótico que se preciara de serlo. Importaban ropa y accesorios de Europa del norte, la cuna de la cultura gótica, para estar siempre a la última. Tanto, que su tienda se había convertido en un referente para su colectivo. Las tres amigas habían creado juntas aquel negocio hacía unos años: Sara había sido la socia capitalista, Olga se encargaba de la parte administrativa y Lidia de la selección de los productos. La ahora desaparecida estaba siempre al día en tendencias, hasta tal punto que escribía artículos para varias revistas especializadas que marcaban la tendencia en el sector. Lidia era el secreto del éxito de *La Luna Negra* y le encantaba su trabajo. Desde que la inauguraron no había faltado un solo día. Sin ella su establecimiento sería uno más, aunque Olga estaba más preocupada por su amiga que por su socia.

—Ya han pasado veinte minutos desde que abrimos y todavía no ha llegado. Voy a llamar a la policía —anunció Olga a Sara después de atender a un cliente.

—Llama primero a Juan, a ver si él sabe algo.

El hermano de Gorka tampoco tenía noticias de ninguno de los dos. Había intentado llamarle varias veces desde que salieron del parque, sin éxito alguno, pero no estaba preocupado. Al contrario de Lidia, su hermano acostumbraba a desaparecer durante largas temporadas sin previo aviso.

—Una vez, estuvo casi un año sin dar señales de vida y se presentó de vuelta un buen día con la cabeza rapada, un atuendo nepalí y predicando las bondades del budismo —le explicó Juan para tranquilizarla—. Yo les daría un poco de tiempo.

Antes de colgar, se comprometió a llamar a todos los lugares donde podrían tener noticias de Gorka: la asociación de submarinismo; sus amigos «paracas», del grupo de paracaidistas; los del centro de deportes de aventura de Llavorsí, donde solía escaparse de vez en cuando; el club de parejas liberales, donde era conocido como el Caballero Negro; incluso pensó en llamar a su tatuador. Le explicó que Gorka estaba convirtiendo en una costumbre marcarse en tinta el nombre de sus conquistas. Él decía que era su particular forma de recordarlas, que así no tenía que guardar fotografías o videos y que el gesto resultaba muy romántico para muchas de sus conquistas. Aunque su hermano siempre había pensado que para una chica ver su nombre junto al de otras tantas la convertía en una más del montón, no en alguien especial. Gorka insistía en lo contrario.

A mediodía, Juan le devolvió la llamada para decirle lo que ya imaginaba: que no había conseguido localizarlos en ninguno de sus lugares habituales.

—Conociendo a Gorka te diría que no te preocuparas. Es capaz de haberse llevado a tu amiga a un retiro espiritual o a una fiesta *rave* en Ibiza.

—Quizás tu amigo sea así, pero Lidia no lo haría y menos sin avisarnos —le respondió Olga cansada de que todos hicieran oídos sordos a su voz de alarma.

—Yo dejaría pasar un par de días, verás como aparecen —le dijo Juan en un último esfuerzo por tranquilizarla—. En una semana me caso y Gorka es uno de los testigos. No puede faltar, pero tú haz lo que te parezca.

—Eso es lo que pienso hacer —apuntilló Olga antes de colgar.

Estaba ya cansada de esperar, así que decidió denunciar la desaparición lo antes posible. Sara no se lo impidió, ella también empezaba a preocuparse, así que Olga se acercó a la comisaría que tenían a dos manzanas: le daba más tranquilidad hacerlo de forma presencial que por teléfono o internet. Rellenó varios formularios, prestó declaración a un agente y, aunque le recomendaron que se fuera a casa, insistió en que esperaría en comisaría mientras comprobaban las bases de datos de fallecidos y desaparecidos. Tras una hora que se le hizo interminable, un agente se presentó ante ella.

—Su amiga no aparece en ninguno de nuestros listados, eso es buena señal. Sin embargo hay algo que no me cuadra en su declaración. He comprobado el nombre y la dirección del complejo turístico en el que la perdieron y no nos consta en ninguna base de datos. En aquella zona, la única actividad registrada que nos consta es un *spa* de alto *standing* en plena montaña…

En ese momento el móvil de Olga empezó a sonar. Era un número sin identificar y aunque hablaba con un hilo de voz, reconoció la voz de Lidia a la perfección.

116

—¡No sabes el susto que nos habías dado! Ahora mismo estoy en comisaría, cabrona. ¿Dónde estás?

Lidia le explicó que había decidido tomarse unos días de vacaciones junto a Gorka y que había sido todo tan improvisado que no había encontrado un cargador para el móvil hasta entonces. Tras la alegría inicial, Olga se percató de la cara de circunstancia del agente que tenía delante y se avergonzó de su exceso de celo.

—Es ella —le dijo tapando el auricular—. Creo que ya puede cancelar la denuncia…. Lo siento.

Olga salió de la comisaría abochornada mientras continuaba exigiéndole explicaciones a la amiga que le había hecho quedar en evidencia. Lidia le explicó que Gorka la había convencido para pasar una temporada en la costa croata, donde alquilarían un barco y pasarían unos días calando en pequeños pueblos pesqueros. Olga captó la ilusión en la voz de su amiga y le dio su aprobación, aunque con la condición de que la fuera llamando para tenerla al día.

—No sé si podré, por aquí no hay mucha cobertura... Cuidad de la tienda por mi… Un beso, te tengo que dejar… —le dijo Lidia antes de colgar.

Olga respiró tranquila. El nudo que había tenido en la garganta durante los dos últimos días pareció diluirse un poco, aunque continuaba teniendo la sensación de que algo no iba bien. Para empezar, Lidia odiaba la playa. Olga no recordaba haberla visto nunca tomando el sol, ni siquiera la había visto nunca en bañador y creía recordar que su amiga no soportaba como la arena del mar se le pegaba a la piel. Además, Lidia era incapaz de pasar más de dos días sin estar conectada a sus redes sociales y muchos menos sin su móvil —ya le había costado un esfuerzo enorme convencerla para que dejara su teléfono en la consigna antes de entrar en el complejo ese fin de semana—. Y por último, aquella semana su amiga tenía previsto asistir al festival gótico de Leipzig: desde que se conocían, Lidia no había fallado ningún año a la cita y desde que habían abierto *La Luna Negra*, aquel festival se había convertido en una cita obligada para saber antes que nadie lo que se iba a llevar a lo largo de la siguiente temporada. Olga llegó a la tienda casi más preocupada que cuando se había ido. Sabía que su amiga no se lo había contado todo.

A lo largo del día, intentó reproducir mentalmente la conversación que había mantenido con su amiga, en busca de algún código o alguna señal de alarma. Pero no descubrió nada más allá de la incoherencia de sus actos. Cuando se lo explicó a Sara está no le dio tanta importancia.

—Está *enchochada*, nada más —le dijo.

Olga sabía que había algo más, pero ya no podía recurrir ni a sus amigos ni a la policía, tan sólo podía confiar en su instinto.

23. Diego

La sobrevida suele ser de un año y no
existe hasta la actualidad un tratamiento
médico efectivo contra la enfermedad.

Avellanal, F., Almazán, J., *Encefalopatias espongi-
formes transmisibles humanas y atención odontológica.*
Centro Nacional de Epidemiología. (2006).

La principal dificultad de este tipo de operaciones radica en la precisión.
Realizar una incisión con más de un milímetro de error puede suponer la
pérdida del habla o de una función motora. La memoria, el lenguaje y el
resto de cometidos del cerebro se localizan en unas zonas muy concretas
y que son diferentes para cada persona. Algunos cirujanos, antes de extraer un tumor o de realizar cualquier otra operación a cerebro abierto,
instalan una malla de electrones dentro del cráneo y realizan una serie
de pruebas para acotar estas zonas al máximo. Estos ensayos, a veces, se
prolongan a lo largo de semanas o incluso meses, hasta que se consigue
un mapa de las funciones cerebrales exacto. El profesor Rivera no tenía
tanto tiempo.

El neurocirujano que Diego había contratado pensaba operar y realizar las pruebas de forma simultánea. Primero anestesiaron al paciente
para practicarle una craneotomía y después le despertaron para poder
establecer en tiempo real su mapa de funciones cerebrales. En una persona normal, el cirujano estimula diferentes zonas del cerebro mientras
habla con el paciente y le somete a diferentes pruebas sensoriales. Si se
produce una alteración del habla o de las respuestas lógicas, el cirujano
sabe qué zonas debe evitar. En el caso de Marc, que a aquellas alturas ni

hablaba, ni se movía de forma coordinada, las pruebas se antojaban casi irrealizables. Para solucionarlo, Diego había recurrido a Walter. El antiguo ayudante del profesor diseñó un sistema informático desarrollado para que personas tetrapléjicas pudieran mover el ratón de un ordenador mediante los movimientos de la pupila. Walter había preparado en un tiempo récord y en estrecha colaboración con el neurocirujano, un rudimentario programa informático para que el profesor pudiera contestar los diferentes tipos de preguntas que eran necesarios para establecer las diversas áreas del mapa cerebral.

La segunda gran dificultad de la operación era la incertidumbre que implicaba el uso de nanopartículas sobre el tejido cerebral vivo. Anna le había explicado al Holandés que debían supervisar a tiempo real el efecto de esta sustancia sobre las neuronas del profesor y si consideraban que un cerebro humano normal contenía una media de cien mil millones de neuronas, aquella tarea resultaba imposible para una sola persona. Así que Diego recurrió a una de las pocas investigadoras familiarizadas con los efectos de los priones sobre las neuronas: Eva. La antigua empleada de su hermano era una opción obvia para ayudarles en la operación. Cuando Diego le explicó lo sucedido y le dijo que Anna y Walter estarían en el equipo, Eva no dudó en dar su sí —además, en ese momento estaba desocupada, así que no tenía nada mejor que hacer—.

Los tres antiguos compañeros volvían a trabajar juntos para salvar la vida de su antiguo jefe, que en esos momentos se encontraba con la mitad superior de su cráneo a la vista. Parecía imposible que en aquellas condiciones y con el lamentable estado físico que presentaba, Marc pudiera volver a abrir los ojos algún día, pero así fue. Tras la craneotomía, el anestesiólogo consiguió recuperar al profesor y éste abrió unos ojos diminutos enmarcados en unas abultadas y oscuras ojeras. Estaba preparado para comenzar la intervención.

—Lamento haber tenido que sedarle profesor, era el único modo de traerle hasta aquí —le explicó Anna—. Como ya sabe, ahora vamos a administrarle nanopartículas de forma muy localizaba para intentar disolver las proteínas infecciosas sin causar daños mayores. Pero necesitamos que esté consciente y que vaya contestando las preguntas del cirujano lo mejor que pueda. Walter ha venido para ayudarle a hacerlo.

La mirada del doctor no expresó ni sorpresa ni agradecimiento hacia su antiguo ayudante, la enfermedad lo había convertido en un ser apático incapaz de reflejar cualquier emoción, pero sí le miró con atención.

—Aparecerán dos líneas en el monitor, intente ir siguiendo el camino con el cursor —le dijo su antiguo ayudante alemán con la misma apatía.

—Soy el doctor Hernández, buen amigo de su hermano, yo realizaré la intervención —le dijo el neurocirujano—. Por lo que le ha comentado Walter habrá deducido que empezaremos por el área de la coordinación motora. Conozco bien su trabajo y su reputación, así que entiendo que no hace falta que le explique paso a paso lo que vamos a hacer. Usted lo sabe mejor que yo. Así que empecemos —dijo dirigiéndose al equipo—, hagámoslo fácil y rápido.

El cirujano intentó manifestar una seguridad que no tenía, sabía que estaba trabajando a ciegas: con un personal que no conocía y en una intervención que nunca se había realizado. Pese a todo, asió el electrodo con pulso firme y aplicó la primera descarga en un área de un milímetro cuadrado. El cursor del profesor no alteró su recorrido entre las dos líneas. Marc controlaba el puntero con pupilas con una destreza inusitada. El doctor volvió a aplicar otra descarga sin que la coordinación del profesor se viera alterada. Cuando hubo comprobado cerca de un centímetro cuadrado, el neurocirujano se vio con la seguridad suficiente para aplicar una pequeña cantidad de nanopartículas. Anna y Eva permanecían atentas a sus monitores, cada una controlaba una cámara de alta resolución que les daba una imagen a tiempo real y a gran escala de la pequeña fracción de superficie a controlar. Habían bañado la zona con un tinte inocuo que ayudaba a identificar las proteínas malignas y así identificar con más facilidad las posibles reacciones. Cuando la sustancia del laboratorio israelí entró en contacto con la corteza todos contuvieron la respiración. Se esparció con rapidez por la mucosa en un área no superior a la cabeza de un bolígrafo y, poco a poco, las proteínas tintadas de azul empezaron a desparecer. Era todo un éxito, pero ninguno de los presentes quiso cantar victoria todavía: la intervención acababa de empezar, quedaba mucha masa encefálica que tratar y podían surgir problemas en cualquier momento, aunque sí que respiraron un poco más aliviados.

El doctor Hernández empezó a analizar una nueva zona que esta vez afectaba al habla, Walter puso en marcha un ejercicio alfanumérico y Anna se concentró en analizar las posibles consecuencias que pudieran derivarse de la primera intervención. Sabían que las nanopartículas habían absorbido los priones modificados, tal como habían observado en los ensayos, y ahora sabrían si iban a afectar o no a otros tipos de proteínas sanas que eran imprescindibles para el buen funcionamiento del tejido vivo. Cualquier cambio en la estructura o en la textura superficial de la zona tratada sería un mal presagio, con las cámaras sólo podían realizar un análisis superficial. Después de la operación confirmarían con un TAC que no hubiera ningún efecto secundario indeseado. Pese a las limitaciones, Eva y Anna observaban con atención sus monitores.

Centímetro a centímetro el cirujano fue analizando y limpiando el tejido cerebral del profesor Rivera. Para penetrar en los tejidos internos, el doctor Hernández aisló una zona que consideró como segura y a través de ella consiguió tener acceso a la mayor parte del órgano. Sabían que aplicándolas de forma superficial, no conseguirían llegar a todo el tejido neuronal, pero esperaban que tratando las principales áreas accesibles fuera suficiente. Estaban terminando de limpiar la última zona cuando Eva detectó una anomalía.

—Ha sido un alteración casi inapreciable, pero creo que puede ser significativo —le dijo a Anna mientras intentaba recuperar una imagen de la zona de unos minutos atrás para poder comparar—. Parece que la corteza ha adoptado un matiz azulado en esta zona. No sé si se debe a un fallo en la estructura celular, al riego o a algún movimiento del paciente.

En este tipo de intervenciones el cráneo se fija mediante tornillos quirúrgicos a la mesa de operaciones para que no se produjeran movimientos que pudieran alterar la precisión del cirujano. Pese a ello, si el paciente convulsiona o sufre algún otro movimiento espasmódico, es posible que se produzca algún error. El cerebro, sin su protección natural, tiembla como una gelatina en un plato. Cualquier pequeño temblor podía provocar un resultado fatal. Además, una vez al descubierto, el tejido cerebral tenía que irrigarse con líquido para que éste no se secara.

—Sí, creo que este color puede ser algo significativo —le respondió Anna al comparar las imágenes—, pero no lo podremos saber hasta después de la operación. De todos modos no creo que sea nada grave, sino ya habríamos notado algún efecto —la investigadora se giró hacia el profesor y se dirigió a él. Por un momento se había olvidado de que Marc estaba consciente—. No creo que haya nada por qué preocuparnos, en términos generales todo está yendo bastante bien.

Las palabras de Anna parecieron tranquilizar a su antiguo jefe y éste casi esbozó una sonrisa. Sin embargo, antes de que sus labios se distendieran, Marc empezó a convulsionarse de forma violenta.

—¡Haced que pare! Aguantadlo entre todos por favor —ordenó el cirujano con celeridad pero sin perder el control de la situación—. Estoy a punto de terminar con la zona interna y quiero salir con la misma suavidad con la que he entrado.

Diego fue el primero en sujetar a su hermano, le aplicó un fuerte placaje en las piernas, y pronto se le unió el resto del equipo, incluso el anestesista dejó de atender sus monitores por un momento. El doctor Hernández sólo necesitaba unos minutos para terminar con la parte más crítica de la intervención pero precisaba de una quietud total para que no se produjeran daños irreversibles en los tejidos. Las contracciones no paraban y los cinco se tuvieron que aplicar al máximo para inmovilizarle

—Apretad más fuerte, sólo necesito unos segundos más.

Las chicas fueron las primeras en notar que los brazos les ardían por el esfuerzo. Después Walter y el anestesista comenzaron a notar el excedente de ácido láctico quemando sus músculos. Por último, Diego, pese a su excelente estado de forma, tuvo que relajar su abrazo.

—Ya podéis soltarle, parece que ha salido todo bien —dijo el cirujano ordenando su instrumental.

Por un momento, Diego había pensado que todo se iba a echar a perder, pero no había sido así. Respiró aliviado, soltó a su presa por completo y miró a su hermano a la cara. Marc le estaba mirando y en sus pupilas había un brillo que hacía mucho que no veía. Al Holandés le pareció que su hermano quería decirle algo importante. Se acercó a él y casi en un susurro, sin necesidad de tabletas, ni otros periféricos, el profesor le dijo:

—Agua.

Fue el primer signo claro de que la operación había funcionado. Todos compartieron un momento de éxtasis colectivo y, antes de que tuviera que reclamarlo de nuevo, Anna acercó una gasa humedecida a los labios a su antiguo jefe.

24. Gorka

En Boston Biocorp, nos dedicamos
a la medicina, no a la magia.

La serpiente y el arcoíris.
Dir. Wes Craven, 1988

Los efectos de la segunda dosis de la degradación fueron más agresivos. Tras ingerirla, Gorka y Lidia quedaron en estado vegetativo: no podían mover un solo músculo pero veían y oían todo lo que pasaba a su alrededor. Cuando el personal médico los trasladó a un quirófano y empezó a desplegar un aparatoso instrumental médico a su alrededor, ambos empezaron sudar copiosamente. Aquella iba a ser su particular forma de morir antes de resucitar como muertos vivientes. Aunque un poco nerviosa, Lidia estaba ansiosa por empezar. Gorka empezaba a arrepentirse de haber escogido ser un zombi calvo y sin orejas.

Sin duda, la degradación implicaba algún tipo de intervención quirúrgica, aunque fuera menor —por esa razón les habían obligado a ayunar doce horas antes de la operación—, lo que no podían imaginar era que notarían hasta la más mínima incisión.

—Vamos a hacer un último repaso de las normas del complejo —les dijo la voz de Eva desde la megafonía del quirófano—. La principal es que para salir necesitáis arrancar el collar de un visitante, no hay otro modo. No podréis hablar para decirnos que queréis salir y aunque encontrarais un modo de comunicaros con nosotros, no os escucharíamos. Una vez entréis ahí, estaréis solos. Eso no quiere decir que no os supervisemos en todo momento, nosotros velaremos por vuestra salud y vuestra seguridad, pero en la distancia. Es muy importante que seáis conscientes de vuestro propio cuerpo, apenas sentiréis dolor y tendréis los sentidos alterados, así que correréis el riesgo de produciros fracturas o cortes sin apenas inmutaros. Id con cuidado, nosotros sólo actuaremos si la lesión es grave o corre un riesgo de infección severa. Además, como precaución, la carga de vuestro recto incluye, junto a los nutrientes esenciales, una pequeña dosis de antibióticos y antiinflamatorios. No hay que decir que tampoco queremos que lesionéis u os ensañéis con los visitantes del parque, recordad que ellos también han venido a divertirse.

Aquella era la enésima vez que les repetían aquella normativa interminable. Gorka no podía reprimir una sonrisa cada vez que le repetían la normativa referente al sexo. Tenían completa libertad de hacer lo que quisieran entre ellos, no había riesgo de contraer enfermedades venéreas porque todos habían superado exhaustivos controles médicos, además la degradación retardaba el ciclo menstrual de las mujeres durante unos meses, así que tampoco había riesgo de embarazo. Sin embargo, la norma advertía de la «inapetencia sexual y las dificultades para lograr una erección» que habían mostrado todos los clientes degradados hasta el momento.

«Eso está por ver».

—Por último, ya sabéis que no se puede abandonar el recinto del complejo bajo ningún concepto hasta que no hayáis completado vuestra estancia y posterior recuperación. Sabed que el recinto se encuentra perfectamente vallado y vigilado. Nadie puede entrar ni salir sin nuestro consentimiento, ni visitantes ni residentes. Os recuerdo que una de las cláusulas del contrato que habéis firmado era muy explícita al respecto y su incumplimiento os puede acarrear serios problemas.

Gorka recordaba muy bien los términos de aquella cláusula. Era uno de los puntos que casi le hacen renunciar a aquella experiencia. Sabía que un negocio como aquel era susceptible de sufrir algún tipo de espionaje industrial y que, por tanto, era lógico que se cubrieran las espaldas. Sin embargo, las sanciones en caso de incumplimiento eran tan severas, que el submarinista no podía evitar que acudieran incómodas preguntas a su mente. ¿Qué garantías tenían de que el complejo cumpliera con todas las normas legales? ¿Estaría aprobado por el Ministerio de Sanidad? ¿Existía algún riesgo de sufrir efectos secundarios? ¿Cómo podrían estar seguros de que darían la cara por ellos si algo salía mal? Todas esas cuestiones le perturbaban, aunque también añadían un halo de riesgo a todo el asunto que lo hacía todavía más atractivo.

—Una vez repasados todos los puntos, podemos empezar con la degradación. Sé que os estaréis preguntando por qué no podéis moveros —les dijo Eva leyéndoles el pensamiento—. Si os habéis documentado un poco sobre el tema… y sé que lo habéis hecho… sabréis que uno de los primeros sociólogos en investigar el rito zombi en Haití sufrió algo similar a lo que ahora os está pasando. No sé si el señor Saltor habrá leído *La Serpiente y el Arco iris*, pero seguramente habrá visto la película. Los magos negros utilizaban una neurotoxina muy potente para llevar a sus víctimas a un estado de muerte inducida para luego resucitarlos. Es algo parecido a lo que haremos ahora.

Gorka imaginó que Lidia estaría fuera de sí, aunque no podía reconocer su emoción en su rostro inerte. La gótica le había explicado que la tetradotoxina que se encontraba en las vísceras del pez globo, era tan tóxica que menos de un miligramo inyectado en sangre podía causar la muerte en el acto. El veneno bloqueaba las neuronas y éstas no podían producir los impulsos que permiten a los músculos contraerse. Se producía una parálisis general en el individuo, la vista se colapsaba, los pulmones dejan de bombear y, en última instancia, se producía un fallo cardíaco. Los magos haitianos dominaban las dosis y los elementos de su polvo mágico con una exactitud tal que conseguían causar daños al cerebro por falta de oxígeno, pero sin causar la muerte del individuo. Cuando éste resucitaba volvía a la vida como un enfermo mental, amnésico y sin voluntad.

—Los que aspiraban el *coup de poudre* realmente pensaban que habían muerto, así de traumática era su experiencia. Un zombi debe morir antes de renacer. —Eva añadió un ensayado momento de silencio a su locución. Lidia y Gorka inspiraron profundamente—. Ahora os ha llegado ese momento. No os mentiré diciendo que no vayáis a sentir dolor… es algo inherente al proceso. Intentad disfrutarlo.

La larga transmisión de la relaciones públicas se cortó con un leve chasquido de estática. No quedó más que un extraño ruido de baja frecuencia casi inaudible. Fue el disparo de salida para que el personal de quirófano se pusiera en marcha. El más atareado era el anestesiólogo, que pasaba el rato moviéndose de los monitores de Lidia a los de Gorka, controlando todas las constantes para que ninguno de los dos perdiera la conciencia por completo. Su trabajo en ese extraño quirófano era el contrario del que solía realizar: en lugar de mantener al paciente en coma inducido para que éste no sintiera ningún dolor, debía mantenerlos inmóviles y conscientes, a pesar del dolor que iban a experimentar.

126

El submarinista y la gótica compartían un mismo quirófano y podían verse el uno al otro a través de un espejo instalado en el techo —no era un equipamiento demasiado ortodoxo—. De ese modo, Lidia pudo observar de forma privilegiada como uno de los cirujanos amputada de forma limpia los dos pabellones auditivos de su compañero. Pese al dolor que debió sentir, éste no movió un solo músculo, no podía. El único gesto de dolor que pudo manifestar fueron los dos hilos de lágrimas que brotaron de sus ojos. En ese momento Gorka habría preferido no haber sido tan extremo a la hora de diseñar el zombi en que se quería convertir. Envidiaba a Lidia, que no había optado por modificaciones extremas: ni amputaciones, ni escarificaciones, tan sólo la elegante lividez del cadáver y el traje apolillado de una novia. Por eso no entendió por qué aquel médico se le acercó con unas agujas estériles de casi treinta centímetros de longitud. Cuando el frío acero inoxidable le empezó a traspasar uno de los pechos, la gótica se estremeció de dolor. Era un movimiento involuntario, su cerebro no podía enviar la orden, pero su cuerpo reaccionaba al dolor.

Mientras la gótica se convulsionaba, Gorka habría jurado que debajo de la máscara del cirujano se ocultaba una sonrisa de sádico placer.

«Esto es una tortura en toda regla y hemos pagado por ello».

Y aquello fue sólo el principio. Por turnos, el cirujano aplicaba largas agujas en todos los tejidos blandos de sus pacientes. Las insertaba en puntos estratégicos para no producir ningún daño permanente y, a la vez, conseguir el máximo dolor: uñas, escroto, pezones, labios, encías, incluso en los lagrimales. Una vez introducidas, las dejaba allí y se dirigía a su otro paciente, mientras el primero observaba la escena incapaz de hacer nada por evitarlo. El dolor era de una intensidad tan elevada como nunca habrían imaginado que se pudiera experimentar. Notaban el sudor frío resbalando por su piel constreñida y los tímpanos perforados por una frecuencia de sonido baja pero intensa que no sabían si procedía de la megafonía o era un delirio producido por su mente torturada.

El ritual se repitió a lo largo de una eternidad, hasta que ambos cayeron en un coma inducido por el dolor del que ni siquiera el anestesiólogo fue capaz de rescatarlos. Sus cerebros se cortocircuitaron para no seguir sufriendo en un mecanismo de autodefensa. Llegados a ese punto, el cirujano extrajo todos los punzones y pasó a la siguiente fase. Primero les inyectaron en el recto casi cinco kilos de masa gelatinosa, suficiente para mantenerlos hidratados durante dos semanas, y después les inocularon la sustancia que obraba la verdadera magia: los priones sintéticos.

25. Marc

Los síntomas clínicos del síndrome Gerst-
mann-Sträussler-Scheinker incluyen disfunción
cerebral, inestabilidad en la marcha, la demencia y la disartria leve [dificultad para hablar].

Jeong BH, Kim YS. *Genetic studies in human prion diseases.*
Journal of Korean Medical Science [2014, 29(5):623]

Lo primero que sintió fue un sueño atroz, como si llevara semanas sin dormir y lo cierto es que así había sido. Poco después de su operación a cráneo abierto, descubrió que a nivel fisiológico había pasado casi tres meses privado de sueño. Los priones modificados habían causado unos síntomas similares a los de una extraña variante del mal de Creutzfeldt-Ja-kob llamada Insomnio Familiar Fatal —su nombre lo dice casi todo— que impide dormir a sus afectados y tras 18 meses los mata de sueño de forma literal. Las enfermedades priónicas afectan a unas zonas del cerebro más que a otras y la que suele recibir más daños es el tálamo, el encargado de regular el sueño. Así que el profesor Ribera tenía muchas horas de descanso que recuperar.

Durmió cerca de una semana, en un estado cercano a uno de los primeros estadios del coma. Sus neuronas, aunque incapaces de regene-rarse, volvieron a recuperar su operatividad. Muchos barcos se habían hundido pero las rutas marítimas volvían a estar transitables. Con la función neuronal medio recuperada, Marc pudo volver a soñar. Fueron unos sueños extraños, febriles, como si el gran puzle de su memoria se hubiera desordenado y cada pieza intentara volver por sí sola a su lugar. Veía a su hermano, del que hacía tiempo que no sabía nada; a su padre, que estaba en el último ciclo de su enfermedad; también aparecían sus ayudantes y todo tenía lugar en la vieja casa de campo de sus padres, a la que no había vuelto desde su infancia. Los recuerdos se mezclaban con un desagradable catálogo de angustias, animales muertos y una gran impotencia. Las imágenes eran mortecinas y desenfocadas, casi en blanco y negro, tan sólo algunas caras parecían brillar con una paleta de colores propia y la de Anna era una de ellas. Sentía una extraña sensación de afecto hacia ella. Siempre la había tenido en muy buen concepto, incluso reconocía que era una mujer atractiva y en otro contexto quizá se habría sentido atraído por ella, pero su profesionalidad estaba por encima de sus emociones. Su naturaleza racional y su racionamiento empírico, que lo convertían en un excelente científico, también le obligaban a anular cualquier atracción que pudiera sentir por una colega bajo su mando. Su subconsciente marcaba las distancias hasta tal punto que, incluso en sueños, Marc siempre se comportaba con extrema cortesía ante su ayudante, incluso cuando ésta se presentaba rodeada de un aura casi angelical y una sonrisa radiante.

El séptimo día, el profesor Rivera despertó. Anna estaba dormida en una butaca de hospital junto a su cama. Intentó moverse, pero sentía como si cada fibra de sus músculos se hubiera partido. Incluso le costaba articular una palabra, así que se quedó inmóvil, con los ojos abiertos y fijos en su ayudante. Sentía un remoto dolor de cabeza que parecía el rastro de una fuerte migraña, pero a pesar de todo tenía la mente lúcida. Volvía a pensar con coherencia después de meses de ofuscación. No lo recordaba todo con exactitud, pero sí lo suficiente como para hacerse una idea muy aproximada de lo que había pasado y del importante papel que Anna había jugado en la resolución del asunto. Le extrañaba que fuera ella y no su hermano quien estuviera sentada en aquella silla. Diego siempre tenía cosas que hacer, se había acostumbrado a su ausencia pero continuaba siendo su hermano. Sin embargo, la prefería a ella que a él. Se la veía agotada, pero incluso dormida y vestida con una bata, Anna parecía mantener parte del aura con el que había arrojado algo de luz en sus pesadillas.

La ayudante abrió los ojos de pronto, como si se hubiera sentido observada, y cazó a Marc con una sonrisa en los labios resecos que no pudo disimular.

—¿Cómo se encuentra? Parece que ya va recuperando algo de color —le dijo sin esperar una respuesta.

—Bien —consiguió articular el profesor con un hilo de voz, casi sin proponérselo. Se sorprendió de escuchar su propia voz. Ella también se sobresaltó, hacía meses que sus charlas no eran más que monólogos y la respuesta, aunque breve, la sorprendió.

—Vaya, parece que mejor que bien. Que pueda hablar es un buen síntoma, pero no fuerce la garganta. Lleva mucho tiempo sin usarla.

—Gracias —consiguió volver a articular con un poco de esfuerzo.

—No hay de qué. Ahora beba un poco, después ya habrá tiempo para charlar.

Marc tenía los labios agrietados por la sed. Hasta que no vio el vaso de agua acercándose a su boca no se dio cuenta de que llevaba más de una semana sin beber —su sueño había sido tan profundo que habían tenido que hidratarle por gotero—. Sin embargo aquel primer trago no le supo a gloria, en realidad no le supo a nada. Tendemos a pensar que el agua es inodora, incolora e insípida, que no tiene ningún sabor, pero en realidad sí lo tiene. Hay aguas dulces, blandas, duras… incluso hay catadores especializados capaces de distinguir centenares de matices entre unas aguas y otras. Marc no notaba ninguno, tan sólo un líquido frío bajando por la tráquea. Ni siquiera notó cuando ésta empezó a escapársele de los labios y a chorrear por su cuello hasta empapar su bata de hospital. Cuando se dio cuenta, miró a Anna como un niño que acabara de mojar su cama.

—No se preocupe. Voy a avisar al doctor de que ha despertado y de paso le diré a una en enfermera que venga a cambiarle.

Marc se alegró de que la enfermera llegara mucho antes de que su antigua ayudante volviera con su médico. Ésta no sólo tuvo que cambiarle la bata, también la ropa de cama al completo. El profesor había perdido por completo el control de sus esfínteres y lo peor era que ni lo había olido, ni se había notado mojado durante todo ese tiempo. A decir verdad, sí que notaba algo: un extraño hormigueo en toda su piel, como si se le hubiera dormido y estuviera despertando. Lo había atribuido a los días de inactividad y esperaba que, aunque con retraso, su cuerpo volviera a su estado natural. Por lo que parecía, había recuperado la capacidad de hablar y de dormir pero había perdido los sentidos del olfato, el gusto y el tacto en el camino. Sabía que su sistema nervioso había resultado muy perjudicado por el Lamba-3 y también que, aunque la operación hubiera resultado un éxito, la recuperación podía ser muy lenta.

Para cuando Anna volvió a la habitación acompañada por el doctor Hernández, la enfermera se había llevado ya las sábanas sucias y le había vestido de limpio. Tan sólo quedaba en el aire un fuerte olor a heces y desinfectante, el olfato de Marc era incapaz de detectarlo y la ayudante y el cirujano intentaron disimular.

—Anna me ha dicho que ha recuperado el habla. Es un buen síntoma. ¿Cómo se siente?

—De fábula —respondió el profesor. Pese a la dificultad con la que articuló la palabra, tanto Anna como el doctor captaron la fuerte carga de ironía con la que lo había hecho.

—Usted sabe mejor que yo que para que su sistema nervioso se recupere al cien por cien se necesita tiempo —le dijo el doctor Hernández—. La operación ha sido un éxito, pero es la primera vez que se hace algo así, no conocemos como va a evolucionar su caso.

—Entiendo —respondió Marc con la boca pastosa. Pese al esfuerzo que le suponía articular cada palabra y el dolor que sentía en las cuerdas vocales, era un privilegio poder volver a hablar. Entendía muy bien lo que el neurocirujano le había insinuado. Detrás de sus palabras se escondía una rehabilitación lenta e incierta.

—Hay que tener paciencia. Las neuronas de su cerebro parecen haber aceptado bien el tratamiento pero tenga en cuenta que la infección le afectó a todo el sistema nervioso.

El profesor Ribera sabía mejor que nadie lo incierto de su recuperación. Era uno de los inconvenientes de ser un experto en la especialidad: conocía todas las complicaciones que podían surgir, desde la pérdida de alguno de sus sentidos al riesgo de senilidad precoz. Pese a todo, intentó mostrarse agradecido con el doctor y forzó una sonrisa.

—Todavía queda trabajo que hacer pero lo vamos a conseguir —dijo Diego mientras entraba en la habitación.

La voz del Holandés quería trasmitir optimismo, pero su mirada transmitía cansancio. Anna no le había visto desde la operación, aunque hablaba con él cada día para transmitirle todas las novedades. Imaginaba que después de las intensas semanas que habían pasado en el laboratorio de campaña, Diego tendría mucho trabajo acumulado en su empresa. Cuando el doctor terminó de evaluar a su paciente, él quiso quedarse unos minutos a solas con su hermano.

—Pensaba que no ibas a venir —le dijo Marc.

—Lo siento. Había desatendido el negocio, pero me han informado de tu estado cada día.

—Bien, entonces explícame cómo estoy.

—Bueno, ya lo sabes. Te estás recuperando.

—Te pido que me digas la verdad. Me lo debes.

—El cirujano dice que el mero hecho de que hables ya es una buena señal, pero hay que tener paciencia —confesó Diego.

—¿Hablamos de semanas o de meses?

—No lo sabe. La mayor parte de las neuronas del cerebro vuelven a estar operativas pero los priones atacaron el sistema nervioso al completo.

—¿Entonces? —preguntó Marc con la boca pastosa.

—Podemos valorar nuevas intervenciones para sofocar las áreas más afectadas, pero tenemos que ser muy selectivos. No podemos tratar todo el cuerpo de una vez, las consecuencias podrían ser contraproducentes. Tendremos que esperar un tiempo para ver cómo evolucionas.

—¿Tendremos? ¿Es que te vas a quedar?

—No, lo siento. La verdad es que tengo mucho que hacer.

—Imagino, a ti tampoco te queda mucho. La enfermedad...

—Sí, quiero aprovechar lo poco que me queda.

—Está bien, acércame el vaso de agua antes de irte. Me arde la garganta.

Diego le hizo caso y salió de la habitación. Mientras bebía, Marc pudo escuchar con claridad, a través de la puerta, la conversación que su hermano tuvo con Anna.

—Sé que ya has hecho por nosotros mucho más de lo que correspondería —le dijo él—, pero todavía tengo que pedirte un último favor.

Diego le explicó que había descuidado sus negocios durante aquellos meses y que necesitaba ausentarse durante un tiempo para ponerlo todo en orden. Le pidió que cuidara de él durante su recuperación y se ofreció a cubrir todos los gastos médicos. Incluso quiso pagarle unas generosas dietas por sus servicios.

—No estoy aquí por dinero —le contestó ella ofendida.

—Necesito a alguien de confianza que supervise su recuperación. Eres una de las mayores expertas en este terreno y la única a quien confiaría la vida de mi hermano. Ya sé que te hemos pedido demasiado, hemos abusado de tu generosidad... pero no se me ocurre a nadie más para hacerlo.

—A mí tampoco —respondió Anna.

«Ni a mí, pero yo no se lo habría pedido».

26. Walter

The Evil Dead [Commodore 64, ZX Spectrum,
1984]. Unos lo consideran el primer videojuego de zombis, y otros dicen que al igual que
la película en la que está basado no tiene nada
que ver con los zombis.

Bokor. *Culto Zombi.* Post del 16 de marzo del 2013

Desde que había empezado a crear sus peculiares mascotas, el alemán
apenas dormía. Pasaba las noches trabajando en el laboratorio del
profesor Ribera, minusvalorado e ignorado, pero sin que le importara.
Cuidaba de los cultivos, mantenía en buen estado el laboratorio y se las
apañaba para robar todas las muestras de priones que necesitaba para
crear sus obras. Durante el día, manipulaba la biología de pequeños animales y convertía viejas máquinas recreativas en jaulas tecnológicas. En
el armazón de un *Sega Rally* incrustó un hurón albino tan calvo y retorcido que parecía un pequeño dragón chino. En la carcasa de una vieja
máquina del millón cobijó una familia de ardillas rusas que vagaban de
un lado para otro de la jaula como una horda en miniatura. El mueble de
un videojuego de *Pang* se convirtió en el hogar de un viejo sapo lleno
de colgajos y con unos enormes ojos negros.

Walter experimentaba sin reparos con todo tipo de animales. Algunos
no sobrevivían al suero extraído del primer ratón, otros sí.

El viejo propietario del salón le había dado las llaves del local, así que
cada día a primerísima hora, cuando salía del trabajo y las calles todavía
estaban vacías, entraba en su tienda de mascotas muertas y organizaba
el espectáculo a su gusto. Solía llevarse alguna de las viejas máquinas a

133

casa con una carretilla y devolverla unos días después con alguna nueva adquisición. El viejo estaba encantado con su socio invisible: no le daba molestias, no le regateaba su parte —aunque le sisaba todo lo que podía—, y le tenía el local lleno del mediodía a la madrugada. Él tan sólo tenía que recaudar los beneficios y hacerle llegar su cincuenta por ciento. Al principio habían sido unas pocas monedas en una caja de zapatos, pero desde que había decidido cobrar una entrada los beneficios se habían disparado.

El alemán poseía una peculiar habilidad para la puesta en escena. A simple vista, el local parecía un viejo y rancio salón recreativo. Algo parecido a lo que solían hacer algunos lugares de moda, como un restaurante exclusivo escondido en la trastienda de una tintorería o una tienda de muebles trasformada en cafetería bohemia. Nada hacía adivinar lo que realmente se iba a encontrar el visitante una vez introdujera la moneda en la ranura de cada una de las máquinas: la jaula anfibia disponía de un espectacular juego de luces a través del agua y de una capa de látex verdosa que flotaba a media altura dándole al conjunto una textura de vieja laguna, ideal para resaltar la fealdad del sapo que la habitaba; la máquina del millón estaba equipada con salidas de humo seco y una tenue iluminación cenital que transportaba a la horda de ardillas a algo parecido a un cementerio de Las Vegas. Un sistema parecido al de las guías sonoras de los museos —que Walter había instalado utilizando un complejo sistema de *bluetooth*—, permitía a los visitantes escuchar unos efectos de sonido y una banda sonora específica para cada jaula a través de unos auriculares. La experiencia era completa.

Walter disfrutaba de su éxito a través del dinero y de los comentarios en las redes sociales. Tan sólo mantenía un contacto directo con sus creaciones, hasta que una mañana, al salir del salón, alguien estaba esperándolo. El tipo fingió cruzarse con él por casualidad.

—¡Walter Gerhold! ¿Eres tú verdad?

—*Ich weiß nicht Spanisch sprechen* [1] —le respondió Walter sin detenerse. Era el recurso que solía utilizar cuando alguien le preguntaba la hora o alguna dirección, pero esa vez no le funcionó.

—Soy yo Walter... ¡Leo! Sé que hablas español perfectamente, trabajamos juntos en los laboratorios Svelsen —le dijo el extraño como si lo conociera de toda la vida. El alemán no lo reconocía—. Quizás tú no te acuerdes de mí, pero yo te recuerdo perfectamente.

1 No hablo español.

134

—Pues me alegro —dijo él para zanjar el tema y poderse ir a casa.

—Espera. Déjame que te invite a un café.

El extraño le interrumpía el paso y no le dejaba avanzar. Walter quería alejarse del salón recreativo pero, una y otra vez, aquel tipo insistía en invitarle a tomar algo. Así que con tal de que se callara y antes de que llamara más la atención, el alemán aceptó.

El lugar más cercano que servía café a aquellas horas de la mañana era la estación de servicio de una gasolinera abierta 24 horas. Compraron algo de bollería industrial y le pidieron dos cafés al taciturno encargado. Por la pasión que éste puso en su preparación y el lamentable estado de la cafetera, ninguno de los dos albergó ninguna esperanza en el sabor de su *espresso*. Después de unas preguntas de cortesía a las que Walter contestó con monosílabos y frases hechas, el desconocido le reveló sus intenciones.

—La verdad es que no nos hemos encontrado por casualidad. —Tras oír esas palabras el alemán le prestó, ahora sí, toda su atención. Por un momento temió que fuera a detenerle por maltrato animal—. Es cierto que los dos trabajamos en Svelsen pero nunca nos llegamos a conocer. Te voy a ser sincero. Hay gente muy interesada en los adelantos que está haciendo tu equipo en la lucha contra el Creutzfeldt-Jakob.

El desconocido calló durante unos segundos, Walter sabía que éste quería valorar el peso de sus palabras en su presa. Por un lado se sentía aliviado pero, por otro, sabía que su reacción marcaría el porvenir de su negociación: una negativa rotunda le situaría delante de una dura negociación, un leve titubeo sería signo de que había una oportunidad. Walter no expresó ninguna emoción, ni añadió nada a la conversación. Su interlocutor no supo cómo interpretarlo. El alemán se encontraba en una posición de desventaja, desconocía cuánta información poseía aquel tipo sobre él, así que no quiso darle ninguna pista. Simplemente permaneció en silencio.

—No es un secreto que los ensayos con animales mostraron unos resultados muy prometedores —continuó el desconocido—. Todos pudimos ver el artículo que publicó *Neurology* sobre esos prometedores priones vuestros. Pero de eso hace ya bastante tiempo, suficiente como para haber dado ya el salto a los ensayos clínicos. Seguro que los inversores empiezan a estar preocupados, empiezan a hacerse preguntas… ¿Quizás un equipo con más medios obtendría mejores resultados? ¿Está el personal del profesor Rivera a la altura de sus expectativas? ¿Un laboratorio más grande, con más presupuesto, sería la solución? —El tipo hizo otra pausa, espero observar alguna reacción, pero sin éxito—. A veces, el problema no está en los profesionales sino en los escasos medios de los que disponen. Ellos están capacitados pero el equipamiento está obsoleto, se sienten frustrados por algo que no es culpa suya. Minusvalorados.

Esa última palabra provocó algo parecido a una reacción en el pétreo rostro del alemán. El desconocido supo que era el momento de atacar.

—Entre tú y yo, ¿qué me dirías si te ofreciera un laboratorio equipado con lo último, a tu gusto, sin escatimar en gastos y te pusiera al frente de un equipo?

—Te diría que no me interesa.

Walter fue tajante. Por fin estaban las cartas sobre la mesa, se trataba de un cazatalentos: una operación de espionaje industrial. Aquel tipo estaba interesado en su trabajo en el laboratorio, no por lo que hacía fuera de él. Su secreto estaba seguro. Se sentía halagado y aunque la oferta era tentadora, no le interesaba. No la rechazaba por fidelidad a sus compañeros, sino porque estaba bien como estaba. Hizo ademán de levantarse.

—Un momento, no me has dejado terminar. ¿No sientes ni una pizca de curiosidad?

—¿Curiosidad por cómo es trabajar con un equipo a mis órdenes? No, gracias. Prefiero trabajar sólo. ¿Curiosidad por tener la última en tecnología a mi servicio? Tampoco lo necesito. Ni siquiera me interesa saber cuánto estabais dispuestos a ofrecerme —sentenció Walter antes de levantarse para irse—. Gracias por el café.

—No me refería a nada de eso —dijo el extraño mientras el alemán salía por la puerta—. Puedes continuar jugando con tus animalitos, pero antes o después querrás saber qué pasa si le inyectas ese prión a un ser humano.

Ahora sí que había captado toda su atención.

27. Gorka

Una de las características peculiares es su piel entre verde y blanca; una de las teorías afirma que esto deriva de un hongo que crece en los cadáveres.

Jiang Shi. Wikipedia.

La tortura había terminado, ya no era más que el rumor de unas gaviotas sobre un mar en calma. El vívido e intenso dolor de las agujas no había dejado más que algún músculo adormecido. Lo acontecido horas atrás en la sala Narciso no era más que un recuerdo borroso en una nueva existencia. Las neuronas estaban ahora recubiertas de priones, los pensamientos no fluían con nitidez, los sentidos estaban embotados y la sensibilidad de las primeras capas de epidermis anulada. Anna y Gorka arrastraban los pies hacia el interior de Zombis Resort. Era la segunda vez que recorrían ese camino pero ahora ella iba vestida de novia y él no tenía orejas.

Recordarían muy poco de sus primeras horas como muertos vivientes: tan sólo sensaciones como la de las paredes del estómago digiriéndose a sí mismas. No habían comido nada en dos días y no lo iban a volver a hacer mientras durara su estancia. El hambre punzante era uno más de los impulsos que llegaban a su nuevo cerebro atrofiado. Lo hacían como un ruido de fondo, si no fuera de ese modo el dolor del ano casi desgarrado por la carga de gelatina y nutrientes que albergaba el colon sería una sensación casi insoportable. Esa carga les iba a ayudar a subsistir durante meses sin probar bocado, sus estómagos se iban a hacer tan pequeños como una nuez e iban a adelgazar tanto como si les hubieran insertado un balón intragástrico. Sin los priones, la sensación de hambre sería tan intensa que no les dejaría dormir ni pensar con claridad —motivo por el que los militares desecharon la carga de nutrientes anal como medio de supervivencia—. Sin embargo, pese a sus cerebros aletargados, la sensación de hambre existía. El ansia de carne fresca era uno de los impulsos que movía al zombi a devorar y perseguir a sus presas. Es el principio que los mantiene en movimiento y sin él la experiencia de convertirse en un muerto viviente no habría sido completa. Aunque no podían moverse con rapidez, aunque la sangre no circulara a más de ochenta pulsaciones por minuto por sus venas, el ardor de sus estómagos vacíos los mantenía alerta.

No recordaban las horas de tortura que habían sufrido antes de entrar en el parque, pero en su mente algo había cambiado. Eran como víctimas de violación narcotizadas con ketamina, incapaces de recordar el trauma pero no de sufrir sus consecuencias. La tortura no había sido gratuita, formaba parte de un minucioso plan de condicionamiento psíquico diseñado para mejorar su experiencia y en breve iban a descubrir cuál era su objetivo.

Un día después de la degradación, Lidia y Gorka empezaron a ser conscientes de su nuevo cuerpo. Lo sentían como un amasijo de carne muerta que se aferraba a sus huesos gracias a tendones y cartílagos desgastados y les daba la impresión de que de un momento a otro se iba a desprender. Su raciocinio, aunque alterado, era ya el suficiente para recordar quienes eran y en qué se habían convertido. Durante las primeras horas no habían sido más que carne en movimiento, no cumplían con el principio básico de la vida inteligente: no eran conscientes de sí mismos. Ahora lo eran y les gustaba lo que sentían. Se observaban el uno al otro con una mirada que iba del éxtasis a la repulsión e imaginaban, a su vez, como se verían ellos mismos. Más adelante buscarían un espejo en el que mirarse detenidamente, por ahora tenían suficiente con verse las manos llenas de pústulas y las uñas comidas por los hongos, para imaginar cómo sería el resto.

Estaban deseosos de estrenar su nuevo disfraz de piel y eccemas, como un niño con un disfraz nuevo por Halloween, y para eso necesitaban a los visitantes. Alguien que hubiera entrado allí pensando que aquello era un juego y que al ver el realismo de su transformación empezara a albergar dudas sobre su falsedad. Alguien capaz de sentir miedo, alguien como ellos mismos unos días atrás.

Pero no era fácil encontrar a gente a la que aterrorizar. La velocidad con la que se desplazaban era muy lenta, se movían como si tuvieran los tobillos rotos, y el público no abundaba demasiado entre semana. El primer día lo pasaron vagando por el parque sin saber siquiera quienes eran o qué hacían allí. El segundo día, ya consciente de su transformación, lo pasaron buscando a alguien a quien aterrar. No encontraron a nadie hasta el ocaso, cuando a Gorka le pareció distinguir la silueta de alguien moviéndose en la lejanía. Salió corriendo detrás del primer visitante lo más rápido que le permitieron sus piernas adormecidas, pero su ímpetu solo le sirvió para hacerle caer. Fue una caída a cámara lenta, como la de un abuelo artrítico, y lo peor fue la dificultad que tuvo para recuperar la verticalidad. El submarinista tenía los sentidos tan alterados y la masa muscular tan lacia, que tuvo que luchar cerca de veinte minutos para conseguir ponerse otra vez en pie. Se sentía como una tortuga panza arriba que alargara el cuello al máximo para oscilar como un péndulo sobre su espalda y en un último esfuerzo agónico volver a poner los pies en el suelo. Por suerte el visitante no lo vio, Gorka no solo habría perdido toda oportunidad de causarle pánico sino que habría sido objeto de una mofa segura. Sin embargo Lidia sí que le observó con una sonrisa lastimera que en su faz de ultratumba resultaba muy siniestra. Ninguno de los dos supo si la silueta que habían vislumbrado pertenecía a un visitante o a un zombificado. Lo que sí se les hizo evidente fue su dificultad para tumbarse, recostarse o incluso sentarse. Una incapacidad que les prometía unas largas noches en vela. Ni el submarinista ni la gótica pudieron verbalizar su temor —otro efecto secundario de los priones— pero ambos pensaron lo mismo: ¿cómo vamos a dormir? Obtuvieron la respuesta unas horas más tarde, bien entrada la madrugada, y era bien sencilla.

«No vamos a dormir».

Ninguno de los dos consiguió pegar ojo, sin embargo no sentían cansancio ni agotamiento. Lo mismo que reducía su capacidad sensorial, su equilibrio motor y su capacidad de habla y raciocinio, también había afectado a sus ciclos de sueño. Por lo visto no iban a necesitar dormir.

«Un punto más a favor del realismo de la experiencia —pensó Gorka—. Además de lentos, torpes, mudos y feos, vamos a sufrir de insomnio».

Vagaban en busca de carne fresca sin descanso, noche y día, como auténticos muertos vivientes. Lo único que faltaba para hacer completa su experiencia eran sus víctimas.

El tercer día se cruzaron con varios zombificados como ellos que parecían dormitar a la espera de alguna novedad. Uno de ellos era un tipo obeso, completamente calvo y con una erupción rosa que parecía estar devorándole la piel por momentos. Estaba quieto, con los ojos muy abiertos, en la entrada del bar. No hizo ningún gesto al verles, permanecía en silencio e inmóvil como en estado vegetativo. Gorka y Lidia intentaron comunicarse con él como habían estado haciendo entre ellos hasta el momento, mediante signos y gruñidos, pero no consiguieron ningún resultado. Pasaron de largo y unas horas más tarde volvieron al bar por curiosidad —sin nadie normal a quien espantar no había mucho que hacer—. El calvo de la piel irritada seguía en la misma posición. Gorka pensó que los del complejo habían conseguido un resultado final espectacular con aquel tipo.

«Parece que lo hayan escalfado unos minutos en agua hirviendo».

El submarinista lo observaba a unos escasos centímetros cuando su rostro hierático adoptó de pronto una mirada fiera. Gorka pensó que le había molestado su curiosidad, pero el gordo no estaba interesado en él. Lo apartó de un manotazo y salió en busca de algo con paso lento pero firme. Su grasa corporal producía un bamboleo hipnótico que paralizó al submarinista y a la gótica. Aquel tipo se había activado de pronto, como si tuviera un interruptor. Nada lo había alterado, no habían visto ni escuchado nada que hubiera podido alarmarle. O quizás sí. En la lejanía empezó a percibirse un sutil ruido de baja frecuencia, casi inaudible, y un odio incontrolable les empezó a fluir por su sangre emponzoñada. Empezaron a arrastrar sus pies tras los pasos de la mole de carne rosada, querían destruir bajo cualquier pretexto el origen de aquel ruido.

28. El Doctor

El ritual no es algo gratuito. A pesar de lo que opine el consejo, la degradación no estaría completa sin el acondicionamiento a los infrasonidos

Notas del diario del director médico de Zombis Resort

Sin los collares la experiencia no estaría completa. Su secreto se basaba en dos principios: la *presbiacusia* auditiva y el efecto del perro de Pavlov. El primero describe la pérdida progresiva de audición que se va produciendo en el oído humano a medida que el ser humano envejece: con la edad no sólo oímos menos sino que oímos peor. Los jóvenes son capaces de percibir frecuencias que resultan inaudibles para el oído maduro, pero esta pérdida de audición no es siempre una desventaja. Un ejemplo son los llamados sistemas *antibotellón*: unos altavoces que emiten una frecuencia inaudible a partir de los treinta años y que resulta insoportable en los jóvenes que quieren alargar la noche bebiendo en las calles. Se trata del mismo principio que utilizan los repelentes de mosquitos electrónicos que emiten en alta frecuencia sonidos similares a los de los enemigos naturales de estos insectos. El rango de frecuencias que son perceptibles por el oído humano oscila entre los 20 y los 20.000 hercios. Por encima y por debajo de estos valores, los sonidos resultan inaudibles. Los sistemas de repulsión trabajan siempre en frecuencias altas, pero los collares del parque funcionaban al revés. Emitían infrasonidos.

La capacidad de los individuos infectados con priones para percibir sonidos por debajo del espectro audible era asombrosa. Sus ritmos vitales disminuían de forma global: se movían con lentitud, su metabolismo se ralentizaba, su cerebro se abotargaba y sus sentidos se veían alterados.

Uno de los efectos secundarios, entre muchos otros, era que los límites del espectro audible, tanto el superior como el inferior, bajaban varios enteros. Como resultado, los zombificados podían escuchar frecuencias bajas que resultaban inaudibles para el resto de visitantes del parque. Aquí entraba en juego el segundo principio: la Ley del reflejo condicionado.

Basándose en el principio del condicionamiento básico, el científico ruso Iván Pávlov asoció un estímulo neutro a una respuesta inconsciente. La idea básica era muy sencilla, el científico hacía sonar un metrónomo mientras alimentaba a sus perros y observó que tras unos días de condicionamiento, los perros empezaban a salivar nada más oír el compás del aparato. Pávlov ganó el premio Nobel gracias a su estudio, pero algunos detalles de su investigación habrían puesto los pelos de punta a los detractores de la crueldad animal. A principios de siglo la investigación con animales no estaba tan regulada como en la actualidad y el científico ruso no tuvo reparos en atravesar la quijada de los perros con cánulas transparentes para poder medir con exactitud la cantidad de saliva que generaban los canes frente a diferentes estímulos e intensidades.

En el proceso de degradación se utilizaban unos métodos todavía más crueles. Este procedimiento culminaba la última fase de la transformación y le otorgaba a los degradados la fiereza y el odio de los zombis originales. Para ello, se emitía durante varias horas a través de la megafonía del quirófano una frecuencia baja a una gran potencia, un infrasonido muy molesto que sólo era perceptible en los individuos afectados por los priones. El sonido se asociaba al dolor más intenso: el cirujano insertaba largas agujas esterilizadas a través de la carne buscando los puntos del sistema nervioso más sensibles. El principio de la acupuntura a la inversa. Con cada pinchazo el zumbido infrasónico aumentaba de intensidad. El ruido se clavaba en sus cabezas como lo hacían los largos alfileres en sus cuerpos. El dolor resultaba casi insoportable, los pacientes convulsionaban con fuerza y debían fijarse con firmeza a las camillas. Debían ser conscientes de todo para que el condicionamiento fuera un éxito, aunque después no recordaban nada. El *shock* traumático se encargaba de borrar el recuerdo de la tortura. Sólo quedaba la imprenta del odio al infrasonido marcado a fuego en sus cerebros saturados de priones.

El resultado era todo un éxito: casi la totalidad de los individuos experimentaban un odio ciego al sordo rumor de los collares. Aunque no la recordasen, la tortura gratuita a la que les habían sometido en el laboratorio afloraba cada vez que un invitado del parque se les acercaba. Los zombificados sentían un odio irracional por los visitantes, una rabia que salía directa del estómago y que no les dejaba pensar con claridad. Algo similar a la sed de sangre de experimentarían los zombis en caso de existir y que se convertía en la guinda que culminaba el proceso de degradación. Además, el condicionamiento desaparecía cuando los zombificados volvían a su estado normal, ya que volvían a ser incapaces de escuchar esas frecuencias.

El director médico del complejo se sentía orgulloso de su procedimiento. Se refería a él como «el bautismo de sangre», aunque nunca en público, y no sólo era efectivo, también le permitía liberar su vena sádica. No lo había confesado a nadie, pero el Doctor disfrutaba torturando a sus pacientes. Era un acto justificado y cuanto más cruel, más efectivo resultaba. Así que no necesitaba rendir cuentas a nadie. Los collares de infrasonidos habían sido sólo una más de las muchas aportaciones que él había hecho al proceso de degradación.

El Doctor se consideraba a sí mismo como el padre de la degradación y los pacientes convertidos eran, por tanto, sus hijos.

29. Juan

—Podemos quedarnos aquí hasta que
vengan a buscarnos. Esas cosas...
—¡No nos va a venir a buscar nadie!
¡Abrid los ojos de una puta vez!
¡No les importamos!

REC.
Dir. Jaume Balagueró y Paco Plaza, 2007

Le cuesta seguir los pasos de su hermano. Tan sólo se llevan dos años pero Juan todavía no ha pegado el estirón, por cada una de sus zancadas él tiene que dar dos. Gorka camina por delante suyo con el ceño fruncido. No le perdona que por su culpa su padre le haya destruido su pequeña cabaña del bosque. Juan sabe que su hermano había invertido mucho esfuerzo construirla. Había acumulado tablones de madera, placas de contrachapado y todo el material que se encontraba por la calle susceptible de ser útil y lo había llevado a un lugar apartado a las afueras de la ciudad. Durante semanas, Gorka ha pasado las tardes trabajando en su refugio y no había podido estar pendiente de su hermano pequeño. Hasta entonces, Juan no se había separado un momento de él y el pequeño no entiende que ahora no le deje acompañarle.

—No puedes venir, está muy lejos y es peligroso —le repite Gorka una y otra vez antes de salir de casa.

Juan no está acostumbrado a jugar solo y se aburre. Se pasa la tarde viendo la televisión en el sofá y mirando por la ventana a la espera de que Gorka regrese lleno de polvo y sudor. Pero un día, varias semanas

144

después del inicio de la construcción clandestina, su hermano se retrasa más de lo habitual. Es bien entrada la noche cuando sus padres alarmados empiezan a buscarlo por el barrio. Al principio, Juan consigue guardar silencio pero tras la insistencia de sus padres y al ver sus caras de preocupación, les cuenta todo lo que sabe. Su padre sale a paso ligero en busca de su hijo mayor y una hora después, casi de madrugada, atraviesa con Gorka la puerta de casa: uno con el rostro severo y el otro con las mejillas llenas de barro y lágrimas. Gorka no le ha vuelto a dirigir la palabra hasta esa mañana.

—Ven —es lo único que ha tenido que decirle para que Juan le siga de buen grado. Está castigado sin salir de casa de forma indefinida pero ha aprovechado un descuido de sus padres para escaparse con su hermano.

Llevan caminando cerca de una hora cuando llegan a una pequeña arboleda a las afueras de la ciudad. Juan está exhausto, tiene poco más de ocho años y le gustan los juegos tranquilos. Para un momento para coger aire y cuando vuelve la vista al camino se encuentra solo en medio del bosque. Enseguida le entra el pánico, grita el nombre de su hermano hasta que la garganta le arde. Para cuando Gorka lo encuentra, llora desconsolado hecho un ovillo a los pies de un árbol. Al ver a su hermano mayor, empieza a lanzarle manotazos lleno de rabia, hasta que él lo detiene con un abrazo.

—Yo también me he asustado. No lo he hecho queriendo —le dice Gorka mientras él le mira incrédulo con los ojos llenos de lágrimas—. Ven, te he traído para que vieras una cosa.

A través de unos zarzales de moras se abre un pequeño túnel de maleza de varios metros. Es un paso natural abierto por los animales salvajes que queda camuflado de forma perfecta por la vegetación. Juan ha per-dido de vista a su hermano la primera vez que ha entrado en él. Ahora, pasado ya el pequeño sobresalto, gatean los dos a través del pasadizo de zarzas. Unos metros más allá se abre en un pequeño claro de hierba baja, poco más grande que un salón y con unas vistas magníficas de la ciudad. Habría sido un lugar casi mágico de no ser por los zarzales pisoteados y los escombros esparcidos por el lugar. Juan lo observa todo con mudo asombro, hasta que algo de entre los restos de la cabaña de su hermano le llama la atención. Bajo un tablón roto hay una pequeña figura de acción articulada: un muñeco de Skeletor que hacía tiempo que no encontraba.

—Esa habría sido tu habitación —le dice Gorka sin ánimo de reproche.

Juan recordó aquel momento de su infancia con total nitidez.

Los nervios de la inminente boda no le dejaban pegar ojo y se pasaba las noches dándole vueltas a la cabeza. Preocupado por si las flores de la iglesia estarían frescas, por si los invitados se quejarían de la distribución de las mesas, por si la limusina de la novia conseguiría girar por todas las calles, por si encontraría los gemelos de su abuelo a tiempo. Lo que no le preocupaba demasiado era el padrino desaparecido. No era la primera vez que desaparecía sin dar aviso y había aprendido a confiar en él. Gorka no le fallaría el día de su boda. Sin embargo, aquel recuerdo había venido a su mente por alguna razón. Juan reconoció que aquel era el extraño camino que su subconsciente utilizaba para decirle algo, así que añadió un tema más de preocupación a la larga procesión que revoloteaba por su cabeza.

No era la primera vez que su hermano desaparecía sin dejar rastro y pasaba semanas fuera de cobertura. Era algo muy habitual en él, planificaba un viaje de la noche a la mañana y se iba sin avisar a nadie. Unos días después, le enviaba una foto de su última conquista por email o publicaba un mensaje en sus redes sociales desde alguna playa perdida del Caribe mexicano. Cuando su hermano desaparecía nadie podía encontrarle, pero cuando quería estar localizable era capaz de hablar con móvil bajo el agua y no es cosa fácil, ya que bajo el mar no hay cobertura. Las señales de alta frecuencia no se transmiten bien en medios conductores, como en el agua salada, es la razón por lo que los submarinos suben una boya de telecomunicaciones a la superficie para comunicarse con el exterior. Gorka utilizaba un sistema parecido en sus inmersiones: una boya con una caja hermética donde guardar el móvil y un sistema de manos libres a través de un cable de cuarenta metros. Su hermano era capaz de perderse en el rincón más aislado del mundo, pero también de desafiar a las leyes de la física para tener cobertura incluso debajo del agua. Era un adicto a las redes sociales y tenía una serie de gadgets inimaginables para mantener sus perfiles actualizados incluso desde el páramo más aislado y desamparado. Era incapaz de mantenerse inactivo más de dos días seguidos, no quería defraudar a los miles de seguidores que estaban pendientes de su última locura.

Juan se levantó de la cama con brusquedad, su futura mujer emitió un gruñido de queja y se giró hacia el otro lado, pero él ni se percató. En los últimos días, con los preparativos de la boda, no había tenido tiempo ni de abrir su ordenador. Tan sólo tenía que navegar un poco por los perfiles de su hermano para quedarse tranquilo. Conociéndole seguro que no se había podido resistir a colgar una foto junto a Lidia en bikini. Abrió su portátil y su fondo de pantalla de Bela Lugosi se iluminó al momento para darle la bienvenida. Accedió a internet y consultó todas las redes sociales a las que estaba suscrito su hermano. Ninguna novedad desde el viernes antes de perderle de vista. Su última entrada decía: «En la furgona con mi hermano y @RichySalido de despedida de solero». La acompañaba una fotografía de los dos señalando a un tercero con una bolsa en la cabeza. Su hermano llevaba casi una semana sin publicar nada nuevo. Ahora sí que estaba preocupado.

Permaneció unos minutos sin saber qué hacer, ni cómo interpretar la inactividad de su hermano en las redes sociales. Juan navegaba sin ton ni son, ajeno a la pantalla, hasta que dio con otra foto del fin de semana en la que le habían catalogado. Aparecía junto a Richy y Olga. Al ver a la gótica recordó su preocupación, como le había hecho mover cielo y tierra para encontrar a su hermano. Casi había tenido la impresión de que Olga tomaba a Gorka por un secuestrador. Por suerte la llamada de Lidia la había tranquilizado, no había vuelto a tener noticias de ella desde entonces. Ahora era él el que estaba preocupado y quizás ella tuviera alguna novedad al respecto para tranquilizarle. Era tarde para llamarla al móvil —el reloj del ordenador marcaba las 4:17—, así que optó por enviarle un correo electrónico. Redactó el texto varias veces: quería pedirle premura en la respuesta pero sin parecer demasiado preocupado. Una vez satisfecho con el tono de su mensaje hizo clic en el botón de enviar. Casi de inmediato se sintió un poco más aliviado. Estaba seguro de que Olga le contestaría al día siguiente para decirle que todo iba bien, que su amiga y Gorka lo estaban pasando de fábula y que estarían de vuelta a tiempo para la boda.

Un ruido le sobresaltó en el silencio de la noche. Era un sonido familiar pero lejano: su móvil. Alguien le estaba llamando y se había dejado el teléfono en la mesilla de noche —tenía la manía de dormir con el terminal encendido por si acaso—. Corrió para que la melodía de llamada no despertara a su novia, que tenía el sueño muy ligero y muy mal despertar. Cuando entró en la habitación ésta ya se había tapado la cabeza con el almohadón. Juan esperó que no lo recordara por la mañana y aceptó la llamada.

—Hola Juan, estabas despierto ¿no? —le dijo Olga al otro lado de la línea.

—Sí, sí —contestó él susurrando mientras salía de puntillas de la habitación.

—Tenemos que vernos.

El tono imperativo de la frase no dejaba opción a réplicas.

30. Gorka

Entonces Thrain se convirtió en un trol,
y el túmulo se llenó de un hedor horrible,
y clavó sus garras en la parte posterior
del cuello de Hromund, arrancando
la carne de sus huesos...

Magnussen & Palsson, *Saga de Laxdœla*, 1245 dC

Sentía el regusto metálico de la sangre escurriéndose por su laringe reseca. Era el primer líquido que saboreaba desde que había entrado en el parque. Su carga rectal de gelatina se encarga de mantenerlo hidratado y, aunque no tenía sed, disfruta al notar algo caliente y viscoso en el paladar. Gorka no recordaba de dónde ha salido la sangre, ni siquiera era consciente de dónde estaba, pero se sentía más vivo que nunca. Era como si acabara de despertar de un sueño reparador, aunque sabía que en su estado de zombificado le era imposible dormir. Buscó a Lidia a su lado, pero la gótica ya no estaba allí, se encontraba solo en medio de un callejón secundario de aquel pueblo abandonado. La sangre se le escurría por la barbilla y salpicaba el viejo suelo empedrado. Notaba el corazón acelerado, por lo que dedujo que debía de haber llegado hasta allí corriendo —o arrastrando los pies lo más rápido posible—. Como buen experto en apnea, Gorka era capaz de identificar las pulsaciones por minuto de su corazón con facilidad: en aquel momento no pasaba de las cien, una cifra no demasiado alta, pero exagerada teniendo en cuenta que no había llegado a las sesenta desde su degradación. Una particularidad más del cambio de metabolismo.

Gorka intentó recordar el momento en que se había separado de Lidia, pero le resultó imposible. En su lugar le vino a la mente la imagen de un hombre calvo y obeso corriendo, seguido de un pitido insoportable. Recordó cómo una llamarada de rabia le había subido desde la boca de su estómago vacío y un odio intenso le había urgido a actuar. Se había movido lo más rápido que había podido en búsqueda de la fuente del sonido, con la intención de destrozarla. El ruido era muy extraño, era intenso pero casi inaudible, más que escucharlo lo notaba latir, como el bajo de un *subwofer* muy potente. Las ondas le resonaban en la caja torácica y le revolvían las entrañas con una mezcla de odio y furia.

El submarinista se recordó a sí mismo avanzando por la calle principal del pueblo abandonado hasta llegar a la fuente del sonido: un grupo de visitantes que los observaba con más curiosidad que miedo. El gordo había sido el primero en llegar e intentaba abalanzarse sobre ellos con torpeza. Era un blanco fácil de esquivar. El segundo en llegar había sido Gorka, que se detuvo indeciso a unos metros del grupo para escoger mejor a su presa. Después había aparecido Lidia a su lado, con su misma mirada de odio en los ojos. La gótica ni siquiera le prestó atención, pasó a su lado con paso lento pero resuelto con los visitantes como objetivo. Un momento después apareció un cuarto zombificado y luego un quinto. En pocos minutos se reunieron cerca de una docena alrededor de sus incrédulas presas. Los visitantes, que al principio los habían recibido con una sonrisa en los labios, ahora se movían con rapidez para esquivar los pausados pero continuos ataques con unas risas cada vez más nerviosas. Tenían lo que habían venido a buscar: una horda de muertos vivientes les estaba asediando. Pero todavía no eran conscientes de la verdadera naturaleza de aquel juego. Cuando uno de los no muertos consiguió aferrarse con fuerza al brazo de una chica y le arrancó la manga de la cazadora de cuajo, la escena adquirió un nuevo cariz.

—¿Sabes lo que cuesta esta chaqueta? —exclamó la pelirroja— ¡Es de Balmain, cojones!

La chica intentó recuperar la manga rota de las manos de su agresor errante. Su semblante había pasado de la diversión a la indignación en pocos segundos y cuándo el zombi le agarró del brazo desnudo clavándole las uñas negras hasta el hueso, su cara plasmó el miedo más atroz. Se zafó de la garra como pudo y salió corriendo entre chillidos histéricos como si estuviera en el primer día de las rebajas. El miedo se contagió por el grupo de visitantes como una descarga eléctrica por un suelo mojado. Ahora que sabían de lo que eran capaces, ya no les resultaba tan fácil esquivarlos. Algunos de los degradados consiguieron agarrar alguna camiseta o cabellera, pero los visitantes consiguieron escapar dejando atrás mechones de pelo y jirones de ropa.

La horda corrió tras ellos de forma lenta y descoordinada hasta que los perdieron de vista. Aunque no podían verlos, todavía podían sentir su presencia resonando en su interior. El zumbido del odio se había amortiguado pero no había desaparecido, todavía se escuchaba lo suficiente para mantener la llama de la ira encendida y para que los zombificados pudieran seguir su rastro. Gorka no tenía la mente tan lúcida como para deducir el siguiente movimiento de los recién llegados, si no habría deducido con facilidad hacia dónde se encaminaban. No era difícil de adivinar, estaban siguiendo la misma ruta que habían seguido ellos mismos una semana atrás: de la recepción del parque hasta el pueblo y, una vez allí, la primera parada era el bar. Pero el submarinista ya no pensaba de forma coherente, ahora pertenecía a una horda de muertos vivientes. No pensaba, tan sólo actuaba. Ya no era un individuo, ahora era parte de un todo. Una ola más en la marea de muerte que se abalanzaba hacía sus víctimas pausada e inexorablemente.

Llegaron a la taberna cuando empezaba a anochecer. Desde fuera podían sentir como sus collares zumbaban con intensidad de un modo inaguantable. Algunos de ellos empezaron a romper los cristales que todavía quedaban en las ventanas —seguramente algún técnico del parque se encargaba de reponerlos de forma periódica— y los visitantes dieron la voz de alarma. Si el plan hubiera estado preestablecido, la horda se habría separado para cubrir todas las salidas del bar. Si hubieran tenido un mínimo sentido de estrategia militar habrían aprovechado el factor sorpresa. Pero ahora eran zombis y actuaban como tales, el zumbido grave que resonaba en sus cabezas les hacía bajar varios enteros en la escala del coeficiente intelectual. Los zombificados delataron su presencia, los visitantes tuvieron tiempo para pensar y lograron escapar por la puerta de atrás cargados de comida y bebida —otro tanto a favor de los reponedores del parque—. El último de ellos, botella de vodka en mano y ataviado con un mastodóntico sombrero mexicano, intentó hacer reír a sus compañeros y se acercó al zombi más cercano con la intención de ataviarlo con el sombrero. Algunos de sus amigos se llevaron la mano al bolsillo de forma instintiva para sacarle una foto con el móvil, no recordaban que se habían visto obligados a dejarlos todos a la entrada del

151

parque. El gracioso del grupo menospreció la velocidad del zombificado —o más bien los efectos del alcohol sobre sus propios reflejos— y vio como una garra se cerraba con fuerza sobre su brazo. Intentó zafarse en vano y cayó al suelo en el forcejeo. En poco tiempo el resto de zombis se había reunido alrededor del caído y una docena de manos se aferraban sobre su cuello entre gritos de terror. Sus amigos no sabían cómo actuar, algunos habían empezado a reír al ver la facilidad con que lo atrapaban, pero después, cuando éste había empezado a chillar como cerdo en plena matanza, todos habían quedado en silencio y observaban la escena en silencio.

—¿Pero no vais a hacer nada? —les gritó indignada la chica a la que le habían arrancado la manga de la chaqueta—. ¿No veis lo que le están haciendo?

En realidad ninguno podría ver que hacía la horda con su amigo, ya que los cuerpos de los zombis agazapados ocultaban por completo al visitante abatido, pero los gritos que éste profería les hacían pensar en lo peor.

—Parece que sólo quieren arrancarle el collar —afirmó uno de ellos sin demasiada convicción.

—Pues a mí no me van a tocar si un pelo —respondió un tercero antes de echar a correr.

—No podemos dejarle ahí tirado —les gritó la chica a sus amigos antes de que el grupo entero se diera a la fuga.

—No le pasará nada. Vendrán a buscarlo y lo sacaran del parque. Ya lo veremos al salir… yo no he pagado por un fin de semana entero para que me echen nada más entrar.

Antes de que el grupo huyera, la horda logró arrancar el collar de su víctima y cuando su sonido cesó, volvieron a prestar atención en sus compañeros. Cuando empezaron a reptar hacia ellos, el grupo entero corrió calle arriba lo más rápido que pudo. En unos segundos los perdieron de vista y tras unos minutos el rumor de sus collares enmudeció. Sin el zumbido, la fiebre de la caza se convirtió en un sudor frío que se escurrió por sus pieles muertas y macilentas para secarse poco después con el viento de la montaña. La sed de sangre había desaparecido pero no las ganas de beber. Antes o después, volverían a dar con ellos.

Gorka recordaba la escena cada vez con más precisión. Las lagunas de su memoria empezaban a llenarse con rapidez. El caudal de recuerdos fue tal que una arcada de repugnancia le recorrió de arriba abajo. Recordó el sombrero mexicano pisoteado, la botella de vodka derramada y la cara del chico llena de sangre y mordiscos. Le habían arrancado el collar y éste se había silenciado, pero los daños colaterales habían sido excesivos. La horda se había ensañado con el visitante. ¿Quizás la sangre que ahora estaba saboreando era de aquel pobre chico? El submarinista contuvo las náuseas de nuevo e intentó escupir la sangre que le inundaba el paladar. ¿Era posible que hubiera atacado a mordiscos a aquel individuo? Intentó recordar el origen de la sangre, volvió a visualizar al visitante tendido en el suelo y visualizó como algunos de sus compañeros de horda habían intentado arrancarle el collar con los dientes y en plena refriega habían mordido más allá del caucho. Los zombis habían conseguido arrancar la fuente de los infrasonidos tras un largo forcejeo y una vez lo consiguieron el ruido cesó. Los amigos del visitante no tardaron en alejarse para no convertirse en nuevas víctimas. Tan pronto como la frecuencia dejó de sonar, la ferocidad de los zombificados también lo hizo y el visitante consiguió escapar de su abrazo. Una vez liberado, se palpó el cuello y al ver la sangre empezó a proferir una larga colección de improperios sobre la horda. Los zombificados ya no tenían los ojos inyectados de furia, sus movimientos se habían vuelto a ralentizar y su víctima volvió a sentirse segura de sí misma. Lleno de odio, se acercó al zombi que tenía más a mano y le profirió un puñetazo de lleno en pleno tabique nasal.

La nariz de Gorka explotó en dos haces de sangre oscura. Los priones de la degradación amortiguaron casi todo el dolor, pero aún y así el submarinista sintió un calor lejano en sus senos nasales. Cinco minutos después se encontró solo, en plena calle mayor y con la boca llena de su propia sangre. Ahora que sabía que la sangre que se había tragado era suya, una sonrisa de tranquilidad se dibujó en su rostro macilento.

Una sonrisa que en la deformada cara de un muerto viviente se convertía en una expresión más que perturbadora.

31. Marc

Los trastornos sensitivos son difíciles de evaluar
pues no hay modo de objetivar o de apreciar lo
que otro individuo dice sentir, y por eso hay que
tomar muy en cuenta factores de personalidad,
cultura, estado de conciencia, e incluso de ánimo,
del paciente, para obtener conclusiones adecuada.

Stephens K., Conrad.
Semiología de los síndromes sensitivos. Cap. 4

Al profesor le costaba recordar cómo era antes de la enfermedad. La
recuperación estaba siendo lenta y dura. Más del ochenta por ciento de
su epidermis continuaba insensible al tacto —tan sólo había recuperado
la sensibilidad en algunas partes como los labios, las axilas o las ingles—.
Las yemas de sus dedos continuaban tan dormidas como sus esfínteres,
lo que se derivaba en una serie de incómodos problemas: desde la incontinencia a las quemaduras accidentales. Una taza de té hirviendo era un
riesgo potencial que no se podía evaluar hasta que no se la llevaba a los
labios. Cuando notaba el peligro ya tenía las manos llenas de ampollas
y la laringe en carne viva. Algunas veces las heridas, tanto quemaduras
como pequeños cortes, le pasaban inadvertidas varias semanas y, en ocasiones, habían derivado en infecciones serias. Una vez había llegado,
incluso, a dislocarse un pulgar poniéndose un jersey: el dedo se le había
enganchado en la manga y había tirado de él hasta distender el ligamen-
to. No se había dado cuenta hasta que no había visto el pulgar colgando. Estos pequeños accidentes le hacían sentir ridículo a los ojos de los
demás, casi más que por los pañales para adultos que se veía obligado

154

a llevar. La incontinencia era un mal predecible, pero autolesionarse sin darse cuenta era todavía peor.

El tacto no era el único sentido que estaba luchando por recuperar, Marc también había perdido el olfato y, por añadidura, el gusto. Ambos sentidos están ligados de forma muy estrecha. La lengua es capaz de detectar cuatro tipos de gustos —dulce, amargo, salado y agrio— pero es la combinación de estos cuatro gustos básicos con los olores lo que nos hace percibir realmente el sabor de los alimentos. Si nos ponen una cucharada de canela en la boca con los ojos cerrados y nos tapan la nariz, seremos incapaces de identificar un sabor tan característico. Sin el olfato, el profesor Rivera perdía tres cuartas partes de su paladar, pero eso no era lo peor. Su incapacidad olfativa era una fuente más de inseguridad, ya que era incapaz de detectar los malos olores. Cuando se hacía las necesidades encima no sólo no lo notaba, ni lo olía, ni siquiera era capaz de palpar el peso del pañal con sus yemas atrofiadas. El único modo que tenía para averiguar si andaba con la entrepierna llena de heces era meter un dedo discretamente y observar si estaba sucio o mojado. Era un método sucio pero infalible y había depurado la técnica de tal modo que era casi imperceptible. A todas estas secuelas se le unía la soriasis. Su piel no era sólo insensible, también se había apergaminado de tal modo que algunas zonas de su cuerpo parecían dignas de un elefante purpúreo. Pese a lo visible de la afección, este era el síntoma más fácil de tratar de los que sufría. Aunque resultaba casi imposible erradicarla por completo, existían diversos tratamientos de medicina estética que estaban resultando muy eficaces para combatirla. A pesar de ello, Marc se negó a someterse a ninguno. Lo consideraba un mal menor con el que podía convivir. Le resultaba superfluo combatir algo que sólo afectaba a su apariencia cuando había zonas de su sistema nervioso que podía perder para siempre. El resto de los tratamientos los seguía escrupulosamente.

El doctor Hernández le visitaba dos veces por semana y seguía administrándole concienzudamente las nanopartículas zona a zona para conseguir que se extendieran poco a poco y de forma controlada por todo el sistema nervioso. Su esperanza era que todas las neuronas afectadas se libraran de la capa de priones sintéticos, sin que las proteínas normales se vieran afectadas. El método había funcionado bien en una primera instancia con el tejido cerebral, pero con la recuperación del sistema nervioso periférico parecía que estaban llegando a un punto muerto. Tanto el doctor como el profesor lo sabían, pero ninguno se atrevía a manifestarlo.

—¿No será contraproducente alargar tanto un tratamiento del que sabemos tan poco? —verbalizó Marc unas semanas después de la operación.

—Es posible —se limitó a contestar el cirujano.

Lo cierto es que el doctor Hernández era un prestigioso neurocirujano, pero sus conocimientos de bioquímica molecular eran básicos. Marc, en cambio, era un experto mundial en el tema. Sin embargo, ambos habían aceptado sus roles de médico y paciente y no querían inmiscuirse en el trabajo del otro, ya fuera por respeto o por cortesía. Así que, aunque el tratamiento hubiera agotado ya su margen de mejora, continuaron con él. El profesor Ribera tenía muy poco a lo que agarrarse. Con el cuerpo insensible al placer y al dolor, el sentido del gusto y del olfato echados a perder, esclavizado a las exigencias de la incontinencia, insomne y con una carrera arruinada, solo había una cosa que le mantenía las ganas de vivir: Anna. Si seguía con el tratamiento era por su insistencia.

Su antigua ayudante le visitaba cada día. A veces sólo le traía el periódico y charlaban, otras intentaba sacarlo a pasear, cuatro veces por semana le ayudaba con su rehabilitación y ejercitaba su memoria con ejercicios psicotécnicos. Algunos de ellos los había diseñado él mismo tiempo atrás para trabajar con demencias seniles. Los había desarrollado en los primeros estadios de la enfermedad de su padre y algunos habían terminado en los libros de texto. Le producía una sensación muy extraña que ahora se los aplicaran a él mismo—imaginaba que Anna desconocía ese hecho y tampoco quiso ponerla en un compromiso—. Tampoco le gustaba salir de la clínica, aunque sólo fuera para pasear por los jardines que la rodeaban. Sentía que todos miraban su piel ennegrecida, que se tapaban la nariz por el hedor de sus pañales de adulto o que algún colega se burlaba de cómo había terminado. En realidad, los jardines estaban llenos de pacientes en peor estado que él, pero ninguno con tantos complejos como el profesor. Marc había perdido el ímpetu del investigador: la fuerza del hijo que quería encontrar la cura para la enfermedad de su padre y su hermano. Ahora era un perdedor avergonzado y llevaba la marca del fracaso marcada en su piel, como una gran letra escarlata.

—¿Todavía no te ha llamado nadie? —le preguntó Marc mientras paseaban.

—No, todavía no —le mintió Anna.

El profesor había llamado a todos sus colegas —haciendo acopio de valor— para conseguirle un nuevo trabajo a su antigua ayudante. Le había hecho prometer que en cuanto le surgiera una buena oferta, la aceptaría sin pensar en nada más. Siempre le repetía el mismo discurso: que él había echado a perder su carrera pero ella todavía tenía futuro en su campo de investigación; que no le debía nada y que ya había hecho mucho más de lo necesario por él.

No quería ser un lastre en su carrera.

32. Anna

Feliz aquel que lleva consigo un ideal, un Dios
interno, sea el ideal de la patria, el ideal de la
ciencia o simplemente las virtudes del Evangelio.

Epitafio de Louis Pasteur

Anna asentía en silencio cada vez que escuchaba la murga del profesor y reiteraba que nadie le había llamado ante su incredulidad. Lo cierto es que había recibido muchas ofertas pero todas de otras ciudades, algunas incluso del extranjero, y aceptarlas suponía incumplir la promesa que le había hecho a Diego. Éste había confiado en ella para que siguiera la recuperación de su hermano de cerca y ella tenía pensado cumplir su palabra.

Hacía meses que no tenía noticias suyas. Anna imaginaba que el Holandés debía haber desatendido sus negocios mientras buscaba una cura para su hermano y, una vez que éste estuvo fuera de peligro, había tenido que recuperar el terreno perdido. Diego había invertido muchos recursos para montar el laboratorio de campaña y para abastecer la investigación de todo lo necesario —incluida la extraña sustancia israelí que había obrado la magia—. No le habría resultado barato. Así que Anna no le reprochaba que durante aquellos meses se hubiera volcado tanto en su empresa como para no poder visitar en persona a su hermano. Según el profesor, Marc le llamaba cada semana para ver como se encontraba —aunque Anna no había estado presente en ninguna de estas ocasiones—. Tras seis meses sin tener noticias de Diego, una mañana al llegar al hospital lo encontró conversando con su hermano.

—Cómo pasa el tiempo —le dijo él como si tal cosa.

—Para unos más rápido que para otros —contestó Marc con un deje de sarcasmo que Anna interpretó como una broma entre hermanos.

—Tienes razón. Y para unos mejor que para otros —le contestó Diego echándole una mirada a su hermano de arriba abajo. Con la bata de la clínica, las zapatillas y los pantalones hinchados por los pañales, Marc no ofrecía su mejor estampa—. Me refería a Anna, naturalmente.

Ninguno de los tres llegó a reír, aunque en otras circunstancias lo habrían hecho de buena gana. Se limitaron a sonreírse durante unos instantes. Después Diego se levantó de la butaca y la abrazó. El peculiar perfume de sol y coco del Holandés contrastaba con el de su hermano. Él aprovechó el abrazo para susurrarle algo al oído.

—¿Podrías dejarnos a solas un momento?

—Si os parece voy a la cafetería a por unos cafés —le respondió Anna en voz alta— Os dejo aquí para que os pongáis al día.

—¿A mi podrías traerme un té de Ceilán? O de lo que tengan —le pidió el Holandés.

Anna respondió con un gesto afirmativo, luego miró a Marc pero este no quiso nada. Salió al pasillo con las mejillas sonrojadas. Temía haber reaccionado como una quinceañera, ya no recordaba el extraño influjo que aquel tipo tenía sobre sus hormonas. Mientras avanzaba hacia la cafetería, sin prisa, se sorprendió pensando en si el jersey que llevaba puesto la favorecía.

«De haber sabido que se presentaría hoy aquí, me habría puesto el traje chaqueta que compré para la conferencia sobre *Alteraciones en la perfusión cerebral*».

Casi media hora después, sosteniendo una bandeja con un té de sobre frío y dos cafés descafeinados helados —y después de haber pasado por el baño para arreglarse un poco—, Anna llegó a la puerta de la habitación de Marc. Estaba cerrada. Nunca la había visto así. Le llegaron voces airadas del interior. Golpeó con los nudillos con timidez y los gritos cesaron de pronto. Cuando entró los dos hermanos estaban en silencio. Diego había perdido su habitual posado ufano y, por primera vez, Anna vio reflejada la edad que tenía. Marc tenía el rostro pétreo, insensible por dentro y por fuera.

—Creo que no voy a tomarme ese té —le dijo el Holandés mientras recogía sus cosas—, de todos modos gracias… —y justo antes de salir por la puerta añadió— por todo. Espero que nos volvamos a ver muy pronto.

Diego salió de la habitación sin decir nada más y sin despedirse de su hermano. La investigadora se sentía muy incómoda. No sabía cómo actuar. Marc notó su incomodidad y, no sin esfuerzo, consiguió arrancar un gesto amable de su cara marcada por la enfermedad.

—Ya es hora de que aceptes la oferta de París —le dijo con una mirada de inmensa gratitud—. Voy a darme de alta.

33. Gorka

Una característica principal del *jiang shi* es que
esta criatura debe desplazarse a saltitos, puesto
que el rígor mortis hace que esté tan rígida que
no puedan estirar ni alargar sus extremidades.

Jiang shi, los muertos vivientes de China.
Revista Ecos de Asia. Marisa Peiró Márquez

A vista de pájaro, Gorka parecía un pelele de paja abandonado en uno de
los pocos campos de cultivo del valle que la naturaleza todavía no había
reclamado para sí. Los rayos horizontales del sol ofrecían una panorámica idílica del collado a aquella hora del día. Unos minutos después, el sol
se ocultaría por el cerro de enfrente y la Vall Fosca se bañaría de nuevo
en la luz mortecina que la caracterizaba.

El submarinista llevaba horas inmóvil en la misma posición. El tiempo de la caza había pasado. Habían sido dos días intensos de batidas,
persecuciones y excitación, pero los zumbidos se habían silenciado. El
fin de semana había llegado a su fin y la mayoría de los visitantes habían
abandonado el parque. En los días laborables había muy poco movimiento en el complejo, aunque a veces se presentaba allí alguna empresa
con ganas de estrechar vínculos entre sus trabajadores o algún solitario
con ganas de disfrutar de la experiencia sin otra compañía que la de los
zombificados. Pero Gorka era ajeno a todo aquello, ni siquiera sabía en
qué día vivía —si es que estaba vivo—. Tan solo esperaba una señal para
volver a entrar en acción.

Después de horas y horas, plantado en medio del campo, sin mover
un músculo, su cuerpo estaba agarrotado. Si hubiera sido capaz de notar

las piernas, habría sufrido unos calambres atroces, pero ahora era ajeno al dolor. Tan solo sabía, por propia experiencia, que si decidía adoptar una postura más cómoda le costaría recuperar la verticalidad. Los degradados no se sentaban porque, con el sentido del equilibrio afectado y las articulaciones medio atrofiadas, les costaba mucho levantarse. Si caían al suelo, podían estar días enteros arrastrándose hasta dar con alguna rampa o desnivel que les ayudara en la maniobra. Su equilibrio era tan precario que el caminar desacompasado de muchos de ellos no era más que una forma de mantener la verticalidad, como si fueran unos *hippies* andrajosos colgados de peyote en medio del desierto. El gordo calvo era uno de ellos. En esos momentos cruzaba el viejo campo de trigo haciendo bambolear sus michelines llenos de llagas, mientras las espigas secas se le pegan a las piernas. Para Gorka aquello era un espectáculo inigualable.

Se había pasado el día al sol, aunque su piel estaba fría y mortecina. Por dentro, en cambio, la sangre le hervía. Era uno más de la plaga. Era consciente de que todo aquello no era más que una ilusión, una cara representación del Apocalipsis, pero estaba tan bien recreada... Si todo hubiera sido verdad, si su cuerpo hubiera sido infectado para volver a la vida después de morir, las sensaciones que habría experimentado habrían sido muy similares a las que entonces sentía —siempre que un zombi pudiera sentir o ser consciente de su estado—. No tenía que preocuparse por el hambre ni la sed, de ello se ocupaba la carga de su colon. Tampoco necesitaba dormir, se limitaba a entrar en estados de semiinconsciencia a menudo y con eso tenía suficiente. Ni siquiera sentía frío por las noches, ni se abrasaba de calor a pleno sol. No le preocupaba el trabajo, ni los impuestos, ni el resto de sus responsabilidades... todas ellas habían quedado aparcadas fuera del parque. Tampoco el sexo resultaba un problema. Lidia había sido una de las causas que le habían arrojado a aquella situación, pero la degradación parecía actuar a modo de bromuro: Gorka no había tenido ninguna erección desde su transformación. Incluso el paso del tiempo había dejado de tener importancia para él. Sin una hora de comer, ni de dormir, ni de trabajar, su reloj biológico estaba desorientado. Sólo había periodos de luz y oscuridad, de caza y reposo. Ni siquiera el miedo entraba en la ecuación, ya que ellos mismos eran la máxima encarnación del terror.

Gorka se encontraba en un estado de paz parecido al de los ascetas indios. Lidia le había hablado de los «santos desnudos» antes de la degradación. De cómo los miembros de la secta hindú de los *naga sadhus* decidían abandonar el mundo material y renacer en el espiritual para vivir al margen de la sociedad a los pies del Himalaya. Algunos llegaban a celebrar su propio funeral: se deshacían de todos sus bienes y documentos y el Estado indio llegaba a reconocerles su muerte legal. Algunos los llamaban «los muertos vivientes indios». Igual que ellos, Gorka estaba en paz consigo mismo.

Cuando el azul violáceo del atardecer estaba a punto de tornarse en negro, otra figura irrumpió en su campo de visión. Era Lidia. No la había vuelto a ver desde que sintieron el zumbido de los collares por primera vez, tampoco la había echado de menos desde entonces. Pero ahora que la veía avanzar con su caminar lento y desgarbado, se preguntaba por qué no lo había hecho. Su lividez se realzaba con la luz púrpura del ocaso y su figura delgada envuelta en gasa rasgada y lino viejo resultaba de un atractivo perturbador. Sus medias de rejilla rotas alargaban hasta lo inimaginable unas piernas que terminaban abruptamente en unas botas negras demasiado grandes. Aunque su instinto sexual estaba de vacaciones, Gorka no pudo evitar imaginarse arrancándole el traje de novia victoriana con los dientes. Pero la imagen de sí mismo que proyectaba en su fantasía era la del deportista bronceado. Ahora era otro.

Cuando estuvo sólo a un par de metros, Lidia reconoció en el submarinista un rastro de lujuria bajo la máscara mortuoria de su degradación. Ella le sonrió de forma casi imperceptible. Su cara llena de pústulas apenas cambió de expresión, pero Gorka supo identificar en ella el gesto de una leona en celo. Ninguno de los dos estaba excitado, tan sólo flirteaban para recordar lo que habían dejado aparcado. Pero aquello era algo que tendría que esperar, ahora eran muertos vivientes y estaban a la espera de carne fresca.

La gótica pasó de largo juguetona, balanceando su cuerpo macilento como solo una zombi auténtica podría hacer. Gorka observó como arrastraba la cola del vestido entre la paja mientras se alejaba. De espaldas casi parecía una novia normal. Una novia como la de su hermano.

«La boda. Soy el padrino».

Gorka perdió por un momento el precario equilibrio que había mantenido durante horas y tuvo que dar un pequeño paso al frente para no caer. El disfraz biológico del que tanto estaba disfrutando le pareció de pronto asfixiante. Mientras Lidia se alejaba de él, un millón de preguntas le estaban asaltando y ni siquiera podía pensar con claridad. ¿Cuánto tiempo llevaba allí metido? ¿Lograría llegar a la boda? ¿Cuánto tardaría en recuperar su aspecto normal? ¿Podría salir de allí sin necesidad de arrancar un collar?

Se puso en marcha en dirección al edificio de recepción. Si había alguien controlando todo aquello debía de estar en ese edificio. Por el camino intentó calcular de cuánto tiempo disponía. Su hermano iba a celebrar la boda tres semanas después de la despedida —por suerte aquello no era una película americana en la que se casaban al día siguiente de la despedida y metían al novio en un tren para que llegara justo antes del sí quiero—. Tenía cierto margen de maniobra, pero el problema era que no sabía cual: Gorka había perdido por completo su sentido del tiempo. Allí no había calendarios, móviles, televisores, periódicos, ni relojes que consultar. De lo único que estaba seguro era que había pasado tres días en la estación Fénix preparándose para la degradación. Desde que el proceso se había iniciado, los días y las noches se volvían confusos. No había dormido desde entonces, tampoco había comido ni se había duchado, ninguna de sus rutinas habituales le servían para contar el tiempo. Quizás llevaba ya una semana allí dentro o a lo mejor más. Esperaba que en la masía de recepción alguien pudiera decirle en que día vivía, pero cuando llegó allí no había nadie. Todas las puertas estaban cerradas y nadie respondió a su llamada, que consistió en un grito ronco y sordo acompañado de unos cuantos puñetazos.

Al otro lado de la valla que separaba el recinto del mundo exterior podía ver el aparcamiento. Tan solo había un par de vehículos aparcados. Gorka recordó que algunos ordenadores de abordo incluían un pequeño calendario en el salpicadero. Si pudiera acercarse y echar un vistazo habría sabido por lo menos que día era, pero la alambrada que tan fácil de saltar le había parecido al llegar, ahora se asemejaba a un muro inexpugnable. Su condición de muerto viviente tenía muchas ventajas pero la agilidad no era una de ellas. El submarinista se dio media vuelta y registró todo el pueblo en busca de algún reloj o calendario donde obtener una fecha, pero descubrió que todos ellos databan de 1986. Una vez más, se le hacía evidente la meticulosidad con la que habían trabajado los creadores del parque: incluso los calendarios que colgaban del viejo taller mecánico eran de Samantha Fox. Lo que Gorka ignoraba era el porqué de aquella fecha —se debía a la película *La Noche del Cometa*, en la que todo aquel que observaba la estela del cometa Halley terminaba convertido en zombi—.

164

Lleno de frustración, el submarinista puso rumbo al único lugar del recinto que le quedaba por explorar: la estación Cíclope, el lugar hasta el que había seguido a la zombificada del pecho amputado durante su primera noche. Allí había una sala de control y debía de haber alguien observando los centenares de cámaras que tenían instaladas por el parque. Seguramente en aquel mismo momento, le estarían observando a él.

Llegó después de una caminata que se le hizo eterna. En algunos tramos de la inclinada ascensión pensó que iba a perder la verticalidad, pero consiguió mantenerse en pie. Le costó encontrar el punto exacto donde se ocultaba la puerta de la estación, pero al final la encontró, camuflada en la roca desnuda y coronada por una pequeña cámara en forma de piedra. Volvió a gritar y a golpear la puerta con todas sus fuerzas, pero no consiguió nada. Recordó que la vez anterior había tenido que amenazar con romper la cámara con una roca para que la puerta se abriera. Así que se agachó para recoger una roca del suelo, no era un movimiento fácil, alargó el brazo hasta rozar una con los dedos, se estiró un poco más… y cayó. Rodó pendiente abajo un largo trecho, chocó contra los eslabones de piedra y acabo con la cara en el barro.

No iba a conseguir nada llamando a ninguna puerta, si quería salir de aquel lugar tenía que conseguirlo por sí mismo.

34. Juan

Ha venido en una buena noche.
Esta noche los espíritus están contentos.

La serpiente y el arcoíris.
Dir. Wes Craven, 1988

Se terminó de vestir como pudo: camiseta negra, cazadora unisex llena de aros y argollas y unos pantalones negros apretados. No era fácil moverse en un taxi y más con una casi desconocida al lado. Pese a todo y para ser ropa de chica, a Juan no le quedaba mal el conjunto. Olga utilizó su maquillaje de viaje para darle una base blanca y un poco de sombra de ojos gris marengo —el vehículo se movía demasiado para atreverse con el *rimel*—. El hermano de Gorka no se podía creer que una hora antes estuviera en casa tranquilo intentando conciliar el sueño y ahora estuviese en ese coche disfrazado. Olga había insistido en verle, aunque fueran las cuatro de la madrugada.

—¿No podemos hablarlo por teléfono? —le había preguntado Juan en pijama resistiéndose a salir de casa.

—No, te pasaré a buscar en media hora —sentenció Olga tajante—. Hay algo que tenemos que hacer.

—Oye, oye… espera un segundo. ¿Sabes la hora que es? Mi novia se va a asustar si salgo a esta hora... Pensará que pasa algo.

—Y está pasando.

—Bueno, yo no estoy tan seguro de eso. Quizás estemos precipitándonos y realmente los dos estén pasándolo de fábula por la costa croata…

—¿Cuántos mensajes le has dejado a tu hermano en el móvil en las dos últimas semanas?

—Muchos.

—¿Y cuántos te ha contestado?

—Ninguno —respondió Juan—. Debe estar sin cobertura.

—Bien ¿y si te digo que puedo hacer que te conteste ahora mismo?

Olga no se creía que dos adictos a las tecnologías como Gorka y su amiga pudieran estar más de una semana sin móvil. Se había documentado y averiguó que más del ochenta por ciento del territorio mundial estaba dotado de cobertura. Los problemas de comunicación solían producirse en alta mar por falta de repetidores, pero a unos cuantos kilómetros de la costa se podían realizar llamadas sin problemas. Si estaban navegando de playa en playa no podían estar sin cobertura tanto tiempo.

—Envíale un mensaje a tu hermano diciéndole que estás muy preocupado por él y que vas a denunciar su desaparición a la policía —le instó Olga.

—No creo que tengamos que llegar a esos extremos…

—Tú hazlo. Tírate el farol.

Así lo hizo. Sin demasiada fe en que le respondiera —y más a aquellas alturas de la madrugada—, Juan le envió un mensaje a su hermano avisándole de que iba a denunciar su desaparición.

Dos minutos después recibió una respuesta. Era un mensaje corto e impersonal pero provenía del móvil de su hermano: «no t preocups stoy bien. todo OK x aki». Al momento, intentó llamarle para hablar con él. Todavía debía tener el teléfono a mano y con cobertura. Dio señal, pero no lo cogió. Lo intentó sin éxito un par de veces más y luego llamó a Olga.

—¿Te ha contestado verdad?

—Sí, lo ha hecho.

—¿Has intentado hablar con él?

—Sí…

—…pero no te lo ha cogido —añadió Olga sin dejarle continuar.

—No.

—¿Y no te parece extraño?

—Sí, pero no como para salir de casa a estas horas —le dijo Juan cansado de tantas preguntas.

—No, no hay que preocuparse —le dijo Olga con cinismo—. Ese mensaje lo podría haber escrito cualquiera, pero no pasa nada. Podrían haber secuestrado a tu hermano, pero tranquilo. Seguro que está pasándoselo de puta madre en su barco con mi amiga. La que, por cierto, no ha pisado una playa en su vida.

—Eso no quiere decir que… —intentó cortarla Juan.

—No quiere decir nada o lo quiere decir todo. Lidia tampoco dio ninguna señal de vida hasta que me presenté en la comisaría y entonces, por arte de magia, me llama. Tú te pasas dos semanas llamando a tu hermano y cuando mencionas a la policía te contesta en un segundo a las tantas de la noche. ¿Sigue sin parecerte extraño?

Juan empezaba a tener dudas. No tanto por aquel mensaje, que más que inquietarle le había tranquilizado, sino por el comportamiento de aquella chica. Olga parecía muy nerviosa, parecía saber algo más que no se atrevía a revelarle y le pedía que fuera a verla a altas horas de la madrugada. Sentía curiosidad. Aceptó.

—Te pasaré a buscar en veinte minutos. ¿Qué tallas usas?

La gótica se presentó en la puerta de su casa cinco minutos antes de lo acordado. Vestida y maquillada siguiendo las últimas tendencias *dark* y con una bolsa con algunas prendas de la talla de Juan. El hermano de Gorka se resistió a cambiarse dentro del taxi y menos todavía delante de ella.

—Hoy tenía pensado salir sola. Si hubiera sabido que me acompañarías habría cogido prestadas algunas cosas de la tienda, pero esto es lo que tenía más a mano. Póntelo.

—No creo que haga falta…

—Yo sí lo creo. Últimamente estoy haciendo demasiadas preguntas y no quiero llamar la atención más de la cuenta.

—Pues esto no es muy discreto que digamos —respondió Juan mientras sacaba una camiseta de rejilla de la bolsa.

—Donde vamos sí lo es. Vístete, por favor.

Juan obedeció, aunque no acabó de saber por qué lo había hecho: ¿por su hermano o porque no sabía decir que no a una mujer? Aunque el imaginario gótico siempre le había atraído, nunca había acumulado el valor suficiente como para vestirlo. Lo cierto es que no se sentía demasiado extraño, teniendo en cuenta que era ropa de chica. Cuando Olga terminó de aplicarle un maquillaje básico, le gustó lo que vio en el reflejo de la ventanilla trasera del taxi. Sentía una extraña fuerza, similar a la que experimentaría un cazador *masai* pintándose antes de una batida de caza.

—Estoy listo. ¿Ahora me puedes explicar qué hago aquí con estas pintas cuando tendría que estar en mi cama durmiendo?

—Estás aquí porque estás preocupado por tu hermano. Porque todo el mundo te dice que no pasa nada, que no te preocupes… pero tú notas algo raro. Ves cosas que no te encajan, ¿verdad?

—Hablando de cosas que no encajan, ¿cómo sabías que mi hermano contestaría al mensaje?

—No lo sabía, pero lo intuía. Me tiré un farol —le respondió Olga con una sonrisa pícara que adquiría un tono siniestro en su rostro maquillado.

—¿Sabes algo en realidad? ¿O sólo querías un acompañante? —contestó él irritado.

—Sé mucho y no sé nada. He escuchado muchos rumores sobre el parque donde nos conocimos… gente que se lo pasó genial, gente que no tanto y otros que nunca han vuelto.

Olga le explicó que había pasado las últimas semanas recorriendo todos los locales de su círculo preguntando por Zombis Resort. Habían escuchado muchas historias sobre aquel lugar antes de visitarlo, tantas y tan dispares, que en un principio habían dudado incluso de su existencia. Cuando averiguaron que era un lugar real, no dudaron en visitarlo. Ahora que lo conocía de primera mano, sabía por qué la gente hablaba de él en susurros, siempre por terceras personas. El secretismo del lugar, su aura de pueblo perdido, la ausencia de personal, su extraño hermetismo… Todo aquello hacía que, incluso los que lo habían visitado, nunca hablaran de él en primera persona. Su existencia corría de boca en boca como un rumor macabro y, cómo tal, dependiendo de la fuente, una misma historia adquiría un tono épico o se dividía en mil versiones. Olga las había escuchado casi todas y a todos sus interlocutores les había enseñado fotografías de su amiga —con los diferentes *looks* y maquillajes que solía utilizar— para ver si alguien la había visto en los últimos días.

—Algunos la reconocen… Lidia es muy popular en algunos locales, pero nadie la ha visto desde que salimos del parque.

—¿Me estás diciendo que no tienes nada? ¿Sólo rumores y cuatro fotos gastadas?

—Tengo esto —le dijo la gótica enseñándole una carta de visita—. Alguien me la coló en el bolsillo anoche.

Juan observó de cerca la tarjeta. Pertenecía a un local de ambiente gótico de la ciudad: el *Undead*. En el reverso alguien había escrito: «No hagas tantas preguntas. Estás llamando la atención».

—¿Y no sabes quién pudo dártela? —preguntó el hermano de Gorka inquisitivo.

—No.

—Suena un poco amenazador, pero quien la escribió lo hizo por algo.

—Sí, por eso estamos aquí.

Justo en ese momento el taxi se detuvo. La calle Violant d'Hongría era una travesía muy estrecha y el vehículo tuvo que bloquear el tráfico mientras bajaban. Un grupo de personas que fumaba bajo el pórtico del *Undead* se quedaron mirando el peculiar modelito de Juan. Luego siguieron a lo suyo con indiferencia.

No era lo más raro que se podía encontrar allí dentro.

35. Gorka

Están cuidando de mí pero me tratan como
a un conejillo de indias... Ahora sé que no
dejaré esta isla, por lo menos no vivo.

Nueva York bajo el terror de los zombies (Zombie 2).
Dir Lucio Fulci, 1979

Todos los intentos de entablar comunicación con el personal del complejo habían resultado un fracaso. El submarinista siempre terminaba dándose de bruces con una puerta cerrada: en la recepción, en la estación Cíclope y en todos los lugares donde había presentido que podría haber alguien vigilándoles. Dentro del complejo no había nadie más allá de los zombificados y los escasos visitantes que en aquellos momentos merodeaban de un lugar para otro. No parecía haber nadie más. Dentro de sus alambradas y sus muros naturales no había ningún vigilante, supervisor o encargado de mantenimiento, aquel pueblo abandonado de los Pirineos recreaba a la perfección un apocalipsis zombi de muertos y supervivientes. Nada más. Tan sólo algunas cámaras de videovigilancia mal camufladas daban testimonio de que la vida seguía existiendo en el exterior. Pero para Gorka, incapaz de abandonar el perímetro de seguridad y preso de los imperativos de su nueva condición, aquel entorno representaba un fin del mundo muy real.

«La boda de mi hermano estará a punto de celebrarse... si no se ha celebrado ya. Está claro que nadie aquí va a echarme un cable. Quizás Lidia, pero no tengo forma de explicarle lo que pasa. Sólo hay un modo de salir... por mi propia mano. Arrancando uno de esos jodidos collares».

Llevaba varias horas alejado de los zumbidos y su mente funcionaba con un poco más de claridad. Después del intento infructuoso de entrar en la estación Cíclope y del precioso tiempo que dedicó a recuperar la verticalidad, lo vio claro. La única opción de salir de allí era siguiendo las reglas que les habían marcado. En condiciones normales podría haberlo hecho con los ojos cerrados. Gorka había dado algunas clases de taekwondo y dominaba un par de técnicas de inmovilización básicas que le habían sacado de algún apuro. Por experiencia propia, había descubierto que en las peleas de bar era más efectivo bloquear a un atacante que propinarle un puñetazo. Un tipo ágil y fuerte como él podía arrancarle sin problemas un collar a cualquiera, incluso con un brazo a la espalda.

«Pero ahora soy lento y torpe. Apenas me mantengo en pie y no tengo reflejos».

Incluso en ese estado, si se daban las condiciones adecuadas y con el factor sorpresa de su parte, Gorka estaba seguro de poder conseguirlo. Pensó en esperar a que uno de los visitantes se durmiera y tenderle una emboscada. Sin embargo, aquel zumbido lo hacía todo más difícil. Ya podía trazar el plan más perfecto, esperar escondido durante horas como un francotirador experto a que llegara la presa ideal, cuando oía aquel zumbido salía directo hacia su presa como un cervatillo cegado por los focos de una ranchera. Aquel ruido le nublaba el raciocinio, hacía que todo fuera más difícil, aquello era lo que le convertía en un verdadero zombi sediento de sangre pero también en un depredador lento y previsible.

«Si ese es el único problema, soluciónalo».

Tan simple y no había pensado en ello hasta entonces. Gorka se agachó con cuidado hasta que las puntas de sus dedos se hundieron en el barro del camino y extrajo un puñado de arcilla. Se taponó los orificios de los oídos como pudo —ahora que no tenía pabellones auriculares era como tapar agujeros de taladro con masilla—. No quiso pensar en la infección que aquello le podía provocar y confió en la carga de antibióticos que les habían inoculado. Esperaba que aquello funcionase.

Cuando llegó al pueblo, el barro ya estaba casi seco y se había endurecido dentro de sus tímpanos como el mejor tapón de silicona. Se escondió en los baños del bar y trazó un plan simple pero efectivo. Sabía que aquellos eran casi los únicos servicios de todo el complejo que todavía estaban operativos. En su primera visita habían optado por hacer sus necesidades al aire libre, detrás de un matorral o en algún callejón, pero las chicas se habían mostrado reticentes y habían tenido que visitar el bar de forma habitual. Gorka tan sólo tenía que esconderse en uno de

172

los baños y esperar que llegara una presa. Lo mejor habría sido hacerlo detrás de la puerta de entrada, así, una vez que su presa entrara, él podría bloquearle la salida y acorralarla en un rincón. Sin embargo, el espacio entre la puerta y la pared era muy estrecho. Decidió esconderse dentro de los habitáculos de los retretes y esperar a que alguien entrara. Un rápido movimiento y el collar sería suyo. El problema es que si antes de entrar miraban por debajo de la puerta le verían los pies con claridad.

«No va a ser fácil, pero tengo que subirme a la taza».

Invirtió casi media hora en conseguirlo. Caía de una pared a otra y los pies llenos de barro se le resbalaban por la superficie cerámica, hasta que al fin consiguió mantenerse en un equilibro precario con la espalda recostada en la cisterna y los brazos en las paredes. Ahora sólo le quedaba esperar.

Allí dentro, con la escasa luz que entraba por una pequeña ventana de cristales opacos, era muy difícil seguir el ritmo del día. Aquello, unido a sus biorritmos alterados, le hizo imposible saber cuántas horas tuvo que esperar a que llegara su víctima, pero sin duda fueron muchas. La buena noticia era que no había oído ningún zumbido desde que había entrado en el pueblo, los tapones parecían funcionar. A veces le parecía oír algún rumor lejano pero nunca con la suficiente potencia como para alterarle.

El barro de sus oídos tampoco le permitió oír al ruidoso grupo que entró en la taberna bien entrada la noche. No oyó los cristales rotos, ni las risas, pero sí que oyó el zumbido del collar de una de las chicas cuando ésta se acercó por el pasillo con intención de utilizar los baños. Gorka se puso tenso, se le resbaló un pie y se apoyó contra la pared para no caer. La visitante oyó el chasquido de la cerámica del inodoro y avisó a los demás. El grupo se detuvo ante la puerta y esta vez Gorka oyó el sonido de sus collares con claridad. Saltó del inodoro y cayó. Cuando los visitantes entraron en el baño se encontraron a un zombi revolcándose en el suelo intentando ponerse en pie.

Los tapones de barro no habían resultado ser tan efectivos como Gorka había esperado. El zumbido de los collares se había vuelto audible mucho antes de que entraran en los baños. Al submarinista le entró de golpe el ansia de atacar, olvidó la estrategia y lo precario de su equilibrio. Se abalanzó sobre la puerta del retrete, arrancándola de sus goznes, y cayó redondo sobre el frío suelo de mármol. El linóleo estaba tan húmedo y sucio que le resultó casi imposible levantarse. Todo había salido mal. Los visitantes se rieron de él durante un buen rato, le tiraron las sobras

173

de su comida e incluso le orinaron encima mientras él se revolvía de rabia alentado por los zumbidos de sus collares. Horas después de que se fueran, ya más calmado, consiguió arrastrarse hasta el exterior. No podía oler el rastro de orina que le habían dejado, ni siquiera le molestaba que todos los poros de su piel estuvieran obstruidos por la mugre del suelo de los retretes, pero se sentía sucio. Quería limpiarse de encima el fracaso y la humillación, así que casi sin pensarlo se arrastró, poco a poco, hasta el río que cruzada el valle.

El otoño estaba ya bien entrado y el agua estaba helada, pero no le molestaba. La corriente arrastraba la mugre y le disolvía los tapones de barro de los oídos.

«Si pudiera dejar de oír como dejar de respirar, le habría arrancado a esos cabrones los collares y las sonrisas».

Aquella frase le dio la idea. Allí, en el río, medio sumergido en menos de un metro de profundidad, pasó de la frustración a la revelación. Ya sabía cómo escapar del complejo. La respuesta había estado delante de sus narices todo aquel tiempo y ahora fluía, literalmente, alrededor de ella: el río. No podía dejar de oír, pero podía aguantar la respiración el tiempo suficiente como para bucear varios centenares de metros corriente abajo. Incluso, si la profundidad hubiera sido la suficiente y con los pesos adecuados, podría haber abandonado Zombis Resort caminando tranquilamente por el lecho del río, como el zombi submarinista de la película de Lucio Fulci.

El cercado de alambre de espino que cerraba la parte baja del valle también cruzaba el cauce del río, pero Gorka intuía que no le sería muy difícil atravesarlo. La parte sumergida no podía estar electrificada y aunque la hubieran anclado al lecho, el fondo del río era rico en sedimento. Estaba seguro de que podría atravesarla cavando un pequeño foso con sus propias manos.

Gorka esperó a que anocheciera. No había luna y la oscuridad era perfecta —un punto más a su favor—. Sabía que aunque el sistema de videovigilancia incluyera un mecanismo de visión nocturna —y estaba seguro de que era así—, éste no podría verle debajo del agua. Así que bajo el amparo de las sombras, todavía tumbado en la orilla del río, el campeón de apnea se empezó a preparar para la inmersión: relajó la musculación, inició su personal ritual de ventilación, completó varias series de respiraciones torácicas y abdominales —siempre con la precaución de no hiperventilar— y llenó los pulmones al máximo.

Su complejo ritual era casi imperceptible para quien lo estuviera vigilando a través de las cámaras. Tan sólo podía verse un degradado dormitando inmóvil a la vera del río. Había permanecido así durante horas. Luego, en un instante se sumergió y desapareció.

36. Walter

Antes de que terminemos con esto,
podemos descubrir pecados que harían
avergonzar al mismísimo diablo.
¡Ah, esos médicos brujos!

La legión de los hombres sin alma (White zombi).
Dir. Victor Halperin, 1932

El alemán aceptó la oferta que le había lanzado el desconocido en el área de servicio: aunque más que una oferta fue un chantaje en toda regla. No le preocupaba demasiado que su actual superior, el profesor Ribera, llegara a saber que había estado experimentando a sus espaldas con el Lambda-3. Tampoco le preocupaba que toda la investigación pudiera quedar en entredicho si sus desaciertos salían a la luz. Perder el trabajo no le quitaba el sueño, pero sí las posibles acciones legales que la universidad pudiera emprender en su contra. No quería enfrentarse a un largo litigio, ni mucho menos pisar la cárcel. A fin de cuentas la oferta del desconocido consistía en seguir con lo que estaba haciendo hasta el momento: tan sólo debía continuar experimentando con los priones que extrajera del laboratorio pero bajo la supervisión de una tercera persona. Todo sin abandonar su antiguo trabajo y sin que nadie se percatara de su nuevo empleo.

Su nuevo jefe no era demasiado estricto. Le pedía informes diarios y detallados de sus actividades pero no interfería demasiado en su forma de proceder. Había sido tajante respecto a la «tienda de mascotas», le había obligado a desmantelarla de inmediato para no llamar la atención. Walter reubicó a todos los animales en su nuevo laboratorio y no volvió a saber

176

nada del viejo propietario del salón. Le dijeron que le habían ofrecido una buena jubilación y que él la aceptó encantado sin hacer preguntas.

«Mientras no me dé problemas me da igual qué hayan hecho con él».

Su nuevo laboratorio era espacioso y estaba bien equipado. Quizás era incluso demasiado grande para su gusto. Estaba acostumbrado a moverse en espacios pequeños y aquel sótano reconvertido en su nuevo lugar de trabajo era demasiado amplio para una sola persona. El desconocido había cumplido su palabra y lo había equipado con toda la maquinaria que le había solicitado y no había contratado a nadie más por deseo expreso del alemán. Así que, por el momento, el equipo de Walter se reducía a él mismo y a sus extraños animales. Él lo prefería así.

Continuaba trabajando por las noches con el profesor y durante el día intentaba recrear los procesos en su nuevo laboratorio. Apenas dormía y cuando lo hacía, utilizaba un sillón que había hecho instalar junto a sus jaulas. No había vuelto a su piso desde hacía semanas, estaba tan concentrado en sus dos trabajos que en pocas semanas consiguió sintetizar el prión diseñado por el profesor en su propio laboratorio. En poco tiempo dispuso de cantidad suficiente de Lambda-3 como para comenzar con su investigación de forma autónoma, aunque no se despidió de su antiguo trabajo para poder seguir teniendo acceso a cualquier adelanto que pudiera surgir.

Una tarde, mientras estaba adormilado en su sofá observando a sus criaturas, su nuevo jefe se presentó en el laboratorio. Walter lo había visto en persona muy pocas veces desde su encuentro inicial. Su contacto solía consistir en una larga de lista de correos electrónicos cifrados que ambos respondían de forma casi inmediata. Así que se sobresaltó al verle.

—Me alegra ver que trabajas duro, que toda la inversión que hemos hecho en ti da su fruto —le dijo al verle en el sillón.

—Aunque ahora no lo parezca, así es —le contesto Walter incorporándose—. He conseguido reproducir todos los procesos y ya disponemos de priones sintéticos a voluntad.

—No te contraté sólo para eso. Creo que dejé muy claro todo lo que quería de ti —le advirtió él.

—No es tan sencillo, dejando al margen todo el papeleo legal están los aspectos éticos de la experimentación con humanos.

—No te preocupes por el papeleo. No es momento de andarse con remilgos. Los dos sabemos que lo que hacemos aquí está al margen de los laboratorios oficiales. Empezando por el espionaje industrial.

Walter fue consciente en ese momento de que se encontraba en un callejón sin salida. Había aceptado el trato de aquel tipo por miedo a las represalias de la universidad y ahora se daba cuenta de que por muy duro que hubiera sido el profesor Ribera con él si se hubiera enterado de la existencia de su «tienda de mascotas», no se habría expuesto a una pena tan severa como la que le esperaba ahora. Aquello ya no era un simple juego macabro, si empezaba a experimentar con personas ya no había vuelta atrás. A pesar de todo, aunque le costaba reconocerlo, no había aceptado el chantaje sólo por miedo, la propuesta del desconocido le había despertado la curiosidad.

—No estamos solos en esto. Hay gente ahí fuera que ha invertido mucho en este proyecto. Son los mismos que te han pagado todo esto y que empiezan a impacientarse.

—Entiendo que quieran resultados, pero cómo voy experimentar con seres humanos si todavía no sabemos si los efectos del prión son reversibles.

—Me da igual que los efectos sean permanentes. Los primero es saber si puedes convertir a una persona en algo parecido a lo que tienes en esas jaulas. Después ya nos preocuparemos de buscar una cura. Además, todavía no sabes si funcionará, si no lo hace no necesitarás ningún antídoto, ¿verdad? —le preguntó el desconocido.

—No.

—Y si no lo pruebas en alguien, no sabrás si funciona. ¿Me equivoco?

—No, pero no es tan fácil.

—A mí sí me lo parece, así que no sé a qué esperas —su nuevo jefe había desmontado dos siglos de ética científica con un simple silogismo.

Walter sabía que ese momento iba a llegar antes o después. Una cosa era experimentar con pequeños animales en la intimidad de su habitación y otra muy distinta hacerlo en un laboratorio clandestino, con gente de verdad y rodeado de desconocidos que podrían irse de la lengua en cualquier momento. Un cargo por espionaje industrial parecería una chiquillada comparado por una pena por asesinato. Había valorado la opción de experimentar consigo mismo, de convertirse en un mártir de la ciencia, pero no había conseguido recordar a ningún científico de renombre que lo hubiera hecho. Los únicos nombres que le venían a la mente eran villanos de cómic: el Doctor Némesis, el Duende Verde o incluso el Increíble Hulk. No quería convertirse en una caricatura de sí mismo, en un inválido deforme y fracasado. Así que no tenía muchas opciones.

—Si crees que es tan fácil encontrar a un voluntario, por qué no sales tú a la calle y me traes al primer muerto de hambre que te encuentres —respondió el alemán escupiendo cada palabra. Cuando se alteraba su acento se hacía más que evidente.

—Eso es lo que estaba esperando que me dijeras —le respondió su nuevo jefe con una sonrisa.

37. Juan

Busco en tus ojos y no encuentro nada.
Estás tan vacía como mi alma gris.
He muerto pero sigo buscando.
Sigo buscando.

Grey Soul, Artic blues

A pesar de su atuendo de cuero y rejilla, Juan se sentía más cómodo de lo que habría podido imaginar en aquel local. Su modelito no desentonaba demasiado y su acompañante conocía a gran parte de los asiduos, además, la segunda cerveza le había relajado. Mientras Olga continuaba interrogando a los presentes sobre su amiga y el extraño complejo donde la había visto por última vez, él se recostó en la barra y se fijó en el extraño grupo que estaba tocando en directo. No apreciaba las sutilezas del *dark metal* pero, al margen de la garganta desgarrada, el cantante llamaba la atención. Iba disfrazado de algo parecido a un orco, a medio camino entre un elfo satánico y un muerto viviente. Su piel era gruesa y grisácea como la de un cadáver en putrefacción, demasiado realista para ser maquillaje pero a la vez demasiado perfecta para ser una simple máscara de látex. Por muy buena que fuera una máscara, en los orificios de boca, nariz y especialmente de los ojos, siempre se apreciaba el punto en el que el látex se unía a la piel. Además, por muy delgada que fuera la careta, ésta siempre engordaba el rostro otorgando a la cabeza del portador un toque desproporcionado. Aquel cantante era extremadamente delgado, de pómulos marcados y mejillas hundidas. Iba desnudo de cintura para arriba y tanto su dorso como sus brazos tenían el mismo aspecto. Vestía unos viejos tejanos sucios y rotos, y unas botas militares llenas de barro.

El efecto en conjunto era bastante espectacular. Juan no quería pensar cuántas horas de preparación requeriría algo así, ni cuanto sudor podría llegar a acumular debajo de esa segunda piel, ya que el tipo se movía por el escenario como un poseso. No se caracterizaba por unos movimientos demasiados coordinados pero conseguía seguir el ritmo de la música a su manera, del mismo modo que compensaba sus salidas y bajadas de tono con una extraña elegancia.

El espectáculo era perturbador pero casi hipnótico. Juan ni siquiera se percató de que Olga había vuelto a su lado hasta que se apagaron los focos tras un desgarrador grito final acompañado de un solo de guitarra.

—No ha habido suerte —le dijo la gótica chillándole al oído—. Creo que ya he preguntado a todo el mundo.

—¿Te has parado a pensar en que si en esa tarjeta escribieron «no hagas tantas preguntas» sería por algo? —contestó Juan intentando hacerse entender por encima del ruido de la sala.

—¿Entonces por qué lo escribieron el reverso de una tarjeta del Undead? ¿No habría sido más discreto utilizar un trozo de papel o una servilleta?

—A lo mejor no tenían otra cosa a mano… —respondió Juan con desgana. Olga le había sacado de casa de madrugada, le había arrastrado a aquel local y disfrazado de cantante *glam*. Todo para nada, una pista falsa —. Te espero fuera.

En la calle hacía frío, la camiseta de rejilla no abrigaba demasiado, pero era mejor que seguir allí dentro. Ya no estaba tan seguro de que aquella nota significara algo, ni siquiera Olga lo estaba. Lidia y su hermano aparecerían un día de estos con un bronceado de la costa báltica, sonrientes y relajados. Les pedirían perdón por no haber contestado a sus centenares de mensajes y llamadas, y les ofrecerían una excusa perfectamente válida. Olga quedaría como una histérica y él como un estúpido por hacerle caso.

«Espero que nunca se entere de lo que he hecho esta noche».

—Pareces un chapero haciendo la calle —le dijo Olga cuando salió del local.

—Muy graciosa. No recuerdo haber tenido los pezones más tiesos en mi vida —le dijo él arrancándole una sonrisa.

—Si me descuido un momento habrías empezado a tatuarte los nombres de tus conquistas: Antonio, Ramón, Onofre... Te debe venir de familia.

—En serio déjalo. Mi hermano no siempre fue así.

—¿Quieres decir que no siempre fue un egocéntrico enamorado de sí mismo incapaz de mantener una relación de más de cinco minutos? —continuó ella con cinismo.

—Estuvo años saliendo con una chica.

—Y se cansó de ella.

—No exactamente. Los dos eran unos fanáticos del buceo pero a ella le gustaba la espeleología submarina. Un día les cogió una crecida inesperada en una gruta... algo imprevisible, un desprendimiento de tierra. Se quedaron aislados sin oxígeno a mucha profundidad —le explicó Juan para que entendiera la actitud su hermano—. Aguantaron en una burbuja de aire hasta que el oxígeno se enrareció y se prepararon para intentar salir. Ella sabía que no iba a conseguirlo. Él era ya campeón de apnea, ella no tenía posibilidades, así que a media inmersión intentó despistarlo para que por lo menos él se salvara. Gorka se dio cuenta y se aferró a ella. Intentó arrastrarla con él hacia la salida pero cuando llego al exterior, casi de milagro, sólo le quedaba un mechón de su pelo entre los dedos.

Olga no supo que contestar. Tampoco tuvo que hacerlo, porque en ese momento, un viejo taxi inglés pintado de negro y con las ventanas teñidas paró delante de ellos. El conductor bajó la ventanilla y una mano asomó para indicarles que se acercaran. Parecía una escena salida de una película de terror victoriana de la Hammer. La gótica intercambió unas palabras con el conductor y luego abrió la puerta trasera. Le hizo un gesto a Juan para que la acompañara.

El interior del vehículo olía a atracción de feria y naftalina. El conductor iba enfundado en una sudadera negra con capucha y desde los asientos traseros, con la tenue luz de las farolas de Gracia, era imposible verle el rostro.

—No habéis seguido mi consejo —les dijo con una voz rota y cansada.

—No me gusta hacer caso de los mensajes anónimos —contestó Olga con impertinencia.

—Pero te subes a los coches de los desconocidos. ¿Qué diría tu madre si lo supiera?

—Mi madre hace tiempo que dejó de asustarse por lo que hago o dejo de hacer —el encapuchado se rió en voz baja, le gustaba el descaro de la gótica.

—¿No me vas a preguntar por tu amiga? Creo que debo ser uno de los pocos de esta ciudad que no han visto todavía su foto...

—¿Qué sabes?

—Sé que tienes suerte de que alguien no te haya hecho callar todavía.

A Olga no le gustó en absoluto el comentario de aquel tipo. Le soltó una serie de improperios que no hicieron más que divertir todavía más al conductor. Juan tuvo que actuar para poner un poco de calma.

—No me gusta que jueguen conmigo —le dijo ella cuando recuperó la calma— y todavía menos que lo haga un tipo que no se digna a enseñarnos la cara.

El tipo encendió una lamparita interior del Black Taxi y levantó la mirada hacia el retrovisor por primera vez. Juan vio unos ojos azules mortecinos hundidos en unas cuencas oscuras y reconoció de inmediato la nariz aguileña y los pómulos angulosos. Se trataba del cantante que había estado tocando en el local mientras Olga iba de un lado para otro paseando la foto de su amiga. Se había tapado el torso desnudo con la sudadera pero seguía perfectamente caracterizado.

—Mortuus —dijo Olga al reconocerle.

—Sí, ahora todos me conocen por ese nombre —dijo antes de susurrarles—, pero no siempre fue así.

El coche llegó a una vieja cancela que se abría de forma automática. El mecanismo chirriaba por el esfuerzo y los pesados goznes giraban con lentitud. La puerta no había sido diseñada para la vida moderna, pero al final se abrió, lo justo para que pasara el vehículo. Una vez dentro, los visitantes se sorprendieron del tipo de edificación que ocultaba el viejo muro de piedra. Era una casa antigua, la típica construcción modernista que se fabricaban los burgueses de principio del siglo XX, de formas sinuosas y llena de detalles. La fachada era el sueño romántico de un lunático y el conjunto era bello en su desequilibrio. Era un pequeño castillo escondido en plena ciudad. La puerta se cerró sola con el mismo ruido y Mortuus les invitó a pasar.

El interior estaba dominado por una bella escalinata y abarrotado de ornamentos sin pulir y llenos de polvo: el sueño de un anticuario.

Si queréis que os cuente lo que sé, poneos cómodos —les dijo el cantante a sus invitados antes de recostarse en uno de los pocos sillones que no parecían ser un criadero de ácaros—. Tenemos toda la noche por delante.

38. Gorka

Las familias chinas contrataban a sacerdotes taoístas para que trajeran de vuelta a su hogar los cadáveres de amigos y familiares que habían muerto lejos. Los transportaban a pie y sólo de noche. Al atravesar los pueblos tocaban campanas para avisar de su presencia, ya que se consideraba mala suerte para una persona viva ver a un Jiang Shi.

El mito del cadáver viajante. Folclore chino

El río era una balsa de aceite negro y espeso. La luz de la luna se reflejaba sobre él haciendo imposible ver más allá de su superficie y mucho menos para quien lo observara a través de una videocámara. Después de oxigenar sus pulmones hasta el límite, Gorka se dejó caer a plomo hasta que tocó el fondo con el pecho. Después tan sólo tuvo que dejarse arrastrar por la corriente. En un instante llegó a la altura de la alambrada que rodeaba todo el parque, atravesaba también el cauce del río pero no estaba anclada al lecho rocoso: tan sólo se sumergía medio metro en el agua. Gorka lo sorteó con facilidad. Quizás, en un principio, los constructores del parque habían intentado cerrar esa salida pero la alambrada se habría llenado tan a menudo de ramas y desechos que habrían desistido. No había forma de impedir el paso por debajo del río sin convertir el lugar en una presa natural y hasta ese momento nadie había decidido utilizar ese punto para fugarse. Así que el paso estaba abierto para Gorka.

Continuó buceando durante un buen rato. De vez en cuando emergía y daba una rápida bocanada para continuar su carrera invisible. Le era difícil calcular la duración de sus inmersiones, ya que en

184

su estado alterado no sentía los habituales pinchazos en los pulmones justo antes de llegar al límite. Emergía por instinto, sin apurar demasiado, con miedo de que, sin darse cuenta, le bajara tanto el nivel de oxígeno en sangre como para padecer un síncope. Cuando las arboledas que rodeaban el río se cerraron sobre el cauce en una estrecha garganta, Gorka emergió y empezó a nadar a braza. Era imposible que nadie pudiera verle allí. Nadaba con lentitud, casi con parsimonia —no podía hacerlo más rápido— pero la corriente a favor le ayudaba a avanzar a buen ritmo.

Cuando el primer sol de la mañana empezó a aclarar el cielo, Gorka decidió que era el momento de salir del río. Notaba su piel fría y muerta. Si ya de por sí, la degradación les hacía perder gran parte de la sensibilidad, después de varias horas en remojo y a bajas temperaturas, podría haber atravesado su pantorrilla con un sable sin inmutarse, como el mejor faquir. Intentó desentumecerse con algunos ejercicios rutinarios pero sin grandes resultados, así que decidió continuar su fuga caminando. Cuanto más rápido se alejara del complejo mejor. Estaba seguro de que a aquellas alturas ya habrían detectado su desaparición. Habrían revisado los videos hasta deducir su plan de fuga, pero seguramente habrían esperado hasta la salida del sol para empezar la búsqueda. Lo primero que rastrearían serían las orillas del río, así que debía alejarse del cauce todo lo que pudiera para ganar tiempo. Empezó a avanzar montaña arriba para coronar la cresta y saltar al valle contiguo lo antes posible. Esperaba que así lograría despistarles.

La ascensión le costó más de lo que imaginaba. No sentía cansancio pero la falta de reflejos le impedía moverse con agilidad en terreno escarpado. Cuando llegó a lo más alto, se dejó caer por la otra vertiente rodando sobre piedras y arbustos hasta llegar a terreno plano. Aquel valle era más abierto que el que ocupaba el complejo, el bosque no era tan denso y los agricultores de la zona habían ido ganando terreno a la pineda con el paso de los años creando terrazas artificiales con muros de pizarra. Algunos de ellos todavía parecían estar cultivados pero la mayoría tan sólo servía para que creciera el paso y las malas hierbas. Aquí y allá se veía alguna construcción, cabañas de pastores y pequeñas masías, nada que ver con el pueblo abandonado donde había pasado los últimos días. No le costó demasiado aprovechar uno de esos muros para dejarse caer con los pies por delante y ponerse de nuevo en pie.

Gorka perdió la noción del tiempo mientras atravesaba aquel paisaje de postal. Los estados de letargia seguían siendo un rasgo característico

185

de su condición de zombificado y cuando la adrenalina dejó de fluir, entró en uno de sus momentos de duermevela. Se quedó allí de pie con los ojos abiertos durante horas. Aunque no se sentía cansado, aquel era el modo en que su cuerpo degradado le pedía un descanso.

Cuando despertó —si es que a aquel estado se le podía considerar dormir— había alguien delante de él, a unos pocos pasos, mirándole fijamente. No podía saber cuánto tiempo llevaba aquel tipo allí parado, pero debía de ser mucho. Permanecía inmóvil, mascando una espiga de maíz, observándole con curiosidad. Era un anciano de baja estatura, delgado pero con un buen tono muscular. Tenía la piel tan oscura y llena de arrugas que era difícil saber si tenía setenta, ochenta o noventa años. Su cara estaba tan curtida por el sol que los ojos se le perdían entre los pliegues del entrecejo. Gorka no lo percibió como una amenaza —aunque llevaba encima una vieja escopeta de boca ancha—. Su ropa no encajaba en el uniforme del personal del complejo que había imaginado: pantalones de pana de un color indeterminado, camisa blanca y chaleco de piel. Podía estar tranquilo. Gorka emitió un gruñido a modo de saludo y levantó el mentón como quien saluda a un conocido.

—*Què fa aquí al mig del mont parat com un estaquirot?* [2] —le preguntó el anciano después de escupir la espiga con un catalán tan cerrado que se hacía difícil de entender.

Al principio, el submarinista a duras penas entendió lo que le preguntaba y aunque lo hubiera hecho tampoco habría podido contestarle. Después de algunos gruñidos y algunas preguntas más, el viejo pastor le indicó por gestos que le acompañara. Gorka le siguió, no tenía nada que perder. El anciano no dejó de hablar durante todo el camino.

—*No és el primer que em trobo aquí mort de gana i ple de merda, fa cinquanta anys això estava ple de maquis. Ni un dels que em vaig trobar se'n va anar de buit! Ja m'hauria agradat a mi saltar a la muntanya, però em van faltar collons...* [3]

Hablaba casi para sí mismo, con una larga retahíla de viejas historias que parecía que hubiera relatado mil veces. Gorka podía imaginárselo recitando aquel mantra mil y una veces mientras sacaba a pastar a sus ovejas o mientras araba la tierra a golpe de azada. Poco a poco fue

---

2 *¿Qué hace aquí parado como un monigote?*
3 *No es el primero que me encuentro aquí muerto de hambre y lleno de mierda, hace cincuenta años esto estaba lleno de maquis. ¡Ninguno de los que me encontré se fue con las manos vacías! Ya me habría gustado a mí poder vivir en la montaña, pero me faltaron cojones...*

acostumbrándose al fuerte acento y, aunque no entendía todas las palabras, captó lo suficiente como para entender qué hacía aquel tipo a su edad perdido en aquel valle.

El anciano había nacido a pocos kilómetros de dónde ahora se encontraban y no se había alejado de aquellas montañas en toda su vida, ni durante los duros años de la guerra civil, ni cuando llegó la gran hambruna tras el conflicto. El anciano recordaba como la guerra se había llevado a su padre y sus hermanos y como con sólo ocho años había tenido que ayudar a su madre a cuidar de aquellas tierras de las que a duras penas conseguían arrancar un puñado de cereales y hortalizas. Pese a la escasez, el viejo siempre había tenido un mendrugo de pan y un techo que ofrecer a los últimos supervivientes de la resistencia republicana que habían buscado refugio en aquellas montañas. Cincuenta años atrás, los maquis solían bajar de la carena por el mismo camino que había utilizado Gorka en su huída y algunos presentaban un aspecto muy similar al del submarinista. Así que el anciano, quizás en un achaque de senilidad, acogió al zombificado como lo hizo con los últimos guerrilleros antifranquistas.

Le hizo pasar a su pequeña choza y le ofreció algo de sopa junto al fuego. El primer problema para el submarinista fue sentarse en la tosca silla que le ofreció, casi tuvo que dejarse caer sobre ella. Era incapaz de flexionar las rodillas y doblar la columna con suficiente habilidad —y prefirió no pensar en cómo lograría levantarse después—. El segundo, fue el de lograr ingerir algo de aquel brebaje con el estómago cerrado por la degradación. El submarinista consiguió llevarse el tazón a los labios a duras penas, el temblor de sus manos derramó la mitad antes de llegar a su destino y el resto de la sopa le chorreo por las comisuras de los labios hasta el suelo.

El anciano no hizo ningún comentario al respecto. Se limitó a abrir un viejo arcón de madera de roble que estaba forrado con una bandera republicana desteñida. Dentro había granadas, fusiles *Mauser* de fabricación soviética, abundante munición y uniformes. El anciano sacó unas botas de cuero que todavía tenían buen aspecto y se las acercó al submarinista. Gorka no se había percatado hasta entonces de que iba descalzo. El viejo le explicó, mientras seguía rebuscando en el baúl, que el cuero se mantenía todavía en perfectas condiciones porque él mismo se encargaba de engrasarlo periódicamente y darle una capa de betún, así como de engrasar y limpiar todas las armas. Era su pequeño *hobby*. Le entregó también unos pantalones y una camisa, y al ver que éste era incapaz de cambiarse, empezó a desnudarlo como a un niño, para después vestirlo como un embalsamador con un cadáver. No era la primera vez que lo hacía, algunos soldados se habían presentado allí en estado de shock tras una larga batalla. Al principio Gorka se sintió un poco avergonzado pero una vez estuvo seco, vestido y calzado, se preguntó cómo lo habría hecho para conseguir llegar hasta la ciudad con la ropa hecha jirones, lleno de mugre y con los pies ensangrentados. Le hubiera gustado poder vocalizar algunas palabras de agradecimiento, pero lo único que pudo hacer fue estrecharle su fría y mortecina mano.

Al submarinista le surgió entonces otra pregunta: ¿qué día sería? ¿Estaría todavía a tiempo de llegar a la boda de su hermano? Se fijó en un calendario que colgaba de una de las paredes de piedra y lo señaló con un dedo. El viejo pastor comprendió la pregunta pero hacía tiempo que él mismo había perdido la noción del tiempo.

—*Aquest calendari té més de vint anys, per mi fa temps que tots els dies són iguals. Em llevo amb el sol i em vaig a dormir quan és fosc*[4].

El anciano no necesitaba otro reloj que el sol y las estrellas. El único calendario que conocía era el de la siembra y la recolección y para él todos los días de la semana eran iguales. Poca ayuda le podía ofrecer al respecto.

Gorka esperó a que se hiciera de noche. Cuando el fuego no era más que brasas y el anciano roncaba profundamente, se dejó caer de la silla hasta el suelo, rodó hasta una de las paredes y se apoyó contra ella para poder levantarse. Salió de la pequeña masía al amparo de las estrellas con un objetivo: llegar cuanto antes a la ciudad y encontrar a su hermano.

---

4 *Este calendario tiene más de veinte años, para mí hace tiempo que todos los días son iguales. Me levanto con el sol y me voy a dormir cuando anochece.*

39. La cuidadora

Espero que te vaya mejor que conmigo, viejo.

La tierra de los muertos vivientes (Land of the Dead).
Dir. George. A. Romero, 2005

Llevaba poco tiempo a cargo de aquel paciente y no lo iba a estar mucho más. Era una enfermera particular especializada en casos terminales. Solían contratarle los familiares del paciente para que éste pudiera pasar sus últimos días en casa. Ella se encargaba de que aquellas últimas horas fueran de provecho para las dos partes. Sedaba a su paciente con las dosis mínimas de calmantes para que no sufriera dolor y a la vez pudiera estar lúcido para poner sus asuntos en regla y poder despedirse de su gente. No era un trabajo fácil, exigía una dedicación completa durante dos o tres semanas, y no sólo asistía al enfermo, muchas veces también se convertía en consejera de la familia. Había pasado por muchos procesos de duelo y aunque todos eran distintos, conocía algunos trucos que solían ayudar a pasar el trago.

Su paciente actual era un anciano senil, aquejado de una enfermedad neurodegenerativa en avanzado estado sin expectativas de mejora. En la residencia donde le atendían se limitaban a alimentarlo y mantenerlo limpio. Ella tampoco podía hacer mucho más por él, aparte de ofrecerle compañía y atención ininterrumpida.

Ese día, su hijo le había pedido que lo llevara a la consulta de un especialista que iba a darle un nuevo enfoque a su tratamiento. Era algo habitual. Algunas personas convertían sus últimos días en un peregrinaje continuo de médicos, clínicas y especialistas. Cuando agotaban todas las opiniones médicas a veces recurrían a curanderos, magos o santeros.

189

La enfermera había acompañado a sus clientes a todo tipo de lugares, así que no se asustó cuando la hicieron esperar en el rellano de un sótano con cuatro sillas plegables a modo de sala de espera.

El hijo fue el primero en entrar. Pasó a la consulta y les dijo que esperaran, quería acordar los términos del tratamiento antes de hacer pasar a su padre. Ella lo encontró normal.

«Quiere echar un vistazo antes de nada para ver si le inspira confianza».

Ella calculaba, por su experiencia en otros casos, que a su paciente le quedaba poco más de un mes. Su hijo se negaba a aceptar lo evidente y aquella visita a un médico de dudosa reputación, era su último intento de aferrarse a un clavo ardiendo. Su padre ya no podía caminar, hacía tiempo que tenía que andar con pañales para adulto, se pasaba la mayor parte del tiempo desorientado o durmiendo y cuando lograba articular cuatro palabras seguidas, éstas no tenían demasiado sentido.

Desde dentro de la consulta le llegaba algún eco de la conversación que estaban manteniendo y ésta no parecía ser muy amigable. Unos segundos después de que se hiciera el silencio, apareció de nuevo por la puerta.

—Vamos papá, ya podemos pasar —dijo empujando la silla de ruedas al interior—. No vamos a necesitar sus servicios hasta la noche. Cójase el resto del día libre. Nos encontraremos aquí a las nueve.

La cuidadora así lo hizo. No esperaba tener tanto tiempo para sí misma y no sabía cuándo volvería a tenerlo, así que lo aprovechó lo mejor que pudo. Comió en un buen restaurante, fue a la sesión de tarde de un cine cercano y se dio una larga ducha. A la hora acordada volvió a la consulta. No había nadie en la sala de espera. Llamó a la puerta y unos minutos después apareció un hombre rubio empujando la silla de su paciente. Se presentó con cuatro escasas palabras y le pidió que lo trajera de nuevo al día siguiente. Lo encontró demasiado joven para ser doctor y demasiado reacio a comentarle los pormenores del tratamiento, pero lo pasó por alto. El hijo había decidido recurrir a él por alguna razón, así que respetó su decisión. Además, su padre estaba en un estadio de la enfermedad demasiado avanzado como para que un mal tratamiento lo hiciera empeorar. O eso era lo que ella pensaba.

Aquella primera noche no notó ningún cambio significativo. Tan sólo le costó más de lo habitual conseguir que se tomara la cena e inmediatamente después vomitó casi todo lo ingerido. Le dio una gelatina y lo acostó. A la mañana siguiente lo encontró con los ojos abiertos mirando el techo de la habitación, cuando normalmente tenía que hacer esfuerzos para despertarle. Al cambiarle los pañales descubrió que no había orinado ni defecado en toda la noche, pero tampoco le dio importancia.

Volvió a llevarlo a la consulta, tal como le había ordenado el hijo. Esta vez el doctor en persona se encargó de empujar la silla de ruedas hasta el interior del consultorio, a ella no la dejó pasar de la sala de espera. Volvió a tener todo el día libre y esta vez lo utilizó para arreglar algunos papeleos que tenía pendientes. Esta vez, cuando volvió a buscarlo por la noche, sí que observó un cierto cambio en su paciente. Le dio la impresión de que estaba más delgado, con los ojos más hundidos y oscuros de lo habitual. La boca estaba seca y la lengua de un feo color parduzco. Parecía estar deshidratado, aunque el doctor le aseguró que le habían dado de comer a las horas convenidas y dado de beber con frecuencia. La enfermera dudó de que así fuera, pero le dio un voto de confianza al doctor al ver que los pañales estaban inmaculados. Otra cosa no, pero el tracto digestivo de su paciente funcionaba perfectamente. Si no había hecho sus necesidades por la noche, durante el día habría tenido que hacerlo dos o tres veces de forma abundante. Habían tenido que cambiarle y lavarle.

«Por lo menos algo ha hecho».

Aquella noche tampoco consiguió hacerle comer otra cosa más que la gelatina y un poco de líquido. De madrugada se levantó un par de veces para ver si dormía y lo encontró mirando al techo insomne. Por la mañana los pañales seguían inmaculados y al verlo desnudo a la luz del día, notó un sensible deterioro del tono muscular y un principio de necrosis en la piel. Llamó al hijo inmediatamente.

—Tendría que venir aquí cuanto antes, podría ser cuestión de horas.

—¿Qué es lo que ha notado?

—Su padre ha dejado de comer, sus intestinos se han detenido, la circulación empieza a fallarle y ha perdido mucho tono muscular...

—¿Y qué más?

¿Qué más quería que le dijera? Era evidente que su padre se estaba muriendo. Se sintió ofendida por tener que justificar de aquel modo de su evaluación clínica. Estaba pensando qué más decirle, cuando notó un ruido a su espalda y vio al padre desnudo de pie a su espalda.

—Se ha puesto de pie —añadió la cuidadora sobresaltada. Su paciente había perdido la movilidad de sus extremidades hacía meses.

—Creo que no vamos a necesitar más de su servicios.

191

40. Mortuus

Ojalá se mantuviera alejado de ese hombre, señor.
Lo que está planeando es peligroso.

La legión de los hombres sin alma (White zombi).
Dir. Victor Halperin, 1932

El cantante se acercó a una vieja jofaina de bronce y se lavó la cara. Se secó con una desgastada toalla de algodón egipcio que terminó de arrancarle el maquillaje. Pese a la poca luz que había en la sala, se le podía ver la cara a la perfección: la sombra de ojos y la pintura blanca no hacían más que enmascarar su verdadero rostro bajo un halo de irrealidad. Con la cara lavada, el cantante era el mismo monstruo que fingía ser en el escenario.

—Esta vieja palangana me costó un dineral. Pertenecía a un general de la reconquista, no me acuerdo de su nombre, que la utilizaba para lavarse después de las batallas. Mi representante me dijo que estaba loco cuando la compré y me lo recordaba cada vez que me veía usarla. Decía que cada vez que me lavaba la cara en ella perdía valor. Yo me lavo la cara en ella y pienso en su historia, en la sangre que ha visto pasar. No pienso en lo que cuesta, sino en lo que vale.

Olga no le prestaba atención. No se había dejado arrastrar a aquella vieja mansión para escuchar las historias de un deforme. Mientras éste hablaba ella barría la sala con la mirada. Era un salón enorme, con los techos muy altos y las cortinas de terciopelo más largas que nunca hubiera visto. Aquí y allá aparecía un busto, un candelabro, un jarrón, todos llenos de polvo y telarañas pero que, a pesar de la suciedad, no ocultaban su valor y le otorgaban al gran salón un carácter entre ostentoso y taciturno. La decoración la completaban centenares de velas que se acumulaban por doquier, especialmente alrededor de la chimenea, donde habían creado una montaña de ríos de cera solidificada.

El único elemento que estaba fuera de lugar era un disco metálico que colgaba de una de las paredes. Debía de ser el único elemento que no tenía más de un siglo de antigüedad. Olga se levantó curiosa —ajena a la historia del pisapapeles de ópalo que el cantante le estaba relatando a Juan— y se acercó al cuadro. Limpió una capa de polvo con el dorso de la mano y leyó la inscripción: «Disco de Uranio otorgado a Artic Blues por la venta de 1.000.000 de copias de su álbum Grey Soul».

Olga se quedó de piedra. La gótica conocía al dedillo la discografía de aquel grupo. Los *Artic Blues* habían sido los precursores del *emotive hardcore* y su cantante, uno de los primeros en apostar por un *look* andrógino. Con su último álbum se quedaron a las puertas de conseguir el Disco de Uranio, pero se disolvieron —nadie supo por qué— con sólo dos años de trayectoria. Su carrera musical fue tan exitosa como efímera y menos de una década después de su ruptura pocos los recordaban. Pese a ello, Olga todavía mantenía un cálido recuerdo de aquel grupo con el que había forrado sus carpetas del instituto.

—¿Llegaste a conocerlos? —le preguntó Olga al cantante de ojos hundidos interrumpiendo su largo monólogo.

—Sí, pienso que bastante bien —le respondió él ocultando una risita bajo su nariz aguileña—. Yo era éste de aquí —dijo señalando al cantante de los ojos azul pálido.

Olga no se podía creer que ese extraño tipo de ojos hundidos y nariz de elfo hubiera sido en otra vida el joven cantante de larga melena y mirada lánguida con el que había tenido mil sueños húmedos en su adolescencia. Al verle ahora, con la piel escamada y una delgadez extrema, se sintió más frígida que nunca.

—¿Tú eras el cantante de los Artic Blues? —preguntó Olga todavía incrédula.

Necesitaba más pruebas para poder creer algo así. Mortuus se le acercó y le clavó sus ojos azules a menos de un palmo de distancia. La gótica creyó reconocer algún rasgo en ellos y asintió.

—Lo que me convirtió en esto es lo mismo que estáis buscando y tenéis suerte de que no os haya encontrado él a vosotros todavía —les confesó Mortuus mientras se abría una vía en el brazo—. No tendría que contaros nada, pero ya estoy un poco harto de callar. Si no me equivoco, vuestros amigos tendrán ahora mismo una cara muy similar a la que tenéis delante.

Antes de convertirse en el cantante con aspecto de trasgo que era hoy en día, Mortuus había sido una joven promesa de la música. Un ídolo de adolescentes con miles de seguidoras en todo el mundo. Ganaba más de lo que podía gastar, conocía a más mujeres de las que podía satisfacer y experimentaba con las drogas más de lo que debería. Sin embargo no fue ni la cocaína ni la heroína las que lo convirtieron en el yonqui agonizante al que se parecía ahora: su mayor adicción era de otra índole.

—Buscaba la auténtica oscuridad —les dijo mientras acoplaba una bolsa de suero a la vía que se acababa de abrir él mismo—. ¡Pero perdonad mis modales! Yo aquí, nutriéndome delante vuestro y no os he preguntado si queríais algo de comer o beber. Yo hace tiempo que no puedo disfrutar ni de lo uno ni de lo otro pero tengo algo en la nevera para los invitados.

Ni Olga ni Juan tomaron nada, se limitaron a escuchar el relato de su anfitrión mientras el gotero lo nutría.

—Aunque vendía miles de discos, no quería hacer una música comercial. Quería tener a mi público cerca, tocar en locales pequeños… no en los grandes estadios que llenaba por exigencias de la discográfica. Quería expresar sentimientos genuinos con mi música, no interpretar letras vacías de significado con ritmos pegadizos. No me interesaban las baladas, ni provocar suspiros entre mis fans, aspiraba a tocar una música gótica auténtica. Algo que tuviera un poso de realidad, que no fuera un simple producto fabricado en la cocina de un gabinete de marketing.

»Para conseguirlo recurrí a todo lo que se me ocurrió. Desde un presunto mago negro que resultó ser un tarotista de televisión, hasta una presunta médium que me escribió un par de canciones mediante escritura automática. Lo único que tenía de auténtico era que sabía escribir con los ojos en blanco, pero la mayoría de sus letras resultaron ser malas copias de los poemas de Gustavo Adolfo Bécquer. Buscaba la fuente del verdadero terror para verterla en mi música y al final la encontré.

—Zombis Resort —puntualizó Juan. Era la primera vez que intervenía en la conversación desde que habían entrado en aquella casa.

—No, por aquel entonces el parque todavía no existía. No sé si ya era una idea en la mente de sus creadores o, quizás, se vieron obligados a construirlo por mi culpa.

41. Gorka

—Les domina una agresividad tremenda.
Casi una furia homicida.
—¿Será algún virus?
—Imposible, todos los análisis han dado negativo.

No profanar el sueño de los muertos.
Dir. Jorge Grau, 1974

El submarinista se arrepentía de no haber cogido prestada una gorra o una boina del cobertizo del anciano para taparse los oídos. A lo lejos, ahora que estaba vestido y calzado, parecía un vagabundo, pero de cerca su rostro continuaba dando pavor. Por suerte, a última hora había decidido no amputarse parte de la nariz —dudaba de que la reconstrucción posterior no hubiera dejado secuelas—, porque entonces sí que habría parecido un muerto arrancado de su tumba.

Había empezado su peregrinaje por los arcenes de carreteras secundarias. Al principio avanzaba por la maleza circundante, escondido entre matojos para que sus posibles perseguidores no dieran con sus pasos. Era evidente que quien lo buscara empezaría barriendo las carreteras de los alrededores. Si se cruzaban con él y lo veían caminando por el arcén, sería una presa fácil. Cada vez que escuchaba el motor de un coche se escondía aún más entre los arbustos y aquello entorpecía aún más su lento caminar. No sabía cuánto tiempo le quedaba para llegar a la ciudad antes de que se celebrara la boda, si es que estaba a tiempo de hacerlo, así que debía darse prisa.

Llevaba menos de dos horas caminando cuando la carretera se cruzó con la vía de un tren. Sin duda debía pertenecer a la vieja línea ferroviaria que conectaba aquella parte de los Pirineos con la ciudad. Un camino fácil de seguir y difícil de vigilar. Si hubiera podido habría gritado de júbilo. Por la carretera, aparte de estar expuesto, era difícil orientarse: las indicaciones pocas veces se referían a grandes ciudades, solían indicar los pueblos vecinos, y de villa en villa era fácil desorientarse. En cambio, aquella vía le llevó casi sin bifurcaciones a su destino. Gorka tan sólo debía de estar alerta para que los trenes no lo arroyaran —muy alerta, porque sabía que sus reflejos estaban muy mermados—. También vigilaba al llegar a las estaciones. Las rodeaba por caminos poco transitados y pocas veces se cruzó con nadie. Una de ellas estaba tan desierta, que decidió cruzarla por el mismo andén. Pasó casi sin darse cuenta al lado de un panel de horarios con información para los viajeros en el que aparecía claramente la fecha del día. El submarinista no lo podía creer, todavía faltaban cuatro días para la ceremonia. Todavía estaba a tiempo de llegar, pero no a ese ritmo: había pasado el día entero caminando y no había cubierto ni una cuarta parte del camino. Si no hubiera sido un degradado, a paso normal, habría podido cubrir los poco más de doscientos kilómetros que le separaban de su destino en dos o tres días. A paso de zombi, tardaría el doble, aunque tenía una gran ventaja: su cuerpo no experimentaba fatiga alguna, así que no tenía que parar a descansar ni a dormir. Hizo un cálculo rápido y le salieron las cuentas. Eso sí, debía llegar a las inmediaciones de la ciudad de madrugada. Si entraba en los barrios periféricos o en las concurridas calles de la urbe a plena luz del día, llamaría demasiado la atención. Sin duda la gente que lo viera pensaría que se trataba de alguna *performance* o buscaría una cámara oculta, pero prefería no jugársela.

Tres días después y según el plan previsto entraba en la ciudad. Vestido con una ropa tan vieja como sucia y una vieja gorra de los Chicago Bulls que había rescatado de un contenedor para cubrirse el rostro. Habían pasado tres noches desde que abandonara el parque buceando río abajo, había estado a punto de ser arrollado varias veces y a pesar de su transformación empezaba a notar la fatiga en todo su cuerpo como un dolor de muelas que no llega a desaparecer bajo un mar de analgésicos. Había conseguido evitar a cualquiera que hubiera salido en su busca —aunque empezaba a dudar de que nadie le hubiera seguido— y se encontraba en plena madrugada, a pocas manzanas de su destino, con las calles vacías... o casi. Al girar una esquina se topó de frente con un grupo de jóvenes disfrutando de su particular jueves universitario.

196

Aunque vistos de cerca, a aquellos críos todavía les faltaban unos años para empezar la carrera —si es que pensaban seguir estudiando terminada la secundaria—. Gorka cruzó entre ellos con paso tambaleante pero decidido y continuó su camino, pero escuchó unas risillas a su espalda.

—Eh, jefe... ¿tienes un cigarro? —Gorka era incapaz de responder pero aunque hubiera podido no lo habría hecho. Continuó su camino.

—Mi amigo te está hablando. ¿Es que estás sordo? —le dijo otro interponiéndose en su camino. Él intentó esquivarlo y seguir adelante.

—¿Y fuego tienes? —intervino un tercero, mientras el primero se puso a su lado imitando su andar patizambo—. Si quieres yo puedo darte un poco...

El chaval se sacó un botellín para recargar mecheros y empezó a impregnarle la ropa con queroseno. El submarinista no se percató de lo que estaba pasando hasta que no vio el fulgor de las llamas reflejado en un escaparate. No notaba ningún dolor —una de las ventajas de la degradación— pero sabía que aunque insensible, su piel podía arder como cualquier otra. Se exponía a unas heridas de tercer grado si no reaccionaba rápido, así que se sacó la chaqueta como pudo, se tiró al suelo y empezó a rodar sobre sí mismo. Mientras lo hacía, el grupo de jóvenes lo rodeaba grabándolo todo con sus teléfonos móviles y sin dejar de reír. El tipo del queroseno continuaba inyectándole líquido para avivar las llamas, lo que hacía que su esfuerzo por extinguirlas fuera más dificultoso. Gorka le asió del tobillo y con un movimiento brusco consiguió hacerlo caer contra el asfalto. En la caída, el chaval se salpicó a sí mismo con el líquido inflamable y también empezó a arder. Se quitó la chaqueta con un gesto rápido y no llegó a quemarse, pero ya no tenía tantas ganas de reír. Empezó a lanzar patadas contra el costado del campeón de apnea mientras éste intentaba sofocar las últimas llamas que le estaban penetrando ya a través de la ropa. El resto del grupo se unió a la paliza y empezaron a lloverle golpes de todos lados. Gorka observó como con el movimiento de piernas el fuego se extinguió, después se dejó ir.

Volvió en sí al escuchar el estruendo de la sirena de una patrulla de policía que seguramente acudió avisada por algún vecino. Ya no había ni rastro de los chavales. Gorka estaba solo sobre la acera, con la espalda humeante y el cuerpo lleno de magulladuras —como zombi nunca había sido más convincente—. Había conseguido esquivar a la organización del complejo a lo largo de más de doscientos kilómetros y cuando estaba a menos de cuatro calles de su destino, un grupo de chavales había frustrado sus planes.

42. Walter

—¡Cómo apesta esto!
—Sí, debe haber un perro muerto bajo la casa.

Tu madre se ha comido a mi perro (Braindead).
Dir. Peter Jackson, 1992

Ya no sabía dónde alojarlos. Al principio los mantenía en camillas y no había tenido reparos a la hora de inmovilizarlos con correas, ahora los acumulaba en un rincón como reses en un camión de transporte. Cuando eran pocos se preocupaba de mantenerlos hidratados y limpios, pero pronto se cansó de de abrir vías y cambiar pañales. Descubrió que con mucho menos esfuerzo también seguían con vida. Igual que su paciente cero —aquel pequeño roedor albino— sus nuevas cobayas humanas se mantenían vivos sin comer ni beber.

El primero había sido el anciano senil de silla de ruedas, que había pasado de ser casi un vegetal a mantenerse de pie durante horas y controlar sus esfínteres. Eso sí, no dormía, era incapaz de articular palabra y su piel, ya de por si arrugada y macilenta, había adoptado la apariencia de un elefante parduzco. Al principio Walter había sentido algo parecido al afecto por aquel viejo, gracias a él había podido demostrar que su suero funcionaba con seres humanos, pero en unos días pasó de ser un símbolo del éxito a ser una evidencia de su fracaso para revertir los síntomas. El alemán experimentó todo tipo de fármacos y tratamientos con el anciano. Todo lo que se le ocurrió, sin ningún resultado, hasta que decidió que aquel cuerpo senil era demasiado viejo y estaba demasiado aquejado por la enfermedad como para ser una muestra válida. Walter dejó de alimentarle por pura apatía, lo dejó de pie, como un mueble olvidado en una esquina de su laboratorio. Allí seguía desde entonces, inmóvil y con la misma mirada de odio del viejo ratón —que todavía seguía vivo en alguna jaula perdida— clavada en el alemán. Walter no se preocupaba de controlar sus constantes, ni de mantenerlo hidratado, tan solo lo giraba de cara a la pared cuando la carga de su mirada se le hacía inaguantable.

El anciano siempre terminaba girándose de nuevo.

El segundo paciente se encontraba en mejor estado que el primero, pero tampoco demasiado. El alemán le había pedido a su nuevo jefe un espécimen sano y éste le había traído un sin techo con síndrome de abstinencia y con ganas de ganar un dinero rápido. No le preguntó de dónde lo había sacado y él tampoco se preocupó por decírselo. Uno proveía y el otro experimentaba, ninguno se planteaba si aquel procedimiento experimental era una condena a muerte para sus pacientes. De momento seguían vivos y se daba por hecho que, antes o después, encontrarían una forma de revertir aquel extraño estado de muerte en vida.

Con su nuevo juguete, Walter pudo ir un poco más allá. Probó algunos procedimientos más extremos, algunos poco más que improbables y otros por pura diversión, hasta que el individuo terminó tan inservible como el primero. Y así continuó el alemán hasta que todas las esquinas del laboratorio estuvieron llenas de individuos contagiados con el prión sintético. Todos habían reaccionado del mismo modo al suero robado, pero ninguno había mostrado síntomas de mejora al intentar revertirlo. A Walter se le agotaban las ideas y también el espacio libre, mientras que a su jefe se le agotaba la paciencia.

—No puedo trabajar con todos esos ojos mirándome —se excusó el alemán ante la reprimenda de su jefe sin nombre.

—Pues sácalos de aquí. Nadie te ha pedido que hagas de enfermero.

—Pues no. Del mismo modo que los trajiste te los podrías llevar.

—¿Qué quieres que haga con ellos? ¿Abro la puerta y dejo que salgan a dar una vuelta? —le recriminó su nuevo superior—. Si alguien los viera en este estado se formularía muchas preguntas y acabarían llegando hasta nosotros. No, esos no salen de aquí. Aunque eso no quiere decir que tengamos que tenerlos por ahí sueltos —añadió mientras abría una trampilla del suelo.

El postigo daba a un pequeño cuarto de poco más de nueve metros cuadrados, que por su olor debía de haber servido de fosa séptica en otro tiempo. En unos meses estaba casi llena de pacientes. Walter tan sólo abría la trampilla para introducir a un nuevo invitado. Ni siquiera se molestaba en utilizar una escalera o una cuerda para bajarle. Lo hacía caer sobre el resto y observaba como se deslizaba entre sus compañeros hasta encontrar un hueco libre. Hasta que la pieza nueva encajaba en el puzle era imposible cerrar la trampilla, de modo que el alemán tenía que aguantar durante un buen rato las docenas de ojos que le miraban cada vez que abría el foso. Estaba seguro de que aún con el postigo cerrado, aquellos ojos seguían mirándole.

La situación en el nuevo laboratorio se estaba haciendo insostenible para el alemán. Se le hacía difícil compaginar su trabajo allí con el que seguía realizando para el profesor Ribera. Dormía muy pocas horas al día y no tenía hambre. Si quería conseguir algún resultado con sus cobayas humanas debía de concentrarse al máximo en su nuevo trabajo, pero a la vez se resistía a abandonar el antiguo. Era consciente de que los adelantos que realizara el equipo del profesor le podían ser de inestimable ayuda para revertir los efectos de los pacientes que estaba acumulando en el sótano. ¿Centrarse en su propio trabajo o confiar en el de otros? Era una decisión difícil de adoptar.

Al final, la súbita desaparición del profesor Rivera hizo que todo fluyera por sí sólo. Pese a los esfuerzos de Anna y Eva su antiguo laboratorio hizo aguas. Walter abandonó el barco antes incluso que las ratas —aunque en este caso, los ratones de experimentación fueron los últimos en sucumbir—. Libre ya del lastre del pluriempleo, el alemán dedicó todos sus esfuerzos en revertir los efectos de los priones sintéticos. Durante semanas, trabajó duro en su nuevo laboratorio abriendo nuevas vías de investigación y explorando al máximo cada una de ellas. Pero todas terminaban indefectiblemente en un callejón sin salida. Su jefe debía de ser tan consciente como él de su incapacidad para encontrar una solución y cada vez se dejaba ver menos por el laboratorio. Hasta que tras unas semanas de ausencia, se presentó con unos viales en las manos.

—Nanopartículas —le dijo el desconocido—. Encapsulan de forma selectiva las proteínas dañinas y las disuelven en el agua.

Walter ignoró su mirada de reproche. Estaba impaciente por probar si aquella solución milagrosa que le habían traído funcionaría realmente.

—¿Cómo lo ha conseguido? —le preguntó mientras sujetaba un vial como un niño haría con un regalo de cumpleaños.

—No quieras saberlo. Lo único que necesito de ti ahora es que pruebes si funciona.

El alemán abrió la trampilla del peculiar sótano. Los ojos seguían clavados en él, pero en ese momento no le importaba. Su jefe insistió en sacar al paciente número cero, el anciano terminal que seguía suspendido en un particular estado de muerte en vida.

Los efectos de las nanopartículas sobre él no fueron inmediatas. Tardó varias horas en responder al tratamiento, pero tan pronto como lo hidrataron y los riñones volvieron a funcionar, el anciano eliminó por la orina gran parte de las proteínas sintéticas que emponzoñaban su castigado sistema nervioso.

El desconocido jefe estuvo atento en todo momento a su evolución y cuando pareció que el anciano recuperaba el sentido de la orientación. Diego le cogió la mano y le preguntó:

—¿Cómo se encuentra, padre?

43. Urgencias

—¿No cree que los muertos vuelvan
a la vida y ataquen a la gente?
—No estoy seguro en que creer, Doctor.

Zombi (Dawn of the Dead).
Dir. George A. Romero, 1978

Había llegado de madrugada, medio abrasado y lleno de magulladuras. Los de la ambulancia habían tenido que inmovilizarlo en una camilla para poder llevarlo al hospital. Cuando entraba en urgencias, el tipo de la gorra de los Chicago Bulls todavía se revolvía intentando liberarse de las correas.

—Estamos aquí para ayudarle. Por favor ¡déjenos hacer nuestro trabajo! —le dijo el médico al recibirlo.

—No ha hablado en todo el camino —le contestó el enfermero de la ambulancia mientras empujaba la camilla—. Es mudo o está en shock. Han intentado prenderle fuego y luego le han dado una paliza.

—¿Cuánto hace de eso? —le preguntó el doctor mientras examinaba con atención su piel ulcerosa.

—No llega a una hora. No está así por las quemaduras. Sea lo que sea, tiene todo el cuerpo igual.

El médico le levantó la camiseta hasta donde le dejaron las correas y vio que tenía todo el cuerpo lleno de llagas y pústulas

—También tiene las constantes un tanto alteradas. Pese a lo nervioso que está tiene la tensión y el pulso por los suelos. No me he atrevido a ponerle ningún calmante antes de las pruebas de toxicología —añadió el enfermero.

—Sí, bien hecho —respondió el médico mientras seguía examinándolo—. ¿Se puede saber dónde tiene las orejas?

—Allí no estaban.

—Bueno, ese es el último de sus problemas.

El tipo no dejó de resistirse y gruñir hasta que lo sedaron. Sólo entonces pudieron empezar a tratarle. Su ropa estaba llena de mugre y desprendía un intenso olor a queroseno, sangre y orina. Su cuerpo desnudo estaba invadida por aquella extraña afectación cutánea y las costillas habían adquirido un desagradable color violáceo después de la paliza. El doctor pidió ayuda a varias enfermeras para que le ayudaran a lavar las heridas y llamó a un colega para pedir una segunda opinión.

—El pulso es casi un susurro, las laceraciones y los hematomas apenas destacan entre las úlceras y los eccemas. Su piel está pálida y reseca, como si el riego sanguíneo no la hubiera irrigado en semanas —empezó a relatar el doctor para poner al día a su compañero—. La buena noticia es que las quemaduras parecen superficiales. Le quemaron la ropa y poco más.

El segundo doctor pasó un bolígrafo por la planta del pie del paciente sin que este moviera un músculo. Después le pinchó con una aguja en el muslo y en los brazos sin resultado.

—El signo de Babinski es negativo —corroboró el primer médico—. Yo también he visto indicios de una lesión en la médula espinal, pero el paciente, aunque lento y descoordinado, no parece haber perdido la movilidad de ninguna parte de su cuerpo. ¡Tendrías que haberlo visto cuando llegó!

—Sin embargo las pupilas están mióticas y si tampoco puede hablar, es un síntoma de daño cerebral —aseveró su colega.

—Yo no descartaría alguna deficiencia genética o adquirida —comentó un tercer doctor que había llegado para curiosear.

Poco a poco, el caso del sin techo apaleado había ido atrayendo la atención de todo el equipo médico. Los síntomas se contradecían con los diagnósticos. Cuando un cuadro médico parecía encajar con una enfermedad, aparecía un nuevo síntoma que echaba por tierra el dictamen. La situación se parecía cada vez más al guion más retorcido de una series de televisión de investigación médica —de las que tanto les gustaba repudiar frente a la máquina del café—. Empezaban a ponerse nerviosos.

—¿Y no tenemos un historial que poder consular? —preguntó uno de los médicos.

—Por no tener, no tenemos ni nombre. No llevaba la documentación encima, no habla y ni siquiera puede aguantar un bolígrafo con los dedos.

—La policía le ha tomado las huellas, pero tal como tenía las yemas nos han dicho que no nos hagamos muchas ilusiones.

—Tal como está no sé si le queda mucho tiempo. ¿Os habéis fijado en cómo tiene la piel? ¿Herpes, eccema o soriasis?

—Aquí se ve algo doctor —le dijo una de las enfermeras que estaba limpiándole la piel con esponjas de usar y tirar.

Al lavarle el costado, había quedado al descubierto un texto tatuado que podía leerse con claridad. Atravesados por diversos dibujos tribales aparecía una larga lista de nombres de mujer.

—No creo que tenga tantas hermanas —dijo un camillero con ironía.

Había varias docenas de nombres. Algunos de ellos, al estar repetidos, se acompañaban también del primer apellido.

—¿Cuántas Leonelas Salmón creéis que pueden existir en el mundo? —se preguntó uno de los doctores al leer el extraño nombre.

—No creo que demasiadas —le contestó el camillero—. Aunque si este tipo ha sido capaz de acostarse con dos Leonelas distintas es que debe ser un nombre más común de lo que parece.

—Eso es fácil de comprobar—le respondió el doctor abriendo un ordenador portátil.

Gracias a las redes sociales, no le fue difícil localizar a todas las Leonela Salmón que estaban registradas. Tan sólo había una que viviera a menos de quinientos kilómetros. Así que el doctor probó suerte. Le envió un mensaje privado preguntándole sobre el extraño tipo de la espalda llena de nombres de mujer. Leonela no respondió hasta que el doctor le explicó que se trataba de una emergencia médica.

—Yo diría que esto vulnera la confidencialidad entre médico y paciente —le dijo un colega al doctor al enterarse de cómo éste había conseguido conocer la identidad del enfermo.

—Me he tomado alguna licencia más allá de lo recomendable, pero por su propio bien. Además, estrictamente, no he revelado ninguna información sobre su enfermedad.

—Básicamente porque todavía no tenemos ni idea de lo que tiene.

Los resultados de las muestras de sangre y los cultivos de las enfermedades cutáneas todavía tardarían unas cuantas horas en llegar y más si tenían en cuenta que estaban a las puertas de un fin de semana. La policía todavía no debía haberlo identificado —o no se había molestado en llamar al hospital— y aunque el paciente continuaba estable, dentro de sus peculiares constantes, las próximas horas se antojaban críticas para encontrar un tratamiento adecuado. El doctor había ganado un tiempo inestimable con su heterodoxo proceder. Leonela había contestado como un rayo al recibir el segundo mensaje del doctor, les llamó al hospital pensando que se trataba de alguna enfermedad de transmisión sexual. El doctor la tranquilizó, aunque sin darle ningún detalle, y consiguió que la chica le revelara el nombre del desconocido.

—Gorka Saltor, alias «gorkasmo» y puedo decirle que hace honor a su nombre —le dijo la chica con un fuerte acento—, aunque como me haya enganchado algo, le juro que…

—¿Sabe si tiene algún pariente cercano o algún amigo al que podamos recurrir?

—Amigas debe tener muchas, pero no creo que pueda «recurrir» a ninguna.

El doctor se despidió de ella después de agradecerle su ayuda y de recomendarle que pasara por el hospital para hacerse unos análisis. Introdujo el nombre y el primer apellido en la base de datos del hospital con la esperanza de que tuviera alguna ficha abierta. Aunque sólo se hubiera visitado una vez con ellos lo tendrían registrado y aunque no tuvieran su expediente, encontraría los datos de contacto de algún familiar que pudiera ayudarles.

Cruzó los dedos antes de apretar la techa de «Enter» y el ordenador se devolvió un resultado. En la ficha aparecía su hermano como contacto en caso de emergencia. Marcó su número de móvil y esperó tener suerte.

44. Mortuus

—Mi gente le teme a las montañas.
—¿Por qué?
—Porque se las llama la tierra de los muertos vivos.
—¿Has estado allí alguna vez?
—Soy el único hombre que regresó de ahí con vida.

La legión de los hombres sin alma (White zombi).
Dir. Victor Halperin. 1932

Mortuus quería ser el primer infectado de la epidemia: el primero de millones, el que te coge desprevenido y te mastica la yugular, la reencarnación de la muerte… Quería ser un zombi auténtico y le ayudaron a serlo. Por un módico precio, el atractivo cantante de los Artic Blues se convirtió en una versión putrefacta de sí mismo. Sin maquillajes, sin capas de látex, sin úlceras de goma. Su propia piel se caía a pedazos y él se la arrancaba a mordiscos sin sentir dolor.

—Lo mejor de todo era la sensación de libertad absoluta —les explicó a Olga y Juan en su tétrico salón—. Sin dolor, sin miedo. Pasé de ser una estrella acosada que no podía ni mear en un callejón sin que quisieran hacerse una foto conmigo, a ser yo el acosador. Nadie reconocía en mi rostro más que el más puro terror. Algunos me tomaban a broma, pero cuando me tenían a pocos centímetros de su cara, supurando pus por las heridas y rezumando el hedor dulzón de la putrefacción por todos mis poros, veía el miedo en sus ojos. Valía hasta el último euro que me costó.

El cantante fue el primer candidato voluntario al proceso de degradación. Pagó una gran suma para serlo y disfrutó de su privilegio. Por entonces, todavía no habían incorporado al proceso el acondicionamiento a los infrasonidos ni las barras anales de sales minerales. Mortuus no experimentaba el ansia de la caza, pero estaba tan motivado por la transformación que no lo necesitaba. Solía deshidratarse a menudo, porque no ingería ni procesaba líquidos ni sólidos y debían inyectarle suero en vena. Pese a ello, su apariencia exterior poco difería de la última generación de zombificados.

—Si no me equivoco, vuestros amigos serán ahora algo muy parecido a lo que yo era... y en parte lo sigo siendo. —La gótica y el hermano de Gorka pensaron lo mismo, pero no lo manifestaron por educación—. Lo que sí que es completamente diferente es la forma en que nos movíamos. Los primeros degradados teníamos completa libertad de movimiento, podíamos hacer lo que nos apeteciera. No vivíamos aislados en un pequeño pueblo de montaña controlados día y noche, hacíamos lo que queríamos. Por lo menos al principio.

El proceso de transformación fue largo y el joven doctor que estaba al mando tuvo que improvisar algunos procedimientos, pero el resultado fue espectacular. Mortuus no pudo expresar su satisfacción cuando se vio por primera vez en un espejo —sin la capacidad de hablar y con el rostro demacrado era incapaz de transmitir otra expresión que la ferocidad— pero quedó satisfecho. Muy satisfecho. El doctor imaginó que lo estaba cuando su primer cliente empezó a arrastrar los pies hacia la puerta de salida. Lo acompañaron hasta la calle y le dejaron hacer lo que quisiera —aunque siguieron sus pasos sin que su cliente se percatara de su presencia—.

—¿Os podéis creer que no sabía qué hacer? Había soñado con aquel momento durante meses y allí me tenéis, convertido en un auténtico muerto viviente, a las nueve de la mañana en plena calle y sin saber que hacer...

Mortuus se dirigió casi por inercia al centro de la ciudad. Atravesó Passeig de Gràcia sorteando turistas y atrayendo miradas de curiosidad. La gente que se dirigía a trabajar lo veía como una curiosidad, algo que comentar una vez llegara a la oficina, pero apenas se detenían a su lado. Los estudiantes universitarios publicaban todo tipo de imágenes y comentarios en las redes sociales con sus teléfonos móviles. Las madres apartaban a sus hijos de aquel tipo desagradable e intentaban imaginar que compañía habría tenido tan mal gusto como para realizar aquella campaña de *marketing*. Los turistas, que eran los que menos prisa tenían, no dejaban de grabar el paseo de aquel extraño personaje con sus videocámaras de alta definición e incluso se acercaban a él para sacarse una fotografía a su lado. Aquello fue lo que terminó de sacar de quicio a Mortuus.

Veinte minutos después de haber salido del laboratorio subterráneo, llegó a Plaça Catalunya. Por entonces se habría cruzado ya con más de doscientas personas y podía contar con los dedos de una mano —si los hubiera podido mover de forma coordinada— las personas a las que realmente había asustado. Quería convertirse en una encarnación del terror, en algo auténtico, y se había convertido en un chascarrillo, en una estatua humana de las Ramblas de Barcelona. Se detuvo en el mismo centro de la plaza y cerró los ojos. ¿Qué es lo que había salido mal? ¿No era suficiente real? Su metabolismo se había ralentizado, se sentía como un verdadero trozo de carne muerta y eso mismo aparentaba, sin necesidad de maquillaje ni prótesis. Era lo más parecido a un zombi que podía existir y aún así, ¿no era capaz de inspirar terror?

—Abrí los ojos y vi a una mujer echándome una moneda a los pies. No era la primera que lo hacía, debía de haber acumulado casi veinte euros en los minutos en que había estado meditando y un buen grupo de gente se había reunido a mí alrededor a la espera de mi actuación. Era como si volviera a uno de mis conciertos, rodeado de fans que sólo querían de mí un enésimo bis… Me tiré sobre ellos y empecé a lanzar dentelladas hasta que salieron corriendo. No recuerdo demasiado de aquel momento, sólo el sabor de la sangre y un pedazo de carne caliente escurriéndoseme por la garganta.

»Los que me vigilaban no lo vieron venir y reaccionaron demasiado tarde. No pudieron evitar que su cliente causara graves heridas a un desconocido. Pese a sus esfuerzos por tranquilizarme, una patrulla de policía me detuvo y me llevó detenido a los calabozos de Vía Laietana.

Antes de pagar la fianza, la empresa visitó al agredido en el hospital y consiguió que no presentara ninguna denuncia tras ofrecerle una suma significativa. El director utilizó sus contactos para que el caso no se convirtiera en una noticia de sucesos e intentó eliminar todas las imágenes de internet. En comisaría alegó que era un disminuido psíquico víctima de una broma pesada y como no se presentaron cargos, pudo sacarlo de allí antes de que descubrieran que su disfraz no era tal.

—Si hubiera podido, ese mismo día habría vuelto ser normal. Pero el director insistió en que volviera a intentarlo, aunque con una serie de condiciones… que me moviera de noche, por lugares poco transitados, que no agrediera a nadie... Me tuve que dejar convencer, no podía hablar para decirle que no. Así que esa noche volví a intentarlo. Aunque no me lo había dicho, sabía que a partir de entonces iba a tener a un equipo siguiéndome todo el tiempo preparado para actuar al instante. No los veía pero sabía que estaban ahí.

El equipo de vigilancia que se estableció entonces para el seguimiento y control de los primeros degradados constaba de cuatro personas. Se relevaban en turnos de doce horas y su trabajo consistía en borrar toda huella de su existencia. El éxito de su trabajo consistía en adelantarse a la reacción de cualquier persona que se cruzara con su cliente. La mayoría de la gente, cuando lo veían tambalearse a lo lejos, pensaban que se trata de un borracho o un yonqui y cambiaban de acera. Cuando estaban cerca, daban un respingo al ver a un zombi salido directamente de una película de género, perfectamente caracterizado y en pleno papel. Su primera reacción era mirar alrededor, en busca de cámaras ocultas o de más miembros de la horda. Al no ver ni lo uno, ni lo otro, podían darse tres opciones: reír, correr o indignarse. Los dos primeros no planteaban ningún problema para el despliegue, los del tercer grupo podían ser un problema potencial. Podían increparle, grabarle con sus móviles o incluso llamar a la policía. La denuncia no fructificaría porque ir disfrazado de zombi no es un delito —aunque lo suyo no fuera un disfraz—, pero la irrupción de una patrulla durante la operación podía dar al traste con la experiencia. Menos peligroso era que la persona decidiera recriminar al muerto viviente su actitud, pero si lo hacía, la ilusión de realidad se iba al traste. Los zombis de verdad no reciben rapapolvos, así que era algo a evitar.

Por otra parte, cualquier grabación de la experiencia era un peligro potencial para la operación en curso y para las que estuvieran por venir. Caminar por la calle disfrazado de zombi era una cosa, infectar a una persona con una sustancia ilegal y potencialmente mortal para sacar un rendimiento económico, era algo muy distinto. El degradado no debía dejar ningún rastro de su paso. Una vez causado el primer impacto, el equipo actuaba para borrar cualquier prueba del encuentro. Los métodos variaban con cada individuo, podían hacerse pasar por un equipo de televisión que estuviera grabando un programa; por unos estudiantes realizando un cortometraje; unos amigos en plena despedida de soltero. Cualquier excusa era buena para conseguir hacer plausible que un zombi paseara por la calle. Conseguir borrar las imágenes capturadas con los móviles era más complicado. Primero se pedía por favor, después se apelaba a unos derechos de imagen que no existían, en tercer lugar se recurría a una pequeña suma de dinero y, si todo esto fallaba, se eliminaba el archivo por la fuerza.

El despliegue de seguridad convertía la degradación en una experiencia segura y controlada.

—Disfruté de mi vida como zombi durante semanas. No pude hacer todo lo que me habría gustado, pero os aseguro que hice correr a más de uno. Fue divertido… hasta que quise volver a la normalidad. —Mortuus encendió entonces todas las luces del salón para que Olga y Juan pudieran verle en todo su esplendor—. Como veis las cosas no funcionaron como esperaba. Si yo quisiera encontrar a vuestros amigos, en lugar de preguntar por ahí. Volvería a ese lugar y me fijaría bien en las caras de todos los zombificados.

Ninguno de los dos contestó, el teléfono móvil de Juan les interrumpió. Contestó aturdido todavía por las palabras de Mortuus. Después de una rápida conversación por monosílabos, les dijo.

—No va a hacer falta. Lo han encontrado.

45. Juan

Es un sacerdote vudú, aunque también
dueño de un club nocturno para turistas.
De hecho, Lucien Celine hace un poco de
todo, menos dar información.

La serpiente y el arcoíris.
Dir. Wes Craven, 1988

Fuera de contexto un zombificado podía pasar por un enfermo terminal
y, en muchos sentidos, no era algo muy alejado de la realidad. El zombi
fiero y mortífero en el que Gorka se había convertido, tenía un aspecto triste y decadente entre los tubos, los monitores y las sábanas del
hospital. Juan no podía creer que aquel tipo fuera su hermano. De no
haber sido por los fragmentos de tatuajes que todavía podían verse en las
franjas de piel que no estaban afectadas, no lo habría podido identificar
con seguridad. El Gorka que él había visto por última vez unas semanas
atrás pesaba unos quince kilos más que el que ahora tenía delante, su
tez morena era ahora de un gris ceniza y estaba llena de llagas, y su pelo
sucio y débil. Parecía haber envejecido de forma súbita como lo hacen
las personas aquejadas por enfermedades fulgurantes y de no haber sido
por la historia que acababa de escuchar de los labios de Mortuus, Juan se
habría puesto en lo peor. Ahora que lo tenía delante y que sabía lo que
había estado haciendo durante las últimas semanas, confiaba en que el
proceso fuera reversible.

—Por ahora le hemos subministrado suero intravenoso para rehidra-
tarle y le hemos tratado con antibióticos tópicos las llagas abiertas. Es
todo lo que podemos hacer por él ahora hasta que no sepamos más de

su enfermedad —le explicó el mismo medico que había localizado a unas de las amantes de Gorka por internet—. Como verá, está consciente y alerta. Llegó muy alterado pero se calmó cuando le dijimos que usted estaba de camino. No hemos conseguido hablar con él y necesitaríamos saber si su hermano sufre de alguna enfermedad mental o neurodegenerativa… o quizás de algún retraso.

—Si lo que me está preguntando es si mi hermano hablaba antes de que le pasara esto, la respuesta es sí. Hace tres semanas era una persona perfectamente normal.

—Se lo pregunto porque hay síntomas que coinciden con el cuadro de lo que sería un ictus o un accidente vascular, pero también presenta otras señales que nos despistan. No sé cómo explicárselo —le confesó el doctor—. Su hermano está lleno de síntomas contradictorios, que por sí solos sería fáciles de identificar, pero que combinados entre sí complican muchísimo el diagnóstico.

—No sabe lo que tiene, ¿no?

Juan agradeció al doctor el esfuerzo que había realizado para localizarlo pero, a pesar de su buena voluntad, no creía que pudiera devolver a su hermano a su estado normal. Dudaba incluso de que supiera a que se estaban enfrentando. Durante las doce horas que llevaban con su caso le habían sometido ya a media docena de pruebas y muchas más estaban por llegar. Ninguna había revelado resultados significativos. Con los datos en la mano, los médicos del hospital tan solo podían descartar enfermedades, pero no tenían ni idea de cuál podría ser.

—Si no tiene ninguna otra pregunta les dejaré a solas —les dijo el doctor antes de retirarse.

Juan tenía muchas preguntas, pero no formuló ninguna. La historia que había escuchado de los labios agrietados de aquel siniestro cantante se había personificado en la piel de su hermano. Si tenía alguna pregunta que formular, era a él, no a un médico que no sabía a qué se estaba enfrentando. ¿Se recuperaría su hermano al cien por cien o se quedaría con la apariencia de un duende? ¿Podrían hacer algo por él en ese hospital o tendría que recurrir a los que lo habían convertido en aquello? ¿Le habían dejado ir en aquel estado porque ya no podían hacer nada más por él? Y una última pregunta, un poco más egoísta…

—¿Tendría que cancelar mi boda?

—No creo que tu hermano quisiera eso —le contestó Olga, que se había mantenido en silencio mientras Juan hablaba con el doctor.

—Pues se lo habría podido pensar un poco más antes de convertirse en lo que sea que se haya convertido. Mírale… ¡joder que mala cara tiene! —Gorka le miraba fijamente, parecía que le entendía—. Ni siquiera puede explicarnos que le ha pasado.

Gorka se señalo el dedo anular y luego levanto el pulgar hacia arriba. Fue un gesto torpe y lento, pero no por ello ausente de significado. Como buen submarinista que era, su hermano dominaba el lenguaje de signos subacuático a la perfección. Una colección de señas bastante amplia que le había enseñado de pequeño y a la que incluso habían incorporado multitud de palabras y significados de cosecha propia en los largos veranos que habían pasado en campings de playa.

—¿Has visto lo que ha hecho? —exclamó Juan al verlo—. No quiere que cancele la boda.

—¿Cómo?

—Es lenguaje de signos. Dice que se escapó del complejo para poder venir a mi boda.

—Pregúntale por Lidia —casi le exigió Olga.

—Dice que está bien, aunque está como él. Sigue allí o eso es lo que piensa —tradujo Juan.

Pese a las limitaciones del lenguaje de señas subacuáticas. Gorka se sintió aliviado de poder hablar con su hermano. No le pudo explicar ni la mitad de lo que le habría gustado, pero sí lo suficiente como para ponerle al día.

—Has llegado a tiempo —le dijo Juan— y te agradezco tu esfuerzo, pero… ¿no has pensado en que así no puedes presentarte en la boda?

Al parecer el submarinista había puesto todo su esfuerzo en llegar a tiempo y ejercer su responsabilidad como padrino, pero no se había planteado en ningún momento cómo iba a volver a su estado normal para poder hacerlo. Quizás, había pensado que la degradación era como un constipado del que poco a poco se recuperaría por sí solo.

Quizás yo pueda ayudarles con eso —dijo una voz a su espalda—. Soy Diego Ribera, director de Zombis Resort.

El tipo, que vestía un traje de seda negra, le dio a Juan una tarjeta de visita con sus credenciales. Juan y Olga no supieron cómo reaccionar ante su presencia. Después de todo lo que habían escuchado, no sabían si echarle de la habitación o tirarse a sus brazos. Al final, fue él quien tomó la iniciativa.

—Esta situación es un tanto embarazosa. No puedo contarles mucho al respecto, me debo al secreto profesional. Pero deben saber que nuestra primera prioridad es el bienestar de nuestros clientes…

—¿Por eso está mi hermano agonizando en esa cama de hospital?

—Sé que tiene mal aspecto. Para eso precisamente nos contrató.

—Sé lo que hacen y quiero que lo deshagan inmediatamente. Si mi hermano no vuelve a ser el que era...

—¡Ya pueden irse preparando para una demanda de tres pares de cojones! —añadió Olga terminando la frase.

—No se alteren por favor —respondió Diego sin cambiar su tono de voz—. He venido hasta aquí precisamente para ofrecerles mi ayuda. Mi empresa correrá a cargo de todos los gastos y se encargará de la completa rehabilitación de señor Saltor en nuestra clínica.

—El señor Saltor es mi padrino de boda y ha llegado hasta aquí arrastrándose porque no me quiere fallar. ¿Podrán ayudarle en eso también?

—Todo es negociable —dijo Diego impasible.

—Un momento —intervino Olga— ¿qué me dice de mi amiga Lidia?

—Su amiga está perfectamente, disfrutando de la experiencia que contrató… sana y salva en nuestro pueblo.

—¿Y cómo podemos saber si nos podemos fiar de usted? —puntualizó Juan antes de aceptar el trato.

—¿Por qué no tendrían que hacerlo? —contestó Diego con una sonrisa.

46. Walter

Estas cosas no pueden devolver el brillo
de tus ojos. Fue una locura hacerte esto.

La legión de los hombres sin alma (White zombi).
Dir. Víctor Halperin. 1932

No le fue difícil atar cabos. Aunque el nombre de su primer paciente no
aparecía en el expediente, el parecido era más que razonable: el señor Ribera era idéntico a su hijo Marc. Walter recordó que su antiguo jefe tenía
un hermano con el que apenas mantenía relación. Una rápida búsqueda
en internet le reveló su nombre: Diego. Así se llamaba la persona que
lo había extorsionado para robar información, que lo había obligado a
experimentar con humanos de forma ilegal, que no había tenido reparos
en utilizar a su propio padre como cobaya humana. El alemán no tenía
problemas morales con lo que se había visto obligado a hacer, pero no
soportaba que lo utilizaran. Fraguó un odio profundo por el Holandés
pero se lo guardó para sí.

«Llegará el momento de ajustar cuentas, por ahora todo seguirá igual».

Por aquel entonces, el profesor Ribera llevaba ya un tiempo desaparecido. Su viejo laboratorio había sido clausurado y Walter había podido centrar todos sus esfuerzos en su nuevo trabajo. Las nanopartículas
habían funcionado bien con el anciano, su enfermedad terminal lo había
convertido en un candidato ideal para probar por primera vez cómo
reaccionaba el Lambda-3 ante aquella sustancia. No había grandes riesgos si la cosa salía mal y sí mucho que ganar. El anciano respondió muy
bien a las nanopartículas, recuperó algunas de sus funciones perdidas y
volvió al estado previo a la inoculación del Lambda-3 o incluso mejoró,

215

si se puede considerar mejora el hecho de volver a la senilidad. Al margen de eso, el único efecto secundario fue una notable infección por hongos en toda la piel, que Walter atribuyó a su falta de cuidados durante su estancia en el sótano.

Una mañana, cuando su padre ya estuvo recuperado, Diego se presentó en el laboratorio con ganas de sincerarse. La comunicación no había sido muy fluida hasta entonces y desde hacía unos meses casi ni se veían. El alemán imaginó que había recuperado su confianza después del éxito de las nanopartículas.

—Voy a ser sincero contigo —le dijo el Holandés—. Mi nombre es Diego Ribera, soy el hermano del profesor Ribera.

«Dime algo que no sepa».

—Todo esto empezó con una traición hacía Marc y también hacia ti. Me aproveché de los dos por interés propio y lo lamento. Pero de todo esto puede salir algo bueno —continuó diciendo Diego con una aflicción que no conmovió a Walter—. Has ayudado a mi padre y ahora necesito que ayudes a mi hermano. Quizás así él pueda perdonarme.

«Quizás él te perdone, yo no».

Diego le explicó cómo había conseguido que Marc y Anna trabajaran para él en el laboratorio de campaña. Le confesó que había sido su antigua compañera la que había descubierto la utilidad de las nanopartículas para deshacerse del Lambda-3. Le dijo que el profesor estaba muy enfermo y que necesitaba su ayuda.

—Los priones le están atacado con fuerza. La infección no se ha estabilizado como con nuestros pacientes de aquí. Si no hacemos algo pronto acabaran con él y después de ver lo bien que ha funcionado todo con mi padre, es el momento de utilizar las nanopartículas también con Marc. Aunque no creo que en su caso sean tan fáciles de aplicar, así que he alquilado un quirófano y he buscado a más gente para que nos ayude. Va a ser como en los viejos tiempos. Una de ellas será Eva, tu antigua compañera.

«Estoy emocionado», pensó Walter con cinismo.

La operación de Marc fue un éxito relativo. El alemán diseñó gran parte del equipo tecnológico necesario para la operación. Estableció los cimientos de muchos de los procesos que más adelante desarrollaría para la degradación. Estaba satisfecho con su trabajo, pero Diego no lo estuvo tanto.

—La operación ha funcionado, pero ha sido como matar moscas a cañonazos —le explicó Diego después de visitar a su hermano en el postoperatorio—. Las secuelas van a ser muy graves, va a necesitar mucha rehabilitación y no va a quedar como antes.

—Es imposible que quede como antes —le replicó Walter.

—¡Pues tu trabajo es hacer que sea posible! Si las nanopartículas han funcionado bien una vez, tienen que volver a hacerlo.

El alemán sabía lo que tenía que hacer para que el éxito fuera total, debía alterar la composición de las nanopartículas para que sólo afectaran a los priones sintéticos. Tres semanas después de la operación del profesor Ribera, mientras éste empezaba su larga rehabilitación, Walter creyó haber dado con el antídoto. Sacó al azar a uno de la docena de zombificados que habitaban el sótano de su laboratorio y le inyectó el principio. No se preocupó de montar un quirófano, ni de juntar a un equipo médico, ni siquiera fue selectivo a la hora de inyectárselo. Simplemente lo sacó con un sistema de poleas que había hecho instalar con ese propósito, lo sentó en una camilla y le inundó el sistema nervioso con nanopartículas modificadas. El éxito fue mayúsculo, en pocas horas, el individuo había recuperado gran parte de sus funciones perdidas. Los únicos efectos secundarios volvieron a ser los hongos de la piel. Dos días después salía por su propio pie y con un buen fajo de billetes en las manos para comprar su silencio. A Diego le sorprendió que Walter lo hubiera conseguido tan rápido, pero los resultados eran irrefutables.

—¿Funcionará? —le preguntó Diego a su investigador jefe.

—Es solo un caso, todavía es pronto para saberlo —le respondió él.

Pero para Diego fue suficiente. Después de ver cómo aquel tipo se recuperaba, empezó a ponerlo todo en marcha. Incluso dejó de visitar a su hermano para poder organizarlo. Había mucho dinero en juego y la inversión que había hecho para equipar los dos laboratorios había sido exagerada. No había reparado en gastos y estaba impaciente por empezar a sacarle rendimiento a su inversión.

Mientras el alemán continuaba con la investigación, el Holandés empezó a construir los cimientos de lo que más tarde se convertiría en Zombis Resort. Walter se alegró de volver a perderlo de vista y poder seguir trabajando su ritmo. Las nanopartículas modificadas funcionaron con éxito en la mayoría de los zombificados: de los doce infectados, sólo dos no se recuperaron por completo. Muchos habían salido por su propio pie, sin embargo aquellos dos inquilinos agonizantes todavía le miraban fijamente cada vez que abría la escotilla. Haber estado tan cerca del antídoto y encontrarse de pronto con una contrariedad como aquella lo llenó de frustración. Las nanopartículas habían funcionado, pero esta vez, la infección de los hongos había sido tan grave que no la había podido tratar. En los otros casos, un simple tratamiento con crema antifúngica había sido suficiente, pero con esos dos no le había funcionado ninguna medicación. Había intentado todo lo que había estado en su mano para curarles, pero la infección estaba tan extendida que el dolor y los picores eran inaguantables. Después de unas semanas de sedación y tratamientos inefectivos, a Walter tan sólo se le ocurrió una cosa que hacer con ellos.

«Antes estaban igual de infectados y no se quejaban. Les vuelvo a inocular los priones y por lo menos me dejaran tranquilo».

Aquello funcionó. Los dos pacientes volvieron al sótano y no se quejaron, pero ahora Walter no podía garantizar que su tratamiento con nanopartículas modificadas funcionara en todos los casos. Estimó que el porcentaje de éxito podía rondar el noventa por ciento. Para él era un porcentaje de éxito aceptable, así que cuando Diego le explicó que había un cliente que ofrecía una gran suma por hacer un viaje de ida y vuelta a la degradación, Walter no puso reparos, confió en la suerte. Era consciente de los riesgos que eso entrañaba, estaba jugando a la ruleta rusa con un cliente que había pagado muy bien para que no hubiera problemas. El alemán supervisó el proceso de degradación con éxito y cuando llegó el momento de recuperarlo cruzó los dedos. No tuvo suerte.

—Cuando te pregunté si el antídoto funcionaría me dijiste que sí, ¿verdad? —le inquirió Diego tras su fracaso—. Te lo di todo en bandeja. La sustancia, las notas de Anna, individuos con los que experimentar… incluso te marqué el camino. Te di el tiempo, el material, el equipo, no te traje personal porque no me dejaste… y tú, ¿qué me diste? Mentiras. Escondiste en la fosa a los dos infectados que no pudiste recuperar, así que ahora atente a las consecuencias.

«Asumiré mi castigo, pero algún día tu tendrás que asumir el tuyo»

Walter esperaba algún tipo de represalia pero no la vio venir. Cuando se dio cuenta de lo que estaba pasando ya era tarde: se orinó encima. La pérdida de los esfínteres no fue su primer síntoma, pero sí el más significativo. Hasta entonces no se había percatado de la pérdida gradual del sentido del tacto y del olfato que estaba sintiendo. Su incapacidad para hablar había pasado desapercibida porque el alemán llevaba semanas trabajando solo. Ni siquiera sintió el líquido caliente chorrearle por las piernas. Hasta que no vio la mancha de sus pantalones no se dio cuenta de que Diego había estado adulterando su comida con priones infectados.

Tampoco le extrañó demasiado que lo hiciera. Alguien capaz de experimentar con su propio padre y de engañar a su hermano hasta el punto de que éste se jugara su propia vida por él, era capaz de eso y mucho más. Lo único que le convertía en un activo valioso para él era su experiencia como científico y, por lo visto, ni siquiera aquello era ya suficiente.

«Tampoco puedo culparle por eso».

Lo que más preocupaba a Walter era que los priones le afectaran del mismo modo que lo habían hecho con el profesor Ribera. Diego no era médico, no sabría detectar si se estaba muriendo y ni siquiera se preocupó por hacerlo. Lo abandonó en el laboratorio a su suerte durante semanas. Al principio el alemán temió por su vida, pero tras unos días de pánico, notó que su organismo se acostumbraba a su nuevo estado. Experimentó en su propia piel como su sistema nervioso alterado cambiaba la forma en que percibía su cuerpo. Había fantaseado muchas veces con su propia degradación. Sentía tanta curiosidad que una vez pasado el peligro, más que traicionado se sintió como un niño con un juguete nuevo.

«No está tan mal, es como meterse en el cuerpo de otro».

Cuando Diego volvió al laboratorio le encontró inmóvil en el centro de la sala, sobre un charco de orina y heces. Era el signo inequívoco de que su plan había funcionado. No había tenido clara la cantidad de priones que debía administrar ni qué alimentos eran los más idóneos para camuflarlos, así que había derrochado gran cantidad de Lambda-3 impregnándolo todo, desde el cartón de leche hasta las chocolatinas. El Holandés lo recogió todo y lo tiró a la basura, ya habían realizado su cometido. Después empezó a pasear alrededor de su víctima mientras ésta se giraba sobre su propio eje con los movimientos torpes de sus pies. Walter no quería quitarle la vista de encima y Diego no quería que lo hiciese. Los dos analizaban a su oponente y esperaban al próximo movimiento.

—¿Qué tal es? ¿Es como esperabas? —le preguntó el Holandés rompiendo el silencio—. A estas alturas ya no creo que puedas hablar, así que no hace falta que me contestes. Tampoco se puede decir que seas muy bueno respondiendo a mis preguntas… no sé si será cosa del idioma… pero cuando te pregunté si el antídoto estaba listo creo recordar que tú contestase que sí. ¿Todavía lo crees ahora?

Diego colgó al alemán del sistema de poleas y empezó a bajarlo a la fosa.

—Cuando el antídoto no funcionó con el cliente, no supe si despedirte o matarte. Después de mucho pensar encontré la solución —le dijo Diego a su empleado justo antes de soltarlo—. Tu propio error será tu penitencia.

Los dos últimos inquilinos de la fosa se alegraron al ver a su nuevo compañero.

47. La boda élfica

Beleg buscó a Túrin entre los muertos para enterrarlo,
pero no pudo encontrar su cuerpo. Supo entonces que
el hijo de Húrin seguía con vida, y que se lo habían
llevado a Angband; [...] una región de terror y encan-
tamientos oscuros, de vagabundeo y desesperación.

Los hijos de Húrin. J.R.R. Tolkien
(Editada por Christopher Tolkien), 2007

No todos los invitados habían entrado en el juego. Por el soleado prado
donde se estaba celebrando la boda de Juan y su futura esposa podían
verse moradores de la Tierra Media mezclados con habitantes de la tierra,
a secas. *Hobbits*, elfos y enanos charlaban y tomaban cócteles de bienvenida con invitados vestidos con trajes de etiqueta y vestidos de noche. Los
zapatos de tacón se hundían varios centímetros en el césped y muchas
de las invitadas iban descalzas, otros combinaban sin demasiada gracia
sus trajes de boda con pies peludos de goma o largas pelucas rubias. Los
novios habían previsto la falta de cooperación y habían alquilado todos
los complementos que tenían en stock en la tienda de disfraces.

Juan lucía una bonita melena negra rizada encima de su calvicie y
se había afeitado a conciencia su habitual barba de cuatro días para
parecerse lo máximo posible a Frodo Bolsón —aunque en realidad éste
nunca llegaba a casarse en la novela, quien lo hacía era su compañero
Sam Sagaz—. El habitual atuendo de gala de la Comarca —o más bien
el que creó la diseñadora de vestuario de las películas— le quedaba
como anillo al dedo. Del cuello le colgaba el anillo de boda que, cómo
no, era una réplica exacta del que aparecía en la Trilogía, con la fecha de

la boda y los nombres de los novios escritos en élfico. El lugar escogido había sido una pequeña loma junto a un restaurante en la que habían incrustado algunas puertas redondas falsas. Lo más parecido a Hobbiton que habían podido encontrar sin tener que ir hasta Nueva Zelanda, que iba a ser el viaje de la luna de miel.

En principio, la intención de Juan era que su hermano se disfrazara de Gandalf y ejerciera de sacerdote durante la ceremonia, pero después de lo sucedido, había decidido que lo mejor era camuflarle como orco. Rompía un poco la coherencia del ceremonial —¿Orcos en una boda *hobbit?*—, pero era una forma perfecta de disimular su estado. Ni siquiera la novia sabía la verdad sobre Gorka, Juan le había dicho que los cambios de última hora habían sido un capricho de su hermano.

—Le ha dado por ahí. Está tan metido en su papel que ni siquiera habla, tan sólo gruñe de vez en cuando —le dijo él para justificar su comportamiento—. Por lo menos ha terminado apareciendo...

Tan sólo otras dos personas conocían lo que había sucedido: Olga, que se había ofrecido a ser la acompañante de Gorka para ayudarle a disimular; y Diego, que había accedido a su petición con la condición de supervisarlo todo de cerca.

La gótica había tenido que defender su coartada frente a Richy y el resto de amigos, que no entendían como Gorka había cambiado a Lidia por su amiga bajita. Olga había salido del paso con evasivas y falsa indignación. Ella también se había saltado el protocolo de la boda y vestía un ajustado corsé de encaje con velos negros y cientos de ligueros y cierres. Era un extraño vestido de moda gótica alemana que podía pasar por un traje de noche fuera de su contexto original y que realzaba sus mejores atributos de un modo casi perturbador. Los invitados que mejor conocían a Gorka imaginaron un par de razones para traerla a la boda.

El Holandés observaba a la extraña pareja desde el fondo de la ceremonia. Había accedido a ponerse una peluca rizada y unos pies de *hobbit*, aunque por su porte habría encajado mejor con una armadura y una barba de montaraz. Agradecía que la boda fuera tan esperpéntica, porque en un contexto como ese era fácil camuflar a un auténtico zombi.

Le había resultado fácil dar con el submarinista. Aunque habían perdido su pista en las montañas, Diego sabía a dónde se dirigía. Tan sólo tuvo que seguir los movimientos de su hermano y éste le acabó llevando hasta su tránsfugo. Ahora que ya los había convencido para traerle vuelta, su mayor preocupación era que su cliente no llamara demasiado la atención durante la ceremonia. Podría haberlo llevado de vuelta a la clínica del complejo por la fuerza, pero prefería que fuera por su propio pie y con la conformidad de su hermano. Si para conseguirlo tenía que esperar a que terminara la peculiar ceremonia, lo haría. Había asistido a rituales más extraños que aquel.

En un momento dado, todos los invitados se giraron hacia él. Por un instante se sintió un extraño con cien ojos encima, hasta que escuchó el chirriar de unas ruedas de madera a su espalda y se giró como uno más. La novia llegaba en un carro que arrastraba un enorme caballo castaño de raza Shire. Las enormes dimensiones del animal, que debía rozar el metro ochenta, como las del carro, creaban la ilusión de que la novia fuera una auténtica habitante de la Comarca. El efecto era espectacular.

Su padre la acompañó del brazo hasta los pies de la loma entre una lluvia de pétalos, donde Juan y el falso Gandalf esperaban bajo una pérgola circular de madera ornamentada al estilo de Rivendel.

—*Im Marion, estathar le Juan, sui hervennen nín* —pronució la novia en el momento álgido de la ceremonia—. *Gerich velethnín a guil nín al lû bân.*

Una mujer que estaba al lado de Diego debió leer su cara de incomprensión y le tradujo.

—Yo Marion, nombro a Juan como mi marido. Tienes mi amor y mi vida para siempre —le dijo la extraña mientras aplaudía emocionada—. Son los votos tradicionales élficos.

Juan repitió la misma fórmula, cogió el anillo que le colgaba del cuello y se lo puso a su mujer —legalmente ya lo era, habían pasado por el juzgado el día antes—. Marion no se hizo invisible, después de simular sorpresa y de una risa general, se descolgó también su anillo y lo puso en la mano de él. El público estalló en un gran aplauso mientras se besaban. Los novios eran el centro de atención del momento. Nadie se fijó en que el gran orco que estaba a solo unos metros de ellos y que había permanecido inmóvil durante toda la ceremonia, levantó la vista de pronto y empezó a olfatear el aire como un sabueso en busca de su presa. Cuando empezó a moverse con paso decidido entre el público, Olga se percató de que algo iba mal. Diego lo vio acercarse con una mirada que le resultaba familiar, pero tardó unos segundos preciosos en interpretarla como lo que era: la mirada de un zombificado con sed de sangre.

Gorka se lanzó sobre Diego como una hiena hambrienta y empezó a lanzar dentelladas sobre él. Le arrancó parte del traje a mordiscos y le causó heridas serias en el cuello y el trapecio de los hombros. Por suerte, los invitados los separaron antes de que Gorka pudiera alcanzarle la yugular. A pesar de ello, Diego necesitaba asistencia médica de inmediato.

—¡No me lo puedo creer! —le dijo Marion a su nuevo marido— ¿Ese orco no era tu hermano?

—Eso creo —dijo él como si el ojo de Sauron le estuviera apuntando de lleno.

—Prefiero no saberlo… ¿podemos seguir con la boda? Por favor….

Mientras Diego se incorporaba conmocionado con una mano taponando la hemorragia. Olga consiguió arrancar al orco de la muchedumbre y se lo llevó a un lugar apartado para calmarlo. En cuanto Gorka se alejó de Diego lo suficiente pareció volver a su estado habitual.

—¿Se te ha ido la olla o qué? —le preguntó ella— Con todo lo que has tenido que hacer para poder estar aquí hoy y ahora lo jodes todo. No lo entiendo...

—No ha sido culpa suya, he sido yo —le dijo una mujer que apareció de la nada. Era la misma que le había traducido los votos a Diego unos minutos antes del ataque—. Tenemos que movernos rápido, no creo que esté sólo. Seguro que ahora mismo hay alguien más buscándonos.

Olga se dejó llevar por el ímpetu de aquella extraña mujer. Tenía cogido a Gorka con fuerza del brazo y casi lo arrastraba hacia la explanada que ejercía de aparcamiento. Los introdujo en el interior de una furgoneta y hasta que no arrancó el motor no atendió a los centenares de preguntas que le había formulado Olga durante la carrera.

—Me llamo Anna —le dijo echando un vistazo al retrovisor—. No sé lo que os habrá contado Diego para tranquilizaros, pero si vuestro amigo vuelve a Zombis Resort hay muchas posibilidades de que no lo volváis a ver.

Olga pensó inmediatamente en su amiga Lidia.

48. Diego

Tiene los ojos vacíos no puede hablar,
y una enfermera ha venido a hacerle andar.
Los hermanos están solos, la enfermera es
un encanto y, como verá, terminé mi canto.

Yo anduve con un zombie.
Dir. Jacques Tourneur, 1943

Había clínicas mejor equipadas, con más prestigio y con mejores profesionales, pero ninguna cuidaba mejor la privacidad de sus clientes. Por esa única razón, Diego la había escogido a la hora de ingresar a su hermano y, ahora, para ingresar también a Mortuus. Si el proceso de recuperación hubiera funcionado con éxito, el cantante habría pasado menos de cuarenta y ocho horas en el laboratorio de Walter y habría salido con una receta para un antifúngico en el bolsillo y algunas marcas en la piel. Pero las nanopartículas modificadas no habían funcionado como cabría esperar en un cliente que había pagado una suma exagerada para ser el primer «zombi reversible» de la historia. Diego se había visto obligado a ingresarlo en la misma clínica donde se estaba recuperando su hermano, a la espera de encontrar una solución. El Holandés no era científico pero sabía cómo obtener lo que quería de cada persona: a unos simplemente los tentaba con dinero, a otros los engañaba apelando a su sentido de la lealtad y a unos pocos los utilizaba tirando de sus lazos familiares. El truco consistía en decirle a cada uno lo que necesitaba escuchar y Diego siempre había sabido que decir. Hasta entonces.

Salió de la habitación de Mortuus después de invocar su perdón por enésima vez. Aunque su cliente no podía hablar, no hacía falta ser muy empático para interpretar lo que transmitía su mirada: decepción e impaciencia. Diego sabía que la única persona que le podía ayudar estaba ingresada en esa misma planta, pero no sabía cómo plantearle el problema para no quedar en evidencia. Recorrió el pasillo que separaba las dos habitaciones, paso a paso, pensando en cómo abordar la cuestión, en cómo plantearle el asunto a Marc para conseguir que lo ayudara pero sin revelar más de lo necesario. Antes de llegar a la puerta de la habitación de su hermano se le ocurrió cómo hacerlo, pero fue su hermano el que rompió el hielo.

—Pensaba que ya no iba a volver a verte —le dijo el profesor Ribera desde la cama cuando le vio.

—He estado ocupado —le dijo él mientras se ponía cómodo en el sillón—. Tengo algo importante que decirte.

—Ya me imaginaba que no era sólo una visita de cortesía.

—He encontrado un inversor para seguir con la investigación. Que le den por culo a la universidad, ahora trabajarás para el sector privado. Tengo el laboratorio montado y al equipo trabajando —dijo Diego—. Sólo me faltas tú.

Marc no contestó. Estaba desayunando y se tomó su tiempo para masticar un bocado de la tostada más insípida que jamás había probado. Después le dio un sorbo a un café expreso que le supo a agua caliente y contestó.

—¿Cómo estás de lo tuyo? ¿Los síntomas van a peor?

—Lo llevo bastante bien, pero esto no es sólo por mí. También te ayudará a ti a terminar de recuperarte. Por no hablar de los miles de personas a los que podríamos ayudar.

—Te has vuelto muy altruista de golpe —le dijo Marc con un atisbo de sarcasmo.

En ese momento entró Anna en la habitación. Había llegado al hospital tras un largo paseo y estaba un poco acalorada, aunque se sonrojó todavía más cuando vio a Diego en la sala. Habían pasado casi seis meses y seguía ejerciendo una fuerte atracción sobre ella. El Holandés era consciente de ello. Marc también.

—Como pasa el tiempo —le dijo Diego con su mejor sonrisa.

Marc no dejó que Anna contestara. Intervino con un nuevo sarcasmo para evitar que Diego continuara ejerciendo su influjo sobre ella. Sin embargo, no pudo evitar que el Holandés le lanzara un piropo, se levantara y le diera un abrazo de bienvenida más largo de lo habitual. Después, le susurró algo al oído y ella se ofreció a ir a por unos cafés. Tan pronto como la investigadora salió por la puerta, Marc le dijo:

—Sé que no estás enfermo y sé de quién son las muestras de la biopsia cerebral que hiciste pasar por las tuyas.

Diego permaneció en silencio. Necesitaba unos instantes para reorganizar su estrategia. Para decidir si lo negaba o aceptaba la verdad. Si su hermano le decía aquello era porque tenía pruebas.

«¿Cuándo empezó a sospechar?».

—Anna le hizo un estudio genético al tejido infectado en un intento de abrir una nueva vía de investigación. Fue un intento baldío, como muchos otros, pero algo en los resultados me llamó la atención. Algunos marcadores no cuadraban, los comparé con los de mi propio ADN y lo supe.

—Y no has dicho nada hasta ahora —le contestó Diego con una indignación fingida—. No has dicho nada hasta que no te has recuperado. Eso también habla muy bien de ti, no te parece.

—No dije nada porque no podía hablar —el profesor Ribera se incorporó de la camilla y subió su tono de voz por primera vez—. Me había inoculado un suero experimental que casi me mata para salvarte la vida y tú me dejaste hacer. Le extirpaste un pedazo de cerebro a nuestro padre enfermo y lo hiciste pasar por tuyo. Dejaste que arruinase mi carrera para salvarte de una enfermedad que no tenías y arrastraste contigo a mi mejor colaboradora. Imagino que lo hiciste por dinero, te tendrían que dar una buena suma para vender a tu padre y a tu hermano.

—Papá estaba ya con un paso en la tumba. Una biopsia no lo iba a empeorar más de lo que estaba.

—¿Por qué hablas en pasado?

—Te quejas de que no te haya visitado en seis meses, ¿pero te has preocupado tú de tu padre en todo este tiempo?

—No puedes comparar una cosa con la otra.

—No, lo reconozco. Me he comportado como un hijo de puta. Te he puesto entre la espada y la pared, ¿pero no te ha servido eso para acelerar tu investigación como nunca habrías imaginado? Sí, casi te mato, pero gracias a ello te has ahorrado veinte años de trabajo con monos. Para cuando hubieras obtenido los primeros resultados, papá ya habría estado muerto y enterrado. Ahora está vivo y caminando sólo.

Diego tenía razón en una cosa: su padre estaba más muerto que vivo. Había luchado contra el mal de Creutzfeldt-Jakob durante muchos más años de los que habría cabido esperar, pero su calidad de vida en ese último periodo había bajado varios enteros. La enfermedad era rara, afectaba a uno de cada millón, y no existía ningún tratamiento efectivo contra ella. Tan sólo se podían paliar sus efectos para mejorar la vida del paciente. Marc no escondía que la enfermedad de su padre había marcado su camino a la hora de dirigir su carrera hacia la investigación de las enfermedades neurológicas, pero nunca había albergado esperanzas respecto a su curación. Su trabajo daría frutos a quince años vista, diez siendo muy optimistas, y para entonces su padre estaría ya muerto y enterrado, tal como su hermano había dicho. Sin embargo, si Diego no le engañaba, los priones sintéticos que había diseñado parecían haberle salvado la vida.

—Reconozco que mis métodos no han sido muy dignos, pero a fin de cuentas, los resultados han sido extraordinarios... ¿Qué me dices? —insistió Diego—. ¿Trabajamos juntos en esto?

—Digo que si no fueras mi hermano ahora mismo estaría llamando a la policía. Digo que ningún resultado justifica tu total falta de ética. Digo que soy un investigador, o por lo menos lo era hace unos meses, no un mercenario. No quiero saber nada de tu oferta y tampoco nada más de ti.

—No quieres trabajar conmigo, mi dinero no vale para pagar tu nómina, pero sí para pagar está clínica, tu rehabilitación y todas tus facturas. Te recuerdo que tu seguro médico se negó a cubrir tu... ¿cómo lo dijeron? Imprudencia médica.

—Puedes estar tranquilo, hoy mismo me daré el alta y te aseguro que pagaré hasta el último céntimo de mi estancia. Voy a estar pagando por esto el resto de mi vida. En todos los sentidos.

—Como quieras... alguien habrá que acepte tu puesto. —En ese momento, se escucharon unos pasos acercándose por el pasillo—. No eres el único candidato que tenemos para cubrir la vacante.

—Ni se te ocurra —dijo Marc tajante—. Si la metes en este asunto te denuncio. Me da igual lo que me pase.

Diego supo cual era el punto débil de su hermano en el mismo momento en que la investigadora entraba por la puerta con la bandeja de la cafetería.

—Creo que no voy a tomarme ese té —le dijo mientras recogía sus cosas—, de todos modos gracias... por todo. Espero que nos volvamos a ver muy pronto.

El Holandés salió de la habitación con una sonrisa. No dudaba de que su hermano cumpliera con su amenaza, pero de un modo u otro aprovecharía su ventaja estratégica.

«Tengo a más candidatos para cubrir ese puesto».

49. Walter

—¿Y si descubrimos un fármaco zombificante? [...]
—Podría ser algo más que un fármaco.
Podría ser la prueba de la existencia del alma.

La serpiente y el arcoíris.
Dir. Wes Craven, 1988

El laboratorio había estado inactivo durante varios días, aunque en su estado y atrapado en una fosa oscura era difícil saberlo. Escuchó lo que le parecieron unos zapatos de tacón acercarse y luego la trampilla se abrió. Al principio no la reconoció. Tan solo se fijó en sus medias y en dónde terminaban, aunque lo hizo más por instinto y casi obligado por su forzado punto de vista que por excitación. Cuando escuchó su voz, identificó a su antigua compañera de trabajo. La recordaba de un modo muy diferente.

—Tienes una pinta de mierda —le dijo ella mientras desde el borde del foso—, ya me habían avisado de que no podrías hablar y de que estarías bastante desmejorado... ¡pero das auténtico asco, Walter! No te ofendas, para nuestros intereses cuanto más asqueroso mejor. Sólo espero que tu cerebro no esté igual que tu cara.

El alemán respondió con algo parecido a un gemido de asentimiento. Los hongos se estaban comiendo su piel, pero su mente estaba límpida. Eva pareció satisfecha con la respuesta, así que se acercó a la polea y le lazó el arnés de sujeción.

—Espero que puedas ponértelo tú sólo, no pienso bajar a ayudarte. No con este vestido.

Walter empezó a dar vueltas con los brazos abiertos alrededor de las correas de sujeción, como un niño que intenta pescar patitos en una feria. Por la destreza que mostraba, iba a estar un buen rato intentándolo. Su antigua compañera de trabajo aprovechó para fumar un cigarrillo mientras le observaba.

—Como tú no preguntas te lo contaré yo. Soy tu nueva compañera de laboratorio. No te juzgo por lo que has hecho aquí... el espionaje industrial, la experimentación con humanos... ¡Las de leyes que os habéis saltado! Por no hablar de los dos tipos que todavía están ahí abajo agonizando... Todo eso me da igual bastante igual. Vamos a empezar de nuevo.

Walter sabía que después de que clausuraran el laboratorio del profesor Ribera, Eva había intentado conseguir un nuevo trabajo en el sector. Los rumores que habían corrido acerca de lo sucedido le habían puesto las cosas difíciles. Nadie quería arriesgarse con ella, sus referencias la convertían en una intocable. Sabía que Anna había conseguido un buen trabajo en el extranjero recomendada por el profesor, pero nadie había hecho lo mismo por ella. El profesor Ribera ni siquiera había accedido a recibirla.

El zombificado de la bata de laboratorio consiguió, casi por casualidad, introducir ambos brazos en las correas y esperó inmóvil a que le sacaran del hoyo. Eva no tenía prisa en hacerlo.

—Éstas son las condiciones... Yo dirijo ahora la investigación. Diego me ha explicado de qué va esto, pero tú me tendrás que poner al día de los detalles. Quiero saberlo todo —Eva pronunció estas últimas palabras con una intensidad especial—. Si veo que me escondes algo, te joderé. Si no quieres colaborar, te joderé. Me he pasado casi un año comiendo mierda y no pienso desaprovechar una oportunidad más.

La nueva jefa de laboratorio tiró la colilla de su cigarro al suelo y la aplastó con precisión quirúrgica con el afilado tacón de su zapato. Asió la polea con fuerza, pero antes de tirar recordó algo.

—Por cierto, te vas a quedar como estás. No sé por qué extraña razón, Diego cree que trabajarás con más intensidad con esos priones corriendo por tus venas. A mí tampoco me hace gracias tener que mirarte a esa cara mientras trabajamos, pero así son las cosas. ¿Estamos de acuerdo? Sí, Eva —se contestó ella misma imitando una voz grave—. Y si no lo estás, vuelves al agujero. Así de fácil.

Walter no volvió al agujero. Se acomodó a su nuevo puesto en el laboratorio más por aburrimiento que por sentirse amenazado. Su nuevo estado no le molestaba, pero no quería volver a la fosa. Antes de que

Diego lo degradara —en todos los sentidos— había trabajado bajo mucha presión, acosado por el miedo al fracaso e imponiéndose a sí mismo unos horarios y ritmos espartanos. Ahora ya no sentía miedo al fracaso porque ya había fracasado. Era un despojo de lo que había sido y le gustaba sentirse así. Era el ayudante tullido del doctor Frankenstein y no le molestaba serlo.

La Eva que había conocido era muy diferente a la que se había presentado en aquel laboratorio clandestino enfundada en medias y minifalda. Le asignaba las tareas más sencillas y él no reprochaba. Acataba órdenes día y noche sin descansar y solo pedía una cosa a cambio.

«Quiero salir a dar una vuelta», le escribió Walter una y otra vez en la tableta que utilizaban para comunicarse.

—Lo siento —le respondía siempre Eva—. No puede ser. Órdenes directas. Por lo menos hasta que no encontremos una solución al problema.

Para Eva ese problema se encontraba en los métodos de Walter, sobretodo en su ausencia de higiene y de asepsia en el laboratorio.

—Si tus pacientes no se infectaran siempre con los hongos y lo que sea que hay ahí abajo, los podrías haber recuperado a todos sin ningún problema. Me jode que me hayan tenido que llamar para limpiar tu mierda.

Walter ahora sabía de primera mano que el problema principal no era recuperar a los degradados, sino garantizar la estabilidad del proceso. Si los priones se extendían tanto cómo lo habían hecho en el profesor, los hongos serían el último de sus problemas. Se había demostrado que las nanopartículas no eran efectivas cuando la infección por priones llegaba a ciertos extremos. El alemán, tenía una idea aproximada de cómo podría solucionarlo. Era un pálpito.

«Los hongos no son un problema, apostaría a que son la solución».

Sin embargo, en aquel estado poco podía hacer para corroborar su hipótesis. Tendría que esperar a volver a su estado normal para hacerlo. Por el momento tendría que limitarse a soportar la charla de su compañera.

—Que un diez por ciento de los individuos infectados no se puedan recuperar es un margen de error demasiado elevado para ser asumido por los clientes —repetía Eva una y otra vez—. Un pequeño margen de riesgo es aceptable, como el de ser envenenado al comer pez globo o el de que una montaña rusa descarrile, pero un diez por ciento no es aceptable. No es rentable para el negocio.

»Por lo que sabemos, los individuos que muestran una predisposición a sufrir la micosis y que no responden a ningún antifúngico, son los que terminan siendo irrecuperables. Aplicamos las nanopartículas, el sistema nervioso se recupera pero los hongos se descontrolan de tal modo que tenemos que volver a inyectar los priones para estabilizarlos. Es un círculo vicioso, el prión provoca que el hongo aflore pero también lo mantiene bajo control. ¿Qué podemos hacer para desinfectarlos?

—«No infectarlos...» —escribió Walter en su periférico.

—Muy gracioso. Lástima que eso no vaya a salvar tu culo llagado.

—«...sin saber si podremos desinfectarlos» —continuó tecleando.

—Entiendo por dónde vas... —dijo su nueva jefa al leerlo—. Todo es una cuestión de porcentajes. Si sólo degradamos a aquellos que podamos recuperar la eficacia será altísima. Tan sólo tenemos que descartar a los que sean más sensibles a la *Tinea corporis*.

La hipótesis que se adjudicó Eva como propia les abrió una nueva vía de trabajo pero les presentó nuevos problemas. El primero, que necesitaban nuevos individuos para experimentar. El segundo, que los análisis de tolerancia al hongo no eran concluyentes al cien por cien. El tercero, que se resignaban a no encontrarles cura a los dos zombificados de la fosa. Pese a todo y aunque Diego puso algunos reparos a su plan, siguieron adelante. Consiguieron una nueva cobaya, comprobaron su resistencia a la *Tinea corporis*, lo infectaron con el prión sintético y lo recuperaron.

Cuando el individuo recuperado firmó el contrato de confidencialidad y salió por la puerta con su cheque, Eva hizo un cálculo rápido.

—Un preservativo parece muy seguro pero tiene un margen de error del dos por ciento. Si queremos conseguir una efectividad similar y teniendo en cuenta que hemos perdido a dos de once zombificados ... todavía tenemos que infectar a ochenta y nueve personas.

—«¿Yo no cuento?» —preguntó Walter en su tableta.

50. Olga y Anna

—¿Adónde vamos ahora?
—Al único lugar donde puedes curarte de
esas estúpidas fantasías.

No profanar el sueño de los muertos.
Dir. Jorge Grau, 1974

La gótica era incapaz de determinar la edad de aquella mujer. Le recordaba a las películas en que un mismo actor interpreta un personaje con diferentes edades y en las que el maquillaje y los postizos resultan poco creíbles. Vista de cerca parecía la víctima de un cirujano plástico chapucero que la hubiera operado mucho antes de necesitarlo. Aunque era difícil precisar a qué se debía su extraño aspecto con los traqueteos y los acelerones de la furgoneta.

La mujer de edad indefinida que se había presentado como Anna conducía como una sicótica sin medicar. Olga tenía cierta idea de a dónde se dirigían pero aquella mujer no dejaba de desviarse por carreteras secundarias y caminos sin asfaltar. Tomaba las curvas haciendo patinar las ruedas traseras y conducía a una velocidad demasiado alta para la evidente falta de reflejos que presentaba.

—Repíteme otra vez por qué no tengo que tirarme en marcha de esta furgoneta —le pidió Olga a la desconocida conductora por enésima vez.

—Te lo contaré todo con detalles cuando lleguemos —dijo Anna mientras corregía una trazada con un contra volante.

—No me sirve —sentenció la gótica tajante—. Acabamos de montar un número en la boda de Juan y llevamos a su hermano convertido en no sé que en el asiento trasero. Así que cuéntame de nuevo qué pasa en ese lugar.

—No sé si te habrás fijado, pero ahora mismo me gustaría concentrarme en la carretera. —En ese momento circulaban por una calzada en muy mal estado con una pared de roca a un lado y la fosa de un río al otro—. Si quieres saltar, adelante, pero si quieres llegar entera a donde vamos, estate calladita.

Olga obedeció. Tal como conducía aquella desconocida, era mejor que concentrara toda su atención en el volante. Cerró la boca y se asió con fuerza a su asiento. Veinte minutos después salían del asfalto para entrar en un estrecho camino de tierra. Pese a los baches del firme, Anna no aminoró la marcha. El camino se fue estrechando cada vez más, hasta el punto en que las ramas arañaban los dos costados del vehículo. Si se hubieran cruzado con otro vehículo en sentido contrario, uno de los dos habría tenido que deshacer el camino marcha atrás durante kilómetros.

Anna detuvo la furgoneta de un frenazo. El sendero terminaba de forma abrupta frente a unos matorrales. La conductora se bajó y empezó a retirar zarzas a un lado y a otro hasta despejar el camino. Avanzó unos metros en primera y volvió a cerrar la puerta de maleza a su espalda. Continuaron avanzando unos minutos más hasta que el camino se estrechó tanto que Olga pensó que en cualquier momento la furgoneta se quedaría atorada entre los árboles. Pero no fue así, como un bebé que se abre camino por una matriz estrecha, el vehículo consiguió salir a un terreno más despejado casi empujado por las paredes de vegetación. Se encontraban en un antiguo campo de labranza, lleno de piedras y maleza. No había camino por el que seguir, pero por lo menos la gótica supo que habían llegado a su destino cuando la vieja masía apareció en lo alto de una loma.

—Ya hemos llegado —le dijo Anna mientras aparcaba junto a la casa—. Ahora es el momento de las preguntas.

—¿A dónde hemos llegado?

—Al único sitio seguro que conozco con lo que necesitamos para tratar a tu amigo.

—Me he desorientado un poco por el camino —respondió Olga con ironía—, pero ¿esto no cae cerca de Zombis Resort?

—Estamos en el valle contiguo.

—¿Y eso es lo que entiendes por un lugar seguro?

—Estamos tan cerca que nunca nos buscaran aquí. Sólo espero que ahí dentro siga habiendo lo que había.

Anna se dirigió sin tardanza al interior de la masía mientras la gótica enderezaba a Gorka en el asiento trasero. Después de asegurarse de que se encontraba bien —todo lo bien que podía aparentar alguien en su estado— corrió tras ella. El interior del viejo edificio estaba a oscuras, aunque la claridad que se colaba por las rendijas del portón le fue suficiente para identificar a la investigadora. Estaba manipulando un cuadro eléctrico.

—Antes trabajábamos con un generador, pero parece que ahora han instalado un sistema de baterías y placas solares —le dijo Anna extrañada.

Empezó a subir todos los diferenciales y los fluorescentes del techo empezaron a centellear. Poco a poco se iluminó ante ellas el laboratorio de campaña en el que Anna había trabajado durante varias semanas para salvar la vida de su jefe. Habían cambiado un poco la distribución y la mayoría de equipos estaban cubiertos con sábanas pero parecía que todo lo necesario estaba allí.

—No sé por qué, sabía que esto seguiría como lo dejamos…

—¿Quién?

—El profesor Rivera, Diego y yo.

—El mismo Diego del que estamos huyendo…

—El mismo.

—¿Me estás diciendo que trabajasteis juntos? ¿Y por qué tendría que fiarme de ti y no de él? —replicó Olga suspicaz.

Anna dudó un momento antes de responder. Tenía por delante mucho trabajo si quería volver a tener operativo aquel laboratorio y no le apetecía tener que responder a un interrogatorio. Sin embargo, antes de que contestara, su silencio se rompió por unos pasos en el piso de arriba. Eran casi una carrera y a través del suelo de madera del piso superior les llegaban altos y claros.

—¿No estamos solas? —volvió a preguntar Olga.

Esta vez, Anna no conocía la respuesta. Permaneció en silencio esperando que su decisión de esconderse en aquel lugar no hubiera sido una locura. Una simple cámara de vigilancia en la finca habría podido hacer saltar la alarma. Los pasos bajaron la escalera y se acercaron a la puerta del laboratorio. La investigadora esperaba ver aparecer a alguien del equipo de seguridad del parque, pero en su lugar lo hizo un hombre alto, delgado, de edad muy avanzada y completamente desnudo. El anciano se acercó a las dos con una sonrisa en la cara y les plantificó dos grandes besos en la boca. Primero a la investigadora y después a la gótica a la que después de besar se tomó la licencia de acariciarle los pechos.

Olga no tuvo tiempo de reaccionar, ya que el anciano después de tocarla soltó la risa de un niño que acabara de hacer una diablura y salió corriendo tan rápido como había entrado, luciendo lo que parecía un atisbo de erección entre sus fláccidos muslos. Ninguna de las dos supo cómo interpretar aquella visita. Observaron en silencio por una de las ventanas como el anciano corría contento campo a través y decidieron seguirlo al exterior.

Gorka seguía sentado en el asiento del vehículo. Había observado toda la escena y manifestaba su preocupación golpeando el cristal de la furgoneta. Olga imaginaba que de haber podido salir por su propio pie lo habría hecho, pero era incapaz de maniobrar la palanca de la portezuela por sí mismo. Así, que mientras el anciano se perdía en el monte, entre las dos sacaron al submarinista degradado del vehículo. Su cara de muerto viviente no conseguía disimular su desconcierto.

—¿Quién era ese tío y por qué me ha tocado las tetas? —preguntó la gótica mirando a los campos.

—Tengo una idea aproximada de quien puede ser.

51. Walter

¿Por qué han perturbado nuestro sueño?
¿Despertándonos de nuestro antiguo dormitar?
¡Morirán! La pesadilla está ante ustedes.

Posesión Infernal (The Evil Dead).
Dir. Sam Raimi, 1981

Desde que la junta aprobó el nuevo margen de error de las pruebas de degradación todo eran buenas caras en el pequeño laboratorio del subsuelo. Hasta el punto que Diego había dado permiso a Eva para que recuperara a Walter. Computando su caso, el porcentaje de recuperación alcanzaba el 98 por ciento, un margen tolerable y que daba luz verde al proyecto de Zombis Resort.

—Siento haber tenido que recurrir a esto —le dijo su jefe a Walter mientras Eva le inyectaba el Lambda-3—, pero reconocerás que ha sido un método muy efectivo.

El alemán no contestó. Todavía no había recuperado el habla, pero aunque hubiera podido mover los músculos faciales tampoco lo habría hecho.

—Habéis formado un equipo excelente. Dos viejos compañeros de trabajo que se encuentran en un nuevo proyecto y consiguen lo imposible. Espero mucho de vosotros… —Walter percibía el artificio de su discurso, pero Eva se dejaba embelesar por las palabras—. Me gustaría poder contaros más al respecto, pero todavía es pronto. Hay que ser precavidos.

Diego continuó alabando su trabajo durante media hora más, pero él desconectó. Prefería centrarse en las sensaciones que le llegaban de su cuerpo a medida que este se despertaba. Una mezcla de dolor y hipersensibilidad. Era como volver a ponerse unas viejas zapatillas con el cuero endurecido por la inactividad. No era agradable pero sí contenía algo de misticismo, como un ritual indio para ascender a un nivel de conciencia superior a través del dolor físico. A medida que las punzadas de dolor lo recorrían, decidió tomar notas mentales del proceso.

«Saber qué sienten los degradados al recuperarse me puede ser muy útil».

Walter no podía creer que su jefe y su compañera estuvieran teniendo una conversación tan trivial mientras él estaba viviendo una experiencia tan transcendental. Quizás en ese momento, fue consciente de que lo que para ellos no era más que negocio para él significaba algo más.

Mucho antes de que la recuperación se completara, el Holandés se excusó y los dejó a solas. A uno con la mente ida y el cuerpo lleno de priones y antifúngicos; y a la otra con la mirada perdida en los monitores y conteniendo suspiros.

Walter no se recuperó por completo hasta varias semanas después y en todo ese tiempo no volvieron a ver a su jefe. Las únicas órdenes que recibieron fueron que empezaran a desmantelar el laboratorio. «Nos vamos, metedlo todo en cajas», fue el escueto mensaje que recibió Eva en su móvil. Así lo hicieron, aunque el alemán le dejó todo el trabajo sucio a ella. Mientras Eva empaquetaba y se encargaba de gestionar el transporte, él se concentró en un nuevo proyecto. Su compañera se mantuvo al margen, imaginó que todavía se sentía molesto por cómo lo habían tratado.

Su proyecto consistía en un «kit de degradación rápida». Quería unir en un solo inyectable: una dosis de anestésico, una parte de Lambda-3 y un foco infeccioso de *Tinea corporia*. La teoría era que un solo pinchazo infectara a su víctima y la dejara inconsciente el tiempo suficiente para que los efectos de los priones fueran significativos, además de inocular una dosis suficiente de hongos para que el proceso de degradación fuera completo. Un sólo pinchazo y Eva pasaría por lo mismo que él. No sabía si lo hacía movido por la venganza o para compartir su enriquecedora experiencia con ella. Cuando llegara el momento ya pensaría por qué.

«Quizás también debería degradar al Señor Ribera. Un buen vendedor debe conocer su producto de primera mano».

A Walter no le molestaba que lo hubieran zombificado, la experiencia le había resultado estimulante, pero habría preferido ser él quien hubiera tomando la decisión. Sentirse un títere en manos de otros era algo que no soportaba. Disfrutaba manipulando a sus pacientes, siendo él quien estaba al otro lado de la pantalla de la máquina recreativa.

—¿Qué hacemos con ellos? —le preguntó Eva.

Walter no sabía si la pregunta iba dirigida a él, no le había dirigido la palabra durante días. Al principio no entendió a que se refería, echó un vistazo rápido a todo el laboratorio y no vio más que una sala vacía. Lo único que quedaba en ella era su mesa de trabajo y los dos zombificados irrecuperables de la fosa.

—Empaquétalos también. Nos los llevamos —les contestó Diego desde la puerta—. En el sitio que he encontrado habrá espacio de sobra para ellos.

Mientras lo hacían, Walter recogió su kit de degradación rápida.

«Ya llegará el momento de utilizarlo».

52. Marc

—Estás perdiendo la cabeza.

—¿Tú crees? Lo que sea que he perdido, fue hace
mucho tiempo, y no pretendo perder nada más.

La noche de los muertos vivientes.
Dir. Tom Savini,1990

Hacía mucho tiempo que no cocinaba nada caliente. Se había quemado
tantas veces que había perdido la cuenta. Su piel insensible no notaba
cuando algo estaba demasiado caliente y lo peor era que ni siquiera podía
notar el olor de su propia carne quemada. Sólo reaccionaba cuando veía
las ampollas o, en el peor de los casos, cuando la herida penetraba hasta
la capa más profunda de la epidermis. Así que lo comía todo frío. Llevaba varios años alimentándose de las hortalizas y la fruta que cultivaba en
su propio huerto —a veces las hervía de un día para el otro o se limitaba
a comérselas crudas—, pero no había vuelto a probar la carne.

Su padre compartía su dieta, pero la complementaba de vez en
cuando con patatas fritas y dulces. Marc lo malcriaba como a un niño
de diez años. Bajaba al pueblo una vez al mes y cargaba el maletero de
bolsas de cualquier cosa que estuviera saturada de aceites y azúcares.
Su padre se había ganado el derecho de comer sin pensar en su salud.
Había estado a las puertas de la muerte y había conseguido arañar-
le unos años más a la vida, así que podía permitirse ciertos lujos
de vez en cuando. En algunos aspectos se encontraba incluso mejor
que Marc. La enfermedad de Creufeld-Jackob se había estancado, las
neuronas del anciano ya no enfermaban, pero las que había perdido
tampoco se iban a recuperar. Vivía en una regresión a la infancia

241

perpetua, pero a Marc no le preocupaba porque nunca le había visto tan feliz.

En cambio, el viejo profesor Ribera se sentía como si viviera en un pedazo de carne prestado. Se esforzaba día a día por no rechazar su cuerpo como lo haría un bulímico frente a un espejo o como lo haría un organismo frente a un órgano implantado. Un placer cotidiano tan nimio como una ducha caliente era algo completamente insulso para él. No podía disfrutar del roce de unas sábanas limpias, del olor a la tierra mojada, del sabor de la fruta madura recién arrancada de su huerto. Los tres sentidos que le faltaban le privaban de la mayoría de los pequeños placeres de su vida, no podía sentir el olor del café recién hecho ni volvería a tener un orgasmo nunca más.

A pesar de ello, el profesor echaba de menos por encima de todas las cosas su vida intelectual. Las grandes alegrías de su vida siempre habían ido ligadas a su actividad como investigador. Se había volcado en su trabajo y de él había obtenido sus mayores recompensas. Echaba más de menos el reconocimiento de un colega que la caricia de una mujer. Por eso mantenía en perfecto estado el laboratorio de campaña que había instalado junto a su hermano. Lo utilizaba tan sólo para realizar chequeos rutinarios a su padre y, a veces, a él mismo. La mayor parte de la maquinaria no la utilizaba, pero realizaba el mantenimiento completo de todo el instrumental. Era una rutina que había heredado a lo largo de los años y un síntoma de que su espíritu de investigador todavía estaba vivo, aunque lo mantuviera aletargado por voluntad propia.

El viejo profesor empleaba la mayor parte del día en el cuidado de su huerta. Casi todos los terrenos de la casa de montaña de su familia eran pasto de las malas hierbas, pero una pequeña parcela no muy lejana de la finca se había mostrado como una tierra rica y fértil. Marc había aplicado todos sus conocimientos como microbiólogo en el cultivo de hortalizas, tubérculos, frutas y algún que otro cereal —para fermentar su propia cerveza—. En unos meses había conseguido ser casi autosuficiente. No habría necesitado bajar al pueblo de no haber sido por la insistencia de su padre. Marc también había instalado un sistema de placas solares que suministraba la poca energía que necesitaba para mantener encendidos algunos electrodomésticos y tener luz al anochecer, la justa para poder leer y releer su pequeña biblioteca. También disponía de un sistema natural de osmosis que potabilizaba el agua del pozo de la finca y un mecanismo que aprovechaba el calor residual del tejado para obtener agua a 30 grados para ducharse y mantener los dormitorios calientes en invierno. Él no sentía ni frío ni calor, pero su padre sí.

Mientras Marc estaba en el huerto, dejaba que su padre correteara a sus anchas por la finca. Nunca se alejaba demasiado, le gustaba pasear por los caminos en que había jugado de niño y a Marc le permitía disfrutar de su soledad. Mantenía su mente entretenida entre los tomates y los limoneros, aunque a veces, después de pasar horas a solas en aquel huerto, le parecía notar la presencia de alguien que le observaba. Alguna vez incluso habría jurado ver a su hermano Diego observándole desde la linde del bosque. Marc se lo atribuía al aislamiento. En su estado, su padre no le ayudaba demasiado a sociabilizar y bastaba con una visita a la tienda de ultramarinos del pequeño pueblo que había montaña abajo para que sus visiones desaparecieran durante unos días. A veces, en lugar de ver a su hermano, veía a sus antiguos trabajadores: a Walter, a Eva o, incluso, a Anna. Cuando la veía a ella, corría a llenar el depósito de su viejo Honda sólo para poder intercambiar unas palabras con el dependiente de la gasolinera o llamaba al servicio técnico de su operador de telefonía móvil para quejarse de una incidencia que no había existido —nunca utilizaba su teléfono—. Marc podía pasar el resto de su vida sin saborear una cereza pero no había día que no pensara en ella.

«Anna está mejor lejos de mí».

Nunca se había reconocido a sí mismo lo que sentía por aquella chica. En el trabajo, antes de que todo se echara a perder, su responsabilidad como superior había sido una barrera ética infranqueable. Después, cuando ella le ayudó a encontrar una cura a la infección, en esa misma masía, había sido la vergüenza la que había cohibido su sentimiento. Después, durante los meses que duró la rehabilitación, fue la compasión que veía en sus ojos la que le impedía revelarle sus auténticos sentimientos. Él era un hombre venido a menos, un fracasado profesional con la cara acartonada. Ella, la joven que lo había salvado y que todavía podía tener un magnífico futuro como investigadora. Cada día que la retenía en aquel hospital era un día más que la alejaba de su sueño. Marc se alegraba de tenerla a su lado, pero se odiaba por arrastrarla al mismo fracaso profesional al que él mismo se había visto arrojado. Por eso se alegró cuando aceptó aquella beca en París, por eso la arrancó de su lado y la dejó ir. Por eso se convirtió en una suerte de ermitaño al cuidado de un padre enfermo en un lugar perdido de las montañas.

Cuando una mañana soleada de octubre vio a Anna acercarse por la loma que bordeaba la huerta, pensó, una vez más, que se trataba de una alucinación. Después vio a otra chica que no había visto nunca y a su padre correr hacia ellas. Supo que no era un sueño.

53. Anna

Bienvenidos al fin del mundo tal y como lo
conocen, esperamos que disfruten de su visita.

Video de presentación de Zombis Resort

La beca de la investigadora en París duró dos años, podía haberla pro-
rrogado el tiempo que hubiese querido, pero, aunque el laboratorio era
puntero en su sector, las tareas que realizaba no la satisfacían. Había
aprendido mucho en aquellos veinticuatro meses, había practicado técnicas de última generación y había estado presente en algunos momentos
muy significativos de la lucha contra el Alzheimer. Sin embargo, sus rutinas en el laboratorio eran casi insignificantes. Se sentía como un apren-
diz de chef haciendo de pinche en una gran cocina: la experiencia y los
conocimientos que había adquirido era impagables, pero era el momento
de dejar de cortar zanahorias en juliana y buscar una cocina propia donde
poder desplegar todo su potencial.

Así que cuando le llegó la llamada de Diego, aceptó sin dudarlo. No
sabía qué tipo de investigación desarrollaría, ni en qué condiciones. El
Holandés no había querido aclararle nada por teléfono y Anna nunca
había sabido decirle que no. Cuando la beca terminó, se despidió de
sus compañeros y abandonó la ciudad de la luz en el primer avión que
pudo encontrar. La investigadora no había vuelto a hablar con Diego
desde que lo vio en la habitación de Marc. Tampoco sabía nada del
profesor, había intentado localizarlo por teléfono mil veces pero no lo
había conseguido.

Diego la esperaba en el vestíbulo de llegadas del aeropuerto con su
mejor traje y una gran sonrisa. Anna, en cambio, no lo esperaba a él.

De haberlo hecho, no se habría vestido para estar cómoda en el avión y no habría embutido todo su equipaje en un gran macuto de mochilera. Había abandonado París con tantas prisas que no había tenido tiempo ni de preparar la maleta y ahora se arrepentía de no habérselo tomado con un poco más de calma. Cuando llegó junto a él, Diego le dio dos besos y ella volvió a sonrojarse como tantas otras veces. El Holandés hizo como si no se hubiera percatado de ello y se ofreció a llevarle la mochila.

—Es una suerte que no hayas traído una maleta de esas gigantes —le dijo él cargándola a un hombro como si nada—. No sé si nos la hubieran dejado llevar con nosotros en el helicóptero.

—¿Helicóptero?

Anna desconocía que hubiera un servicio de helipuerto en el Aeropuerto de El Prat. Había viajado mucho y siempre había utilizado el transporte público para ir y venir. Se le hacía muy difícil concebir que alguien pudiera utilizar ese medio para moverse de forma regular.

—Podríamos haber cogido un taxi —le dijo ella con modestia mientras facturaba de nuevo en el *check-in* del helipuerto.

—A donde vamos no llegan los taxis.

—¿Es que mi nuevo laboratorio está en una isla? —dijo ella en tono burlón pero con la esperanza de arrancarle alguna información.

—Más o menos —le contestó él alargando la intriga.

Diego no volvió a hablar del tema hasta que estuvieron a punto de llegar a su destino. Aunque llevaban intercomunicadores para poder comunicarse, el ruido a bordo del aparato era bastante molesto y Anna prefirió disfrutar de las vistas durante el trayecto. Sabía que no podría arrancarle nada al Holandés hasta que él quisiera. Cuando llevaban cerca de una hora de viaje —que a la investigadora se le pasó en un abrir y cerrar de ojos—, Diego le habló por encima del ruido de los rotores.

—Ahí arriba está tu laboratorio.

Llevaban casi veinte minutos sobrevolando las montañas del Prepirineo. La altura máxima permitida para el vuelo rondaba los trescientos metros, pero aquel piloto apenas se elevaba a más de cincuenta metros de la copa de los árboles, lo que a efectos prácticos significaba que el helicóptero avanzaba por los valles montaña arriba y cada vez que coronaba una cima se habría un paisaje nuevo a sus pies. Algo parecido a lo que debía experimentar un alpinista pero sin la satisfacción del esfuerzo realizado. Cuando Diego habló, estaban ascendiendo por una ladera especialmente escarpada y antes de llegar a la cima el helicóptero empezó a trazar una maniobra de aproximación. Se elevó casi en vertical sobre la montaña y Anna pudo ver lo que parecía una lujosa residencia de montaña junto a una piscina y un helipuerto particular. Pese a la belleza del lugar, lo primero que pensó la investigadora fue en cómo lo habrían hecho para conseguir agua corriente y electricidad en un lugar tan apartado como aquel. Una pequeño camino se escurría desde el complejo montaña abajo, pero no era suficiente ancho y llano como para ser una vía habitual de suministros.

El helicóptero descendió y apagó los motores. Eva les estaba esperando a pie de pista.

—¿No es necesario que os presente verdad? —le dijo Diego al ver que Anna no reconocía a su antigua compañera de trabajo.

—No, no lo es —respondió Eva antes de darle dos besos a su nueva colega. Sus labios quedaron muy lejos de rozar sus mejillas.

Anna le respondió con su mejor sonrisa, pero no terminaba de identificar a la mujer que tenía delante. Por un momento, la visualizó sin el vestido chaqueta ceñido y los tacones de aguja y recordó cómo la había visto por última vez: con el pelo desmarañado y una bata de laboratorio.

—Eres tú, Eva. No me lo puedo creer —le dijo con una sonrisa sincera.

—Sí, soy yo.

—¿Cómo puede ser que no hayamos mantenido el contacto en estos dos años? Ni una llamada, ni un mensaje…

—Yo sí te llamé, pero debías estar ocupada —respondió Eva con indiferencia—. Si me acompañas, pasaremos a la sala de juntas y te explicaremos qué hacemos aquí.

—Debes de estar muerta de curiosidad —intervino Diego.

—Pues sí, lo estoy.

Eva ejerció de anfitriona durante todo el camino: le enseñó las instalaciones, la invitó a un café en el bar, la ayudó a familiarizarse con los pasillos… El mismo protocolo que realizaba con los inquilinos del complejo. Esquivó cualquier pregunta comprometida y se limitó a hacer notar el lujo que se respiraba en aquel retiro de montaña. Anna imaginó que se encontraba en una clínica de recuperación de alto *standing* y, en parte, así era.

La visita terminó en la sala de juntas. Una estancia revestida con madera de roble pulido y presidida por una larga mesa ovalada de caoba rodeada de sillones vieneses. Conocedora del trabajo de Diego, a la investigadora no le hubiera extrañado encontrar varias cabezas disecadas colgadas de las paredes.

—Ponte cómoda —le dijo el Holandés mientras la pantalla del proyector bajaba de forma automática—. Este es el video que ven todos nuestros huéspedes antes de entrar. Verás que es bastante revelador.

La luz de la sala se apagó. Anna se puso cómoda y los altavoces comenzaron a reproducir la grabación: «Prepárense para experimentar el final de la raza humana, conviértanse en supervivientes de un mundo apocalíptico con Zombis Resort».

Cuando la luz volvió a encenderse, la investigadora tenía una gran sonrisa socarrona en los labios. Se giró hacia Diego y Eva en busca de complicidad, pero los dos estaban muy serios.

—¿Qué te parece? —le preguntó el Holandés.

—¿Es una broma de bienvenida?

54. Marc

La única explicación razonable es un germen,
bacteria o virus que produce un efecto de alteración en la mente. Cómo un germen puede
haberse extendido tanto es aún un misterio.

La noche de los muertos vivientes.
Dir. Tom Savini, 1990

Quien observara desde una ventana podría pensar que la escena pertenecía a un laboratorio de instituto: una profesora explicando los mis-
terios de la química a un grupo de alumnos —en realidad los oyentes
eran demasiado viejos o estaban demasiado demacrados para parecerse
a unos adolescentes—. El auditorio estaba formado por una gótica ne-
gada para la química, un anciano senil que pensaba que tenía diez años,
un mudo que podría haber pasado por enfermo terminal y un erudito
caído en desgracia. Ni siquiera la profesora se encontraba en un estado
muy saludable. Anna parecía haber envejecido diez años desde la última vez que la había visto.

—Los priones Lambda-3 infectan el sistema nervioso y se reproducen
de tal modo que pueden recrear los síntomas de un Creutzfeldt-jakob en
menos de dos semanas... —les explicó la investigadora.

Anna buscó la conformidad de Marc de forma instintiva. Él asintió,
lo sabía por experiencia propia. Recordó los días que habían pasado juntos luchando contra los efectos de los priones bajo aquel mismo techo y
contuvo un suspiro.

—...a no ser que entre en escena un segundo agente que estabilice
su crecimiento —Anna hizo una pausa dramática—. Existe un hongo

dermatófito, una extraña variedad del Epidermophyton, que genera una sustancia que evita la reproducción del Lambda-3...

—¿Habéis conseguido identificar esa sustancia? —la interrumpió Marc.

—No. Todavía.

—¿Entonces?

—Inoculamos el hongo en el individuo. Cuando éste ha infectado cerca de la mitad de la superficie de la epidermis, los efectos del prión se estabilizan —Anna no estaba contestando su pregunta—. Sé que un tamaño semejante de Tinea corporis es algo muy peligroso y molesto para el paciente; que puede parecer que estamos matando mosquitos a cañonazos; pero a la práctica, aunque pueda parecer imposible, hongo y prión se contrarrestan. En pocas horas los niveles de Lambda-3 se estabilizan en unos márgenes aceptables y el hongo deja de reproducirse. La piel infectada resultaría insoportable sin anestésicos en un paciente normal pero no en uno con el sistema nervioso afectado. Las dos infecciones consiguen un nivel de equilibrio que mantiene al paciente en perfecto estado.

En ese momento todas las caras se giraron hacia Gorka, que como uno más, escuchaba la explicación de la investigadora. A todos se les pasó por la cabeza la misma pregunta —incluso al zombificado—, pero fue Olga la primera en formularla.

—¿A esto le llamas perfecto estado?

—Reconozco que su apariencia es algo grotesca, pero sus constantes son perfectas, sus pulsaciones, su presión sanguínea, la oxigenación, incluso su recuento de leucocitos es parecido al de una persona normal. Una persona con un metabolismo lento, un tanto alterado, pero normal.

—Como le quieras llamar... —respondió Olga con el tono de voz de alguien que empieza a perder la paciencia—. Lo que realmente me interesa es cómo devolver a Gorka a su estado normal, a su estado normal de verdad. Me da igual que esté estable, que tenga los leucocitos bajos o el colesterol alto. ¿Puedes curarlo?

—Sí, puedo, o eso espero. Hay un pequeño margen de error.

—Diego no nos habló de ningún margen de error.

Al escuchar el nombre de su hermano Marc no pudo evitar dar un pequeño respingo. Pasó desapercibido, pero Anna se percató de él.

—Por eso mismo estamos aquí —respondió la investigadora tomando las riendas del asunto—. Porque Diego no os habría hablado de los posibles problemas que pueden surgir al recuperar a un individuo. Se da sólo en un pequeño porcentaje de casos, pero sucede. Por eso estamos aquí. En este laboratorio puedo reproducir el mismo proceso de recuperación que se utiliza en el complejo y, en caso de que surjan problemas, tomar medidas al respecto.

—¿Qué tipo de problemas?

—Nada que deba preocuparnos ahora mismo. Me acabas de decir que no quieres conocer los detalles. Así que si sucede algo te lo explicaré sobre la marcha. Ahora vamos a ponernos manos a la obra.

El laboratorio estaba en perfecto estado, pero hacía falta mucho trabajo para que volviera a estar operativo. Marc ayudó a Anna sin hacer preguntas. Distribuyó los sistemas siguiendo sus directrices y aplicó las configuraciones que le indicó. Además de limpiar y esterilizar todo el instrumental que durante aquellos años había acumulado una buena cantidad de polvo. La investigadora traía en la furgoneta el resto de instrumental y de sustancias que necesitaba para recuperar al degradado. Marc se ofreció a ayudarla y mientras lo hacía reparó en las etiquetas de los embalajes: «propiedad de Zombis Resort». Hasta que la había visto aparecer en su huerto, Marc había pensado que Anna seguía en París pero, a la vista de los acontecimientos, supo que su hermano había incumplido su promesa. Ella misma se lo confesó en privado mientras descargaban el material.

—He estado trabajando para él una temporada. No me gustó lo que vi y si lo hubiera sabido antes nunca habría aceptado su oferta. Pero allí había gente que me necesitaba, igual que tú. Por eso perfeccioné el proceso para eliminar los efectos de los priones. Por eso mismo, cuando me impidieron seguir ayudando me escapé de allí...

Anna no quiso entrar en detalles, se limitó a informarle de que disponía de suficiente cantidad de nanopartículas como para recuperar a una docena de zombificados y de que se había hecho con un buen arsenal de antifúngicos de amplio espectro. El resto del material que necesitaban se podía adquirir en cualquier farmacia bien surtida: un gotero con suero para rehidratar al paciente, un kit para el lavado del colon y unos cuantos tranquilizantes para que el proceso no fuera demasiado traumático.

El anciano Sr. Ribera prestó atención a los primeros preparativos pero después prefirió ir a bañarse al río. Cuando volvió con la larga melena blanca todavía húmeda y una rana en las manos, todo estaba ya dispuesto para la intervención. Gorka estaba sentado en un sillón abatible con la cabeza hacia atrás, como lo habría estado en el dentista, le habían tomado una vía en cada brazo y varios cables lo unían a un monitor que controlaba sus constantes.

—El tranquilizante ya le ha hecho efecto. No es un proceso muy doloroso pero sí molesto —explicó Anna—. Pensad que lleva varias semanas sin recibir ni un solo estímulo del ochenta por ciento de su cuerpo. A medida que se vaya recuperando su sistema nervioso, sentirá un cosquilleo por todo su cuerpo.

—Como si se te despertara un pie dormido —intervino Olga.

—Sí, pero en lugar de un pie sentirá que se le despierta el cuerpo entero. Vamos a hacerlo ya.

Anna estaba a un lado del submarinista aguantando una jeringuilla en las manos. Al otro lado, Marc esperaba con otra preparada. A la señal de la investigadora ambos inyectaron las dos sustancias en el suero del gotero. Por un lado, las nanopartículas, por otro, el antifúngico. Los priones y los hongos debían desaparecer a la vez de forma gradual.

—El proceso es muy lento, depende de cada caso, pero no creo que empecemos a ver las primeras mejoras hasta mañana por la mañana —advirtió Anna.

A aquellas alturas era ya noche cerrada así que les recomendó que fueran a dormir un poco. La gótica insistió en acompañar a Gorka durante las primeras horas, pero después el sueño la venció y subió a las habitaciones a pasar la noche, bajo la condición de que la avisaran al primer síntoma de mejora. El anciano desapareció tras ella y Marc esperó que no intentara ningún acercamiento indecoroso. El profesor y su antigua alumna se quedaron solos en el laboratorio pendientes de los monitores.

—Es posible que el Epidermophyton sea resistente a los antifúngicos. Si los priones desaparecen sin que lo haga el hongo, el cerebro puede verse afectado. Por eso son tan críticas estas primeras horas.

—¿Qué es lo que hicimos mal para llegar a ésta situación? —le preguntó Marc sin levantar demasiado la voz.

—Por ahora nada. Parece que el proceso está funcionando.

—No me refería a eso.

55. Anna

¿Qué harás cuando tu piel se desmorone?
El dermatólogo murió, lo sabes.

La noche del cometa.
Dir. Thom Eberhardt, 1984

Su primer paciente era un ejemplo viviente de en qué podría haberse convertido Marc de no haber sido por su ayuda. El prión Lamda-3 lo había infectado hasta la médula y tan sólo los extraños efectos paliativos del hongo que le carcomía la piel conseguían mantenerlo con vida. Según le había contado Diego, aquel individuo llevaba más de un año en aquel estado. Su piel estaba tan infectada que era imposible implantarle una vía subcutánea para mantenerlo hidratado, así que recurrían a un extraño sistema de barras de gelatina que le introducían asiduamente en el recto. El colon mostraba una capacidad de absorción de agua y nutrientes asombrosa y, además, suponía una barrera natural para el Epidermophyton. Pese a ello, el estado de aquel hombre después de tantos meses de malnutrición y enfermedad era lamentable. A los hongos se le unían las llagas y la atrofia muscular. También era difícil comunicarse con él: no podía hablar y ya casi era incapaz de pulsar el «sí» y el «no» en la pantalla táctil. Su vista había menguado hasta el punto que la gigantesca pantalla de televisión que le habían instalado en la habitación para entretenerlo ya casi no llamaba su atención. Tan sólo parecía conservar el sentido de la escucha: la música era lo único que seguía interesándole.

—No puedo entender cómo alguien puede acceder a convertirse en algo así por voluntad propia —le decía Anna a Diego cada vez que éste la visitaba para ver si había adelantos.

—Este es un caso excepcional —le contestaba él—. Lo nuestro es una experiencia de ida y vuelta. Puedo llenar esta habitación de clientes satisfechos. Gente que ha pasado por lo mismo que él y ha disfrutado.

—Gente que no sabe el riesgo que ha corrido.

—Te repito que es un caso excepcional.

Y en cierta manera lo era. Aquel paciente había tenido la desgracia de ser resistente a todo tipo de antifúngicos. Ninguno de los tratamientos existentes en el mercado farmacéutico —ni muchos otros experimentales que Diego había conseguido por otras vías—, se había mostrado efectivo en su caso. Las nanopartículas podían eliminar hasta el último rastro de priones infecciosos, pero la infección de los hongos era crónica. Sin el Lamda-3 embotando su sistema nervioso, el paciente sufriría un dolor similar al de un quemado de tercer grado. Los priones impedían que pudiera hablar, moverse con normalidad, nublaban su mirada, pero impedían que sintiera dolor. Sin ellos, la única forma de sobrellevar una infección como aquella habría sido el coma inducido.

—La verdad es que no sé por qué me llamaste —le preguntó Anna una vez a su nuevo jefe—, en lugar de una neurocientífica lo que necesitáis es un buen dermatólogo.

—¿Crees que no he recurrido ya a varios de ellos?

—No lo sé —respondió ella con cautela—. ¿Lo has hecho?

—Sí, lo he hecho. Han realizado mil cultivos, han probado docenas de terapias y al final todos han terminado dándolo por muerto.

—No les has explicado lo de la infección del sistema nervioso, ¿verdad? —ahora Anna ya entendía que hacía allí—. Lo han tomado por un enfermo terminal y se han lavado las manos. No te has querido exponer a una demanda por haberlo expuesto a algo así. Por eso estoy yo aquí, porque ya te cubrí las espaldas una vez y ahora quieres que vuelva a hacerlo. Pues quiero que sepas que ésta situación y la de tu hermano son muy diferentes. Marc se infectó para salvarte la vida y tú has infectado a este tipo por dinero.

—No le he puesto una pistola en la frente a nadie, conocía los riesgos y aún así me pidió que lo hiciera. Tengo contratos firmados, documentos que me exoneran de cualquier responsabilidad. No soy más culpable que el dueño de una armería, pero no rehúyo mi responsabilidad. Por eso estás aquí, para ayudarme a salvar a este hombre.

Anna había manifestado sus peores temores sobre Diego y, aunque la respuesta de éste la había calmado, todavía seguía manteniendo serias dudas sobre la moralidad de aquel caso. El Holandés vio un resquicio de duda en sus ojos y la aprovechó.

—Siempre he sido sincero contigo, con mi hermano y con éste lugar. No te escondo nada, tengo un problema y necesito tu ayuda.

La neurocientífica cedió una vez más ante la mirada arrepentida de Diego.

—Está bien. Haré lo que pueda por este paciente, pero después, pase lo que pase, me iré. No quiero saber nada más de este lugar.

Anna no entendía qué satisfacción podían encontrar los clientes del complejo en caminar como muertos en vida por un poblado desolado. No entendía la belleza que se ocultaba tras el paisaje crepuscular de aquel valle. Para ella Zombis Resort era un lugar tan sórdido como un club de sadomasoquistas o una morgue llena de necrófilos. Pese a ello, puso todo su empeño en encontrar una solución al problema de su paciente, se documentó a fondo sobre el tema y consultó con varios colegas —sin entrar en detalles—, pero no obtuvo resultados.

Los días en el complejo se empezaron a hacer muy largos a medida que la lista de posibles curas se iba reduciendo. Su habitación disponía de todas las comodidades que se le podían exigir a un balneario de lujo, la comida que servían en el pequeño restaurante era variada y fresca. Al principio había coincidido con sus antiguos compañeros a la hora de la cena o en el bufet desayuno. Había entablado varias conversaciones con Walter y Eva para recordar los tiempos del viejo laboratorio, pero siempre terminaba hablando más ella que los otros dos. Los temas de conversación se terminaron pronto y cada vez surgían más silencios durante las comidas. Al final, Anna —y quizás también sus compañeros— planificó sus horarios de comidas, casi de forma natural, para no coincidir con ellos en el restaurante. Alguna vez lo hacía con Diego, pero casi siempre comía sola y, en ocasiones, se llevaba un sándwich al laboratorio.

Una mañana, mientras desayunaba un correoso bocadillo de pavo y lechuga, dio con la solución. Masticaba una y otra vez para conseguir tragar el bocado con la mirada absorta en la piel infectada de su paciente y, como quien busca formas en las nubes, Anna descubrió que los hongos habían esculpido una mariposa en sus nalgas. Las enfermeras lo giraban de vez en cuando para evitar la formación de nafras y esa mañana lo habían dejado desnudo y bocabajo. Se podía apreciar perfectamente una llaga en forma de mariposa entre la espalda y las nalgas.

Anna realizó una rápida asociación de ideas: pensó en la cantidad de mariposas que la gente se tatuaba en ese mismo lugar y cuántas terminaban arrepintiéndose de haberlo hecho y dio con un posible tratamiento.

—Un láser de reparación cutánea —dijo en voz alta para sí misma.

Quizás sería una locura intentarlo, pero no tenía nada que perder. El láser quemaría la piel y con ella el hongo y, después, favorecería la regeneración de una nueva epidermis limpia de infección. No era algo nuevo, los dermatólogos llevaban tiempo utilizándolo pero siempre a pequeña escala. En su caso tendría que bombardear casi todo el cuerpo del paciente y las sesiones deberían ser intensivas para evitar que la piel infectada contagiara de nuevo a la tratada. Si las raíces del Epidermophyton no llegaban hasta capas muy profundas de la dermis, el tratamiento podría funcionar.

Anna llamó a Diego por teléfono.

—Necesito un láser médico y un dermatólogo.

Al día siguiente, Walter entraba en la espaciosa habitación con un equipo de última generación. Intercambió un breve saludo con la neurocientífica y empezó a instalarlo. A Anna no le sorprendió. El alemán era ingeniero informático y siempre se había encargado del mantenimiento de los equipos del laboratorio del profesor Ribera.

—Ahora solo falta el dermatólogo —le dijo Anna a Diego cuando este entró también en la sala.

—Yo creo que no —le contestó él mirando al alemán.

Walter se puso una bata y las gafas de protección. A continuación se instaló en el taburete contiguo al paciente dispuesto a empezar el tratamiento.

—Soy licenciado en medicina, creo que estoy capacitado para hacer algo que podría hacer cualquier esteticista.

Anna no dijo una palabra más. No recordaba que el currículum del antiguo encargado de las muestras fuera tan completo. Lo observó hacer su trabajo durante toda la mañana, hasta que el cuadrante izquierdo del torso estuvo completo. El alemán había fraccionado el cuerpo del paciente en multitud de áreas con un rotulador médico. Era lento y meticuloso hasta el extremo, tanto, que la investigadora habría jurado que disfrutaba quemando poco a poco la piel arrugada e infectada por el hongo hasta reducirla a algo similar a una herida abierta. Lo que parecía una gran llaga abierta no era más que la última capa de la epidermis, que en breve se convertiría en piel nueva y rosácea. No sería una piel blanca y suave, más bien algo parecido a un cúmulo de cicatrices, pero estaría libre de hongos… o eso esperaba.

—¿Crees que funcionara? —le preguntó Anna a Walter al finalizar la primera sesión del tratamiento.

—No creo —respondió el alemán sin desplazar el láser ni un ápice de su objetivo.

—Entonces tenemos suerte que de sólo haya un infectado.

Walter no contestó.

56. Lidia

Es una zombi bonita, ¿verdad?

Yo anduve con un zombie.
Dir. Jacques Tourneur, 1943

Los primeros días junto a Gorka, el descubrimiento de su nuevo cuerpo, las nuevas sensaciones del Lambda-3 inundando sus sentidos, la agitación de los infrasonidos... Todo había pasado de ser una fresca novedad a ser una rutina: largos momentos de meditación y soledad seguidos por varias horas de caza acompañados de pitidos ensordecedores. Lo que había comenzado como una experiencia única se había convertido en una liturgia monótona. Pero para Lidia esto no significaba que se hubiera aburrido ya de su nueva condición, sino que la había interiorizado como una rutina diaria. La degradación había significado para ella nacer a una nueva forma de vida.

Cada vez que escuchaba los infrasonidos, cada vez que la furia se apoderaba de ella y se convertía en uno más de la horda, rezaba para que esa no fuera su última vez. No quería arrancar un collar arrastrada por la cólera. Cada vez que despertaba de su furia asesina, se miraba las manos asustada. Temía ver un collar en ellas y que eso significara su salida del complejo. Ser expulsada del valle equivalía para ella a que le arrancaran de los brazos de su madre. Disfrutaba de las cacerías en grupo pero, poco a poco, fue renunciando a la horda para no correr riesgos de ser expulsada. Se alejó a lo más hondo del bosque para alejarse de los infrasonidos que alteraban su consciencia.

Lidia pasó días vagando por la zona más aislada del valle. Paseaba con parsimonia pero sin descanso bajo la luna creciente, a través de la bruma de la mañana, de la llovizna de los días grises de otoño, sobre la primera escarcha de invierno. Tenía los pies sucios de barro pero el resto de su piel, pese a la infección, se veía limpia y grisácea bajo los despojos de su vestido blanco de encaje. Parecía una ninfa oscura, tan atractiva y sensual como la más bella hada de los bosques.

Y así debió verla el visitante que la violó.

Debió seguirla en la distancia porque el rumor de su collar no llegó a los oídos de Lidia hasta mucho después de ser descubierta. El visitante había llegado hasta allí huyendo de una pequeña horda, se había separado de su grupo y se había perdido. Descubrió a la no muerta del vestido de novia por casualidad y quedó cautivado por su sexualidad cadavérica. El vestido era ya poco más que unos harapos, después de vagar a través de ramas y zarzales y la mitad de su cuerpo quedaba al desnudo. El hongo no la había atacado de una forma tan agresiva como a otros visitantes y tan sólo le había dejado la piel más escamosa y lechosa de lo normal. El visitante la siguió en la distancia con la prudencia de no llamar su atención, hasta que su erección fue tan vigorosa que decidió masturbarse sobre una cama de musgo. Mientras lo hacía, perdió la noción de la distancia y dejó que Lidia se acercara más de lo prudente: quería ver sus senos desnudos de cerca. Cuando Lidia escuchó el infrasonido y corrió rabiosa hacia la fuente del sonido, el visitante lo interpretó como un gesto de fogosidad. La gótica no tardó en arrancarle el collar, ya que el visitante no presentó resistencia. Tan pronto lo arrancó, la fuente del ultrasonido se detuvo, pero el visitante no lo hizo. Interpretó su arrebato como un gesto de lujuria y aunque la gótica no se lo puso fácil, él consiguió inmovilizarla contra el suelo y hacerla suya. Nada más acabar, aquella mujer a la que acababa de poseer ya no le parecía una ninfa del bosque, sino una verdadera muerta viviente. Se debió sentir sucio y avergonzado, ya que salió corriendo del lugar de inmediato.

Lidia se quedó tumbada con la cara en el barro. No intentó levantarse, el Lambda-3 lo convertía en una tarea difícil pero no imposible. Se sentía profanada, no solo la habían violado también habían provocado que la desterraran de la tierra prometida. Alguien vendría a buscarla a aquel rincón remoto del valle y la expulsaría del paraíso.

Así fue. Unas horas después se encontraba en la misma habitación que había ocupado antes de la degradación. La cama de sábanas de hilo egipcio había sido sustituida por una camilla médica y un gotero con suero y analgésicos, pero el resto era igual. Su ropa debía seguir en el armario y su móvil en el cajón de la mesita. Su primera reacción fue girarse para cogerlo, pero con el movimiento notó una sacudida de dolor en la entrepierna.

«Deben haberme inyectado ya la primera dosis del antídoto».

Pese al dolor, consiguió hacerse con el móvil y lo encendió sin demasiado entusiasmo. Curioseó la lista de llamadas perdidas y mensajes nuevos, sin pensar en cómo era posible que la batería continuara cargada. Casi de forma automática marcó el teléfono de su amiga.

—¡Lidia! No me jodas… ¿eres tú? —respondió Olga al segundo tono de llamada.

Lidia no respondió. Recordó el contrato. No sabía si ya podía comunicarse con el exterior, así que se limitó a escuchar la voz de su amiga.

—¿Estás bien? ¿Puedes hablar? Si puedes sólo dime una cosa… ¿te pica algo?

Hasta entonces no se había dado cuenta. Los analgésicos que le habían administrado para el dolor debían haberle disimulado también el escozor. Pero ahora que la pregunta de su amiga lo había hecho evidente, empezó a notar un picor insoportable por todo el cuerpo.

«Sí, me pica todo».

57. Anna

El proyecto "Vall Fosca Resort", iniciado el 1998 por la promotora "Martinsa Fadesa", constaba de 900 viviendas, 8 hoteles, un Spa, 2.200 plazas de parking subterráneas, un centro de convenciones rodeado por un campo de golf y 30 km de pistas de esquí alpino [...]. El proyecto se detuvo y todavía nadie ha retirado ni desmontado las instalaciones, convertidas hoy en un montón de chatarra abandonada.

Roc Sagristà Garcia. *La Vall més Fosca.*
Mountain Wilderness de Catalunya. n°22, 2012

El tratamiento por láser estaba siendo largo y complejo. El paciente no sentía dolor gracias al Lambda-3 que todavía bloqueaba sus neuronas, pero en circunstancias normales habrían tenido que sedarlo profundamente durante semanas. Walter había quemado cerca del noventa por ciento de la epidermis del sujeto y en algunas zonas había tenido que repetir el tratamiento varias veces porque el hongo había rebrotado. La nueva piel era rosácea y limpia de infección, pero estaba muy lejos de ser una piel normal.

—Es como un guante de látex relleno con gusanos vivos —comentó Walter para sí mismo mientras lo trataba.

Anna pensó que la comparación era bastante acertada, aunque no lo manifestó en voz alta porque el paciente podía estar escuchándolos.

—Dentro de poco podremos aplicarle las nanopartículas y ver si el tratamiento ha hecho efecto —le dijo ella al paciente. Llevaba una semana diciéndole lo mismo.

Con el efecto del Epidermophyton a punto de desaparecer los priones se estaban extendiendo ya a unos niveles peligrosos y, en breve, tendrían que tomar una decisión: despertar su sistema nervioso y esperar que su dolor no fuera insoportable, tanto si la piel estaba completamente limpia como si no. Mientras tanto, la neurocientífica tenía poco que hacer, así que, después de la visita diaria al paciente, aprovechaba la privilegiada ubicación del centro para dar largos paseos. Al principio no había reconocido el lugar, aunque el horizonte montañoso le era muy familiar, pero después de vagar por aquellos parajes durante un par de días, supo que se encontraba en un valle cercano al de la masía de la familia Ribera. En alguna ocasión intentó llegar hasta ella caminando pero el terreno se volvía demasiado escarpado y el camino que parecía corto desde la cima del complejo, se volvía muy largo a medida que recorría los senderos.

Otras veces se asomaba al último rincón de la Vall Fosca y curioseaba desde la lejanía el comportamiento de los extraños lugareños y los inocentes visitantes. No podía acercarse más allá de las barreras naturales que presentaba el collado, así que utilizaba unos prismáticos para no perder detalle. Alguna vez veía a los zombificados moverse en manada para rodear a un grupo de visitantes, como un nido de hormigas sobre una lombriz moribunda. No terminaba de entender qué satisfacción encontraban unos y otros en aquel juego. No sabía si el riesgo que corrían merecía la pena o si era una parte más de la experiencia, algo que la hacía más real.

Tres semanas después de haber empezado el tratamiento con el láser de reparación cutánea, Walter se dio por satisfecho:

—Es posible que todavía quede algún rastro latente de Epidermophyton pero hasta que no se haga patente no puedo hacer nada más.

Ese mismo día, Anna aplicó las nanopartículas a su paciente y cruzó los dedos. En unas pocas horas, éste empezó a recuperar la sensibilidad de algunas zonas y al día siguiente volvía a ser capaz de articular algunas palabras. Sentía algo de dolor. Todo su cuerpo era una cicatriz grande y blanda, así que era normal. Era un dolor tolerable con analgésicos y que tenía que ir a menos. De no ser por su extrema delgadez y por la desagradable apariencia de su piel, el paciente estaba recuperado.

La investigadora se sentía satisfecha con los resultados. Su trabajo estaba hecho y, de pronto, le surgió una pregunta que no se había formulado hasta entonces:

«¿Y ahora qué?».

Diego la había contratado para encontrar una solución a un caso aislado, a la excepción que confirmaba la regla. El resto de degradados respondía bien a los antifúngicos —o eso era lo que a ella se le habían comunicado—, así que su trabajo en el parque había concluido. Por un lado, se arrepentía de haber dejado su beca en París por algo que había durado tan sólo unos meses, pero por otro se alegraba de dejar de formar parte de aquella locura que estaba teniendo lugar entre las montañas. Anna dudaba de la legalidad de un lugar como aquel, aunque no quería desconfiar de Diego y sus compañeros. Fuera como fuere, se alegraba de dejar de formar parte de Zombis Resort.

Estaba preparando su maleta cuando Diego se presentó en su habitación para felicitarla.

—¿Ya te vas? —le preguntó.

—Eso parece. Todo ha salido bien, ya no me queda nada que hacer aquí.

—La verdad es que todavía queda algo —Anna lo miró un poco descolocada, no sabía a qué podía referirse—. Había venido a agradecerte el buen trabajo que habías hecho con nuestro paciente, pero las buenas noticias nunca vienen solas. Eva acaba de comunicarme que tenemos un nuevo caso.

—¿Otro?

—Sí, parece que vas a tener que deshacer esas maletas.

La investigadora volvió a su laboratorio de inmediato. Ya no había ni rastro de su antiguo paciente, un nuevo individuo infectado ocupaba la camilla. Anna esperó que fuera el último y se puso manos a la obra. Se presentó, revisó el expediente que le habían hecho llegar, hizo un rápido examen visual y le tomó varias muestras de sangre. Los primeros resultados de los análisis presentaban un diagnóstico muy similar al del anterior, pero había algo que no le cuadraba en el paciente número dos. No fue hasta bien entrada la madrugada y tras varios cafés cargados cuando supo a que se debía. Los análisis de sangre habían presentado unos niveles de nanopartículas ínfimos. Si el proceso de recuperación de aquel zombificado hubiese tenido lugar en las últimas horas, los niveles habrían sido muy superiores. Los valores que había obtenido sugerían que a aquel tipo no se le habían inyectado nanopartículas desde hacía más de un año. ¿Por qué le mentía Diego en algo así? Anna repitió los análisis y corroboró los resultados. Antes de acudir al Holandés, decidió pedir su opinión a Eva. Ella era quien había hecho saltar la alarma y quien supervisaba los procesos de recuperación. A primera hora de la mañana se presentó en su despacho.

—¿No puede ser un error de la analítica? —le dijo Eva.

—No, lo he comprobado varias veces. ¿Puedo ver el expediente completo?

—Ya lo haré yo por ti. —Eva empezó a teclear en su terminal—. Nuestro sistema es muy meticuloso. La base de datos registra hasta el más mínimo detalle de la evolución de cada visitante.

—¿Puedo echarle un vistazo? —preguntó Anna impaciente. Si el sistema era tan eficiente no tardaría ni un momento en saber si estaba en lo cierto.

—Lo siento, no estás autorizada para verlo. Cuestiones de privacidad de nuestros clientes —le respondió ella con una sonrisa desgastada.

Ante la impaciencia de Anna, Eva continuó tecleando con sus uñas de porcelana sobre su teclado de diseño un rato más. La investigadora había jurado que disfrutaba haciéndola esperar desde su posición de superioridad. Después intentó localizar a alguien por teléfono sin éxito y antes de levantarse le dijo:

—Voy a tener que consultarlo con Diego. Espérame aquí.

La dejó a solas en el despacho y desapareció haciendo rechinar sus tacones. La neurocientífica no pudo resistirse a la tentación y asaltó el ordenador. El expediente de su segundo paciente estaba abierto en el monitor. Tan pronto como se familiarizó con el funcionamiento de la base de datos, Anna pudo comprobar que éste había entrado en el parque hacia más de un año y habían intentado su recuperación hacía más de diez meses. Su expediente terminaba con una nota en negrita muy explícita: «Irrecuperable. A la espera de tratamiento».

Era obvio que se le estaba ocultando mucha información y, a riesgo de que la sorprendieran con las manos en la masa, Anna empezó a navegar por la base de datos en busca de otros casos. Localizó más de una docena de casos con circunstancias similares hasta que escuchó una voz desde la puerta del despacho. Estaba tan absorta en el monitor que no reparó en la presencia de Eva y Diego: él la miraba con gesto de preocupación, ella con una sonrisa.

—Lo sabe —le dijo Eva a su jefe—. ¿Qué vamos a hacer con ella ahora?

58. Gorka

Él sentía que, de algún modo, se había convertido en un conejillo de Indias que contribuiría a encontrar qué causaba los horrores que destruían la isla convirtiéndola en un infierno.

Nueva York bajo el terror de los zombies (Zombie 2).
Dir. Lucio Fulci, 1979

Después de una noche bajo los efectos de los antifúngicos combinados con las nanopartículas, los resultados no eran demasiado espectaculares. A la luz de la mañana, el único cambio que apreciaba en su cuerpo desnudo era el color de la infección: su piel había pasado de un marrón cobre a un tono arena de playa. Las rugosidades continuaban igual y también su incapacidad para moverse o hablar con normalidad. Aunque su cuerpo parecía no responder al tratamiento, su mente estaba lúcida. Era consciente de todo lo que sucedía a su alrededor.

—No es algo que se arregle de un día para el otro —le decía Anna a los demás—, pero por ahora, parece que Gorka está reaccionando bien al tratamiento.

—Lo parece… pero no lo sabes —le replicó Olga, siempre pesimista.

—Lo sé, puedes estar segura.

Anna les explicó que por el momento sólo le habían aplicado la primera dosis de antifúngicos. Cuando se aseguraran de que su organismo respondía bien al tratamiento, le aplicarían una segunda carga contra los hongos y otra de nanopartículas para empezar a eliminar el Lambda-3.

—¿Y por qué no lo haces todo de golpe? —le preguntó Olga—. Cuanto antes despierte antes nos podrá contar que ha pasado.

—Al principio ese era el procedimiento —le contestó Anna sin percatarse de que Gorka podía escucharla— pero los que no respondían a la medicación contra los hongos llegaban a arrancarse la piel con las uñas. Por suerte, las manos no les respondían, les colgaban como muertas de los brazos y no podían rascarse tan fuerte como les habría gustado. El picor era tan intenso que se sacudían y llegaban a tener convulsiones.

La neurocientífica les explicó que al principio los mantenían sedados pero, ante la imposibilidad de encontrar una solución, decidieron devolverlos a su estado de degradación.

—Con Gorka no llegaremos a ese extremo. La piel tardará un poco en volver a su normalidad —le explicó a la gótica mientras desayunaban—, quizás unas semanas, quizás un par de meses. Pero lo importante es que el medicamento hace efecto.

—Pues no lo parece —respondió Olga mientras se untaba una tostada con una mantequilla que elaboraba Marc en la misma masía.

—Créeme, lo está haciendo. Los resultados de los análisis son claros, a lo largo de hoy o, mañana a mucho estirar, veremos algún signo claro de mejoría.

«Eso espero», pensó Gorka.

Marc les terminó de servir el desayuno en el laboratorio y después hizo lo mismo con la comida y la merienda. Pasaron el día entero esperando resultados, junto a su camilla, comiendo sin hambre e intentando dar alguna cabezada rápida para combatir el sueño. Gorka pensaba en su hermano. Le habría gustado que lo hubieran llamado para ponerlo al día pero intuía que no lo hacían por miedo a que pudieran localizar su llamada. El submarinista sabía que aquella era una precaución absurda, surgida de demasiadas películas de espionaje, pero entendía que Anna fuera tan precavida.

«Tiene miedo pero se está arriesgando por mí».

El profesor Rivera ejercía su rol de anfitrión lo mejor que podía: se las apañaba para tener cómodos a sus invitados con las pocas provisiones y comodidades de las que disponía. Se notaba que llevaba una vida espartana junto a su padre. Éste último vivía ajeno a todas estas incertidumbres. Se había pasado todo el día vestido tan sólo con un viejo casco de ciclomotor y una muleta a modo de fusil. Al parecer, sus viejas neuronas habían sacado brillo a sus recuerdos de la guerra.

Los demás entraban y salían, pero Anna no se movía de su lado. Estaba pendiente del más mínimo cambio que evidenciara una mejora.

Cuando estaban a solas aprovechaba para explicarle todo el proceso. Sabía que él podía escucharla y aunque no pudiera interactuar con él, quería mantenerlo informado. El submarinista estaba tranquilo. Intentaba asentir a las palabras de la investigadora, decirle que «todo iba bien», pero sus palabras se quedaba en un cabeceo carente de significado.

Cuando se puso el sol, todos los inquilinos del viejo caserón volvieron a reunirse en el laboratorio a su lado y esperaron en silencio algún indicio de mejora. Estuvieron varias horas callados.

El sonido de un móvil los sacó de su aletargamiento. Era el teléfono de Olga. Cuando la gótica vio la imagen que aparecía en la pantalla identificando su origen, no se lo pudo creer.

—Es Lidia —les dijo antes de contestar— ¡Lidia! No me jodas... ¿eres tú?

Todo el grupo, Gorka incluido, escucharon la conversación con atención. Por las interpelaciones de Olga y por la súbita alegría de su voz sabían que quien llamaba era ella. Cuando Olga formuló la pregunta más importante, todos guardaron silencio.

—Sólo dime una cosa, ¿te pica algo?

Se produjo un silencio incómodo al otro lado de la línea. La gótica se giró entonces hacia sus compañeros para ver en ellos la misma cara de ansiedad que ella misma debía tener en ese momento, puso el terminal en manos libres para que todos pudieran seguir la conversación.

—Me pica todo —respondió Lidia al fin. Lo siguiente que escucharon fue el roce del altavoz contra lo que debía ser la bata de hospital—. Tengo todo el cuerpo lleno de ronchas.

—Tranquila, dime como son. De qué color y qué tamaño —preguntó Olga fingiendo una tranquilidad que no tenía. Después tapó el auricular y grito un mudo insulto que todos entendieron.

—No sé... son marrones y son muy grandes, me cubren todo el cuerpo.

—Sobretodo no te rasques —le gritó Anna a Lidia a través del auricular.

—¿Con quién estás? —preguntó Lidia al escuchar a la investigadora de fondo.

—Con una amiga. Nos está ayudando, sabe mucho del tema...

—Antes de convertirnos nos dijeron que la piel se nos pondría así, que era parte del personaje, que se iría tan rápido como vino, que sería como un lifting y nos quedaría la piel incluso mejor que antes… ¡pero joder! No nos dijeron que iba a picar tanto. ¡No lo aguanto Olga!

La gótica tapó de nuevo el auricular y le preguntó a Anna en voz baja:

—¿Es normal que pique tanto o es que…?

La neurocientífica le contestó con un triste movimiento de negación. Olga volvió a maldecir en silencio y descolgó el auricular.

—Lidia, escúchame. Tienes que salir de ahí.

—No puedo, estoy llena de cables y me pica demasiado. Estoy llamando a la enfermera para que me inyecten algo que me calme.

—No, no. No hagas eso. Arráncate las vías y escóndete.

Lidia no respondió al ruego de su amiga. En su lugar se escuchó un golpe amortiguado y de nuevo el roce de la tela. La llamada continuó activa pero Lidia ya no podía oírles: parecía que hubiera escondido el móvil entre las sábanas al ver entrar a la enfermera. Olga subió el volumen al máximo y les pidió que se mantuvieran en silencio. Si afinaban el oído podían escuchar la conversación que tenía lugar al otro lado de la línea.

—Lo siento, pero yo no puedo darle nada para el dolor. En una escala del uno al diez, ¿cómo calificaría el escozor? —le preguntaba la voz de una desconocida.

—Un veinte —respondió Lidia desesperada.

—Deje que llame al doctor.

Se escuchó una sirena de alarma de fondo seguida del movimiento de instrumental metálico.

—¿Qué hace? —preguntó Lidia.

—Estas correas son por su propia seguridad, no se preocupe.

—¿Ha vuelto a pasar? —preguntó una tercera voz con un fuerte acento extranjero.

—Eso parece.

—¿Pasar el qué? —preguntó Lidia acongojada. Olga tuvo que contenerse para no empezar a gritar que pararan. Si localizaban el móvil, simplemente colgarían.

—Sédela —dijo el que parecía ser el doctor.

—¿Pasar el qué? —preguntó ella de nuevo a voz en grito. Fueron las últimas palabras de su amiga que escuchó.

—Cuando esté dormida bájela a la planta cero.

—Sí, doctor Gerhold —respondió la enfermera.

Después de eso no se escuchó más que ruido al otro lado de la línea.

Olga sabía que la llamada continuaba abierta por el contador de la pantalla, pero no le llegaba más que silencio. Anna intentó decirle algo un par de veces pero la gótica la silenciaba con rotundidad y señalaba el auricular. Durante varias horas permaneció a la escucha por si su amiga volvía a dar señales de vida. No lo hizo y tras dos horas la llamada se interrumpió.

—Es posible que puedan recuperarla —le dijo Anna a Olga para tranquilizarla.

—Dime la verdad, por favor. Las medias tintas no le ayudaran ni a ella ni a mí —le dijo Olga.

La neurocientífica asintió y luego le lanzó una mirada llena de significado a su antiguo profesor.

—Esa planta es el sótano donde mantienen encerrados a los que no pueden recuperar. No es un lugar agradable y os lo digo por propia experiencia. Cuando yo estuve allí encerrada debíamos ser medio centenar.

59. Anna

—Aún te ves a ti mismo como a un
científico? ¡No lo eres! ¡No eres mejor que
uno de esos médicos brujos!
—¡Ya basta! Son mis investigaciones.
—¿Investigaciones? ¿Llamas investigación
a ese montón de supersticiones y vudú?

Nueva York bajo el terror de los zombies (Zombie 2).
Dir. Lucio Fulci 1979

La neurocientífica no podía explicarse cómo habían cambiado tanto las cosas en tan poco tiempo. Unas semanas atrás viajaba ilusionada en un avión camino de una oferta irrechazable, junto a un viejo amigo y en un entorno de ensueño. Ahora se encontraba atada y amordazada en una sobria sala aséptica frente a alguien en quien había confiado ciegamente y en las manos de un antiguo compañero de trabajo convertido ahora en su brazo ejecutor.

—No voy a engañarte diciéndote que esto te va a doler más a ti que a mí —le dijo el Holandés con semblante preocupado—. Walter ha perfeccionado mucho la técnica y el proceso es casi indoloro. Él te lo puede asegurar en primera persona, ¿verdad?

El alemán no se dignó a contestarle. Ni siquiera la miró. Siguió preparando el instrumental como si tal cosa. Diego se sentó en una silla y se acercó a la camilla donde Anna estaba inmovilizada.

—Siento una gran decepción. No quería llegar a este extremo. Pensaba que lo ibas a entender —le continuó diciendo—. Eva lo entendió muy rápido y a él ya le ves, creo que incluso ha encontrado su vocación en este sitio. Pero tú, tenías que ser mejor que todos nosotros. Mi hermano no me engañó cuando me habló por primera vez de ti. ¿Sabes lo que me dijo? Cuando se le empezó a escapar de las manos todo el asunto de los priones en la vieja masía me habló de ti, me dijo que eras la única que podría ayudarle pero que tus principios no te dejarían hacerlo. Mi hermano, el hombre más íntegro que he conocido, se avergonzaba de sí mismo ante ti. Y a pesar de todo, al final nos ayudaste. ¿Por qué no has podido hacerlo ahora?

Si Anna no hubiera tenido la boca amordazada le habría dicho que una cosa era arriesgarse para salvar la vida de un amigo y otra muy distinta lucrarse a costa de la vida de los demás. Le habría dicho que lo que estaban haciendo en aquel lugar era prostituir su trabajo, utilizar algo que había nacido para curar una enfermedad para alimentar mentes perturbadas. Pero la investigadora no pudo decir nada. Había tenido su momento para hablar unas horas atrás y lo había desaprovechado. Cuando Eva y Diego la habían cogido in fraganti inspeccionando los expedientes de los irrecuperables, había podido hablar. Les había dicho que todavía podían salvar a toda aquella gente, que estaban a tiempo de corregir su error. Que era una abominación tener a todas aquellas personas enfermas encerradas a la espera de un tratamiento mejor que quizás nunca llegaría. Ninguno de sus argumentos les había convencido y cuando les amenazó con hacerlo todo público, Diego dio una señal y alguien a su espalda la inmovilizó.

—¿No entiendes que toda esa gente que no pudimos recuperar no aceptaría una solución como la que encontraste? ¿Crees que podrían volver a hacer vida normal con todo el cuerpo lleno de cicatrices? —le preguntó Diego mientras la reducían—. Tienes que reconocer que tu solución era un poco chapucera... Tu primer paciente era un conejillo de indias, con el segundo esperaba que depuraras la técnica un poco más... los quemaste vivos. No tengo la intención de exponerme a un aluvión de demandas porque un grupo de imbéciles entre aquí queriendo convertirse en un zombi y salga con la cara de Freddy Kruegger.

El Holandés hizo una pausa en su discurso para darle una orden a Walter. Fue tan sólo un gesto de asentimiento, lo único que necesitaba el alemán para convertir a su antigua compañera en una nueva degradada. El director de Zombis Resort continuó con su monólogo mientras su última asalariada empezó a notar el frío suero que transportaba los priones colándose en su torrente sanguíneo.

—No quiero que te tomes a mal todo esto. Sé que ahora no te lo parece, pero es un mal menor. Algo temporal. Yo lo interpreto como los padres que envían a su hijo a un correccional para meterlo en vereda… nada más. Nada te dice que tengas que convertirte en una irrecuperable, la probabilidad es muy baja y aún si tuvieras tan mala suerte de no reaccionar a los antifúngicos, estoy seguro que el doctor Gerholm encontrará una solución en breve.

Diego intentaba tranquilizarla con su discurso, pero para la neurocientífica aquellas palabras de sosiego sonaban más como una amenaza. El alemán la desnudó y empezó a aplicarle un gel parduzco por todo el cuerpo. Había imaginado muchas veces estar en aquel estado frente a Diego, pero no en aquellas circunstancias. No le molestaba su desnudez pero sí imaginar el efecto que los hongos producirían en breve por toda su piel. Era pronto para notar nada, pero su cerebro empezaba a generar picores ficticios por todo el cuerpo. No podía aliviarse, tampoco pedir ayuda, así que respiró hondo e intentó recordar lo poco que había aprendido durante las dos únicas clases de yoga a las que había asistido un verano.

—Pues ya no hay vuelta atrás —continuó el Holandés—. Te voy a explicar de forma muy sencilla como va a ir todo esto. Como bien sabes, el proceso de degradación se completará en menos de 12 horas. Será una transformación rápida en la que nos saltaremos varios pasos importantes que Walter habría disfrutado realizando. No habrá personalización ni condicionamiento a impulsos, tan sólo lo justo para mantenerte neutralizada. Te mantendremos hidratada y nutrida a través del colon. Cada dos o tres semanas las iremos cambiando y veremos si sigues pensando como ahora.

Mientras hablaba, cogió uno de los tubos de gel y se lo enseñó divertido para ver su reacción. Era un cilindro de medio metro de longitud y del grosor de un plátano. Era una de las pocas contribuciones directas que Diego había aportado al proceso de degradación y estaba orgulloso de ella.

—Tranquila, no te dolerá. Para cuando te la introduzcan sentirás ya muy pocas cosas. Ni sueño, ni hambre, ni sed. Esto evitará que mueras deshidratada. La verdad es que estamos muy contentos con su eficacia y estamos consiguiendo que cada vez duren más. Al principio en un par de días se agotaba, ahora duran varias semanas y ¿ves esto que parece un hilo en el centro de la barra? Cuando contacta con las paredes del recto emite una pequeña señal de radiofrecuencia que avisa a nuestro equipo de que hay que cambiarla. Podríamos decir que es una barra inteligente conectada a la red.

Walter terminó de untar el fluido y desapareció. No se despidió de ninguno de los dos, tan sólo concluyó su trabajo y salió de la sala.

—Parece ser que ya está todo listo. Intenta dormir un poco, en menos de lo que esperas estarás en la planta cero, junto a los irrecuperables que tanto te preocupan. No podrás interactuar demasiado con ellos, pero seguro que agradecen tu compañía y tu preocupación.

Diego le dio la espalda y se encaminó a la puerta de salida. La ironía que un día le había parecido tan graciosa a Anna, ahora se le revelaba repugnante. Antes de abandonar la sala, el Holandés añadió algo sin mirarle a la cara.

—Te repito que no hago esto por gusto y que tan pronto encontremos una solución te traeremos de vuelta.

Después apagó las luces y cerró la puerta.

A Anna le vinieron entonces a la cabeza las palabras que había escuchado mencionar a Eva a sus clientes una y otra vez: «Nuestro objetivo es rebajarles varios grados en la escala evolutiva». Habían degradado su humanidad y así era como ahora se sentía, no como una zombificada sino como una degradada.

60. Diego

El capitalismo puede llegar
a destruir a la especie humana.

Santiago Carrillo

El día a día de su trabajo consistía en estar rodeado de lo más parecido a un muerto viviente que la ciencia había podido desarrollar. Los ataques en grupo de las hordas le parecían tan salvajes y entrañables como los primeros juegos de un lobezno. Sin embargo, ante el consejo directivo, Diego se ponía nervioso. Solía tomarse un *gin-tonic* bien cargado antes de presentarse ante sus superiores. Había invertido casi todos sus recursos en aquel complejo y sabía que, aunque sus cimientos eran sólidos, un negocio como aquel pendía de un hilo muy fino. Estaban a punto de amortizar toda la inversión y empezar a obtener los primeros beneficios pero un paso en falso, y todo podía venirse abajo. Un cliente insatisfecho, una demanda bien sostenida, un periodista demasiado curioso o un policía inoportuno, podían hacer peligrar el negocio. Por no hablar de algún fallo médico, alguna agresión demasiado violenta o un caso de espionaje industrial.

—Todos nuestros recursos están centrados en encontrar a Gorka Saltor —afirmó Diego ante la junta—. Tarde o temprano volverá a contactar con su hermano y volveremos a tenerle.

—¿Y qué nos garantiza que no volverá a pasar? —preguntó uno de los miembros desde el otro lado de la mesa.

—Necesita una ayuda que sólo nosotros le podemos ofrecer. Lo hará y este error no se volverá a repetir.

—¿Cómo no se volvió a repetir el caso de Anna Brau? —preguntó otro de los reunidos—. Le recuerdo que todavía no sabemos nada de ella.

274

—Ese era un caso diferente y todavía estamos tras ella —respondió el Holandés.

—Sinceramente, creo que deberíamos dedicar más efectivos a la seguridad del complejo —comentó el tipo que se sentaba en el extremo de la mesa.

El Holandés había confiado más en la tecnología que en los recursos humanos. La seguridad del parque se basaba en una metodología similar a la de los casinos de Las Vegas. Para los visitantes, los agentes resultaban casi invisibles, en cambio las videocámaras controlaban hasta el último metro de instalación. La estación Cíclope controlaba todas las imágenes a tiempo real. Gracias al software, un único operario podía controlar todo el complejo y si detectaba algo, éste se ponía en contacto con los dos agentes infiltrados que patrullaban continuamente por las instalaciones. Uno disfrazado de muerto viviente y otro que se hacía pasar por un visitante solitario. En total, tres puestos clave que Diego cubría con tan solo seis personas en turnos de doce horas. Su principio era realizar lo máximo con el mínimo personal, para poder tener a todos los empleados bajo estricto control. En total, contando al equipo científico, los encargados del mantenimiento, el equipo de seguridad, su relaciones públicas y él mismo, el personal de Zombis Resort apenas contaba con unas docenas de personas.

—Nuestro principal problema no es la seguridad sino la discreción —empezó Diego tras una larga inspiración—. Es cierto que hemos tenido dos problemas serios. Dos personas han abandonado el complejo sin nuestro consentimiento…

—Una cargada de resentimiento y de información que podría ponernos en un aprieto y la otra es una prueba viviente de lo que estamos haciendo. Cualquiera de las dos podría montarnos un circo mediático en un santiamén —manifestó el más airado de los presentes.

—O bien podrían chantajearnos… —intervino otro de ellos.

—No me preocupa ninguna de las dos cosas —respondió Diego con un desaire que encendió los ánimos del consejo directivo.

Todos quisieron meter baza y hacerse escuchar por encima del griterío menos dos personas: Diego, de pie en un extremo de la sala, y el que parecía atesorar más acciones de la compañía, sentado al otro lado de la mesa. Éste último extendió los brazos hacia sus compañeros y consiguió hacerlos callar sin decir una palabra. Después, en un tono de voz apenas audible para el Holandés, le pidió que aclarara sus palabras.

—Cada semana pasan docenas de personas por este parque, tanto visitantes como residentes, todos salen con una idea muy aproximada de lo que sucede en nuestro valle. Cualquiera de ellos podría acudir a un medio con la noticia o publicar algún comentario revelador en una red social, sin embargo, la mayoría guarda silencio. ¿Se han preguntado por qué? —Diego no les dejó responder—. No quieren romper la magia, no quieren negarles a los demás la sorpresa de descubrir por sí mismos lo que aquí les ofrecemos. Todos salen satisfechos, aunque salgan con la nariz sangrando, saben que lo que han vivido ha sido real. No quieren negarle esa experiencia al resto. ¿Saben lo que es un *spoiler*? Así le llaman ahora al giro dramático de una película o de un libro que no hay que destripar, que hay que guardarse para uno mismo y sólo comentar en voz baja con otros iniciados. Nuestro complejo es un gran *spoiler* que sólo sobrevivirá si conseguimos ganarnos el respeto de todos y cada uno de nuestros visitantes. Y si no, tenemos otros medios para conseguirlo.

Tras un largo silencio, el miembro del consejo más incrédulo quiso intervenir.

—Unas palabras muy elocuentes, pero el peligro sigue estando ahí. Gorka Saltor y Anna Brau siguen en paradero desconocido y no han mostrado mucho respeto por nosotros hasta el momento.

—Siempre hay clientes insatisfechos, para eso está nuestro equipo de contención. Para asegurar la discreción de la que les hablaba. Eva les dará los detalles.

Diego había llegado al punto de la reunión que esperaba. Se sentó en una de las sillas y dejó que su mano derecha expusiera el plan de trabajo que habían diseñado. La relaciones públicas tenía su discurso muy preparado y reforzaba sus explicaciones con fotografías, gráficos y casos prácticos.

—No podemos controlar a todos nuestros usuarios una vez abandonan el complejo —comenzó explicando Eva—, como pueden observar el gasto en seguridad privada sería inasumible. Lo que sí que podemos hacer es controlar lo que se dice de nosotros. Por ejemplo, tenemos el caso de Lidia Conella. Lo he seleccionado por su afinidad con Gorka Saltor y como ejemplo de contención. Lidia no pudo preparar su estancia en el complejo como solemos recomendar a nuestros usuarios, su paso de visitante a residente fue un poco precipitado y no pudo preparar una coartada convincente. Una de sus amigas, que también había visitado el parque, se impacientó y acudió a una comisaría. Les relató su experiencia,

276

la presunta desaparición de su amiga y nuestra posible relación. Lo primero que hizo el agente fue consultar en la red si nuestro complejo existía y accedió a uno de los portales tapadera de nuestro spa de alta montaña. Todas las visitas que reciben estas páginas son procesadas por nuestro software y éste dio la alarma al detectar que la IP desde la que se producía el acceso pertenecía a una comisaría. Reaccionamos con celeridad y en unos minutos conseguimos que Lidia, que todavía no se había sometido a la degradación, llamara en persona a su amiga y la tranquilizara. Este es sólo un ejemplo, hay muchos más. Nuestro software de contención dispone de muchos otros mecanismos de control, como las arañas que rastrean la red continuamente en busca de referencias al parque. Gracias a él hemos detectado centenares de comentarios que hemos obligado a eliminar a los mismos usuarios. También controlamos las comunicaciones de los terminales móviles de los visitantes en busca de señales de alarma, que en caso de producirse contenemos adecuadamente.

—¿Eso no afecta al derecho de intimidad de los usuarios? —preguntó interesado el mismo miembro que había iniciado la discusión unos minutos antes.

—No, si el visitante nos da su consentimiento, aunque lo haga a posteriori. A veces incluso nos vemos obligados a suplantar su identidad, pero siempre nos cubrimos las espaldas en el aspecto legal. La abultada factura del bufete sirve para algo —añadió Eva con una sonrisa. Su respuesta ensayada surtió el efecto deseado.

Diego observó en silencio y con deleite como Eva se metía en el bolsillo a todo el consejo. Había escuchado aquel discurso un par de veces mientras lo ensayaba y en algunos momentos desconectó para centrarse en la costura de sus largas medias. Esperaba que alguno de los oyentes también lo hiciera. La relaciones públicas terminó su presentación con la misma frase que él había pronunciado media hora antes. Ahora fue recibida con un aplauso.

—En definitiva, nuestro principal problema no es la seguridad sino la discreción — sentenció Eva—. ¿Alguna pregunta?

—No nos ha aclarado que vamos a hacer para solucionar los casos de Gorka y Anna —preguntó el accionista mayoritario.

—Disculpe, pensaba que se habría sobreentendido con mi discurso —respondió ella sin darle importancia—. A día de hoy ninguno de los dos es un problema, estén donde estén permanecen en silencio. Eso sí, en cuanto den un movimiento nuestro software los detectará.

—Eso espero. El caso de Gorka Saltor no me preocupa, pero el silencio de la profesora Brau empieza a inquietarme —manifestó el presidente con un hilo de voz.

Diego se levantó entonces con la intención de dar por terminada la reunión.

—Puedo asegurarle que el caso de Anna no se repetirá. Caballeros… —dijo el Holandés antes de salir de la sala.

61. Anna

—El sótano es el sitio más seguro de la casa.
—El sótano es una ratonera.

La noche de los muertos vivientes.
Dir. George A. Romero, 1968

En aquel agujero no se podía hacer otra cosa que esperar. Al principio las horas habían pasado muy despacio, después los días parecían haberse detenido y llegados al punto en que se encontraba, el tiempo era un concepto que ya no existía. Simplemente estaba allí. Sin dolor, sin hambre, sin futuro, y agotando las últimas existencias de esperanza.

Al poco de ser arrojada a aquella mazmorra —que se conocía bajo el eufemismo de «planta cero»— había pasado días enteros explorando el entorno, familiarizándose con sus compañeros de cautiverio, trazando planes de huida y analizando sus opciones. La sala apenas tendría las dimensiones de una piscina olímpica, con paredes irregulares y techo abovedado. Un hueco ganado a la montaña a base de picar roca. Sin las herramientas necesarias y sin coordinación en brazos y manos era imposible cavar hasta fugarse. La única entrada y salida era una puerta blindada golpeada mil veces por todos los huéspedes del lugar. Varias bombillas peladas colgaban del techo a varios metros de altura, inalcanzables para ninguno de ellos. Su luz resultaba escasa pero suficiente. Tampoco había nada digno de ver. Seres enfermos, que apenas se movían, como víctimas de una guerra muriendo de hambre en un campo de refugiados. La diferencia era que ellos no sufrían, el Lambda-3 los mantenía tranquilos y sedados, y les privaba de otros horrores del cautiverio como el olor a pus e infección o la sensación de sus propias lenguas al contraerse y agrietarse por la deshidratación.

Pese a todo, Anna no perdía la esperanza de abandonar aquel lugar cada vez que se abría la puerta blindada. Al principio se había abalanzado hacia la salida nada más abrirse el portón, pero le faltaba velocidad y fuerza para conseguir su objetivo: frustraban su objetivo con un simple empujón y la neurocientífica terminaba en el suelo. Después pasaba horas para volver a levantarse. Otras veces había intentado acercarse a la puerta con disimulo pero el resultado había sido el mismo, así que, como el resto de sus compañeros, había terminado resignándose a no hacer nada cuando la puerta se abría. Algunas veces era para recibir a un nuevo compañero, al que siempre se acogía con una mezcla de compasión y resignación disfrazadas de indiferencia. Otras, entraba el «inspector de orificios» —como la investigadora había bautizado—, un tipo ataviado con bata, botas y guantes de goma, y una máscara para amortiguar el hedor que desprendían. Su función era comprobar el estado de las barras de sales minerales que cada uno de los residentes llevaba insertada en su trasero de degradados. El Inspector insertaba el dedo en el ano de todos los presentes como lo haría un veterinario con el ganado pero sin la delicadeza de cambiarse de guantes. Del medio centenar de reclusos, cada vez dos o tres tenían el privilegio de salir a estirar las piernas. Para hacerlo, el Inspector los encadenaba unos a otros de pies y manos hasta formar un lento y lúgubre tren de muertos vivientes que abandonaba la sala con apatía y volvía al cabo de unas horas con la misma resignación y los esfínteres a rebosar.

Siempre que Anna veía salir a uno de esos grupos, tenía la esperanza de que alguno de sus compañeros no volviera. Deseaba que hubieran desarrollado una nueva cura para ellos y pudieran tratarlos. Pero los mismos que se iban, siempre volvían a entrar.

«Aunque algún día consigan mejorar el tratamiento, a mi no dejarían salir».

Un día le tocó a ella formar parte del particular tren del Inspector. Anna esperaba poder detectar algún punto flaco en el proceso que le arrojara alguna oportunidad de escapar. Después del paseo encadenados, llegaron a una gran sala llena de camillas con soportes para las piernas, del mismo tipo que se utilizan en las consultas de ginecología o para realizar algunos partos, aunque éstas estaban desvencijadas y equipadas para un uso muy distinto. El Inspector de orificios los subía uno a uno a las camillas, los desnudaba de cintura para abajo y los inmovilizaba con fuertes correas de cuero. El tipo era alto y corpulento, no como un jugador de fútbol americano, sino más bien como un estibador de puerto con prominente barriga que utilizaba para aupar el peso muerto de los degradados sin problemas. Arquímedes dijo una vez: «Dadme un punto de apoyo y moveré el mundo». A este tipo le dieron una barriga redonda y dura como una roca.

Los degradados no se resistían al proceso. Sabían a lo que iban: a que los sodomizaran con una barra de nutrientes. A la mayoría no les atraía demasiado la idea, pero todavía menos la posibilidad de morir deshidratados y consumiéndose a sí mismos entre las mohosas paredes de la planta cero. Así que Anna se dejó hacer, como el resto de sus compañeros.

«Por muy desagradable que parezca no me dolerá... solo un poco en mi orgullo».

El Inspector se aseguró de que todas las correas estuvieran bien atadas y dejó a todos los degradados con el ano a la vista. Durante la espera, Anna se percató de que los inquilinos de la planta cero no eran los únicos degradados de aquella sala. Habían otros que no reconocía y que parecían estar sedados. La neurocientífica no entendía por qué los habían dormido para realizar algo que con el Lambda-3 debía de resultar indoloro. En eso pensaba cuando apareció una enfermera en la sala arrastrando un carro de instrumental y suministros. Vestía una bata de algodón impecable y con extrema suavidad y profesionalidad trató primero a los residentes sedados. Primero les introdujo un enema, después les limpió el colon con suero y por último, les introdujo la barra de sales minerales con delicadeza. Cuando le llegó el turno al primero de sus compañeros, la enfermera no fue tan refinada: se limitó a introducir las barras de gel como quien mete una mano en un guante. Anna entendió entonces quienes debían ser los degradados sedados.

«Son los clientes VIP de Zombis Resort. Los duermen antes de traerlos aquí y luego los devuelven a la superficie como si nada hubiera pasado»

La neurocientífica entendió que lo hicieran así: no era doloroso pero tampoco agradable. Pagaban una fortuna para ser zombis, no para ser sodomizados. Antes de que llegara su turno, Anna reconoció entre las residentes degradadas a las que sedaban a una de las pocas visitantes que reconocía. Se trataba de una joven que acababa de sobrevivir a un cáncer de mama y había llegado al complejo en busca de nuevas experiencias. La reconoció por su pecho amputado, un duro recuerdo de la operación que en ese nuevo contexto, la convertía en una zombi perturbadora. Anna la recordaba porque le había llamado la atención que esa ausencia de pecho, que escondía con una prótesis en el mundo real, en Zombis Resort se convirtiera en algo digno de mostrar. Anna la había visto a través de las cámaras en multitud de ocasiones, con el dorso al aire y luciendo su amputación con orgullo como un elemento de los más perturbador. El pecho había sido tratado para que pareciera una herida abierta y el efecto era impactante. Había sido una de las pocas ocasiones en que Anna había llegado a entender el sentido de aquel lugar.

Una vez que la enfermera terminó su trabajo, abandonó la sala con su carrito y volvió el Inspector para devolverlos a su cautiverio. Anna volvió a la planta cero con el colon cargado y una idea que no dejaba de revolotearle por la cabeza. Si el Lambda-3 no hubiera estado correteando por su sistema nervioso habría trazado su plan mucho antes, pero tardó varias semanas en dar con la solución. Era un plan arriesgado, tenía que poner mucho de su parte y esperar un golpe de suerte, pero estaba dispuesta a todo. Así que se arrancó los botones de la camisa y dejó los pechos al aire. Se dejó caer al suelo y rodó hasta una pared. Se apoyó en ella para levantar los pies y la cintura por encima de su cabeza y se flexionó hasta que la gravedad le hizo caer los pechos sobre la boca. Si no hubiera estado degradada podría haber utilizado las manos para agarrarlos, pero en su estado, sus extremidades tan sólo le servían para orientar los senos colgantes hasta sus dientes. Cuando notó algo parecido a un pezón con su lengua insensible, apretó con todas sus fuerzas. No estaba segura de poder hacerlo, pero consiguió arrancarse un buen pedazo de un solo mordisco. Había hincado los dientes tan profundo que esta vez sí que sintió un dolor atroz. Algo agudo e insoportable que le llegaba de muy lejos pero con una intensidad atronadora. Consiguió volverse a taparse el pecho con la camisa utilizando los dientes y apretó la herida contra la tela para cortar la hemorragia. El dolor se adueñó de ella y perdió la conciencia durante unas horas.

Cuando volvió en sí, vio su pezón tirado en el suelo, junto a un pequeño charco de sangre cuajada. Ya no sentía tanto malestar, pero no pudo evitar que una punzada la atravesara cuando se dio la vuelta. Tumbada en el suelo, boca arriba, incapaz de levantarse, se miró al pecho con el miedo de ver la sangre todavía fluyendo, pero lo que vio fue una gran costra reseca adherida a parte de su camisa. Repitió el proceso en varias ocasiones, esperando que las heridas que se autoinfringía cicatrizaran bien y que no se infectaran —confiaba en los antibióticos de la barra de gel—. Se mantenía en el rincón menos iluminado de la sala e intentaba tapar sus mordiscos con su camisa llena de mugre y sangre seca para que el Inspector no reparara en ella durante sus visitas.

Unas semanas después, Anna había conseguido amputarse el pecho a mordiscos y había conseguido que la herida cicatrizara. Esperó a que el Inspector decidiera que había llegado el momento de rellenar su carga y se colocó con discreción al final de la fila, de modo que su camilla fuera la última de su grupo y quedara lo más cerca posible de los clientes sedados. Cuando llegó a la sala rezó para que la degradada del solo pecho no estuviera entre ellos y cuando el Inspector los dejó a solas, aprovechó para arrancarse la camisa a mordiscos y dejar su torso al descubierto. Después, se alborotó el pelo sobre la cara y se hizo la dormida.

«Ahora sólo me queda cruzar los dedos».

Dicen los investigadores que cuando los testigos de un delito tienen que describir el aspecto de un sospechoso, éstos siempre recuerdan si llevaba bigote, peluca o gafas de sol pero no su aspecto. Se fijan en algo que llama su atención y no recuerdan nada más. Ven el bigote pero no la cara. Es algo parecido a lo que utilizan los magos en los juegos de manos para despistar al público del verdadero truco. Se trata de un principio conocido como ceguera por déficit de atención y gracias a ella, Anna consiguió salir de la planta cero.

62. Marc

—El resultado es lo que ve, una mujer sin voluntad... incapaz de hablar o actuar por sí misma. Sin
embargo, obedece órdenes sencillas.
— ¿Sufre?
—No lo sé. Yo diría que es una sonámbula que no
se puede despertar. Que no siente nada, que no sabe
nada. Poco podemos hacer, aparte de mantenerla
físicamente. Una dieta ligera, algo de ejercicio...

Yo anduve con un zombie.
Dir. Jacques Tourneur, 1943

Todos habían escuchado la llamada de Lidia y sabían que era muy probable que ésta terminara en la planta cero. Ahora escuchaban en silencio el
relato de la fuga de la investigadora y se hacían una idea muy aproximada
de lo que le esperaba a la gótica. Olga absorbía toda la información que
le pudiera ser útil para ayudar a su amiga pero a Marc le parecía que iba
a salir corriendo en cualquier momento.

—Vale, vale. Ya está bien —terminó explotando la gótica—. No necesito saber tantos detalles. Sólo dime una cosa… ¿Tú saliste de ahí, no?

—Sí, pero ya te he dicho que…

—…y conseguiste quitarte toda esa mierda de dentro… más o
menos, ¿no?

—Sí, más o menos. —Estaba claro que Anna todavía no se había
recuperado por completo.

—¿Entonces a qué coño estamos esperando para sacar de ahí a Lidia
y empezar a tratarla? ¿Por qué no llamamos a la policía ahora mismo?

La neurocientífica no supo que contestar. Su relato estaba haciendo evidente las dificultades que suponía escapar de ese lugar. Marc entró en su defensa.

—Entiendo que estés preocupada por tu amiga. Todos lo estamos. Pero si queremos tener alguna posibilidad de ayudarla tenemos que tener toda la información que podamos. Hay que tener un poco de paciencia. No podemos llamar a la policía sin tener pruebas. Están preparados para ocultar su actividad. La montaña está llena de túneles, cambiarían a los irrecuperables de lugar y ya nunca los encontraríamos.

—¿Y Gorka no es la prueba viviente de lo que pasa ahí dentro?

—Lo es. Pero primero hay que recuperarlo. Insisto, ten un poco de paciencia.

—No, no tengo paciencia. Creo que ninguno de los dos tenéis la más mínima intención de entrar ahí dentro, creo que el tratamiento de Gorka no está sirviendo para nada. Miradle, joder, está igual que cuando llegamos y creo que os pueden ir dando por culo.

Olga salió del laboratorio sin dejar de proferir insultos. Anna intentó salir tras sus pasos pero el profesor la detuvo asiéndola con delicadeza por la espalda.

—Déjala —le dijo cogiéndola por la cintura—. Le irá bien que le dé un poco el aire y que se fume un par de cigarrillos.

Anna asintió y se dejó abrazar por Marc unos segundos más de la cuenta. Al profesor le habría gustado sentir el calor de su vientre en su antebrazo y aunque su piel era incapaz de notal nada, sí que percibió como ella se dejaba reconfortar. Marc intentó corresponderla y rodearla con el otro brazo, pero al rozar el hueco del pecho amputado, la neurocientífica se escurrió de su caricia. Esquivó su mirada y se estiró la bata de forma instintiva —le iba varias tallas grande, como toda la ropa que vestía desde su huída—.

—Todavía me cuesta creer que mi hermano sea responsable de algo así. Siempre he sabido de lo que era capaz, pero lo que has contado me parece excesivo. Incluso para Diego… Es casi surrealista que haya hecho algo así, a dos pasos de mi y sin que yo me diera ni cuenta.

—No es culpa tuya —le dijo ella para mitigar su culpa pero él continuó como si no la hubiera escuchado.

—Antes de que te fueras a París me ofreció trabajar para él. No llegó a explicarme los detalles, pero me dijo lo suficiente como para rechazar

285

su propuesta de inmediato. No me esperaba que llegara a hacer esto, si hubiera intuido algo así le habría parado los pies.

—¿Cómo podrías haber imaginado algo así?

—Tendría que haberlo hecho.

A Marc le habría gustado decirle que no le importaba que su pecho estuviera cercenado y su piel envejecida. En lugar de hacerlo, abandonó el laboratorio.

—Yo también necesito un poco de aire fresco —dijo el profesor mientras lo hacía.

No notó la brisa de la noche en la cara pero el cielo estrellado le bastó para calmarse. La luna iluminaba todo el valle y podía ver con claridad todos los terrenos de la masía. Todo estaba tranquilo y en silencio.

«Demasiado tranquilo... ¿dónde está Olga?».

—No la veo por ningún lado —dijo el profesor irrumpiendo de nuevo en la sala—, pero imagino donde puede estar.

—¿Crees qué…?

—¿Qué si no? No hemos querido ayudarla y ahora lo va a intentar ella sola.

—Es una locura, no es que no quisiera ayudarla, pero…

—Lo sé, lo sé —le dijo él mientras cargaba una mochila con algo de agua—. Ten el móvil a mano.

El profesor salió a toda prisa y la dejó a solas con su paciente —y con su padre, que a aquellas alturas de la noche dormía profundamente—. Insistió en que no le acompañara porque los niveles de Lambda-3 de Goka podían descontrolarse, surgir una crisis, una bajada de tensión o incluso un paro cardíaco. El submarinista estaba estable pero no podían dejarlo solo.

A la luz de la luna Marc no tuvo problemas para seguir el sendero que atravesaba la montaña. Se conocía aquellos caminos desde pequeño y, aunque había crecido mucha maleza durante aquellos treinta años, todavía podía seguirlos incluso con noche cerrada. Si no hubiera sido por la claridad de la luna habría alcanzado a la gótica enseguida, pero había tanta luz que incluso un miope sin gafas habría podido orientarse.

Una hora más tarde llegaba a la cima de la montaña. Desde la cresta se tenía una vista privilegiada de la Vall Fosca y del complejo que había levantado su hermano sobre los restos de un pueblo abandonado.

«Lo he tenido todo este tiempo a un tiro de piedra».

Se llegaban a distinguir unas pequeñas sombras que se arrastraban lentamente de un lugar a otro. Contó más de una docena de degradados, pero no vio ni rastro de Olga. Estaba seguro de que la chica había corrido en aquella dirección. No era ningún explorador, pero habría jurado ver alguna huella de sus botas por el camino. Así que decidió esperar en aquel lugar a que apareciera.

Llamó a Anna. Enseguida la puso al día, no había mucho que contar, pero cuando terminó no colgó. Respiró hondo y mirando al complejo le dijo:

—Sí que es culpa mía, Anna. Cuando me dijo lo que pretendía, cogí a mi padre y desaparecí, le dejé hacer. Mi silencio le salió muy barato, lo único que le pedí fue que te mantuviera alejada de todo esto y ni eso conseguí.

—Nada de todo eso importa ya. A mí también me engañó y mucho. Lo que cuenta es lo que hagamos a partir de ahora.

Los dos meditaron unos segundos sobre todos los significados de aquellas últimas palabras.

—¿Y qué es lo que podemos hacer? —preguntó el profesor mirando a los pequeños visitantes que vagaban por el complejo.

—Hoy por hoy mi intención es recuperar a Gorka. Nada más. Entrar y salir de ahí para rescatar al grupo de degradados de la planta cero es imposible. Hay centenares de cámaras, vigilancia constante, equipos de seguridad…

—Un momento —la interrumpió Marc—, oigo algo.

Primero escuchó los motores en la lejanía, luego vio las luces entrando en el aparcamiento. No fue el único que lo hizo, ya que Olga apareció de la nada y corrió hacia ellas. Había estado sentada todo este tiempo en algún lugar fuera de su campo de visión.

—Es ella. Olga, está aquí. Ha llamado a la policía.

Marc le relató en directo como la gótica hablaba con los ocupantes del coche patrulla. Podía imaginar lo que Olga les estaría relatando a los agentes. Les diría que su amiga estaba atrapada allí dentro, pero no sería tan ingenua como para contarles nada más. Mientras la gótica hablaba con ellos, el profesor observó por el rabillo del ojo como los caminantes se alejaban de la entrada del complejo hasta desaparecer por completo. Para cuando los policías salieron del coche no se veía el más mínimo movimiento en el interior del recinto. Se acercaron a la entrada y las barras de seguridad que impedían la entrada se abrieron para ellos.

Una persona del parque salió a su encuentro, Marc no podía distinguir si se trataba de su hermano, pero por sus andares habría jurado que era una mujer. Los cuatro entraron en el complejo y se perdieron camino adentro. Marc no sabía si bajar hasta el aparcamiento o seguir observando desde la cresta. Decidió quedarse donde estaba y montar guardia.

«Quizás la estrategia de la gótica dé resultado y aparezcan más unidades para poner fin a esta locura».

No lo hicieron. Una hora después, el profesor observó unas linternas en el interior del complejo que volvían por donde habían venido. La vista se le nublaba por el cansancio, así que le costó identificar cuántas figuras caminaban hacia la salida. Eran sólo tres. Marc llamó de nuevo a Anna.

—Hemos perdido a Olga.

63. Anna

—Tengo seguro a todo riesgo, pagará todos los gastos.
—Claro, encanto. Podría haber sido peor, ¿no?

No profanar el sueño de los muertos.
Dir. Jorge Grau, 1974

Su plan de fuga había salido como esperaba: la enfermera la había confundido con la residente de la mama amputada y la había devuelto al complejo. El sacrificio que había tenido que hacer había sido grande pero había merecido la pena. Anna volvía a estar a cielo abierto y a respirar el aire limpio de montaña —aunque no pudiera oler la tierra mojada y la sutil esencia de las flores silvestres—. Sin embargo, todavía no era libre. Estaba rodeada de cámaras de vigilancia y encerrada en un recinto vallado. No había planificado su siguiente movimiento, quizás porque no había esperado llegar tan lejos. Así que tuvo que improvisar.

Su primer movimiento fue dar con la zombi a la que acababa de suplantar y deshacerse de ella. Sabía que en la estación Cíclope no tardarían mucho en detectar que tenían al mismo residente en dos lugares distintos. El don de la ubicuidad era algo que solía llamar la atención. La investigadora no tardó demasiado en encontrar a su alter ego. Sabía que, aunque el complejo disponía de miles de hectáreas, los degradados se movían siempre alrededor del pueblo. Barrió las calles varias veces y no tardó en encontrarla. Tan pronto como lo hizo se abalanzó sobre ella con los brazos en jarra y entre empujones y zarandeos la introdujo en el primer lugar cubierto que pudo encontrar. Esperó no haber llamado la atención de las cámaras y se las apañó para encerrar a la degradada en una de las habitaciones que sabía que no estaban monitorizadas. Cerró la puerta a trompicones y golpeó la manija con la pelvis una y otra vez hasta que arrancó la maneta y la cerradura de cuajo. La puerta madera no aguantaría las embestidas de su rehén demasiado tiempo pero esperaba que fuera suficiente.

«Lo siento. No ha sido nada personal».

El siguiente paso era hacerse con el collar del primer visitante despistado con el que pudiera dar. Tenía una ventaja sobre el resto de residentes: su insensibilidad a los infrasonidos. Anna no había sido degradada para vivir «la experiencia Zombis Resort», como a Eva le gustaba definirla, sólo para tenerla bajo control. Aunque no le habían explicado con detalles ese condicionamiento, la neurocientífica sabía para qué servía. Sin él era muy fácil acercarse a un visitante en silencio y arrancarle el dispositivo, y eso mismo pensaba hacer ella. Dio la casualidad de que el primer despistado al que encontró era un tipo que estaba besando ostentosamente a una chica en una terraza. Ninguno de los dos se percató de su presencia mientras se acercaba: estaban concentrados el uno en el otro. Anna se movió lo más deprisa que pudo y consiguió apresar el collar del tipo en su puño. Dio un fuerte tirón pero el collar no se partió, así que intentó arrancarlo con los dientes. Para entonces el tipo ya había detectado su presencia y antes de darse cuenta de lo que estaba pasado se encontró en el suelo boca abajo completamente inmovilizada. Las papeles se habían cambiado y ahora era su víctima el que la tenía bloqueada de brazos y piernas. Aunque ella tenía el collar bien sujeto entre sus falanges. El visitante aumentó la presión de la llave y la golpeó, pero nada de lo que intentara la hacía cesar de su empeño. Anna no sentía dolor y no pensaba soltar el collar hasta verlo arrancado de su cuello. Notaba como sus articulaciones se dislocaban y los pulmones dejaban de recibir aire, pero también percibía que su atacante se estaba cansando. Esperó un signo de debilidad y le mordió el antebrazo con todas sus fuerzas. Tan pronto como la llave se aflojó, volvió a tirar del collar y, esta vez, consiguió arrancarlo. Ya tenía lo que había venido a buscar, así que le dio la espalda y empezó a alejarse de ellos, no tenía tiempo que perder.

Sin embargo, Gorka no había dado todavía la batalla por perdida. Le propinó una fuerte patada en el abdomen. Ella continuó sin inmutarse. La insultó, la increpó y la amenazó durante un rato. Ella hizo oídos sordos. El submarinista no se dio por vencido y tanto él como Lidia persiguieron a la degradada de un solo pecho hasta la entrada a la estación Cíclope. Anna sabía que aquel procedimiento no era el habitual, que ese acceso era desconocido para los residentes, pero era el más rápido para acceder a las salas de recuperación. El protocolo a seguir cuando un residente arrancaba un collar era muy distinto: el dispositivo hacía sonar una alarma en la estación de control, se preparaba un equipo de recuperación que buscaba el momento oportuno para evacuar al degradado con la máxima discreción, después se le llevaba a las salas de recuperación y se empezaba el tratamiento. A veces, este protocolo podía alargarse más de veinticuatro horas, tiempo más que suficiente para que los controladores detectaran su artimaña. Si la investigadora quería tener una esperanza de salir de allí tenía que sorprenderlos, actuar con rapidez y conseguir que le administraran las primeras dosis de nanopartículas y antifúngicos antes de que detectaran su ausencia de la planta cero o de que su alter ego tirara la puerta abajo y hiciera saltar las alarmas. Así que decidió plantarse en la puerta de la estación Cíclope, con los dos visitantes siguiéndole los talones. Al principio había intentado despistarlos pero se movía con demasiada lentitud para conseguirlo, después había pensado que la presencia de aquellos extraños tan cerca del área de control podía suponer un elemento de distracción adicional. Una baza más a su favor.

Mientras esperaba delante de la puerta camuflada en la pared del antiguo bunker, podía imaginar la estupefacción que estaba provocando en el controlador. Éste esperó a que sus acompañantes se quedaran dormidos y entonces la hizo pasar. Ya la estaba esperando dentro uno de los enfermeros del complejo, el mismo que la había confundido con la residente del pecho amputado.

—¿No debería estar aquí Eva para recibirla? —le preguntó éste al controlador.

—Ese sería el procedimiento habitual, pero me ha dicho que te encargues tú —le respondió el operador—. Ahora mismo ella está más preocupada por esos dos de ahí fuera. Ya sabes, podrían ser nuevos clientes.

—Lo sé, lo sé. Bien, señorita, acompáñeme.

Anna no se podía creer que todo estuviera funcionando tan bien. El enfermero la acompañó hasta una de las salas de recuperación y esa misma noche, entrada ya la madrugada, empezó el tratamiento. Una de las obsesiones de Eva era reducir el periodo que los residentes pasaban desde su salida del complejo hasta su completa recuperación. Cuanto más breve fuera más satisfecho terminaba el cliente y mejor recuerdo se llevaba de su experiencia.

Anna no podía estar más de acuerdo.

64. Olga

¡Vaya sitio para quedarse atrapado!
En mitad de ningún sitio,
con un montón de imbéciles.

La noche de los muertos vivientes (Night of the living dead).
Dir. Tom Savini,1990

Zombis Resort había sido diseñado para que nadie pudiera entrar ni salir sin ser detectado. La gótica estaba segura de que si las cámaras de seguridad la detectaban y alguien la identificaba, las puertas del complejo se abrirían para ella. Diego querría saber el paradero de Gorka. Todo serían buenas palabras, cortesía y falsedad. Olga quería saltarse ese paso, en ese momento sólo pensaba en su amiga: degradada, encerrada y a la merced de sus fantasmas. Así que mucho antes de llegar, a medio camino entre la masía de Marc y el complejo de Diego, la gótica llamó a la policía y denunció el secuestro de su amiga.

Olga esperaba que al llegar a la entrada el coche patrulla ya estuviera allí, pero no fue así. No había llegado a correr pero había caminado a paso ligero para llegar hasta allí. En algún momento había dudado sobre qué camino tomar, pero la claridad de la luna y la sencilla orografía del valle le había ayudado a llegar a su destino sin problemas. Había llegado rápido pero estaba agotada. No estaba acostumbrada a hacer tanto ejercicio físico y no llevaba ni la ropa ni el calzado adecuados para hacerlo. Cuando el sudor se empezó a enfriar notó como el gélido aire de la montaña la empezaba a atravesar. Se acuclilló junto a uno de los pocos vehículos que había en el aparcamiento y esperó allí, resguardada del frío y de las cámaras, a que llegara la policía.

Estaba empezando a tiritar cuando escuchó un motor que se acercaba. Salió al paso de las luces y los agentes se detuvieron junto a ella. Olga sabía que su aspecto no inspiraba demasiada credibilidad, así que intentó adoptar un tono de voz firme y una actitud decidida.

—¿Es usted Olga Miralles? —le preguntaron los agentes al verla.

—Sí, soy yo quien los ha llamado.

—Usted dirá…

Los agentes sabían muy bien por qué estaban allí. Les habían informado por radio, pero querían volver a escucharlo de sus labios para contrastar la información. No era momento de contradicciones o incongruencias. Olga sabía que no podía contarles toda la verdad, no sólo porque no fueran a creerla, sino porque debía proteger a Gorka y Anna. Había ensayado una versión simple y concisa de la situación que no faltaba a la realidad.

—Mi amiga me ha llamado hace un rato des de ahí dentro. La han encerrado y no la dejan salir.

—Vamos a buscarla. —Los agentes parecían satisfechos con sus palabras—. ¿Cómo se llama su amiga?

—Lidia Conella. Creo que no se encuentra muy bien… —respondió Olga mientras caminaban hacia la recepción.

—¿Y qué es exactamente este recinto? —preguntó el segundo policía al observar la rotulación oxidada que daba nombre al complejo.

Hacía mucho que la policía de la región no patrullaba por aquel viejo pueblo. Una empresa había adquirido, uno a uno, todos los inmuebles y propiedades del lugar. No les había costado demasiado hacerse con los viejos caserones sin ocupar —muchos de ellos inhabitables desde hacía años y poco más que un lastre para sus herederos— y las nuevas edificaciones, muchas de ellas aún por terminar, habían sido todavía más fáciles de comprar. El bar y el nuevo supermercado habían cerrado cuando se canceló el proyecto de la estación de esquí, así que el traspaso había sido casi un regalo. Tan sólo algunos vecinos ancianos se habían aferrado a las casas que los habían visto nacer, pero al ver que todo el pueblo abandonaba el lugar, que tenían que hacer varios kilómetros para comprar el pan y que los suministros empezaban a fallar, decidieron dar su brazo a torcer. Cuando el último habitante censado en el pueblo abandonó el lugar, la empresa anónima que había adquirido la localidad la valló como si de un solar se tratara y la policía dejó de patrullar la zona. Todos pensaban que se trataba de una inversión inmobiliaria, una operación especulativa: alguien había comprado a un precio bajo con la esperanza de recuperar su capital en unos años, tan pronto como se recuperara el sector. Corrían diversos rumores sobre el uso que se le estaba dando al pueblo, pero lo único que sabían con certeza es que habían solicitado una licencia de parque de ocio. Unos hablaban de un campo de paintball, otros de una zona de retiro espiritual, pero nadie se había acercado a comprobarlo en persona. Por lo menos, ninguno de los dos agentes que esa noche estaban de servicio lo había hecho.

Mientras se acercaban a la recepción, Olga empezó a explicarles, sin entrar en detalles, en qué consistía Zombis Resort. El edificio pareció adquirir vida propia cuando llegaron a la entrada: la iluminación se encendió, los tornos de acceso se desbloquearon y una mujer apareció para recibirlos. Aunque era casi de madrugada, iba vestida de forma impecable con falda y chaqueta de ejecutiva como si acabara de salir de casa camino de la oficina. Olga no la había visto nunca en persona, pero sólo con la descripción que había oído de ella de los labios de Anna, tuvo suficiente para saber de quién se trataba.

—¿A qué se debe esta visita inesperada? —preguntó Eva dirigiéndose a los agentes.

—Una inspección rutinaria. La señorita afirma que ha perdido a una amiga ahí dentro.

—Quizás se haya confundido. El complejo cierra entre semana, ahora mismo está vacío. Bueno, si no me cuentan a mí ni a los de seguridad. —La relaciones públicas hizo una pausa para que su chascarrillo surgiera efecto y con su habitual sonrisa añadió—. Aunque si quieren pasar a echar un vistazo por sí mismos, estaría encantada de enseñarles lo que tenemos aquí.

Los agentes accedieron encantados, en parte para cumplir con su deber y en parte para satisfacer su curiosidad. Al otro lado de la recepción, les esperaba un vehículo eléctrico de dos plazas como el que encontraríamos en cualquier campo de golf. Eva se puso al volante, invitó a uno de los agentes a sentarse a su lado y el otro se colgó del lateral.

—El pueblo es pequeño pero las distancias se hacen un poco largas —les dijo Eva antes de introducir la llave en el arranque. Después se giró hacia Olga y le dijo—. Si quiere puede subirse en el montacargas de atrás, no estará muy cómoda… si lo hubiera sabido habría cogido uno más grande.

El coche avanzaba muy despacio por el pueblo. Eva les explicó que Zombis Resort era un parque de ocio donde se simulaba la experiencia de una invasión de muertos vivientes. Los visitantes podían correr a sus anchas por el pueblo y los alrededores mientras varias docenas de actores caracterizados los perseguían. Les preguntó el nombre de la chica que estaban buscando y se comunicó por radio con seguridad para que comprobaran los datos.

—Lidia Conella estuvo aquí hace dos semanas. Abandonó las instalaciones al día siguiente de su entrada —les informaron desde la estación Cíclope.

Olga sabía que mentían pero no quería afirmar nada comprometido hasta que no fuera inevitable. Confiaba en que apareciera algún degradado en cualquier momento y entonces hacer evidente que el zombi no estaba maquillado, no era un actor y ni siquiera podía hablar.

Pasada media hora de paseo, ningún degradado había aparecido. Los agentes empezaban a impacientarse por la lentitud del transporte, en especial el que colgaba del estribo, y decidieron dar por concluido el recorrido.

—Creo que ya hemos visto lo suficiente. Podemos volver —le dijo a Eva.

—Siento que no hayan encontrado lo que buscaban —les respondió Eva con falso pesar, después hizo un brusco giro de ciento ochenta grados y puso rumbo a la salida.

La gótica no sabía cómo actuar. Si lo explicaba todo era muy difícil que la creyeran. Sin nada que demostrara lo que sabía, no podía exponer sus cartas y traicionar la confianza de Anna. Se había preguntado en varias ocasiones por qué la neurocientífica no había acudido a la policía y ahora se daba cuenta de por qué.

«Están preparados para todo».

Llegaron a la salida y se bajaron del vehículo. Uno de los policías tenía una pierna entumecida y al otro se le veía con ganas de zanjar el asunto.

—Si puedo ayudarles en alguna otra cosa… —se ofreció Eva como una simple forma de cortesía.

—Lo cierto es que sí —le dijo Olga—, esto es muy grande. Me gustaría quedarme y echar un vistazo por mi cuenta.

—Bueno, es muy tarde. El parque está cerrado y de noche no podemos garantizar su seguridad.

—Les eximo de cualquier responsabilidad en caso de que me pasara algo. Que no tiene por qué pasar. Ellos son testigos.

—Este es un recinto privado —le contestó el policía— si ellos lo autorizan nosotros no vemos ninguna objeción.

Olga sabía lo que Eva estaba pensando: si se negaba a dejarla quedarse los agentes tendrían un motivo para sospechar pero si la dejaba inspeccionar, tarde o temprano podía dar con algún degradado. Durante el recorrido ella les había llevado por donde había querido, lejos del lugar donde se habían concentrado los degradados. Anna le había contado que el parque disponía de un sistema de megafonía de baja frecuencia para mover a los degradados de un punto a otro en caso de necesidad. Lo utilizaban para realizar tareas de mantenimiento sin que el personal del complejo fuera detectado o en emergencias como aquella. Creían estar preparados para cualquier situación.

—Disponemos de un centro de relajación de alto *standing* en lo alto de la montaña. ¿Qué le parece si le preparamos una habitación, pasa la noche con nosotros y mañana con la luz del día y descansada se pasea por aquí todo lo que quiera?

65. Anna

Este lugar debe ser una casa de locos ahora.
La gente está loca, desorganizada.
No puedo creer que haya llegado a esto.

Zombi (Dawn of the Dead).
Dir. George A. Romero, 1978

A veces echaba de menos las ventajas de estar degradada. No sentir frío en una sala tan gélida y llena de humedad como aquella habría sido un lujo. No sentir hambre cuando todo lo que tenía para llevarse a la boca eran las sobras de una papelera tampoco habría estado mal. No pasar sueño cuando no tenía más que una toalla mojada de almohada y unos papeles para taparse habría estado bien. No sentir dolor le habría servido para no sentir los calambres de la herida del pecho que, ahora que estaba privada de antibióticos, empezaba a infectarse. Pero nada de todo eso era tan insoportable como los picores. Las pocas dosis de Lambda-3 que había conseguido robar antes de desaparecer de la sala de recuperación le habían bastado para expulsar gran parte de los priones de su organismo, pero con los antifúngicos era diferente. Los había dosificado al máximo pero apenas le habían durado unos días. A pesar de todo, dejando de lado que no hubiera un centímetro cuadrado de piel que no le escociera, Anna estaba casi recuperada. Podía hablar, aunque no tenía a nadie con quien hacerlo; volvía a tener apetito, aunque nada que llevarse a la boca y podía moverse de forma coordinada, aunque no tuviera ya ningún sitio a donde ir.

Anna había conseguido escapar de la sala de recuperación justo antes de que detectaran su usurpación de identidad. Sabía que tan pronto como Eva fuera a verla la identificaría, así que aprovechó la primera oportunidad que se le presentó para escapar salir de allí. Se llevó consigo todo lo que había creído que podía serle útil y que sus manos, todavía torpes, habían podido cargar. Sabía que todas las salidas que daban a la superficie estaban controladas, así que había huido hacia el interior de la montaña. La investigadora sabía que la roca estaba atravesada por viejos túneles, algunos rehabilitados y otros, que no se habían considerado de utilidad, continuaban tal como los dejaron los últimos soldados de la guerra civil. La red de pasillos escavados en la roca era mucho más amplia de lo que creía y se extendía a lo largo de varios niveles en todas direcciones. Anna tenía la esperanza de que alguno de aquellos túneles la sacara de aquel lugar y durante días los exploró a ciegas palpando las paredes de piedra con las manos, con la esperanza de ver un resquicio de luz a la vuelta de la siguiente esquina. En algunos momentos, había perdido el sentido de la orientación, había caído de bruces mil veces y gateado centenares de metros, pero todos los ramales terminaban con una pared de roca o con el frío acero de una verja. Los arquitectos que habían diseñado el parque parecían haber cubierto cualquier posible vía de escape.

Desnutrida, mutilada, desmoralizada y carcomida por el hongo que le infectaba la piel, Anna decidió acomodarse en una pequeña gruta sin salida a la que llegaba la suficiente luz rebotada de una galería contigua como para poder moverse en la penumbra. Cerca había un área de descanso para el personal que sólo se usaba durante el turno de día. Con lo poco que había podido sustraer de aquel lugar había podido subsistir varias semanas, pero el alimento que rebañaba de las papeleras y el agua que se derramaba por las paredes de piedra eran del todo insuficientes. Cuando los medicamentos se agotaron y el picor se hizo casi insoportable no le quedó otra opción que aventurarse hasta zonas más transitadas.

La investigadora no era una experta en seguridad pero durante los meses que había trabajado en el complejo había observado lo suficiente como para saber que las plantas inferiores estaban menos vigiladas que las superiores: menos tránsito de personal, menos videocámaras y menos posibilidades de ser descubierta. En aquel nivel le era fácil detectar las pisadas de los guardas al hacer su ronda y de los pocos trabajadores que se aventuraban hasta esos niveles. Tan sólo tenía que avanzar descalza y con el oído alerta para no ser detectada. Ese método le había servido en los niveles más profundos, pero a medida que ascendiera a las plantas superiores las posibilidades de ser detectada crecían de forma exponencial.

Avanzó en silencio por los pasillos que ascendían a los primeros niveles en silencio. Le era difícil saber si era de día o de noche, lo intuía por las rutinas de los guardas de seguridad y ahora parecía que todo estaba muy tranquilo. Llegó a lo que parecía una sala de mantenimiento. La habían habilitado en una zona donde los túneles se ensanchaban de forma natural y que durante la guerra había servido de almacén, como delataban algunos maderos y cajas medio carcomidas. La sala estaba llena de material de limpieza industrial y también servía para acumular algunos contenedores señalizados como de riesgo biológico. Por experiencia sabía que aunque precintados y debidamente señalizados, la mayoría no contenían más que instrumental médico desechable. Abrió uno de ellos sin demasiadas esperanzas de encontrar algo útil y le sorprendió encontrar una bata de laboratorio casi intacta. De no ser por una pequeña mancha en los bajos de algo parecido al vómito, habría estado impecable. Su blancura contrastaba con la ropa sucia y andrajosa que vestía. La misma muda con la que la habían vestido tras abandonar la planta cero: un sencillo pijama de hospital lleno de barro, polvo y sudor.

La investigadora no se lo pensó dos veces. Se desnudó por completo, se puso la bata y se acicaló un poco el pelo. Esperaba que su nuevo atuendo la ayudara a no llamar la atención, por lo menos lo justo para conseguir nuevas dosis de Lamba-3 y antifúngicos. El reflejo que le devolvía el frío acero inoxidable estaba lejos de parecerse a la Anna Brau que había empezado a trabajar allí meses atrás. Había envejecido varios años y en el pelo grasiento y enmarañado se adivinaban varias canas.

«Mejor, así no me reconocerán con facilidad».

La herida del pecho tenía mala pinta, si conseguía llegar a los medicamentos robaría una buena cantidad de antibióticos y cortisona. Esperaba poder hacerse pasar por una enfermera el tiempo suficiente como para llegar a la zona de farmacia sin ser detectada. Se rascó con fuerza por encima de la ropa nueva, respiró hondo, enderezó la columna y avanzó con decisión hasta la escalera de servicio.

Ascendió hasta la penúltima planta, la que albergaba los laboratorios y los quirófanos y, para su sorpresa, no se cruzó con nadie por el camino. Llegó al almacén de suministros médicos conteniendo la respiración e intentando no pensar en el picor que la devoraba por dentro. Cuando abrió la puerta y vio que estaba también vacío casi no se lo podía creer. Rebuscó rápidamente, no tardó en encontrar lo que buscaba y en meterlo torpemente dentro de una bolsa. Estaba a punto de llenarla cuando escuchó una voz a su espalda.

—¿Qué haces aquí? —le espetó alguien que no conocía.

Anna se quedó en blanco. La habían pillado in fraganti y no se le ocurría nada que responder. Cuando se giró vio a una enfermera que conocía de vista apagando un cigarrillo rápidamente en un desagüe y esparciendo el humo con la mano.

—He pensado que me daba tiempo para uno rápido —le dijo mientras salía de la sala

—Venga vamos, que nos han convocado a todos en la sala de reuniones para ya.

Anna dio las gracias a la fraternidad entre fumadores y siguió a la enfermera por el pasillo sin soltar su botín de medicamentos. A medida que se aproximaban a la gran sala de reuniones, más rezagados se les unían a la carrera. Ninguno reparaba en ella, más preocupados por no llegar tarde que por otra cosa. Entraron en la sala que se encontraba casi a oscuras porque habían encendido un proyector. La investigadora se deslizó hasta la última fila para pasar desapercibida.

Diego estaba al mando de la reunión y detrás de él había una gran imagen del chico al que le había arrancado el collar hacía unas semanas para poder salir de la zona de recreo. Según la ficha del pie de la imagen su nombre era Gorka Saltor y, por lo visto, había conseguido lo que ella estaba intentando.

—No podemos dejar que vuelva a suceder lo de hace quince días —les decía Diego a sus empleados—. Una nueva fuga de seguridad y pondremos en peligro todo el trabajo de estos dos años.

«Se refieren a mí».

Anna entendió que habían movilizado a todo el personal del complejo en aquella sala. Conocía a muchos de ellos, la mayoría de los que vestían de blanco, pero había muchos otros con uniforme oscuro a los que no había visto nunca.

«Han duplicado la seguridad, si no salgo de aquí ahora mientras están todos aquí cerrados, no lo haré nunca».

La investigadora se escurrió pegada a la pared y de la forma más discreta que pudo llegó hasta la puerta. Salió al pasillo esperando que nadie la siguiera y que la reunión se alargara todo lo posible. Rezó para que no hubiera nadie controlando las cámaras en ese momento y ascendió hasta la primera planta. Era mediodía y el sol entraba con fuerza por los ventanales. Llevaba semanas sin ver la luz y se quedó cegada durante unos segundos. Aún así siguió avanzando. Conocía una puerta de evacuación del área de mantenimiento que algunos empleados mantenían abierta para poder salir a fumar. Era la única salida al exterior sin cerradura electrónica que recordaba. Llegó a ella casi sin resuello, empujó y cedió. La cerradura estaba bloqueada con un cartón de tabaco. Anna bendijo de nuevo a los trabajadores fumadores de Zombis Resort. Corrió hasta el amparo del bosque y descendió la montaña con su botín de medicamentos aferrado al pecho.

Tan pronto hubo recorrido una distancia potencial, se desnudó y se untó todo el cuerpo de crema antihongos.

66. Lidia

En una modestia de la muerte me uní a
mi padre
Que se atrevió a dejarme agonizando
Una bala en un pórtico de concreto
Cerca de un asfixiante mar del sur
—Usted tiene hambre Mr. Bones

John Berryman. *Dream song 76 (Henry's Confession)*.
Farrar, Straus and Giroux, 1989

Su padre insistía a menudo en que repasaran juntos las fotos de su infancia. Ella no recordaba a la mujer que la sostenía en brazos en aquellas viejas polaroids, pero él se encargaba de que no olvidara. Pasaban juntos las hojas autoadhesivas con delicadeza, despegando el papel de seda que las cubría una a una con un ritmo monótono. Años después, cuando su padre también hubo muerto, ella mantuvo vivo aquel viejo ritual. Tenía muy pocas fotografías junto a su madre, pero apenas una docena junto a su padre. En la mayoría aparecía ella sola porque la vieja réflex de su padre no tenía disparador automático y los momentos especiales los celebraban siempre ellos dos y su vieja Golden Retriever —no les quedaba otra familia—. Tan solo aparecían juntos en algún cumpleaños con los amigos del colegio o durante alguna excursión cuando algún desconocido les hacía el favor de echarles una foto frente a algún monumento olvidado.

Lidia no recordaba su primera infancia como una época infeliz. Su padre trabajaba todo el día y desde bien pequeña tuvo que aprender a valerse por sí misma. Iba y venía sola del colegio, se las arreglaba para mantener limpia su ropa en los largos intervalos entre colada y colada, se preparaba las comidas ella misma e incluso le dejaba lista la cena a su padre cuando llegaba tarde de trabajar —una cena que solía consistir en leche con cereales o cerveza y patatas fritas—. Pese a su larga lista de tareas y responsabilidades, la pequeña Lidia disfrutaba de mucho tiempo libre y la mayoría lo invertía leyendo. Le gustaba cualquier tipo de literatura, pero sentía una predilección especial por los viejos libros de tapa blanda y papel amarillento que su padre rescataba de los rastros para ella. Historias de brujería, antologías de ciencia ficción, fantasía subida de tono... cuanto más raro fuera el argumento y más barata la edición, más le gustaba. Uno de los pocos libros de cubierta dura que tenía en un lugar destacado de su abarrotada estantería era una vieja edición de *La cruz del diablo* de Gustavo Adolfo Bécquer. Las hojas eran muy finas y cada vez que lo releía tenía miedo de que se le rasgaran entre las manos.

No había vuelto a leer aquel relato desde hacía años, pero en las últimas semanas que había pasado encerrada en la planta cero, la historia volvía a ella una y otra vez.

La novela relataba la historia de un duque que tenía atemorizados a los ciudadanos que vivían en sus tierras cerca de Bellver de Cerdanya. Un páramo rodeado de montañas rocosas y coronado por un gran recinto amurallado en el que el duque hacía y deshacía a su antojo. Era conocido por su crueldad y por su armadura, que una vez muerto, adquirió vida propia. Sus súbditos acabaron con él, pero su armadura siguió atormentándoles hasta que la fundieron para convertirla en la cruz que, según la leyenda, todavía puede verse cerca de este pueblo del Pirineo.

Lidia le había dado vueltas a la historia varias veces y entendía los paralelismos que existían entre ella y su situación actual. En cierto modo ella también había muerto para volver a nacer en un nuevo cuerpo. Pero su armadura no estaba vacía. Aunque no pudiera hablar, comer o sentir, seguía estando dentro de ella —o eso era a lo que se intentaba aferrar—. Al observar a sus compañeros de celda, a veces dudaba de si aquellos cuerpos abatidos y derrotados no eran más que las viejas pieles de un cambio de muda, abandonadas a su suerte en aquel lugar. Contenedores vacíos de lo que habían sido y no volverían a ser. La gótica sabía que su situación era delicada. No tenía garantías de que fuera a abandonar aquel lugar y a la vista de sus compañeros de encierro, aquel estado podía alargarse durante un tiempo indeterminado. Algunos de ellos apenas se movían ya, los tenían que llevar a rastras para recargarles los nutrientes del colon y una vez volvían pasaban días enteros en la misma posición en que los arrojaban. Los ojos no podían hundírseles más en las cuencas y las articulaciones de brazos y piernas parecían inflamadas, aunque en realidad eran los muslos y las pantorrillas los que se encogían. Pese a lo dramático de su situación, Lidia se sentía extrañamente confortable entre sus compañeros. Verlos allí a su lado, abatidos, casi muertos, le resultaba casi familiar. Despertaban un recuerdo olvidado al que no quería volver. Por suerte, una de las pocas ventajas de su estado era la incapacidad de dormir. Sin sueño no había pesadillas y no se habrían puertas a los recuerdos reprimidos.

Una mañana, con poco más de ocho años, Lidia despertó después de una larga noche de lectura para ir a la escuela. Le sorprendió encontrar a su padre durmiendo en el sofá, todavía con una cerveza en la mano, porque él siempre se despertaba antes que ella para ir a trabajar. Madrugaba tanto que ni siquiera se despedía de ella con un beso de buenos días para no despertarla antes de hora. Sin embargo, ese martes su padre seguía durmiendo y fue ella la que se vistió y desayunó sin hacer ruido para no despertarle.

Lidia no le dio más importancia al asunto hasta que volvió de la escuela por la tarde y se encontró a su padre en la misma posición. Su piel estaba lívida y sus labios morados. Había leído suficiente literatura de terror como para saber lo que aquello significaba. No necesitaba ponerle un espejo frente a la boca, ni buscarle el pulso bajo el mentón. Simplemente dejó la mochila en el suelo y se sentó en el sofá junto a él. Le buscó su fría y ruda mano casi por instinto y se quedó allí inmóvil, con la mirada perdida en el televisor apagado pensando en cual iba a ser su siguiente paso. Llorar, llamar a la policía, avisar a los vecinos, zarandearlo hasta que despertara… La joven Lidia sabía que nada de lo que hiciera le iba a devolver a su padre. Así que se limitó a acurrucarse junto a sus pantorrillas y se durmió echa un ovillo sobre el cadáver.

Aquella noche no cenó, cuando despertó tampoco tenía hambre. Se estiró un poco la ropa, se aseó, recogió la mochila del lugar donde había caído el día anterior y volvió al colegio como si tal cosa. Si alteraba su rutina podía llamar la atención de algún adulto, podían descubrir que su padre estaba muerto y separarla de él. Arrancarla de su casa. Ingresarla en un centro de acogida o con unos padres adoptivos que fingirían que todo podía volver a ser normal. Había perdido a su padre y no quería perder también su vida.

Cuando la huérfana volvió aquel segundo día por la tarde a su casa un hedor dulzón invadía todas las habitaciones. Sus novelas de papel barato le habían enseñado también a que se debía. Abrió todas las ventanas para ventilar la casa y puso varias toallas bajo el cadáver. Levantó primero una pierna y luego la otra pero le fue imposible hacer nada más. El gélido viento de febrero se llevó todo rastro de olor, pero tan pronto como cerraba las ventanas el hedor volvía a ser insoportable. Así que dejó las ventanas abiertas. El frío era penetrante y la obligaba a ir con chaqueta por casa, pero también ayudaba a conservar la carne muerta en perfecto estado.

No había día en que el teléfono no sonara. Algún compañero de trabajo se había presentado allí preocupado y había aporreado la puerta durante algún tiempo hasta irse aburrido. Lidia alargaba la comida todo lo que podía y lavaba su ropa con jabón de manos en el bidé. El tiempo que le quedaba lo dedicaba a leer y a repasar una y otra vez el escueto álbum de fotografías. Había muy pocas fotos y muchas láminas auto-adhesivas por llenar, demasiadas. Un recordatorio de todos los momentos que había dejado escapar y que ya no volvería a recuperar. Sabía que no había actuado como debería: quizás si aquella primera mañana se hubiera fijado más en él y hubiera llamado a un ambulancia en lugar de irse al colegio, hubiera podido salvarle; quizás si hubiera recurrido a sus vecinos en cuanto se dio cuenta de lo ocurrido no la tomarían ahora por loca; quizás, quizás. Nada cambiaba ya lo sucedido.

Casi dos meses después de que muriera su padre, un policía se presentó en el colegio con una asistenta social. Sabía que era cuestión de tiempo. Lidia los acompañó a su casa y les explicó lo sucedido, aunque la escena hablaba por sí misma. El cadáver del padre se conservaba todavía en muy buen estado, parecía que hubieran pasado solo unas horas desde su deceso. Antes de que se lo llevaran de su lado, la pequeña fue a buscar la vieja réflex sin disparador automático y se la dio al agente. Se sentó junto a su padre, le cogió la mano e intentó sonreír.

Veinte años después continuaba reprimiendo aquel recuerdo pero todos aquellos degradados que agonizaban delante de sus ojos eran un recordatorio en potencia de aquellos días. Si entornaba un poco los ojos casi podía volver a ver el sofá y la cerveza fría en su mano pero se resistía a hacerlo, se resistía a revivir aquel dolor. Por el momento resistía, pero no sabía durante cuánto tiempo podría hacerlo.

67. Gorka

No están exactamente muertos,
sólo están... algo podridos.

Tu madre se ha comido a mi perro (Braindead).
Dir. Peter Jackson, 1998

Nada más bajar de la furgoneta, lo habían instalado en un viejo sofá de piel apolillado que habían bajado del desván y allí seguía. La única parte de su cuerpo que podía verse eran las manos y éstas no eran más que piel agrietada y articulaciones prominentes: podía hacerse una imagen aproximada de en qué estado se encontraba. A aquellas alturas, postrado en aquel sofá, en una masía perdida en medio de las montañas, Gorka se imaginaba como una versión castiza del abuelo de *La Matanza de Texas*.

Anna se había preocupado de hidratarle y nutrirle lo mejor que había podido. Se encontraba en muy mal estado cuando lo había encontrado y no disponía de los medios adecuados para atenderle con eficacia. La última barra de nutrientes que le habían insertado en el colon antes de abandonar el parque se había consumido rápidamente con el esfuerzo de la fuga y el cuerpo degradado había empezado a digerirse a sí mismo lentamente. Anna había intentado que ingiriera líquidos pero era como intentar llenar una botella con el embudo al revés. Su cuerpo no lo aceptaría hasta estar limpio de priones.

A un lado del sillón habían dispuesto un gotero para la medicación y los monitores de control. Junto al otro brazo le habían colocado una tableta con un sencillo programa para que se comunicara con ellos. El submarinista había sido incapaz de teclear nada en el teclado y a lo máximo a que llegaba era a darle al «sí» o al «no». El problema es que la pregunta que le hacían era siempre la misma.

—¿Sientes algo de dolor? —le preguntaba la investigadora a Gorka una y otra vez.

Si Gorka pulsaba que «sí» le aumentaban los sedantes, si se decantaba por el «no» no había más preguntas. Había intentado aporrear la tableta para llamar su atención pero sin ningún éxito. Las preguntas que le formulaban siempre terminaban girando en torno a lo mismo.

—¿Te encuentras mejor?

«No».

—¿Quieres que te suba la morfina?

«No».

—¿Quieres decir que sientes malestar pero no dolor?

«No».

—¿Es más bien como un picor?

«No, no, no».

—¿Un escozor?

Gorka no sentía otra cosa que impotencia. Llevaba dos días escuchando lo que allí sucedía sin que lo tuvieran en cuenta. Había escuchado la llamada de Lidia y estaba tan preocupado por ella como Olga. Había intuido que algo raro pasaba en aquel lugar, pero no se había esperado algo como aquello. Una y otra vez le venían a la cabeza imágenes de *El día de los muertos*: imaginaba a Lidia formando parte de las hordas que están atrapadas en los túneles de la fortaleza militar que aparecía en la película y a los protagonistas utilizándola como ganado en sus experimentos. También se veía a sí mismo en el papel del muerto viviente domesticado al que los científicos habían conseguido enseñar algunos trucos como si fuera un chimpancé. El submarinista agradecía lo que Anna estaba haciendo por él, pero no podía quedarse de brazos cruzados ante lo que estaba pasando. Descargó su ira contra el teclado en más de una ocasión y lo máximo que consiguió fue que lo colapsaran de calmantes hasta el punto de entrar en un estado comatoso.

Llevaba tiempo sin poder conciliar el sueño, así que cuando despertó sintió una extraña lucidez mental. Agudizó el oído para no dejar escapar detalle de todas las conversaciones que tenían lugar en su presencia y se hizo una idea muy aproximada de la situación en la que se encontraban. Postrado como estaba en el viejo sillón no podía hacer otra cosa que meditar y, poco a poco, empezó a ver las cosas claras. Cuando Marc entró

307

en el laboratorio jadeando y sudoroso en medio de la noche, ya tenía un plan bastante elaborado sobre cómo actuar.

—He esperado un par de horas a que saliera, pero no he vuelto a ver ningún movimiento en el exterior —le dijo el profesor a Anna.

—¿Y si volvemos a llamar a la policía?

—Podríamos hacerlo, pero ¿qué les contaríamos?

«Les podríamos decir que los muertos vivientes de ahí dentro no son actores, que son de verdad —les dijo Gorka sin poder articular una palabra—. Podríais decirles que vosotros mismos tenéis a uno en el establo y que si esperan un poco la misma Olga será también uno de ellos».

—Cualquier cosa. Que somos los padres de Olga y que estamos preocupados por ella —le contestó Anna sin pensarlo demasiado.

«Pero si no sabéis ni cómo se llaman su padres. Por no saber, no sabéis ni si tiene padres. Lo primero que harán en la comisaría será pediros algún documento para identificaros».

—No podemos hacer eso, podrían localizar la llamada. Sabrían que no somos ellos. No sabemos ni cómo se apellida esa chica…

«Por fin, alguien que piensa un poco».

—…de lo que podemos estar seguros es de que antes o después van a venir a buscarnos —continuó el profesor—. Confío en que Olga haya sido cauta y no haya contado todo lo que sabe de buenas a primeras, pero una cosa tenemos que tener clara. Para ella la prioridad es salvar a su amiga y para ellos, encontrar a este chico. Antes o después, por las buenas o por las malas, llegaran a un acuerdo.

«Yo no lo habría dicho mejor. Lo que me preocupa es que el acuerdo no sea amistoso. Sin son capaces de encerrar a toda esa gente en una mazmorra pueden hacer hablar a Olga de muchas maneras».

—¿Entonces qué hacemos? —preguntó Anna confusa.

«¡Largarnos de aquí cagando ostias!».

El profesor no respondió a su pregunta. En lugar de eso ambos se giraron hacía Gorka con una expresión de sorpresa en sus rostros.

«Me han escuchado», se dijo el submarinista para sí mismo. Sólo que esta vez escuchó como el sonido salía de sus labios. No eran palabras bien articuladas, había sido algo parecido a un «*man enscuxado*», pero sabía lo que aquello significaba. Anna se acercó a él y empezó a comprobar sus constantes, Marc la dejó hacer. Mientras, Gorka se concentró para vocalizar lo mejor que pudo una sola palabra.

—Fur-go-ne-ta —les dijo como un niño que aprendiera a hablar.

—Quiere que nos vayamos —le tradujo Marc a la investigadora.

—Sí, ya me he dado cuenta —respondió ella ofuscada—. No podemos moverle. No todavía. ¿Cómo voy a meter todo el instrumental en la furgoneta?

—Tendremos que encontrar la manera. Él piensa igual que yo. Estamos muy cerca y en cuanto sepan que estamos aquí no tardaran en llegar. Si quieres seguir con esto a tu manera no hay otra opción. Voy a buscar a mi padre, recogemos y nos vamos.

Anna no contestó. Se limitó a afirmar con un leve gesto de la cabeza mientras fijaba la vista en la vía de la muñeca de Gorka.

—Rá-pi-do —le balbuceó él mientras el profesor salía a toda prisa.

—No es necesario que hagamos esto ahora —le respondió Anna mientras regulaba la medicación—. Si esperamos unas horas, a este ritmo estarás casi recuperado.

—No tiem-po —farfulló el submarinista.

La investigadora negó para sí misma y empezó a recoger todo el material que creía que iba a necesitar. En menos de media hora estaban los cuatro en la furgoneta y enfilaban el camino de salida del valle. Anna iba en el asiento de atrás, rodeada de sueros y tubos y sujetando el cuerpo flácido del submarinista para que no diera bandazos. Pese a lo precario de las circunstancias, el tratamiento continuaba funcionando. Entre bache y bache, Gorka les dijo:

—Sé como entrar y salir.

68. Eva

No hay nadie aquí. ¿Lo ven?
Es una ciudad fantasma.

La noche del cometa.
Dir. Thom Eberhardt, 1984

Entró en el despacho de su jefe todo lo rápido que le permitieron sus tacones. Estaba a punto de acostarse cuando la avisaron de que había alguien merodeando por el muro exterior del complejo. Tan pronto como vio las imágenes que le enviaron a su *smartphone* desde la estación Cíclope, Eva identificó a la sospechosa.

—Es la amiga de Lidia Comella —le dijo a Diego de pie delante de su mesa—. Se ha sentado en el aparcamiento como si esperara algo. ¿Salimos a por ella?

Eva estaba ansiosa por intercambiar unas palabras con aquella chica. Primero, no había dejado de molestar preguntando sobre su amiga, hasta el punto de tener que hacerles intervenir. Después, le había llenado la cabeza de pájaros al hermano de Gorka Saltor, que no había dado problemas hasta el momento. Y por último, como coletilla final, había desaparecido junto a Gorka, el primer zombificado que había conseguido escapar de sus medidas de seguridad, cuando pensaban que ya era suyo. Su jefe había tenido que intervenir en persona para solucionar aquel asunto y aquella chica, de algún modo, lo había mandado todo al traste cuando la situación parecía estar bajo control. No entendía como Diego podía estar tan tranquilo teniéndola tan cerca.

—Ha llamado a la policía, están a punto de llegar —le dijo él con un tono de voz que la tranquilizó—. Ves a recibirlos a la puerta, ya sabes cómo actuar.

310

Era cierto. No era la primera vez que recibían la visita de algún policía, perito o inspector. Tenían preparada una tapadera muy convincente para todos ellos y hasta ahora no habían tenido mayores problemas. Sabían perfectamente cuáles eran los aspectos ilegales de su negocio y sabían cómo maquillarlos. Así que se puso manos a la obra.

—Cuando termines con ellos tráemela aquí —le dijo su jefe antes de salir.

No le costó demasiado convencer a los agentes de que en aquel lugar no ocurría nada ilegal. Percibió más curiosidad que sospecha, nada fuera de lo normal. La que sí que le sorprendió fue la gótica. Estuvo muy comedida durante la visita y no mencionó nada delante de la patrulla que pudiera ponerles en evidencia y estaba segura de que a aquellas alturas aquella chica sabía demasiado. Mientras los paseaba por el recinto en el carrito de golf esperaba que, en un momento u otro, Olga hiciera algún comentario que la dejara en evidencia. Algo del estilo de ¿dónde has escondido a los zombis? o ¿por qué no les enseñas en que convertís a las visitas? Pero no lo hizo, se limitó a pasear por las zonas tranquilas del parque.

El equipo de seguridad había activado los generadores de infrasonidos del bosque y todos los zombificados se habían ocultado en lo más profundo del valle. El sistema había funcionado con eficacia siempre que se había puesto funcionamiento y era otra de las ventajas del «tratamiento» que había desarrollado Walter. Incluso ella reconocía los meritos del alemán de vez en cuando. A no ser que los policías decidieran adentrarse varios kilómetros montaña arriba, no iban a encontrar nada sospechoso en aquel lugar.

Olga pareció percatarse de que no iban a encontrar nada y decidió dar por concluido el paseo. A la relaciones públicas le extrañó que se rindiera sin presentar batalla, sabía lo insistente que podía llegar a ser aquella chica bajita con sombra de ojos negra.

—Me gustaría quedarme y echar un vistazo por mi cuenta —le pidió la gótica antes de despedirse.

Aquello encajaba más con lo que esperaba de ella y le hacía más fácil cumplir con la orden de su superior. Eva sonrió para sus adentros y le puso alguna pega a la petición, lo justo para que cuando diera su brazo a torcer quedara como la buena de la película. Cuando invitó a la gótica a pasar la noche en su presunto spa de lujo, supo que se había metido a la policía en el bolsillo y que había atrapado a la gótica en su telaraña.

«Me lo has puesto muy fácil».

Los agentes se despidieron satisfechos, uno de ellos incluso le lanzó una mirada que en otro contexto habría interpretado como un gesto de flirteo. No le iban a dar más problemas. Olga se quedó a su lado callada y obediente como una alumna aplicada. A Eva le encantaba mover los hilos para que todo saliera a su antojo.

—Bueno, se acabaron las tonterías —le dijo la gótica tan pronto como los policías se alejaron unos pasos—. ¿Dónde tenéis a Lidia?

—No sé de qué me está hablando —contestó ella con naturalidad. Era la reina de la hipocresía.

—Todavía puedo llamar a esos dos y contarles un par de cosas que quizás les interesen.

«Si no lo has hecho ya, no vas a hacerlo ahora».

—No creo que sea necesario. Mi invitación sigue en pie y, si lo desea, mi superior estará encantado de atenderla para responder a sus preguntas. ¿Me acompaña?

Eva casi reía por dentro al ver como la gótica se subía de nuevo al vehículo con la mirada llena de recelo pero sumisa como un cachorrito. Mantuvieron el silencio durante todo el trayecto. La relaciones públicas percibía algo de miedo bajo la fachada de ira contenida de su invitada. Tan pronto como los agentes habían salido de la ecuación, la gótica se había vuelto vulnerable. Las dos lo sabían, aunque ambas lo intentaran disimular. Eva se sentía en una situación de poder, sabía mucho más de su invitada de lo que Olga podía saber de ella —o eso quería creer—.

«Si Diego quiere hablar con ella es porque debe saber más de lo que debería».

Ascendieron hasta la cima de la montaña por un camino serpenteante habilitado para el tránsito de aquel vehículo. Era un camino estrecho, que se utilizaba muy poco, ya que el personal solía preferir los túneles que perforaban la montaña: un camino mucho más corto y directo. Sin embargo, Eva no quería desvelar más de la cuenta a su invitada.

Tras cerca de un cuarto de hora de trayecto, llegaron a las instalaciones de la cima y Eva la acompañó hasta el despacho de Diego.

—Puede pasar, la está esperando —le dijo abriéndole la puerta.

Olga aceptó la invitación y entró después de una larga inspiración. Eva la siguió y cerró la puerta tras ella. Diego las recibió con su mejor sonrisa y la invitó a sentarse delante de su mesa.

—La señorita Olga Miralles… no nos veíamos desde la boda de Juan Saltor. Una ceremonia preciosa, es una pena que no se quedara hasta el final.

—Sí, una boda preciosa, pero no he venido aquí para cotillear.

—Sí, ya sé a qué se debe su visita —respondió él cambiando el tono de cortesía por uno de funcionario aplicado—. He estado revisando todos los registros de entrada y salida y puedo confirmarle que su amiga abandonó nuestro pueblo hace unos días en perfectas condiciones.

—Y una mierda.

—Usted misma puede comprobarlo —le dijo él sin inmutarse, girando la pantalla de su ordenador hacia ella.

—Me importa muy poco lo que ponga ahí, me fío de esos registros tan poco como de usted. ¿Gorka también abandonó su pueblo en perfectas condiciones?

—Ese es un caso aparte. Estamos muy preocupados por la salud del señor Saltor y agradeceríamos cualquier información que pudiera aportarnos al respecto.

Eva observaba la escena de pie a la espalda de la gótica. Aunque no podía verle la cara, por su silencio supo que Olga estaba sopesando su respuesta con calma. Lo único que querían de ella era el paradero de Gorka, su falsa cortesía terminaría tan pronto como les diera esa información. Si quería volver a ver a su amiga tenía que jugar esa baza. Ellos lo sabían y ella también.

—Yo también agradecería cualquier información que tuvieran sobre el paradero de Lidia Comella —respondió Olga imitando el tono condescendiente de su interlocutor.

—Usted sabe algo que nosotros desconocemos y nosotros quizás sabemos algo que usted no sabe. Parece que estamos en un punto muerto.

La sonrisa de Diego se convirtió de una forma casi imperceptible en algo parecido a la mueca de un chacal agazapado. Tan sólo la relaciones públicas se percató de ello.

—¿Me estás proponiendo un trato? ¿Queréis que os diga dónde está Gorka? Pues lo lleváis claro. El punto muerto en el que nos encontramos es este… Sé que mi amiga está aquí dentro, me vais a llevar hasta ella y a cambio no me voy a presentar en la primera comisaría que encuentre con un zombi debajo del brazo. Puedo imaginarme cuatro o cinco razones por las que podrían cerraros este chiringuito en un momento.

Eva vio como los ojos del chacal brillaban como si ya hubiera saboreado la sangre de su presa.

—No es necesario llegar a esos extremos. Le debo una disculpa. Cuando le dije que su amiga había abandonado el pueblo no fui del todo sincero. Lidia ha salido del parque, pero no del complejo.

—Quiero verla.

—Por supuesto. Señorita Buenaventura, ¿sería tan amable de acompañar a Olga junto a su amiga?

«Y me aseguraré de que no sale de allí hasta que nos diga todo lo que sabe».

69. Gorka

—Va a ser una gran batalla.
Lo siento, pero tengo que volver allí.
—Probablemente tengas razón.
Va a ser una gran batalla.
—Mi lugar está con ellos.

La tumba de los muertos vivientes.
Dir. Jesús Franco, 1982

El viaje a través del camino de tierra había sido largo y agitado. Gorka no podía explicarse cómo se las había ingeniado su doctora para no detener el tratamiento entre bache y bache. Todavía no comprendía cómo era posible que no se hubiera arrancado una vía o se le hubiera clavado una aguja en un hueso. Ahora, detenidos en una vieja área de servicio, camuflados entre las ramas de los chopos que la bordeaban, Gorka empezaba a notar cómo su cuerpo se despertaba. No era algo agradable, sentía dolor. Lo que le habían advertido era cierto: notaba las mismas agujas que perforan una mano dormida al recuperar el riego sanguíneo, pero multiplicadas por mil y atravesando todo su cuerpo. Estaba tan rígido que apenas podía respirar.

Anna le inyectó un calmante y esperó a que le hiciera efecto. Marc y su padre observaban muy atentos el proceso.

—Espero que este te alivie un poco —dijo la investigadora—, me queda muy poca Lidocaína. El dolor que sientes ahora pasará en un par de horas, después empezarás a sentir un picor fuerte por todo el cuerpo. Es el hongo que te recubre la piel, a medida que el antifúngico vaya haciendo su efecto y la piel se cure, el escozor irá disminuyendo.

Pero vas a tener que aguantar el dolor, tengo que dosificar lo poco que nos queda.

—Podemos parar en una farmacia —dijo Marc.

—No nos administraran nada sin receta.

—Anestésicos no, pero algo de paracetamol o ibuprofeno.

—Con eso no hacemos nada. Créeme, sé de que hablo.

La investigadora estaba en lo cierto. El dolor era demasiado intenso para calmarlo con analgésicos pero por suerte fue disminuyendo de forma gradual y lo sustituyó un picor punzante, tal como ella le había advertido, un escozor que le pedía a gritos que se desgarrara la piel con las uñas. Gorka había recuperado el suficiente control de la musculatura y coordinación como para intentar rascarse, pero la investigadora no se lo permitió. Le detuvo la mano y le administró la última dosis de calmantes.

—Cuando se pase el efecto de ésta, vas a tener que aguantar un poco. Serán un par de días, si todo va bien, la medicación comenzará a hacer efecto y el hongo empezará a menguar. Te embadurnaremos de cortisona y en unas semanas estarás como nuevo.

Anna le introdujo los comprimidos de antifúngicos en la boca y le acercó una botella de agua para que los ingiriera. Gorka los escupió. Ella los recogió de la tapicería de la furgoneta en un acto reflejo y volvió a introducírselos en la boca. Él volvió a escupirlos.

—No —dijo Gorka para dejárselo aún más claro. Le sorprendió la facilidad con que la palabra salió de su boca. Casi podía vocalizar con normalidad.

—Tienes que tomártelo, el Lambda-3 ya está desapareciendo de tu organismo. En cuanto lo haga lo notarás todo. Tienes la piel totalmente infectada y no tengo más anestésicos.

—Estoy bien —Gorka estiró el brazo para verlo con detalle y después movió los dedos de la mano como si le acabaran de instalar un brazo biónico. Se le empezaba a despertar.

—Como quieras, pero te va a doler.

Era cierto. Al principio había sido como si un millón de agujas diminutas le perforasen la piel. Después las agujas se habían convertido en clavos al rojo vivo, ahora era como si un millar de hormigas estuvieran comiéndoselo vivo —y en cierta manera era así, no lo estaba devorando un enjambre de insectos sino un hongo—. El *Tinea corporis* digería su epidermis lentamente, convirtiendo el tejido vivo en un fluido viscoso que apestaba a infección. Por un instante, a Gorka le pareció que estaba recuperando el olfato y entendió las caras de angustia de Marc y su padre. La furgoneta entera apestaba a pus. Tan pronto como habían parado, ambos se habían bajado a tomar el aire, tan sólo Anna estaba a su lado. Casi indiferente al hedor.

Por si eso fuera poco, notó como las tripas se le retorcieron y el colon se le vaciaba.

—Mierda —dijo Gorka. La palabra era tanto una exclamación como resumen de lo sucedido.

—Tranquilo. A mí también me pasó, es buena señal. Significa que tu metabolismo está volviendo a funcionar.

Era buena señal pero el olor allí dentro era ya casi insoportable. El calor de las heces líquidas se le escurrió por los muslos y la piel infectada de las piernas empezó a escocerle aún más. Anna lo incorporó y lo sacó de la furgoneta. Al incorporarse, los excrementos terminaron de llenar el suelo del vehículo. Esta vez, la investigadora sí que tuvo que contener una náusea. Gorka no se lo tuvo en cuenta.

Anna lo llevó hasta el río que serpenteaba junto a la carretera para lavarlo mientras Marc intentaba hacer lo mismo con la furgoneta. La investigadora lo desnudó y le dio un baño rápido. El frío otoñal era intenso y el agua estaba helada, el submarinista lo agradeció: además de llevarse el hedor, le alivió los picores. Gorka estaba acostumbrado a las inmersiones en agua helada, aunque solía hacerlas con traje de neopreno. El viejo Señor Ribera tampoco le puso muchos reparos a la temperatura y cuando vio al submarinista entrar en el río, se desnudó como un chaval en una acequia y se metió en el agua. Anna intentó disuadirlo, a su edad podía acatarrarse con facilidad, pero él no le hizo caso alguno.

Cuando volvieron al área de servicio, Marc casi había terminado su trabajo.

—No puedo hacer nada más sin arrancar la tapicería —les dijo al verlos.

—No te preocupes, es de segunda mano.

—Lo siento —añadió Gorka. Casi podía hablar con normalidad.

Anna entendió que era el momento de pedir explicaciones.

—¿Por qué no quieres tomarte los antifúngicos? Mírate, lo que tienes no es un simple eccema. Si no lo tratas va ir a peor.

Gorka se miró. Estaba completamente desnudo —no tenían toallas y se estaba secando al sol—, la mayor parte de su cuerpo estaba cubierta de llagas y de clapas de piel morada. Sabía que Anna tenía razón, pero su tratamiento debería esperar. Si el plan que había trazado funcionaba, en un par de días tomaría todas las pastillas que hicieran falta. Había esperado aquel momento, llevaba días trazando su plan y era el momento de exponerlo.

—Este es nuestro pasaporte de entrada —les dijo a ambos señalando su cuerpo desnudo.

—¿De entrada a dónde? —preguntó Anna.

—A Zombis Resort.

—No. No vamos a volver allí.

—¿Y a dónde vamos a ir si no? —le contestó el submarinista haciendo un sobreesfuerzo por que las palabras fueran inteligibles.

—Tiene razón —intervino Marc—, no hay muchos sitios a los que podamos ir ahora sin tener que dar explicaciones.

—Prefiero que un médico me denuncie al departamento de Sanidad que volver a entrar a ese sitio.

Gorka podía imaginar lo que significaba para Anna volver a ese lugar. Para escapar había tenido que automutilarse y, aun así, sin una buena dosis de suerte todavía seguiría allí atrapada. Sabía lo duro que iba a ser para Anna volver allí dentro pero no había otra manera de hacerlo —o por lo menos no se le ocurría ninguna otra—.

—No podemos dejar a todo esa gente allí dentro —le dijo Gorka para convencerla.

—Y no lo vamos a hacer. Primero te llevaremos a un hospital y una vez estés a salvo acudiremos a la policía y les denunciaremos.

—¿Como acudiste tú cuando te escapaste? —Anna guardó silencio, no sabía qué decir—. Necesito que entres conmigo de vuelta. Les dirás que necesitas su ayuda, que no has podido tratarme. Una vez dentro, no se esperaran que yo pueda moverme con rapidez y tú me guiarás hasta la planta cero.

—¿Crees que no tendremos mil ojos encima?¿Y aunque lo consigamos, luego qué? ¿Cómo piensas salir de allí? Yo lo conseguí casi de milagro, ¿cómo piensas hacerlo con un grupo de degradados a las espaldas?

—Haciendo un par de llamadas.

70. Anna

—Debemos llevarlo de regreso. Él es la
única prueba de que todo esto pasó. Y, desa-
fortunadamente, necesitaremos esa prueba...
De otro modo creerán que estamos locos.
—No me importa. Yo ya me siento muerta.

Nueva York bajo el terror de los zombies (Zombie 2).
Dir. Lucio Fulci, 1979

Recibió a su abogado en una habitación de hospital. Los hongos habían
desaparecido por completo pero a veces todavía se rascaba en un acto
reflejo. Había renovado la mayor parte de la epidermis y su cara estaba
rosada y brillante, pero todavía necesitaba varias operaciones de cirugía
correctora para recuperar el aspecto de antes de ser degradada. Anna
no estaba muy convencida de querer soportarlas, pero aún así se dejaba
asesorar por el equipo de la clínica. Había recurrido a un centro privado
para no tener que dar demasiadas explicaciones y para asegurar su privacidad. El mismo al que algunas celebridades solían acudir con narices
demasiado angulosas o con algunos kilos de más. Los médicos la habían
recuperado sin hacer demasiadas preguntas y con un trato exquisito.

—No le traigo muy buenas noticias —le dijo el tipo de la americana
justo antes de sacar un dossier de su cartera—. La policía acaba de inspeccionar el complejo y a falta de recibir el informe oficial puedo adelan-
tarle que no han encontrado nada.

Anna imaginaba que algo así podía pasar. Sabía que Zombis Resort
tenía protocolos concretos para esquivar las inspecciones, igual que estaba preparada para sufrir incendios, averías o inspecciones de sanidad

sin levantar sospechas. Había planes muy bien trazados para que gente ajena al complejo pudiera entrar y salir del lugar sin entrar en contacto con nada extraño. Ella misma había tenido que memorizar algunos de aquellos protocolos y participar en algún simulacro durante las semanas que pasó trabajando para ellos.

—Les describí exactamente dónde tenían que buscar. Pueden esconder a los degradados pero no el calabozo donde nos encerraron o el quirófano donde nos transformaban…

—Vieron una enorme sala vacía y los quirófanos eran instalaciones normales para una clínica de lujo. Nada de lo que sospechar.

—¿No requisaron ningún ordenador? ¿No interrogaron a nadie?

—No tenían órdenes para eso. El juez sólo los autorizó a entrar y salir. No había suficientes indicios para nada más.

Anna no respondió. Se limitó a desanudarse la bata del hospital y se arrancó de un tirón el apósito que le cubría el pecho amputado. Había empezado a cicatrizar pero la piel todavía entre rosada y púrpura.

—¿No te parecen éstos suficientes indicios?

—Según tu declaración ellos no te obligaron a hacerlo —contestó el abogado mirando al suelo—. No quiero decir que las circunstancias no te dejaran otra opción...

—¿Pero?

—Pero no tenemos pruebas que demuestren lo que contaste. Ninguna irrefutable, por lo menos, y reconocerás que tu declaración es bastante inverosímil.

La investigadora entendía que su historia podía ser difícil de creer para un juez. La policía había inspeccionado el lugar y no había encontrado rastro de ningún degradado. Su parte de lesiones tampoco era una prueba definitiva, ya que había llegado al hospital casi sin rastro de los priones. Anna se abrochó de nuevo la bata.

—Según su versión acudiste a su complejo para un tratamiento de relax. Les dijiste que estabas muy estresada y que necesitabas relajarte, cuando en realidad lo que tenías era un brote sicótico. Aducen que tuviste una crisis y que te perdiste por los túneles. Te estuvieron buscando durante días y luego avisaron a tus familiares. Les recomendaron que denunciaran tu desaparición, pero por lo visto no lo hicieron.

Anna reconoció que la historia era creíble. Su madre, la única familiar directa que le quedaba, estaba ya muy mayor y su testimonio no sería de fiar en un juicio. Diego lo sabía. Podían haberla llamado de verdad y ella no lo recordaría.

—¿Y qué me recomiendas que hagamos?

—Lo único que tenemos en su contra es la vulneración del patrimonio histórico. No es demasiado grave pero puede servir para que les clausuren las instalaciones.

—¿Cuándo?

—Bueno, eso depende de hasta dónde estés dispuesta a llegar. —Anna entendió que se refería a cuanto estaba dispuesta a pagar—. Ellos tienen a todo un bufete trabajando en el caso. El proceso puede alargarse durante años.

—¿Cuánto me va a costar?

—Más de lo que podrías permitirte. Eso si quieres llegar hasta el final, si llegamos a un acuerdo la cosa es diferente…

—¿Te han ofrecido un trato?

—Sí. Te ofrecen una suma considerable por retirar los cargos y aceptan hacerse cargo de todos los gastos médicos.

—¿Les has dicho dónde estoy?

—No, ¿por quién me tomas? Sólo saben que estás ingresada.

—Si saben eso no tardaran en encontrarme. Quizás hasta te hayan seguido hasta aquí.

—Anna, por favor —le contestó él con condescendencia. La investigadora notó algo en su noto de voz que le gustó. Ni siquiera su abogado la creía, era el momento de actuar.

—Te agradecería que ahora te fueras. Si vuelvo a necesitarte te llamaré.

Anna observó como éste recogía sus cosas y abandonada la habitación con la cabeza alta y sin replicar. Tan pronto cómo salió por la puerta, ella corrió al armario y se vistió con la única muda de ropa de calle que tenía —la había comprado en la tienda del hospital para cuando le dieran el alta—. Después, recogió las pocas pertenencias que había llevado consigo y las guardó en una bolsa de plástico. Abandonó el hospital por la puerta de servicio, sin firmar el alta voluntaria. Sabía que Diego llamaría a todas las clínicas de la zona hasta dar con su nombre. Si le decían que todavía estaba ingresada y mandaba a alguien a buscarla ganaría algo de tiempo para trazar un plan.

La investigadora se registró en un hotel para pasar la noche y aclarar sus ideas.

«Si lo hubiese sabido no me habría tomado el Lambda-3, me habría arrastrado fuera del complejo como degradada y les habría denunciado por secuestro, tortura y atentado a la salud pública. Mi cuerpo habría sido mi mejor testimonio».

Si quería mandar a Diego, Eva, Walter y el resto de responsables a la cárcel, tenía que conseguir pruebas irrefutables de la actividad que se llevaba a cabo tras los muros de Zombis Resort. Necesitaba un degradado. Tenía que volver, entrar sin ser vista y salir con uno de ellos.

«O a lo mejor no hace falta».

A Anna le vino a la mente de golpe un nombre: Gorka Saltor. Él era la prueba que necesitaba. Gracias a él había conseguido escapar: mientras todos los recursos se volcaban en su captura, ella había aprovechado un fallo en la seguridad para conseguir su libertad. Si él también lo había logrado y si lo encontraba, quizás pudiera convencerle. Dudaba que nadie hubiera podido ayudarle a volver a su estado normal sin el Lambda-3. Ella lo ayudaría con el excedente que le había sobrado de su tratamiento y a cambio él se convertiría en la prueba que necesitaba. Tan sólo esperaba poder dar con él antes de que lo hiciera Diego.

71. Olga

Era algo más que no poder oír nada o relacio-
narme con alguien. Era como si no existiera
en ese momento. Como si no tuviera sitio en
este mundo, no había vida a mi alrededor.

El carnaval de las almas.
Dir. Herk Harvey, 1962

Había recortado la noticia para guardarla en su diario de *Mis queridos
monstruos.* La releyó varias veces y aunque la foto de la menor estaba dis-
torsionada para que no se la reconociera y sólo se mencionaban sus iniciales para preservar su identidad, Olga sabía que era ella. Había llegado
a su colegio unos tres meses atrás y desde entonces no se había relacio-
nado con casi nadie. Ella también había pasado por algo similar. Había
llegado un año antes que ella y le había costado hacer amigos. Ahora
contaba con un pequeño círculo, pero no consideraba a ninguno de ellos
un amigo de verdad. Su grupo se había formado casi de forma natural
con todos aquellos que no habían encajado en otro lugar por tener más
piercings de la cuenta, por vestir más oscuro que el resto o por interesarse
demasiado por los juegos de rol.

Olga pensó que la chica nueva acabaría llegando hasta ellos de forma
natural. Casi por descarte. Pero no lo hizo. Se pasaba las clases absorta
en sí misma, sin cuchichear con nadie y durante los recreos se sentaba
en el lugar más alto que encontraba y se pasaba el rato mirando más
allá de las verjas de la escuela. Casi siempre en el mismo lugar, lloviera,
helara o cayera un sol de justicia. Al principio, la joven gótica —que
por aquel entonces no era más que una niña de diez años enamorada

323

del Kiefer Sutherland de *Jóvenes ocultos*— se limitó a observarla sin saber quién era. Sabía que la mujer que la traía en coche por las mañanas no era su madre y no sólo porque nunca la hubiera visto intercambiar un gesto de cariño con ella, sino porque en el coche también iban otros niños de su edad que no se parecían nada entre sí y que continuaban la ruta hacia otros centros. Uno de sus amigos, al que sus padres drogadictos habían dado en acogida con cuatro años, les había explicado que las escuelas sólo aceptaban un cierto cupo de niños con problemas. Los tutores que tenían en adopción a más de un menor los tenían que llevar a centros diferentes.

—Si fueran sus hermanos de verdad irían al mismo colegio.

Olga tampoco la había visto comer nunca. La chica estaba pálida y delgada y si le hubieran dicho que se alimentaba del aire lo habría creído. A ella le encantaba comer y no entendía como alguien podía pasarse más de ocho horas al día sin tomar bocado. Su manera de caminar también le había llamado la atención: la chica se desplazaba en línea recta, sin contonear su cuerpo, casi como si flotara y sin llamar la atención. Había algo en ella que la atraía de una forma perturbadora y que persistía en ella como fotogramas prohibidos intercalados en una película.

No fue hasta unos meses después de que llegara al colegio, cuando releyendo su álbum de recortes de la crónica negra las piezas encajaron. La misma melena lacia y negra, el mismo cuerpo delgado y desnutrido, el cuello escondido entre los hombros y su pequeña mano agarrando la de un cadáver. Las fechas coincidían y también las iniciales. Ella era la chica del periódico. La de la cara borrosa bajo el titular: «Vivía con su padre muerto».

Al día siguiente, se contuvo para no acercarse a ella y preguntárselo. La observó en clase, sin saber si debía preguntarle por lo sucedido y dejarse llevar por la curiosidad. Decidió intentar un acercamiento en el recreo, pero cuando la buscó no la encontró. La chica del cabello lacio se había pasado varios meses siguiendo una misma rutina: cada día al salir al patio se sentaba en un pequeño muro alejado del ajetreo y observaba el paisaje. Ese día no estaba allí. Olga la buscó e instintivamente subió la mirada al lugar con mejores vistas del recinto: la azotea del edificio principal. Allí la encontró. Entró de nuevo en la escuela —aunque estaba prohibido hacerlo a la hora del recreo—, se coló escaleras arriba y saltó la pequeña verja que impedía a los más pequeños acceder al último piso. Nadie se fijó en ella y consiguió llegar a la terraza del colegio sin problemas. La chica del periódico estaba de espaldas, observaba el infinito a menos de un palmo de una caída libre de más de doce metros. Olga no pensó en ese momento —aunque luego si lo haría— que aquella chica pensara arrojarse al vacío. Se acercó a ella y sus pisadas sobre la gravilla, que aislaba del sol al edificio, alertaron a la chica. Se giró hacia ella con su larga melena oscura y Olga le tendió el recorte sudoroso que había llevado en el bolsillo toda la mañana.

Lidia observó la última foto que le habían tomado junto a su padre y le preguntó:

—¿Me la puedo quedar?

Habían pasado quince años de aquel momento y Olga pensaba ahora en él constantemente. Pensaba en lo que habría podido pasar si ella no hubiera subido a la azotea aquel día. Estaba segura de que sin quererlo la había salvado —de algún modo— y desde entonces se sentía responsable de ella. Aquella foto, con aquella chica de rostro distorsionado abrazada a la mano de un muerto, era una estampa muy similar a la que representaban en este momento. Lidia, que ya de por sí tenía una complexión muy delgada, había perdido varios quilos y parecía una niña de doce años. Su rostro deformado por los hongos y la suciedad tenía una textura similar a la del papel de periódico de trama gruesa. Su mano ya no agarraba a la de un muerto pero sí a algo muy parecido. Olga estaba ahora en un estado similar al de ella: el alemán había conseguido degradarla en menos de un día. Con sólo un pinchazo y unas horas de inanición, la gótica se había convertido en algo muy parecido a una versión trasnochada de su mejor maquillaje de Halloween.

Olga y Lidia nunca llegaron a hablar de su padre y de lo que había tenido que pasar. No había hecho falta. Una intuía que la otra lo sabía y la otra no quería avivar un recuerdo tan doloroso. Pero ahora, atrapadas ambas en una mazmorra perdida, convertidas en un reflejo de sus mejores pesadillas, cansadas y abatidas, Olga temía que los recuerdos de Lidia se hicieran demasiado vívidos y que su amiga volviera a ser aquella chica que estuvo a punto de dar un paso hacia el infinito.

72. Diego

—Esa noche pensé que usted era mi amigo.
Me quitó la vida.
—Y voy a volver a quitársela. Y a no ser que
tenga sangre de gato, no volverán a resucitarle.
—No puede volver a matarme.

Los muertos andan (The Walking Dead).
Dir. Michael Curtiz, 1936

Estaba sola, miraba directamente al objetivo pero no decía nada. Sabía que la estaban observando y se limitaba a esperar. Diego contemplaba la escena desde su despacho. Le había llegado el aviso unos minutos antes y había monitorizado la cámara desde su propio despacho. Desde su terminal tenía acceso a todas las cámaras del complejo, aunque rara vez revisaba ninguna. Para eso estaba la estación Cíclope, dotada de uno de los sistemas de seguridad más completos que había encontrado en el mercado, también el más caro y el que había permitido que escaparan dos personas en menos de veinticuatro horas. Una de ellas estaba ahora plantada a las puertas de su complejo. Ya no le parecía tan atractiva, ya no tenía ganas de jugar con ella.

—Traedla a mi despacho —les dijo a los de seguridad.

Unos minutos después aparecía Eva en el cuadro. La relaciones públicas le hacía un gesto a su antigua compañera para que la acompañara y aunque la resolución no era suficiente como para apreciarlo, Diego sabía que también le sonreía. Anna no le devolvió el saludo, dijo algo inaudible y ambas salieron de plano camino de su despacho. Poco después entraban por la puerta.

—Tenía ganas de volver a verte —dijo el director de Zombis Resort apretando los labios—. Por favor Eva, ¿puedes dejarnos a solas?

Mientras la relaciones públicas salía de la sala, Diego se fijó en Anna. Por el monitor no había apreciado la desmejora física de la neurocientífica pero ahora que la tenía delante se hacía muy evidente. Si en algún momento se le había pasado por la cabeza acostarse con ella, ahora aquel deseo se había evaporado por completo.

«Es como si su madre se hubiera presentado aquí para regañarme».

—Yo también tenía ganas de volver a verte —le contestó ella con una frialdad que le sorprendió—, pero en un juzgado. Por su tono de voz, dejó claro que de nada le iba a servir ya flirtear con ella. Aquella mujer que tenía delante era diferente a la que había conocido.

—No hace falta que seamos tan bruscos. Entiendo que tengas razones para guardar cierto resentimiento. —Por lo que veía en sus ojos, aquel término se quedaba muy corto para describir lo que debía sentir—. Pero podemos llegar a un acuerdo. ¿Si no, no estarías aquí verdad?

—En eso tienes razón, no estaría aquí si no fuera por un motivo. Pero antes de poner las cartas encima de la mesa quiero dejar una cosa clara, más que nada por si estás pensando en volver a encerrarme en una jaula.

—Nada más lejos de mis intenciones —fingió Diego tan bien como pudo. Eso era exactamente lo que estaba pensando.

—Gorka Saltor abandonó la boda de su hermano para venir conmigo. He documentado su estado, he tomado muestras, tengo todo lo que un buen fiscal puede necesitar para cerrar este sitio y meterte a ti en una jaula.

—Bueno, entonces no sé por qué estamos hablando… ¿La inmaculada y incorruptible Anna Brau quiere algo de dinero? Pongamos una cifra sobre la mesa y terminemos con esto.

—No estoy aquí por dinero.

—Soy todo oídos. —El cinismo era la última capa de pintura que enmascaraba al verdadero Diego Ribera.

—¿A cuántos tenéis ya encerrados? ¿Una docena? ¿Veintitantos?

—¿Contándote a ti también?

Diego no pudo ocultar el resentimiento que sentía hacia la primera residente de la planta cero que había conseguido escapar. Antes que ella nadie había conseguido abrir una brecha en la seguridad del complejo. Acto seguido había sucedido lo de Gorka. El Holandés estaba seguro que ella había tenido algo que ver con la fuga del submarinista, por mucho que las cámaras de seguridad aseguraran lo contrario. Se habían hecho una idea bastante fidedigna de cómo había conseguido escapar la investigadora. Habían tenido que revisar días enteros de grabaciones para reconstruir su fuga y aún había puntos negros en su historia. La junta directiva no estaba contenta.

—Sé que muchos de los que están ahí encerrados pueden ser recuperados. No al cien por cien, no sin graves secuelas, pero lo suficiente para llevar una vida más o menos normal. Imagino que preferís tenerlos ahí encerrados a arriesgaros a que os demanden.

En ese momento sonó el teléfono del despacho, pero Diego lo ignoró.

—Sabes muy bien que todos firman un contrato que nos exime de responsabilidades antes de someterse al tratamiento.

—¿Y en la letra pequeña pone que los mantendrán secuestrados indefinidamente si surge algún problema? Sabes que ese contrato es papel mojado. No me voy a quedar de brazos cruzados.

—Bien, entonces déjame que resuma lo que nos estas proponiendo. Quieres que recuperemos y soltemos a… digamos… unas veinte personas y que nos expongamos a veinte posibles denuncias por secuestro, maltrato, etcétera, etcétera. A cambio de que tú no nos demandes. Una contra veinte. No eres muy buena negociadora, ¿no te parece?

—Déjame que te lo explique desde mi punto de vista —respondió Anna imitando su tono de voz—. Estáis jodidos de cualquier modo. Las pruebas que he reunido son suficientes para cerraros este chiringuito unos cuantos años. Da igual que el demandante sea sólo yo o que se me unan veinte más. Lo que os estoy ofreciendo es la posibilidad de colaborar, de quitaros unos cuantos cargos de secuestro de encima. Si la policía entra aquí ahora mismo, sigue mis indicaciones y barre esos túneles hasta dar con los degradados… y te prometo que darán con ellos los escondáis donde los escondáis. Si los encuentran en las condiciones en que ahora se encuentran, los llevaran a un hospital en el que serán incapaces de tratarlos. Aunque yo misma les asesore y les llene los viales de Lambda-3, los médicos no podrán hacer nada, tendrán las manos atadas. No es un medicamento aprobado por el Ministerio y está lejos de serlo. Es una sustancia ilegal. El único tratamiento que los podría salvar no va a estar disponible para ellos hasta dentro de unos años. Por eso estoy aquí, por ellos. Con lo que tengo podría haberte hundido ya, pero no quiero arrastrar a esos veinte contigo. Sácalos de ese agujero, dame personal y suministros para tratarlos y hablaré en vuestro favor.

Diego no contesto. Permaneció con la misma sonrisa congelada con la que la había recibido. El teléfono sonó de nuevo pero Diego volvió a ignorarlo. En ese momento tenía la cabeza en otro lugar.

—Es una oferta tentadora, pero, ¿por qué no podría encerrarte de nuevo en ese agujero, llenarte ese cuerpo arrugado otra vez de priones y hongos y esperar a ver qué pasa?

—Podrías probar, pero te recuerdo que Gorka sigue estando ahí fuera.

El teléfono volvió a sonar y, esta vez, el timbre le colmó los nervios.

—¿Qué coño pasa? —dijo al descolgar—. ¿Estás segura? ¿Segura al cien por cien?

Diego colgó y la sonrisa de incomodidad que le había congestionado los labios hasta entonces, se suavizo hasta convertirse en el mohín de quien se sabe ganador.

—¿Sabes qué? Me voy a arriesgar con lo de encerrarte en ese jodido agujero.

Anna intentó fingir sorpresa, decepción y luego miedo. Sabía lo que le habían comunicado en esa llamada.

73. Juan

—Bien hecho, ahora eres un miembro del club.
—No importa, no me gusta unirme a cosas, y
además no querrían a un tipo como yo.
—Ya hemos votado. Estás dentro

La divertida noche de los zombies (Return of the living dead II).
Dir. Ken Wiederhorn, 1988

Quedaba un solo día para que saliera su vuelo y todavía estaban terminando de preparar las maletas. Juan no sabía hasta que punto serían
estrictos en la aduana de Wellington, podía pasar una semana sin su cho-
colate preferido, pero no quería arriesgarse a perder sus pies de Hobbit
—aunque caminar por la Comarca sin ellos iba a ser un poco decepcionante—. Al final decidió incluirlos junto al resto de su disfraz. Su mujer
hizo lo mismo con su traje de Galadriel, el mismo que había utilizado
en su boda. Habían contratado a un fotógrafo neozelandés para que les
realizara un álbum recreando algunas de las escenas más típicas de la
película. No eran los primeros que lo hacían, algunos incluso se casaban
allí. Juan y Marion habían valorado la idea, pero el coste de los viajes de la
familia y de la organización habían excedido su presupuesto. A cambio,
habían contratado el tour completo por las localizaciones de la trilogía
de *El Señor de los Anillos*: Matamata, a dos kilómetros de Auckland, donde
se había construido Hobbiton; las montañas de Mordor que estaban en
el Parque Nacional de Tongariro; Rivendel en Upper Hutt... En total,
alrededor de cinco días sin descanso.

Su mujer no lo sabía, pero él había previsto una parada especial en
Karoki, un suburbio de Wellington, donde se rodó la mayor parte de

Braindead —traducida al español con el inspirado nombre de *Tu madre se ha comido a mi perro*—. Era una de las primeras películas de Peter Jackson y una de sus favoritas. Recordaba muy bien la escena del cura karateka haciendo llaves a los zombis en el cementerio —el mismo cementerio de Karoki— y no podía contener una carcajada cada vez que la veía. Juan había escondido en las maletas una copia en Blu-ray de la película y esperaba poder visionarla en un hotel que había reservado cerca de la zona. Se daba miedo a sí mismo cuando pensaba en que aquello era lo que más ilusión le hacía del viaje. Más de treinta horas de avión para ver una película en un motel....

En eso estaba pensando cuando recibió una llamada a cobro revertido de su hermano.

—No me jodas. ¿Eres tú de verdad? —Juan notaba la voz de Gorka un poco afectada pero sin duda era él—. Espera un momento, que aquí no tengo buena cobertura.

En realidad lo escuchaba a la perfección, pero no quería que su mujer oyera lo que tenía que decirle. Marion no le había perdonado a Gorka el número que había montado en su boda. Incluso después de su transformación, presunto secuestro y desaparición, ella continuaba pensando que todo aquello no era más que una forma extraña de alargar la broma de su despedida de soltero. Juan se había tenido que reunir varias veces con los responsables del parque y sus abogados para valorar qué acciones legales tenía pensado tomar. Había perdido un tiempo precioso decidiendo si denunciaba su desaparición, un tiempo que, según ella, «debería haber empleado en preparar su viaje de novios».

—Ahora, dime...¿si puedes hablar quiere decir que ya estás recuperado? —le preguntó eufórico desde el balcón e intentando no alzar demasiado la voz.

—Sí, más o menos —le contestó su hermano vocalizando con esfuerzo—. Escúchame bien y apunta, porque no tengo mucho tiempo. Es importante. La mujer que me secuestró me ha retenido todo este tiempo. Ha estado experimentando conmigo pero yo me he conseguido escapar en un descuido. No voy a poder correr mucho más. Te llamo desde una gasolinera.

—¿Pero tú estás bien? —le preguntó Juan preocupado.

—Más o menos. Necesito que avises a los del parque. ¿Tienes el teléfono de Diego Ribera?

—Sí, lo tengo. Pero ¿por qué no has llamado a la policía?

—Ellos son los únicos que pueden ayudarme. Tienen un helicóptero, me recogerán enseguida, me llevaran directo al parque y me pondrán en tratamiento. Duele mucho Juan.

Gorka le pidió a su hermano que tan pronto como colgara llamara a Diego y le dijera dónde se encontraba: en un área de servicio perdida en una encrucijada de carreteras secundarias a más de 300 kilómetros de allí. Juan colgó el teléfono con una extraña paz interior. Su hermano parecía estar bien. Pero cuando vio a su mujer preparando las maletas, volvió a tener miedo. Su vuelo salía al día siguiente y él no podía dejar a su hermano sólo en aquella situación.

«Tengo que estar a su lado».

Llamó a Diego para comunicarle lo sucedido pero estaba reunido. Habló con la que él pensó que sería su secretaria y le dio las señas de la gasolinera. Ella le dijo que se encargaría de todo, que no se preocupase y Juan se quedó más tranquilo. Después, cogió aire y entró de nuevo en la habitación.

—¿Quién era? —preguntó su mujer levantando la cabeza de la maleta.

—Del trabajo, necesitan que les solucione un tema urgente.

—¡Estás de vacaciones! ¿No han pasado ni dos días y ya te necesitan? Espero que no vaya a ser así durante el viaje.

—No, no. Tranquila. Me pasaré un momento a solucionarlo y listo. No nos molestarán más.

—Eso espero. Seguro que estas horas no te las van a pagar… como siempre.

Juan le dio un beso en la mejilla mientras ella farfullaba y salió de casa. No se atrevía a contarle la verdad y no se le había ocurrido una excusa mejor. Sabía que aquella no era una buena manera de empezar un matrimonio pero pensó en explicárselo todo tan pronto como estuviera solucionado.

Dos horas después, Juan estaba a punto de llegar Zombis Resort cuando recibió una llamada de un móvil desconocido. Contestó por el manos libres.

—¿Hola?

—Hola, soy Carlos Fernández. Creo que nos hemos visto alguna vez, soy el abogado de su hermano.

—Sí, si me suena —mintió Juan.

—Gorka me ha llamado para explicarme lo sucedido. Quiere que

332

revise las cláusulas que firmó antes de los hechos y que esté a su lado por si le obligan a firmar algo más antes de tratarlo.

—Sí, entiendo —a Juan le extrañó la sangre fría de su hermano en una situación como aquella y pensó que aquello era impropio de él, pero no le dio más importancia.

—El caso es que me ha pedido que me reúna con usted en el complejo. ¿Está usted de camino verdad?

—Sí, sí. Ya estoy casi llegando.

—¡Perfecto! Verá, el caso es que he pinchado poco antes de llegar y estoy aquí tirado en medio de la nada. ¿Puede pasar a buscarme?

—Claro, no hay problema.

Juan introdujo las coordenadas que le había pasado el abogado en su GPS y siguió el rumbo que le marcaba. Estaba lejos de la carretera de acceso principal. El camino, que ya de por sí era malo, empezó a convertirse en un sendero sin asfaltar. Condujo más de lo que imaginaba hasta que empezó a pensar que se había equivocado. Llegó incluso a dudar de la autenticidad de aquella llamada, pero de pronto encontró un vehículo parado en una cuneta y un tipo haciéndole señales. No iba vestido como un abogado, más bien parecía un ganadero acabado de salir de su tumba. A pesar de todo, se acercó y bajo la ventanilla.

—Hola Juan —le dijo el tipo—. Sé que esto parece un poco raro y cuando te lo explique todo te va a parecer más raro todavía.

—Bueno, puedes intentarlo —contestó él cauteloso.

—Yo mismo no lo veo muy claro todavía, pero tu hermano me ha pedido que te cuente que…

Juan escuchó la historia con la misma atención con que vio su primera película gore. Media hora después, caminaba montaña a través con un viejo trabuco de la guerra civil colgado a la espalda.

«Marion me va a matar cuando se entere».

74. Gorka

En las leyendas vudú, la serpiente simboliza la tierra.
El arco iris simboliza el cielo.
Entre los dos, todas las criaturas deben vivir y morir.
Al tener alma, el hombre puede quedar atrapado en
un lugar terrible donde la muerte es sólo el principio.

La serpiente y el arcoíris.
Dir. Wes Craven, 1988

Los barrotes todavía estaban calientes. Marc había localizado una de las entradas a la red de túneles que recordaba de su infancia y, tal como esperaban, la habían encontrado bloqueada. Los del complejo habían sido meticulosos. Habían necesitado un viejo soplete de acetileno de la masía y un par de horas de trabajo, pero al final habían dejado la entrada despejada. Gorka esperaba solo, sentado sobre el montón de barrotes humeantes para entrar. Su aspecto era el mismo que tenía la noche que había conseguido escapar, pero ahora había recuperado casi por completo sus cualidades físicas: podía hablar, pensar con claridad, correr y moverse sin problemas —todo a costa de un picor insoportable—. Bajo la ropa vieja y sucia llevaba el cuerpo cubierto de apósitos estériles con cortisona y se había tomado todos los analgésicos que Anna le había permitido ingerir. Pese a todo, no podía evitar rascarse de vez en cuando.

A la hora convenida, llamó a su hermano. Le dolía no poder explicarle la verdad, pero así debía ser. Si todo salía bien, en unas horas podría contárselo todo con detalles. Justo después de colgar, se introdujo el móvil en la riñonera que ocultaba bajo la vieja camisa del padre de Marc y consultó el reloj-localizador que tenía en su muñeca. La señal continuaba siendo alta y clara. Era un equipo caro y difícil de conseguir, que se utilizaba para localizar a buceadores perdidos en cuevas submarinas. Aunque no era obligatorio utilizarlo en la espeleología submarina, Gorka obligaba a sus clientes a llevar siempre consigo el localizador. La compañía de seguros de su empresa lo había impuesto como condición para rebajarle la cuota y aunque era un dispositivo muy caro, la rebaja había merecido la pena. Asegurar a una empresa de deporte de riesgo no era barato y, aunque ellos no se lo habían expresado de esa manera, recuperar el cuerpo sin vida de un espeleólogo perdido era mucho más caro que lo que costaba aquel sistema de localización. Gorka lo sabía por experiencia propia. Él mismo había dirigido durante semanas una operación de ese tipo que no había tenido éxito. Desde entonces había impuesto los localizadores en todas sus actividades. Los GPS no funcionan en entornos cerrados, tampoco los sistemas de rastreo convencionales, por eso ese dispositivo emitía un tipo de señal capaz de propagarse por grandes redes de túneles. Lo habían diseñado para la seguridad de los mineros y había sido adoptado rápidamente por los espeleólogos.

«Si ella hubiera llevado uno de esos, por lo menos habría tenido un cuerpo que enterrar».

Richy le había traído uno de los dispositivos en persona horas después de recibir su llamada. Él había sido la primera persona a la que había recurrido para iniciar su plan. Su socio no se había sorprendido demasiado de su ausencia, estaba acostumbrado a sufrirlas y lo primero que le había preguntado había sido cuándo pensaba volver. Siempre que el submarinista desaparecía él tenía que asumir todas las responsabilidades de la empresa, empezar a cancelar clases y a perder dinero, así que como socio y amigo se había alegrado de oír su voz. Dos horas después de recibir la llamada le entregó el equipo en mano en un claro en medio de la nada.

—¡Joder, estás hecho una mierda! —le dijo al ver su estado.

—No te preocupes, no es tan malo como aparenta.

—Más te vale, porque lo que aparentas es que acabas de salir de tu tumba.

—Sí, esa era la idea —le respondió Gorka sonriendo.

El submarinista puso al día a su amigo de todo lo sucedido y le trazó, a grandes rasgos, cuál era su plan. Richy había sido su cómplice en la mayoría de sus locuras y estaba acostumbrado a ayudarle con la logística, aunque nunca en algo de tal envergadura. Cuando Gorka le explicó lo que necesitaba de él, intentó estar a la altura.

—No sé si voy a poder convocar a mucha gente de un día para el otro, pero ahí estaré.

—No lo dudo, cuento contigo. Cuantos más seáis mejor.

—No creo que superemos el record del año pasado… pero ya veremos.

Se despidieron con un rápido abrazo y se pusieron en marcha. Ambos tenían muchas cosas que hacer y poco tiempo para llevarlas a cabo. A penas veinticuatro horas después de aquel encuentro, el submarinista estaba listo para entrar en los túneles. Todo el mundo conocía ya cual era su función, ahora sólo quedaba esperar que todo fuera según lo planeado. Su hermano estaba en camino, Marc pendiente de su llegada, Anna de camino a las mazmorras con el otro localizador funcionando, Diego a punto de salir tras una pista falsa y Richy organizando lo que le había pedido.

Escuchó el ruido de los rotores resonar en el valle y supo que era el momento de entrar. Entre lo que el profesor recordaba de su infancia y los días que Anna había pasado allí encerrada habían trazado un mapa bastante aproximado de aquel entramado de túneles. Gorka se adentró en las cuevas con una linterna de leds en la cabeza, con la potencia justa para poder orientarse sin ser detectado. Pronto se acostumbró a la oscuridad y pudo reducir la potencia al mínimo. Un par de veces dudó sobre el camino que debía coger y tuvo que consultar el localizador. La intensidad de la señal se había reducido significativamente, pero el reloj seguía detectando la posición de Anna.

Una hora después, el submarinista llegó a una zona de túneles con iluminación propia. Se estaba acercando. Escondió la linterna en la riñonera de debajo de la camisa y empezó a caminar como un degradado que se hubiera extraviado. No habían demasiadas cámaras en aquellos niveles y la investigadora le había ayudado a memorizar todas las que recordaba, pero aún así quería ser cauto. Arrastró los pies nivel a nivel y pronto la potencia del localizador se hizo más intensa. Estaba cerca. Nunca había tenido que recurrir a aquel sistema y dudaba de que su efectividad fuera total, ahora se alegraba de que el seguro le hubiera obligado a comprarlo.

Por lo que Anna le había contado, esperaba encontrar la planta cero en uno de los niveles más bajos del complejo. Equipada con algún tipo de seguridad pero alejada de las plantas más concurridas y monitorizadas del complejo. Según la investigadora, el «inspector de orificios» echaba un vistazo a la planta cero dos o tres veces al día como parte de su ronda.

El submarinista esperaba poder cogerlo por sorpresa, inmovilizarlo y hacerse con sus llaves. Sin embargo, el localizador le estaba llevando más arriba de lo esperado. Anna había previsto que tras su fuga hubieran intensificado la seguridad, por eso la neurocientífica no le había acompañado por los túneles y se le había adelantado equipada con un localizador.

—No podemos estar seguros de que sigan allí. Hay mil salas como esa en la montaña donde pueden haberlos escondido —le había advertido.

—Por eso tú tendrás que volver a dejarte atrapar.

Anna no había acogido aquella parte del plan con demasiado entusiasmo pero se había sacrificado por el bien de sus compañeros. Gorka se alegraba ahora de que la científica hubiera accedido a esconderse el localizador en el recto: la señal le llegaba fuerte y clara pero cada vez tenía más miedo de cruzarse con alguien. Ya no avanzaba por túneles viejos y poco transitados, ahora el suelo estaba limpio y el espacio bien iluminado. Sin duda era un espacio transitado, si ahora no había nadie allí era gracias, quizás, a que se estuvieran preparando para darle caza. El señuelo que había lanzado a través de su hermano, parecía estar causando su efecto.

Por fin, el localizador empezó a indicarle que estaba cerca. Le quedaban poco más de veinte metros para llegar a su destino. Se encontraba en un largo pasillo con una puerta solitaria no demasiado lejos. Sin duda era el lugar al que le habían arrastrado. La puerta no estaba cerrada con llave, era una compuerta de acero inoxidable abatible de doble hoja, como las que se utilizan en los quirófanos. Se asomó por una de las ventanas y oteó el interior. Vio una gran sala llena de equipos pero que parecía vacía. Volvió a consultar el localizador: marcaba sólo cinco metros.

Inspiró profundamente, echó un último vistazo y entró en la sala. No había nadie. En lugar de las docenas de degradados que esperaba encontrar no vio más de camillas, equipamiento médico y monitores.

«No es la primera vez que estoy aquí».

Aquello fue lo último que pudo pensar. Después notó el frió acero de una aguja entrando cerca de su yugular y cayó al suelo inmovilizado. Antes de perder el conocimiento vio el rostro de Walter sonriendo.

75. Olga

—¿Encontraste lo que buscabas?
—Sobre todo me encontré a mí mismo.

La tumba de los muertos vivientes.
Dir. Jesús Franco, 1982

No le importaba en lo que la habían convertido, lo desagradable del proceso, sentirse engañada y saber que su plan no había podido salir peor. No le importaba nada de todo eso porque al final había conseguido encontrarla. Nada más entrar en la mazmorra la localizó sentada al fondo de la sala. Sola, casi inerte, demacrada e inmóvil.

«Nadie me creía. Yo sabía que no estabas en un crucero por la costa croata. Yo sabía que te pasaba algo. Nadie me quería creer, pero ya estoy aquí».

En ese momento a Olga no le importaba lo que había tenido que pasar para llegar hasta ella, tan sólo que la tenía delante. Estaba en unas condiciones deplorables, mucho peor de lo que esperaba y no podía hacer otra cosa por ella que darle la mano y sentarse a su lado. No podía sacarla de aquel lugar, no podía lavarle las heridas, ni siquiera podía hablar con ella para tranquilizarla —los priones ya habían hecho su efecto—, tan solo agarrarle los dedos con fuerza y esperar a su lado.

Lidia estaba inmóvil. Si había detectado la presencia de su amiga no había hecho nada para demostrarlo, aunque Olga quería creer que su amiga se alegraba de verla, que pese a la lividez e inexpresividad de su rostro, había sonreído fugazmente al verla. Había sido un gesto fugaz, nimio e imperceptible, como la sonrisa de la Mona Lisa, pero había existido. Aparte de eso, Lidia continuaba inerte.

Olga estuvo sentada junto a ella durante horas —su nueva condición y el entorno cerrado hacían que el tiempo pasara de un modo extraño—, pero pronto necesitó establecer algún tipo de comunicación. Se arrastró delante de ella e intentó preguntarle por signos si se encontraba bien. No consiguió nada. La zarandeó pero no consiguió que cambiara de expresión. Intentó tomarle el pulso pero había perdido la sensibilidad en las manos. Observó con detenimiento su pecho para ver si los pulmones seguían funcionando y se tranquilizó al ver que, aunque de una forma muy lenta y trabajosa, seguían haciéndolo. Su amiga estaba casi catatónica, no respondía a ningún estímulo.

Se volvió a sentar junto a ella preocupada y volvió a cogerle la mano. La miró con detenimiento a la cara y le pareció ver que volvía a sonreír. No era una sonrisa de felicidad, pero se le parecía. La gótica la había visto con ese mismo gesto en la cara en la vieja foto difuminada en la que aparecía de la mano de su padre muerto. Aquello iba a ser el último gesto de humanidad de su amiga si alguien no les ayudaba pronto. Ella poco más podía hacer que estar a su lado.

«Tendría que haber esperado. Tendría que haber seguido el consejo de Anna y no habría llegado a esta situación».

La puerta se abrió y arrojaron a alguien en el interior. Olga dedujo que se trataba de una mujer por su pelo, había muy poca luz en aquel lugar y estaba en el otro extremo de la sala. La nueva inquilina empezó a aporrear la puerta y a gritar algo que no terminó de entender. Después de un buen rato, dejó de ofrecer resistencia y recostó la frente contra el frío metal de la puerta. Se quedó en esa postura durante un tiempo, tanto que la gótica pensó en acercarse para ver si estaba bien. Intentó levantarse pero los músculos agarrotados ya no le respondían. Al final fue la nueva la que separó la frente de la puerta y echó un vistazo a la sala.

«Ya no grita. No le asusta lo que ve. No quería escapar de nosotros, tan sólo quería evitar que la encerraran».

La desconocida se paseó por la estancia como la cliente asidua de un bar en busca de conocidos. Terminó reparando en ella y se acercó. Era Anna. La investigadora se sentó a su lado sin decir nada. Tardó un buen rato en dirigirle la palabra.

—Imagino que ya no puedes hablar, si no ya me habrías preguntado qué hago aquí—fue lo que le dijo—. Hemos venido a buscarte, y para la siguiente pregunta no tengo respuesta. No sé cómo vamos a hacerlo. Teníamos un plan infalible, bien trazado, con gente fuera para respaldarnos. Pero todo dependía de un pequeño aparato. No tan pequeño como me habría gustado. Lo escondí lo mejor que pude, pero en su lugar ahora tengo una barra de gelatina. Igual que tú, imagino. También me han metido en la sangre el mismo cóctel. Otra vez. Me extrañó que Walter saliera en mi defensa. *Nadie se ha sometido dos veces al proceso, no hay garantías de que podamos recuperarla* —dijo Anna imitando su acento alemán—, pero a ella le dio igual. Esa zorra ha cambiado mucho desde que nos conocimos. Walter quería mantenerme sedada y atada en una de aquellas camillas, pero ella insistió… y si te digo la verdad, no sé que habría preferido. Parecía tener un interés especial en quedarse conmigo a solas.

Anna hablaba con ella como una borracha con un barman. No esperaba una respuesta, tan sólo un oído que la escuchara. Si Olga había tenido alguna esperanza de salir de allí cuando la había reconocido, ahora mismo la había perdido.

—Por lo menos tú la has encontrado. Estás con ella. No es el mejor lugar pero volvéis a estar juntas. De un modo u otro ya no vais a separaros, vais a permanecer juntas. Yo ni siquiera tengo eso, ahora me doy cuenta de que cuando he tenido lo que he querido no lo he sabido mantener. No he tenido tu determinación para perseguir lo que quería. Habrá sido una locura entrar aquí sola, sin un plan, pero en cierta manera has conseguido lo que buscabas. Eso está bien. No sé si volveré a salir de aquí, pero si lo hago intentaré seguir tu ejemplo.

Anna continuó hablando unas horas más pero Olga dejó de escucharla.

76. Walter

Le cogió un pecho, lo apretó con fuerza, pellizcó
el pezón hasta imaginar que una chica de verdad
chillaría de dolor. El cadáver no se movió. Sin dejar de estrujar, rodó hasta situarse encima de ella
y mordió el otro pecho. Y el cadáver reaccionó.

George R.R. Martin. *En el burdel (Meathouse Man)*.
Damon Knight, 1977

Pinchaba la aguja de acero en la carne con delicadeza pero sin miramientos y conseguía hacerlo casi sin sacar una gota de sangre. Era el
mismo truco que utilizaban los faquires para atravesarse con ganchos
como si no sintieran dolor y se basaba en la práctica, la repetición y en
un profundo conocimiento de anatomía. Los faquires esquivaban los va-
sos sanguíneos y disimulaban el padecimiento, Walter tan sólo tenía que
preocuparse de lo primero. Su objetivo era justo el contrario, provocar
el máximo dolor. Aunque disfrutaba haciéndolo, no lo provocaba por
mero placer, sino para conseguir un condicionamiento a un estímulo.
El alemán había pinchado a la mayoría de los visitantes del parque pero
Gorka era el único con el que había repetido. Esta vez sus razones no
eran demasiado científicas, tan sólo quería despertarlo. El extraño comportamiento del surfista tatuado y deformado por la dermatitis que ahora
tenía amordazado en una camilla a su merced le despertaba la curiosidad.
«*Warum bist du weggelaufen?* ¿Por qué volviste?».
La mayoría de los visitantes acudían al complejo como quien va a
pasar un fin de semana a la nieve. Los que optaban por la experiencia
completa pertenecían a un grupo selecto y para ellos la transformación

debía convertirse en una nueva forma de vida. No todos estaban preparados para aceptarla. Aquel surfista no encajaba en el perfil habitual del segundo grupo. A pesar de ello, había optado por vivir la experiencia completa y después se había convertido en el segundo inquilino en fugarse del parque, el primero que lo hacía como visitante. La fuga de Anna Brau tenía sentido, ella estaba presa en el complejo, pero él había escapado de una experiencia por la que había pagado una alta suma. Era algo que había buscado.

«Ha escapado del parque, pero no de su conversión. Quería vivir su nueva vida sin verjas»

Walter sabía que no podía ser algo casual que el submarinista se presentara en aquel lugar pocas horas después de que lo hiciera la neurocientífica. Había un nexo de unión entre ambos, pero era difícil de establecer cual podía ser. Él había llegado a Zombis Resort la misma noche en que ella había desaparecido y según las cámaras de seguridad, Anna había permanecido escondida en los túneles hasta el día en que él decidió fugarse. Así que ambos habían escapado con pocas horas de diferencia. Se habían ido a la vez y habían reaparecido del mismo modo. Aquello le resultaba muy intrigante.

«Ella vuelve casi recuperada y tú vuelves igual que te fuiste o incluso peor».

Walter iba con cuidado para no punzar en lugares donde la epidermis estuviera demasiado infectada por los hongos, no quería que el parásito penetrara demasiado en el organismo. Tampoco quería concentrarse demasiado en una sola zona, sabía por experiencia que después de varios pinchazos en un mismo punto la respuesta nerviosa se reducía de forma significativa. A pesar de sus esfuerzos, Gorka seguía sin volver en sí y el alemán ya no sabía dónde pinchar.

Se alegraba de que su invitado se hubiera presentado de improviso en su laboratorio y de poder tener así unas horas de intimidad junto a él, algo que no habría sido posible si Diego hubiera dado con él primero. Le extrañaba que un degradado hubiera sido capaz de llegar hasta aquel nivel por su propio pie sin ser detectado. En otras circunstancias habrían dado con él antes de poner el primer pie dentro del complejo, pero por lo visto, con la mitad del personal siguiendo su pista falsa, los equipos de seguridad estaban bajo mínimos.

En el silencio de las cuevas, Walter había escuchado el característico ruido de los pasos al arrastrarse con el tiempo suficiente para esconderse tras la puerta y agarrar con fuerza el inyectable que llevaba siempre en el bolsillo. En cuanto entró se lo clavó en el cuello y unos minutos después estaba inmovilizándolo con correas sobre una de las camillas que solían utilizar para recargar las barras de sales. Lo colocó ligeramente incorporado para que pudiera ver una pantalla de ordenador que en ese momento mostraba un teclado gráfico similar al que Marc había utilizado años atrás para comunicarse con ellos. El alemán esperaba poder hablar con su invitado a través de un sistema similar al que había utilizado en la operación del profesor Ribera y que le permitía mover el puntero a través del movimiento de las pupilas. Sin embargo, ahora la tecnología que estaba utilizando era mucho más adelantada: le había colocado a Gorka unas lentes de contacto dotadas de sensores que facilitaban el funcionamiento y mejoraban la sensibilidad. Conocía a la perfección las graves dificultades motoras de los zombificados pero esperaba que si Gorka había sido capaz de bucear durante centenares de metros y escapar del despliegue de búsqueda del complejo, también sería capaz de manejar aquel sistema sin problemas.

Walter volvió a pinchar y esta vez el submarinista abrió los ojos de golpe. Se despertó desorientado y al verse atado empezó a revolverse para liberarse. No consiguió otra cosa que clavarse las correas aún más en la carne. Walter se ubicó discretamente detrás del cabezal de modo que su invitado no pudiera verle.

«Por fin».

El alemán se sentó con tranquilidad y esperó hasta que Gorka dejó de moverse. Tras un minuto de calma comenzó a teclear un mensaje en la pantalla que estaba a los pies de la camilla: «Por mucho que lo intentes no conseguirás soltarte».

Gorka leyó el texto y como respuesta arqueó su cuerpo todo lo que pudo. Tanto, que pudo ver quien se escondía a sus espaldas. El alemán admiró el derroche de fuerza bruta que había mostrado su invitado a pesar de tener el organismo atiborrado de priones. Como recompensa, le clavó un alfiler en el hombro hasta topar con el omóplato para devolverlo a su postura natural. Gorka le había visto la cara. Ya no tenía sentido esconder su voz tras el teclado para permanecer en el anonimato. A pesar de ello, en lugar de hablar, tecleó: «¿Conoces a Anna Brau?». Su invitado intentó articular una respuesta y por un instante Walter pensó que había escuchado un insulto brotar de sus labios.

«Es imposible que pueda hablar».

La afasia era el primer síntoma que provocaban los priones y la recuperación del habla una de los últimas capacidades en recuperarse tras el tratamiento con el Lambda-3. Además el submarinista tenía la piel comida por los hongos: sin la insensibilidad de la proteína infecciosa sería algo imposible de soportar.

Walter le cogió la cabeza con fuerza por la nuca. Éste se resistió, pero al final, el alemán le hizo ver lo que quería: que los movimientos de su cabeza estaban sincronizados con los del cursor de la pantalla. Gorka volvió a sacudirse y movió el puntero para hacerle ver que lo había entendido.

Marcó el «no».

«Dices que no la conoces... no te creo».

El jefe médico de Zombis Resort tecleó: «¿Por qué escapaste?».

Gorka movió el puntero a través de las letras, como si de una tabla ouija se tratara, y el sistema de análisis interpretó los trazos para construir la palabra: «JÓDETE».

La única respuesta al insulto que Walter manifestó fue escribir una nueva respuesta: «¿Por qué has vuelto?».

El surfista volvió a utilizar el sistema alfanumérico, cada vez con más soltura, hasta que en la pantalla apareció el mensaje: «que te follen».

Walter se levantó y de un fuerte golpe apartó el biombo de tela verde que mantenía al surfista aislado del resto de la sala. Gorka pudo ver entonces dónde se encontraba: en una gran estancia llena de camillas metálicas. El alemán se acercó a la que estaba justo a su lado y extrajo algo de una palangana llena de sangre y heces. Lo cogió con unas pinzas y lo sostuvo a menos de un palmo de la cara de Gorka. Él lo identificó al instante y su rostro se contrajo por la rabia. Esta vez no pudo impedir gritarle con todas sus fuerzas.

—¡Te voy a matar cabrón! ¿Qué le habéis hecho? —chilló Gorka.

El artefacto se cayó de las manos de Walter por la sorpresa. Mientras éste lo insultaba, él lo miró con la sonrisa de un jugador de póquer que acaba de ver las cartas de su contrincante. Reconocía la genialidad de su plan. Haberse dejado esa capa de hongos devorando la piel sin el efecto anestésico del Lambda-3 era una heroicidad en sí misma. Sus torturas con el punzón eran una minucia a su lado. Soportar ese dolor sólo para tener ventaja táctica era algo que admiraba, pero ya no le servía de nada. Además, su reacción al ver aquel extraño dispositivo había respondido a la primera pregunta que le había formulado.

«Sí que la conoce».

Se lo había extraído del recto a Anna justo antes de encerrarla en la planta cero. Los de seguridad la habían rastreado en busca de móviles o piezas metálicas que pudieran suponer una amenaza y el detector había revelado algo. Se la habían llevado inmediatamente al médico del complejo para que la inspeccionara y él no había tenido ningún reparo en introducir en sus cavidades dos dedos enfundados en un guante de látex lubricado. Aunque ella no se lo había puesto fácil, Walter no había tardado en dar con aquel extraño dispositivo. No había entendido de qué se trataba hasta aquel momento.

«Es algún tipo de localizador. Ella era el señuelo y tú el cazador».

El alemán ataba cabos indiferente a los improperios que salían de la boca de su invitado.

—Sé quién eres —le decía mientras intentaba soltarse las ligaduras—. El profesor Walter Gerhold o más bien debería decir el ayudante de laboratorio venido a más Walter Gerhold. Un puto enfermo. Te crees que todos somos tus marionetas, pero vamos a terminar con esto. No estoy sólo, ¿sabes?

«Anna lo ha tratado con el Lambda-3 que nos robó. No hay otro modo. Y ahora quiere hacer lo mismo con el resto. Están buscando la planta cero».

—Volveremos y os joderemos el chiringuito. ¿Creéis que podéis hacer los que os apetezca con la gente aquí dentro? No los podéis tener encerrados para siempre —explotó Gorka—. Eso se ha acabado. Fuera hay gente que lo sabe todo. Tenemos pruebas suficientes para ir con esto al juzgado.

El alemán prestaba atención a todo lo que le decía sin perturbarse. Detrás de cada insulto, el surfista le revelaba un poco más de información. Cuando fue consciente de lo que estaba haciendo, Gorka calló, aunque no paró de revolverse para intentar escapar. Walter le dejó forcejear: confiaba en la firmeza de las abrazaderas. Se limitó a sentarse en el taburete de detrás de la camilla y meditó durante un largo tiempo. Tanto que para cuando se levantó, Gorka estaba inmóvil y en silencio. Agotado y superado por la situación. El alemán se acercó a él y le desabrochó las ligaduras. Después volvió a su mesa de trabajo y se concentró en otro asunto. Había perdido todo el interés en él. Al principio el submarinista no supo cómo reaccionar, pero después empezó a increparle de nuevo.

—¿De qué va todo esto? ¿Te has cansado de jugar conmigo? —Al ver que el alemán ni siquiera lo miraba, Gorka le cogió de la pechera—. Ahora mismo me vas a decir dónde tenéis encerrados a los irrecuperables.

Walter no contestó. Se limitó a indicarle con la mirada que si quería respuestas antes debía soltarle. El surfista lo entendió a la primera y le dejó ir. Walter salió al pasillo y le señaló una puerta, después volvió al laboratorio y continuó con su trabajo.

77. Gorka

Nuestro pueblo está siendo mortificado
por enfermedades misteriosas. La gente
muere de apatía, sin voluntad de vivir.

La maldición de los zombies. (The Plague of the Zombies).
Dir. John Gilling, 1966

No estaba seguro de que las indicaciones del alemán hubieran sido
honestas pero después de un buen trecho dio con lo que parecía ser
la puerta de la nueva mazmorra. Estaba cerrada y no tenía ninguna
rendija ni ventana por donde echar un vistazo y poder confirmar que
no le habían tomado el pelo, así que esperó a que apareciera alguien
para poder confirmarlo. Se escondió en una esquina y esperó que no
le hubieran tendido una trampa. El tiempo pasaba y nadie aparecía.
Buscó el localizador de pulsera entre todo el material que escondía en
la riñonera para saber qué hora era. Aquel aparato tenía que haberle
llevado hasta Anna pero ahora tan sólo le valía para saber de cuánto
tiempo disponía: menos de tres horas. Ciento setenta minutos para
conseguir entrar sin llamar la atención, comunicarse con los degradados y convencerles para abandonar aquel lugar. Él pensaba que todos
le seguirían sin problemas pero Anna le había hecho ver las cosas de
otro modo.

—Muchos no se fiarán de ti, otros ni siquiera te escucharan y de los
que consigas convencer, la mitad no podrá seguirte. Hay gente en muy
mal estado ahí dentro.

La investigadora había vivido semanas entre ellos y sabía de primera
mano el estado en el que se encontraban los huéspedes de la planta cero.

Gorka no quería creerla. Prefería pensar que aquellas palabras se debían al miedo a volver. Ahora le faltaba poco para comprobarlo.

El guarda apareció más tarde de lo deseado. Iba vestido tal y como Anna se lo había descrito: bata, botas de goma, guantes de látex y una mascarilla. No pareció notar su presencia y cuando llegó a la puerta, Gorka se fijó en que le colgaba una tarjeta magnética del cuello. El submarinista tuvo que contenerse en ese momento para no saltar sobre él y arrancársela del cuello con la misma ferocidad con que lo haría un degradado sobre un collar de infrasonidos.

«Tengo que seguir el plan».

El «inspector de orificios» abrió la cerradura electrónica y entró como si aquella puerta metálica fuera una habitación de hotel. Veinte minutos después salía con tres degradados encadenados. La procesión se movía de forma lenta y acompasada. El ruido de las cadenas resonaba por todo el pasillo y Gorka no tuvo problemas en llegar hasta ellos y ocupar el último lugar de la fila sin llamar la atención. Se aseguró de estar lejos de cualquier cámara de seguridad, cogió aliento y salto sobre el inspector dispuesto a poner en práctica lo aprendido en sus clases de Krav Maga. Nunca había utilizado ninguna llave fuera del gimnasio pero recordaba muy bien los principios de la reducción del oponente. Pese a su falta de tono muscular, Gorka se abalanzó sobre él con gran ímpetu. Lo levantó en el aire unos segundos y luego ambos cayeron al suelo con un estudiado nudo de brazos y piernas. Gorka sintió el golpe del duro suelo en los riñones con una oleada de dolor —estaba acostumbrado a realizar aquellos movimientos sobre colchonetas, no sobre pavimento— pero no aflojó a su presa. Apretó su cuello lo justo para que el oxígeno no llegara a su cerebro durante unos segundos y cuando aflojó, su presa cayó flácida al suelo. Todo había sido tan rápido que éste no había tenido tiempo ni de ver de dónde había salido su agresor. Gorka se levantó con la espalda dolorida y rebuscó en su riñonera hasta encontrar el rollo de hilo de acero que había traído para la ocasión. Le inmovilizó las manos a la espalda con cuidado de no tocar las puntas de los guantes —por su olor se hacía evidente por todos los orificios por los que habían pasado—.

«No comerán nada, pero el culo les apesta como si hubieran estado alimentándose de tripas de cadáver».

Le quitó la bata y la mascarilla y lo dejó en un lugar poco iluminado. Cogió las cadenas de los degradados —que por cierto, habían observado la escena con total apatía— y dio media vuelta. Abrió la puerta sin problemas con la banda magnética y entró por fin en la planta cero. Una vez dentro, se arrancó la bata y la mascarilla y exclamó pletórico:

—¿Nos vamos de aquí?

No hubieron aplausos. Ni siquiera gritos de afirmación. Gorka entendía que no pudieran hablar ni mover las manos pero habría agradecido algún gesto de empatía. Todos se quedaron igual, como si tal cosa. Tan sólo uno de ellos, que estaba recostado al fondo de la sala, se levantó y avanzó tambaleándose hacía él.

—Ya te dije que están muy mal —le dijo Anna con evidentes problemas de pronunciación.

—¿Te han vuelto a inyectar?

—¿Y qué esperabas de hicieran? Era algo que sabíamos que pasaría.

Cuando había trazado su plan, Gorka había imaginado que el riesgo de que volvieran a degradarla era alto. No era algo que hubieran hablado de forma explícita antes de entrar pero ambos sabían que era muy posible. No había querido preguntarle a Anna sobre los peligros que una segunda degradación podrían tener sobre su organismo. Imaginaba que la respuesta no le iba a gustar. Cuando Anna aceptó participar dejó de pensar en el asunto, ahora que la tenía delante se daba cuenta de por qué se había mostrado tan reticente a volver a entrar.

«A pesar de todo aquí está».

Gorka la abrazó como si saludara a un colega. Ambos sabían que en aquel gesto escondía agradecimiento y un reconocimiento a su esfuerzo. Anna suspiró y entonces él se hizo una idea del miedo que había pasado la investigadora. Estaba delante de una mujer que se había arrancado un pecho con sus propios dientes para salir de allí. La había obligado a volver a entrar y durante unas horas había pensado que no iba a poder salir.

«Ella sabe tan bien como yo lo cerca que hemos estado de fracasar».

Habían mudado la planta cero a otro lugar, habían incrementado la seguridad y le habían arrancado lo único que la ligaba al exterior. Ella sabía que sin el localizador, Gorka lo iba a tener muy difícil para dar con ella. El plan ya era arriesgado de por sí: un solo hombre infiltrado con todo el cuerpo de seguridad del complejo tras él. Sin la ayuda de Walter, el submarinista no la habría encontrado.

—¿Pensabas que no iba a venir verdad?

—Por un momento se me pasó por la cabeza.

—¿Están aquí?

—Sí. Allí al fondo.

—Bien, porque no tenemos mucho tiempo. Nos queda menos de una hora.

Se sorprendió al ver la lividez de Lidia. Su piel era casi translúcida y podía ver como la sangre se estaba acumulando en sus nalgas. Debía haber pasado los tres días que llevaba allí encerrada sin cambiar de postura. Intentó hacerla reaccionar, sin éxito.

—¿Así va a ser con todos?

Anna no le contestó. Se limitó a ayudar a Olga a incorporarse. La gótica estaba ya un poco agarrotada pero se levantó sin problemas.

—El problema no es levantarlos, es mantenerlos en pie y todavía más conseguir que te sigan —le explicó la investigadora. Lo sabía por propia experiencia—. Viven encerrados en sí mismos, en sus recuerdos. Se han convertido en autistas para sobrevivir. Hay que devolverles a este mundo con un estímulo. Entonces reaccionaran por puro instinto.

—¿Y cuál será ese estímulo?

Anna le enseñó el dedo anular. Gorka entendió. No le gustaba la idea, pero lo intentó con uno de los degradados. Tan pronto como llegó a la próstata, el inquilino se enderezó y comenzó a caminar hacia la puerta. El submarinista se quedó estupefacto con el dedo anular en alto y cara de asco.

Para el resto de los degradados, Gorka decidió utilizar el mango de los pequeños alicates que había traído para cortar el hilo de acero. La mayoría reaccionó como esperaba, pero unos pocos permanecieron inmóviles. Dejó a Lidia para el final. No quería que su relación perdiera todo el romanticismo. La inclinaron, le introdujo el dedo en el recto, pero no consiguió ninguna reacción.

—Todavía no se ha acostumbrado a la rutina —le dijo Anna.

—Vamos a darle un poco más de tiempo.

Gorka aprovechó para poner a las dos docenas de degradados que habían reaccionado en fila india y los ató unos a otros con el cable de su riñonera. Puso a Olga la primera, porque era una de las que se encontraba en mejores condiciones y al final puso a los que se movían más lentamente. No quería renunciar a nadie, pero si una vez se encontraran en los túneles alguno de ellos se convertía en una carga, no tendría reparos en cortar el cable y soltar lastre.

Cuando terminó el trabajo, consultó el reloj.

—Cinco minutos —le dijo a Anna.

Olga, que hasta ese momento se había mostrado cooperante, empezó a revolverse inquieta. No podía hablar pero cuanto levantó los brazos hacia su amiga la entendieron a la perfección.

—Tranquila, no pienso dejarla aquí.

Gorka se acercó hasta ella, que continuaba en la misma posición, y volvió a introducirle el dedo en el ano. Esta vez, llegó a notar la barra de sales minerales, pero no consiguió nada. Ninguna reacción.

«No pienso dejarte aquí dentro. Aunque tenga que cargar contigo».

A pesar de su estado. El submarinista todavía conservaba el suficiente tono muscular para levantar a la gótica sin problemas. Se la atravesó sobre los hombros y la llevó hasta la puerta. No sabía si podría aguantar todo el camino, pero por lo menos aguantaría hasta alejarla lo suficiente de aquella sala. Por suerte Lidia parecía hacer perdido varios quilos desde la última vez que habían estado juntos.

—Es la hora —dijo tras consultar de nuevo su reloj-localizador.

Sacó la tarjeta magnética del bolsillo y la pasó por el lector. La puerta no se abrió. El chasquido de la cerradura fue sustituido por el pitido de un teclado numérico. Gorka dejó a Lidia con suavidad en el suelo y volvió a pasar la tarjeta. El teclado volvió a pitar, exigiendo una contraseña.

—No me dijiste nada de ese código —le dijo Gorka enojado a Anna.

—No te lo dije porque antes no estaba. Tuvieron una fuga, es lógico que hayan mejorado la seguridad.

En ese momento escucharon como resonaba la primera explosión a través de los de túneles.

78. Juan

Los muertos caminan, señores. Debemos
parar la matanza, o perderemos la guerra.

Zombi (Dawn of the Dead).
Dir. George A. Romero, 1978

Ni se le había pasado por la cabeza que aquellas viejas bombas de mano
todavía pudiesen funcionar. Las habían encontrado en una vieja cueva
donde habían permanecido intactas durante más de setenta y cinco años.
Aunque parecía un entorno seco y estable, Juan dudaba de que estuvieran en buen estado. Las cargaron durante más de un kilómetro hasta la
cerca metálica del complejo. Al principio, con delicadeza, temiendo que
el más ligero traspié pudiera detonarlas. Sabía que algunos explosivos se
volvían inestables con el paso del tiempo. Sin embargo, a medida que
llegaban a su destino empezaba a pensar que aquellos viejos artefactos
de metal oxidado no eran más que chatarra. Eso sí, una chatarra muy
pesada. El viejo payés lo había acompañado durante todo el trayecto cargando una en cada mano y sin dar la más mínima muestra de fatiga. Es
más, no había parado de insistirle en que fuera con cuidado.

—*Vigila els peus nen! Mira per on passes que no portes un càntir de llet* [5].

Juan no podía creer que un anciano tan arrugado y encogido alber-
gara tanta vitalidad. Marc lo había descrito como una ciruela tostada
durante años al sol, oscura y arrugada por fuera y llena de energía concentrada por dentro.

—El Sr. Vilaseca se encontró a tu hermano mientras huía y le echó
una mano sin inmutarse por su aspecto —le había explicado Marc—.

5 ¡*Vigila con los pies chaval! Mira por dónde vas que no llevas un cántaro de leche.*

¿Qué habrías hecho tú si te encontraras en medio de la montaña, incomunicado, a alguien que pareciera haber salido de una tumba? ¿Lo habrías metido en tu cabaña, dado de comer y vestido?

«Tal como estaba, ni sabiendo que era mi hermano».

—Mientras estuvo con él, Gorka pudo ver algunas armas viejas criando polvo en su cabaña. Así que cuando trazó su plan, aunque sabía que abusaba de la confianza del anciano no dudó en pedirle ayuda de nuevo —le explicó Marc para ponerlo al día—. Sólo necesitaba que le prestara un par de escopetas y quizás alguna de las viejas granadas que había visto en el baúl, pero cuando le contaron al pastor lo que estaba ocurriendo en su viejo pueblo, no quiso quedarse al margen. No sólo les prestó las escopetas, sino que les habló de todo lo que escondía en una vieja cueva y se prestó a echarles una mano.

—*Jo era un nano quan van venir el nacionals. El meu pare va morir al Frente de Aragón i jo hem vaig quedar aquí amb la meva mare. Vaig intentar allistar-me un parell de vegades però no m'hi van deixar. Quan les muntanyes es van omplir de maquis, els vaig ajudar en tot el que vaig poguer. Els pujava menjar, m'explicaven històries i així vam passar uns anys. Al final tots van acabar morts o creuant la frontera. Tot això m'ho van deixar per a que els hi cuidés i això he fet durant més de setanta anys. Ara ja no crec que tornin a buscar-ho, no et sembla?* [6]

El Sr. Vilaseca había pasado años cuidando de toda aquella armería abandonada. Se había casado y formado una familia en el mismo pueblo donde ahora se levantaba Zombis Resort y todos aquellos años se había escapado una noche al mes para lustrar el cuero de los cinturones y las botas, engrasar las armas y limpiar las bombas de mano.

—Cuando el alcalde vendió el pueblo a un inversor privado, él fue uno de los últimos en abandonar su casa —le explicó Marc—. Se la expropiaron por un precio simbólico. Su mujer había muerto hacía tiempo y sus hijos vivían lejos. Era uno de los últimos vecinos y se resistía a abandonar las montañas. Sus hijos insistieron en que se fuera a vivir con ellos, pero él se negó. Al final, le obligaron a abandonar su casa así que se

---

6 *Yo era un chaval cuando llegaron los nacionales. Mi padre murió en el Frente de Aragón y yo me quedé aquí con mi madre. Intenté alistarme un par de veces, pero no me dejaron. Cuando las montañas se llenaron de maquis, los ayudé en todo lo que pude. Les subía comida, me explicaban historias y así pasamos unos años. Al final todos acabaron muertos o cruzando la frontera. Todo esto me lo dejaron para que se lo cuidara y eso he hecho durante más de setenta años. Ahora ya no creo que vuelvan a buscarlo, ¿no te parece?*

mudó a su vieja cabaña de pastoreo. Cuando le dijimos en lo qué habían convertido su pueblo, vació el cargador de sal de su trabuco y lo llenó de perdigones, se colgó un macuto a la espalda y nos llevó hasta la cueva.

El padre de Marc también parecía un guerrillero. Se había apropiado de un buen uniforme y una vieja pistola del viejo baúl del aciano —pistola que Marc se aseguró de que ya no funcionara— e incluso se había anudado la bandera republicana a la espalda. Por lo visto, los dos viejos se habían conocido de jóvenes: uno había sido el huérfano de un revolucionario y otro el hijo de un terrateniente acomodado. El Sr. Vilaseca nunca se habría imaginado que aquel chico estirado que lo miraba por encima del hombro con su uniforme impoluto, ahora fuera un revolucionario más.

Juan se sentía un tanto avergonzado al pensar en que alguna de las casas por la que había merodeado a sus anchas el fin de semana de su despedida de soltero pudiera pertenecer a aquel anciano. Podía entender que Diego no hubiera tenido miramientos a la hora de hacerse con aquel pueblo para convertirlo en un gran parque de ocio, pero le costó creer todo lo que Marc le contó sobre la planta cero. No podía creer que retuviera a decenas de personas en unas condiciones tan deplorables en contra de su voluntad. El director del parque había sido muy cordial con él hasta la fecha. Se había preocupado por su hermano, se había hecho cargo de la situación cuando éste reapareció, le había dejado ir a su boda y le mantenía al día sobre los últimos avances de su búsqueda. Estaba seguro de que si hubiera dado con él habría intentado recuperarlo, no lo habría encerrado.

—Seguramente lo habría intentado —le replicó Marc— pero ¿y si no lo hubiera conseguido? Lo habría encerrado en la mazmorra como a los demás y te habría contado cualquier milonga. No habrías vuelto a ver a tu hermano.

Juan pensaba en las familias y los amigos de los degradados de la planta cero. En la incertidumbre de los desaparecidos. Cuando Marc le explicó el plan y le pidió su ayuda para llevarlo a cabo aceptó con una condición.

—Prométeme que nada de disparos. No vamos a poner en riesgo a nadie. Si la cosa se tuerce llamamos a la policía y dejamos que se encarguen.

Marc no rechistó. No se molestó en explicarle que ya habían intentado acudir a las autoridades varias veces. Tan sólo aceptó la condición y le explicó en qué consistía su parte del plan.

—Tranquilo. Lo único que quiere tu hermano de nosotros es que distraigamos a los de seguridad. No vamos a disparar a nadie, sólo vamos a hacer mucho ruido.

En principio, el plan de distracción consistía en abrir un agujero en la verja suficiente grande como para que pudieran pasar los degradados sin problemas y atraerlos al exterior del parque. Diseminarlos por todos los alrededores y mantener entretenidos a los pocos miembros del equipo de seguridad que no hubieran salido en el helicóptero tras la pista de su llamada. Tenían pensado abrir la alambrada con unas tenazas, bajo el riesgo de ser detectados por las cámaras, pero el anciano payés les ofreció una opción mejor: sus viejos explosivos.

—El Sr. Vilaseca está convencido de que todavía funcionan y de que es la forma más rápida de tirar abajo el cercado. No perdemos nada por intentarlo, si no funcionan, siempre podemos volver al plan original.

—Siempre que no nos exploten en las manos mientras los manipulamos —se quejó Juan.

—Nosotros sólo los hemos traído hasta aquí. Él se encarga del resto.

Y así lo hizo. El viejo llevó los explosivos hasta la cerca arrastrándose como un experto en operaciones especiales, improvisó un detonador casero con varios metros de alambre de acero —el mismo que utilizaba para el cercado eléctrico que evitaba que sus vacas se perdieran— y a la hora convenida conectó el cable a una vieja batería de automóvil. El viejo payés confiaba ciegamente en que las septuagenarias bombas explotarían. Marc y Juan no estaban tan seguros y esperaban con las tenazas en la mano. No tuvieron que utilizarlas. A la hora exacta, las bombas de mano de fabricación italiana explosionaron derribando decenas de metros de alambrada y abriendo una gran brecha en el perímetro del recinto.

—*Sabia que a aquestes males putes encara els hi quedava una mica de mala llet!* [7] —exclamó el anciano antes de salir corriendo hacia el interior del cercado. El padre de Marc corrió tras él y en pocos segundos ambos estaban en el interior del complejo.

Los dos llevaban instalado en sus mochilas un sistema casero que pretendía reproducir los infrasonidos de Walter. Anna conocía la frecuencia exacta a la que operaban los collares y no había sido difícil conectar unos reproductores de audio a un sistema de altavoces portátil —los más potentes que habían encontrado— para reproducir el efecto que aquellas ondas producían en los degradados. Aunque Marc tampoco había

---

7 *¡Sabía que a estas malas putas todavía les quedaba un poco de mala leche!*

confiado demasiado en aquel punto del plan, después de la sorpresa que se había llevado con las bombas de mano, se sentía optimista.

—No caminan demasiado rápido —afirmó el profesor—. Aunque lo hayan escuchado todavía pueden tardar un rato en llegar. Démosles un poco de tiempo.

Cinco minutos después, los primeros degradados empezaban a llegar. Desde la distancia los dos ancianos parecían de nuevo los dos chiquillos que habían correteado mil veces por aquellos prados. Se burlaban de los zombificados, los atarían en círculos como un perro pastor con un rebaño de ovejas y cuando consiguieron reunir un número significativo de degradados los condujeron al exterior. El Sr. Vilaseca se llevó a un grupo hacia el este y el padre del profesor hizo lo propio en dirección oeste.

Juan contó cincuenta y seis degradados. Cuando todos se perdieron más allá de los límites de Zombis Resort, Marc y él dejaron las tenazas en el suelo, se tumbaron sobre la hierba y asieron con fuerza las escopetas.

—¿Estás seguro de que están cargadas con sal, verdad? —preguntó Juan una vez más.

—De lo que no estoy seguro es de que ellos carguen munición de fogueo.

79. Eva

—¡Se ha escapado!
—Ya, la cuestión es cómo.
—No, es a dónde. ¿Se habrá unido a los demás?
—¿A los demás?
—Ya me entiende.
—Pero no está muerto.
—Aún no. Pronto lo estará.

La maldición de los zombies. (The Plague of the Zombies).
Dir. John Gilling, 1966

No se podía creer que aquello hubiera pasado realmente. Tuvo que ver las imágenes repetidas varias veces en su terminal antes de darle crédito a lo que el operador de la estación Cíclope le había relatado con la voz entrecortada. Las cámaras de seguridad estaban trabajando en modo nocturno en aquella zona, una de las menos transitadas y sin iluminación artificial —ahora se arrepentía de no haber equipado con focos todo el perímetro—. Se veía algo que se arrastraba hasta la verja metálica, poco más que una sombra pixelada. Diez minutos después un gran fogonazo llenaba de blanco toda la pantalla. Las imágenes no tenían audio pero no lo necesitaba, ella misma había escuchado la explosión desde su despacho.

—Voy hacia allí enseguida —le dijo al operador. Eva quería dirigir la operación desde la estación Cíclope para disponer de la máxima información a tiempo real—, da la alarma a todo el personal. Quiero a todo el mundo en esa verja.

—¿Quiere que yo también vaya?

—¡Cómo vas a ir tú también! ¿Quieres dejar sola la sala de control?

—Solo tenemos a Díaz y a Rahid. ¿Quiere que vayan ellos dos solos?

—¿Cómo puede ser que sólo tengamos a dos personas?

—Hay un grupo con el señor Ribera.

—¿Y el resto?

—No lo sé.

—Olvídalo, no hagas nada. —Eva se mordió la lengua y respiró hondo—. En un momento estoy ahí. —No se podía creer que aquel fuera el equipo de seguridad que tanto habían reforzado después de las fugas.

«No sirve de nada tener doscientas cámaras si luego tenemos un imbécil para controlarlas».

Cogió el vehículo eléctrico con el que se acostumbraba a mover por los túneles y apretó el pedal al máximo. Mientras conducía a toda velocidad marcó el número de Diego. No daba señal.

«Los túneles».

Eva no se acostumbraba a la falta de cobertura. Aunque llevara más de dos años viviendo en aquellas montañas, todavía pensaba como una chica de ciudad acostumbrada a tener cobertura de alta velocidad mientras tomaba el sol en la playa. Se contuvo para no arrojar el teléfono al suelo y se concentró en llegar a la estación Cíclope lo más rápido que pudo.

Cuando entró en la sala de operaciones, vio en el monitor principal la gran brecha que la explosión había abierto en la verja. Había dos siluetas dando saltos y haciendo aspavientos con los brazos. No eran más que dos figuras verde claro recortadas contra la oscuridad del bosque. El operador de las cámaras se había acercado a ellos todo lo posible, pero operando en modo infrarrojos era muy difícil reconocer sus rostros.

—¿Esos son Díaz y Rahid? —preguntó Eva.

—No, nosotros estamos aquí —dijeron los dos guardas a su espalda.

—¿Y qué coño hacéis aquí todavía? Id hacia allí inmediatamente.

«Imbéciles».

—Nos dijo que esperáramos a que llegara.

—Pues ya estoy aquí. Id hacia allí enseguida.

Mientras hablaban, las figuras de la pantalla empezaron a moverse como unos granjeros tejanos que quisieran atraer a una manada de caballos al interior de una cuadra. Cada vez más excitados.

—Abre el plano rápido —le ordenó la relaciones públicas al operador con brusquedad.

La imagen pasó de contener a dos desconocidos a más de veinte sombras que se movían en su dirección. Eva reaccionó marcando el número de Diego en el teléfono de sobremesa.

—Cógelo, cógelo —esta vez sí lo consiguió y tan pronto como escuchó la voz de su jefe al otro lado añadió—. Todavía no ha aparecido, ¿verdad?

—No, llevamos un rato esperando pero…

—Pues no esperéis más. Venid hacia aquí enseguida. Es una trampa.

Colgó antes de que le preguntara qué estaba pasando. Los degradados empezaban a aparecer por doquier y entonces las dos figuras se perdieron en la negrura del bosque. Sus residentes corrieron tras ellos y desaparecieron en la penumbra. Mientras, los dos únicos guardas de seguridad que tenía disponibles continuaban sin aparecer. Para cuando llegaran más de la mitad de sus clientes VIP habrían desaparecido en el bosque.

El teléfono volvió a sonar. Sabía que era Diego pero no podía explicarle lo que estaba pasando, no hasta que lo tuviera controlado. Aquella era la peor fuga hasta el momento y coincidía con la visita de la primera persona que había logrado escapar.

«No es casualidad. Esa zorra, seguro de que está detrás de todo esto. Se la tenía que haber dejado a ese puto degenerado».

Eva sabía que Walter disfrutaba con su trabajo. Disfrutaba torturando a los clientes con su peculiar proceso de degradación. No le gustaba, pero lo toleraba, aunque intuía que sus perversiones no terminaban ahí. Le habían llegado algunos rumores sobre miembros del personal que abusaban de las zombificadas de la planta cero. No había podido demostrarlo —ni siquiera se había molestado en hacerlo— pero no le habría extrañado que el alemán autista estuviera detrás del chismorreo. Eva había visto como inspeccionaba los orificios de Anna y como extraía aquel misterioso artefacto pese a su resistencia. Después, Walter le había pedido que la dejaran en su laboratorio en observación unas horas antes de inyectarle el Lambda-3 y devolverla a la planta cero.

«Se la quería quedar para él solito».

La relaciones públicas no sólo se había negado, sino que había supervisado en persona su nueva degradación y la había acompañado personalmente hasta la nueva sala de aislamiento. Creía que su antigua jefa merecía un mínimo respeto, además, disfrutaba devolviéndola al lugar de donde no debería haber escapado. Aquello ya era suficiente castigo. Ahora, con las explosiones resonando por el subsuelo rocoso del complejo, se arrepentía de haber sido tan blanda.

Dejó a su decepcionante equipo de seguridad intentando hacerse con el control de la situación y corrió lo más rápido que le permitieron sus tacones hasta la nueva planta cero. Tanto, que no se percató del inspector de orificios amordazado que desde un recodo del pasillo se revolvía tanto como le era posible para llamar su atención. Eva sólo pensaba en Anna en ese momento.

«Espero que todavía pueda hablar, porque me lo va a contar todo».

Llegó a la sala con un tacón roto y el pelo alborotado. Pulsó el código con tanta fuerza que se partió una uña y abrió la puerta de un tirón. No le había dado tiempo a adaptar su vista a la oscuridad cuando algo la golpeó con fuerza. Sintió una sacudida en todo el cuerpo y cayó inconsciente.

Cuando despertó estaba inmovilizada en una camilla. Reconoció enseguida el techo del laboratorio del alemán. Debía de estar en uno de los mismos catres que utilizaban para cambiar las barras rectales a los clientes. Contuvo una náusea y buscó a alguien con la mirada. Sentía un fuerte dolor en la cabeza y lo que debía de ser sangre que le chorreaba por la mejilla. Identificó a Walter al fondo de la sala preparando algo. Él debía haberla encontrado y asistido. La habría atado para que no cayera inconsciente de la camilla. Pese a lo mucho que lo despreciaba le estaba agradecida.

—Ya me puedes soltar, estoy despierta. Dame un par de puntos rápidos y me iré. Estamos en plena crisis.

El alemán no contestó. Ni siquiera se giró. Continuó preparando lo que fuera que estaba haciendo.

80. Gorka

—No podré hacerlo.
—Nos metiste en esto. Así que sácanos

El regreso de los muertos vivientes.
Dir. Dan O'Bannon, 1985

Arrastrar a una docena de degradados atados por la cintura no era una forma muy rápida de escapar y aún menos si tenía que cargar a uno de ellos a la espalda. Gorka se sentía como un esclavista sureño perseguido por una partida de casacas azules. Que la puerta se hubiera abierto justo a tiempo había sido un golpe de suerte, pero que hubieran llegado a los niveles inferiores sin ser detectados era casi un milagro. El submarinista no había contemplado en su plan el poco margen de maniobra del que disponía guiando a un convoy tan lánguido y descoordinado como aquel. Doce despojos con varios meses de cautiverio a sus espaldas, acartonados por los priones, atados entre ellos y arrastrando los talones entre un paso y el siguiente. Veinticuatro pies descoordinados huyendo por pasillos excavados en la roca, resbaladizos y mal iluminados. A su frente una persona lastrada con cuarenta kilos de carga: Lidia, que se había negado a moverse, no sabían por qué razón. Así que el submarinista se la había cargado a la espalda.

Gorka había soportado la primera hora con relativa facilidad gracias, en parte, a lo poco que pesaba la gótica. Cuando la conoció ya estaba delgada, pero después de unas semanas en el complejo había perdido muchos kilos. La piel flácida y las llagas de su disfraz de carne y pus, la convertían en el reflejo oscuro del espejo de una anoréxica. No era agradable verla, pero transportarla era más fácil. Le había costado muy

361

poco levantarla, pero después de varios kilómetros de marcha, los kilos se empezaban a multiplicar. No quería parar hasta llegar a una zona libre de cámaras de seguridad pero necesitaba hacer un pequeño descanso cuanto antes. No sabía cuánto más iba a poder aguantar. El sudor del esfuerzo le resbalaba desde la sien a las pantorrillas a través de mil llagas y forúnculos infectados que hacían que los hongos le escocieran como chiles habaneros. El roce de la ropa apretada contra su espalda y el poco calor que emitía el cuerpo inerte de Lidia, hacía que los músculos agarrotados de la espalda le ardieran. Gorka recordó en ese momento cómo sabían los buenos cocineros cuando unas costillas asadas estaban en su punto —justo ese momento en que la carne se desprende del hueso sin llegar a resecarse—. Así era como imaginaba su cuerpo, como un costillar bañado en salsa cajún asándose en un horno.

En el nivel de los túneles donde se encontraban todavía corrían un ligero riesgo de ser detectados, pero necesitaba descansar. Le habría gustado poder acelerar el paso para alcanzar una zona segura cuanto antes, pero no podía más. Acomodó su paso a la lánguida marcha con la que avanzaba el grupo y dejó que Anna se encargaba de guiar al convoy. Ella todavía se movía con agilidad, le costaba articular las palabras pero no había perdido su sentido de la orientación. La investigadora también conocía la ruta más rápida y segura para escapar de aquel lugar. Habían incrementado la seguridad desde que ella escapara, pero durante los días que pasó vagando por aquellas galerías se convirtió en una experta en identificar y esquivar cámaras y vigilantes.

—Continúa tú con ellos —le dijo a Anna—. Yo me voy a adelantar.

No le dijo que necesitaba ganar un poco de tiempo para poder descansar, aunque ella intuyó el motivo. Quería conservar su hombría. Se adelantó lo más rápido que pudo con un último esfuerzo y cuando le faltó el aire se dejó caer. Recostó a Lidia contra la pared de roca y se sentó a su lado a recuperar el aliento. Anna y el convoy de degradados los alcanzaron unos minutos más tarde. Les dio unos metros de ventaja y antes de perderlos de vista volvió a cargarse a Lidia a la espalda y los alcanzó.

Gorka repitió la operación varias veces. Se adelantaba, descansaba, se dejaba sobrepasar y volvía a recuperar al grupo. Estaba cada vez más agotado. Le costaba alcanzarlos y cada vez lograba adelantarse menos. Olga lo miraba con preocupación cada vez que lo dejaban atrás y respiraba tranquila cuando lo veía volver con su amiga a rastras.

«Tiene miedo de que la deje atrás. Pero no pienso hacerlo».

Por fin llegaron a los niveles inferiores y todos pudieron hacer un descanso. Estaba exhausto. Miró el reloj: iban con mucho retraso. Había perdido mucho tiempo para encontrar la mazmorra, se habían retrasado todavía más al quedarse atrapados dentro y el ritmo con el que se movían era muy inferior al deseado. Aunque el plan que había trazado disponía de unos márgenes de tiempo holgados, tenían que darse prisa.

«Diego volverá antes o después. Marc y los demás no van a poder despistarlos de forma indefinida y Richy no puede esperar eternamente».

No habían descansado lo suficiente, pero no podían detenerse. Estaban a salvo de las cámaras, pero eso no quería decir que no hubiera riesgo de ser interceptados. Anna había conseguido despistarlos en aquellos túneles durante semanas. Pero entonces era sólo una persona y ahora eran un grupo lento y fácil de localizar. Tan pronto como enviaran a un equipo a rastrear los túneles darían con ellos.

—Nos ponemos en marcha —les dijo a todos mientras se cargaba a la gótica a la espalda por enésima vez.

Volvió adelantarse, a pararse a descansar y a recuperar al grupo un par de veces más. La piel le ardía como si llevara los músculos al aire. El cansancio era ya un lastre que tardaría en quitarse de encima. El poco margen de tiempo que conseguía ganarle al grupo era cada vez más reducido. Los veía perderse en la oscuridad de las cuevas y varias veces temió perderlos en alguna encrucijada. Una vez pensó que no iba a poder cargarse a Lidia a la espalda. Le fallaron los brazos y tuvo que arrastrarla varios metros como a un saco de tierra. Se movía muy lentamente pero el convoy de degradados debía hacerlo todavía con más lentitud porque consiguió alcanzarlos. No se dio cuenta de que el grupo se había detenido hasta que cruzó la mirada con Anna. La investigadora se había perdido, los priones habían terminado de abrir brecha en su cerebro y la habían desorientado. Sus ojos eran los de un enfermo de Alzheimer y Gorka supo que tendría que asumir el mando del grupo si querían salir de allí. Olga todavía se encontraba en buenas condiciones, no tanto como para hacer de guía, pero lo suficiente como para darse cuenta de que no iba a poder seguir arrastrando a su amiga. Se resistió cuando el submarinista las ató al convoy como al resto de degradadas y más cuando vio que dejaban a Lidia atrás.

—No la vamos a abandonar. La dejaré aquí escondida, con el localizador. Nadie la verá. Os sacaré de aquí y luego volveremos a por ella —Olga dudó por un momento pero volvió a hacer ademán de abandonar la formación. Gorka tuvo que retenerla—. ¿Tú puedes cargar con ella? Porque yo ya no puedo.

Olga dudó, sopesó sus palabras un instante y cuando el grupo se puso en marcha los hilos de acero arrastraron a Anna y a Olga como a dos más. Cerca de un ahora después, llegaban al final de los túneles. En el exterior ya era de día: la primera luz de la mañana empezaba a inundar el valle. Todo estaba tranquilo. Gorka se alegró de volver a tener cobertura en su móvil. Llamó a Marc.

—Ya estamos fuera. Podéis venir hacia aquí.

Tan pronto como colgó se sentó sobre la hierba mojada por el rocío y respiró hondo. El frescor le aliviaba la espalda irritada. En cuanto el resto del equipo llegara, iría a sacar a Lidia de las cuevas, ellos podrían cargarla sin problemas. Después dirigirían a los degradados al lugar acordado y con un poco de suerte todo terminaría saliendo según lo planeado.

El optimismo de Gorka se truncó tan pronto como escuchó el rumor de las aspas del helicóptero resonando entre las montañas.

«No hay tiempo. Tendré que volver a por ella yo sólo».

81. Diego

—¿Qué demonios son?
—Son «nosotros», eso son.

Zombi (Dawn of the Dead).
Dir. George A. Romero, 1978

Contuvo su ira tras la llamada de Eva. No quería que sus subordinados pudieran ver en él un gesto de debilidad o algo mucho peor: que le habían engañado y no se había dado cuenta. Llevaban cerca de tres horas esperando en una gasolinera perdida en medio de ninguna parte. Habían llegado a revisar las cámaras de seguridad del local —después de una generosa propina al encargado— y no habían visto ni rastro de Gorka o de alguien que se le pareciera. Diego también estaba molesto consigo mismo por no haber deducido antes lo que era obvio.

—Ves calentando los motores —le dijo al piloto—. Nos vamos de aquí.

El vuelo de regreso fue largo y monótono. Intentó volver a contactar con su ayudante a través de mensajes de texto —el ruido de las hélices hacía imposible una llamada— pero no consiguió respuesta. Aquello también lo enojaba, entendía que debía de estar ocupada haciéndose cargo de la situación pero él era su superior. Debía estar informado de todo. Mientras revisaba su correo encontró un mensaje alarmante de Walter. Su director médico había lanzado una alarma sanitaria a todo el personal: «Riesgo de contagio por vía aérea en todo el complejo». Intentó contactar con él pero tampoco lo consiguió.

«Está pasando algo grave».

Las carreteras estaban solitarias a aquellas alturas de la noche. Tan sólo las largas luces de los camiones transnacionales iluminaban las

365

carreteras. A pesar de la fluidez del tránsito, si se hubieran desplazado por carretera habrían tardado varias horas en volver al complejo. Se alegraba de disponer de un helicóptero privado a su servicio. La junta directiva no había sido muy partidaria del gasto que eso implicaba a la empresa —aunque ellos mismos lo utilizaban en sus escasas visitas— pero Diego había insistido y ahora se alegraba de haberlo hecho. En menos de una hora puso de nuevo un pie sobre el helipuerto privado de Zombis Resort.

Nadie vino a recibirle. Esperaba ver a Eva a pie de pista sujetando con fuerza un informe con una primera valoración de lo sucedido. Pero no estaba, ni ella ni nadie del equipo. La llamó y no contestó —una gota más en el vaso de ira que debía tragarse—. Lo intentó de nuevo con Walter, tampoco tuvo éxito. Aquello ya no tenía justificación, por muy crítica que fuera la situación, les recriminaría por aquello. Rodeado de su equipo de seguridad avanzó a paso rápido hasta las unidades de transporte. Mientras, intentó contactar con alguien a través del circuito privado de radio.

—¿Quién está al mando aquí? —nadie respondió— ¿Hay alguien escuchando?

—Estación Cíclope a la escucha señor.

—¿Dónde está todo el mundo?

—¿A qué se refiere por todo el mundo? —respondió el operador abrumado por la situación.

—¿Dónde está la señorita Buenaventura, por ejemplo?

—No lo sé con exactitud, señor.

—¿Me está diciendo que tiene delante más de cien cámaras a su servicio y que no sabe ni dónde está la superior al cargo en este momento?—preguntó Diego.

—No señor.

—¿Y quién está al mando entonces?

—Usted, señor.

—¡Me refería a quien estaba al mando antes de que yo llegara!

—Imagino que yo señor.

«Eva va a tener que darme muchas explicaciones».

—Bien y puede decirme ¿qué coño está pasando?

—Será mejor que venga aquí y lo vea usted mismo.

A esas alturas de la conversación, Diego y el resto del equipo táctico ya habían subido a los vehículos de transporte y circulaban a toda prisa a través de los túneles. Antes de perder la cobertura intentó llamar de nuevo a Eva sin éxito. Lo que vio en los monitores cuando llegó a la estación Cíclope no le gustó. Había dos grandes agujeros en la alambrada del perímetro y faltaban más de la mitad de los residentes del complejo. El equipo de seguridad había salido tras ellos y habían perdido la comunicación con la estación hacía casi una hora.

—Usted es el responsable de los equipos de seguridad de este complejo, ¿verdad? —le preguntó Diego al operador en jefe. Cada vez le costaba más disimular su enojo—. Entonces podrá decirme por qué no tenemos ni una sola cámara más allá de la alambrada.

—La cobertura es casi del cien por cien dentro del perímetro. Todo el sistema está diseñado para vigilar lo de dentro, no lo de fuera.

—Por lo menos puede decirme ¿por qué ni siquiera podemos comunicarnos con radio con alguien que no debe estar a más de un kilómetro de la alambrada?

—La orografía hace que la cobertura de radio tenga muchos puntos ciegos. Estoy esperando recuperar el contacto con ellos en cualquier momento —le respondió el operador.

—¿Sabe por lo menos cuánta gente tenemos ahí fuera?

—Sí, señor.

«Por lo menos esto sí lo sabe».

—Y bien…

—A Díaz y a Rahid.

—¿Me está diciendo que tenemos sólo a dos personas para buscar a más de veinte clientes que podrían estar ya desperdigados por todo el valle? ¿Dónde está el resto del personal?

—¿Con usted?

Diego no se molestó en responder.

—¿Y se puede saber dónde está Eva mientras tanto?

—No lo sé, salió hace más de una hora y no he vuelto a verla.

El director del parque se mordió la lengua una vez más. El paisaje que le llegaba en blanco y negro a través de los monitores era desolador. Podía hacerse una idea muy aproximada de los costes que iba a suponer arreglar todo aquello: las reparaciones del perímetro, el nuevo incremento de la seguridad, las compensaciones a los clientes y eso sin contar con posibles indemnizaciones que se pudieran derivar tanto del personal como de los usuarios. Podía imaginarse a sí mismo defendiendo su actuación frente al próximo consejo de accionistas. De sus próximos movimientos dependía no sólo su puesto al frente del complejo, sino la propia viabilidad del proyecto.

—Bajad ahora mismo al terreno. Bloquead las salidas y reagrupad a los visitantes que todavía no hayan escapado —le dijo a su equipo.

Ellos respondieron al momento. Sin preguntas. En unos minutos los vio aparecer por los monitores e improvisar una barricada de maderos y alambre de espino en los huecos producidos por las explosiones. Aquello lo tranquilizó.

«Por fin alguien que sabe hacer su trabajo».

—Quiero saber dónde está Eva —le dijo al operador a continuación—. Recupera las imágenes desde que salió por esa puerta.

Éste también fue diligente. En unos segundos una de las pantallas reproducía la salida de la relaciones públicas de la estación Cíclope. Caminó hasta su transporte hablando por teléfono. Fue una llamada rápida y después recorrió varios pasillos a toda velocidad. Diego se sorprendió de la habilidad del operador para recuperar la señal exacta de todas las cámaras y poder reproducir el viaje de Eva casi a tiempo real. La última imagen mostraba como entraba en el nuevo almacén de los relegados.

—¿No tenemos cámaras ahí dentro?

—Todavía no. No hay otra salida, así que pensamos que no había prisa.

«Pensasteis. Ese es el problema».

Avanzaron la imagen de la entrada a gran velocidad hasta que la puerta volvió a abrirse —aunque en realidad no había terminado de cerrarse— y vieron al grupo de zombificados abandonar la sala con Gorka y Anna al mando.

Diego golpeó el teclado del operador con tanta fuerza que la mitad de las teclas saltaron por los aires. Hizo un gran esfuerzo para no continuar golpeando a nada ni a nadie, mientras el operador intentaba recoger los pedazos de plástico del suelo.

«Anna. A eso ha venido. Ha jugado con nosotros todo este tiempo».

Eva había llegado a esa misma conclusión antes que él. Por eso había ido hasta allí, para pedirle explicaciones. La habían cogido por sorpresa y ahora mismo estaría encerrada en aquella sala inmovilizada y amordazada.

—Sigue a ese grupo —le ordenó con un hilo de voz. Tenía las cuerdas vocales agarrotadas.

El operador tuvo que cambiar de estación de trabajo para poder hacerlo y empezó a cambiar de una cámara a otra tras los pasos del convoy de zombificados. Se movían con tal parsimonia y lentitud que no podía creer que no hubieran detectado su fuga hasta entonces.

—Estaba centrado en las cámaras del perímetro —se justificó el operador—. Intentaba establecer contacto con el resto del equipo.

Diego no le pidió explicaciones. Su trabajo era ver y no lo había visto. Después ya depuraría responsabilidades. Ahora, no era el momento. La radio los sorprendió mientras seguían el peregrinaje de los relegados píxel a píxel.

—Señor, tendría que bajar aquí a ver esto.

—Puedo verlo desde aquí. —Diego los localizó en uno de los monitores. Era una cámara lejana y con poca visibilidad, pero podía ver que habían conseguido cerrar el perímetro y agrupar a parte de los visitantes tal como les había ordenado—. ¿Qué pasa?

—Insisto, señor. Tendría que bajar.

Volvió a maldecir para sí mismo y le hizo caso. Dejó al operador tras los pasos del grupo de fugados y bajó hasta el complejo lo más rápido que pudo. Cuando llegó junto a su equipo observó de cerca al grupo de degradados que habían reunido. Los uniformes que vestían no dejaban lugar a dudas.

«Ahora ya sabemos dónde estaba el resto del equipo de seguridad».

82. Gorka

¿Crees que es un disfraz?
Es una forma de vida.

El regreso de los muertos vivientes.
Dir. Dan O'Bannon, 1985

Tan pronto como escuchó los rotores supo que era tarde: el localizador no había funcionado, había escapado de milagro del laboratorio de Walter, no había previsto la doble clave de seguridad de la mazmorra, ni la incapacidad de Lidia para caminar y, pese a todo, si el grupo de degradados no hubiera avanzado con una lentitud tan irritante habrían salido de las cuevas a tiempo. Ahora, con el helicóptero sobrevolando sus cabezas y a plena luz del día, no podían hacer otra cosa que correr. Marc y su hermano no llegarían a tiempo para ayudarlos, tan sólo podían seguir adelante y esperar que no los hubieran visto todavía. El follaje era espeso y no había ningún claro alrededor lo suficiente amplio para que pudieran aterrizar tan cerca como para atraparlos.

—¡Corred! —les gritó a Anna y Olga—. Id hasta el punto de encuentro y no salgáis de debajo de los pinos.

La gótica no podía articular palabra pero su mirada acusadora hablaba por ella.

«Lidia. Lo sé. No pienso dejarla».

El submarinista se extrañaba de que Olga no hubiera insistido en quedarse al lado de su amiga hasta que llegara la ayuda. Había confiado en su promesa y él pensaba cumplir su palabra. Gorka salió corriendo hasta perderse de nuevo en las cuevas. Era la tercera vez en menos de doce horas que recorría ese camino —y si todo iba bien habría una cuarta—.

370

Pese a que las baterías de su frontal de luz empezaban a agotarse pudo orientarse sin problemas. No tardó en llegar al lugar donde la habían dejado. La señal del localizado era fuerte y clara e incluso se sentía con la fuerza suficiente como para cargar con ella de vuelta a buen ritmo: cosas de la adrenalina. Esperaba encontrarla en la misma posición en que la habían dejado, pero cuando llegó lo único que encontró fue el localizador abandonado en el suelo. Era la segunda vez que aquel trasto no le servía para nada.

—¡Lidia! —gritó con toda la potencia que sus maltrechos pulmones le permitieron.

La llamada resonó por las galerías y se esfumó al cabo de unos segundos con un eco hueco. Gorka aguantó la respiración esperando escuchar una respuesta. Luego entendió que no habría ninguna. Continuó gritando su nombre con la esperanza de que, aunque ella no pudiera devolverle la llamada, sí que pudiera escucharla y venir hacia él.

«No te puede llamar, no puede hablar. Tampoco va a venir hacia mí, no puede caminar».

El submarinista se detuvo un instante para pensar en qué podría haber pasado. Tan sólo se le ocurrió una opción plausible: se la habían llevado de vuelta. Alguien del complejo había seguido su rastro por los túneles y se había topado de bruces con Lidia. Su única ventaja era que, fuera quien fuera quien la hubiera encontrado, ahora sufría el mismo problema que había padecido él en la fuga: tenía que cargar con ella.

«No hace mucho que la hemos dejado, no pueden haber llegado muy lejos».

Bajó la intensidad de su frontal al mínimo y empezó a avanzar todo lo rápido y sigiloso que el tenue haz de luz le permitía. Cuando el trecho era recto se escondía la luz bajo la camiseta para amortiguar aún más su potencia. Esperaba no ser visto y, a su vez, detectar alguna luz o algún ruido. Si alguien estaba cargando con ella no podría ir más rápido que él, tampoco esperaría que nadie le siguiera el rastro así que iría con un buen haz de luz y sin amortiguar sus pisadas. El camino hasta los niveles superiores era bastante recto en aquellos tramos, más adelante se bifurcaba en multitud de galerías, pero para eso todavía faltaba un lago trecho. Gorka esperaba alcanzar a quien fuera mucho antes, pero fue al revés.

Escuchó un ruido acompasado en la lejanía. Varias pisadas, un grupo de hombres avanzando a buen ritmo en su dirección. En unos segundos los tendría encima. Su primer instinto fue desconectar la luz de su frontal.

Una oscuridad completa lo absorbió. Palpó a ciegas las paredes frías del túnel en busca de un recodo donde esconderse. No encontraba nada y las pisadas estaban cada vez más cerca. Pensó en volver a conectar su linterna pero entonces vio los primeros destellos de luz eléctrica asomar en la lejanía. Si encendía ahora su frontal sería tan visible como lo eran ellos para él. Intentó calcular su número para sopesar un ataque frontal cuando una mano fría se posó en sus labios. Gorka reconoció el tacto de su piel y se dejó llevar. Cogió su mano y la siguió en la oscuridad. Unos metros atrás, una gran roca se había desprendido de una pared y había dejado un hueco en un lateral. No era tan grande como para darle cobijo a los dos, pero ambos se incrustaron en él como ratones. Dejaron solo parte de sus espaldas a la vista y esperaron pasar desapercibidos.

Los pasos se acercaron. Notaron en sus nucas el aire pesado que desplazaron al pasar junto a ellos y justo cuando Gorka pensó que se habían detenido a su lado, continuaron su marcha. Cuando las pisadas enmudecieron del todo, Gorka y su salvadora asomaron la cabeza. Encendió de nuevo su luz y vio la cara de Lidia a menos de un palmo de la suya. La había cargado espalda contra espalda durante horas, pero ahora, aquella proximidad, le perturbó. Su mirada volvía a ser lúcida y por lo visto también había recuperado la capacidad de caminar.

«Ha podido hacerlo todo este tiempo».

Lidia separó su cara de la de él, como previniendo cualquier reproche, y le señaló el camino de vuelta al bosque. Gorka asintió y cogió su mano para emprender juntos el camino. Pero sus dedos fríos y delicados no le siguieron. El submarinista se volvió confundido hacia ella exigiendo una explicación. La luz iluminaba de lleno su pálido rostro, su pelo lacio y sus pupilas enormes —las mismas que se habían acostumbrado tanto a la oscuridad como para guiarle hacia aquel agujero—. Sus facciones no expresaron más de lo que habían hecho en las últimas horas, de sus labios no salió ni un gruñido y su cuerpo continuó tan lacio y desaliñado como cuando la había cargado por aquel mismo pasillo. Pese a todo, Gorka entendió.

«Yo me quedo aquí. Este es mi sitio».

El submarinista entendió y, una vez más, abandonó a su chica en las profundidades de una gruta.

83. Diego

Son nosotros.
Nosotros somos ellos y ellos son nosotros.

La noche de los muertos vivientes (Night of the living dead).
Dir. Tom Savini,1990

Su jefe de seguridad lo miraba ahora desde una distancia infinita, aunque lo tenía a menos de un metro de la cara. Sus heridas eran recientes y todavía sangraban pero pronto se convertirían en llagas y hematomas. Diego intentó escrutar en sus ojos si todavía quedaba algo de racionalidad a la que apelar.

—Me dijiste que era imposible que nadie más escapara... que tenías controladas todas las eventualidades... que no había margen para errores... ¿Y ahora qué? —le preguntó el director a un palmo de su cara—. ¿Crees que esto habría sucedido si hubieras hecho tu trabajo?

El degradado del uniforme de seguridad no respondió, no podía. Tampoco hizo ningún gesto de asentimiento. Estaba más allá de aquel lugar. Como un yonqui que se siente en el nirvana mientras se revuelca en su propio vómito.

«Mi jefe de seguridad es ahora un degradado más, mi segunda al mando está en paradero desaparecido, igual que mi director médico. Mis clientes están esparcidos por los alrededores y los que tenía encerrados en una mazmorra han conseguido escapar. Lo único que me queda para controlar la situación es media docena de hombres y un centenar de cámaras de seguridad controladas por un imbécil».

—Por el momento, los de aquí fuera no me importan demasiado, a ellos les da igual estar fuera que dentro de las verjas. Yo mismo me encargaré de traerlos de vuelta, pero los que teníamos encerrados no pueden escapar... —le dijo Diego a su equipo—. La única ventaja que tenemos es que somos más rápidos que ellos, así que aprovechadla. Vosotros tres vais a correr hasta los túneles y los vais a barrer hasta dar con ellos.

—¿Y qué hacemos si no los encontramos?

—Si no los encontráis seguís buscando. No han salido por arriba, los habríamos detectado. Por abajo todas las entradas estaban selladas, han debido abrir alguna para escapar. Tan sólo tenéis que encontrarla.

Tan pronto como la mitad de su equipo se fue, Diego que giró hacia los restos de la cerca que había saltado por los aires. Habían improvisado una pequeña barricada para evitar que los pocos zombificados que todavía quedaban en el complejo abandonaran el lugar. Aunque era un cercado muy precario, Diego no quería seguir perdiendo tiempo en mejorar unos sistemas de seguridad que ya habían evidenciado su ineficacia.

El Holandés observó a los pocos residentes que no habían escapado. Se movían desorientados a varios centenares de metros. No había reparado antes en ellos, pero ahora que se fijaba en sus indumentarias los reconoció como a sus cocineros, enfermeros, auxiliares…

«Han convertido a la mitad de mi personal».

Diego buscó a Eva entre ellos pero no la encontró. Tampoco a Walter. Esperaba que alguno de los dos todavía estuviera en buenas condiciones, los iba necesitar para tratar a toda aquella gente una vez recuperado el control de la situación. Había muy pocas personas que conocieran el proceso de la degradación a fondo, pero que la lista fuera tan corta era a la vez un problema y una solución.

«Por lo menos sé quién está detrás de todo esto. Sólo hay una persona con los conocimientos y los motivos para haberlo hecho. Tan sólo hay que localizar el tumor y extirparlo».

Volvió a prestar atención al resto de su menguado equipo que lo observaba con atención a la espera de sus órdenes.

—Nos vamos de caza.

En menos de veinte minutos estaban sobrevolando la zona en busca de sus clientes. La noche todavía era muy cerrada y les era imposible distinguir nada. El piloto ya le había advertido de que no iban a poder localizar nada en la distancia, incluso a él le era complicado volar cerca del suelo con tan poca visibilidad.

—Es mejor que ahorremos combustible y salgamos con el amanecer.

Diego tuvo que reconocer que tenía razón y volvieron a la base a la espera de la primera luz de la mañana. No quedaba demasiado para que el sol saliera, pero cada minuto que esperaran era un minuto de ventaja que les tomaban. Aterrizaron en el helipuerto de la cima y detuvieron los motores. Bajaron para echar un vistazo por aquella zona y tomar unos cafés. El Holandés se fijó ahora en algo que se le había pasado por alto esa misma noche, cuando habían llegado de su incursión frustrada. Todo estaba muerto: no había clientes que encendieran una luz para ir al baño, vigilantes haciendo sus rondas, ni enfermeras de guardia por los pasillos.

«Tenía que haberme dado cuenta antes de que algo andaba mal».

Diego no se preocupó por su personal. Sabía que en un día o dos los encontraría convertidos en muertos vivientes sintéticos vagando por algún rincón de aquellas montañas. Lo que le preocupaban eran las consecuencias jurídicas y económicas, no las secuelas físicas que aquello les pudiera ocasionar, ni siquiera la posibilidad de que alguno de ellos fuera irrecuperable. Tan solo el dinero que iba a perder para volver a ponerlo todo en marcha: las indemnizaciones, los sobornos, la contratación de los nuevos empleados, la reparación de los daños. El negocio estaba siendo rentable, no tanto como había esperado —teniendo en cuenta el riesgo que corría—, pero lo suficiente como para tener contenta a la junta de accionistas. Algunos de ellos no estaban muy satisfechos del rendimiento de su inversión y aquello no iba a gustarles. Iba a tener que restar los gastos de su propio margen de beneficios y minimizar la importancia de los hechos ante sus socios. Si algún miembro de la junta decidía abandonar y llevarse parte del capital invertido, todo el complejo estaría en la cuerda floja.

«Y todo por culpa de Anna».

La investigadora se había mostrado demasiado inteligente como para mantenerla encerrada, demasiado ingenua como para mantener la boca cerrada y demasiado honrada como para mantenerse al margen. No se había conformado con liberar a los irrecuperables, había tenido que hundirle todo el negocio utilizando las mismas armas que él había utilizado para encerrarla. Diego casi podía apreciar la belleza de su plan: utilizar los mismos priones que habían levantado su negocio para hundirlo. Convertir en presas a los cazadores. Sentía tanta rabia contra ella como contra sí mismo.

«Se ha presentado aquí esta tarde con un trato. Lo tenía todo preparado porque sabía que lo rechazaría, pero pese a todo me ha dado una oportunidad. Si hubiera aceptado, nada de esto habría pasado».

Diego no esperó a ver el sol. Tan pronto como notó que el cielo empezaba a pasar del añil al morado, dio órdenes a su mermado equipo de reemprender la marcha.

Empezaron rastreando todo el perímetro del complejo en busca de nuevas brechas que pudieran haber pasado por alto. No encontraron ninguna o, por lo menos, fueron incapaces de percibir nada desde la distancia. Después ampliaron el rango de búsqueda a las bocas que daban acceso a la red de túneles. Todas habían sido localizadas y bloqueadas, si alguien había entrado por ahí debía haber forzado la entrada, pero comprobarlo desde las alturas era casi imposible. Las copas de los árboles lo ocultaban casi todo. El piloto había insistido en empezar la búsqueda por las zonas despejadas cercanas a las brechas de las verjas por donde había escapado el grueso de los zombificados, pero Diego se había negado. Le había dado orden de que se acercase todo lo posible a las bocas de los túneles antes de rastrear el perímetro. Su prioridad, en aquel momento, era localizar a los culpables de aquel sabotaje. Le daba igual que algún residente fuera visto merodeando por alguna carretera o pueblo cercano, aquello lo podía manejar. Lo que no podía permitir era que los culpables de aquello consiguieran escapar. La parte de su equipo que había enviado a rastrear aquellos túneles desde dentro estarían a punto de salir. En cuanto tuvieran cobertura le informarían. Esperaba que fuera pronto y para darle buenas noticias.

—¡Ahí abajo! ¡Acércate más! —le ordenó de pronto al piloto a través de los intercomunicadores.

Los patines del helicóptero llegaron a rozar las ramas de los árboles, que se movían endemoniadas por el aire que proyectaban las aspas.

—¡Más abajo!

Diego había creído ver a un grupo de diez o doce degradados avanzando en fila bajo la espesura. Los había visto con claridad pero tan rápido como aparecieron salieron de su vista. El piloto aguantó la posición durante unos segundos, pero temiendo que alguna rama terminara enganchando los patines y hiciera perder la estabilidad del aparato, ganó altura. Diego y el piloto otearon los alrededores instintivamente en busca de un claro donde aterrizar. No había nada. El Holandés lo habría obligado a aterrizar en cualquier espacio vacío, por muy estrecho que hubiera sido, pero los pinos se apretaban demasiado unos contra otros.

—Está bien, vamos a por los otros —ordenó.

El piloto volvió a la verja abatida y empezó a dar barridos en zig-zag por las zonas más despejadas, hasta que a un par de kilómetros del perímetro del parque vieron a una figura aislada e inmóvil en medio de un campo de trigo abandonado. No podían distinguir si se trataba de un zombificado, aunque su porte desmadejado así lo indicaba. Aterrizaron a unos metros de él y este no se movió. Ni siquiera giró la cara cuando las aspas arrojaron tierra y guijarros en su dirección.

—Es uno de los nuestros —le dijo uno de los del equipo—. Un residente.

Desde la altura, a Diego le había extrañado que no caminara. Cuando lo tuvo cerca supo por qué. Alguien le había anclado un pie al suelo. Le habían atado un tobillo a una piqueta de acero clavada en la tierra. Aquel zombificado era un señuelo, un cordero atado a un poste para atraer a los lobos. El Holandés dio un rápido vistazo alrededor temiendo lo peor. No vio a nadie apuntándole, pero a los lejos vio otra figura inmóvil. Estaba seguro de que aquel individuo sería otro de sus residentes e intuyó que un poco más allá había otro.

«Y luego otro y otro».

84. Gorka

Debemos correr hacia el río.
¡Corran, corran! ¡Vamos! ¡Vamos!

28 semanas después.
Dir. Juan Carlos Fresnadillo, 2007

Dejó a Lidia atrás y avanzó con cautela por las galerías tras los pasos de los guardias. Intentaba no encender su luz si podía evitarlo. Seguía el ligero resplandor que desprendían sus linternas sin problemas, aunque a veces los perdía al girar una esquina y se veía obligado a utilizar su luz frontal. Todavía no entendía las razones por las que Lidia había querido permanecer en aquel lugar, pero respetaba su decisión.

«Concéntrate en el camino. Ya tendrás tiempo para pensar cuando el resto del grupo esté a salvo».

Siguió el rastro de los guardias a través de los túneles hasta que se perdieron en la luz del sol. No salió tras ellos, fue precavido y esperó escondido en las sombras de la roca mientras ellos inspeccionaban los barrotes seccionados.

—Está claro que han salido por aquí —comentaron entre sí—. Llama al director e informa.

Gorka contó tres hombres, vestidos con el uniforme del equipo de seguridad del complejo y armados. Por el resonar de sus botas en los túneles y la potencia de sus luces había imaginado que el grupo sería más amplio.

«Son pocos pero si encuentran nuestro rastro dará igual si son tres o cien. No tardaran en alcanzarlos».

—Sí, han escapado por el acceso sur —dijo uno de ellos hablado por radio—. No, no hemos visto a nadie… Bien, estaremos alerta —cortó la comunicación y se dirigió al resto—. No pueden andar muy lejos, los han visto desde arriba no hace mucho.

—Por aquí —dijo un tercero.

No se veía ningún rastro fresco, ninguna pisada reciente, ninguna rama rota, pero sólo había un camino por el que salir, así que se limitaron a seguirlo y tras ellos Gorka. La vegetación era espesa y los árboles se cerraban en torno al único sendero de acceso. Había perdido un poco la noción del tiempo dentro de los túneles, pero no creía que hubiera pasado más de una hora desde que se había separado del grupo. Al ritmo con el que se desplazaba el convoy de degradados, aquellos tipos no tardarían más de veinte minutos en dar con ellos. Esperaba que en algún momento el camino se bifurcara en varios ramales y que no escogieran el correcto.

El submarinista se alejó a una distancia prudencial mientras los seguía y comprobó la cobertura de su móvil. Marcó el número de Marc.

—¿Cómo lo lleváis?

—Nos quedan varios por atar, no te puedes imaginar la cantidad de degradados que han salido detrás nuestro.

Se alegraba de escuchar aquello. No estaba seguro de que la baja frecuencia que habían utilizado fuera a funcionar. Podía imaginar al viejo republicano y al padre de Marc correteando como chavales con los infectados siguiéndoles los talones.

—No hay tiempo. Colgad los altavoces de algún árbol y volved cagando leches para aquí. —Gorka se dio cuenta de que estaba chillando más de lo necesario y terminó la frase con un susurro, esperaba que no lo hubieran oído—. Buscad a Anna y al grupo, los están siguiendo.

El submarinista colgó y continuó su persecución. No se habían percatado de su presencia y así debía seguir siendo. Por lo menos por el momento.

Los siguió durante un par de kilómetros más. La vegetación era cada vez menos densa y aquello lo ponía en un aprieto. Si se giraban de improviso podían detectarlo y si les dejaba demasiada ventaja podía perderlos. Además, la mejora de la visibilidad también jugaba en contra del grupo de degradados: podían verlos en cualquier momento. Además, tan sólo habían atravesado un par de cruces de caminos. Los perseguidores se habían dividido para rastrear lo que había terminado siendo poco más que sendas abiertas por el ganado y habían vuelto al camino principal.

Desde la distancia vio como uno de ellos levantaba la mano y se detenía en seco. El guarda se llevó un dedo a los labios y aguzó el oído. Gorka aguantó la respiración y se agachó junto a un matorral de espino. Esperaba que no lo hubieran escuchado. Estaba rígido por la tensión, inmóvil como una piedra, cuando notó un temblor. Pensó que alguien iba a abalanzarse sobre él cuando entendió que era su teléfono móvil lo que temblaba. Un mensaje de texto de Marc.

—«Los tenemos encima» —le decía.

Gorka no se lo pensó y se levantó de golpe. Se abrió la camisa para dejar a la vista sus tatuajes y empezó a emitir ruidos graves para llamar la atención. Puso su cuerpo rígido y empezó a imitar los movimientos lentos y desacompasados de los muertos vivientes.

Los tres agentes lo localizaron de inmediato. No tardaron en identificarlo como el degradado que se les había escapado unos días atrás. Se habían hartado de ver sus fotografías antes y después de ser degradado, tanto vestido como desnudo. Ante la insistencia de su jefe por atraparlo, habían llegado a aprenderse de memoria sus tatuajes. Cuando lo vieron fue como si hubieran encontrado a un oso en una cacería de ciervos. Todo lo demás pasó a un segundo lugar frente a la caza del gran trofeo. El mismo guarda que había mandado callar a sus compañeros les hizo señas para que se abrieran en abanico y le atacaran por los flancos.

«Se piensan que no los he visto. Se creen que soy tan imbécil como un muerto viviente de verdad».

Avanzaron hacia él poco a poco y con la cabeza gacha. Gorka esperó hasta tenerlos encima para ganar todo el tiempo posible. Si los guardas hubieran tenido ojos para alguien más que no fuera él, habrían visto al grupo de degradados salir de unos zarzales y escapar lentamente valle abajo. Gorka sí los vio y se alegró por ellos.

Justo cuando uno de sus captores estaba a punto de abalanzarse sobre él, el submarinista empezó a correr en la dirección opuesta a la del grupo de Anna, Olga, Marc y Juan. Los tres cazadores no se podían creer que aquel degradado pudiera correr de aquel modo y tardaron en reaccionar. Salieron tras él unos segundos después, no estaban acostumbrados a tratar con residentes tan ágiles.

Mientras corría montaña a través, a Gorka le vino a la mente la discusión que había mantenido con Lidia unas semanas atrás.

«¿Zombis rápidos o lentos?».

La gótica había optado por los segundos sin dudarlo.

«Si me viera ahora seguro que cambiaría de idea».

Pese a su lamentable estado de forma, Gorka mantuvo las distancias con sus perseguidores durante un largo trecho pero el cansancio acumulado, el dolor de los hongos y su metabolismo alterado empezaron a hacer mella en él. Además, estaba corriendo montaña arriba para alejar a los perseguidores de sus compañeros y empezaba a fatigarse. Esperaba llegar a la cima del repecho lo antes posible para poder correr vertiente abajo, pero cuando coronó la loma se encontró con un cortante de más de diez metros de altura. Casi tenía a los guardas encima, así que empezó a correr en paralelo al acantilado con la sima a los pies. Abajo el río corría lento y tranquilo, como lo había hecho durante siglos para erosionar la roca de aquel modo.

Gorka se detuvo, ya no podía más. Sus perseguidores también lo hicieron: lo tenían rodeado. El submarinista tenía el acantilado a su espalda y a los tres agentes frente a frente, a menos de tres metros.

«Puedo dejar que me cojan. Perderán un buen tiempo atándome e intentando llevarme de vuelta al complejo. Con un poco de suerte pasaría una temporadita junto a Lidia».

Se imaginó a sí mismo sentado contra la fría roca de la planta cero con la gótica a su lado. Ambos cogidos de la mano con la mirada perdida y sin moverse durante días enteros. No era una idea desagradable. Podía ser casi el ideal romántico de un gótico.

«Pero prefiero la segunda opción».

Gorka dio la espalda a sus perseguidores y estudió la orografía del lecho del río. Los agentes tardaron demasiado en entender lo que pasaba y antes de que pudieran dar un paso y atraparlo, el submarinista se lanzó al vacío.

85. Diego

Es una pena que ya no pueda hablar.
Me gustaría escuchar cómo describe sus síntomas.

La legión de los hombres sin alma (White zombi).
Dir. Victor Halperin, 1932

No fue difícil seguirle la pista desde el helicóptero. Tan pronto como recibió la llamada de su segunda unidad se pusieron en marcha. Habían perdido un tiempo precioso localizando a todos los degradados que les habían dejado diseminados a lo largo de varios kilómetros. Diego sabía que se trataba de una distracción pero no había podido resistirse a recuperar a sus clientes.

«Evaluar las pérdidas es importante para volver a controlar de una vez la situación».

Llevaba contabilizados a más de veinte residentes, ninguno de ellos de la planta cero, cuando le dijeron que habían localizado a Gorka Saltor. No pudo contener un acceso de ira cuando le confesaron que lo habían perdido de vista en un acantilado.

—Pasadme las coordenadas exactas del punto donde saltó, estaremos allí en cinco minutos. Seguidle el rastro desde arriba, aseguraos de que no salga del río. Disparad alguna ráfaga si hace falta.

El Holandés dejó a los degradados tal como los había encontrado. Sabía que no irían a ningún lado con un tobillo encadenado al suelo. El mismo subterfugio que habían utilizado para llamar su atención le servía ahora para tenerlos controlados. Dejó a uno de sus hombres custodiándolos y subió al helicóptero. En menos de diez minutos localizaron a Gorka nadando río abajo. Al escuchar los rotores, el submarinista intentó salir del curso del río y perderse en el bosque, pero los márgenes eran demasiado abruptos para escalar. La corriente había perforado en la roca a lo largo de varios kilómetros un lecho profundo rodeado de paredes verticales. Gorka intentaba salir en los puntos menos escabrosos pero su cansancio y su todavía falta de agilidad lo devolvían una y otra vez al curso del río.

Diego y sus hombres no pudieron contener una sonrisa al ver sus inútiles esfuerzos desde las alturas.

Como último recurso, Gorka intentó perderlos de vista haciendo lo que mejor sabía hacer: se sumergió y empezó a bucear en un intento desesperado por despistarlos. Sin embargo, el río no tenía la profundidad suficiente y desde el helicóptero podían verlo sin problemas bajo el agua.

—Adelántate un par de kilómetros, busca un lugar donde podamos bajar junto al agua —le dijo Diego a su piloto a través del intercomunicador—. Vamos a hacerle creer que nos ha despistado.

Aterrizaron en una pequeña playa de arena a la salida de la garganta. El río se ensanchaba a partir de ese lugar y las paredes de roca daban paso a largos meandros de arena. El caudal era lento y poco profundo.

«Tan sólo tenemos que sentarnos a esperar».

Diego sabía que no había otra salida. Su presa podía ganar algo de tiempo aferrándose a un saliente o nadando a contracorriente, pero antes o después lo verían aparecer arrastrado por la corriente. El piloto, el último guarda que le quedaba y él mismo se habían distribuido a lo largo del lecho como tres osos a la espera de salmones. Era una zona poco profunda, el agua a penas les llegaba a las rodillas, pero con el paso de los minutos el frío empezaba a calarles hasta el tuétano de las tibias.

¿Está seguro de que aparecerá? —preguntó incrédulo y cansado uno de sus subordinados.

El director no se dignó a contestar. Estaba seguro de que de un momento a otro lo vería aparecer corriente abajo. Tardó un poco más de lo esperado, pero apenas unos minutos después de que la pregunta quedara en el aire, Gorka apareció. Lo vieron emerger del agua de forma fugaz, lo justo para tomar aire pero lo suficiente como para que él los detectara a ellos y ellos a él.

—Ahí está. Va a intentar esquivarnos por debajo del agua. Tan pronto como lo veáis os tiráis a por él. Agarrad lo que podáis... un pie, una oreja o los huevos —ordenó Diego—. Me da igual. ¡Pero que no se os escape!

Se habían distribuido para cubrir el rio en toda su amplitud y apenas había dos metros de distancia de uno a otro. Era difícil que pasara, pero si lo conseguía, lo perderían. No les habría dado tiempo de volver al helicóptero para repetir la operación, se habría perdido por bosque a través y si la corriente hubiera sido un poco más rápida, Gorka lo habría conseguido, pero se trataba de una zona de aguas tranquilas. El submarinista intentó colarse entre dos de ellos. Giró sobre sí mismo para ser más escurridizo y tan pronto como notó una mano sobre él se sacudió como una piraña fuera del agua. De nada le sirvió. El piloto fue el primero en agarrarle por la cintura del pantalón y lo retuvo el tiempo justo para que el guarda llegara con torpeza hasta él y le placara como si de un partido de la *Super Bowl* se tratara.

Pese a su resistencia, en menos de dos minutos estaba atado de pies y manos a los pies del helicóptero.

—¿A quien tenemos aquí? —preguntó Diego en cuclillas frente a él—. Al mismísimo Gorka Saltor, campeón de apnea hace dos años, experto en fugas hace unas semanas y hoy convertido en trucha gigante.

Hizo una pausa en su discurso y esperó las risas condescendientes de sus empleados.

—Parece que te has hecho un rasguño al saltar —le dijo señalándole el abdomen.

Un buen segmento de intestino delgado rebosaba a través de una laceración profunda junto al ombligo. Gorka se sorprendió al ver la dimensión de su herida. Por lo visto no había sido consciente de ella hasta ese momento. La adrenalina y el agua fría habían mantenido el dolor a raya.

—Eso no tiene buena pinta. Cuéntame dónde está el grupo de fugados y me encargaré de que te vuelvan a poner las tripas en su sitio.

Gorka retiró la mirada de la herida y clavó los ojos en el Holandés.

—¿No dices nada? ¿No puedes hablar? Te he visto saltar y correr como Carl Lewis, pero un degradado no puede ni levantarse del suelo sin ayuda. Todas estas pústulas, tu piel infectada, puede engañar a otros, pero no a mí. Anna te limpió el organismo de priones, puedes sentir dolor igual que puedes hablar…. Y como no hables, esto te va a empezar a doler a rabiar en breve. Hasta ahora habrás soportado el escozor como un machote pero eso que tienes ahí abajo es harina de otro costal.

Silencio como respuesta. Diego estaba seguro de que Gorka estaba fingiendo su mutismo, así que para confirmar su hipótesis insertó el dedo índice en el interior de la herida y empezó a removerlo como en un cubo de anguilas. Algunos de sus degradados no se habría inmutado por aquello, no habría gritado, ni siquiera habría cambiado la expresión inerte de su rostro. El Holandés lo sabía bien, había presenciado algunas de las prácticas de Walter. Gorka en cambio, consiguió contener el grito, pero no puedo impedir que su faz expresara el latigazo de dolor que lo había atravesado.

Diego sonrió. Sabía que antes o después aquel tipo hablaría.

—Eres duro pero no mudo. Me vas a decir dónde están tus amigos. En especial nuestra amiga común. Si tengo que vaciarte como a un saco de gusanos, lo haré.

El director indicó con un gesto al guarda para que lo reemplazara, no quería ensuciarse las manos más de lo necesario. No disfrutaba infringiendo dolor y no era necesario envilecerse cuando podía pagar a otro para que lo hiciera por él. Iba a apartarse del submarinista, cuando una vibración llamó su atención. Gorka estuvo a punto de soltar un improperio pero se contuvo, se revolvió como pudo cuando Diego empezó a cachearlo, pero no pudo impedir que encontrara su bolsa impermeable bajo la ropa mojada. Diego leyó el mensaje que acababa de recibir el submarinista en su móvil: «Creo que los hemos despistado. ¿Estás bien?».

—Bueno, al final parece que no va a hacer falta sacarte las tripas.

86. El lavandero

¡Los que descansan y los muertos qué
iguales son! ¿No componen la misma
imagen de la muerte el plebeyo y el noble,
cuando se hallan próximos a su destino?

Anónimo. *El Poema de Gilgamesh.*
Tablilla X. Siglo VII a.C.

Cobraba poco más del salario mínimo por turnos de más de diez horas
de trabajo. Cuatro semanas encerrado entre las cuatro paredes de la la-
vandería y después le correspondía descansar cinco días de los que sólo
disfrutaba uno —el resto los acumulaba para volver a su país durante una
temporada—. Ese día lo utilizaba para ir a comprar al pueblo y enviar
un giro postal con parte de la paga a su familia. Tampoco había mucho
más que hacer en aquel lugar. El paisaje le había cautivado la primera vez
que llegó, acostumbrado como estaba a las altiplanicies de su país, ahora,
ya no le decía demasiado. En verano paseaba por las zonas que no les
estaban vetadas a los empleados y en invierno disfrutaba de las vistas de
los cuatro pinos nevados que podía ver desde la ventana de su apartamento mientras chateaba con sus hijos —tenía que ir con cuidado con lo
que les decía porque todas las comunicaciones estaban controladas por
contrato—.

La mayor parte de su trabajo la pasaba encerrado con dos lavadoras
industriales y una secadora con capacidad para más de ochenta kilos que
convertía la sala en una sauna. El vapor era agradable en invierno pero
un infierno en verano y aunque facilitaba el planchado, cuando terminaba el turno tenía la piel hinchada y blanda como un sapo. De vez en

cuando salía a recoger la ropa sucia de los huéspedes, se paseaba por el complejo con su carro y podía disfrutar del aire acondicionado y de las vistas. No era ingenuo. En esos paseos había visto suficiente como para hacerse una idea de a qué se dedicaban en aquel lugar. Había visto a gente entrar con buen aspecto y salir en unas semanas con diez años más a las espaldas. No entendía todos los detalles pero comprendía lo suficiente como para no preguntar. En su país también había gente con demasiado dinero que terminaba inventándose sus propios problemas y terminaba en manos de un santero o de un maestro que, por una buena suma, encontraba una solución a su aburrimiento. No los juzgaba, pagaban parte de su sueldo. Tampoco hacía preguntas. Muchos compañeros habían sido despedidos por curiosear más de lo debido.

Esa madrugada recibió un mensaje en su móvil. El equipo médico lo convocaba por una urgencia. Tenía muy poco contacto con el resto del personal, tan sólo con su compañero de turno y su superior inmediato. Recibía los ingresos con puntualidad y en las comidas no coincidía con más de diez compañeros a la vez, por eso le sorprendió ver a todos los trabajadores del complejo haciendo cola a las puertas del laboratorio médico. Todos estaban muy alterados. Contó cerca de una treintena de personas entre enfermeras, camareras, asistentas y guardas de seguridad, muchos de ellos en pijama y pidiendo explicaciones a la puerta del laboratorio. Todos habían recibido el mismo mensaje: les advertían del riesgo de contagio por vía aérea pero no entraban en detalles, así que empezaron a correr mil teorías.

Cuando vieron aparecer al director médico por la puerta del laboratorio con una mascarilla puesta lo acribillaron a preguntas. Les explicó algo acerca de una emergencia médica, de un riesgo de contagio y de una vacuna. Él no entendió demasiado pero al ver que sus compañeros se dejaban llevar sin causar demasiada alarma, colaboró sin problemas. Los hacían pasar de cuatro en cuatro, así que tuvo que esperar un buen rato a que le llegara su turno. Cada vez que el director médico salía del laboratorio, lo bombardeaban con nuevas preguntas pero, como buen alemán que era, él se limitaba a repetir la misma letanía y los instaba a guardar silencio y a respetar el orden de la cola.

Cuando por fin le llegó su turno, le tumbaron junto a sus compañeros en cuatro camillas que estaban esperándoles, separadas por cortinas de modo que no podían verse entre ellos. No le pareció extraño, era un mero protocolo para preservar su intimidad. Escuchaba un extraño rumor que provenía de la sala adyacente, como si un equipo de rugby estuviera intentando dormir en una habitación de matrimonio. Le pareció distinguir un grito ahogado desde el otro lado de la cortina justo antes de que el doctor apareciera tras ella. No le dijo nada, tan sólo intentó sonreír, le subió la manga de la camiseta y le inyectó algo frío en el brazo.

Perdió el conocimiento al instante.

Cuando despertó estaba en una sala a oscuras. No estaba amordazado pero no podía hablar. No sentía dolor pero se sentía extraño. Intentó caminar pero no pudo ir muy lejos, la sala estaba llena de gente que se tambaleaba como él.

87. Diego

—No sé qué está pasando, pero sé que
no es la fuga de una prisión.
—Tampoco he oído de ningún producto
químico que haga andar a los muertos.

La noche de los muertos vivientes (Night of the living dead).
Dir. Tom Savini,1990

Sus hombres llegaron al punto acordado en pocos minutos, no estaban lejos. Las indicaciones que les había dado eran claras: llegar sin ser vistos, estar atentos a cualquier movimiento sospechoso y mantenerlo informado.

—Aquí no hay nadie —le dijeron por teléfono tras unos minutos de espera.

—Tienen que estar ahí. ¿Seguro que no os han visto llegar? —Diego sabía que sus hombres no estaban acostumbrados a ser demasiado sutiles.

—No, seguro.

—Seguid el camino e intentad buscar alguna huella. Ya sé que no sois *boyscouts* pero diez personas arrastrando los pies deben de dejar un rastro que llame la atención.

Diego había conseguido la posición exacta del grupo de fugados haciéndose pasar por Gorka a través de mensajes de móvil. Era posible que Anna o quien fuera que estuviera al otro lado hubieran dudado de él y le hubieran dado unas coordenadas falsas, pero lo dudaba. Le había echado un vistazo rápido al historial de mensajes y no había detectado ningún código o palabra clave particular. El terminal ni siquiera estaba protegido con contraseña.

«Debería haberme acercado en helicóptero, caer de golpe sobre ellos y atraparlos. Si no ven aparecer a Gorka y en su lugar ven a dos de mis guardas sabrán que les hemos tendido una trampa».

Se arrepentía de haber delegado la operación en su segunda unidad. No quería acercarse con el helicóptero, ponerse en evidencia y descubrir que no podía aterrizar lo suficiente cerca como para atraparles. Si la zona no hubiera sido boscosa podría haberlo hecho sin problemas: los habría localizado y habría aterrizado sobre sus cabezas sin dejarles una oportunidad. Pero la orografía había jugado en su contra, tenía que confiar en su equipo.

Su móvil volvió a sonar.

—Los tenemos. Son menos de los que pensábamos.

—¿Cuántos son?

—Cuatro o cinco.

—¿Cuatro o cinco? Da igual, seguidlos y os llevaran al resto.

Diego esperó una palabra de asentimiento, pero en lugar de eso escuchó como unas ramas arañaban el auricular y un golpe sordo. Después escuchó los pasos de alguien a la carrera y un silencio prolongado.

—¿Crees que nos ha visto? —les escuchó decir a lo lejos. Hablaban entre ellos— No, no lo creo. Ya se va.

De nuevo un sonido de ramas secas y la voz de su subordinado volvió a dirigirse a él.

—¿Qué ha pasado?

—Sólo un tipo corriendo.

—¿Era de los nuestros o de los suyos?

—No era de nadie, tan sólo corría. Iba en pantalones cortos y escuchaba música. Nos hemos escondido en unas zarzas para no levantar sospechas.

—¿Me estáis diciendo que un tipo ha pasado haciendo *jogging* al lado de cuatro muertos vivientes sin inmutarse y que vosotros os habéis tirado a unos matorrales para no llamar su atención?

—Sí, no creo que los haya visto.

—¿Crees?

—Sí, si los hubiera visto habría echado a correr.

«Son incapaces de reconocer si corría por gusto o por miedo».

—Seguid a los degradados. Que no os vean hasta que se reagrupen.

El helicóptero esperaba con el motor al ralentí. El Holandés sabía que el grupo de fugados de la planta cero era mucho más numeroso: los había visto fugazmente desde las alturas. Imaginó que se habían separado para intentar despistarles, así que decidió esperar a que volvieran a unirse o, por lo menos, a que apareciera Anna.

Gorka estaba amordazado con unas bridas de plástico en uno de los asientos contiguos. No había dicho nada desde que lo habían capturado. Diego no sabía si se resistía a que lo interrogara o si estaba en *shock* por el dolor de su herida. Tampoco le importaba, lo que realmente le interesaba era ver a la investigadora amordazada a su lado cuanto antes. Tan pronto como recibiera la llamada de su equipo saldría a su encuentro. Empezaba a recuperar la sensación de control pero sentía náuseas con sólo pensar en todo el trabajo que le esperaba para volver a poner el complejo en funcionamiento. Anna y el submarinista casi habían logrado arruinarlo.

«Querían hundirme y casi lo consiguen. Éste ya no dará problemas. Ahora sólo tengo que dar con ella y ponerlo todo en marcha de nuevo. Muerto el perro, muerta la rabia».

El teléfono sonó.

—¿Los habéis encontrado? —preguntó nada más descolgar.

—No exactamente…

—¿A qué te refieres?

—Hay más de la cuenta —le respondieron. Diego escuchaba un extraño alboroto alrededor.

—¿A qué te refieres?

—A que esto está lleno de ellos.

—¿Lleno? ¿Cuántos hay? ¿Quince? ¿Veinte?

—Centenares. Están por todos lados.

La planta cero albergaba a veintiún clientes irrecuperables de los que sólo quince o dieciséis conservaban la capacidad de caminar. El complejo hospedaba a treinta y dos huéspedes VIP antes del ataque y menos de diez visitantes ordinarios. La mayoría de ellos estaban atados a estacas a menos de dos kilómetros de allí.

«No debería haber más de veinte fugados».

—Es imposible. ¿Podéis verlos bien desde dónde estáis?

—¿Qué si podemos verlos bien? Nos están rodeando.

Diego no esperó a oír nada más. Dio una orden al piloto para que arrancara y colgó el teléfono —ya no podía escuchar nada con el ruido de los motores al máximo—. Habían perdido el factor sorpresa y tenía una idea bastante aproximada de dónde se encontraban, así que decidió intervenir en persona.

Los localizaron en menos de cuatro minutos. La aglomeración se distinguía desde la distancia. Sus hombres no habían exagerado al contabilizar a los zombificados, más bien se habían quedado cortos. Diego calculó que por lo menos habían doscientas personas a sus pies mirando hacia el cielo y no eran simples personas. A medida que se acercaban podía ver sus rostros demacrados, sus andares parsimoniosos y su ropa hecha jirones. No podía creer que Anna hubiera convertido a toda aquella gente ella sola. Además, ¿con qué fin? No tenía sentido. Ella estaba en contra del procedimiento médico, no habría sometido a toda aquella gente al proceso de transformación sólo para vengarse de él.

«¿O quizá sí? Quizás los ha convertido y ha convocado a la prensa para hacerlo público».

Era una posibilidad pero habían cosas que no le cuadraban: si su objetivo era sacarlo todo a la luz ¿por qué arriesgarse a entrar de nuevo en el complejo? ¿Los zombificados de la planta cero no podían esperar a que les clausularan el recinto?

Mientras el helicóptero descendía sobre una zona despejaba cercana, le vino a la mente el mensaje de Walter. Su director médico le había advertido hacía unas horas del riesgo de contagio de los priones. Sabía que era algo imposible. El proceso era complejo y caro, los priones no se transmitían por el aire, ni por otro medio que no fuera la inoculación directa y localizada. Si la infección aérea hubiera sido posible, el proyecto habría sido inviable: demasiado arriesgado, difícil de controlar y, por tanto, imposible de financiar. Si la infección de los priones se había extendido por el aire, aquello significaba el fin de Zombis Resort.

Diego pensó en Eva. Hasta ese momento pensaba que su ayudante le había defraudado, pero si la infección era cierta era él quien le había fallado a ella. Tan sólo se había salvado porque estaba a kilómetros de distancia cuando había estallado el brote. El piloto aterrizó y decenas de zombificados se abalanzaron contra las puertas. Diego se dio cuenta entonces del riesgo que corrían: era una suerte que no se hubieran infectado todavía, si entraban en contacto con aquellos zombificados estarían sentenciados.

«Quizás Anna intentaba advertirnos de algún modo».

88. Zombies vs. Runners

Habrá una línea de salida y una línea de meta,
pero lo que sucede entre una y otra depende de ti.

www.carreraszombis.com

Lo habían convocado casi de un día para el otro, había tenido que conducir varias horas y apenas había dormido para poder llegar al amanecer, pero todo había merecido la pena. No era la primera carrera de ese tipo a la que acudía, tampoco estaba siendo las más multitudinaria, ni la mejor organizada, pero el ambiente era genial. Muchas caras le eran conocidas y los maquillajes que utilizaban cada vez mejores. Había visto a un grupo que parecían salir directamente de una película —y no una de serie B de los ochenta, una de las de gran presupuesto, de las que no escatimaban en medios para unirse al resurgir de la moda zombi—.

Varios centenares de participantes se concentraban en el punto de reunión. Algunos terminaban de preparar sus disfraces y esperaban las últimas indicaciones para distribuirse las zonas del circuito. Otros se abrochaban las zapatillas deportivas y hacían ejercicios de calentamiento cuando escucharon el helicóptero. Imaginó que estando en un lugar aislado y para cumplir con los requisitos mínimos de seguridad que exigirían a un evento de este tipo, podría tratarse de un vehículo médico para prevenir emergencias. No era la primera vez que en una carrera alguien sufría un ataque al corazón o una embolia. Sin embargo, cuando el helicóptero apareció entre las copas de los árboles no vio el emblema de ningún hospital, ni de ningún cuerpo de seguridad. Era completamente negro. Aterrizó a escasos metros de la muchedumbre y cuando las aspas dejaron de arrojar polvo y pedazos de hojas a sus ojos, pudo ver con claridad el interior de la cabina. El piloto vestía con un uniforme negro que le resultaba familiar, a su lado un hombre vestido con traje los observaba con cierto temor. Se acercó un poco más y pudo ver que en la parte trasera había otro agente uniformado y a éste sí que lo pudo ver con detalle: boina morada ladeada sobre su cabeza, chaleco antibalas ostentoso, rodilleras abultadas, botas negras militares y para completar el uniforme, un rifle que parecía salido de un videojuego.

«Es un militar de Resident Evil».

El corredor no había sido el único que se había percatado. Decenas de sus compañeros corrieron para ver aquellos disfraces más de cerca. Se agolparon contra las ventanas de la cabina para observar de cerca aquella sorpresa que la organización les había preparado.

«Quizá hayan invitado a algún actor de la película... ¡Ojalá fuera Milla Jovovich!».

Los agentes del interior del helicóptero actuaban como si una verdadera horda de zombis les estuviera atacando. Al ver su estupenda actuación, muchos de ellos empezaron a rugir y escupir saliva teñida de rojo sobre los cristales para estar a la altura. Incluso zarandearon el helicóptero sobre sus patines. Dentro parecía haber un cuarto integrante, parecía un zombi amordazado pero no podía verlo bien desde su posición. También había un hombre trajeado. Reparó en él mientras intentaba dar lo mejor de sí mismo arañando y gruñendo, y lo reconoció: era Alexander Ashford. No creía que muchos hubieran reparado en el parecido de aquel actor con el heredero del fundador de la Corporación Humbrella en el videojuego. No podía culparles, aparecía muy poco tiempo en la historia con su forma humana. Si lo hubieran visto convertido en un escorpión albino con una camisa de fuerza, lo habrían reconocido más fácilmente. El corredor quiso agradecer el gran trabajo de la organización dedicándole al personaje su repertorio más aterrador. Consiguió alcanzar el helicóptero, abrir la puerta y rugirle a menos de un palmo de la cara. Si lo hubiera hecho con los ojos abiertos habría podido apreciar el cambio de expresión de su presunta víctima y evitar lo que se le venía encima. Al ver el precario maquillaje de muerto viviente del corredor —del que en su defensa diremos que no tuvo tiempo de perfeccionar—, el supuesto heredero de la ficticia corporación pasó del puro terror a la profunda indignación. Asestó un puñetazo directo al corredor que le hizo caer de bruces desde la puerta de la cabina al duro suelo.

El resto de participantes tampoco se esperaban aquella reacción. Al ver como agredían a su compañero, dejaron de comportase como zombis para hacerlo como espectadores silenciosos primero y como clientes insatisfechos después. El tipo del traje salió del helicóptero escoltado por los dos agentes. Escrutó las caras atónitas de los corredores y estalló en una carcajada. La muchedumbre permaneció en silencio unos segundos, a la expectativa. Mientras, algunos ayudaron al corredor a levantarse.

—Creo que te han partido la nariz —le dijo un tipo señalando lo obvio.

—Te chorrea un motón de sangre, te puedo dejar un pañuelo si quieres pero yo me la dejaría un rato así —le dijo otro—. Te da un toque gore que te cagas.

Ahora mismo lo que quería era un poco de hielo para aliviar el dolor, no un consejo sobre cómo mejorar su disfraz. Iba a pedirlo cuando un ruido estruendoso llenó el aire a unos pocos metros. Desde su posición no podía ver nada, pero en pocos segundos todos se arrojaron al suelo y pudo observar la fuente del sonido. Los agentes estaban disparando ráfagas al aire a modo de advertencia mientras el que parecía tener la voz de mando les gritaba que nadie se moviera.

Los tiros cesaron y cuando su eco se disipó a través de las montañas, los cientos de corredores congregados estaban tirados en el suelo. Esperaba que las armas fueran de fogueo y nadie hubiera resultado herido. Por un momento pensó lo difícil que lo tendrían los sanitarios para detectar heridas verdaderas entre más de un millar de falsas úlceras, amputaciones de plástico y cortes de látex.

Pero no todos habían seguido sus órdenes. Un grupo de muertos vivientes permanecía en pie. El corredor los admiró por su valentía y por lo mucho que se habían trabajado sus disfraces.

89. Marc

Me quita la vida y me ofrece un favor a cambio.
A eso lo llamo yo un trato.

Los muertos andan (The Walking Dead).
Dir. Michael Curtiz, 1936

Había pasado más de un año viviendo a un par de kilómetros de él, pero no lo había vuelto a ver desde el día en que salió por la puerta de su habitación de hospital. A él los priones le habían hecho envejecer más de diez años pero a su hermano pequeño el tiempo tampoco lo había tratado bien. Seguía vistiendo con estilo y parecía cuidar su imagen, aunque ahora mismo su camisa estuviera llena de arrugas y su frente se frunciera por la ira.

—¿De qué coño va todo esto Anna? Has infectado a todo mi personal, has convertido mi complejo en un circo —le gritaba Diego a la investigadora—. Habíamos construido una experiencia única, una delicatessen al alcance de unos pocos escogidos y ahora estoy rodeado de *frikis* con la cara pintada. ¿Qué pretendéis conseguir con todo esto? ¿Quieres dinero? No, parece que sólo quieres joderme ¿verdad?

El tono de voz de Diego era cada vez más alto. Sus patas de gallo cada vez más pronunciadas, su frente un trapo apretado. Anna no habría sabido que contestar, ni aunque los priones le hubieran dejado verbalizar cuatro palabras inteligibles. El Holandés tampoco parecía dispuesto a atender cualquier explicación.

Los corredores seguían en el suelo atemorizados por los disparos y empezaban a pensar que aquello no era parte del espectáculo. El director hizo una señal a sus hombres y Marc temió al pensar que las balas no fueran de fogueo.

—¡Ya está bien Diego! —le gritó. El Holandés centró ahora su atención en su hermano mayor, había evitado cruzar su mirada con él hasta entonces—. No te das cuenta de que no puede hablar, habéis vuelto a convertirla.

El director de Zombis Resort no se había percatado hasta entonces de ello. La degradación de Anna no había sido completa: ningún hongo desfiguraba su rostro todavía y nadie había convertido su ropa en unos andrajos.

—Cuéntamelo tú entonces. ¿De qué va todo esto? Querías joderme desde hace años y no sabías cómo —le gritó Diego—. Te has mantenido escondido en tu agujero hasta que se te ha presentado la ocasión perfecta. Siempre has sido un hermano de mierda...

El profesor Ribera no contestó pero el que sí lo hizo fue su padre.

—¡Dieguito, no le hables así a tu hermano!

El anciano dio un paso al frente con la intención de azotar a su hijo pero el hombre del rifle le cortó el camino. Marc calmó a su padre y entonces fue él quien intentó acercarse a su hermano. El guarda volvió a cruzarse en su camino y miró a su superior para que le autorizara a utilizar la fuerza. Diego no lo hizo, le dio indicaciones para que lo dejara en pasar. Marc continuó su camino hasta que estuvo a pocos centímetros de su hermano. Después, le susurró al oído.

—Te lo contaré todo, ¿pero no crees que aquí hay demasiados oídos?

—No soy yo el que los ha invitado a la fiesta.

—No, pero al parecer ahora el anfitrión eres tú. Tienes doscientas personas en el suelo, doscientos testigos con los oídos bien abiertos. Han venido a participar en una carrera, este número puede ser parte del espectáculo o parte de tu acusación en un juicio —le advirtió—. Piénsalo bien, ahora mismo no tienes hombres para controlarlos a todos y aunque los tuvieras no podrías encerrar más de doscientas personas en una cueva subterránea.

Marc dio un paso atrás y dejó que sus palabras hicieran su efecto. Diego lo sopesó unos segundos y después le dio dos palmaditas en la cara a su hermano. Se acercó a su oído como él había hecho antes y le dijo.

—Lo haremos a tu manera, pero será mejor que no me engañes. Los dos queremos lo mejor para Anna, ¿verdad?

Marc llamó a Richy y éste se acercó a los dos hermanos. Hablaron durante unos minutos como jugadores de fútbol antes de chutar una falta y cuando el árbitro hizo sonar su silbato, Diego cogió prestada la ametralladora semiautomática y se encaminó con paso firme a la línea de salida. Allí se detuvo y se dirigió a la multitud de muertos vivientes y corredores.

—A partir de ahora los zombis deberéis actuar como tales, los corredores tenéis sólo tres vidas y cuando las perdáis seréis considerados como muertos vivientes. ¡Sólo puede haber un superviviente! ¡A correr! —Acompañó sus últimas palabras con una larga ráfaga de disparos al aire.

El silencio explotó en un rugir de aplausos. Varios centenares de corredores respiraron aliviados y cambiaron el miedo por la euforia. En pocos segundos todos se levantaron y salieron corriendo por el circuito marcado: unos intentado conservar hasta la meta los tres pañuelos que les colgaban del cinturón y los otros intentando arrancárselos con el mejor estilo zombi para optar al premio a la mejor interpretación.

Marc y Diego observaron cómo su mismo padre salía corriendo como un corredor más. Ninguno de los dos hizo un gesto para detenerlo: a uno hacía tiempo que no le preocupaba lo que le pudiera pasar al Sr. Rovira y el otro estaba acostumbrado a que su padre corriera por el monte como si tuviera setenta años menos. El único que se preocupó por el anciano fue el viejo pastor, que salió tras él sin prisa, como lo habría hecho tras una oveja descarriada.

En unos minutos Diego y sus hombres se quedaron a solas con Marc, Anna y el resto del equipo de rescate: Juan y Richy eran los que se encontraban en mejores condiciones, se habían visto arrastrados aquella situación sin saber muy bien por qué y sin conocer la complejidad del problema, se les escapaba; Gorka continuaba en el helicóptero con los brazos contra el abdomen y el rostro cadavérico: los degradados de la planta cero, por su parte, continuaban de pie ajenos a todo lo que les rodeaba, no moverían un dedo hasta que la cuerda que los unía volviera a tirar de ellos o hasta que escucharan un sonido de baja frecuencia en la lejanía. Sólo quedaba Marc para lidiar con su hermano.

—Ha sido una buena idea —le dijo el Holandés—. La carrera, me refiero, una buena tapadera, muy divertido. Es una lástima que no os hubierais limitado a pintarles la cara también al personal de mi complejo. ¿Me vais a contar que intentabais?

—Algo tan sencillo como rescatar a esa gente de ti —respondió Marc.

—¿Para sacar a una docena de irrecuperables, hacéis volar mis instalaciones, degradáis a mi personal en contra de su voluntad y traéis hasta aquí una maratón de testigos?

—El plan no era éste exactamente —respondió el profesor un tanto avergonzado por la situación—. Tan sólo queríamos entrar y salir. Captamos vuestra atención con un par de explosivos y trajimos a esta gente para cubrirnos la retaguardia. Lo de tu personal no es cosa nuestra. Nos hemos arriesgado mucho para devolver a su estado normal a los irrecuperables. ¿Qué sentido tiene degradar a más gente cuando lo que buscábamos era lo contrario?

—No lo sé. Contádmelo vosotros. ¿Me vais a decir que no sabéis nada?

—No sé quién ha sido —respondió el profesor— pero sí sé que nos vas a necesitar si quieres recuperar el control de la situación. Ahora mismo sólo sois cuatro personas y cientos de degradados. No creo que ninguno de ellos sepa cómo devolverlos a su estado normal. No creo que ni tú sepas hacerlo. Solo yo puedo ayudarte. Déjalos ir y lo haré.

—Todavía tengo a mi director médico y a mi subdirectora —respondió Diego sin mucha seguridad.

—¿Estás seguro?

El director de Zombis Resort se tomó su tiempo antes de responder.

—Está bien, pero Anna se viene con nosotros.

90. Diego

Hay algo extraño en el ambiente.
Hasta el piloto está nervioso.

La serpiente y el arcoíris.
Dir. Wes Craven, 1988

Nadie vino a su encuentro en el helipuerto, tan sólo el frío de la mañana. Tan pronto como apagó los rotores, Diego le pidió las llaves a su piloto y se las guardó en el bolsillo —no quería que nadie abandonara el lugar sin su consentimiento—. No podía prescindir de ningún empleado más, ya que en aquel momento, el personal de Zombis Resort que tenía a su disposición se limitaba a dos personas. Había tenido que prescindir de uno de sus guardas para custodiar al resto de saboteadores mientras él, su piloto y su último hombre volvían al complejo para poner orden en el caos. No volvían solos. Anna y su hermano habían accedido a ayudarles a cambio de la libertad de sus compañeros.

—Demostradme que no habéis sido vosotros y después hablaremos del trato —les dijo nada más poner un pie en el complejo.

—Es tan fácil como que mires las cámaras —le respondió Marc—. El plan era entrar y salir. Nada más. No le hicimos daño a nadie.

—¿Y qué me cuentas de Eva? ¿Tampoco le hicisteis nada a ella?

—Por lo que sé, tan sólo la amordazaron y la dejaron en la planta cero. Querían ganar tiempo para poder escapar. Todavía debe seguir allí.

El Holandés se alegró de escuchar aquello. Localizar a cualquier miembro de su personal que todavía no hubiera sido degradado era una buena noticia y más si se trataba de Eva. Su ayudante había preparado varios planes de contención que cubrían diversas emergencias, sin duda habría previsto algún escenario similar y planificado como actuar. Necesitaba a Eva más que nunca.

—Pues vamos a verlo. Vamos hacia abajo —le dijo a sus hombres—. Al almacén.

El grupo se puso en marcha con celeridad. Anna estaba ya en un estado avanzado de degradación y avanzaba con dificultad, tenía que recostarse en Marc para poder seguir el ritmo. Al verlos, Diego confirmó lo que sospechaba desde hacía tiempo: sabía que su hermano sentía algo por ella y que había aceptado formar parte de todo aquello sólo para poder ayudarla.

«En lo único que piensa ahora es en aplicarle una dosis de Lambda-3. No hay problema. Yo también la necesito al cien por cien para poder recuperar a todo mi personal».

Los largos pasillos estaban desiertos e iluminados tan sólo con tenues luces de emergencia que emitían la cantidad de luz justa para orientarse por el complejo. El único sonido que escuchaban, a parte de sus pasos sordos, era el rumor de los automatismos de las cámaras cuando se giraban para seguir su rastro. Diego sabía que el *software* de seguridad podía programarse para ejecutar tareas de seguimiento de forma automática. Sabía que ya no había nadie en la estación Cíclope: había visto al operador degradado vagando por el pueblo. Pero a pesar de todo, no podía evitar sentirse observado.

Cuando recorrían uno de los últimos pasadizos antes de llegar al nivel del almacén, distinguieron en la lejanía alguna señal de vida. Con la escasa iluminación del corredor no podían distinguir si se trataba de alguien del personal, de un zombificado o de una emboscada. Se acercaron con sigilo y distinguieron la silueta de un bedel fregando el suelo. Movía la fregona con parsimonia como si nada hubiera pasado, limpiaba el suelo ajeno a todo lo que le rodeaba. Una imagen de cotidianeidad en medio del desorden absoluto. Ni siquiera pareció notar su presencia cuando el grupo se le acercó.

Cuando llegaron a su altura supieron porqué.

Se trataba de uno de los bedeles de la empresa —Diego lo había reconocido a pesar de sus recientes pústulas de zombificado—. Sus manos estaban unidas al palo de madera de la fregona con alambre de espino. La sangre había manado al principio pero ahora no era más que una mancha parduzca que se escurría por el palo hasta el suelo donde había formado un charco que él mismo limpiaba una y otra vez.

La fregona pendía del techo con un fino cable de acero que parecía estar conectado a un pequeño motor eléctrico que la hacía oscilar continuamente en pequeños círculos. El extraño mecanismo dotaba a fregona y zombificado de un grácil movimiento que se asemejaba bastante al que haría si en realidad estuviera fregando el suelo. Sin embargo, al mirar la escena de cerca se hacía evidente que el bedel a duras penas se aguantaba por su propio pie y se recostaba contra la escoba como un borracho de una farola. El alambre de espino que unía carne, hueso y madera era lo único que evitaba que cayera al suelo. Diego observó que el lugar para representar la escena no se había escogido al azar, el bedel estaba justo bajo uno de los pocos focos que iluminaban el pasillo y a pocos metros de una de las cámaras de seguridad, cuyo objetivo no le quitaba el ojo de encima.

Marc dejó a Anna recostada contra una pared y se acercó para descolgarlo. Diego se lo impidió.

—Cuanto tengamos la situación controlada enviaré a alguien para que lo haga. Mientras, está bien tal como está. No va a ir a ningún lado. Es tan solo un bedel.

Nadie comentó nada al respecto. El director continuó su camino y todos lo siguieron. Atravesaron el área médica camino del almacén de irrecuperables. El laboratorio estaba cerrado y alguien se había preocupado de tapar todos los ojos de buey de las puertas con cinta americana. Intentaron abrir el portón pero ninguno de los códigos de seguridad parecía funcionar.

«Ahí dentro hay alguien. Los escucho revolverse en sus camillas, pero ahora no tengo tiempo que perder».

Siguieron descendiendo hasta llegar al almacén. Esta vez la puerta estaba abierta. Dentro merodeaban todavía algunos zombificados. La mayoría estaban sentados o recostados contra las paredes. Eran los degradados más antiguos, los que más afectados estaban por los priones y la insalubridad del lugar. Buscó entre ellos a su ayudante sin éxito. Después se giró hacia Anna y Marc.

—¿Dónde está?

—No lo sabemos —respondió él.

—Vosotros fuisteis los últimos que la visteis. Ella entró aquí y después vosotros escapasteis.

—Querían salir, la puerta estaba cerrada. Ella la abrió y aprovecharon la ocasión —dijo Marc en defensa de Anna—. Eso es todo.

—¿Pero la atacaron? Porque algo le hicieron, si no les hubiera impedido escapar.

—Gorka tan solo me contó que la inmovilizaron para que no los siguiera. Eso es todo. Dejaron la puerta abierta por si alguno de ellos los quería seguir. —Marc señaló a los últimos degradados de la planta cero—. Por lo que yo sé, si no está aquí atada, podría ser la responsable de la infección del personal.

Diego entendió que su hermano tenía razón. Había dado por hecho que Eva continuaba atrapada en aquella sala, pero podría estar en cualquier parte. Sin mediar palabra, salió de nuevo al pasillo y se dirigió raudo a las plantas superiores. El resto del grupo lo siguió a duras penas.

«Si está fuera y no ha intentado ponerse en contacto conmigo es porque o la han convertido o porque me ha traicionado, pero todavía puedo utilizarla».

Se dirigió al despacho de Eva casi a la carrera. Sabía que su ayudante guardaba copias impresas de todos sus informes, incluidos los planes de emergencia. Esperaba llegar a la sala y salir en unos segundos con el informe en las manos, no esperaba encontrar a nadie dentro. Quizás los cajones revueltos por alguien que hubiera aprovechado el descontrol para buscar algo de valor, pero no a Eva esperándole sentada sobre su mesa. Parecía estar absorta en su ordenador y no le prestó atención al entrar. Su media melena negra le tapaba el rostro, por eso no pudo ver su tez pálida y sus ojos perdidos en profundas ojeras. Lo primero que le llamó la atención fueron las largas piernas vestidas de seda negra. Eran su parte más atractiva y le gustaba como ella sabía sacarles provecho. Sin embargo algo en su postura no era natural. Estaba recostada sobre el escritorio con las piernas cruzadas en una postura que pretendía ser natural —pero que no lo era—. La mirada del director bajó por los muslos hasta las rodillas, se deslizó por las pantorrillas hasta llegar a sus elevados zapatos de tacón de aguja. Allí detectó la primera anomalía: uno de los talones atravesaba la carne del empeine del otro pie. El sensual cruce de piernas se había convertido en algo parecido a un Cristo crucificado. Después se fijó en el movimiento de su mano sobre el ratón del ordenador. Círculos concéntricos continuos. De nuevo un cable de acero y un pequeño motor en el techo del despacho. Lo que le había parecido una postura provocativa y despreocupada se había convertido en una nueva escena macabra preparada para el regocijo de un sádico.

Diego levantó la mirada y encontró la cámara en el ángulo perfecto para captar la esencia de la escena. En ese momento el resto del grupo le dio alcance. Los otros tardaron unos segundos en percatarse de lo que sucedía. Mientras lo hacían, el director se acercó a la pantalla del ordenador: el sistema de video vigilancia del complejo mostraba media docena de ventanas con escenas similares a la del bedel y Eva. Alguien se estaba tomando muchas molestias para acabar con Zombis Resort.

«La junta de administración va a pedir mi cabeza cuando se entere».

Arrancó el cable metálico del techo con rabia. Cogió a Eva en sus brazos como una novia antes de la noche de bodas y la acomodó en su butaca. Le sacó los pies de los zapatos aunque no se atrevió a extraer el tacón que perforaba uno de ellos. Se giró hacia el grupo en busca de ayuda y pudo ver como la cámara se movía para encuadrar mejor la nueva escena.

«Eso no ha sido un movimiento automático. Quien lo haya hecho ha firmado su sentencia de muerte».

Diego se levantó de forma súbita y de un salto arrancó la cámara de su soporte. Salió del despacho arrastrando varios cables rotos y puso rumbo a la estación Cíclope.

91. Juan

Cuando el infirno esté lleno,
los muertos caminarán sobre la tierra.

El día de los muertos vivientes.
Dir. Steve Miner, 2008

El guarda había decidido retenerlos en una de las carpas de la organización de la carrera. Un tipo con un uniforme sacado de un videojuego los tenía encerrados en una pequeña tienda de lona con un fusil que parecía de juguete. En ese momento, Juan tendría que estar embarcando rumbo a Nueva Zelanda y, sin embargo, allí estaba. La discusión que le esperaba al llegar a casa iba a ser tan salvaje que prefería estar donde estaba. Su hermano lo había arrastrado a su extraño plan y todo se había complicado por algo tan simple como no bloquear su terminal con una contraseña. Había cometido el error de dejar su móvil al alcance de Diego y éste los había llevado directo a ellos. Sin embargo no podía reprocharle nada, no en las condiciones en que se encontraba: la herida abierta de su abdomen no dejaba de sangrar. Su hermano estaba muy pálido, más de lo normal, y sus pústulas estaban tomando un matiz azulado que lo asemejaban más a un cadáver en descomposición que a un muerto viviente.

—Mi hermano necesita que lo llevemos a un hospital lo antes posible.

—¿Ah, sí? Os creíais muy listos cuando montasteis esta carrerita. Pensabais que os ibais a poder reír de nosotros en nuestra propia cara pero no ha salido como esperabais —le dijo el guarda—. Ahora os jodéis.

—Los corredores volverán aquí en menos de una hora. Nos encontraran y no podrás contenerlos a todos —le advirtió Richy.

—Cuando lleguen saldréis a entretenerlos mientras yo me quedo con él —contestó el guarda señalando a Gorka—. Les daréis un trofeíto o lo que sea que tengáis preparado y les daréis puerta lo más rápido que podáis. Mientras, yo, mi rifle, vuestros amiguitos y vuestros teléfonos móviles nos quedaremos aquí esperando.

—¿Y después qué? ¿Nos quedaremos aquí dentro para siempre? —le replicó Juan—. Tendremos que beber, comer algo o ir a cagar…

—El que tenga sed que se aguante y el que se esté meando que se lo haga encima. ¿Entendido?

—Cuando esto termine te denunciaremos por secuestro y negación de auxilio. Perderás el trabajo y te enfrentarás a un juicio por lo penal —añadió Richy—. ¿Crees que a tu jefe le importará una mierda lo que te pase? Lo único en qué piensa es en proteger su negocio.

—¡No quiero escuchar una puta palabra más! —respondió el guarda enseñando su fusil— ¿Entendido?

Todos obedecieron, por lo menos en primera instancia. Después, Juan se puso en pie y mientras avanzaba lentamente hacia su captor le espetó:

—Es cierto que el plan ha salido de pena, puedes retenernos aquí el tiempo que te dé la gana, puedo soportar incluso que un payaso disfrazado de muñeco de videojuego me vacile… pero lo que no podría soportar es que ese rifle no fuera de verdad. Me vas a tener que demostrar que esas balas no son de fogueo si no quieres que te parta la cara.

Richy no se creía que Juan hubiera reaccionado así. El guarda quitó el seguro de su fusil pero antes de que pudiera hacer nada, Gorka, haciendo un gran esfuerzo, se levantó y se arrojó contra él. Ambos empezaron a forcejear para hacerse con el control del arma. El fusil soltó una ráfaga y el techo de la carpa quedó hecho trizas. Todos se quedaron mirando el cielo que acababa de abrirse ante ellos expectantes: temían que alguien hubiese resultado herido. Incluso el guarda estaba pálido —nunca había tenido que disparar a nadie y esperaba no haberlo hecho ahora—. Mientras se palpaban y se miraban unos a otros en busca de heridas de bala, una bolsa cayó del cielo y aterrizo en el mismo centro de la carpa. Las paredes eran opacas y no podían ver quien la había lanzado. Juan y Richy no necesitaron verlo para saber quien había sido: era la mochila del pastor y dentro —aunque no pudieran oírlo— los altavoces estaban reproduciendo a todo volumen una frecuencia no audible.

Poco después unas manos empezaron a arañar los laterales de lona de la carpa. En pocos segundos la tela empezó a rasgarse por algunos puntos y la estructura metálica cedió. Un grupo de degradados los arroyó atraídos por los infrasonidos, con la misma furia con la que Walter los había condicionado hacía unas semanas. Entre ellos estaba Olga que arañaba y mordía con rabia a todo el que se le ponía por delante. La carpa terminó de ceder y pronto todos terminaron cayendo al suelo en un revoltijo de lona, hierros, degradados y sus presas.

Juan fue el primero en escabullirse del alboroto. Nada más salir alguien le gritó a sus espaldas.

—*On està el rifle?* [8] —le preguntó el viejo payés acompañado del Sr. Ribera.

—No lo sé…

No había terminado de pronunciar su frase cuando Richy consiguió también salir. Juan aferró un extremo de la lona y le hizo un gesto a su amigo para que lo ayudara. No necesitó decir una palabra para hacerse entender. Entre los cuatro destaparon a la horda y a sus presas. Gorka se aferraba al rifle con sus últimas fuerzas y el guarda intentaba arrebatárselo mientras el grupo de degradados lo mordía y arañaba. Entre los cuatro consiguieron sacar a rastras al submarinista y dejaron que los degradados se encarnizaran con el guarda, a la caza de un collar que no existía. Antes de que fuera demasiado tarde, el anciano consiguió hacerse de nuevo con la mochila de los altavoces y salió corriendo. La horda lo siguió casi de inmediato. Tan solo Olga continuó desgarrando y arañando, ajena al efecto de los infrasonidos.

Richy y Juan consiguieron separarla de su presa, no sin esfuerzo, y para cuando lo hicieron, el guarda había perdido la mitad de su uniforme y tenía medio cuerpo lleno de sangre seca y moratones.

—Yo me ocupo de él —dijo Richy—. Atiende tú a tu hermano.

Gorka había perdido la conciencia pero continuaba agarrado al fusil. Por suerte los degradados no lo habían atacado, lo habían identificado como uno más de la horda, pero aunque nadie le hubiera mordido, el esfuerzo había hecho mella en él. Juan tuvo que volver a introducirle en el abdomen medio palmo de intestino. Su hermano empezó a temblar.

—¿A qué distancia tenemos el hospital más cercano? —le preguntó a Richy.

—Por carretera a más de dos horas.

---

8 *¿Dónde está el rifle?*

—No sé si tenemos tanto tiempo.

—En helicóptero llegaríamos en poco menos de diez minutos, podemos llamar a emergencias —le dijo mientras recuperaba los móviles que les habían requisado entre los restos de la carpa—, pero la base médica más cercana está bastante lejos... mientras llegan aquí y nos vamos pasará un rato.

Juan confiaba en la experiencia de Richy como organizador de eventos deportivos. Una o dos veces al año, las actividades de la empresa de su hermano necesitaban asistencia médica de urgencia. Era parte de su encanto.

—No sé si Gorka tiene tanto tiempo…

—Hay otro helicóptero al que puedes recurrir —le dijo Richy.

Ambos miraron en dirección al complejo, justo en el momento en que los primeros corredores cruzaban la línea de meta.

—Yo me quedaré con él. Llamaré al 112 por si no lo consigues y me desharé de los corredores antes de que intuyan lo que está pasando.

Juan asintió y dio una primera zancada, pero antes de que pudiera salir corriendo, Richy le quitó el fusil de las manos a Gorka y se lo arrojó.

—Por si no los puedes convencer por las buenas… —añadió.

Juan se quedó mirando el arma que tenía en sus manos durante unos segundos, luego salió a la carrera.

«Habría jurado que era de fogueo».

92. Walter

Ojalá fuera cierto que los muertos resucitan,
basura, así podría volver a matarte.

No profanar el sueño de los muertos.
Dir. Jorge Grau, 1974

Los monitores muestran al director de Zombis Resort avanzando con paso cansado pero decidido hasta la estación Cíclope. Es una más de la multitud de imágenes que el sistema de seguridad muestra de forma simultánea y a tiempo real. Muchas reproducen pasillos vacios pero unas pocas recrean ya las escenas que Walter ha ido ideando para el personal del complejo a lo largo de varios años. Son sólo una pequeña muestra de las que están por llegar —no ha tenido tiempo para más—. Cuando neutralice a Diego podrá completar su plan sin prisas y acomodarse en el butacón de la estación de control a disfrutar de su obra.

«Y para eso no queda demasiado, él mismo está viniendo hacia mí... *In der Ruhe liegt die Kraft* [9]».

A Walter se le vino a la mente el viejo proverbio alemán. No era fácil de traducir al español pero venía a decir que buena parte del éxito se encuentra en hacer las cosas con calma. El director médico de Zombis Resort llevaba años esperando su momento, ideando su plan. Al principio no había sido más que un divertimento, nunca se habría planteado llevarlo a la práctica en la vida real. Después se había convertido en una obsesión demasiado descabellada para realizarla. Había repetido aquel minucioso plan en su mente mil veces, depurado los flecos y pulido las asperezas. Lo había perfeccionado hasta tal punto, que cuando surgió

9 *La fuerza se encuentra en la serenidad.*

la ocasión, el plan se puso en marcha por sí sólo. Un simple mensaje de texto enviado a todo el personal y en menos de dos horas tenía al grueso del equipo sedado en su laboratorio.

«Alarma médica. Riesgo de contagio por vía aérea en todo el complejo. Acudan al centro médico de inmediato. No es un simulacro». 125 caracteres pusieron a docenas de personas a su merced.

Había compartimentado la sala en pequeños boxes, en cada uno una camilla, mordazas y una dosis de anestésico. A medida que llegaban los iba instalando en uno de aquellos espacios improvisados e intentaba tranquilizarlos. Les decía que los mantenía aislados unos de otros para evitar el contagio, cuando en realidad era un modo no levantar suspicacias, una forma de sedarlos por separado sin levantar sospechas. Walter repetía unas sencillas palabras de alivio a cada uno de ellos, pero en sus labios las frases de calma no creaban más que tensión en sus pacientes. El miedo al contagio los hacía dóciles y la mayoría del personal se dejaba inyectar sin hacer preguntas: su miedo era más fuerte que su instinto. Algunas enfermeras y miembros del equipo médico se lo pusieron un poco más difícil, sabían que la propagación de los priones por el aire era imposible. A la mayoría los consiguió convencer y a los que no, simplemente los redujo. No le gustaba tener que hacerlo, así que a medida que los primeros degradados estuvieron a punto —lo justo para que los priones les imposibilitaran el habla—, Walter los fue dejando salir.

«Cuando vean a sus compañeros infectados correrán a mí para que los vacune».

Y así fue como engañó al grueso del personal, aunque sabía que con Eva y Diego no iba a ser tan sencillo. A la que más temía era a la primera. Sabía demasiado, lo conocía demasiado. A veces pensaba que incluso intuía algo, así que había trazado varios planes para reducirla. La suerte quiso que al final ella fuera la más fácil de infectar. Siguió los pasos de Gorka por el sistema de seguridad hasta donde él mismo lo había guiado. Después vio a Eva entrar por el sistema de seguridad y a los fugitivos salir. No le importaban. Ellos ya habían sido convertidos. En el fondo era incluso partidario de dejarlos escapar.

«Una vez te han degradado te ganas el derecho de escoger si continuar siéndolo o no. Primero prueba el plato, después podrás escoger si te comes la ración entera o sólo el primer mordisco».

Se encontró a la relaciones públicas inconsciente y amordazada junto a la puerta. Sólo tuvo que ir a buscar una camilla y llevarla a su laboratorio junto a los demás. Fue tan fácil convertirla que pudo invertir el tiempo ganado en mejorar el dramatismo de la escena que le tenía preparada. Hacía tiempo que había fabricado los motores y los automatismos que iba a necesitar para cada escenario pero el efecto dramático del conjunto se conseguía con los pequeños detalles: la postura del cuerpo, la iluminación, la ropa… Lo que creó en el despacho para Eva le resultó más que satisfactorio.

Después volvió a su laboratorio y terminó de aplicar los priones infectados al resto del personal inmovilizado. Allí fue donde escuchó los rotores del helicóptero. Blindó las puertas de la sala con un código que sólo él conocía y corrió hasta la estación Cíclope. No estaba seguro del rumbo que tomarían Diego y su equipo pero sabía que llegarían a aquella sala en algún momento. Se limitó a descansar en el butacón del operador y a observarlo todo por las pantallas. Tuvo tiempo incluso de recrearse en sus composiciones. Había diseñado cada escena pensando en las cámaras y en el efecto que crearían cuando las observara a través de ellas. Prefería verlas en vivo que a través de un cristal, como un espectador de un *peepshow* que puede cambiar de espectáculo con sólo cambiar de cabina, pero tenía que adaptarse a las exigencias del medio: el complejo era muy grande y no le gustaba caminar. Iba a estar mucho tiempo observando, la imagen de las cámaras era de muy buena calidad y el butacón muy cómodo.

En ese mismo butacón esperaba calmado a que el director llegara a su posición mientras lo observaba avanzar en alta definición.

«In der Ruhe liegt die Kraft».

Justo antes de que el Holandés abriera la puerta de la estación Cíclope, Walter se escondió en el pequeño cuarto que albergaba los servidores y los cuadros eléctricos. Pese a los zumbidos escuchó como Diego tecleaba el código de seguridad en la cerradura eléctrica y cómo ésta se abría. Unos segundos después volvía a cerrarse con un sordo chasquido metálico y unos pasos curiosos avanzaban hasta las pantallas. Había cerrado y bloqueado la persiana metálica del gran ventanal y la sala estaba sólo iluminada por la tenue luz de un fluorescente y de los monitores. Sabía el efecto que aquellas escenas producirían en sus invitados. Transpiraban el morbo de lo prohibido, cada una de un modo especial. Desactivó un interruptor y la cerradura de seguridad quedó bloqueada por falta de suministro. Desactivó un segundo y la estación quedó a oscuras, iluminada sólo por los los monitores de seguridad. Después, a través de la consola de control de su móvil inteligente, desactivó una a una las pantallas hasta dejar solo una: el despacho del director. El alemán ya había instalado los cables y preparado el escenario. Dejó pasar unos segundos para que su superior entendiera lo que le tenía preparado y fundió la pantalla en negro.

La gran cueva incrustada en la roca que era la estación Cíclope se quedó a oscuras. Walter se guardó el móvil en el bolsillo, sacó una pistola de inyectables, se descalzó y se equipó con unas gafas de visión nocturna. Abrió la puerta de la sala de servidores sin hacer ruido —se había asegurado de que estuviera bien engrasada—, esperó a que sus invitados se separaran y los derribó uno a uno. El primero en caer fue el guarda de seguridad. Su fuerza física lo convertía en el más peligroso pero no le costó inyectarle la droga directamente en la yugular. Cayó sobre una estantería de periféricos y causó un gran revuelo en la sala. Diego acudió hacia la fuente del ruido maldiciendo y soltando puñetazos al aire, mientras que Marc arrastró a Anna hacia la puerta de salida tropezando con las sillas y las paredes.

Dejó pasar numerosas oportunidades de reducirlo: le divertía ver a Diego golpeando la nada, revolverse e insultar a su sombra. Estuvo a punto de que se le escapara una risita que habría delatado su posición, así que antes de no poder contenerla, le asestó un pinchazo de la pistola en medio de los omoplatos. El anestésico tardó un poco más en hacer efecto en esa zona pero el pinchazo dolía más, aunque no tanto como lo que le esperaba en su despacho.

Tan pronto como el cuerpo de su jefe cayó a plomo sobre el suelo frío de la estación Cíclope, Walter pasó a ocuparse del resto. No le costó mucho esfuerzo encontrarlos. Marc había arrastrado a Anna hasta la puerta de seguridad e intentaba pulsar algún código sobre el control numérico.

Habría sido muy fácil reducirlos pero no lo hizo. Ellos ya habían probado el plato. Les tenía preparado algo distinto.

93. Juan

—¡Mire! ¡Zombis!
—Sí, son mis sirvientes. ¿Creía que podía hacerlo
solo? Durante su vida fueron mis enemigos.

La legión de los hombres sin alma (White zombi).
Dir. Victor Halperin, 1932

Corrió todo lo que pudo. Notaba el corazón en la garganta y un sabor metálico en el paladar. Los gemelos le ardían y los tobillos le empezaban a fallar. Pese a todo, no dejaba de avanzar montaña arriba. En unos minutos llegó al aparcamiento en el que habían aparcado su furgoneta unas semanas atrás. La masía por la que habían accedido el día de su despedida de soltero seguía allí, pero las vallas habían sido derribadas. Esta vez no tuvo que acceder a través de las puertas correderas, tan solo saltó los alambres y continuó su camino hacia la cima de la montaña. A media ascensión, empezó a utilizar el fusil como elemento de apoyo y cuando llegó al complejo superior, parecía un enfermo recostado en una muleta. Nunca había sido muy deportista y estaba seguro de que aquel derroche de fuerza le pasaría factura durante un par de semanas. Cuando llegó a las puertas del complejo superior y vio que el helicóptero seguía allí, se otorgó unos segundos para recuperar el aliento.

«Ya tiene lo que quería. Marc y Anna le están ayudando. No se negará a un gesto de buena voluntad… o, por lo menos, no se arriesgará a que alguien pueda morir por su culpa».

Mientras se recuperaba se fijó en que unas de las cámaras de seguridad le estaba observando. Juan hizo gestos ostensibles hacia ella, como un náufrago frente a la silueta de un barco. No tenía un plan definido, tan solo quería llegar hasta Diego y suplicar o amenazar hasta conseguir su ayuda.

Nadie acudió a él. No obtuvo ninguna señal de respuesta. Así que continuó su carrera antes de que sus músculos desentrenados se enfriaran y se agarrotaran. Entró en el complejo al trote, vociferando e intentado atraer la atención de cualquiera. Nadie se cruzó en su paso. No esperaba encontrar a una amable azafata en recepción para darle la bienvenida, sabía que debían estar en estado de emergencia, pero no esperaba encontrar todo el edificio vacío. Buscó algún cartel o algún tipo de indicación que le llevara hasta el despacho de dirección pero no encontró ninguna, así que decidió avanzar por el pasillo principal. Buscó durante varios minutos sin éxito, haciéndose notar y asomándose a todas las salas, hasta que vio una silueta de espaldas al final del pasillo. Alguien barría parsimoniosamente el suelo ajeno al descontrol que los rodeaba. A Juan le reconfortó ver a alguien dedicado a una tarea tan cotidiana. Le gritó pero éste no se inmutó.

«Debe estar escuchando música».

Juan le puso una mano en el hombro y el bedel giró sobre el eje de la escoba como una marioneta. Dio un traspiés al ver su rostro y comprendió rápidamente que aquella escena no tenía nada de cotidiano. Aquel tipo no iba a poder ayudarle, más bien era él quien necesitaba su ayuda, pero ahora no tenía tiempo que perder: su hermano lo necesitaba con más urgencia. Continuó su camino como quien pasa de largo de un mendigo inconsciente esperando que no sufra un infarto, sino una borrachera.

Se estaba adentrando cada vez más en el interior de la montaña. El pasillo había pasado de tener unas paredes con acabados de lujo a no ser más que roca pulida. Así que decidió volver sobre sus pasos. El despacho del director no podía ser un agujero excavado en la montaña, sería una gran salón con vistas al exterior. No había muchas salas que cumplieran esas condiciones y no tardó en encontrar el que buscaba. Nada más subir a la segunda planta, al fondo de un pasillo acristalado vio una puerta con un cartel que decía: «Dirección». Estaba entreabierta y se escuchaba un ruido en su interior. Juan se acercó con curiosidad, como el niño que se acerca de noche a la habitación de sus padres. Le dio tiempo a ver fugazmente el butacón del director y como alguien parecía estar atornillando una extremidad fláccida contra el cuero y la madera del reposabrazos. No pudo ver nada más. Alguien le puso una mano en la boca para hacerle callar.

Juan se revolvió con fuerza y buscó el fusil en su cadera pero antes de que pudiera asirlo vio quien era su captor: el profesor Ribera. Éste insistió en que guardara silencio y le acompañó hasta las plantas inferiores. Cuando Marc decidió que ya estaban a salvo le susurró:

—Has tenido suerte de encontrarte con nosotros antes que con él. No sé cómo habría reaccionado. ¿A ti todavía no te han...?

—¿Convertido en zombi? No, ni espero que me conviertan.

—Entonces tienes suerte.

—¿Él ha sido el que los ha convertido a todos? ¿Él solo?

—Sí, él solo.

—Pero si debe haber más de cien personas trabajando aquí.

—No tantas pero casi. Si quieres las puedes contar —le dijo mientras abría las puertas del laboratorio.

Las camillas ya no estaban separadas por biombos. Ya no era necesario, los que no estaban inconscientes ya empezaban a notar los primeros síntomas de los priones que fluían por su sistema nervioso. Habría unas cincuenta personas en la sala, todas ellas inmovilizadas o inmóviles. En una de las camillas más cercanas estaba Anna, tenía un gotero conectado a su brazo y parecía haber recuperado algo de color en las mejillas. Cuando vio a Juan, suspiró y le sonrió a Marc.

—Lo he encontrado de milagro —dijo él—. Creo que Walter no lo ha visto, todavía. Por ahora está ocupado montando el despacho de mi hermano.

—No sé qué está pasando aquí, pero mi hermano también necesita ayuda —apuntó Juan con urgencia—. Cogeré uno de esos cochecillos de jugar al golf y lo traeré aquí antes de que se desangre.

—No es buena idea. Estará mejor en un hospital créeme.

—El más cercano está a más de dos horas por carretera. Dos horas de baches y polvo.

Anna señaló al piloto y dijo algo que no acabó de entender. El profesor pareció entenderla y reaccionó con rapidez. Rebuscó por los armarios con avidez hasta dar con unos viales. Le inyectó uno al piloto.

—En unos minutos recuperará la conciencia. Estaba en el primer estadio. Le acabamos de inyectar los priones, así que debería recuperarse rápidamente. Por lo menos lo suficiente como para pilotar.

—No lo comprendo... —dijo Juan confuso—. ¿Es que le estáis ayudando?

—Es el trato.

—¿Qué trato?

Marc miró por un momento a Anna sin saber qué hacer, ella balbuceó un «cuéntaselo». Esta vez Juan la entendió a la perfección pero habría preferido no hacerlo. Mientras, el piloto se incorporó de golpe y casi se cayó de la camilla —no habían tenido tiempo de inmovilizarlo—.

—Ayúdame —le pidió Marc a Juan cogiendo al piloto de un brazo—. Llevémoslo hasta el helicóptero.

Éste reaccionó, no tanto por ayudar sino para salir de allí lo antes posible. Aquella sala llena de gente inconsciente, convirtiéndose en algo en contra de su voluntad, le daba grima.

—A mi me causa tanto rechazo como a ti, pero era la única manera de conseguir ayuda para Anna —le confesó Marc mientras le ayudaba a arrastrar al piloto hasta el helipuerto—. Necesitábamos el Lambda-3.

—Sí, ¿pero a costa de toda esa gente?

—Es algo temporal, los recuperaremos a todos... Intentaremos recuperarlos a todos.

—Lo intentareis pero y los que se queden así. ¿Qué pasa con ellos?

—No los abandonaremos. De un modo u otro volverán a hacer vida normal.

—Gente con menos de veinte años que se convertirán en ancianos. Llenos de cicatrices, sin masa muscular, sin pelo... ¿Has visto al grupo que ha salido de esos túneles?

—Los he visto pero dime una cosa. ¿Tú no habrías hecho lo mismo para salvar a tu hermano?

Juan no contestó. Sabía que habría hecho lo mismo.

—¿Nos podemos poner en marcha? No sé cuánto tiempo va a estar distraído.

El piloto apenas podía caminar. Tenía las piernas dormidas, pero se recuperaba rápidamente. Entendió la situación con celeridad y estaba deseando ponerse a los mandos de su helicóptero para abandonar aquel lugar lo antes posible. Llegaron al helipuerto sin problemas y para entonces el piloto ya había recuperado la suficiente sensibilidad de manos y pies como para salir de allí. Antes de que el rugido de los rotores se impusiera sobre sus palabras, Marc terminó de explicarle a Juan el trato al que habían llegado con Walter y le pidió un último favor.

—Sólo necesitamos un mes. Esperad cuatro semanas y hacedlo público.

El sonido de los motores se volvió ensordecedor y tan pronto como el profesor Ribera dio un par de pasos para alejarse, el helicóptero empezó a elevarse. Juan le dedicó un último vistazo al edificio y le pareció ver a alguien de pie junto al ventanal del despacho del director.

94. Olga

Este campo es sagrado.
Así como los cuerpos que en él descansan.
No mancillar con palabras o actos irreverentes.

No profanar el sueño de los muertos.
Dir. Jorge Grau, 1974

No notaba el sabor de la sangre en la garganta, pero tenía la boca llena de costras secas. Los priones la habían privado ya del sentido del gusto y de la mayoría de la sensibilidad de la piel. Había peleado con un hombre que la doblaba en fuerza bruta pero no sentía ningún dolor, incluso lo habría abatido a mordiscos si no se lo hubieran impedido. Se había sentido parte de una horda y le había gustado. Se había sacrificado por ellos y había conseguido liberarlos, aunque no había podido salvar a la única persona que le importaba.

Observó como Richy inmovilizaba a su víctima con un par de bridas. El guarda no se resistió. Estaba medio desnudo, sus mejillas llenas de mordiscos y la sangre se le derramaba por el torso a través de varios moratones que empezaban a oscurecerse. Había sentido un odio profundo por él, pero ahora que los degradados de la planta cero estaban libres ya no lo sentía. La ayuda para Gorka estaba en camino, parecía que todos estaban a salvo.

«Todos menos Lidia. Tengo que volver con ella».

Hacía unas horas, cuando pensaba con más claridad había aceptado el hecho de dejarla atrás. Había atendido a las razones de Gorka. Ahora que las neuronas rebozadas de proteínas infecciosas no le dejaban pensar con claridad, aquellos argumentos no le parecían suficientes para no volver junto a Lidia. No la habían condicionado para reaccionar a los infrasonidos pero sentía un deseo irrefrenable de salir corriendo hacia los túneles donde la habían abandonado, como si se sintiera atraída por una frecuencia que sólo su amiga fuera capaz de emitir. Olga se levantó y volvió al complejo del que tanto les había costado escapar.

Todavía no había avanzado ni un kilómetro cuando se cruzó de frente con el primer corredor. Éste fue directo hacia ella y en el último momento la esquivó con una cinta, como un torero frente a un toro agonizando. Después apareció un segundo y un tercero. Olga no mostró ningún interés por ellos, pero los corredores parecían insistir en acercarse a ella todo lo posible. La gótica era el último obstáculo antes de la meta y una de las mejor caracterizadas. El último recuerdo de una carrera que había resultado de lo más verosímil para los corredores. Casi un centenar de ellos se le acercaron hasta casi rozarla, provocándola, zarandeándola a la espera de alguna reacción y un grupo estuvo a punto de hacerla caer. Cuando el último corredor hubo pasado de largo llegaron los disfrazados. Caminaban en grupos comentando la experiencia y se detenían junto a ella para apreciar la calidad de su caracterización. Casi todos llevaban el maquillaje corrido y las falsas llagas de goma colgando, así que la autenticidad del rostro de Olga les llamaba la atención. Le pedían consejo, le tocaban la piel, se hacían fotos con ella, la seguían y la atosigaban con todo tipo de preguntas. Olga se limitaba a avanzar en dirección contraria para perderlos de vista, pero una se mostró especialmente curiosa.

—¿Es látex líquido? —le preguntó cogiéndola del brazo—. Yo me unto gelatina aunque es muy pringosa porque con el látex me da miedo que no me transpire la piel. ¿Cuántas horas has estado para dejarlo así? ¿Te lo han hecho en casa antes de salir o aquí? Yo suelo prepararme en casa pero luego se me queda la mitad del maquillaje en la tapicería del coche.

Olga se la quitó de encima de una sacudida y intentó continuar avanzando pero ella se interpuso en su camino. La gótica no pudo aguantar más la cháchara y le mordió en el hombro. Fue un mordisco rápido, una advertencia como la de un perro antes de atacar de verdad. Olga le mostró los dientes y la corredora captó el mensaje.

—Vale, vale. Lo pillo. Cada uno tiene sus secretos —le dijo apartándose a un lado.

No se cruzó con nadie más hasta llegar a la entrada de los túneles. No le costó recordar el camino, además el grupo de degradados que habían rescatado había dejado un rastro de hierba pisoteada inequívoco mientras arrastraban los pies. Olga se detuvo en la boca de entrada. Sabía que su amiga estaba allí dentro, en algún lugar, pero todavía no tenía las neuronas tan atrofiadas como para adentrarse en una red de túneles de varios kilómetros sin iluminar. Allí dentro no había ningún rastro que seguir, sin linterna ni reflector podía pasarse días avanzando a tientas. Le saldrían callos en los dedos de tanto palpar las paredes y aún así podría pasar junto a su amiga y ni siquiera verla.

Decidió ascender hasta el complejo de la cima e intentar acceder a los túneles desde allí. Le sería más fácil empezar su búsqueda por las zonas iluminadas e ir bajando niveles hasta dar con ella. Si llegaba a las zonas oscuras sin encontrarla, buscaría el modo de hacerse con una linterna antes que las articulaciones de sus manos no le dejaran sujetarla. Continuaría su camino hasta el corazón de la montaña y encontraría a Lidia antes de que fuera demasiado tarde.

Estaba llegando a la cumbre cuando un ruido empezó a inundar el silencio de la ladera. Unos minutos después, lo identificó como el sonido de un motor. El edifico principal del complejo empezó a despuntar a través de los árboles del camino cuando el helicóptero empezó a ascender. Olga elevó la mirada de forma instintiva y una figura llamó su atención en la azotea del edificio. Su corazón se aceleró y la adrenalina fluyó por su torrente sanguíneo infectado. Entró con paso acelerado en el edificio e intentó subir las escaleras. Le falló la coordinación. El ascensor no estaba lejos. Apretó el botón de llamada con el puño cerrado y en unos segundos estaba dentro. Había casi media docena de niveles en la botonera, la mayoría de ellos subterráneos y protegidos con llave. Los dos únicos a los que se podía acceder era la planta baja, donde se encontraba y la segunda planta. Así que apretó el dos y esperó que la escalera de acceso a la azotea tuviera los escalones anchos y la barandilla firme.

Nada más abrirse la puerta del ascensor se topó de bruces con el médico que la había convertido. Olga se sobresaltó, aunque su expresión facial degradada no expresó emoción alguna. Confiaba en no cruzarse con nadie, sin duda cualquier miembro del personal la reconocería y la llevaría directamente hasta Diego. Sin embargo, aquel tipo se limitó a esperar a que saliera para poder entrar. Un comportamiento de lo más rutinario pero que en aquellas circunstancias, con el complejo vacío y medio destruido, le resultó de lo más extraño. Antes de que el ascensor volviera a cerrarse, Olga se giró y le pareció ver que el doctor le sonreía justo antes de que las puertas metálicas se interpusieran entre los dos. No quiso volver a tentar a la suerte y continuó su camino en busca de las escaleras de servicio. No tardó en dar con ellas, el edificio cumplía con la señalización obligatoria para emergencias. Las escaleras estaban al final del pasillo, junto a la única puerta abierta del despacho de dirección. No había forma de llegar a su destino sin pasar por delante de ella. El doctor la había dejado ir, pero si Diego estaba en su despacho no le pondría las cosas tan fáciles.

Avanzó lo más rápido que pudo y a medida que se acercaba a la puerta abierta pudo ver con más claridad su interior: la mesa de dirección, la butaca y a Diego sentada en ella examinando la pantalla de su ordenador. Rezó para que el director no levantara la vista hacia ella pero lo hizo. Su mirada no expresó rabia, tan sólo un cansancio extremo, como si acabara de levantarse de una pesadilla. Al verla, en lugar de alertar a su equipo de seguridad, se limitó a decir:

—¡Ayúdame!

Diego estaba inmovilizado en su butaca pero Olga no llegó a ver ninguna cuerda ni esposas. Tan sólo unos rudos gemelos metálicos en las muñecas que parecían cabezas de tornillos. No quiso seguir mirando, se centró en llegar a su objetivo y rezó para que la puerta no tuviera un pomo con el que sus manos atrofiadas no pudieran competir. Una vez más la normativa de seguridad jugó a su favor, tan solo tuvo que empujar una barra anti pánico y se encontró a salvo frente al último tramo de la escalera. La puerta de la azotea estaba abierta y podía ver la claridad del día mientras se peleaba con cada uno de los escalones. Un par de veces estuvo a punto de perder el equilibrio, pero logró llegar al final y salir por fin al cielo abierto.

Lidia estaba junto al precipicio con su melena sucia y grasienta ondeando al viento. Olga no pudo gritar su nombre, se limitó a gemir y su amiga no atendió a su llamada. Avanzó hasta ella y esta vez, en lugar de enseñarle un recorte arrugado de periódico, se limitó a tenderle la mano. Lidia la apretó con sus dedos muertos pero no se movió de donde estaba. Olga tampoco lo hizo. Fuera a donde fuera, esta vez no la dejaría.

Tan solo quería estar junto a ella, no importaba el lugar.

95. Gorka

He visto mucha gente huir de aquí. Podría
escaparme. Podría escaparme esta noche.
Hay un tipo que tiene un helicóptero. Me
ofreció salir de este lugar con él.

Zombi (Dawn of the Dead).
Dir. George A. Romero, 1978

El helicóptero aterrizó en medio del aparcamiento. No era algo muy
reglamentario pero se trataba de un hospital de montaña, sin helipuerto
y su hermano estaba cada vez peor. El piloto tampoco puso ninguna objeción al aterrizaje furtivo —también necesitaba asistencia médica—. El
guarda de seguridad del hospital salió a su encuentro y puso el grito en
el cielo nada más apagar los motores pero calló al ver el estado en el que
se encontraba Gorka: la piel devorada por los hongos junto a la herida
abierta del vientre. Lo subieron a una camilla sin hacer preguntas y en
unos minutos estaba en uno de los quirófanos.

Despertó unas horas después en una de las habitaciones. A pesar de
la anestesia y del postoperatorio se encontraba mejor que nunca: por
primera vez en días se había liberado del escozor que lo había atormen-
tado. Tenía casi todo el cuerpo vendado y lo que le quedaba al aire estaba
embadurnado con un dedo de crema blancuzca —por lo menos hasta
donde él podía ver—. Su hermano estaba a su lado.

—No hagas esfuerzos —le dijo Juan al ver que se había despertado—. Los médicos no sabían por dónde meterte mano y yo no sabía
cómo explicarles lo que te había pasado. Les he dicho que tuviste un
accidente haciendo salto base y que tardamos unos días en encontrarte.

Gorka sonrió. La leve contractura de los músculos faciales le dolió como si una hiena le hubiera arrancado la mejilla. A pesar del dolor pronunció una palabra.

—Anna...

—Está bien. Ya te lo contaré todo con más calma.

—Ahora.

Juan se levantó y entornó la puerta de la habitación. Después se acercó a su hermano y le contó todo lo que sabía sin levantar demasiado la voz.

—Anna y el profesor Ribera trabajan ahora para el director médico. Fue él quien convirtió al resto del personal. No me contaron porqué, ni cómo lo hizo, pero él solo consiguió engañarlos a todos para degradarlos. Casi cien personas, Gorka. Diego y sus guardias incluidos. Hasta al piloto. Ahora mismo le están haciendo pruebas en la sala de abajo, no creo que lleguen a saber lo que tiene.

—¿Por qué? —preguntó Gorka apretando los dientes.

—Ya te lo he dicho. Para saber lo que tiene.

—No, ¿por qué Anna...?

—¿Qué por qué? Porque Walter los necesita. No puede cuidarlos a todos él solo. Bueno, en realidad sí que habría podido hacerlo, pero no le habría quedado tiempo para disfrutar de su obra. Se habría tenido que pasar el día insertando barras de sales minerales en el culo de los degradados para que no muriesen. No los quiere muertos, tan sólo casi muertos. Quiere que todos pasen por lo que él pasó, que vivan la experiencia completa. Anna y el profesor ya han pasado por ello, así que los perdonó a cambio de su ayuda. Ellos mantienen a los degradados con vida y él se sienta a mirar. Es el trato.

Mientras arrastraban al piloto camino del helipuerto de Zombis Resort, el profesor Ribera había tenido tiempo de contarle a Juan gran parte del acuerdo al que habían llegado con Walter. El alemán sabía que lo que había hecho no iba a pasar desapercibido mucho tiempo. Los trabajadores tenían familias, los visitantes tenían trabajos, los corredores curiosos volverían al lugar, la junta directiva haría llamadas y él no contaba con un equipo de control de daños como había tenido Diego. Había planificado con paciencia cómo hacerse con el control de Zombis Resort pero no como mantenerse en el trono. La única medida al respecto que había tomado había sido no degradar al antiguo director y mantenerlo anclado en su despacho. Literalmente.

—Walter no ha infectado a Diego con los priones, aunque era el número uno en su lista. Ha pensado que le sería más útil si podía hablar, así puede entretener a la junta y evitar que se acerquen por el complejo a cotillear. Para asegurarse de que no se la juega le ha atornillado los brazos a la silla de su despacho y le controla todas las videoconferencias. Diego se va a pasar unas semanas en esa silla, cagándose encima, conectado a un gotero para no deshidratarse y viendo por las cámaras como su querido complejo se va a pique.

Gorka imaginó al alemán afeitando y acicalando cada día a su antiguo jefe para que estuviera presentable para las cámaras. Mientras que bajo la mesa, los brazos empezarían a infectarse y llagarse y los pantalones estarían húmedos y pestilentes de orina y otros fluidos. Seguramente añadiría algún sedante ligero en el suero para que el Holandés no se desmayara por el dolor. Aunque, por lo que le habían contado del alemán, éste no reduciría su sufrimiento hasta que no fuera estrictamente necesario. Sin duda, Diego habría preferido que lo degradaran como al resto.

—Anna y Marc creen que en unas semanas podrán tener la situación controlada. Tener estables a todos los degradados, acumular pruebas para un posible juicio y, sobretodo, hacerse con todo el Lambda-3 que puedan almacenar para poder tratar a todos los infectados. A los de dentro y a los de fuera. Sin su ayuda, los degradados que han logrado escapar se pasaran meses de un hospital a otro sin dar con un tratamiento. Me han pedido que en un mes lo hagamos público.

Gorka asintió. Juan hizo una pausa en su discurso para dejar que su hermano asimilara todo lo que le había contado y también para estructurar un poco sus ideas. Mientras lo hacía, sonó su teléfono. Era su mujer. Al principio dudó si cogerlo, Marion estaría furiosa. El vuelo de su viaje de novios salía en un par de horas y hacía días que no sabía nada de él. Respiró hondo y respondió.

—Hola cariño —dijo Juan con el tono de alguien que espera a que le caiga la guillotina sobre su cuello—. Lo sé, lo sé. Te lo contaré todo cuando este allí... ¿ya estás embarcando? No sé si llegaré a tiempo para coger el vuelo.... Lo siento, lo siento... Sí, está aquí conmigo. —Permaneció en silencio unos segundos y luego miró a su hermano—. Me ha colgado, no quieras saber lo que te ha llamado.

Juan se quedó de pie, con el móvil en la mano, mirando por la ventana de la habitación sin saber qué hacer.

—¿Sigue ahí? —se esforzó en preguntar el submarinista.

—¿El qué? —respondió su hermano distraído.

—El helicóptero... ¿sigue ahí?

—Sí, ¿por qué?

—Ves con ella. Yo estoy bien.

Al principio Juan no quiso hacerle caso, pero Gorka fue muy insistente. Al final accedió para que dejara de forzar las cuerdas vocales. Encontró al piloto en uno de los boxes de urgencias. Ya se había congregado a su alrededor un nutrido grupo de especialistas que consultaban los resultados de sus análisis y discutían sobre el mejor tratamiento. Tuvo que amenazarlo con una demanda por secuestro e intento de asesinato, pero al final accedió a su petición.

Media hora después, el helicóptero aterrizaba en el aeropuerto de El Prat.

Epílogo

El popular cantante del grupo Blue Artic —que
se dio a conocer hace unos años con éxitos como
Cold without you o *Frezze me*— ha sorprendido a
todos sus fans con el anuncio de un nuevo concierto en el que promete revisar sus temas más
conocidos. Tonny Blue llevaba más de cinco años
retirado de la vida pública desde que el grupo
anunciara su disolución en noviembre del 2009.

Blue Artic vuelve de entre los muertos.
Rock Boulevard. Diciembre 2014, nº 2.116, p.

Walter controlaba todas sus comunicaciones. Cualquier consulta que tuvieran que hacer en la red, aunque se restringiera al ámbito médico, tenía
que pasar por supervisión. Marc y Anna lo acataban sin problemas, era
parte del trato al que habían llegado con él. Trabajaban a destajo para
garantizar la subsistencia de casi cien degradados: hacían un seguimiento
médico de cada uno de ellos y les reponían los líquidos y los nutrientes
cuando era necesario. De cara al alemán, cumplían su parte del trato y,
a su espalda, se aprovisionaban de todas las nanopartículas, priones y
material que pudieran necesitar para recuperar a todos sus pacientes llegado el momento. El director médico no iba a poder mantener el control
de Zombis Resort de forma indefinida y cuando llegara el día estarían
preparados. Estaba segura de que Walter también lo sabía, pero no le
importaba. Disfrutaba observando el caos que había provocado en el
complejo a través del sistema de videocámaras y Anna intuía que, cuando todo aquello llegara al conocimiento de las autoridades, el alemán

llegaría a un trato con la fiscalía a cambio de su libertad. Mientras tanto, la investigadora y su antiguo profesor trabajaban a destajo por el bien de los degradados. Al final del día acababan exhaustos y las pocas horas que pasaban en sus habitaciones las utilizaban para descansar.

Una noche a Anna le costó dormir y probó a encender el televisor. Las lujosas habitaciones de los antiguos residentes del complejo que les habían dejado ocupar contaban con todas las comodidades, incluida una gran pantalla de plasma. La investigadora había pensado que Walter también les habría cortado esa forma de comunicación con el exterior por eso sorprendió cuando le llegó la señal de televisión. Por lo visto el alemán sólo se había preocupado por los sistemas de comunicación bidireccionales, la recepción pasiva de información no le suponía un amenaza. Se equivocó.

La investigadora revisó todos los canales de noticias en busca de alguna información que le pudiera ser útil, pero no encontró ninguna. Cambió de canal una y otra vez hasta sintonizar la retransmisión de un concierto en directo que le llamó la atención: la vuelta a los escenarios del cantante de los Blue Artic. Antes de entrar en la universidad, durante su adolescencia, había estado enamorada de él con locura. No hasta el punto de teñirse el pelo de azul como solían hacer sus seguidoras más fanáticas, las Blue Girls, pero sí como para forrar las paredes de su habitación con posters de Tonny Blue.

El concierto estaba a punto de empezar y mientras el público, mayoritariamente femenino gritaba el nombre de su ídolo de juventud, Anna se hundió en los colchones de su habitación y por un momento se olvidó del lugar en el que se hallaba. Los técnicos de sonido y los tramoyistas terminaban los últimos flecos del espectáculo a los pies de una pantalla gigante de video, cuando las luces se apagaron y la gente empezó a corear todavía con más fuerza el nombre del cantante al que hacía más de cinco años que nadie escuchaba —o eso pensaban—.

Los primeros acordes de su éxito más conocido empezaron a sonar justo antes de que un tipo más escuálido de lo que Anna recordaba y con la capucha de una sudadera ocultando su cara apareciera sobre el escenario. Cuatro focos de cañón lo siguieron hasta que llegó al centro de la tarima, entonces empezó a entonar las primeras palabras de una canción que todo el público conocía.

«Su voz suena un poco diferente, puede ser el directo. Casi no se le escucha con todo el mundo cantando, pero sin duda es él».

El último compás de la canción finalizó y Tonny Blue continuaba con el rostro tapado. Una cámara le hizo un primer plano y su rostro oculto llenó los quince metros de la pantalla de última generación que se levantaba a su espalda. El cantante se llevó las manos a la capucha e hizo una pausa dramática. Después se destapó la cara.

Más de diez mil personas permanecieron el silencio. En lugar de ver a su ídolo, era el rostro deforme de Mortuus el que llenaba la pantalla. Algunos lo conocían, Anna no, pero nadie esperaba verlo allí. Pronto, se empezaron a escuchar los primeros silbatos entre el público, una gran indignación empezó a extenderse por la sala con celeridad. Mortuus empezó a cantar a capela otra de las canciones más conocidas de los Artic Blues.

«Parece que lo hayan degradado. Tengo que salir de aquí, ya veo zombis en todos lados».

Los abucheos se fueron apagando poco a poco a medida que el cantante interpretaba los peculiares giros y tonos que le habían hecho popular y que eran un signo de identidad inequívoco del viejo Tonny Blue. El público terminó de escuchar la canción con incredulidad, mientras un coro de extraños individuos ocupaba el escenario. Unas treinta personas caracterizadas como muertos vivientes formaron dos largas hileras a la espalda del intérprete. Aquello no gustó al público, que volvió a abuchear.

«No es cosa mía. Son ellos».

—Gracias a todos por venir —dijo Mortuus haciendo callar la voz de los críticos. Todos querían escuchar las explicaciones—. Hacía mucho tiempo que no cantaba para un público tan enorme. Sé que no esperabais verme así, ¡pero soy yo!

Las fans más incondicionales reconocieron la voz de su estrella desaparecida y lo ovacionaron. Todo el mundo se estaría preguntando en ese momento qué le habría podido pasar acabar así. Anna lo sabía.

—Yo tampoco esperaba que me vierais así nunca. Para mí, Tonny Blue pasó a la historia hace mucho tiempo, pero necesitaba ser él una vez más para captar vuestra atención. Miradme bien. Esto no es maquillaje —dijo mientras se estiraba el rostro y una docena de cámaras lo captaba— y tampoco lo es el de estos amigos. Todos nosotros hemos sido víctimas de alguien que nos prometió que podría llevarnos al infierno y traernos de vuelta intactos. No cumplió su promesa y hemos vivido en la sombra desde entonces. Pero ahora estamos aquí, delante de vosotros y de todos los que nos estáis viendo desde vuestras casas. Miradme bien, sigo siendo el mismo que era, seguimos siendo los mismos. No pedimos nada, tan sólo que nos dejéis volver a nuestras vidas.

Tonny se calló y dejó que la gente se fijara en las pantallas. Las cámaras enfocaron uno a uno a los extraños figurantes que habían llenado el escenario y junto con su demacrado rostro de muerto viviente el realizador incrustaba una fotografía de antes de cambiar de aspecto y su nombre completo. Una mujer que estaba en la primera fila reconoció a uno de ellos y corrió entre lágrimas a abrazarlo.

Las cámaras enfocaron al siguiente individuo y volvieron a revelar su verdadera identidad. La organización había enviado pases a todos los familiares de los degradados. Algunos habían aceptado la invitación y saltaron al escenario para reunirse con sus familiares desaparecidos. El resto sabría lo que le había sucedido a sus hijos, esposos o amigos una vez se difundiera la noticia en los medios.

«Ha llegado el momento de salir de aquí».

Había pasado un mes desde que Anna y Marc empezaran a trabajar para Walter. A esas alturas ya estaban preparados para abandonar La Vall Fosca y ayudar a todo aquel que quisiera recuperar su antigua vida.

Muchos solicitaron el tratamiento. Otros no.

Me gustaría recibir
vuestras opiniones en:
ivanflix.com
fb.com/hazteelmuerto
#hazteelmuerto

ÍNDICE

Prólogo 11
1. Juan 15
2. Anna..20
3. Gorka.......................................25
4. Anna..29
5. Gorka.......................................34
6. Anna..40
7. Lidia 45
8. Anna..50
9. Gorka.......................................54
10. Anna.......................................59
11. Olga.......................................63
12. Walter.....................................67
13. Anna.......................................71
14. Gorka......................................77
15. Marc 82
16. Lidia 86
17. Diego 92
18. Gorka......................................96
19. Walter....................................102
20. Anna......................................106
21. Lidia 110
22. Olga......................................114
23. Diego 119
24. Gorka.....................................124
25. Marc 128
26. Walter....................................133
27. Gorka.....................................137
28. El doctor 141

29. Juan 144
30. Gorka...........................149
31. Marc.............................154
32. Anna.............................158
33. Gorka...........................161
34. Juan 166
35. Gorka...........................171
36. Walter..........................176
37. Juan 180
38. Gorka...........................184
39. La cuidadora 189
40. Mortuus.......................192
41. Gorka...........................195
42. Walter..........................198
43. Urgencias.....................202
44. Mortuus.......................206
45. Juan 211
46. Walter..........................215
47. La boda élfica 221
48. Diego 225
49. Walter..........................230
50. Olga y Anna.................234
51. Walter..........................238
52. Marc.............................241
53. Anna.............................245
54. Marc 249
55. Anna.............................253
56. Lidia 258
57. Anna.............................261
58. Gorka...........................265
59. Anna.............................270
60. Diego 274
61. Anna.............................279
62. Marc 284
63. Anna.............................289
64. Olga..............................292
65. Anna.............................297
66. Lidia 302

67. Gorka..................................306
68. Eva 310
69. Gorka..................................315
70. Anna..................................319
71. Olga..................................323
72. Diego 326
73. Juan 330
74. Gorka..................................334
75. Olga..................................338
76. Walter..................................341
77 Gorka..................................347
78. Juan 352
79. Eva 357
80. Gorka..................................361
81. Diego 365
82. Gorka..................................370
83. Diego 373
84. Gorka..................................378
85. Diego 382
86. El lavandero..........................386
87. Diego 389
88. Zombies vs Runners.............393
89. Marc..................................396
90. Diego 400
91. Juan 405
92. Walter..................................409
93. Juan 413
94. Olga..................................418
95. Gorka..................................422
Epílogo 426

Agradecimientos

A mi mujer, sufrida lectora y paciente editora, sin ella no existiría este libro. A Lucía, que de vez en cuando me pide que le cuente historias de monstruos, y a Elsa, que espero que me las pida. A mi hermana, fiel lectora cero. A mis padres, que siempre encuentran buenas excusas para comprar nuevos ejemplares. A mi abuela, que pudo leerse mi primer libro con una lupa. A Andrés, Alberto, Lluís y Rubén, víctimas del cine de videoclub como yo. A Noe, que esta vez se ha merecido dedicatoria propia. A mi suegra, que espero que vuelva a engancharse a mi novela en vacaciones. A Pedro, que convierte su restaurante en una central de ventas. A mi suegro, que estoy seguro que volverá a regalar mil ejemplares. A Eric y todos mis tios, porque éste seguro que les gusta más. A Íñigo, por su entusiasmo transatlántico. A todos mis amigos, familiares y vecinos que hicieron el esfuerzo de leerme una vez y espero que vuelvan a hacerlo. A Laura, por ayudarme con la promoción, aunque prefiera los libros históricos. A los amigos de la televisión, por su apoyo incondicional, aunque algunos esperen a ver la película. A los compañeros de Judith, para que nunca les llegue un asegurado zombificado. Y a todos los autores y directores que crearon este género.

Pero sobre todo a los lectores desconocidos, que han dedicado un tiempo precioso para leerme y a los que espero no defraudar.

Si te ha gustado *Hazte el muerto*,
descubre *La piel contra el asfalto*, la primera novela del autor.

Hay un aura de terror y misterio diluidos en el asfalto que ignoramos pero que emerge del subconsciente de vez en cuando: al cruzarnos con un transeúnte solitario en plena noche, al ver una vieja cruz en un arcén, al pisar con los neumáticos un charco de vidrio de seguridad desmenuzado… Esta novela intenta recrear esas sensaciones mediante un relato de terror.

ISBN-10: 1512266485
ISBN-13: 978-1512266481